OHIO

STEPHEN MARKLEY

OHIO

roman

Traduit de l'américain
par Charles Recoursé

TERRES D'AMÉRIQUE

ALBIN MICHEL

« Terres d'Amérique »

Collection dirigée par Francis Geffard

Retrouvez toute l'actualité de Terres d'Amérique et de ses auteurs
sur la page Facebook officielle de la collection :
www.facebook.com/Terres.Amerique

Édition originale américaine parue sous le titre :
OHIO

Publiée par Simon & Schuster, New York, États-Unis

Pour Andy Finke.
Parce que je t'en dois toujours une pour le vieux matelas
et pour la fois où tu es venu me chercher
à la gare routière de Cincinnati.
Tu nous manques, mon pote.

PRÉLUDE

Rick Brinklan
ou
La Dernière Nuit solitaire

Il n'y avait pas de corps dans le cercueil. C'était un modèle Star Legacy rose platine en acier inoxydable 18/10 qu'on avait loué au Walmart du coin et enveloppé dans un grand drapeau américain. Il descendait High Street sur une remorque à plateau tractée par un Dodge Ram 2500 de la couleur des cerises trop mûres. Un froid hivernal avait envahi le mois d'octobre et des bourrasques cinglantes et erratiques fendaient New Canaan, aussi imprévisibles que des caprices d'enfant. Un instant la brise était calme, tolérable, et tout à coup un hurlement de banshee déchirait la rue, glaçait l'assemblée, éparpillait feuilles et détritus, noyait les conversations et poussait les voix vers le ciel. Avant que le pick-up et son chargement ne quittent la caserne des pompiers, point de départ de tous les défilés à New Canaan, ceux de Thanksgiving comme du 4-Juillet, personne n'avait eu l'idée de fixer le drapeau, et résultat, lorsque le cercueil de démonstration atteignit le centre-ville, la bise finit par l'emporter. La bannière étoilée claqua, ondula en torche dans ce vent dément, tandis que de la foule s'élevaient des hoquets chagrinés. Il n'y avait rien à faire. Dès que la dérive du drapeau le ramenait un tout petit peu vers le sol, une nouvelle rafale s'en emparait et le propulsait dans les airs. Il vola jusqu'à la place où il alla se prendre, tout frémissant, dans les branches noueuses d'un chêne.

À l'origine, la procession en l'honneur du caporal Richard Jared Brinklan aurait dû se dérouler le dernier lundi de mai, pour Memorial Day. Une date tout à fait appropriée puisque Brinklan avait été tué fin avril en Irak, mais une enquête sur les circonstances de sa mort avait retardé le rapatriement de la dépouille. Une fois l'investigation bouclée, on décala à juillet cet étalage de fierté locale, en même temps que les funérailles. Hélas, un orage monstrueux s'abattit sur l'après-midi prévu. Tout le monde se barricada chez soi à cause d'une crue éclair de la Cattawa River et d'une alerte à la tornade. À ce stade, cortège funèbre ou pas, la famille de Rick s'en fichait pas mal, mais le maire, subodorant un péril électoral s'il manquait d'honorer le troisième fils que New Canaan perdait sur les champs de bataille de l'époque, insista pour que la procession ait lieu en octobre. On leva les yeux au ciel, on voyait clair dans le jeu de l'édile, et puis on alla aux urnes et on vota pour lui malgré tout.

La ville était ceinte de rouge, de blanc et de bleu. Sur plus d'un kilomètre, jusqu'à la place, des petits drapeaux plantés tous les cinq mètres dans l'herbe en bordure de High Street. Des drapeaux aussi aux fenêtres, sur les voitures, dans les mains roses des enfants et les gants minables des adultes, et même un drapeau en glaçage rouge, blanc et bleu sur un énorme gâteau vendu à la part devant le Vicky's, le *diner* ouvert 24 h/24. Sur le ciel d'acier, les arbres tranchaient avec le rouge et l'orange somptueux de leurs feuilles – des feuilles que le vent s'acharnait à affranchir de ces ormes, chênes et aulnes si pittoresques. Deux véhicules de la police municipale ouvraient la marche, gyrophares clignotant en silence et sirènes ululant tous les cent ou deux cents mètres, suivis par les voitures du shérif, les 4×4 et tout ce que la police avait pu mobiliser pour célébrer le fils cadet d'un de ses membres, l'inspecteur-chef Marty Brinklan. Venaient ensuite des volontaires à moto, dont une poignée d'anciens combattants, même si en réalité tous les deux-roues de la ville étaient présents. Des drapeaux américains et des bannières de la POW-MIA, l'agence chargée de retrouver les corps des militaires américains disparus, claquaient à l'arrière des selles. En queue de ce long cortège d'engins disparates, la remorque et son cercueil vide remontaient au pas l'artère principale de la ville. Les habitants des quartiers Est sortirent sur leur perron et se dépêchèrent de rentrer sitôt le convoi passé. Certains se blottissaient dans leur blouson de l'université d'État de l'Ohio ou leur sweat-shirt des New Canaan Jaguars. D'autres mettaient leur capuche en Gore-Tex bleu ou baissaient leur bonnet sur leurs yeux quand ils ne faisaient pas partie de ceux, nombreux, qui, mésestimant la météo, avaient les oreilles rouges et douloureuses. Une âme douteuse n'avait pour tous vêtements qu'un jean en lambeaux et un T-shirt « No Fear » aux manches découpées révélant des bras couverts de tatouages. Certains portaient des nourrissons dans leurs bras ou berçaient doucement des bébés dans des poussettes. Les enfants plus âgés s'ennuyaient et se balançaient d'un pied sur l'autre en se demandant s'il y en avait encore pour longtemps. Ceux qui étaient laissés sans surveillance se pourchassaient entre les jambes des adultes, inconscients du chagrin omniprésent. Les adolescents, bien sûr, voyaient dans cet événement l'occasion de socialiser (comme Rick aurait pu le faire jadis). Les filles flirtaient avec les garçons, lesquels attendaient d'être choisis. On parlait trop vite, on riait trop fort, on gravait ses initiales au canif dans le tronc des arbres. Un homme coiffé d'une casquette de vétéran de l'opération Tempête du désert parlait avec l'unique journaliste de télé qui avait fait le déplacement depuis Columbus. Une fille brandissait un morceau de carton sur lequel était simplement inscrit le numéro « 25 ». Une autre, une pancarte disant : *On T'AIME, Rick !!!*

On était ingénieurs et analystes de données chez Owens Corning, ouvriers et ouvrières à l'usine Jeld-Wen qui fabriquait des portes et des fenêtres, vendeurs et vendeuses dans la boutique de vêtements et d'antiquités de la place, où l'on transformait des *nickels* en boutons décoratifs pour sacs et chemisiers avec un dé à emboutir. On travaillait au supermarché Kroger's, à la voirie, à la First-Knox National Bank et au bureau des permis de conduire et des cartes grises, qui tournait avec une telle efficacité que l'attente y excédait rarement cinq minutes. On travaillait à l'hôpital, le premier employeur de la ville, où l'on était infirmiers et infirmières, médecins, agents d'entretien, techniciennes et techniciens, kinésithérapeutes et assistants médecins – les cabinets privés ayant de plus en plus de mal à joindre les deux bouts, l'hôpital les avait rachetés et était désormais l'unique entité médicale de tout le comté. Beaucoup travaillaient dans le vaste réseau d'hospices, de maisons et de villages de retraite, ainsi que, bien entendu, pour les pompes funèbres, où l'on appréciait peu l'intrusion de Walmart sur le marché des cercueils. Les habitants de New Canaan avaient à leur disposition le seul magasin d'alcool de toute la région, des cabinets vétérinaires, et un magasin d'articles de sport qui réalisait soixante-dix pour cent de son chiffre d'affaires avec les armes et les munitions. On était psychologues et pédicures. On était livreurs de frites. On travaillait à l'inspection sanitaire. On construisait des vérandas, on installait des baignoires, on réparait les canalisations, on entretenait les jardins. Certains voulaient rénover leur maison avant de la revendre. L'un d'eux, vingt-trois ans, avait emprunté à la banque, puis à son père, et il cherchait à présent sur Internet comment se mettre en faillite personnelle. On travaillait pour le seul journal de New Canaan, et ce jour-là on avait des crampes aux mains à force de recueillir des témoignages sur Rick. L'homme qui entraînait l'équipe de football du lycée était une intarissable source de superlatifs (*Un des meilleurs jeunes que j'aie jamais entraînés altruiste dévoué jamais vu quelqu'un jouer aussi bien collectif s'intéressait à tout le monde autant au* quarterback *qu'au dernier gars sur le banc*), un déluge dans lequel surnageait son accent des Appalaches. Les parents qui avaient perdu un enfant pensaient à la cause de leur deuil, leucémies et accidents de chasse, suicides et carambolages, tumeurs du foie et noyades, voitures qui surchauffaient au soleil alors que des secours potentiels poireautaient au pressing à quelques pas de là. Certains faisaient des cauchemars épouvantables et se réveillaient trempés de sueur sans savoir où ils étaient. D'autres se levaient d'un bond, prenaient une douche et allaient bosser.

Leurs enfants fréquentaient l'une des six écoles primaires, puis le collège, et enfin le lycée New Canaan High. La plupart des adultes se connaissaient depuis le jour où leurs parents les avaient déposés pour la première fois à l'entrée de la maternelle, mal à l'aise et en larmes, cramponnés à la jupe, au jean ou à la salopette de leur mère. Certains enseignaient maintenant dans ces mêmes établissements. L'un d'eux se souvenait de Rick comme d'un pitre qui n'avait pas sa langue dans sa poche et passait son temps à gratter les boutons qui constellaient ses joues. Un autre se souvenait de la carte que Rick lui avait donnée, au collège, lors du dernier cours d'initiation à l'algèbre. Au recto : *Les profs aussi méritent des bonnes notes !* À l'intérieur, un bon pour un pain au fromage de chez Little Caesars. Un autre, enfin, repensait à une certaine dissertation d'histoire et demeurait à ce jour convaincu que la star de l'équipe de football l'avait plagiée.

Il y avait d'anciennes pom-pom girls, des volleyeuses, et les meneuses de l'équipe féminine de basket. L'une d'elles détenait toujours le record de points et de passes décisives, ayant employé trois saisons d'affilée son ample postérieur à assister les défenseuses jusqu'au panier. Certaines avaient petit-déjeuné à la vodka-orange, quelques-unes surveillaient du coin de l'œil des enfants qu'elles ne voyaient plus qu'aux événements publics, et l'une d'elles jouait avec une bague capable de déchirer des joues : on y voyait l'archange Michel, chef de la milice céleste du Seigneur, soufflant dans son cor et menant au combat un bataillon d'anges, tous entassés dans le métal gris de l'anneau massif. Certaines rêvaient de fonder un foyer en Californie, de disparaître par les routes du Sud ou de s'envoler pour un point choisi au hasard sur la carte du monde, tandis que d'autres vivaient de leurs allocations handicapés. Sur l'échelle socio-économique du pays, nombre d'entre elles étaient à fond de cale.

Quelques-uns, qui avaient grandi au milieu des épaves et des pièces détachées dans une propriété familiale surnommée Fallen Farms, fabriquaient de la méthamphétamine et refourguaient des médicaments à un prix exorbitant. Ils tiraient au fusil sur des bouteilles et de vieux blocs-moteurs, et chaque fois le recul de l'arme dissipait leurs vieilles angoisses pendant une poignée de secondes. Certains, l'ordinateur pratiquement vissé aux hanches, se faisaient un peu d'argent en revendant sur Craigslist des marchandises volées. D'autres postaient sur des forums des messages prophétisant une invasion de bébés issus de civilisations inférieures et l'urgence pour les populations blanches d'inverser la tendance.

En rentrant chez eux après le travail, ils étaient nombreux à trouver sur leur porte un avis du shérif ; les saisies et les expulsions fleurissaient aux quatre coins du pays. Dans une partie des maisons reprises par les banques, on trouvait les habituels cafards et taches d'humidité, mais beaucoup d'entre elles disposaient de Velux et d'écrans plasma. Les gens laissaient derrière eux des biens de valeur : barbecue à gaz, meubles, bijoux, disques, vieilles peluches collector, vélos, prières encadrées, steaks surgelés, la Bible en un coffret de CD et même, chez un excentrique, une trentaine de canards dans un enclos près d'une petite mare au fond du jardin. Des gens disparaissaient de la circulation, des familles entières s'évaporaient comme au jour du Ravissement. Certains s'installaient chez leurs parents, leurs frères ou leurs sœurs, allaient chez des amis ou bien se rabattaient sur leur voiture ou une chambre de motel. Il fallait en chasser d'autres du jardin public ou du parking du Walmart. Marty Brinklan vous expliquerait pourquoi les expulsions étaient la charge qui lui répugnait le plus : à cause du chagrin, de la colère et de la terreur que peut éprouver une personne qui perd sa maison. Un vieil homme, veuf, à la retraite depuis longtemps, s'était effondré dans ses bras, en larmes, toute dignité envolée, et l'avait supplié parce qu'il n'avait nulle part où aller. Depuis, Marty le croisait sans arrêt, il trimballait ses possessions terrestres dans un sac plastique indiquant SOLDES en grosses lettres.

Certains membres de l'assistance voyaient bien que quelque chose clochait méchamment dans cette mise en scène, tandis que d'autres, bouffis de fierté, de foi et de patriotisme, agitaient leur petit drapeau dans leurs mains gercées par le froid. Une cérémonie en l'honneur d'un soldat tombé, c'était l'occasion de décorer et de réinventer la ville selon les souhaits de ses habitants. Nichée dans le quart nord-est de l'État, à équidistance de Cleveland et de Columbus, elle faisait figure d'espace imaginaire, représentation de l'Ohio où les piquets de clôture étaient aussi blancs que les visages. Loin des quartiers où étaient parqués les Noirs à Akron, Toledo, Cincinnati ou Dayton, à bonne distance des Appalaches et de leurs bleds paumés le long de la frontière avec le Kentucky ou la Virginie-Occidentale, la majorité des spectateurs du défilé s'accrochaient à une certaine idée de leur ville, des valeurs qu'elle incarnait et des espoirs qu'elle portait, même si, en cette année 2007, ses gros employeurs d'autrefois – une usine de tubes métalliques et deux fabricants de vitres – avaient fichu le camp depuis plus de vingt ans, et la plupart des petites fermes du comté avaient dans le même temps été absorbées par les géants Smithfield, Syngenta, Tyson et Archer Daniels Midland. Une grande partie des habitants qui agitaient leur drapeau avec le plus de ferveur au passage du cercueil étaient ceux qui, nés ailleurs, étaient venus de Kuala Lumpur, de Jordanie, de New Delhi ou du Honduras.

Rien ne racontait mieux cette patrie fantasmée que l'équipe de football de la saison 2001. Menée par le terrifiant jeu de jambes de Rick, par un solide *quarterback* et par les passes redoutables d'un *linebacker* que tout le monde voyait passer pro, c'était la toute première équipe de l'histoire de New Canaan à se classer en nationale. Dans cette petite localité de quinze mille âmes, le lycée se maintenait toujours sur le fil en première division mais, comme l'entraîneur le faisait souvent remarquer au comité de soutien, personne ne venait s'installer ici. Tous les athlètes étaient donc issus du même vivier de juniors, et il suffisait d'une ou deux années plus molles où les gosses se mettaient à préférer le skate pour que tout soit foutu.

L'équipe mythique était presque au complet ce jour-là, à l'exception du solide *quarterback*, emporté six mois plus tôt par une overdose d'héroïne. Il en avait trop fait chauffer, se l'était injectée au creux du genou sur les marches du mobile-home de son beau-père, et ça avait été le coup de sifflet final. Un instant il admirait les stalactites lumineuses des guirlandes de Noël, et celui d'après il s'écroulait dans une flaque, son visage basculant à la rencontre de son reflet. Au passage du cercueil, plus d'un se rappela les avant-matchs, quand Rick et le *quarterback* se bagarraient dans les vestiaires pour se motiver. Simple chahut, mais ils s'envoyaient tout de même violemment valser contre les casiers. Luisant d'une sueur anxieuse et seulement vêtu d'un slip, ses fesses en bulbes de tulipe saillant entre les élastiques, Rick se colletait avec lui jusqu'à ce que leur peau rosisse des gifles de la viande qui percute la viande, sous les cris d'encouragement de leurs coéquipiers. Ensuite, ils se sanglaient dans leurs protections, balançaient un coup de poing dans leur casier, entrechoquaient leurs casques et traversaient le parking au pas de charge jusqu'au terrain. Ils s'étaient battus en frères pour remporter l'imposante plaque qui ornait encore la vitrine dans le hall du lycée, et cependant peu d'entre eux avaient eu le talent ou les notes nécessaires pour se hisser au niveau supérieur. Dix-huit ans, et fini les vendredis soir sous les projecteurs du stade, les rassemblements d'avant-match, les feux de camp et les amoureuses de troisième. Fini les bals de rentrée, les rencontres amicales, les fêtes, ou encore les virées au Vicky's et les frites qu'on se lançait d'un bout à l'autre de la banquette. Désormais ils travaillaient pour Cattawa Construction et pour Jiffy Lube, ils étaient agents immobiliers ou cuisiniers chez Taco Bell. Ils claquaient leur paye, jouaient au billard ou chatouillaient le ventre de leur nouveau-né. Ils racontaient les matchs d'antan comme pour se prouver qu'ils avaient un jour été quelqu'un. Beaucoup étaient sujets à des rêves dorés dans lesquels ils foulaient de nouveau la pelouse. Quelques-uns cohabitaient avec une petite voix leur rappelant sans relâche ce qu'ils avaient fait avec la fille qu'ils surnommaient Tina la Cochonne.

Au gré de sa courte vie, Rick avait croisé une grande partie de la population de cet endroit, du fait notamment de la place de son père au sein des forces de l'ordre, et aussi du salon de coiffure dont sa mère était propriétaire. Sa famille était établie à New Canaan depuis des générations. Côté maternel, leur ascendance remontait aux premiers colons venus cultiver les terres données en concession après la guerre d'Indépendance. Un de ses arrière-grands-pères était venu de Bavière avec sa famille, riche d'un savoir-faire dans la découpe du verre qui allait donner Chattanooga Glass. Un autre avait gagné sa croûte au bord du canal dans le comté de Coshocton, déplaçant le bois d'œuvre d'une écluse à l'autre. Rick avait dans son arbre généalogique des fermiers et des banquiers, et aussi des ouvriers de chez Cooper-Bessemer, qui deviendrait plus tard Rolls-Royce. L'assemblée qui assistait à la procession connaissait Rick du temps où ses amis et lui étaient des petites terreurs qui faisaient les quatre cents coups à travers la ville, la bouille maculée de gelée de raisins. Tout le monde l'avait vu grandir. Transpercer les lignes de la défense. Incarner, en terminale, un fermier amish sexy dans le spectacle de fin d'année. Il avait été pour cinq jeunes femmes leur premier baiser. L'une d'elles s'était retrouvée enfermée avec lui dans un placard au cours d'une partie de Sept Minutes au Paradis, il lui avait bavé sur le menton et avait peloté tout ce qu'il y avait à peloter. Une autre l'avait embrassé sous les gradins pendant un match de basket et en était sortie tellement excitée qu'elle n'avait pensé qu'à ça pendant un mois.

Ils étaient nombreux à avoir la gueule de bois car, la veille, ils avaient trinqué à la mémoire de Rick au Lincoln Lounge. Autour de pressions pas chères et de mauvais alcools, ils avaient échangé leurs anecdotes préférées, leurs souvenirs de bravoure et leurs idées noires. Rumeurs, ragots et légendes urbaines avaient fusé. New Canaan était maudite, avait-on décidé collégialement. Leur génération, celle des cinq premières promotions du millénaire naissant, évoluait dans la vie avec un piano suspendu au-dessus de la tête et une cible peinte sur le crâne. C'était différent (mais sans doute pas si éloigné) du mythe confus, typique d'une petite ville, que l'on connaissait sous le nom de « Meurtre qui a jamais existé ». L'inventeur de cette expression n'était à l'évidence pas très doué en grammaire, mais elle était restée, on en débattait et on la ressassait dans les bars, les salons de coiffure, les restaurants, parfois à voix basse et parfois non – surtout cette nuit-là, où toutes les spéculations avaient été braillées dans la pénombre du Lincoln. Le Meurtre qui a jamais existé supposait qu'une personne avait peut-être disparu, était peut-être morte accidentellement, avait peut-être été brutalement assassinée, avait peut-être simulé sa mort, avait peut-être foutu le camp avec le butin d'un braquage, avait peut-être quitté la ville dans un nuage de gomme brûlée en riant comme un démon. Désormais, en plein jour, dans l'interminable et étouffante nausée du lendemain de cuite, tout cela paraissait bien stupide.

Le chauffeur ralentit et arrêta la remorque devant une estrade qui avait été empruntée au lycée et dressée sous les chênes centenaires de la place. Sur cette estrade se tenaient, au milieu d'une foule d'amis et de proches, aux côtés du maire et du shérif, les parents de Rick et son frère Lee. Une sono bricolée diffusait « Amazing Grace » et, tandis que résonnaient les derniers accords, le pasteur de la Première Église chrétienne, dans laquelle Rick et Lee avaient si souvent chahuté, pété et perturbé l'office dominical (c'étaient, de l'avis général, deux des enfants les plus turbulents à avoir jamais posé leurs fesses sur ces bancs), prononça la prière d'ouverture : « Seigneur Jésus, prenez en Vos bras Votre fils Rick et donnez à sa famille et à ses amis la force de supporter sa perte. » Le minimum syndical.

Quatre personnes devaient ensuite s'exprimer.

L'une d'elles, la petite amie de Rick à l'époque du lycée, n'arriverait jamais jusqu'au micro. Kaylyn Lynn était si incroyablement défoncée que rien ne semblait l'atteindre. Le vent plaquait ses cheveux sales sur son joli visage et transperçait le maillot (n° 25) que Rick lui avait donné à la fin de sa terminale, après le banquet organisé en l'honneur de l'équipe. Elle était furieuse que les parents de Rick lui aient demandé de prendre la parole. Leur histoire n'avait rien eu d'un conte de fées. Ils s'étaient séparés l'été suivant la fin du lycée. Sans rentrer dans les détails, elle lui avait arraché le cœur avant de le dévorer sous ses yeux. Avait mis au clou la bague de fiançailles qu'il avait essayé de lui offrir. S'était tapé ses potes. Lui avait dit qu'elle l'aimait histoire de s'assurer qu'il ne la quitte jamais tout à fait.

La prière du pasteur s'acheva et Kaylyn Lynn remarqua qu'un corbeau picorait le gâteau-drapeau en vente devant le Vicky's. L'oiseau avait du glaçage rouge et bleu sur tout le bec, qu'il plongeait dans ce délice étalé sur l'asphalte. Malade de culpabilité, quand son tour vint, Kaylyn garda les yeux baissés et adressa un mouvement de tête paniqué aux parents de Rick. Elle déguisait sa défonce en deuil. Elle secouait et tétait son inhalateur, les yeux encore plus brillants que Cassiopée.

Marty Brinklan s'avança alors vers le micro en caressant sa moustache blanche, le visage fatigué, bon marbre couvert de mauvaise glaise. Il jeta un coup d'œil à sa femme, assise sur une chaise pliante en métal, qui serrait dans sa main un mouchoir couleur de prune mouillée et fixait le sol d'un regard catatonique.

« Époux, chrétien, patriote, fonctionnaire », énonça Marty. Ses yeux quittèrent la feuille de papier à laquelle il s'agrippait et cherchèrent ses amis et voisins. « Mais le plus important, une fois qu'on devient père… c'est ce qu'on apprend sur la paternité : à partir de là, on sera avant tout un père, et le reste passera après. » Puis il répéta : « Une fois qu'on devient père… »

Marty voulait en finir avec la partie publique. Lui, ce qu'il savait faire, c'était mettre son chagrin en quarantaine, le garder pour les moments où il l'aurait à lui tout seul, et alors le sortir et le briquer comme un pistolet ancien. Il ne dormait plus, mangeait mal, se laissait aller. Il arrivait même qu'il boive un coup ou deux. Sa semaine de travail avait commencé avec un appel concernant une fille de dix-neuf ans morte d'une overdose, retrouvée la tête dans des toilettes qui débordaient. Une scène atroce. Ensuite il avait remis un avis d'expulsion à l'un des anciens coéquipiers de Rick, un receveur qui avait pleuré et l'avait insulté si fort que Marty s'était surpris à poser la main sur la crosse de son arme. Juste avant qu'il ne décampe, l'ancien receveur avait ricané : « Rick serait super fier, Marty. Dommage qu'il soit pas là pour voir ça. » Ce chouette moment remontait tout juste à la veille.

Jill Brinklan, elle, avait l'impression de participer à une émission de télé-réalité d'une exceptionnelle cruauté. Elle écouta le discours de Marty en souriant et en hochant la tête, mais elle se sentait incapable de soutenir le regard de son mari. Depuis qu'ils avaient appris la nouvelle, elle n'arrivait plus à le regarder. Elle avait aussi découvert qu'elle avait du mal à tenir debout, d'où la chaise pliante. Depuis quelque temps, elle avait des pertes d'équilibre. Sans lâcher son mouchoir, elle se leva, remercia l'assemblée pour sa présence et sa gentillesse, et se rassit immédiatement. Elle se demandait si elle pourrait un jour pardonner sa fierté à son mari. Voilà ce qu'on gagnait à être fier. On le savait quand on avait lu la Bible. Ce matin-là, Marty lui avait demandé quelle chemise mettre, et elle avait craché comme un chat avant de s'enfuir de leur chambre. Elle était allée dans la cuisine, et là elle avait passé et repassé la main sur la porte du four en pensant aux chaussons aux pommes. Le matin, avant les matchs de Rick ou de Lee, elle faisait toujours des chaussons aux pommes. Quand ils avaient instauré cette tradition, elle avait laissé Lee se charger de faire revenir les tranches de pommes dans le beurre, pendant que Rick aplatissait la pâte avec le rouleau à pâtisserie. Quelle joie de voir ses petits garçons cuisiner, suffoquer d'excitation à chaque étape. Et, plus tard, lorsqu'ils étaient devenus des ogres adolescents, de parfaits rustres, quelle joie de les voir déposer délicatement les pommes dans les carrés de pâte avant de les pincer pour les fermer. Les échanges obscènes qu'elle devait policer – comment pouvaient-ils ne serait-ce que rêver de pareilles grossièretés ? (*Rick, lave-toi les mains, on sait que t'as passé la nuit avec le pouce dans le cul* ; *Je vais te coller mon scrotum sur les yeux, Lee.*) Ce matin-là, en caressant la porte du four, elle s'était sentie submergée par tout cela, par une de ces vagues paralysantes aussi imprévisibles que les bourrasques du vent. Elle était sortie dans le jardin, avait marché en chancelant jusqu'au brasero dans lequel se trouvaient encore des canettes de Bud Light roussies datant de la dernière visite de Rick. Elle avait perdu l'équilibre et s'était assise dans l'herbe. Elle avait voulu creuser une couche de terre après l'autre jusqu'à retrouver son fils, jusqu'à ce qu'il soit en sécurité, jusqu'à ce qu'elle cesse de sentir cette odeur de brûlé envolée depuis belle lurette.

Mais, sur les quatre orateurs prévus, c'est Ben Harrington qui brisa le cœur de l'assistance. Ben qui avait arrêté ses études, qui peinait à se faire un nom dans la musique et qui détestait revenir ici. Le centre de New Canaan lui rappelait un magazine jeté au feu, les pages qui noircissent et se ratatinent en commençant à brûler, juste avant que les flammes ne s'en emparent. Cette ville, pourtant, lui avait paru tellement animée, importante, solide et palpitante du temps où Rick, Bill Ashcraft et lui sillonnaient cet Éden à vélo. Ils connaissaient tous les robinets auxquels remplir leurs bombes à eau, le meilleur coin pour se baigner dans la Cattawa River, la meilleure pente pour faire de la luge et le meilleur mur contre lequel appuyer sur la poitrine d'un mec jusqu'à ce qu'il perde connaissance et plonge dans des rêves agités par le manque d'oxygène.

Sur l'estrade, Ben raconta une histoire toute simple de leur enfance. Un jour, alors qu'ils pataugeaient dans la rivière, sentant leurs orteils s'enfoncer dans la vase, Rick avait attrapé une grenouille. Il brandissait ce trophée affolé dans ses mains ébahies devant Ben qui s'éloignait en trébuchant, ses boucles blondes lui tombant sur les yeux.

« Allez, c'est qu'une grenouille, dit Rick.

– M'approche pas avec ça !

– Touche-la, allez !

– Non.

– Allez, touche-la !

– Non.

– C'est pas du poison. Et c'est pas vrai que ça donne des verrues.

– Casse-toi, Rick. »

Alors Rick lança la grenouille sur Ben, qui poussa un cri et s'enfuit pendant que le batracien terrorisé se carapatait loin de cette bande de malades. Bill Ashcraft riait comme un dément. Ben pleura en les traitant de connards, puis il s'assit sur la berge et les autres continuèrent à jouer dans l'eau. Cinq minutes plus tard, Rick vint le trouver, les mains sur les hanches.

« Casse-toi.

– Allez, Harrington. Ça irait mieux si je bouffais un insecte ?

– Hein ? Non. Qu... »

Sans lui laisser le temps de finir sa phrase, Rick cueillit une sauterelle sur une feuille et la fourra dans sa bouche. Il croqua dedans et l'avala, et tout de suite après il se plia en deux pour vomir. Ben n'avait jamais ri aussi fort de toute sa jeune vie. Ils en pleuraient tous les deux, Ben de rire et Rick parce qu'il essayait de recracher l'exosquelette de la sauterelle. Et puis ils coururent à la rivière comme si de rien n'était, ils s'éclaboussèrent et crachèrent de l'eau vers le soleil.

Un rire traversa la foule, suivi d'une nouvelle tournée de sanglots. Un père qui tenait son adolescente par les épaules serra soudain plus fort, comme pour empêcher le vent de l'emporter.

Bien sûr, Ben ne raconta pas la dernière fois qu'il avait vu Rick, au printemps 2006. Celui-ci venait de rentrer de sa première mission, et de nouvelles couches de muscle s'étaient ajoutées à sa charpente déjà imposante. On aurait dit qu'il portait une combinaison pare-balles. Il s'était défoncé à la skunk et Ben avait essayé d'aborder le sujet de Bill Ashcraft. Cela faisait presque trois ans que Rick et Bill, amis depuis le berceau, étaient brouillés. Mais Rick n'avait à raconter que des histoires à la vaillance lugubre, des moments hilarants dans le désert irakien. « Une fois j'ai cru voir un rat qui se barrait avec un bout de bœuf séché. Donc je me suis dit, elle est où ta réserve mon petit pote ? Et tu sais quoi ? En fait c'était un doigt ! Le petit rat tout mignon, il se barrait avec un doigt !

– Putain, Brinklan.

– Allez, fais pas ta tarlouze. C'est la guerre, c'est tout. »

Rick refusait de parler de Bill, et aussi de Kaylyn, mais il était partant pour fumer un joint à Jericho Lake.

« Y a pas des tests d'urine chez les Marines ? »

Rick aboya de rire. « Tu parles, ma couille. » C'était ça, le truc avec Rick : sa grossièreté, son irrévérence ne parvenaient jamais à masquer l'immense amour qu'il avait pour les autres – en réalité, elles y étaient liées.

Et donc, bien que trop ivres pour conduire, ils allèrent au lac en voiture, franchissant l'horizon de la boule à neige qu'était leur ville. Ben avait envie d'écrire une chanson sur Rick, sur ce style de mec qu'on trouve un peu partout dans le ventre boursouflé du pays, qui enchaîne Budweiser, Camel et nachos accoudé au comptoir comme s'il regardait par-dessus le bord d'un gouffre, qui peut frôler la philosophie quand il parle football ou calibres de fusil, qui se dévisse le cou pour la première jolie femme mais reste fidèle à son grand amour, qui boit le plus souvent dans un rayon de deux ou trois kilomètres autour de son lieu de naissance, qui a les mains calleuses, un doigt tordu à un angle bizarre à cause d'une fracture jamais vraiment soignée, qui est ordurier et peut employer le mot *putain* comme nom, adjectif ou adverbe, de manières dont vous ignoriez jusque-là l'existence (« On est putain de bien ici, putain », dit Rick, assis dans l'herbe, en admirant le miroitement nocturne de Jericho Lake). Pourtant, son ami n'avait rien d'ordinaire. Il vivait en roue libre, était têtu comme une mule et aussi rusé qu'un coyote. Il portait en lui des océans entiers, toute la nature du pays, des fantômes farouches et quelques centaines de millions d'étoiles.

« Y a plus rien ici, mec. Plus rien à retrouver du passé », déclara-t-il cette nuit-là, cryptique. Il sortit de son jean sa bite molle et pissa si près de Ben que ce dernier dut détaler sur l'herbe pour éviter les éclaboussures. « Plus que toi et moi, mon pote. Toi, moi, et une dernière nuit solitaire à se tenir tous les deux dans les bras. »

De quoi parlait-il ? Difficile à dire. D'une chose que lui-même ne comprenait pas vraiment mais qui, en trois petites années, l'avait affecté. Les avait affectés. Des endroits qu'il avait vus, des choses qu'il avait faites. La veille de son redéploiement, il s'était soûlé dans son jardin près du brasero, balançant dans les flammes ses canettes cobalt de Bud Light tout en sachant que ça agaçait sa mère. Il était ensuite allé faire un tour et avait descendu la route jusqu'au champ où, un jour, comme un idiot, il avait essayé d'offrir une bague de fiançailles à sa copine. Le soleil se couchait, c'était ce temps curieux du Midwest où les vestiges de l'hiver privent le printemps de ses premiers jours. Des croûtes de neige à moitié fondue s'attardaient dans la friche. Au-delà s'étendaient la forêt et les arbres déplumés qui ressemblaient à une brosse métallique. Une lumière d'eau tombait en biais sur l'horizon. Elle déposait un filtre sur la couleur des choses, et les vaches au loin paraissaient bordeaux et jaune dans ce crépuscule kaléidoscopique. Un pied dans une flaque, Rick attendait les corbeaux. Il se disait qu'il fallait garder la foi. Continuer à croire que, même si la vie pouvait être dure, Dieu se rattraperait plus tard.

Les corbeaux avaient élu domicile dans les bois près de la zone industrielle, à un kilomètre et demi de là. Des tribus qui fourrageaient dans les poubelles et les micocouliers et qui s'étaient alliées en une horde de plus en plus grande. Son père parlait de « méga-volée » à cause de ce qui se produisait au coucher du soleil. Rick regardait son reflet trembler dans la flaque, l'écrasait du pied dès qu'il se stabilisait, et de nouvelles interférences horizontales déformaient alors ses traits. Il était ivre et il se mit à penser. Il pensa à cette cage dans laquelle il vivait, à cette prison dans laquelle il se voyait déjà passer toute sa vie, du berceau à la tombe, mesurant l'écart entre ses modestes espoirs et les regrets mesquins qu'il en vint à éprouver. On ne sort jamais de la cage, se dit-il, parce qu'on s'accroche vainement et désespérément à une suite sans fin de deuils inachevés.

Et puis les corbeaux s'étaient animés, des milliers de corbeaux qui s'étaient déversés dans le dernier éclat du jour. Des créatures à mi-chemin de l'ange et du rat, gorgées de reflets violets, qui s'étaient élancées en croassant vers la forêt, une inquiétante courtepointe qui avait recouvert la moindre branche laissée nue par l'hiver…

Lorsqu'on en eut terminé avec la procession, la foule convergea vers l'estrade et enveloppa dans ses embrassades et ses prières celles et ceux qui s'y tenaient. Le vent s'immisçait dans les manches, creusait les yeux et semblait vouloir les pousser au départ. Jill Brinklan laissa tomber son mouchoir prune et ne le ramassa jamais. Marty Brinklan pivota pour serrer Lee dans ses bras, manière d'éviter de regarder sa femme. Kaylyn ne s'attarda pas et sauta à bas de l'estrade. Ben Harrington écrasa des larmes sur sa joue avec le dos de sa main frigorifiée. Le cortège prit le chemin du retour. Un camion d'entretien vint récupérer le drapeau dans les branches du chêne. Et le cercueil fut retourné à Walmart. C'était le 13 octobre 2007.

En ce qui concerne notre histoire, cette journée est peut-être moins notable pour les personnes qui ont assisté à la procession que pour celles qui l'ont manquée. Bill Ashcraft et Tina la Cochonne. Stacey Moore, l'ancienne championne de volleyball, membre de la Première Église chrétienne. Et un garçon nommé Danny Eaton, qui était en Irak et disposait encore de quelques années avant de perdre un de ses beaux yeux noisette. Chacun d'eux avait ses raisons d'être absent, et tous reviendraient un jour. Il est difficile de dire où cela s'achève et même où cela a commencé, car on finit fatalement par se rendre compte que la linéarité n'existe pas. Tout ce qui existe, c'est ce lance-flammes délirant, ce rêve collectif dans lequel nous naissons, voyageons et mourons.

Commençons donc un peu moins de six ans après le défilé organisé en l'honneur du caporal Rick Brinklan, par un soir fébrile de l'été 2013. Commençons avec quatre véhicules et leurs occupants qui convergent du nord, du sud, de l'est et de l'ouest vers cette ville de l'Ohio. Plus précisément, commençons avec un petit pick-up sur une route de campagne plongée dans l'obscurité, son châssis vibre, son réservoir est vide, il fonce dans la nuit, parti d'un point qui nous est encore inconnu.

Bill Ashcraft
ou
La Chose américaine

Ce que nous avons là, c'est un pick-up qui traverse une chaude nuit de juillet en trimballant un petit paquet anonyme scotché sous le pare-boue. Cela après quatorze heures de voyage entre La Nouvelle-Orléans et l'Ohio avec un conducteur déchiré au LSD. Cela après que Bill Ashcraft était arrivé dans sa ville natale et avait croisé deux vestiges du cœur de son majestueux pays ravagé par la guerre. Après qu'il avait trouvé Dan Eaton, le héros médaillé, errant sans but et hagard sur le bas-côté au crépuscule. Après qu'il était allé visiter la tombe de Rick Brinklan, aussi froide et lisse qu'un miroir, pour la première fois depuis qu'on avait rapatrié son corps rompu. Après que la baston dans le bar s'était subitement essoufflée lorsque Eaton avait fait un usage inventif d'un œil de verre. Ajoutez à tout ça deux autres fantômes du lycée avec qui, autrefois, il avait fait le singe dans ce même bar – Jonah Hansen, descendant d'une lignée de promoteurs immobiliers, et Todd Beaufort, ex-gloire du football américain dans la Rust Belt – et la toile de remémorations pénibles dans laquelle l'avaient piégé ces deux types que le temps n'avait pas épargnés. Mais gardons cela pour plus tard. Dan Eaton nous l'expliquera en temps voulu. Pour l'heure, ayons seulement à l'esprit qu'il s'était *passé des trucs*, et que du côté de Bill, l'énergie mystique de cette nuit où tout s'entrelaçait n'était pas franchement en train de retomber. À l'instant où il avait posé le buvard sur sa langue et s'était élancé dans la chaleur vaseuse des routes du bayou, il avait compris que, sur ce coup, il allait falloir négocier un paquet de méandres et que, même pour quelqu'un comme lui, le chemin allait être sinueux et imprévisible, bien au-delà de tout ce qu'on projette lorsqu'on retourne dans la ville éprouvée et hantée de son enfance pour y livrer un paquet louche à une figure sortie d'un passé accablant, sombre et moisi, ce qui revient à dire : *Cher Territoire, je viens ici en étranger.*

Et puis, après avoir déposé Eaton à la maison de retraite Eastern Star pour que ce dernier y poursuive ses propres démons bicolores, sa saloperie de pick-up était tombée en panne d'essence.

Là, Bill Ashcraft ne pouvait s'en prendre qu'à lui-même. Il n'avait pas prévu de faire autant de détours, et la jauge du réservoir avait la précision d'un manuel de biologie créationniste. Surtout, il s'était perdu dans les tendres souvenirs de sa bouteille de Jim Beam, terminée entre deux stèles dans une pénombre spectrale.

Le vieux Chevy S10 cliqueta, tinta, râla et s'arrêta avec un dernier sifflement, comme s'il se pissait dessus, et puis le moteur jeta l'éponge. Bill se rangea sur le bas-côté, au milieu des herbes hautes qui raclaient le châssis.

« Espèce de salope frigide, lança-t-il à la camionnette. T'es vieille, tu pues, t'es… » Il éclata d'un rire sec comme le sable. « Nan, je déconne. » Il serra le volant dans ses bras. « Je t'aime encore, mon bébé. Toi et moi, c'est à la vie à la mort. »

Les phares découpaient un bloc de lumière oblique sur les digitaires jaunies au bord de cette portion lente et arborée de la Route 229, à environ un kilomètre et demi de New Canaan.

« Tu te rappelles la fois où on s'est enfuis du Kansas avec

tous les flics de l'État au cul, comme si on avait braqué une banque ? Qu'est-ce qu'on s'est marrés. »

Il lâcha le volant et soupira. Ni lui ni son pick-up n'étaient jamais allés au Kansas.

Il était copieusement torché, et pour lui ce n'était pas rien. Sans compter qu'il était toujours bien défoncé par l'acide. Ces buvards duraient une pu-tain-d'é-ter-ni-té. Il fallait vraiment être prêt à passer dans une autre dimension, dans un asile de fous dont on devait accepter les dérèglements, accepter qu'on n'en reviendrait jamais et imaginer la vie dans ce nouveau cadre, avec le cerveau qui crache du feu.

Mais ça allait. Cette journée et ses sales délires allaient juste continuer à bouillonner encore un moment dans sa caboche.

C'était ça le truc, se disait Bill : dès qu'on remet les pieds à New Ca, on tombe sur des gens du lycée. La peste et le choléra en prime. Mais croiser Eaton sur le chemin du cimetière, et un peu plus tard se retrouver assis en face de Beaufort qui, après avoir grillé ses sept vies de joueur de football, ressemblait désormais au cadavre triste, flasque et bouffi du titan qu'il était autrefois, tout ça dans la même fantastique soirée – eh bien, ça, niveau mystère, c'était cosmique. Bien qu'ils aient été plus ou moins ennemis à l'adolescence, Bill percevait aussi une forme de fraternité entre eux : deux anciens athlètes de province jadis beaux comme des dieux qui n'arrivaient pas à piger pourquoi ils n'avaient pas conquis le monde.

Mais bon, bref. Ce soir-là l'univers chantonnait. Bill le sentait à travers l'urgence de sa nausée. Il ne croyait pas en Dieu, ne croyait pas davantage au destin ou aux coïncidences, et n'avait donc pas beaucoup d'options pour expliquer les choses sinon que, parfois, le bon astéroïde percutait la bonne planète de telle sorte que les lézards perdaient leur place et ces cons de singes la récupéraient.

« La Planète des singes ! cria Bill dans la cabine du véhicule. C'est *notre* planète. Quel coup de théâtre, putain. »

Il était à cinq bornes au moins de la station-service la plus proche, et il avait balancé son téléphone quelque part en Arkansas après avoir brièvement acquis la certitude que la NSA l'espionnait. Il sortit de sa poche le minuteur de cuisine : 02:37:47. Il allait être obligé de finir à pied. Il farfouilla dans la boîte à gants et dénicha le rouleau d'adhésif transparent. Il éteignit les phares, sortit du camion et alla à la roue arrière gauche. Allongé sur le dos, il trouva le petit paquet maintenu dans un recoin par un fouillis de chatterton et de fil de fer. Il lui fallut plusieurs minutes pour défaire son ouvrage, se dépêtrer de la colle qui lui poissait les doigts et triturer les nœuds avec ses mains ivres, s'émerveillant tout ce temps des éléments noirs du système de combustion interne, empire fantasmagorique probablement dirigé par un dictateur barbare (la boue séchée, décida-t-il, était le désert où l'on crucifiait les rebelles vaincus), avant que la cargaison ne se détache.

Il se releva, s'épousseta. Le paquet était un rectangle de la longueur d'une enveloppe standard, épais de quelques centimètres. Une jolie brique si bien protégée par des couches de cellophane et de Scotch que l'on ne devinait absolument rien de la texture, de la couleur, de l'odeur ou des variations de son contenu. Bill déboutonna sa chemise en flanelle, l'ôta et colla la brique le long de sa colonne vertébrale, au creux des reins, avec une bande d'adhésif. Ensuite il fit tourner le rouleau autour de son ventre et de son dos pour fixer le paquet à sa personne. Lorsqu'il le sentit bien attaché il coupa la bande, laquelle se déchira avec le type de silence onctueux qui nous laisse pantois devant les merveilles sans nombre de la civilisation industrielle. Il jeta le rouleau sur le plateau du pick-up et examina son ventre.

« Et c'est alors qu'il se rendit compte qu'il devrait arracher tout ce merdier en arrivant », dit-il à son estomac. Ses poils, plaqués contre la peau par l'adhésif étouffant, écœurant, n'étaient plus que des petits machins terrifiés.

Avant de pouvoir prolonger cette réflexion, il pivota et vomit dans l'herbe, conscient que ça le ferait instantanément dessoûler et qu'il serait mal à court ou moyen terme.

Il retourna un instant dans l'habitacle, récupéra une photo dans le pare-soleil et la glissa dans sa poche arrière. Ce cliché avait eu une vie mouvementée. Combien de fois Bill avait-il pensé l'abandonner là où le vent l'avait déposé. À combien de pêle-mêle de résidences universitaires, de miroirs d'hôtel ou de frigos d'appartement l'avait-il punaisé, fixé, collé, toujours convaincu que ce serait là son tombeau sur cette terre. Qu'il s'en déferait comme il s'était défait de toutes ses autres possessions. Et pourtant c'était l'unique chose qu'il pensait systématiquement à prendre, l'éclat de schiste nostalgique qu'il déterrait avant de partir. Il se demandait parfois si cette photo n'avait pas un projet caché pour le suivre de cette façon.

Et donc il se mit en route vers les lumières de la ville qui, faute de meilleure option concrète, était toujours sa ville. Après avoir marché un peu moins d'un kilomètre, il s'aperçut que, obnubilé par la photo, il avait oublié les clés sur le contact et mille dollars dans la boîte à gants.

Il eut la flemme de faire demi-tour.

Si Bill avait choisi ce week-end-là pour revenir, c'est parce qu'il savait que ses parents seraient absents ; ainsi, lorsqu'il arriva titubant à la maison de son enfance, un château immaculé en pleine campagne avec une pelouse impeccable et un panneau de basket dans l'allée où il avait souvent joué avec Rick Brinklan et Ben Harrington jusqu'à la nuit tombée, il était certain qu'il pourrait se balader à moitié déchiré sans que ses parents lui posent mille questions sur ce que devenait leur fils de vingt-huit ans avec qui ils étaient plus ou moins fâchés.

Fâchés, c'est un grand mot, et pas tout à fait exact. Disons plutôt que ses parents étaient *exaspérés* : son errance après la fac, ses boulots perdus, son remarquable talent pour leur piquer du fric même après qu'ils avaient sécurisé leurs cartes de crédit, comptes Paypal et boîtes à bijoux. Il y avait également la possibilité que ses parents aient divorcé et n'aient pas pris la peine de l'en informer. Sa mère, une étudiante en journalisme qui avait tiré un trait sur sa carrière new-yorkaise pour suivre son dentiste de mari dans le berceau de maïs et de rouille de son enfance, au cœur de l'Ohio, afin que théoriquement ils y élèvent un enfant loin de… loin de quoi, au juste ? De la violence, de la peur, des minorités, de la pollution ? L'amour est une stratégie marketing comme toutes les autres, or une campagne de pub finit toujours par perdre de son piquant. Et l'amour par ressembler à un mauvais spot pour des tacos.

Toutefois, en l'occurrence, ils étaient à Cincinnati pour le mariage d'une cousine de Bill.

Au-delà de sa mission et de toutes ses conséquences, il n'avait pas été mécontent de fuir quelques jours La Nouvelle-Orléans et sa chaleur nucléaire. Il s'y sentait déjà autant à l'étroit qu'à New Canaan. C'était l'unique leçon qu'il tirait de ses voyages : où qu'on aille, même si tout paraît neuf quand on débarque, au bout du compte c'est toujours les mêmes bars, la même bouffe, les mêmes meufs, la même politique, la même picole, les mêmes drogues, les mêmes emmerdes.

Il rédigeait des communiqués de presse pour une association de préservation des zones humides qui avait été créée en 2010 dans le sillage du cauchemar interminable causé par BP. Dédiée à la protection de la population et de l'environnement des côtes de Louisiane, et financée selon la rumeur par un oscarisé, elle luttait contre les intérêts pétroliers et pétrochimiques qui régnaient sur l'État de la même manière que la couronne d'Angleterre régnait sur ses colonies des Indes. Pas franchement besoin d'être un as de la politique pour comprendre que l'État et les administrations locales étaient déterminés à sucer jusqu'à la dernière goutte du pétrole des puits de haute mer et que – pour l'écrasante majorité des législateurs – les zones humides pouvaient aller se faire voir très loin dans l'espace. Il n'y avait pas à tortiller : cette ville était condamnée. Bill ne savait pas vraiment s'il avait été viré à cause de sa démotivation, de sa consommation d'alcool, ou d'une remarque malavisée à son patron (coincé, libidineux, originaire du Vermont et grand fan de la série *Treme*), à savoir : « Essaye un peu de baiser ta femme, pour changer », mais toujours est-il qu'il avait été viré.

Donc, s'il retournait un jour à La Nouvelle-Orléans, ce serait pour vider son appartement. Dès que ce nouveau plan avait été confirmé, il s'était rendu en mission diplomatique dans le Quartier français, où il avait déniché un joueur de saxo qui avait accepté de lui vendre un buvard d'acide. Après quoi il avait enjambé sa haine de lui-même et foutu le camp. Cap au nord.

La première partie du boulot se déroula sans accrocs. Il rencontra le gars dans la cour vide d'un entrepôt condamné, grillage rouillé et effondré, panneau ENTRÉE INTERDITE éraflé traînant dans la poussière, mauvaises herbes envahissant toutes les fentes où la pluie et le soleil osaient pénétrer. Un avant-poste industriel ordinaire en Louisiane, rien en vue hormis de la souffrance, des églises, des foyers de cancer, et la cuisine du bayou qui enchante les papilles. L'autre aussi conduisait un pick-up, mais pas une épave comme celle de Bill. Bon gros Cajun, il était arrivé au volant d'un Ford F-350 rouge sang, féroce. Il avait un bouc poivre et sel et une casquette de camionneur avec une croix en plein milieu. Il revenait d'un endroit qui lui avait crotté les bottes et parlait dans ce dialecte créole qu'un gosse de l'Ohio ne décrypterait jamais tout à fait. Il ordonna à Bill de broyer sous sa semelle le téléphone prépayé qu'il avait acheté spécifiquement pour fixer ce rendez-vous. Puis ils se glissèrent tous les deux sous le camion de Bill et Bill tendit au type le rouleau de chatterton et le fil de fer pour qu'il attache le paquet aux entrailles du véhicule. Après quoi le type lui remit une enveloppe remplie de billets de vingt.

« Pas d'excès de vitesse. Tu parles à personne. Pas de drogue et pas d'alcool à l'intérieur du camion, des fois que tu te fasses contrôler par les flics.

– J'ai un régulateur de vitesse et je suis blanc, mon pote. Les schmidts me voient même pas. »

Cela ne parut pas amuser le Cajun, et Bill n'eut pas le temps de lui expliquer que sa remarque n'était qu'ironiquement raciste, une satire du système politique – ni qu'il avait la ferme intention de se faire un voyage psychédélique. (Beaucoup de trucs omis dans cette conversation.)

Ce qu'il faut savoir, c'est que Bill avait du mal à conduire sur de longues distances s'il n'était pas dans un état altéré, aussi allait-il avoir besoin d'un sacré mojo s'il voulait rallier l'Ohio depuis La Nouvelle-Orléans en une journée pour livrer sa marchandise mystère. Le seul accident de parcours avait été le moment où il avait jeté son téléphone par la fenêtre, une mauvaise idée car on lui avait fixé une heure bien précise pour l'échange. Il avait réparé son erreur en s'arrêtant dans un bazar où – ne trouvant pas de montre et sentant sur lui le regard pesant du personnel – il avait acheté un petit minuteur de cuisine, après quoi il était sorti en percutant un présentoir de bouteilles de lotion autobronzante qui s'étaient éparpillées en tintant dans l'allée comme des quilles de bowling, puis il avait réglé son acquisition sur 15:00:00, une estimation au doigt mouillé du temps qu'il lui restait. La résolution de ce petit imprévu avait manifestement activé la magie du LSD. Pendant les dix à douze heures suivantes, il avait fumé des clopes en roulant à travers un paysage délavé, dans les méandres du Mississippi et sous les étoiles qui pleuvaient sur l'Alabama, tandis que le ciel changeait au gré de guerres et d'incendies orange et violet. Des armées dévalaient les plaines et des avions mouraient dans de sublimes explosions pourpres. Une poussière assez épaisse pour qu'on la sente sur la langue s'élevait en tourbillons des champs où poussaient soja et maïs. Des oiseaux noirs perchés sur des lignes téléphoniques noires le regardaient de leurs yeux noirs. Des drapeaux se hissaient le long de la hampe des nuages et une fumée d'ambre dérivait hors du temps, grimpant vers d'autres plans de l'existence avant d'en revenir changée. Lecteur CD hors d'usage, horloge cassée, la radio pour seule compagnie, il s'occupait avec toute la gamme d'excentricités des ondes américaines : chansons pop, rimailles country, rêveurs évangélistes espérant contre toute attente que Jésus reviendrait sans tarder. Traverser le Tennessee, Nashville, le Kentucky et ses collines de pâturin, traverser juillet, un mois entier d'hallucinations et de lunes érotiques dans une chaleur électrique, les champs en feu d'un côté et de l'autre, et les flammes qui montaient à des centaines de mètres dans le ciel jusqu'à roussir le ventre des gros porteurs. La route seule était une rivière d'eau fraîche qui garantissait la sécurité de son chemin. Tout le reste brûlait comme du sang en flammes. Sur ces routes filles d'Eisenhower, avec à sa gauche le soleil couchant qui déversait une aura mystique dans le ciel confus, il s'aperçut qu'il sentait son cerveau saigner.

Mais ces visions commencèrent à se calmer à l'approche de chez lui, et lorsqu'il franchit l'Ohio River près de Marietta, une soif familière lui vint qui le guida, exigeant satisfaction, et ce superbe écoulement d'eau du Midwest lui évoqua une immense baignoire pleine de tise. Il s'arrêta dans une épicerie, acheta ce qu'il trouva de moins cher et s'élança au-dessus du bleu crépusculaire de la rivière, s'envoyant la première gorgée à l'instant où la teinte passée du ciel s'assortissait parfaitement à celle de l'eau.

Il en était à sa troisième semaine de cuite depuis qu'il avait perdu son boulot, mais en réalité ces semaines étaient l'apogée de quatre années de cuite depuis qu'il s'était fait virer de la permanence d'Obama à Columbus, années que l'on pouvait aussi voir comme la continuation d'un lever de coude prolongé qui avait commencé au lycée de New Canaan. Difficile à dire. Bill sortait de trois semaines passées à boire, fumer, sniffer et gober dans un tel état de stupeur que, en un sens, l'acide l'avait presque réveillé, tiré de son terrier et laissé sous un soleil à cramer des vampires, faisant de ce moment de son existence un interminable et puissant foutoir de souvenirs, de poésie et d'émerveillement. Pile ce que doit être un bon trip. Il n'avait rien avalé depuis la veille. Chaque fois qu'il prenait de l'acide, il oubliait de manger pendant trente-six heures et en émergeait affamé, capable de sucer le sang d'un lapin.

Il trottinait au bord de la petite route, démarche erratique au milieu du bruissement des arbres entortillés. Grandes étoiles plein le ciel. Nike de contrefaçon crissant sur les graviers. Trop sobre après sa purge. La longue marche jusqu'à la ville lui fit franchir un pont doté de petits garde-fous en béton. Au-dessous, le murmure des flots vifs de la Cattawa, la rivière de son enfance. L'herbe des berges était d'un jaune sale, estival. Ici la nuit paraissait informe, et ce n'était pas seulement dû au gant de toilette froid posé par l'alcool sur son esprit ou aux derniers feux du LSD : c'était une chose élémentaire qu'il entendait. La rivière parlait et son cheminement singulier et bouillonnant, qui façonnait ses contours, révélait des histoires profondes sur le temps, l'apologie et la géologie. C'était le son ou l'absence de son qu'il ressentait parfois quand il allait à la réserve naturelle pour randonner dans le bayou et admirer un monde en déclin, essayant d'apercevoir ce qu'il en demeurait, ce qui avait survécu, pour le moment du moins, au désir pestilentiel des fugaces réjouissances humaines.

L'adhésif autour de son torse tirait et mordait à chaque pas.

Il avait du temps devant lui – 02:18:24 –, et comme par hasard un magasin de spiritueux se dressait en plein sur son chemin. Il triturait le morceau de serviette déchiré : Jonah y avait griffonné le numéro de téléphone pendant qu'ils fumaient à l'extérieur du bar. Derrière l'envie pressante de boire et de se débarrasser de ce goût de vomi, il y avait l'envie de quelque chose de plus fort. Et derrière l'envie de quelque chose de plus fort, il y avait l'envie de se souvenir – la pire des addictions.

La vache, se dit-il soudain en regardant autour de lui, c'est quand même super moche l'Ohio.

L'État dans son ensemble, ça ne faisait aucun doute, mais quand on entrait en titubant par la SR 229, la banlieue de New Canaan apparaissait comme un condensé de tout le mal-être du Midwest. Cette maigre zone commerciale avait perdu tous ses panneaux, on n'y voyait plus que les silhouettes spectrales d'activités disparues et les petites traces de rouille aux endroits où des vis plongeaient naguère dans le stuc. La suite du chemin était marquée par toutes les tumeurs habituelles. Maisons avec un panneau À VENDRE. Maisons avec un panneau SAISIE. Le reste à louer et manifestement pas loué. Andy's Glass Shop, fermé. Burger King, ouvert. New Canaan Building Supply, de l'autre côté de la rue, fermé, panneau À LOUER. Subway, ouvert. Station-service, ouverte, enseigne carbonisée, types louches qui traînaient et suivirent Bill du regard. (Tiens, une cabine téléphonique ! Ça existe encore !) Gotti's Pizza, où le père de Harrington les emmenait après les matchs de foot ou de basket au temps du YMCA, condamné, disparu avec sa délicieuse tarte hawaïenne. Liberty Tax, ouvert.

L'Ohio n'avait pas connu la même bulle immobilière que la Floride et le reste de la Sun Belt, mais les vautours avaient fondu sur ses villes industrielles agonisantes – Dayton, Toledo, Mansfield, Youngstown, Akron –, où ils avaient fourgué prêts et refinancements. Des saloperies qui avaient pété au visage des gens, exactement comme les hypothèques à risque de la crise des subprimes. Une horde d'escrocs parvenus avait ratissé l'État, en commençant par les quartiers où les retraites gelées de pieuses veuves noires en faisaient des cibles faciles, avant de passer aux enclaves populaires blanches puis aux banlieues de la première couronne. Les saisies débutèrent et des quartiers entiers se transformèrent en champs de mauvaises herbes galopantes, ponctués de coquilles abandonnées ou de squats à dope. Ameriquest, Countrywide, CitiFinancial – tous ces salauds perfides qui guettaient les plans sociaux et les fermetures d'usines, les luttes et les peines de l'État, et qui inventaient des moyens de s'enrichir sur le désespoir des habitants. Toutes les villes de l'Ohio avaient de grandes étendues gangrenées qui ressemblaient à New Canaan, la même géographie de zones commerciales cancéreuses aux avant-postes violemment éclairés vantant diverses variations autour du crédit à la consommation. Ces entrepreneurs voyaient l'État tomber en panne comme le pick-up de Bill et accouraient pour tenter de vendre en pièces détachées ce qui fonctionnait encore.

« Santé ! » lança Bill en levant une bouteille invisible pour trinquer avec la nuit.

Quand il était passé en ville, un peu plus tôt dans la soirée, il avait remarqué plusieurs maisons qui conservaient encore leur pancarte ROMNEY/RYAN presque neuf mois après la défaite retentissante de ces deux Cylons blêmes et incompétents. Il repéra d'autres panneaux qui suppliaient la population de voter *Oui* à une taxe scolaire vouée à l'échec.

Il se dirigea vers la cabine téléphonique, aperçut un drôle de vieux qui se coulait dans la nuit avec son sac de courses. Il composa sur les boutons gras le numéro de téléphone noté sur la serviette, chaque rectangle chromé un probable centre de loisirs pour l'herpès et la morve.

Il chantonna : « Drogue-d-drogue-drogue-drogue » sur l'air de « Thong Song » de Sisqo.

Ça sonna deux fois et une voix répondit à l'autre bout du fil.

« C'est Jonah Hansen qui m'a donné ce numéro. Ça serait possible d'avoir quelque chose ?

– Où ? Et quoi ? » La voix du type était légère et bourdonnait un peu comme une mouche à l'oreille de Bill.

« De la weed, si possible. Mais je suis ouvert à d'autres mauvaises idées… » Ses yeux s'arrêtèrent sur le Dunkin' Donuts, illuminé. Un employé passait la serpillière. Il était âgé et maigre comme un clou, il avait sur le visage un archipel de croûtes dont certaines paraissaient encore ouvertes et suintantes, et malgré la vitre Bill sentait presque l'odeur de pourrissement. Il remarqua une dent manquante, une des incisives du haut.

« J'ai plein de trucs, mec. Tu veux qu'on se retrouve où ?

– J'étais en chemin vers le magasin d'alcool.

– Parfait. Je suis là dans dix minutes. »

Une voiture de patrouille ralentit en le voyant. Naturellement, il vérifia si ce pouvait être Marty Brinklan, mais c'était un jeune flic au crâne en boule de billard et au visage cruel, intrigué car cette cabine servait le plus souvent à des histoires de drogue. Bill garda le combiné contre l'oreille alors que la tonalité s'enclenchait, juste pour s'assurer que le flic aille voir plus loin.

La nuit vint prendre son poste.

Pour la millième fois en vingt-quatre heures, Bill se demanda dans quoi il s'était fourré, avant de s'extraire de cette pensée en entonnant un vieux morceau de Ben Harrington. Celui qui ressemblait à un chant de marin, extrait de l'album sur la pochette duquel Ben portait son pork pie débile.

« Tout le monde est parti faire la guerre / Tout le monde est tombé dans la dope / Tout le monde se serait pendu si la corde avait été moins chère. » Beuglant à pleins poumons, il atteignit un carrefour. Une voiture égarée attendait devant le feu vert, moteur au ralenti. « Tout le monde a eu la chaude-pisse / Tout le monde a lâché la banshee / Et il reste plus que nous deux / Avec notre sale fête triste ! »

Il crut d'abord que le conducteur n'avait simplement pas remarqué qu'il pouvait avancer, mais la voiture ne bougeait toujours pas, se moquait d'avoir la priorité. Bill imagina un type à la masse, bourré ou défoncé. Lorsqu'il reconnut le visage, la surprise lui chatouilla le bout des doigts.

C'était la mère de son ex. Cette salope de Bethany Kline, sur la voie qui partait vers le sud, de sorte qu'il avait une vue dégagée de l'habitacle. Mains serrées sur le volant en position 10 h 10, elle pleurait.

Le vert plastique du feu tricolore faisait briller l'humidité sous ses yeux. Bethany Kline paraissait encore plus bouffie, flasque et laide que dans ses souvenirs. On passe tellement de temps à contempler les gueules botoxées et retouchées des stars du cinéma et des personnalités de la télé qu'il est parfois choquant de voir celle d'une sexagénaire moyenne piétinée par le temps et la désillusion, surtout quand elle a pleuré. Elle était toujours coiffée pareil, la même coupe au bol et la même mauvaise teinture brune peu flatteuse, typique de la région. Une frange de moine. Ses yeux étaient des plaies enflammées. Bill lui en voulait presque. Qu'est-ce qui lui prenait de chialer comme ça, putain ?

Il repensa à la fille Kline, un jour à Jericho Lake, en bikini noir avec ses lunettes de soleil style Jackie Onassis et sa peau café au lait, héritage de ses ancêtres. Son corps élancé, musclé. Lisa Han avait des pommettes plus hautes que la lune et un délicat pincement des paupières trahissant un sang de Caucasien à moitié exilé. Pendant les deux années de lycée les plus cruciales, alcoolisées et orgiaques, Lisa l'avait stimulé, motivé, rendu dingue. Ils s'étaient rencontrés en cours de maths alors qu'elle contemplait le devoir qu'on venait de leur rendre. Elle était la plus jeune de la classe, propulsée une année plus haut par la direction. Bill reluquait son décolleté, ses seins hauts et fermes qui se pressaient dans son col en V gris. Elle émit un bruit, un genre de *blarg*. Il leva les yeux.

« Y a un problème ?

– Un F asiatique », répondit-elle en lui montrant sa note de 91 sur 100.

Alors, la fête avait commencé. La première fois qu'il alla chez Lisa, il fut obligé de l'interroger. Il y avait beaucoup trop de photos de cette belle Asiatique au milieu d'une famille blanc Tupperware. Elle lui expliqua que son père s'était enfui lors de la chute de Saïgon et que des parents éloignés s'étaient arrangés pour le faire venir au Texas. Il avait fini par s'inscrire à l'université de l'Ohio, où il avait rencontré et mis enceinte une jeune femme de son groupe d'étude biblique. En bons chrétiens, ils s'étaient mariés autour d'un ventre rebondi, mais papa avait disparu peu de temps après la naissance de Lisa, peut-être reparti au Vietnam pour voir si sa famille était encore en vie, mais plus vraisemblablement évanoui dans la nature comme tous les pères à la bite pas fiable.

« Qui sait », dit Lisa devant le mur des portraits de famille. Bill sentit les ondes de gêne qui s'échappaient d'elle et s'en voulut d'avoir posé la question. « La vieille Bethany m'a raconté au moins cinq versions différentes. Elle m'envoie bouler quand j'insiste trop. C'est pour ça que j'ai refusé de prendre son nom quand elle s'est remariée. Du coup elle peut pas faire comme si j'étais sa gentille petite fille blanche. Comme si elle s'était pas tapé un jaune avant le mariage. »

Cet humour tourmenté fit rire Bill qui revint aux photos de Lisa, souriante devant son beau-père crispé et aussi blanc que la mie de pain, et son demi-frère rondelet qui n'avait pas l'air bien futé. Ensuite ils montèrent à l'étage et, sous ses posters de Trent Reznor, de Kurt Cobain et de Nelly torse nu, ils se débarrassèrent mutuellement de leur virginité.

Tout cela n'était que le préambule à une longue guerre entre Bethany, Lisa et lui. Dès qu'il ouvrit la bouche, Mrs Kline le prit en grippe. C'était de sa faute si Lisa se rebellait, rentrait tard et se faisait choper avec des restes d'herbe, des capotes ou des bouteilles d'alcool. Lisa informa Bill des tentatives rétrogrades de sa mère pour la punir, la « priver de sorties », mais Lisa était trop maligne, trop rebelle, trop impétueuse pour se laisser traiter comme une enfant. Bill se souvenait de la fois où il était venu la chercher et avait aperçu Bethany dans l'entrée, mains sur les hanches, tous les plis de son visage tremblant de fureur.

« Ta mère me déteste, dit-il quand elle monta en voiture. On va jamais réussir à la faire changer d'avis.

– T'inquiète, Ashcraft, t'as qu'à fourrer ta langue dans son vagin. Moi, c'est comme ça que tu m'as convaincue. » Il démarra et accéléra en riant comme un fou.

Curieusement, dès que Bethany apprit que la mère de Bill travaillait pour le journal local, alimenter le courrier des lecteurs devint son passe-temps favori, à tel point qu'elle gagna une colonne quasi permanente à côté de l'édito du *New Canaan News*, où elle s'épanchait sur des sujets tels que l'immorale absence d'un temps dédié à la prière dans les écoles, l'enseignement du créationnisme, la dangereuse éventualité que personne ne vérifie si les enseignants n'étaient pas des délinquants sexuels, et où elle dénonçait plus généralement le génocide perpétré dans les cliniques d'avortement.

Chaque fois qu'une de ses lettres était publiée, le père de Bill enrageait et se demandait pourquoi le journal continuait à offrir une tribune à cette femme. Bill avait toujours été persuadé que sa mère avait passé sa vie entière dans un malheur presque inaudible après avoir quitté son Queens natal pour suivre son mari dans ce patelin. Elle avait fait un stage au *New York Post* et Bill se doutait que la pilule avait été énorme et difficile à avaler quand il lui avait fallu abandonner ses rêves d'écrire un jour un article important pour permettre à son mari de reprendre le cabinet de dentiste ouvert par son propre père. Les lettres de Bethany devinrent une source de tensions permanentes dans leur couple. Bill sentait que son père n'aimait pas Lisa, qu'il ne lui faisait pas confiance, quand bien même elle ne partageait aucun des points de vue odieux de sa mère. Cet été-là, sur la grande roue de la foire du comté, c'est Lisa qui grimpa sur lui et faillit lui arracher les lèvres, qui se frotta contre son entrejambe tandis que les jeux tintaient et qu'un groupe de country geignait sur scène dans la lumière des projecteurs. C'est elle qui l'avait pris dans sa bouche quand ils étaient montés sur le toit de la bibliothèque, et c'est elle qui avait suggéré qu'ils se pissent dessus, juste pour voir. Malgré tout elle se considérait toujours comme une chrétienne, avait toujours dans sa chambre une plaque en bois sur laquelle était gravée une citation inutile de la Bible. William Sr se méfiait profondément de ces simulacres de foi et, comme Bethany, il semblait persuadé que Bill finirait par mettre Lisa en cloque.

Sa mère, en parfaite pourvoyeuse de sagesse maternelle, grondait le père autant que le fils. Au journal, elle se retrouvait systématiquement mêlée à des controverses stupides, et elle souffrait d'un mal qui lui faisait voir partout de fausses équivalences, prêter de la légitimité aux charlatans et aux idiots. De

Bethany, elle disait : « Elle n'a jamais rien connu d'autre. Les gens comme elle, qui grandissent dans des petites villes, ils sont bercés toute leur vie par les mêmes idées cruelles, et ça devient leur vision du monde, parce que c'est le seul environnement qu'ils comprennent. Son mari l'a quittée quand elle était jeune, elle a été forcée d'élever sa fille toute seule pendant un long moment. Ça n'a pas dû être facile. »

Bill ne savait jamais avec lequel de ses parents il était le plus en désaccord. Dans quelle proportion son caractère découlait-il d'une jeunesse passée à se battre contre le pragmatisme de sa mère et son « en-même-temps » obamaïen ? Leur relation en avait été tellement éreintée qu'ils ne s'étaient plus adressé la parole pendant plusieurs années. Avec son père aussi, il avait de ces disputes vaines et circulaires, mais elles découlaient du désintérêt absolu de Bill pour le droit et la médecine, sans même parler de la dentisterie. Les grandes études permettaient aux idiots de gagner plus d'argent, ou de mieux s'exprimer, mais ils n'en restaient pas moins des idiots.

Lisa, elle, n'était pas une idiote et ne le serait jamais. Ils s'étaient séparés une semaine avant qu'il ne quitte la ville pour aller à la fac. À La Mousse, garés dans l'ombre d'un arbre où la lune ne pouvait les atteindre, ils se sucèrent et se léchèrent, changèrent la Honda Accord de Bill en sauna car c'est ainsi que l'on se sépare au lycée. On porte un toast corporel au chagrin des nouveaux départs.

« J'ai trop hâte de voir ce qu'on va devenir », dit-elle en jouant avec les poils du torse de Bill, s'autorisant quelques larmes qui ne lui ressemblaient pas. « Si je devais parier sur un truc, je dirais que tu seras la seule personne de ce bled à faire des trucs plus fous que moi.

– Tu crois ?

– C'est clair. C'est pour ça que je t'ai laissé m'aimer un petit moment. »

Un an plus tard, lorsqu'il apprit ce qu'avait fait Lisa, il lui écrivit pour s'assurer qu'elle allait bien. Il avait entendu des rumeurs – les ragots étant une monnaie, ils passent de main en main – au sujet d'une grossesse, d'un avortement, d'une engueulade sanglante avec Bethany.

Dans un mail, Lisa lui assura que, non, elle n'était pas enceinte. Elle avait fait sa valise, attrapé son passeport, vidé son livret d'épargne et réservé un aller simple pour le bout du monde. En disant à sa mère de ne pas prendre la peine de la chercher. Dans un premier temps, tout cela avait plu à Bill. L'avait impressionné, inspiré. Chaque fois qu'il se trouvait perdu ou en danger dans un pays étranger, il pensait à Lisa qui faisait des choses mille fois plus flippantes alors qu'elle n'avait que dix-huit ans. Six ans après leur séparation, il eut une mission en Asie du Sud-Est et entreprit de la retrouver.

Je suis dans ton secteur, lui écrivit-il sur Facebook.

Lisa Han 23/05 15:03
Sérieux ? Où ? Qu'est-ce que tu fais là ?

Bill Assata Shakur Ashcraft 23/05 17:24
Par où commencer ? Hmm, j'étais au Cambodge pour acheter des prostituées mineures.

Lisa Han 24/05 9:07
Je peux pas dire que ça m'étonne, mais dis-moi que c'est une blague s'il te plaît.

Bill Assata Shakur Ashcraft 24/05 11:11
Haha non, c'est pas une blague. Mais j'aurais dû dire les « racheter ». Je bossais avec une ONG qui libère les filles des réseaux de prostitution, les rend à leur famille et leur donne des trucs à faire pour pas qu'elles soient obligées

de recommencer à se prostituer (et pour éviter que les familles les revendent ☹). Tu vois l'idée ? On leur file un capital de départ et on leur apprend à lancer leur propre activité, à vendre des sandales, des perles, des fruits, n'importe quoi.

Lisa Han 24/05 14:54
Eh ben ! J'ai toujours su que t'étais quelqu'un de bien, dans le fond. Me dis pas que t'es devenu un vrai bon parti depuis le lycée ? ☺

Bill Assata Shakur Ashcraft 24/05 15:44
C'est toute une aventure. T'as rien vécu tant que tu t'es pas retrouvé face à face avec un mac cambodgien.

Il lui proposa qu'ils se rejoignent quelque part, mais elle ne répondit pas. Il décida donc de se lancer à sa recherche et remonta la piste Hô Chi Minh à moto en s'arrêtant seulement pour regarder quelques caches datant de la guerre. Mais sa mission se changea en enfer après une troublante expérience de mort imminente : au crépuscule, un rondin égaré, il passa par-dessus le guidon et le garde-fou de la piste, et retomba à travers la canopée de la jungle pendant un temps qui lui parut immense, tout en guettant un ultime choc certainement suivi par un bruit de branche cassée qu'il entendrait d'abord dans les os de son cou, après quoi il tenterait de convoquer un dernier souvenir agréable avec lequel s'éteindre et ne trouverait que Kunthea, une fillette de neuf ans à la timidité compréhensible, aux membres souples et émaciés, à la bouche pleine de dents marron et tordues.

(Ils avaient réussi à négocier avec sa maquerelle, une vieille femme qui avait probablement servi de jouet dans son enfance à des hommes d'affaires allemands convaincus que c'était l'ordre naturel des choses. Lorsque Kunthea s'était agrippée au poteau devant la maison, trop effrayée pour suivre les quatre Blancs et le traducteur cambodgien qui la tannaient pour qu'elle accepte qu'ils la ramènent chez elle, Bill s'était accroupi et avait cueilli un bonbon derrière son oreille. Tandis qu'elle s'affairait avec l'emballage, il avait rechargé le creux de sa main et en avait cueilli un deuxième : « C'est dingue. Ton oreille est une vraie fabrique de bonbons. » Alors elle avait cédé, et avant qu'elle n'aille se coucher ce soir-là, Bill avait trouvé une brosse à dents dans son oreille et lui avait appris à s'en servir.)

Un bon souvenir avec lequel mourir. Et puis, par une chance tout à fait improbable, il avait atterri en douceur sur un moelleux matelas d'herbe. Les yeux agités, étendu dans la respiration sonore de la jungle, il se palpa et se découvrit indemne. Il effraya les oiseaux en hurlant qu'il était incassable.

Quelques jours plus tard, n'ayant pas réussi à remonter la trace de Lisa, il acheta un billet au départ de Hanoï avec l'argent qui lui restait et n'entendit plus jamais parler d'elle. Il lui écrivit encore plusieurs fois, sans réponse. Il se fit tous les soucis habituels : elle avait appris pour Kaylyn, elle avait toujours été au courant pour Kaylyn, elle le haïssait depuis longtemps, elle avait jeté son ordinateur dans la mer de Chine méridionale, etc. Et tout ça, au fond, le ramenait à ceci : comme tous les autres, elle avait disparu de sa vie. Il ne pouvait que scruter l'obscurité en se demandant ce qu'elle était devenue.

Les deux mains crispées sur le volant, Bethany Kline fit un dernier petit mouvement de la tête, comme pour se dire : *Bon, eh bien il va falloir vivre avec cette idée horrible*, et elle appuya sur l'accélérateur. La voiture démarra en trombe, dans les cliquetis de son carburateur.

Cela dit, il était tout à fait possible que Bethany soit une hallucination de plus. Un retour d'acide qui se matérialisait après ce fiévreux orage électrique. Quoi qu'il en soit, il aurait aimé pouvoir déchirer le paquet et sniffer son contenu à l'aveugle, histoire de voir où le cocktail l'emmènerait.

« Ça te dit de boire un verre ? » demanda-t-il à une bouche d'incendie bleue explosée.

La trentaine approchant à grands pas, et sans se laisser décourager par le défi temporel, il fut pris de l'envie urgente de retrouver Lisa Han, où qu'elle soit, pour lui demander si elle voyait toujours en lui un homme bon et passionné. Si la jeune Lisa le découvrait à présent, une décennie plus tard, reconnaîtrait-elle ce qu'elle aimait chez lui à l'époque ? Du fond de son cœur il voulait savoir s'il existait la moindre chance qu'elle croie encore en lui.

Dans le magasin de spiritueux, il écuma les rayonnages en quête de la potion adéquate, chatouillé par le délicieux frisson de l'alcool inespéré. Il songea à taper dans le haut de gamme avec une bouteille de Johnnie Walker Black, ou bien à continuer au Jim Beam avec lequel il avait franchi l'Ohio River. Toutes ces décisions que l'on doit prendre quand on est alcoolique. Si les gens sobres comprenaient tout le travail qu'il faut pour se concocter la meilleure murge possible, ils redescendraient sur terre et lui tresseraient un chouïa plus de lauriers. Pour finir, il jeta son dévolu sur le Jack Daniel's parce qu'il n'y avait pas la bonne taille en Jim Beam.

« Et je vais aussi prendre des Camel et un briquet », dit-il au caissier indien, qui parut le reconnaître de l'époque où, encore mineur, il rusait pour s'acheter à boire. Bill jeta un coup d'œil à l'horloge analogique au-dessus de l'épaule gauche de l'homme, mais les aiguilles, inertes et mortes, pointaient le sol. Il sortit son minuteur, qui avait la taille et la forme d'un gros caillou à ricochets, ou peut-être d'un œuf de lézard, et qui était agréable à tenir dans la main. À l'intérieur du boîtier en plastique, les bâtonnets numériques indiquaient 01:47:18.

« T'as une pièce d'identité, mon gars ? » demanda le caissier avec son accent tranchant. Autrefois, Bill essayait d'empêcher l'équipe de basket de l'appeler « Apu », le plus souvent sans succès. Il savait, probablement par sa mère, que cet homme avait un diplôme d'ingénieur et qu'il avait perdu un enfant, mort d'une leucémie. Mais, aujourd'hui, il n'était qu'un obstacle entre lui et la boisson, un obstacle qui avait accessoirement des miettes de Cheetos plein la moustache.

« J'ai trente ans, mon pote », arrondit Bill en insérant une carte de crédit au plafond bientôt atteint, avant de rafler la bouteille.

Le caissier n'y trouva rien à redire. Mieux, il répondit, presque avec tendresse : « Gros orage en vue. Reste pas toute la nuit à boire dehors. »

Bill s'en alla sans ajouter quoi que ce soit, en déchirant le plastique du paquet de clopes. Il n'était pas fumeur, mais il n'y a rien de meilleur qu'une cigarette quand on est bourré (de fait, il était donc fumeur). Parmi les aspects de ces terres nordiques qui lui manquaient, il y avait les cigarettes fumées durant les violents hivers du Midwest. Se planter sur un trottoir glacial, changer de main quand l'une s'engourdit, pour inspirer un nuage de nicotine soyeuse. Une chaleur qui descendait jusqu'aux orteils. Un bourdonnement comme un coup de diapason dans la colonne vertébrale.

Le filtre entre les dents, il déboucha le bourbon puis s'envoya une gorgée de lumière.

Cette fois, la douleur avait vraiment disparu.

Il marcha le long du parking, d'où il pouvait observer l'entrée, et s'installa sur le bord du trottoir pour fumer en attendant que le monde survienne. L'adhésif entourant son abdomen se plissa lorsqu'il s'assit et le paquet s'enfonça dans son dos, sorte de corset qui le força à prendre une posture grotesque. Il se remémora en vrac les événements de la soirée. Au Lincoln Lounge, un nez réduit en bouillie sous le poing d'un plouc torché. Interrompant une longue conversation au sujet du Meurtre qui a jamais existé, la grande rumeur isocèle de la ville, trop délirante pour être vraie, trop bien ancrée pour être écartée. Dehors avec Jonah, à se rappeler la fois où Harrington avait foiré deux lancers francs une demi-seconde avant la fin du temps réglementaire, manquant de leur coûter la première place du championnat régional. Harrington était meilleur auteur-compositeur que joueur de basket. Et, par association, il pensa à Kaylyn. Îlot de chaleur aux yeux verts.

Il profita de ce temps mort pour sortir la photo de sa poche. À un moment, bien longtemps auparavant, il l'avait pliée en quatre, peut-être pour la ranger dans son portefeuille à l'époque où il était persuadé qu'il allait se faire agresser dans un quartier pourri de Phnom Penh, et il y avait maintenant dans le papier deux crêtes qui en séparaient la surface et fendaient la date (15.10.02). Au recto, ces crêtes inversées devenaient des tranchées d'un blanc de craie dans lesquelles s'écaillaient les produits chimiques composant l'image, de telle sorte que le visage de Bill, pris dans le pli, avait une grande croûte entre le nez et la paupière gauche. Il disparaissait, comme la famille de Marty McFly dans *Retour vers le futur*.

Il tira sur sa clope et laissa errer son regard à partir du centre de la photo. Il entourait Lisa avec un bras, glissait les doigts sur son cou. Son blazer était trop grand d'une taille et son pantalon gris trop petit d'une taille. Il se souvenait que la ceinture l'avait mordu toute la soirée. Sa cravate argent était presque assortie. Il avait des pattes qui lui dégringolaient sur les joues, symbole de masculinité adolescente. Lisa portait une robe noire moulante avec des bretelles fines et un V qui révélait, d'après certaines mères, un décolleté outrancier pour un bal de rentrée. Ses cheveux étaient tirés sans ménagement en queue-de-cheval et, comme elle secouait la tête, ses mèches faisaient une tache noire. Elle avait choisi d'orner son visage taquin d'un regard de top model qui prêtait à ses yeux minces ourlés de noir un air alcoolisé et dangereux.

De l'autre côté de Bill il y avait Rick, le visage partiellement masqué par deux doigts devant les yeux façon John Travolta. Il s'était mis sur son trente-et-un avec un smoking de location que ses muscles d'athlète menaçaient de faire craquer. Ses fesses rebondies étaient légèrement tournées vers Bill, deux ballons noirs qui tentaient de s'échapper. Sous la veste, le gilet s'efforçait de rester boutonné. Derrière ses doigts écartés, il y avait son air de footballeur renfrogné, son front droit et impressionnant, déjà couvert de sueur alors qu'on n'avait pas encore commencé à danser. De l'autre main, il agrippait la taille de Kaylyn, ceinte de vert vif. Kaylyn avait choisi de souffler un baiser et ses lèvres, peintes en mauve, figées en pleine moue, étaient posées sur ses paumes ouvertes. Des mèches blondes tombaient soigneusement de chaque côté de sa tête, les boucles figées dans une danse éternelle. Ses lèvres évoquaient à Bill une fleur pourpre sur le tapis verdoyant d'une forêt. Elles tranchaient avec la teinte de la robe d'une manière certainement voulue. Kaylyn savait se mettre en valeur sur les photos, même à l'arrière-plan, et, des années plus tard, en tombant sur les photos de cette soirée dans un album, que l'on ait connu Kaylyn ou que l'on soit né dans l'Oregon avant d'épouser un ou une ancienne de New Canaan High, on serait attiré par la fille à la robe verte et aux lèvres mauves, et on la chercherait dans toutes les photos suivantes.

À côté d'elle, Stacey Moore jouait la James Bond girl, mains jointes en pistolet qu'elle tenait sous son menton. Dans sa longue robe cuivrée, elle ressemblait à un *penny* sexy tout juste sorti de son moule, la matière captant tous les rayons lumineux provenant de la cafétéria. Ses cheveux étaient d'un blond plus clair que celui de Kaylyn, et collés à son crâne par une mécanique invisible. De ses longs membres sveltes, elle semblait pousser son petit ami hors de la photo. Certes Bill l'avait aimée, l'avait trouvée chaleureuse, charmante et drôle, mais aussi toujours un peu empruntée. Les épaules basses – y compris sur cette photo – comme pour effacer une partie de sa taille, gênée par la longitude de sa présence. Un coude pointu semblait lancé vers la poitrine de Ben Harrington. Ce dernier avait été immortalisé au moment où il essayait de passer un bras autour de Stacey tout en esquivant ce coude qui menaçait ses côtes. Résultat, on avait l'impression qu'il se déhanchait maladroitement sur un morceau de rap et battait avec l'autre main une mesure inaudible. (Qu'est-ce que ça pouvait être en 2002 ? « Hot In Herre » ? « Bombs Over Baghdad » ?) Dans sa stase, Harrington et son visage poupin semblaient tenter d'entrapercevoir le costume de musicien qu'il endosserait un jour. Bill et Rick s'étaient moqués du Borsalino noir incliné sur son crâne et de la veste noire qu'il portait sur un col roulé noir avec une chaîne en or étincelante. Qui imitait-il ? Et surtout, savait-il à quel point son gentil sourire d'enfant détonnait dans cette composition ? On aurait dit un déguisement d'Halloween. En plus, ses pattes étaient trop longues et lui descendaient presque jusqu'à la mâchoire.

Il y avait d'autres personnes en bordure de l'image. On distinguait Dan Eaton, maigrichon, à côté de Hailey Kowalczyk, dont la silhouette ne gagnerait pas sa volupté avant plusieurs années. Elle avait une figure de plastique lisse avec des rougeurs sur les joues et le front. On devinait qu'elle avait traîné Dan dans le champ de la photo, derrière sa bande de Rainrock Road composée de Lisa et Kaylyn, qui à ce moment-là se faisaient la gueule pour des histoires de lycéennes. Et le pauvre Dan avait l'air de mourir d'envie qu'on le téléporte loin de cette planète, dans une Forteresse de l'Amour ombilical où il pourrait s'émerveiller de Hailey dans une solitude parfaite. Quand Bill l'avait croisé, plus tôt ce soir-là, Dan s'était désintéressé de la photo.

À voir comme il la tenait entre ses doigts, on aurait cru qu'elle allait l'empoisonner.

Le soir où ce cliché avait été pris, Bill et Rick avaient dormi dans le sous-sol des Harrington, où ils avaient fait entrer en douce Kaylyn, Lisa et Stacey par une fenêtre. Rick et Kaylyn s'étaient esquivés dans l'atelier de Doug Harrington ; tous les meubles étaient protégés par des draps, et ils avaient baisé sur la table de la scie circulaire après que Rick avait vérifié qu'elle n'était pas branchée. (« Quand j'ai joui j'ai eu une vision horrible, genre film d'horreur », confia-t-il, ivre.) Harrington et Stacey jetèrent leur dévolu sur la salle de bain, et quand ils eurent terminé ils s'installèrent dans le coin vidéo du sous-sol pour regarder *Princess Bride* en se lançant des M&M's d'un bout à l'autre du canapé. Lisa et lui déplacèrent leurs activités nocturnes à La Mousse, loin des regards, et dans le noir il avait imaginé que Lisa était Kaylyn. Ses origines vietnamiennes étaient criantes sous les étoiles et se mêlaient au sang allemand de Kaylyn, de sorte que dans la pénombre il avait pu confondre les deux filles.

C'est marrant, se dit-il en repliant la photo, on peut prendre n'importe quelle photo de bal de lycée de n'importe quelle ville ou banlieue moyenne d'Amérique, on aura toujours l'impression qu'elle sort d'une banque d'images, que c'est la photo fournie avec le cadre, partout les mêmes ados qui font les mêmes conneries d'ados en espérant que ça ne s'arrêtera jamais parce que la suite est un grand saut dans l'inconnu.

Il entendit tinter la porte du magasin de spiritueux et redressa la tête juste à temps pour voir entrer une petite silhouette débraillée. Il resta assis le temps de terminer sa cigarette.

Un peu plus tard, l'homme ressortit et regarda Bill comme on vérifie si le chien à la fourrière est bien celui que les parents nous ont demandé d'aller récupérer. Des dreads en pagaille pendouillaient autour de son visage, jouaient au Velcro avec les touffes de sa barbe hideuse. Il portait un jean large décoloré à l'eau de javel et, malgré la chaleur de la nuit, un sweatshirt foncé à fermeture éclair. Son portefeuille dans sa poche arrière était relié par une épaisse chaîne à sa ceinture. Il venait de compléter son accoutrement avec une bouteille dans un sac en papier marron.

« Ouah. Bill Ashcraft. »

Bill leva sa bouteille. « Le seul et l'unique.

– Tu débarques d'où comme ça ? »

Bill étudia cette trogne : un rictus de coyote, de grosses lèvres d'ornithorynque, dans les yeux un air de menace désenchantée, mais derrière sa pose c'était un parfait petit bourgeois – un spécimen pioché dans une banlieue résidentielle sur lequel on avait vaporisé un vernis rebelle. Il crut le reconnaître, mais un instant seulement. « Je suis désolé, j'ai eu une grosse, grosse journée. On n'était pas au bahut ensemble ?

– Dakota. » Il tendit une petite main délicate. Son regard était colérique, téméraire et nihiliste. Un regard de tortionnaire.

Bill pinça la cigarette entre ses dents et serra la main du type, même si son nom ne lui disait rien.

« OK, mec.

– Bill Ashcraft, putain. T'es de retour en ville ? »

La trigonométrie de son baratin était familière. L'accent traînant de l'Ohio conversant avec un argot hip-hop urbanisé glané au fil d'interactions avec de jeunes hommes noirs, principalement sur disques.

« Ouais. Peut-être. Qui sait. Je suis venu pour un boulot et Jonah m'a filé ton numéro.

– J'ai tout ce qu'il faut, t'inquiète. »

Tout à coup ça lui revint. Exley. Dakota Exley. À l'époque, il n'avait pas de dreads, juste un champignon de cheveux filasse. C'était un petit con, une classe au-dessus de Bill, qui traînait avec son skate et n'avait pas d'amis. Au moins il avait le skateboard, jusqu'au jour où Ryan Ostrowski, qui jouait dans l'équipe de football américain et faisait de la lèche à Beaufort, l'avait coincé sur le parking pour se marrer. Il avait chopé le skate, avait balancé Dakota au sol et l'avait cogné si fort avec la planche que le bois s'était fendu. Autour, les autres mômes regardaient à leur manière de mômes.

« Tu m'as soutenu. Plus ou moins, se souvint Bill dans ce halo naissant de camaraderie inattendue. Pendant l'histoire des T-shirts, t'es venu me voir et tu m'as dit autre chose que "Va te faire mettre".

– Normal. T'avais pas tort. »

Bill donna une claque dans le dos de son nouvel ami et se leva. « Allez. On s'arrache. »

Ils s'éloignèrent du magasin de spiritueux, cherchant un endroit pour procéder à l'échange. Le ciel se couvrait, les nuages estompaient les étoiles en grandes masses blanc foncé de peinture renversée.

L'épisode qui suit fut un moment fondateur dans la jeune vie de Bill, mais pour des raisons qui n'étaient pas celles de la plupart de ses congénères. C'était l'automne de son année de première, l'entraînement de basket n'avait pas encore repris, et il ne pensait qu'à ces derniers jours de liberté avant que la nouvelle saison n'engloutisse tout son temps et son énergie. Lisa et lui baisaient au rythme épuisant que seuls peuvent tenir des adolescents, et puis, un mardi matin en cours de SVT, Mr Masoncup reçut un coup de fil. Quand il raccrocha, il alluma le téléviseur dans le coin de la salle à l'instant où le deuxième avion s'écrasait dans le World Trade Center. Ils ne purent qu'assister, dans un ahurissement pur et parfait, à la chute de la tour. Hailey Kowalczyk était assise à côté de lui et, lorsque la tour Sud commença à s'effondrer dans une cascade de carnage carbonisé, elle avala une goulée d'air, se recula si vite que son bureau crissa sur le carrelage, et lâcha deux mots qui, pour Bill, incarneraient par la suite l'événement et toutes ses conséquences.

« Oh non. »

Instantanément, Bill se positionna du mauvais côté. Dans son cours de sociologie, on évoqua l'invasion prochaine de l'Afghanistan. Il veilla des nuits entières pour apprendre l'histoire du pays. C'était un territoire ravagé par la guerre, une caillasse surnommée le « tombeau des empires », et on avait vraiment l'intention de le bombarder et de l'envahir ? Eh ben putain, bon courage. « On ferait peut-être mieux de se demander pourquoi ils nous détestent autant », dit-il en classe, et il sentit que Rick le fusillait du regard et que Lisa aurait préféré qu'il la boucle. « Je veux dire, c'est pas débile de penser que ça devait arriver un jour ou l'autre, si ? Ils sont persuadés que Dieu les a choisis, et nous aussi on est persuadés que Dieu nous a choisis. C'est dans le serment qu'on doit prononcer tous les matins. » On aurait entendu une mouche voler, chacun triturait ses ongles ou son bureau.

À New Canaan High, le 11-Septembre joua un rôle de cristallisateur. Pendant le déjeuner, les garçons se massaient autour des recruteurs de l'armée venus distribuer des brochures. Les élèves reçurent la consigne d'écrire sur des morceaux de carton plume des messages illustrés qui seraient « envoyés aux troupes ». Sur le sien, Bill écrivit : *Essayez de ne pas tuer trop de civils*. Son prof de sociologie l'informa que son opinion avait été retirée de la pile avant expédition.

Dans son cas, la cristallisation avait commencé depuis bien longtemps.

L'identité adolescente est une chose étrange, principalement façonnée chez les jeunes hommes hypermasculins par leur activité périscolaire préférée. Depuis le milieu du collège, quand Rick et lui s'étaient affirmés comme les futures stars de leur sport respectif, tous deux avaient pris goût à cette substance suintante et fuyante qu'on appelle la popularité et qui avait à voir avec la santé et la richesse mais qui était rigoureusement impossible à prédire. Avant ce moment déterminant, il n'était pas insensé de les voir ensemble. Certes, les parents de Bill avaient fait des études tandis que ceux de Rick étaient pour l'un officier de police et pour l'autre gérante d'un salon de coiffure, mais ça n'avait pas d'importance. Les diplômes des parents, leurs revenus et leurs opinions politiques n'avaient aucune espèce d'importance. Rick, Ben et Bill avaient un passé commun qui remontait à l'école primaire. Au collège, ils avaient commencé à s'interroger mutuellement sur les stratégies de jeu au basket et au football et s'amusaient du mystérieux don qu'avait Rick de mémoriser les schémas en un seul regard (« T'es le Rain Man de la cambrousse, Brink »). Pendant les soirées, ils se lançaient des défis bizarres, mettre le feu à des fauteuils de jardin ou sauter dans des mares nappées d'algues, avec à la clé des bons de réduction pour des pains au fromage de chez Little Caesars. C'étaient des emmerdeurs malins comme des singes, de brillants fauteurs de troubles. C'étaient des *garçons*.

Les choses commencèrent à changer en 2000, quand le mange-merde qui gouvernait le Texas vola la présidentielle au vice-président mou et incompétent. Ils s'étaient toujours chambrés pour tout et pour rien, mais là c'était différent. Et ça ennuyait Bill. Durant les quelques mois de recomptage de confettis et de tractations autour de la Cour suprême, Rick et lui se chamaillèrent comme ils l'auraient fait à propos d'une faute litigieuse pendant un match éliminatoire de la NBA ou d'un *touchdown* refusé à Ohio State pour interférence de passe offensive. Lorsque Bush fut couronné, Rick ne manqua pas une occasion d'asticoter Bill, allant jusqu'à flanquer un autocollant W = WINNER sur son casier, que Bill dut retirer avec une lame de rasoir.

Et puis deux avions percutèrent le World Trade Center, un

autre le Pentagone, et un dernier laissa un cratère dans un champ en Pennsylvanie, et presque le même jour un fossé se creusa entre eux. Bill observa les drapeaux agités, le nationalisme décérébré, la puissance militaire invoquée comme panacée, et tout cela lui évoqua un mauvais film, un vernis commode posé sur le culte national du massacre. Rick, lui, plongea dedans la tête la première. Il mit un autocollant sur sa voiture : LET'S ROLL – c'est parti. Il décrocha tous les posters de football sur les murs de sa chambre et suspendit un imposant drapeau américain qui aurait été mieux à sa place sur un mât devant un bâtiment administratif. Il parut sincèrement déçu que l'opération en Afghanistan s'achève – ou du moins semble s'achever – aussi rapidement. Quand il eut dix-huit ans, il se fit faire son premier tatouage : une griffure sur l'épaule, laissée par des serres invisibles révélant une bannière étoilée sous la peau. Pendant ce temps, Bill se sentait le devoir d'absorber tout ce qu'il pouvait pour combattre le chauvinisme qui jaillissait soudainement de la bouche de son meilleur ami. *Let's Get Free* des Dead Prez devint son album favori, qu'il écoutait en enchaînant les lectures de référence pour jeunes radicaux s'efforçant de donner un sens à l'Histoire et à l'ordre social : *L'Autobiographie de Malcolm X*, *La Fabrique du consentement*, *Une histoire populaire des États-Unis.* Le ver était dans le fruit, et lorsqu'il commença à voir comment tourne réellement le monde – pas tel que le racontaient les grands groupes médiatiques, pas tel que le lui avaient appris ses parents et professeurs, pas tel qu'il l'aurait souhaité pour garder sa bonne conscience –, lorsqu'il vit le monde tel qu'il *est*, plein d'une tristesse et d'une injustice brutes, palpables, écrasantes, alors il ne fut plus capable de le voir autrement.

À cet âge, pas encore assez mûr pour se construire une pensée propre, peut-être imitait-il les provocateurs de gauche, mais Rick, lui, n'était bon qu'à vomir les invectives de Fox News sur toute personne qu'il estimait insuffisamment va-t'en-guerre.

Et ainsi, quelques mois après les attentats du 11-Septembre, alors que le gouvernement commençait à sous-entendre une seconde opération, Bill se pointa au lycée avec un T-shirt noir sur lequel était imprimée une photo d'identité judiciaire de George W. Bush avec les mots WANTED : INTERNATIONAL TERRORIST.

Moins de dix minutes après son arrivée, alors qu'il était la cible de regards noirs, Rick vint le trouver à son casier. Bill n'avait jamais vu son ami aussi furieux.

« Tu te fous de ma gueule ? » Rick colla son visage à celui de Bill, qui sentit son souffle sur lui. Rick avait une odeur particulière, un musc annonciateur de transpiration qui flottait autour de lui, même quand il sortait de la douche. Presque une odeur de burrito aux haricots rouges.

« Ça va, Rick, arrête ton cirque. C'est juste un T-shirt. » Il fit semblant de chercher quelque chose dans son casier, casier qui contenait une avalanche de classeurs, manuels, vêtements en boule qu'il oubliait tout le temps de rapporter chez lui. Il trouva son blouson de sport, fouilla dans les poches et tomba sur ses clés de voiture, qui lui parurent être une bonne excuse pour ne pas affronter Rick et une colère qui, il fallait bien l'avouer, le surprenait.

« T'aurais les couilles de porter cette merde devant un mec qui serait mort pour que tu puisses la porter ? » demanda Rick, tendu, exigeant une vraie réponse. Même son acné paraissait plus rouge.

Bill le dévisagea, perplexe. C'était dans ces moments-là qu'il avait le plus envie de voir Kaylyn.

« Comment ça ? Est-ce que j'aurais les couilles de porter ce T-shirt dans l'au-delà ? Je comprends pas. »

Harrington, qui était avec Stacey près de son casier, la quitta pour se rapprocher d'eux. Ils avaient maintenant un public. Par grappes, leurs congénères, livres à la main, s'arrêtèrent pour voir comment allait évoluer cette scène croustillante. Rick tira sur le T-shirt, pinçant la peau de Bill dans le même mouvement. « C'est dégueulasse, même pour un mec aussi con que toi. »

Malgré la musculature que Rick devait à la Créatine, et qui poussait sur sa jeune charpente comme un exosquelette, Bill était tenté de lui en coller une pour voir où ça mènerait. Il mesurait quand même dix centimètres de plus – Rick était obligé de lever la tête pour le regarder dans les yeux.

« Explique-moi… » Il plaqua une paume, fort, sur la poitrine de Rick, espérant le faire reculer. « C'est quoi la différence avec l'autocollant à la con que t'as foutu sur ta caisse ? J'utilise ma liberté d'expression, point. C'est pas pour ça que tu veux aller buter des paysans du tiers-monde ? »

Lorsqu'il s'animait, le visage de Rick rappelait systématiquement à Bill celui d'un petit garçon. De fait il avait de petits traits : des oreilles et un nez minuscules, des yeux marron perçants. Il fermait presque les paupières quand il souriait, comme font les gamins lorsqu'ils ont un fou rire. Ils se connaissaient depuis l'époque des couches, ce qui biaisait peut-être le jugement de Bill, en tout cas c'est bien ce qu'il voyait chaque fois que son pote se marrait. Mais, ce jour-là, cette impression s'évapora et ne reparut plus jamais.

Harrington finit par intervenir. « Les mecs. Arrêtez vos conneries. Vous voulez pas vous calmer ? Tout le monde est d'accord : vous nous devez un dollar pour chaque fois que vous vous mettez à parler politique. Donc, Ashcraft, ça fait cinq dollars pour le T-shirt, et Brink, ça fait cinq dollars pour t'être énervé. »

Rick fit mine de ne pas avoir entendu. Il planta un doigt dans la poitrine de Bill. Si fort qu'il lui fit mal. « Mec, si je revois ce T-shirt, ça va mal se passer. »

Il partit furieux, ses bras bouffis écartés de son corps comme s'il craignait de faire le jeu des terroristes en les autorisant à pendre normalement. Bill se tourna vers son casier et rangea ses clés dans la poche où il les avait prises.

Harrington le fixait comme un chiot débile.

« Quoi ? cracha Bill.

– Rien. » Il se dirigea vers Stacey qui l'attendait au bout du couloir, les mains sur les hanches, en se mâchouillant la lèvre, son mignon visage de fée tordu par l'inquiétude. Par-dessus son épaule, Harrington lança : « Joue-la comme tu veux, Ashcraft. Mais assume. »

Et la journée était loin d'être finie. Après la troisième heure de cours, il discutait dans le couloir de l'étage avec Eric Frye, alias Whitey, qui avait un an de moins que lui et était un des rares Noirs dans ce lycée blanc comme la neige. Ils fendaient la foule des élèves en parlant basket, tiraillés par les premières crampes de la faim, et Bill expliquait que Napier, l'entraîneur, allait devoir le faire jouer arrière alors qu'il était trop...

Et c'est là qu'un coup de massue à la poitrine l'expédia sur le cul et fit voler ses livres et ses classeurs. Tandis qu'ils s'écrasaient sur la moquette dure du couloir, Frye se fit tout petit contre les casiers. Quand Bill leva les yeux, il distingua une épaule et, au-dessus, un sourire ravi, tous deux appartenant à Todd Beaufort, le co-capitaine de l'équipe de football.

« Scuse-moi », dit Beaufort, et l'espace d'une seconde Bill crut vivre une scène d'une mauvaise comédie pour ados. Le cliché le vexa autant que l'acte. « Mais ça serait peut-être pas arrivé si t'avais pas trahi ton pays. Enfin, je dis ça, je dis rien. »

Bill se releva, les joues enflammées par les murmures et les ricanements. La copine de Beaufort, Tina Ross, gloussait de plaisir quelques pas derrière. Sans raison précise, c'est ce qui mit Bill le plus en rogne quand il vint se camper face à Beaufort.

Cette jolie fille stupide qui pouffait derrière son connard de mec stéroïdé, qui jouait les bonnes pucelles chrétiennes alors qu'elle était la poupée gonflable de la star du lycée. Beaufort était destiné à être une brute, un crétin surdimensionné. Mais elle, c'était quoi son excuse ?

« Si t'as envie de... », commença Beaufort. Bill et lui faisaient à peu près la même taille, mais l'autre devait avoir quinze kilos de muscle en plus. Pour la première fois depuis son arrivée au lycée, Bill éprouva la solitude des proies faciles. Il se demanda si Beaufort était envoyé par Rick.

Il sentit une main sur son épaule.

« Ne reste pas là, dit Mr Clifton, le prof de musique, à Beaufort. Et toi, Bill, tu viens avec moi. »

Beaufort le regarda s'éloigner avec un petit rictus aux lèvres, et, à en juger par le regard que lui lança Tina, elle n'avait jamais été aussi heureuse de voir quelqu'un se faire choper. Un jour, au Vicky's, il lui avait offert un milk-shake, et ils s'étaient même roulé quelques pelles (ils avaient quoi à l'époque ? douze, treize ans ? Personne ne s'en souvenait). Il la détestait plus encore que Beaufort.

« Tu n'as rien à craindre, le rassura Clifton sur le chemin du bureau du proviseur MacMillan. C'est pour ta sécurité.

– Ça ressemble plutôt à de la censure. »

Mr Clifton sortit une main de sa poche et lissa sa moustache. « J'admire ta fougue, Bill. J'admire toujours les gens passionnés. Mais il faut que tu apprennes la différence entre passion et provocation. »

Dans le bureau du proviseur, le gros fonctionnaire leva rapidement les yeux vers lui et dit : « Retourne ton T-shirt et ça ira pour aujourd'hui. Mais je ne veux plus jamais le voir, sinon ce sera le renvoi. »

Cet après-midi-là, après la fin des cours, Bill alla à la boutique de sérigraphie du centre-ville et se fit imprimer un T-shirt avec la citation :

Rendre la haine pour la haine multiplie la haine, ajoute une obscurité plus profonde à une nuit sans étoiles

Celui-là aussi lui valut un passage dans le bureau du proviseur. Mr Bonheim, entraîneur de l'équipe de football et professeur d'histoire, lui mit le grappin dessus dans le couloir.

« On nous a mis au courant de ça », lui dit-il en examinant la phrase, essayant d'y débusquer un signe de radicalisation.

Sans prendre le temps de bien réfléchir, Bill lâcha : « Mais putain, c'est de Martin Luther King. »

Il entra dans le bureau de MacMillan habité par la rage des justes. Il était prêt à crier. À menacer. À camper sur ses positions. Il imaginait déjà l'affaire devant la Cour suprême. Il imaginait déjà l'éditorial du *New York Times* sur le courage et la détermination d'un humble adolescent du Midwest. Il imaginait déjà le film sur sa vie récompensé par un Oscar.

« Tu as le choix », lui dit MacMillan en formant une pyramide avec ses doigts. Dubitatif, Bill considéra sa calvitie – une traînée de follicules en jachère qui escaladait son crâne en fendant une chevelure brune sans relief. « D'après Mr Napier, tu es un excellent joueur. Donc, soit tu continues avec ces bêtises, soit tu fais du basket cette année. Mais il faut choisir. »

Alors, en un éclair, sa fureur s'envola. Sa peau devint moite, comme cela arrive quand la peur étouffe un courage artificiel.

« Il a dit ça ? » Il enragea de s'exprimer sur un ton pareil : effrayé, puéril. Tout à coup, il reprit conscience de ce qui l'entourait. Le bureau terne, ordonné, du proviseur d'un lycée public. Les sempiternelles affiches de développement personnel qui laissaient croire que la réussite était détachée des facteurs socio-économiques.

MacMillan acquiesça. « Mais ce n'est pas lui qui décide. Maintenant, Bill, si tu as envie de faire appel à une association pour défendre tes droits, n'hésite pas. Sache quand même que, pendant ce temps, tu ne joueras pas. »

Bill bazarda ses deux T-shirts le jour même. Il n'y eut qu'une seule personne pour saluer son audace : un asocial gaulé comme un écureuil et nommé Dakota Exley, qui vint lui parler dans le couloir après les cours, à un moment où il pensait probablement que Bill serait seul. C'était un gosse de riches, hirsute et maigrichon avec une tête de singe rhésus, et Bill y regarda à deux fois pour s'assurer que c'était bien à lui qu'il s'adressait. « J'ai appris ce qui t'est arrivé à cause de ton T-shirt. Et je voulais te dire qu'on les emmerde, ces moutons sans couilles, dit-il en clignant trop rapidement des yeux. Faudrait les planter et les enterrer. »

Bien qu'il n'approuve pas tout à fait la conclusion, Bill fut tellement soulagé d'avoir un allié qu'il remercia cette apparition, à qui il n'avait jamais accordé la plus petite importance et qui ne s'attarda d'ailleurs pas. Ils ne s'adressèrent plus la parole pendant plus d'une décennie, jusqu'à une certaine nuit d'été qui avait la température du sang chaud. Les restrictions imposées par le système des cliques lycéennes empêchaient le développement de toute interaction extérieure auxdites cliques – et plus encore d'une amitié.

Malgré la rage politique qui bouillonnait en lui, Bill demeurait un enfant. Précoce, certes, mais un gamin quand même, qui aimait les dribbles, le zen de la balle passant dans le filet, et lorsqu'il comprit qu'il risquait de perdre tout cela il redevint un enfant au bord des larmes. C'était une leçon qu'il n'avait pas fini d'apprendre – à l'université, dans le militantisme, avec ses parents tatillons et conformistes. De même que MacMillan et toute la bande de professeurs et d'entraîneurs qui fréquentaient tous la même église et organisaient des barbecues chez les uns et chez les autres, le menu fretin de la fonction publique de ce pays se serait damné pour une chance d'exercer sa petite répression. Des millions de Dick Cheney en herbe jouissaient de leur minuscule fief d'autorité. Ses différends avec Rick s'apaisèrent et s'aggravèrent mais, à l'image des tempêtes sur une planète qui se réchauffe, ils gagnèrent globalement en férocité. Bill conserva sa popularité parce que ses tirs à trois points permettaient à l'équipe de gagner, mais même lorsqu'il rentra dans le rang et se fit invisible, l'isolement le suivit comme une fumée chaude et doucereuse. Quelle leçon cruciale pour toutes les jeunes personnes : si vous défiez la psychose collective du nationalisme et des guerres impérialistes, vous en paierez le prix. Et votre entourage, vos proches, les personnes dont vous pensiez avoir l'amour et le respect, ce seront elles qui viendront encaisser la note.

Bill observa le vol majestueux d'une chouette – peut-être imaginaire – à travers l'obscurité croissante. « Tu me détestais ? demanda-t-il.

– On peut pas vraiment dire que j'avais la meilleure place à la cafèt'. »

Il marchait légèrement en retrait de Dakota, tous deux s'envoyant des lampées de bourbon. La chemise de Bill était plutôt ample, mais la bosse sur son dos le tracassait. Il se redressa et l'adhésif tendit sa peau. Il fallait qu'il se débarrasse du paquet. Mais l'idée de fumer un joint ou de prendre une trace s'était ancrée trop profond en lui.

« Tu traînes avec Jonah Hansen, maintenant, remarqua Bill. À l'époque, c'était genre le président du comité des fêtes. »

Dakota avait sur le visage une expression de rancœur permanente qui empêchait de deviner ce qu'il pensait. Bill ne pouvait se défaire de l'image du gamin avec sa raie impeccable au milieu. Ces dreads avaient dû représenter des années de travail. « Ça veut pas dire qu'on est potes.

– J'ai bu quelques bières avec lui ce soir. Avec Eaton et Beaufort, aussi.

– Ouais, je les vois passer de temps en temps.

– T'as déjà parlé avec Beaufort ?

– Nan. »

Bill se gratta les couilles. « Et dire que je pensais que c'était moi, l'ancien sportif rincé et déprimé. »

Depuis qu'il avait bu cette bière avec Beaufort, il était obnubilé par Tina Ross et la foule de trucs bizarres qui s'étaient produits à cause d'elle. Toutes ces années plus tard, il la voyait encore se moquer de lui, et cette vision était en quelque sorte l'incarnation de cette stupide guerre des T-shirts. De quand datait leur amourette ? Il se souvenait du milk-shake et de l'avoir embrassée chez lui sur le canapé du sous-sol (ils faisaient semblant de regarder un film pendant que sa mère faisait semblant de lancer une lessive pour les garder à l'œil). Il se souvenait qu'elle lui avait caressé la bite sans passer à l'étape suivante. Lorsque la mère de Tina était venue la chercher, Bill s'était roulé en position fœtale dans son lit à cause de cette douleur dans les testicules qui donne à la fois envie de jouir, de chier, de vomir et de mourir. Après ça, elle l'avait ignoré. Pourquoi lui en avait-il tant voulu ? Ce n'était pas sa faute à elle. Pratiquement toutes ses idées, c'était le catéchisme qui les lui avait fourrées dans le crâne. Pourtant, quand les rumeurs étaient parvenues aux oreilles de Bill, il s'était réjoui. À son tour de se marrer.

« Je croyais que je le détesterais encore. Beaufort, je veux dire. » Ses souvenirs continuaient à le secouer comme un tour d'auto-tamponneuses. Son esprit avait la consistance de la mousse quantique. « Mais en fait, j'ai eu de la peine pour lui. »

Ils dépassèrent une station-service ExxonMobil dont l'enseigne lumineuse vantait l'immense arnaque. Ce blanc fluorescent et douloureux nimbait de brouillard le cerveau de Bill, qui s'activait et saignait. Puis il se rangea à l'évidence.

« J'imagine que moi aussi je me serais détesté au lycée.

– C'est relatif. Harrington et toi, vous étiez plus cool que la plupart des autres. »

Le nom de son ami résonna dans le silence, c'était le bruit que fait un réfugié épuisé lorsqu'il racle une irritation au fond de sa gorge sèche. « T'as déjà écouté ses disques ?

– Quoi ?

– Ses albums. À Harrington. »

Tandis qu'il shootait mollement dans un gobelet de Slurpee et l'envoyait glisser de l'autre côté de la rue, ses souvenirs accouchèrent d'une hémorragie, sorte de césarienne mémorielle. Dakota retroussa une de ses manches et Bill découvrit, tatoués en lettres cursives sur son avant-bras, les mots *Money Power Respect.*

« Peut-être bien, mais ça fait un bail. Ça m'intéressait pas. Sa vision du monde c'était de la merde.

– De la merde ? Tu peux pas lui reprocher de…

– Le prends pas mal, mec, mais tu veux quelque chose ou pas ? »

Ils arrivaient au croisement de South Main Street et de Newark Road, où une maison boîte à chaussures, qui au fil des ans avait été tour à tour une sandwicherie, un magasin de sport et une agence immobilière, était actuellement à louer. Un papier brun collé sur les fenêtres occultait un intérieur où même les fils de cuivre avaient dû être volés. Ils s'arrêtèrent devant le passage piéton. Dakota avait raison ; il fallait vraiment qu'il se magne. Boucler la transaction et cette nuit dans la foulée. C'est alors qu'il se rappela l'existence de son pick-up.

« Chier, marmonna-t-il.

– Hein ? »

Les mille dollars laissés dans la boîte à gants lui paraissaient soudainement un peu moins dérisoires. « J'ai oublié ma thune. J'imagine que tu prends pas la carte ? »

Dakota leva les mains au ciel. « Tu me fais venir ici et t'as même pas de fric sur toi ? »

Bill soupira. « Y a des soirs comme ça, mec. »

Le piéton lumineux du passage l'appelait. Puis il sentit la main raide du dealer qui lui tapotait l'épaule et le guidait vers l'autre bord.

« Hé. On bouge.

– C'est que je dois pas trop tarder.

– Non, je déconne pas. On bouge. »

Bill suivit son regard jusqu'à un feu tricolore devant lequel patientait une voiture de patrouille, tapie comme un lion affamé. Dakota accéléra le pas, et même s'ils ne faisaient rien – ils n'étaient que deux vieilles connaissances qui profitaient d'une promenade nocturne –, Bill savait que Dakota avait sur lui diverses substances illicites, et quant à lui, eh bien, il ne savait pas ce qu'il trimballait.

« Je préfère que ces connards nous voient pas. On va au terrain de foot. On sera tranquilles pour parler affaires. »

L'idée que Dakota puisse lui dépanner un joint, c'était du miel dans le désert. Ils prirent la direction du lycée. Bill fredonnait une autre chanson de Harrington, qui parlait de se sentir chez soi, de ciel, de chaleur et de route, et ils mirent le cap sur le lieu saint le plus cher à son cœur.

Il ne savait jamais vraiment qui lui manquait le plus, mais c'est à Ben Harrington qu'il parlait le plus fréquemment dans sa tête. Harrington le sensible, qui refusait toute dureté de cœur. Harrington, dont le vrai prénom était William et que tout le monde avait appelé Bill jusqu'à la maternelle, après quoi ils étaient devenus amis tous les deux. Et alors, du jour au lendemain, son deuxième prénom, Ben, avait été adopté pour éviter les confusions – il avait changé de nom pour le bien de leur amitié. Enfant, Bill était plus souvent chez les Harrington que chez ses propres parents, flirtant avec les sœurs de son ami, jouant dans le génial atelier de Doug avec toutes les perceuses, scies et ponceuses redoutables que l'on peut imaginer. Il avait une fascination particulière pour Harrington père, qui avait été le meneur vedette de l'équipe de New Canaan dans les années soixante-dix. Mais c'était aussi un homme dur, souvent désagréable. Chaque fois que Bill écoutait « Trouble in Hand », dont les paroles disaient : « Né dans la ville où tu mourras, seulement plus con », il se demandait ce qui se passait dans la tête de Doug.

« À la base, quand j'ai écrit ce disque, c'était pour qu'il arrête de me parler, disait Harrington. Sauf qu'en vrai, j'avais rien besoin de faire pour ça. »

À cette époque-là, Harrington vivait à L.A. Bill trouvait que ça lui allait bien, qu'il avait toujours eu la tête de l'emploi. De longues boucles blondes, un teint bronzé d'un bout à l'autre de l'année, et de grandes dents blanches redressées au collège par des bagues qui leur avaient donné l'aspect d'une cloison en placoplâtre. Il était l'Americana incarnée, sa place était sur la double page brillante d'une pub Abercrombie & Fitch. Ses chansons d'amour semblaient toutes avoir été écrites pour Stacey, même si, comme Bill et Lisa, ils s'étaient séparés en 2003. Elles étaient empreintes d'un sentimentalisme hâtif qui rappelait à Bill le béguin que Harrington avait eu pour cette fille.

Sans doute aurait-il dû veiller davantage sur son ami au lycée, sur les angoisses et les incertitudes qui alimentent probablement tous les tempéraments artistiques. Il avait fumé plus d'herbe que tous les autres réunis, mais bon, et après ? Quand ils se rendaient visite à la fac, Harrington essayait toujours de choper des médicaments. Une fois, il avait débarqué avec un flacon de Vicodin. Une autre, ils avaient sniffé de l'Oxycontin, et à cette occasion Bill avait découvert la seule et unique drogue qu'il détestait car, sans qu'il sache pourquoi, elle l'empêchait de pisser même quand sa vessie était pleine à craquer. Au fil des années, il avait vu la carrière musicale de son ami s'accélérer, il l'avait vu jouer dans des bars et des petites salles, il avait vu des fans commencer à s'attacher. Harrington avait un son rétro à la Dylan, joli et insipide – pas franchement sa tasse de thé, mais au moins il comprenait les références et les clins d'œil. Ils s'étaient retrouvés à Chicago durant la deuxième tournée de Harrington, autofinancée et en minivan. Avant le concert, Bill avait jeté un coup d'œil dans le sac à dos de son ami, une vraie pharmacie. Vicodin, Valium, hydrocodone, Percocet – une chouette bande de potes. Mais Bill avait pour règle d'or de ne pas interférer avec les mécanismes de défense des autres – quelle que soit leur manière d'affronter la tempête. Il avait donc piqué deux Valium, et pendant toute la soirée il s'était senti dans la peau d'un marshmallow fondu et sexy.

Depuis leur rencontre à la maternelle, ils n'avaient eu qu'une seule vraie dispute. Lorsque Rick avait été tué. Harrington trouvait incroyable, insupportable, inconcevable que Bill ne revienne pas pour l'enterrement.

« Il s'est passé ce qui s'est passé entre vous, mais ça va peut-être pas continuer après sa mort ? » Ils se parlaient au téléphone, Bill était dans sa résidence universitaire et sortit de sa chambre. Le semestre était terminé, et dans la rue il vit une fille appartenant à une des sororités qui essayait de faire rentrer des paquets de linge sale dans son 4×4.

« On n'a pas tous arrêté les études, Harrington. J'ai ma remise de diplôme la semaine prochaine. »

Silence à l'autre bout de la ligne.

« Ça n'a rien à voir avec Rick, continua-t-il en essayant d'expliquer l'inexplicable. C'est tout ce cirque, tout ce que ça symbolise. Tant qu'on vénérera les Rick Brinklan, tant qu'on célébrera les morts inutiles avec des défilés à la gloire du pays, ce sera toujours la même merde. »

Harrington se taisait.

« Mec, le pressa Bill.

– Je sais pas ce que tu veux que je te dise. Tu te rends pas compte que t'es super égoïste ? Tu te planques derrière un raisonnement politique à la con parce que tu continues à lui en vouloir pour un truc que tout le monde a oublié. »

Bill s'était hérissé, convaincu d'avoir raison. « Tu comprends pas, et c'est normal. T'as toujours voulu jouer les pacificateurs. Pas parce que t'es incapable de réfléchir par toi-même, mais parce que t'as peur.

– Mec, commença Harrington avant de s'interrompre. Stacey viendra pas. Lisa m'a jamais répondu. Je suis… C'est quoi votre problème, sérieux ? C'était notre pote.

– Putain, Harrington, on était mômes. On choisissait pas nos potes. Tiens, un mec qui vit dans la même rue que moi ! Et je peux aller chez lui à vélo ! Eh ben on a qu'à devenir super potes. Mais c'est fini, ça. Et, oui, ce que je suis en train de te dire, c'est que Rick ne signifie plus rien pour moi. En tout cas pas assez pour que je participe à ce cirque nationaliste. C'est juste un discours, mec. Un discours qu'ils veulent nous faire gober : Rick a agi de manière respectable. Sauf que c'est pas vrai. »

Ils se quittèrent fâchés mais finirent par se rabibocher, pas comme avec Rick.

Quatre ans plus tard, après le Cambodge et la piste Hô Chi Minh, Bill était revenu dans l'Ohio, à Columbus, pour chercher du boulot, faisant la tournée des agences d'intérim qui ne le recontactaient jamais pour des missions à dix dollars de l'heure dans des centres d'appel, quand il avait vu le reportage sur CNN. Il avait alors pris un billet de car pour New York, départ le soir même avec changement à Pittsburgh.

Il avait appelé Harrington pendant le trajet, lui avait dit que, en fonction de ce qui se passerait à Zuccotti Park, il viendrait peut-être squatter ensuite chez lui à L.A.

« Et tu prendrais un vol commercial pour venir ? » le railla Harrington de sa voix de velours. Cette voix qui rendait les étudiantes folles de désir. « Tu vends déjà ton âme, mon pote ?

– Harrington, le jour où tu pigeras que tes albums sont des œuvres contestataires radicales...

– T'es au courant que ces enfoirés acceptent uniquement l'argent, hein ? L'argent, ça te parle ? La thune ? Attends, je te donne un indice... »

Son expérience au sein du mouvement Occupy Wall Street était en soi tout un roman, avec des grands méchants, des ennemis mineurs et un plan à trois minable dans une tente avec un Palestinien et une femme qui sentait l'oignon. Le parc grouillait de masques de Guy Fawkes, de journalistes proprets coiffés au gel, de percussions qui résonnaient dans les plombages, de badauds, de flics du NYPD qui fermaient le périmètre, raides et las, et du murmure de centaines de conversations simultanées qui grondaient comme un torrent. C'était excitant, c'était rageant, c'était fascinant. Il s'était fait des amis avec qui il pensait garder un lien à vie. Le soir ils fumaient des cigarettes en contemplant les braises qui mouchetaient le parc. À quelques rues de là se dressait le nouveau One World Trade Center et sa couleur d'acier fondu. À mesure que le mouvement prenait de l'ampleur et que d'autres occupations naissaient aux quatre coins du pays, puis du monde, ses nouveaux amis et lui avaient eu la sensation d'être un feu de broussaille poussé par un vent favorable.

Et pourtant il n'était plus là à la fin, quand le temps s'était refroidi et que le parc s'était rempli de camés, de malades mentaux, de sans-abri – tous les rejetés de la société, attirés comme des papillons de nuit par la flamme qui brûlait là. Il n'était pas là en novembre, quand les flics avaient enfilé leur équipement anti-émeute pour nettoyer le parc ; quand, avec leurs camionnettes, leurs cars pénitentiaires, leurs menottes en plastique et leurs sprays au poivre, ils avaient expulsé les occupants qui n'opposaient aucune résistance pendant que des hélicoptères grondaient dans le ciel, illuminant cette apostasie avec leurs projecteurs. Des camions avaient apporté des barricades métalliques, et un tractopelle avait descendu Broadway dans un fracas de Marcheur impérial avant de charger tous les livres, cartons de nourriture, duvets, tentes, sacs, valises et matelas dans des camions-poubelles qui les avaient largués on ne savait où, déchets de la vie américaine.

Il n'était plus là car, cinq semaines après avoir rejoint le mouvement, il avait trouvé un message sur son répondeur. Il n'y avait que ses parents pour lui laisser encore des messages vocaux. Il avait mis plusieurs pâtés de maisons entre lui et le vacarme des percussions puis il avait rappelé sa mère.

Il avait eu du mal à entendre ce qu'elle disait, et encore plus à l'intégrer. « C'est Ben, s'étouffait-elle. Un incendie. Je n'arrive pas à y croire… Je suis désolée, mon chéri. » Sa peau s'était glacée, il s'était dit que c'était sa faute. Qu'il en était la cause, sans raison rationnelle.

Les détails étaient plus pénibles encore. Harrington avait fait une overdose dans son lit, une cigarette entre les doigts. Héroïne, à en croire l'autopsie. En plus, il avait tué le couple qui vivait dans l'appartement du dessus, des jeunes mariés venus de Mendocino qui avaient emménagé un mois plus tôt. Intoxication à la fumée. Bill avait sombré dans l'hébétude qui naît lorsqu'on est confronté à une information impossible, à un acte de folie imprévisible qui bouleverse tout en une seconde de dépressurisation.

Il avait raccroché au nez de sa mère et s'était laissé glisser contre un mur, devant une épicerie. Il puait. Ça faisait une semaine qu'il ne s'était pas douché. Un peu plus loin, des occupants scandaient des slogans. Nous. Sommes. Les quatre-vingt-dix-neuf pour cent. Bill s'était surpris à repenser à l'école primaire. À une récompense baptisée Angel Award, décernée à l'élève qui s'était le mieux tenu en classe, et que Harrington, à son grand désarroi, remportait chaque année. Tout le monde se foutait de lui à ce sujet. On l'appelait « l'Ange du champ extérieur ». Et puis ils étaient entrés au collège et un jour, au déjeuner, ils avaient rassemblé une cagnotte qui reviendrait à celui qui aurait le courage d'aller chier chez les filles. Harrington s'était levé, avait haussé les épaules et dit : « Y a plus les Angel Awards, donc j'ai plus de raison de vivre. » Ça lui avait valu plusieurs heures de colle.

Bill enfouit la tête dans ses genoux, le désespoir explosait dans sa poitrine. Puis il pleura un long moment. C'était de circonstance.

Il songea à rester au parc. Personne ne savait jusqu'où tout cela irait ; il ne pouvait pas partir maintenant. Harrington n'en saurait rien, et l'occupation était peut-être l'événement qui allait changer la donne. Mais bien sûr, ça n'avait pas été le cas. Il avait fini par prendre un bus pour l'Ohio, il avait assisté à l'enterrement et il avait vu le NYPD nettoyer les lieux à la télé dans le sous-sol de ses parents.

Après les funérailles, Bill avait contacté ses amis d'Occupy. L'une était en taule pour avoir agressé un policier. Le flic lui avait touché les seins pendant l'opération et elle lui avait balancé un coup de coude. Enfermer une fille d'un mètre cinquante pour une « agression » pareille, ça revenait à entériner l'illégalité de toute contestation. Un autre, Arthur, lui annonça qu'il partait au Mexique, une histoire de ferme communautaire, et Bill promit de le retrouver là-bas. La suite fut faite de cars Greyhound, de lunettes de soleil et de ponts ; de terrains vagues et de carcasses de bagnoles sur des parpaings ; de joints roulés et fumés à l'écart des lampadaires. Une semaine plus tard, il était dans les plaines craquelées et arides de l'État de Sonora, et une gentille femme aux chicots de travers et aux mains tordues par l'arthrose lui apprenait à éviter les contacts avec les hommes des cartels qui dirigeaient la ville pas si secrètement que ça. Arthur ne se pointa jamais.

« C'est pas une chanson raciste, dit Bill à Dakota. Elle parle du désespoir du narrateur. Il a envie de s'en prendre au premier bouc émissaire qui passe.

– "J'ai encore mis une trempe au nègre", cita Dakota, qui lisait les paroles sur son téléphone. "J'ai encore mis une trempe au nègre / J'ai dit : 'T'as volé l'âme de mon grand-père / Mes ennemis sont devenus ma famille.'"

– D'accord, mais là il parle d'une personne précise. De *ce* nègre qui fait maintenant partie de sa famille. Et il croit que le mec a volé quelque chose à son grand-père, sûrement à cause du mouvement des droits civiques ou je sais pas quoi. »

Dakota lut la suite des paroles, l'air toujours aussi sceptique.

« "J'ai encore buté un homme / J'ai encore buté un homme / Je lui ai mis une lame entre les côtes devant un rade au Texas / J'ai pris le code de sa CB."

« "J'ai encore cogné mon gosse / J'ai encore cogné mon gosse / J'ai dit : 'Tu sais, p'tit, le monde est dur et te rend froid'/ Je lui ai cassé le bras en mille."

« "J'ai encore violé sa mère / J'ai encore violé sa mère / Je l'avais connue en Afghanistan pendant une perm / J'ai tué son cœur avec mes péchés."

– C'est ça, fit Bill. C'est un mec qui n'a plus rien. Qui comprend même pas pourquoi il fait ce qu'il fait. Les gens le prennent pour un monstre et le rejettent parce que c'est plus facile pour eux. Mais il a été élevé presque comme un chien, on lui a seulement appris à être violent et cruel. Et la chanson, elle parle de ses remords. On dirait du Johnny Cash. »

Dakota haussa les sourcils. « Si tu le dis. »

D'après les parents de Bill, la musique de Harrington ne

faisait pas l'unanimité. On n'était pas près de voir un panneau ICI EST NÉ WILLIAM BENJAMIN HARRINGTON à l'entrée de la ville. Il avait des fans, il tournait dans le circuit des festivals, mais il n'avait jamais vraiment percé. Et surtout, il n'avait jamais rien gagné. Son overdose sordide avait peut-être favorisé ses ventes et sa légende, mais les rock stars qui ont la bonne idée de crever à vingt-sept ans pile ne sont pas celles qui s'enrichissent.

« Tout à l'heure, au bar, on parlait de la nouvelle rumeur, ça te dit quelque chose ? Le Meurtre qui a jamais existé. »

Dakota jeta un coup d'œil par-dessus son épaule, la route était déserte. « Bien sûr, tout le monde parle que de ça.

– D'accord. Donc, quelqu'un l'invente pour déconner, mais elle prend et elle se propage. C'est une espèce de légende urbaine, comme le mec qui a un crochet à la place de la main et qui bute des gosses dans l'allée des amoureux. Histoire que les ados arrêtent d'aller baiser à La Mousse. Elle a une fonction sociale.

– Tu m'as perdu, mec. Je suis largué.

– Mais si, fit Bill en agitant les mains pour tenter de saisir ce qu'il voulait dire. Ça sert à essayer de donner du sens et de l'ordre à ce qui n'en a pas. La rumeur du meurtre, c'est une espèce de théorie du complot. Personne n'a envie de croire que, d'un coup, des gens normaux qui s'emmerdent peuvent devenir des barbares – ou des victimes. Regarde les mecs avec qui on a grandi. Y en a combien qui ont fait une OD ? »

Dakota eut un rire narquois. « Qui en ont fait une et qui sont morts, ou qui ont recommencé à se shooter la semaine d'après ?

– Curtis Moretti, Ben Harrington.

– Là tu comptes uniquement ceux qui étaient populaires. Rien que dans mon année, y en a eu onze. Et niveau taule, y a Tony Wozniak, Ron Kruger… et les frères Flood ! Eux ils ont une carte de fidélité. Mais je vois toujours pas où tu veux en venir.

– C'est la chanson de Harrington, mec. Tout ça, au fond, c'est le même phénomène. Soit tu te bats pour ta dignité et pour un minimum de justice, soit tu baisses les bras – y a pas d'autre possibilité. Et une fois que t'as commencé à baisser les bras, la pourriture s'installe. »

Il était certain que Dakota planquait un pochon d'herbe quelque part dans les plis de son jean. Ce mec sentait aussi fort qu'une raffinerie de cyclohexane.

« On est là pour affaires, l'avertit Dakota. Commence pas à me soûler avec tes histoires de gaucho. »

Bill s'arrêta, le gravier crissant sous ses pieds. « Je croyais que t'étais de mon côté, à l'époque des T-shirts ?

– Ça veut pas dire que j'étais démocrate. Va pas t'imaginer que j'ai voté pour Obamerde. »

Oscillant dans le vent, les feuilles ressemblaient à des doigts qui caressaient la nuit et le ciel. Ils tournèrent dans New Canaan Avenue, qui longeait divers bâtiments industriels, le bowling, le parc, et franchissait la Cattawa River. La ville n'avait jamais jugé nécessaire de doter cette artère d'un trottoir, ils devaient donc marcher sur le bas-côté. Ils décapsulèrent leurs bouteilles et burent en gardant un œil sur la voiture de flics.

« Ouais, moi non plus. La deuxième fois, je veux dire. J'étais au Mexique.

– Tu faisais quoi là-bas ? »

Bill se lança dans le récit de ses nombreux voyages avortés : la réserve, le Cambodge, Occupy, la ville des cartels. À l'entendre, tout cela paraissait bien plus marrant que ça ne l'avait été en réalité : attendre, pas lavé, des avions retardés indéfiniment ; baragouiner toute une gamme de langues ; parler dans un anglais massacré et communiquer par gestes ; une vie entière réduite à vingt kilos dans un sac Osprey. Tout ça, bien sûr, après s'être fait virer de la campagne de 2008.

« Je vois, dit Dakota. T'es un démocrate. »

Bill éclata de rire en repensant à son renvoi pour un tweet « choquant, obscène, irréfléchi » (*Prêt à pendre ces fils de pute de Wall Street et leurs familles aux lampadaires de Park Avenue #jacobinisme*). Il n'avait même pas pris la peine de vider son bureau et avait involontairement oublié le cube de verre contenant un morceau du filet du match au cours duquel Harrington avait foiré son fameux lancer franc. Bien fait pour sa gueule, et de toute cette histoire c'était le cube que Bill regrettait le plus.

Ils passèrent sous un réverbère, un de ces machins à vapeur de sodium dont le halo pisseux couleur soda à l'orange donne à la moitié des rues du pays un air blême et malade. C'est à sa lumière que Bill se rendit compte que près d'un tiers des réverbères de New Canaan étaient éteints, créant de vastes poches d'ombre jaunâtre.

« Ce qu'on nous apprend, c'est que le système américain… » Il lança son mégot sur la chaussée. « C'est pas le complot des Illuminati. C'est juste une saloperie qui s'adapte et qui assimile en douceur tout ce qui bouge. Ça te file des bagnoles, des cartes de crédit, une religion, la télé et tout le confort qu'on appelle "liberté". Le problème, c'est que ça sert plus à rien de s'énerver contre le système parce que le système absorbe toutes les critiques.

– Je peux te taper une clope ?

– Bien sûr. » Bill chercha son paquet de Camel dans sa poche. Il souleva le rabat d'une main, tendit le paquet à Dakota, puis tira une cigarette pour lui avec les dents.

« Mais en fait c'est… Tiens, j'ai du feu. » Il alluma la cigarette de Dakota puis la sienne. « C'est carrément plus subtil que ça. Si t'essayes d'ouvrir ta gueule, expliqua Bill, tu te fais juste instrumentaliser, assimiler, détourner. Tu chopes un poste de prof, un contrat avec un label, une émission télé rien que pour toi, ou pire encore, un contrat d'édition. Et à partir de là, tu contribues au statu quo. T'appartiens à General Electrics, à

Comcast, à Pearson ou, pire que tout, à une fac néolibérale de l'Ivy League. »

Dakota faisait tomber sa cendre avec des pichenettes et des poussées expertes, comme un vieux assis sur sa terrasse qui raconte d'un air détaché le jour où sa femme l'a quitté. Ils dépassèrent le terrain de base-ball et approchèrent de la sécurité du terrain de football où – une éternité plus tôt, semblait-il – Bill avait reçu son diplôme par un jour d'été où la chaleur vous collait les couilles au slip.

« Démocrate ? Gauchiste ? Je m'en cogne. Au point où on en est, je préférerais encore qu'on me traite de nazi. Les gauchistes, c'est des mecs sortis de Harvard qui ont besoin d'un peu de diversité dans la ploutocratie. Mais quand tu fous *vraiment* la merde, quand tu te fais *vraiment* entendre, là ils ont besoin que tu la boucles, et ils trouveront le moyen d'arriver à leurs fins. »

Dakota donnait l'impression de s'ennuyer, mais au moins ça lui faisait quelqu'un à qui parler. Bill n'avait encore jamais rencontré personne à qui il n'aime pas tenir la jambe.

« T'as déjà vu *The Thing* ? De John Carpenter ? demanda Dakota, la Camel collée à sa lèvre inférieure.

– Avec Kurt Russell ? Ouais.

– C'est ça. Mortel, ce film. Viens, on traverse. »

Ils laissèrent passer un pick-up solitaire dont les phares leur balayèrent le visage, l'un très faible, presque borgne.

« Dans *The Thing*, le monstre c'est genre un parasite extraterrestre qui prend la forme des gens qu'il bouffe. Il devient tout ce qu'il parasite, tu vois ce que je veux dire ?

– On va faire comme si.

– Eh ben en fait, les États-Unis, c'est pareil. C'est la Chose américaine.

– La Chose américaine ? » demanda Bill, amusé parce qu'il entendait la majuscule dans la voix de Dakota. Il téta sa cigarette. Il y avait un nid-de-poule dans la chaussée et, dépassant de ce nid-de-poule, un animal en peluche, un homard. Il aurait juré que le homard avait agité une pince dans sa direction. Il éclata d'un grand rire, s'étouffant de fumée et de lumière. « Ah merde, dit-il quand il réussit à se ressaisir. La Chose américaine. Elle est pas mal, celle-là. »

Ils atteignirent le stade : deux rangées de gradins surplombant une pelouse durcie et abîmée par la sécheresse et les crampons des doubles entraînements quotidiens. Un cancéreux qui refuse de se raser le crâne et laisse ses cheveux tomber par plaques. Les projecteurs montaient la garde au-dessus des gradins et les poteaux orange veillaient aux extrémités nord et sud du terrain. Derrière les gradins ouest, une fresque monumentale tournée vers la route : un féroce jaguar transperçant un mur orange, la gueule ouverte, les yeux comme deux grains de raisin dans lesquels étincelait une fureur darwinienne. La ville entière était inondée de noir et d'orange, mais c'était à partir de cette fresque que rayonnait le tsunami.

« On escalade le grillage ? demanda Bill.

– Ouais. »

Bill coinça sa bouteille de bourbon dans la poche arrière de son jean. Ils attaquèrent la clôture, calant le bout de leurs tennis dans les losanges et gravissant les deux mètres cinquante qui ne repoussaient que les plus paresseux des intrus. Ils balancèrent les pieds par-dessus le sommet et se laissèrent tomber de l'autre côté.

Ils traversèrent la jungle de poutres qui composait l'intérieur des gradins, et sous lesquelles le sol était jonché d'ordures variées, souvenirs de matchs passés depuis longtemps. Dakota reprit le fil de leur conversation.

« Je sais pas. Franchement, ça me parle pas, tout ça.

– De quoi ?

– T'es un bourge, mec. T'as fait des études et t'avais du blé.

– T'es sérieux, là ? Ma mère bosse au journal. Mon père est dentiste. T'es sûr que tu sais ce que ça veut dire, "bourge" ?

– Y a pas que ça… Tes notes, tu faisais du sport. Ta meuf était bonne. T'étais populaire.

– Populaire, je l'ai pas été longtemps. »

Prenez par exemple le dernier match de basket de la saison 2002, contre Mansfield, une rencontre qu'ils ne pouvaient pas se permettre de perdre. Le ventre noué les jours précédents, il s'était garé sur le parking du stade vêtu de sa belle chemise et de sa cravate (comme le voulait la coutume les jours de match). Depuis qu'elle avait commencé, cette saison reléguait au second plan la crise des T-shirts de l'automne dernier. Il avait été excellent. Les gens oubliaient. Et puis une voiture s'était rangée près de lui, vitres ouvertes, et deux élèves de sa classe qu'il n'avait pas vus venir avaient ouvert le feu sur lui avec des pistolets à bille. Il avait été touché à la poitrine, au dos, aux fesses, à la tête par une bille qui avait repeint ses cheveux en fluo et fait résonner son crâne, et au coude par une autre qui fendit sa peau et le fit saigner. Malgré les moqueries et les rires des dizaines de spectateurs, il était resté stoïque. En regagnant sa voiture, il avait envoyé un clin d'œil à une anonyme de troisième et su qu'elle s'en souviendrait toute sa vie. Il était rentré se doucher et se changer. Les billes laissèrent des marques énormes et cuisantes, mais il ne versa pas une seule larme. Il retourna au lycée propre et furieux et marqua vingt points ce soir-là pour prouver à ceux qui lui avaient tiré dessus, qui avaient regardé ou fait courir des rumeurs sur son compte que tout ça ne l'atteignait pas.

Ils gravirent les rangées de gradins en aluminium aspect canette. Les dreads de Dakota se balançaient et la chaîne de son portefeuille tapait contre son jean. Bill en profita pour jeter un œil à son minuteur (01:18:23) et se demanda comment il allait réussir à s'éclipser d'ici une demi-heure. Par-delà le vent insensé et les maisons assoupies l'attendait sa destination, et avec elle, espérait-il, quelques réponses : le contenu du paquet, sa mauvaise conscience, cette décennie gâchée et son malaise.

« Là, ça te va ? demanda Dakota en indiquant la troisième rangée à partir du haut.

– Nickel. »

Ils se coulèrent dans leurs sièges. Bill posa les jambes sur la rangée de devant et se carra contre le dossier. Il avait sifflé à peu près la moitié de son bourbon et se força à attendre un peu avant de reprendre une gorgée.

Dakota fit tomber sa cendre en deux petits coups blasés. « T'as le droit de penser ce que tu veux, mais c'est pour ça que je mène la vie que je mène. Je dois rien à personne, personne me dit ce que je dois faire. La plupart des gens peuvent pas en dire autant.

– Oh, mais bordel », commença Bill juste avant de s'interrompre, en se détestant d'être incapable de laisser passer quoi que ce soit, et puis finalement il se lança. Dans ses moments de désœuvrement, il préparait des laïus pour des conversations qui ne se présenteraient jamais. Comme si Rick allait sortir de sa tombe pour qu'ils puissent enfin clore leur discussion sur la guerre en Irak. « J'ai compris, tu crois toutes les paroles des albums de rap que t'écoutais quand t'étais ado.

– Va te faire foutre. J'ai tracé ma route. Je me suis démerdé tout seul. Personne m'a jamais aidé, jamais rien donné. Personne m'a jamais acheté les jeans qu'il fallait avoir quand j'étais petit. » De la tête, il montra le pantalon de Bill. « Et crois-moi, j'en ai bavé. Pendant des années, au bahut, j'en ai bavé. »

Bill eut un sourire satisfait. C'était toujours étonnant de voir s'exprimer la désintégration sociale, la colère brute qui s'enracinait dans les périphéries, les banlieues et les petites villes du centre des États-Unis. C'était parfois pire que tout chez ceux qui venaient d'une famille assez fortunée pour se murer derrière des alarmes et dans des églises géantes. Ceux qui n'étaient ni riches ni croyants pouvaient au moins hocher la tête sur du thrash metal ou du Insane Clown Posse en attendant qu'on vienne récolter le fruit de leur aliénation. Quand les choix professionnels se limitaient à « sac papier ou sac plastique ? », on pouvait toujours vendre de la dope et s'estimer libre. Certains pensaient qu'ils étaient nés dépourvus de la capacité à obéir, et pourtant leur seul acte de rébellion consistait à croire que les puissants ne réussiraient jamais à les berner. Ils n'en retenaient que le goût savoureux de leur propre certitude. Qu'avait imaginé Dostoïevski à la fin de *Crime et Châtiment* ? Raskolnikov rêvait d'un virus qui se propageait dans le monde entier, amenant tous les habitants à croire qu'ils étaient les seuls à détenir la Vérité.

Dakota renifla. « Si le monde est aussi pourri, Ashcraft, qu'est-ce que tu fous à te bourrer la gueule ? Va faire péter des banques ! Putain, si tu veux, je t'indique la route de Fallen Farms, les frères Flood se feront un plaisir d'équiper un petit Blanc. Mais sinon, laisse-moi tranquille avec mon porno, ma thune et ma dope. Chacun sa merde, on est tous libres.

– Tu verras bien comment ça finira. »

Dakota ne cacha pas son mépris. « Et comment ça finira, d'après toi ?

– Bah, ils vont gagner. Ils vont gagner, putain. C'est le droit divin des rois en version laïque. Ils persuadent les gens comme toi, ceux qui traînent à la marge de leur empire, d'adopter leur philosophie. Et les autres, ils sont tellement blasés qu'ils jettent l'éponge et permettent à l'exploitation de continuer pleine balle jusqu'à l'effondrement écologique et économique. Classique. »

Dakota haussa une épaule. « On a qu'à partir vivre dans l'espace, comme dans *Wall-E*. Problème réglé. » Sur quoi il souleva une de ses fesses osseuses et péta.

Ça détendit l'ambiance et Bill se mit à rire. « Dakota Exley, anarcho-capitaliste. Et moi qui pensais que ma vie était bizarre. »

Ils gardèrent le silence un moment, laissant errer leur regard sur le terrain poussiéreux. Lui revint l'odeur d'une cascade à Angkor Vat. Il éprouva l'étrangeté d'être en vie et intégré au temps, la spécificité de la mort et le caractère sacré dont elle revêt les battements de notre cœur.

« Tu te souviens de Rick Brinklan ? reprit Bill. En terminale on a joué contre Marysville. C'était nos grands rivaux dans la conférence.

– Je m'en branlais total.

– Eh ben, Marysville, c'était une bande de *wiggers* bien énervés. Rick m'avait raconté qu'il s'était retrouvé sous un tas de mecs qui essayaient de lui balancer des coups dans les reins, de lui écraser les couilles, de lui cracher dans le casque. Tout ce qui pouvait leur donner un avantage. Y a eu des bastons sur le terrain trois années de suite, des bastons dans les tribunes, des bastons à l'extérieur du stade. Ça en arrivait au point où les flics envoyaient des renforts juste pour empêcher qu'il y ait une émeute. Mais en terminale, Rick était passé capitaine parce que Beaufort avait fini le lycée, et il m'a dit : "Je vais changer d'attitude. Je vais être hyper gentil avec tout le monde. Même si on est dans la mêlée et qu'un mec me met un pouce dans le cul, je vais dire 'Haha, bonne blague les gars !' Je vais leur faire de la psychologie inversée. Ils vont rien capter." Et c'est ce qu'il a fait. Il a passé tout le match à donner des claques dans le dos des mecs de Marysville en leur disant : "Super placage, mec ! Tu lâches rien, j'adore !" Sa meuf, Kaylyn, tous nos potes et moi, on en chialait de rire dans les gradins. Mais ça a marché. Ça les a rendus tarés. On a gagné avec quatre *touchdowns* et Rick a couru cent cinquante yards, un truc dans le genre. »

Ce soir-là, pendant que l'équipe de football était encore sous la douche, il s'était éclipsé de la soirée d'après-match pour retrouver Kaylyn. *Alors ça se passe comme ça, maintenant ?* avait-elle dit, mais sans une seule trace de honte. Espiègle. Joueuse. Aussi gaie qu'un arc-en-ciel. Plus tard, quand Lisa et lui étaient allés à La Mousse, il avait eu peur que sa bite ait gardé l'odeur du préservatif.

« Ce mec, putain, dit-il à Dakota en rigolant. Il était quand même marrant, des fois. »

Il allait raconter une autre anecdote de Rick quand des tourbillons de lumière bleue et rouge apparurent sur leur gauche, et un projecteur les aveugla comme s'ils venaient de se réveiller sur une table d'opération, les arrachant à la sécurité du ventre poisseux de la nuit.

Avant que Kaylyn ne lui fasse signe de la rejoindre après le match contre Marysville, il avait cru que c'était fini. C'était toujours elle qui décidait s'ils allaient se voir, où et quand, et il y avait presque quatre mois qu'elle ne lui avait pas envoyé leur texto codé habituel : *Rdv chez mamie ?* Ça commençait à lui taper sur le système, il était excédé et en perdait le sommeil. Chaque fois qu'il la voyait avec Rick, il découvrait chez lui une propension à devenir le genre de mec qui la chope par le bras et exige des explications. Et puis elle lui avait envoyé le signal, et il s'était esquivé. Ils s'étaient garés côte à côte sur le parking, dans un interstice entre les halos des réverbères.

Puisque de toute façon c'était mal et qu'ils avaient honte, Bill lui faisait des choses. Lisa aimait le sexe, mais Kaylyn… Kaylyn cherchait la punition, l'humiliation, la dégradation et peut-être autre chose encore, que Bill se sentait incapable de lui donner. Il lui tirait les cheveux, lui plongeait un doigt dans le cul, l'étranglait, lui éjaculait sur le visage, et après coup elle était indifférente, comme déçue de lui. L'hiver de leur année de terminale, alors qu'ils le faisaient au nez et à la barbe de tout le monde depuis presque un an, Bill craignait de ne lui procurer d'autre frisson que celui de la réaction de leurs amis s'ils s'en apercevaient.

« On pourrait aller à l'hôtel un jour », proposa-t-il. Sur la banquette arrière, elle ramena les genoux contre sa poitrine, fit glisser sa culotte le long de ses mollets soyeux et souleva les fesses pour finir de l'enfiler.

« On pourrait », acquiesça-t-elle. Elle fouilla les poches de son jean, en sortit son inhalateur et un paquet de chewing-gums. « Tu fais quoi après ?

– Je pense que je vais aller à la fête. » Bill retira le préservatif et baissa la vitre juste assez pour le jeter dehors. Une bouffée de vent glacial s'infiltra et frigorifia sa peau nue. Kaylyn remit son jean puis se cala contre la portière et l'observa, le corps couvert de chair de poule.

« T'as eu un message de Rick ? » demanda-t-il.

Elle mâchouillait son chewing-gum, pensive. « Juste une vingtaine. Je lui ai dit que je devais filer chez moi après le match parce que j'avais des trucs à faire pour Barrett. » Elle retroussa les lèvres, comme chaque fois qu'elle parlait de son petit frère autiste.

« Ça te dit qu'on se voie ce week-end ? »

Elle fit la moue, avec les yeux et avec la bouche. « Peut-être. » Son curieux regard ne le lâchait pas. Quand il ne la connaissait pas encore, alors que toutes les écoles primaires venaient de converger dans l'unique collège de la ville, il l'admirait depuis l'autre bout de la cafétéria, émerveillé par sa splendeur. Avec son long corps svelte, ses hanches étroites, ses seins menus et son petit cul rond, Kaylyn était une vraie drogue pour un ado aux prises avec ses hormones, mais plus que tout c'était son visage qui lui coupait le souffle. Des traits germaniques sublimes, et un nez fin et pointu saupoudré de taches de rousseur qui lui donnaient l'air d'une fille de ferme. Des yeux verts qu'elle devait savoir hypnotiques car elle portait souvent des pulls vert pâle et des écharpes ou des chemises qui les mettaient en valeur. Des petites dents qui rebiquaient légèrement dans sa bouche, juste assez de travers pour être adorables. Elle avait les cheveux longs et savait jouer avec, les jeter en désordre sur une épaule ou les laisser tomber le long de ses seins comme à présent. Bill adorait enfouir ses mains dans leur masse ; il aurait voulu s'y suspendre pour se lancer à l'abordage depuis un bateau de pirates. Certes, il y avait le tatouage qu'elle s'était fait faire avec Rick, et ce soir-là, pendant qu'il la défonçait par-derrière, Bill s'était demandé ce qui avait pu lui passer par la tête pour souiller de la sorte un si beau corps.

« Ça t'arrive, des fois, de détester des gens ? » demanda-t-elle. Elle posa un pied sur les genoux de Bill et il lui massa les orteils, guère plus gros que des grains de maïs.

« George W. Bush, répondit-il.

– Je suis sérieuse.

– Moi aussi.

– Bill. »

Il réfléchit. « Je sais pas. Je déteste pas Rick, si c'est ce que tu veux savoir. C'est pas pour ça que j'aime bien être avec toi.

– Moi, y a des moments… » – sans cesser de mâchonner, elle laissa errer le vert de ses yeux sur le pare-brise embué et, derrière, dans la pénombre du parking – « … où j'arrive pas à penser à autre chose. Tous les trucs qui m'énervent se concentrent sur une personne et tout ce qui va pas – genre, tu vois, quand j'ai une sale note ou que je foire un match –, eh ben tout ça je le mets sur cette personne. En général c'est une fille. Et après je peux plus la blairer. Dès que je la vois, j'ai envie de lui arracher le visage. »

Il avait généralement du mal à la comprendre, mais plus encore en cet instant.

« Et ce que tu me dis, c'est que tu ressens ça maintenant ? »

Elle accéléra sa mastication. Elle inclina la tête et envoya ses cheveux sur le côté. Une grande tente de blondeur resta un instant en suspens avant de retomber doucement sur son crâne. « Peut-être. Y a deux ans, y avait une fille… » Elle laissa fuser un éclat de rire, une sorte de *Hin-ha*. « J'aimais trop la détester.

– C'était qui ?

– On s'en fout. C'est juste qu'elle était… Je sais pas… Ça me mettait en colère de la voir, mais elle était tout le temps là. J'étais tout le temps obligée de la voir.

– Et tu la détestes toujours ? »

La buée qu'ils avaient créée sur les vitres avait occulté le monde extérieur. Il se rendit compte que c'était ça qu'il aimait chez elle. Elle était insondable, imprévisible. Elle avait une petite croix en or autour du cou, qu'elle prit entre ses doigts pour en toucher les arêtes. « J'ai rien fait de dingue, tu vois. Je l'ai juste un peu emmerdée. J'ai tout filmé. Et puis je suis passée à autre chose.

– Je crois que je comprends pas tout », avoua-t-il.

Le regard de Kaylyn revint croiser le sien. Elle s'avança sur la banquette, nue au-dessus de la taille, les tétons toujours durs parce que la ventilation peinait à réchauffer la voiture. Elle s'arrêta à quelques centimètres de son visage, lui souffla deux fois sur les lèvres et puis l'embrassa, et d'un coup il se remit à bander.

Tout avait débuté l'année précédente, après la mort brutale du père de Kaylyn. Une semaine environ après l'enterrement, elle avait appelé Bill à l'improviste et lui avait demandé de l'emmener chez sa grand-mère pour chercher des médicaments que cette dernière avait oubliés. Dover se trouvait à une heure de route vers l'est, et ce week-end-là Rick visitait une université. Sur le chemin, ils avaient parlé de son père. Bill ne connaissait Mr Lynn que de réputation : un alcoolique bourru et dépressif, incapable de garder un boulot et qui avait parfois avec la mère de Kaylyn des altercations physiques qui faisaient jaser dans le quartier. Emporté par sa seconde crise cardiaque à l'âge de cinquante-trois ans. Aux obsèques, Bill avait vu un cercueil ouvert pour la première fois. Dedans gisait une version raide, embaumée et maquillée de ce qui était naguère un homme. Sa barbe paraissait appartenir à un mannequin, ses cheveux être une perruque. La mère de Kaylyn, une femme nerveuse au visage agité par des tics comme une foule de métronomes, qui clignait constamment des yeux comme pour en ôter des poussières, passa le plus clair de la cérémonie à s'occuper de Barrett. Cas désespéré, le frère de Kaylyn était, à treize ans, un diable à ressort incompréhensible dont les crises n'obéissaient à aucune logique. Il braillait, il geignait, il criait, et tout ça sans lien apparent avec ce qui se passait autour de lui. Bill se doutait qu'il devait user la famille.

À un moment, sur l'autoroute désolée, il avait demandé à Kaylyn comment elle allait.

Elle n'avait pas répondu tout de suite, elle avait continué à fixer les champs gris comme une dent pourrie de son côté de la route. « Je crois que ça va. Tout le monde me pose cette question, mais qu'est-ce que je peux répondre ?

– Je sais pas, "Ça va pas du tout, mon père est mort, donc allez sucer des bites ailleurs" ? » suggéra Bill.

Quelle joie quand il avait vu un sourire illuminer tout le visage de Kaylyn.

Mr Lynn avait longtemps refusé que sa mère quitte sa maison de Dover, mais il n'était plus là. Barrett avait besoin de soins, la famille avait besoin d'argent, et Mamie Lynn allait devoir faire sa part en allant croupir à la maison de retraite Eastern Star. Sa petite maison, qui regorgeait de tissus, napperons, figurines en verre, bref de toutes les bricoles qu'affectionnent les vieilles dames, fila un cafard insupportable à Bill. Ne sachant pas exactement de quoi sa grand-mère avait besoin, Kay transvasa tout le contenu de l'armoire à pharmacie dans un sac en papier. Puis un orage éclata. Un éclair fendit le ciel et un déluge transforma la rue en torrent déchaîné. Dans un placard ils dénichèrent du schnaps à la pêche et du gin. Ils parlèrent de la mort, du fait que Bill ne croyait pas et ne croirait jamais en Dieu. « J'ai attendu, admit Kaylyn. J'ai attendu de sentir quelque chose, mais c'est toujours pas arrivé. » Et puis il l'embrassa. Elle essaya de le repousser, mais il l'en empêcha. « Arrête », dit-elle, mais une fois seulement. L'orage continua dans la soirée et toute la nuit. Il faisait encore rage au moment où Bill tirait les cheveux de Kaylyn pour lui redresser la tête. Ensuite elle s'allongea sur lui, serra son torse entre ses jambes, et ils écoutèrent tomber la pluie. Sur le chemin du retour, les essuie-glaces avaient encore du mal à lutter contre les trombes d'eau qui s'abattaient sur le pare-brise.

On ne sait pas les choses qu'on est capable de faire, se disait Bill. Les gens qu'on prend le risque de blesser. Il avait le béguin pour elle depuis des années, et Lisa n'était qu'un lot de consolation. Bien sûr, il était depuis longtemps jaloux de Rick qui lui avait mis le grappin dessus. Kaylyn et Rick avaient une certaine symétrie typique de l'Ohio que Bill ne pourrait jamais égaler. C'étaient deux amoureux nés dans cette ville et qui y croyaient, qui se croyaient destinés à y fonder une famille et à soutenir les Jaguars aussi longtemps que subsisterait la civilisation. Bill était une pièce rapportée, un New-Yorkais qui avait grandi par hasard dans ce bled en déclin, et qui avait eu par hasard un coup de foudre pour l'enfant du coin. Puis Kaylyn et lui commencèrent à se voir plus souvent, quitte à pousser à mi-chemin d'Akron pour dégoter un coin où se sauter dessus, et il comprit qu'elle représentait une énigme pour lui, un fantasme qu'il assouvissait même s'il affirmait qu'elle était trop maligne et se connaissait trop bien pour sortir avec Rick, ce cliché qui suscitait la sincérité partout où il allait. Il ne savait pas ce que racontait son monologue intérieur, à quoi elle pensait, à quoi elle était attachée. Il était à peu près certain qu'il ne rencontrerait jamais plus personne qui porte en soi une telle souffrance. Il avait le sentiment qu'elle faisait durer leur liaison clandestine parce qu'il soulageait sa peine, ne la lui ôtait peut-être pas mais au moins l'épongeait un peu, l'espace de quelques instants.

En cet hiver glacial de leur dernière année de lycée, sur le parking après le match contre leurs rivaux du championnat régional, elle tendit une longue jambe jusqu'au siège passager et, uniquement à l'aide de son gros orteil, elle ramassa son soutien-gorge et sa chemise. Bill dit : « J'ai envie de te revoir. Rapidement. »

Elle replia la jambe et attrapa ses vêtements. « Tu sais pas de quoi t'as envie. » Ses yeux se défilaient. « Comme tout le monde. »

Elle se creusa une place en lui pour toujours. Les années passant, le bruit de la pluie contre la maison de sa grand-mère continua à résonner dans la tête de Bill, devint un accord mineur. Une chanson dans la peau.

Ils s'enfuirent en courant.

Les gyrophares continuaient à clignoter – bleu-rouge-bleu-rouge-bleu-rouge –, changeant le terrain de football en kermesse hallucinée, et naturellement Bill paniqua, l'adhésif tirait sur sa poitrine et il ne pouvait pas retirer sa chemise et encore moins arracher le paquet (et, sans déconner, qu'est-ce qu'il pouvait y avoir là-dedans ?). Pourtant, plus forte encore que la panique, il y avait une joie qui lui disait : *Enfin on commence à se marrer un peu !*

À l'autre bout du terrain, Dakota et lui se ruèrent sur le grillage. Le métal leur mordit les doigts. Ils passèrent tant bien que mal de l'autre côté et cavalèrent sur le parking où Bill était jadis tombé sous une rafale de billes de peinture. À l'approche de la structure longue et basse du lycée, le ganglion en briques de leur jeunesse, l'ultime maison hantée, Bill repéra le tuyau qui permettait d'accéder au toit.

« Le toit », souffla-t-il sans plus d'explications. Puis, surtout pour lui-même : « Sauf s'ils ont déplacé la benne à ordures. » En été, Harrington et lui grimpaient souvent là-haut pour fumer des joints jusqu'à en oublier comment ils s'appelaient. Il s'aperçut rapidement que les autorités avaient laissé la benne à ordures au même endroit près du tuyau.

« Ils ont pas retenu la leçon, fit Dakota.

– Le pouvoir retient jamais rien. »

Ils poussèrent la benne à ordures pour la positionner directement sous le tuyau. Les lumières de la voiture de patrouille étaient encore loin car elle était obligée de contourner le terrain de football, mais le Chef Wiggum n'allait pas les lâcher aussi facilement. La voiture s'engouffra dans l'allée du lycée, elle devait faire un bon quatre-vingt-dix à l'heure dans une zone limitée à trente. Il ne leur restait plus qu'à monter sur la benne à ordures et à faire un petit saut pour s'accrocher au tuyau.

Arrivé en haut, Bill se hissa sur le toit. Son bourbon était miraculeusement resté coincé dans sa poche arrière et ainsi, après s'être laissé tomber sur les fesses, il se récompensa par une longue gorgée fougueuse. Pas facile de rester bourré avec toute cette agitation. Dakota suivit, la chaîne de son portefeuille tintant façon Jacob Marley, et ils allèrent se cacher là où Harrington et Bill avaient fumé de l'herbe la première fois, dans l'espace entre les ventilations et les rigoles de la surface noire et râpeuse, approximativement au-dessus de l'extrémité sud du terrain de basket sur lequel il avait forgé sa légende.

Bill s'adossa au mur de telle sorte que le paquet ne s'enfonce pas dans son dos. Ils regardèrent les lumières pourchasser le ciel tandis que la voiture ralentissait. Son projecteur inspecta les briques, les buissons, les rangées d'arbres qui séparaient le lycée du quartier résidentiel voisin. Bien sûr, il n'échappa pas à Bill que leur poursuivant pouvait très bien être Marty Brinklan, mais il n'était pas d'humeur à vérifier. Puis le faisceau du projecteur passa au-dessus de leurs têtes. Dakota haletait près de lui. Bill s'émerveilla de se trouver plutôt en forme, ses poumons deux saines montgolfières.

Lorsque le projecteur s'en alla chercher ailleurs et que les gyrophares partirent de l'autre côté du lycée, Bill sortit la tête et contempla un instant la ville. Saupoudrée de clarté, elle recueillait les lueurs dans le creux de sa paume.

« On va attendre une minute. Des fois qu'il reviendrait ou qu'il appellerait du renfort. » D'une main tremblante, Dakota écarta ses dreads de ses yeux. Lui non plus n'avait pas perdu sa bouteille. « Faut faire gaffe avec ces tarés. Ils peuvent te baiser pour rien. Tu te rappelles Ostrowski ? Il est flic maintenant. Les mecs qui aiment cogner les autres quand ils sont jeunes, tu peux être sûr qu'ils vont finir dans l'armée ou chez les keufs. Et si tu t'intéresses au Meurtre qui a jamais existé, je te conseille de commencer par aller voir de leur côté.

– Comment ça ? » Bill était réellement curieux.

« Je suis peut-être tout en bas de la chaîne alimentaire, mais y a des squelettes partout dans cette ville. » Il leva la tête pour voir où en était la voiture de patrouille, un mouvement de serpent paranoïaque. « Je te parle de vrais putains de squelettes. T'es au courant qu'il y a deux fois plus de disparitions dans ce comté et les trois d'à côté ?

– Par rapport à quoi ? » demanda Bill, mais Dakota n'avait pas envie de développer son calcul ni de citer ses sources.

« Jericho Lake. Moi je te dis, ce lac il a pas de fond. » Bill ne prit pas la peine de lui faire observer que son affirmation était inexacte. Tous les gamins de la ville avaient entendu parler de Jericho, vraisemblablement en cours d'histoire avec Mrs Bingham. Pour créer le lac artificiel, dans les années cinquante, les ingénieurs avaient dû acheter toute une ville afin de la submerger. Selon la rumeur, des gangsters de Youngstown avaient financé ce projet qui leur fournissait un endroit où larguer les corps, mais Mrs Bingham aimait bien raconter des histoires sanglantes pour empêcher ses élèves de s'endormir en classe. Dakota continuait à regarder par-dessus le bord du toit, mais il n'y avait plus aucun signe de la police. Pas même la lueur des phares au loin. « On devrait tous être un peu plus paranos.

– T'as pas écouté ce que je t'ai dit tout à l'heure ? » Bill rota, s'essuya la bouche avec sa manche, songea à sucer l'alcool qui avait imprégné le tissu, y renonça. « Niveau paranoïa, je suis déjà au max. »

Dakota détourna la tête pour montrer qu'il s'en foutait. Bill téta les derniers restes de son bourbon sans cesser de s'extasier devant les lumières de la ville. Des lucioles flottaient dans la nuit, candélabre vasculaire. Il pensa à tous les endroits qu'il avait visités.

Il fut surpris de voir Dakota lever sa bouteille pour proposer un toast. « Allez, Ashcraft. À la Chose américaine. Longue vie à elle. »

Bill perçut du mauve à la lisière de son champ de vision et en conclut que ce devait être la tristesse qui se manifestait dans les ultraviolets. « Longue vie à elle », acquiesça-t-il.

Il s'envoya l'ultime gorgée de sa bouteille, qui avait surtout le goût de la salive accumulée au fond. Il sortit le minuteur de sa poche, 00:48:37.

Quand il releva les yeux, Dakota déballait un tuyau et un sachet en plastique de la poche à zip de son sweat-shirt.

« Vu qu'on a du temps à tuer, je paye ma tournée.

– Ça ressemble pas vraiment à de la weed, dit Bill en voyant les petits cailloux dans le sachet.

– C'est de la meth, dit Dakota. T'as déjà essayé ?

– Non. Et je suis pas sûr d'en avoir envie.

– Le truc, c'est que j'ai pas apporté de weed, mon gars. »

Bill était partagé. D'un côté, il se disait que la meth, c'était trop, même pour lui. De l'autre, il flairait la cendre qui tombait du ciel, se mêlait à la pluie et au vent. Unités de mesure de la tempête à venir.

« Une taffe », concéda-t-il en guise d'avertissement et de promesse.

Dakota avait déjà allumé la pipe, un machin en verre bleu de la même couleur que le produit de Walter White. Il garda la fumée dans ses poumons et fit tourner. Sans trop s'appesantir sur ce piteux épisode, Bill porta la pipe à ses lèvres et embrasa le foyer. Une hache humide lui ouvrit le fond de la gorge et il recracha sa fumée. Dakota et lui toussèrent en cadence. Sa tête tournait dans deux sens à la fois. À travers ses larmes, il distinguait les étoiles qui apparaissaient au-dessus d'une tête de personnage de cartoon se fondant avec les lumières du centre-ville. Quand les quintes commencèrent à se calmer, il dit : « Faut vraiment que j'y aille. J'ai un truc à faire.

– Eh ben vas-y, répondit Dakota, le crâne retombé contre le mur, la mâchoire entrouverte. Tu peux penser ce que tu veux, on est quand même libres dans ce pays. »

Bill essaya de se détendre. Avec toute nouvelle drogue, il faut bien comprendre qu'il existe toujours un petit risque de péter les plombs et d'essayer de s'arracher les yeux. Quand on garde en tête la possibilité de cette tentation, on sait y résister.

« Ouah », fit Bill, parce que ça y était : ça le submergeait comme une lame de fond, et si ça s'apparentait à des sensations chimiques qu'il avait déjà éprouvées, alors c'était de la même manière qu'un film muet s'apparente à un film d'action estival du XXIe siècle. Ça revenait à coller un enfant né en 1922 devant *Transformers 3 : La Face cachée de la lune* en 3D. Il y avait un semblant de similitude, mais pas plus. C'était une béatitude pure qui sublimait toutes les angoisses et les douleurs accumulées en lui depuis quinze ans. Tous ces visages qui suscitaient tant de honte, de culpabilité, de nostalgie et d'amour, réduits à une brume incendiée par l'aube. Il ressentait un bonheur sans cause, sans justification, aussi blanc que la neige. Sa peau chauffait et picotait, il jouissait par tous les pores en même temps. Toutes les amours de sa vie s'inscrivaient étincelantes sur la rivière mystique du ciel, qui charriait des étoiles, des satellites et de la poussière datant du commencement de la Création.

Nous le savons tous, la mémoire fonctionne de telle sorte que notre vie entière se trouve expliquée par une poignée de moments précis, des totems qui deviennent ensuite des récits. Reste à inventer ce qui liera le reste. Après un mélange de LSD et de méthamphétamine, avec quelques litres d'alcool dans l'intervalle, on commence à interroger profondément ces épisodes éclatants, et le cocktail créait dans la tête de Bill des transpositions temporelles tout à fait intéressantes. C'était pratiquement une visite de son passé en réalité virtuelle, comme si son minuteur était une machine magique à voyager dans le temps qu'il avait frottée et qui l'avait renvoyé au matin où, affublé d'une couche dans le jardin de Rick, il fut réveillé par le vacarme terrifiant d'un coup de fusil à pompe.

Évidemment, il tomba de la chaise de jardin dans laquelle il s'était endormi. L'entendement lui revint par bribes dénudées, pièces de puzzle détrempées :

Où je suis ? Qui je suis ? C'était quoi ce bruit ? Je m'appelle Bill. Le jardin de Brinklan. Pourquoi ? On s'est mis une caisse hier. Où ? Ses parents sont dans l'Arkansas parce que la femme de son grand frère a eu un bébé. Bouteille de Smirnoff, bouteille de Jameson, pack de Miller Lite. Mais où ? C'est Kaylyn et Lisa qui les ont achetés pour nous. Comment ? Dans la chaise de jardin sur la pelouse. Les jolies meufs réussissent toujours à acheter de quoi picoler. Putain mais c'était quoi ce bruit ?

Rick était près de la terrasse, mort de rire, le fusil de chasse de son père appuyé sur la hanche et braqué vers le ciel. « Je t'ai réveillé ? Je suis désolé.

– Espèce de sale taré », râla Bill. Il baissa les yeux. « Oh, fait chier.

– Tu t'es endormi en premier, dit Rick. C'était surtout l'idée de Harrington. »

Ça faisait beaucoup à intégrer. Rondins carbonisés et tessons de canettes de bière laissés par le feu. Il était torse nu et couvert de dessins au marqueur. Il avait environ deux millions de piqûres de moustiques. Et, bien sûr, il portait une couche pour adulte.

Il éclata de rire. « Putain, mais pourquoi j'ai une couche ?

– Hé, les vêtements et la couche c'est pas nous ! cria Harrington depuis l'intérieur de la maison. Le marqueur c'était mon idée, mais la couche c'était toi ! »

Bill chercha confirmation auprès de Rick, uniquement vêtu d'un short de sport et d'un tablier *Beau gosse en cuisine*.

« T'as dit que t'avais envie d'en mettre une pour essayer… J'avais aucune raison de t'en empêcher.

– Mais… » Bill examina la protection en plastique humide qui lui collait à la peau. « Où est-ce que je l'ai trouvée ? » Il n'arrivait pas à s'arrêter de rire.

« Elles étaient à mon grand-père à l'époque où il habitait avec nous, dit Rick. Te marre pas ! C'était pas drôle comme situation. »

Il avait une migraine infernale mais ça le fit rire encore plus fort.

« J'ai pissé dedans ou pas ?

– Tu crois qu'on est allés vérifier ? Allez, rentre, je prépare le petit-déj'. »

Rick posa le fusil contre la porte du garage et alla s'occuper de la poêle dans laquelle, à en croire l'odeur, il faisait cuire des œufs, du bacon et des pancakes. Assis à la table de la cuisine, Harrington lisait le *New Canaan News* et Bill repéra la signature de sa mère sous l'article en une. Le plus gros des événements lui revenait peu à peu. Les filles étaient passées en coup de vent, mais cette première soirée de vacances après leur remise de diplômes avait vocation à se jouer entre mecs. Ils avaient fait un feu dans le jardin de Rick, tiré sur une quille de bowling qu'ils criblèrent avec assez de plombs pour lui régler son compte, et ils s'étaient bourré la gueule autour du feu jusqu'à ce que l'un d'eux perde connaissance.

« Super soirée, dit Harrington en buvant une gorgée de café. Exactement ce que je voulais. »

Sur le ventre de Bill, ses amis avaient dessiné deux flèches dirigées vers son entrejambe. L'une disait : DÉSOLÉ LES FILLES, JE PEUX PAS FAIRE MIEUX et l'autre : INSÉRER DANS LE CUL DE L'ÂNE.

« Vous êtes vraiment des comiques, les gars, dit Bill. 10/10 pour l'humour.

– On a eu du mal à décider ce qu'on allait écrire », convint Rick. Il étira les bras au-dessus de sa tête, révélant les cavités pâles de ses aisselles et les poils de savant fou qui avaient commencé à y pousser quand il avait onze ans, à l'époque où Bill et lui avaient volé un caddie au Kroger's et l'avaient poussé jusqu'au collège, après quoi, pour impressionner les filles, ils s'étaient jetés dans la Cattawa du haut d'une petite falaise – plutôt un talus, en réalité. « Donc on a fait un compromis, mais je suis d'accord, c'est peut-être pas notre chef-d'œuvre. » Il attrapa un appareil photo numérique posé sur le plan de travail et le lança à Bill. « Mais au moins on l'a immortalisé. »

Bill n'eut qu'à passer en revue les premières photos pour se faire une idée.

« D'accord, mais t'effaces celle-là », dit-il en leur montrant le cliché sur lequel les testicules de Rick et de Harrington effleuraient son visage avec obscénité.

Rick leva un sourcil horrifié. « Tu rigoles ? Je vais toutes les effacer. Mon père m'enverrait direct en camp de redressement s'il apprenait qu'on a picolé chez lui. En parlant de ça… vous allez revenir ce soir pour m'aider à tout nettoyer. »

Bill parcourut encore quelques photos. Nouvel éclat de rire. « OK, celle-là est assez drôle. » Harrington et Rick étaient tous deux en costume-cravate. Ils avaient passé ses bras nus et inertes sur leurs épaules. Ils souriaient comme pour une photo de mariage pendant que la tête de Bill roulait en arrière, langue pendante.

« Elle nous a demandé du boulot », acquiesça Harrington en tournant la page de son journal.

Bill remarqua alors le mot *Crapaud* écrit sur le dos de Harrington à la manière d'un tatouage.

« Ouais, je me suis endormi en deuxième, admit-il.

– Tiens. » Rick lui tendit une assiette. « Un petit-déjeuner de champion pour mon champion. »

L'odeur le fit saliver en même temps qu'elle lui donna la nausée. Il se força à ingurgiter les œufs brouillés en regardant le paysage par la fenêtre de la cuisine. À New Canaan depuis sept générations, les Brinklan avaient ancré leur dynastie sur un des perchoirs les plus bucoliques du comté, une haute colline verdoyante qui plongeait dans une forêt derrière laquelle leur ville s'étalait sur les deux rives de la Cattawa, l'air sortie tout droit du XIXe siècle, le type de bourgade où un solo de tuba pouvait retentir à tout instant pendant le défilé du 4-Juillet. Enfant déjà, il adorait se réveiller avec cette vue, pendant que Jill Brinklan leur préparait des roulés à la cannelle et que Marty buvait son café à travers sa moustache de morse sans décrocher un mot.

Rick le tira de sa rêverie en désignant d'une pichenette un encadré sous le pli du journal. C'était une dépêche : *Rumsfeld convaincu que les opérations en Irak seront bientôt terminées.*

« T'as vu ça ? Tu me dois pas une glace ou un truc dans le genre ? »

Il s'efforça de ne pas tomber dans le panneau. « On verra, mon pote. »

Jambes poilues écartées, Rick engloutit une tranche de bacon en une bouchée. « Avoue quand même que maintenant, grâce à la technologie qui nous permet de frapper des cibles avec précision, ça a été une des guerres les plus humaines de l'Histoire. »

Bill lâcha un rot parfumé aux œufs, au whisky et à la bière. Il essaya de couper la poire en deux.

« Bon, je te l'accorde, c'était pas le Vietnam ou je sais pas quoi, mais t'es au courant qu'on parle de sept ou huit mille civils tués pendant la première phase ? Et c'est sans compter les dizaines de milliers de militaires irakiens. On a vraiment envie de parler de ça ?

– Nan, l'été ça sert à prendre des cuites et à se branler », approuva Harrington.

Rick lui fit un large sourire pour montrer qu'il plaisantait. Fini de s'échauffer pour des histoires de T-shirts et d'autocollants. Il plissait les yeux et son sourire en était désespérément grand et éclatant. Il avait sur la tempe un bouton de la taille de l'Himalaya, dont Bill distinguait les aiguilles, les vaisseaux, les à-pics et autres mouvements tectoniques. Les cheveux désormais taillés en brosse, les côtés du crâne d'un blanchâtre repoussant, il avait la tête de l'emploi. On aurait cru qu'il venait d'être embauché pour jouer le rôle du plouc-type de l'Ohio. Une partie du charme de Rick avait toujours résidé dans le fait qu'il était conscient d'être un stéréotype et en prenait son parti avec une humilité souvent hilarante. Mais depuis deux ans, la caricature et sa vraie personnalité se confondaient, et Bill et lui finissaient par se disputer pour tout et n'importe quoi : les conflits armés, la politique, les déviances sexuelles de Todd Beaufort. « C'est la guerre, mec. Toi tu passes toute ta vie peinard dans ta petite ville, alors forcément tu trouves ça débile de devoir te battre pour ta sécurité. Et puis y a un attentat qui fait trois mille morts…

– Raaaaah, pour la millième fois, l'Irak avait rien à voir avec le 11-Septembre ! Je sais plus comment te le faire comprendre. Faut que je te le tatoue sur le bras, comme dans *Memento* ?

– Si tu t'étais pas endormi le premier, t'aurais pu me l'écrire dessus au marqueur.

– Les mecs, dit Harrington en posant son journal. Papa vous demande de la fermer. Personne – et je dis bien personne, ni moi ni les filles, personne – a envie de vous entendre continuer à débattre comme deux abrutis. »

À l'autre bout de la pièce, la sonnerie funky du portable de Harrington se mit à chevroter. Il alla répondre.

« Peut-être que l'Irak y était pour rien, ou peut-être pas. » Le sourire de Rick restait rivé à ses lèvres. « Mais c'est même pas une histoire de pays, mec. C'est une histoire de civilisation. C'est deux manières de voir le monde, et des fois faut savoir montrer les dents. Riposter le plus fort possible pour qu'ils comprennent bien qu'on plaisante pas. »

Ce discours ouvrait dans la tête de Bill un puits de fureur. Un trou noir qui aspirait le moindre atome dans son entonnoir à la densité infinie. Il refusa de mordre à l'hameçon, écouta la voix de Lisa dans sa tête. Elle lui disait que Rick et lui étaient deux machos bloqués dans un concours de bites. Elle lui disait de respirer quand Rick le provoquait. De ne pas transformer le moindre désaccord en concours d'éloquence. Et puisqu'elle était la seule personne à qui il pouvait éventuellement reconnaître une intelligence supérieure à la sienne, il tâchait depuis quelque temps de suivre ses conseils. Pendant que Harrington sortait sur la terrasse pour prendre son appel, Bill détourna la conversation comme il savait si bien le faire.

« Tu sais quoi, dit-il à Rick, j'admettrai qu'on a eu moins de mal que je pensais à faire plier l'Irak à coups de bombes si tu me suces la bite chaque fois que tu remets le 11-Septembre sur le tapis. »

Rick haussa un sourcil. « Genre jusqu'au bout ? Ou bien juste un aller-retour pour chaque remarque sur le 11-Septembre ?

– Hé, fit Harrington en passant la tête à l'intérieur, le téléphone plaqué contre sa poitrine nue. Les filles ont envie d'aller se baigner aujourd'hui.

– Au lac ? demanda Rick.

– Elles prennent à boire ? demanda Bill.

– Stacey dit que Lisa et Kaylyn peuvent s'en charger sur le chemin.

– En plus il nous reste un gros pack de Coors, dit Rick avec un air qui signifiait : *Oh merde, ça va faire mal.*

– Putain, dit Bill. Mon foie.

– Donc c'est oui ? demanda Harrington.

– Ben, en tout cas c'est pas non. Tu dormiras quand tu seras mort, Ashcraft. »

Ils passèrent donc cette chaude journée de l'été 2003 à Jericho Lake. Une chaîne de coups de fil rameuta les troupes et la moitié du lycée s'y retrouva. Ils mirent en commun l'alcool qu'ils avaient grappillé. Hailey Kowalczyk apporta des brassées de bois, et avec Dan Eaton elle prépara un feu en prévision de la soirée. Pour les taquiner, Stacey dit à Dan et à Rick que le soleil avait été inventé à une époque où les garçons n'avaient pas la peau aussi fragile. Jonah Hansen débarqua en faisant tourner à son doigt les clés du bateau de son père, amarré près de la rive à un kilomètre de là. Ron Kruger et Eric Frye, alias Whitey, arrivèrent avec des chambres à air rafistolées et cinq bouteilles de Coors Zima. Tina Ross vint aussi, et son maillot trahissait tout le poids qu'elle avait perdu, ses os qui paraissaient aussi frêles que ceux d'un oiseau déplumé. Tony

Wozniak et Mike Yoon apportèrent un ballon, des planches pour jouer au *cornhole* et des poufs géants. Ils reculèrent la Ford Explorer de Yoon jusqu'à la lisière du parking et mirent le 93,7 à fond, la radio pop de Columbus.

Bill observait Rick et Kaylyn, dans l'eau jusqu'à la taille. Les griffures et la bannière étoilée de Rick le regardaient de travers. Kaylyn effleurait la surface du lac avec le bout des doigts, et lorsqu'elle se retourna il vit le tatouage au bas de son dos. Il avait toujours détesté les tatouages, mais celui de Kaylyn le dégoûtait tout particulièrement – un papillon bleu avec des enjolivures symétriques qui s'étalaient au-dessus de son cul, autrement si parfait. Elle portait un maillot de bain vert citron et elle plissait les yeux, une main en visière sur le front. Les yeux cachés derrière ses Oakley et la lèvre inférieure rebondie par sa chique, Rick la prit par la taille. Bill crut voir son regard papillonner jusqu'à lui, mais peut-être se détournait-elle simplement du soleil.

Plus tard dans l'après-midi, ils reçurent la visite d'une voiture de police et on se dépêcha de planquer l'alcool. Jonah embarqua un groupe à bord de son bateau, le haut du maillot de Stacey tomba dans l'eau et tout le monde se rinça l'œil. Lisa hulula, applaudit et cria : « Le remets pas, Moore ! »

Bill était allongé au soleil près de sa copine, tout miel, ivre et insouciant. À cette époque, en temps normal, il était plein jusqu'aux narines de culpabilité, de désir et de dégoût de lui-même – dégoût d'être une chose choyée et protégée comme un fragment d'ego ou un instant de plaisir. Mais pas ce jour-là au bord du lac. C'était, dans son souvenir, le dernier moment où ils avaient été simplement jeunes, où les différends étaient dénués de permanence, les péchés de vraie malveillance. Il avait des amantes, certes, mais il les aimait. Il blessait ses amis, c'est vrai, mais ils restaient des frères d'enfance. Malgré tout ce que Rick et lui avaient partagé, entre ses mains l'amitié semblait toujours volatile, un explosif instable. Pourtant, alors même que Kaylyn était juste là, dans l'eau, aussi belle et irisée qu'une libellule, il ressentit une bouffée d'amour et de remords d'une puissance inouïe. Ils n'étaient que des gosses, et ce jour-là ils burent, ils dansèrent et ils rirent en regardant les cieux azurés, et Bill crut pour de bon que tout pourrait s'arranger et être pardonné.

Il ignorait combien de temps il était resté assis là. Son regard se laissait porter des étoiles aux lumières de la ville et aux lucioles qui transmettaient leurs messages en morse. Il écoutait les criquets qui faisaient vrombir leurs petits moteurs. Il s'émerveillait de toute cette beauté, de la capacité qu'il avait à tout voir de l'univers, depuis le niveau moléculaire jusqu'au cosmique – les lampadaires en panne, le gravier du toit sous ses doigts, la bombe de peinture vide coincée dans une corniche, le carburant nucléaire des astres lointains.

Il se souvenait que, à un moment, Dakota s'était assis près de lui, les doigts plongés dans ses dreads, les yeux vitreux, dans le vague. L'air d'avoir enfoncé les mains dans un trou plein de vers de terre qui se tortillaient maintenant entre ses doigts.

Bill se releva en soufflant : « Putain de merde », et se mit à sauter sur place, toujours plus haut à chaque poussée des orteils. Il baissa les yeux et le toit lui parut démesurément loin. Il pouvait se suspendre en l'air pendant des secondes super-héroïques. « Ouah. Ouah ouah ouah. »

Dakota ne bougeait toujours pas, mais désormais Bill avait soif de nuit.

« Rien à foutre des keufs. » Il continuait à sauter. « Il est encore ouvert le magasin d'alcool ? Viens, on retourne au magasin d'alcool. »

Dakota se hissa lentement sur ses pieds, sondant toutes les directions possibles. « Ouais, mec.

– Nique la police, putain ! »

Il bondit jusqu'au bord du toit, balança n'importe comment les jambes par-dessus le rebord, attrapa le tuyau avec les deux mains et se laissa glisser sur la benne à ordures. Dans le même mouvement, il sauta sur l'asphalte, pliant les genoux pour absorber le choc.

« C'est bon, je capte le Truc, dit-il à Dakota qui le suivait avec moins de grâce. Je capte grave le Truc. Intellectuellement, je suis conscient que c'est juste la méthamphétamine qui libère une surdose de dopamine dans mon système nerveux, mais c'est pas une sensation qui peut se quantifier en termes de dopamine et de système nerveux, tu comprends ? Putain de sa race en feu, j'ai l'impression d'avoir bu un shot de Jedi.

– Ouais, elle est bonne », approuva Dakota, toujours loin, avec le même regard de merlan frit.

Ils retraversèrent le parking, Bill faisant un petit saut tous les quelques pas. Lorsque la Chose apparut au-dessus de sa tête, accompagnée par une musique guillerette, entraînante, qui provenait de ses entrailles, il ne s'en étonna pas une seconde.

« Ouaoh. »

La Chose était une amibe-python infinie, faite de lampes de cirque et de mélodies charmeuses, de visages révérés qui se pressaient contre la surface visqueuse de sa peau, et d'un tuyau qui aspirait les morts et les plaçait sur des piédestaux en marbre qui dépassaient de son dos. Ondulant dans le ciel, la Chose gonfla un muscle et des appendices attrapèrent les âmes comme des insectes au bout de leurs barbes. Dans un sifflement mécanique, des bras robotiques s'abaissèrent, terminés par des aiguilles hypodermiques qui injectaient dans la population des barbituriques de plus en plus puissants, tandis que des membres gélatineux et suintants s'immisçaient dans le moindre recoin de la nuit américaine, en des endroits si sombres et solitaires que même l'écho les fuyait.

Il jeta un regard alentour. « Je crois que je vais aller faire des roulades sur le terrain. C'est pas trop bizarre ?

– Nan, mec, répondit Dakota. Éclate-toi. »

Bill courut jusqu'au grillage, les bras comme des pistons, les poumons aussi gonflés que des ballons dirigeables. Il courut sous le regard attentif de son Léviathan, cette créature opaque qui ne connaissait que l'autorité et la faim, et qu'on ne peut pas voir si on n'est pas sous l'effet bénéfique de trois types de substances différentes parce que la regarder c'est la manquer. Tournez les yeux dans sa direction et elle retrouve son état gazeux. Elle fixait Bill avec curiosité, trente-sept millions d'yeux-microscopes disséquant la surface du pays nu.

Il empoigna le grillage, grimpa au sommet et passa par-dessus. Il atterrit en roulant, des brins d'herbe se collèrent à ses coudes, il se remit debout puis il sprinta vers le terrain. Il franchit la surface en polyuréthane noir et ses tennis foulèrent l'herbe sèche. Il se plia en deux, baissa les mains et lança les jambes vers l'arrière en une roulade désordonnée. Il était un accélérateur de particules qui précipitait des protons et des neutrons les uns contre les autres. Il voyait les électrons se faufiler entre les réalités, il goûtait les fantômes quantiques. Et il atterrit sur le cul. Le ciel tournoyait et la Chose disparut, rejoignit les étoiles et le carbone. C'était génial. Il fit des anges dans la poussière comme si c'était de la neige. Il rit sans s'arrêter.

« L'Histoire c'est toujours la même chose, mec : la consolidation du capital et du contrôle politique. »

Revenus dans New Canaan Avenue, sous les réverbères détraqués, ils longeaient le parc obscur, la menace policière maintenant occultée derrière un brouillard de dopamine. Une cigarette luisit brièvement au loin, braise vive sous l'auvent de l'aire de pique-nique. Résurrection par l'inhalation. Elle demeura un moment, scintilla le temps que la fumée recrachée torde l'air dans son tourbillon. Puis le noir revint, comme si elle n'avait jamais existé. Bill parlait très vite et ne la remarqua pas, Dakota non plus.

« Et y a pas que l'armée, mec... » Il poursuivit en citant en vrac les grands groupes médiatiques, les agents immobiliers, le complexe médico-industriel, la télé-réalité, les prêts étudiants, les entreprises pharmaceutiques, les entrepreneurs militaires, l'agriculture industrielle et les fermes-usines, le charbon, le pétrole, le gaz et les intérêts afférents, le sexe marchandisé, l'État carcéral, les accords commerciaux néolibéraux, la publicité, le langage politique lénifiant et la collecte de données par les grandes entreprises. « Dès qu'y a moyen de s'engraisser sur la misère des gens, ils sont là, mon pote. »

Pour Bill, toujours à deux doigts de virer Timon, la méthamphétamine n'était peut-être pas très indiquée après une longue journée sans sommeil, saupoudrée de drogues et imbibée d'alcool, car en même temps que sa bouche, sa langue et ses lèvres mâchonnaient cette diatribe enfiévrée sur la politique étrangère, sociale et économique des États-Unis, un nuage violet sombre commençait à s'immiscer en lui, quelque part entre le spectre visible et le kaléidoscope de ses préoccupations intellectuelles.

Dakota n'avait toujours pas dit un mot depuis qu'ils étaient partis du terrain de football. Il marchait à côté de Bill, les mains dans les poches de son jean râpé dont la toile bruissait à chaque pas, les yeux exorbités. L'air de regarder une scène qui se déroulait dans une autre dimension.

Le nuage s'abaissait et la voix de Bill se dissocia de ce qui se passait dans sa tête. Le nuage violet avait une idée. Il bouillonnait au-dessus de lui comme la fumée au-dessus de deux tours abattues. La possibilité que tout son travail, ses voyages, sa passion ne soient qu'une vaste farce. Une manière de construire le monde pour lui donner un sens. Pour tenir le coup à quatre heures du matin sur une autoroute dans l'ouest du Texas. Son cœur cognait, il rêvait de la Vérité mais ses découvertes étaient fuyantes, poissons entre ses mains, et dès qu'il essayait d'en saisir une, elle secouait la queue et se libérait. Sa poitrine était nouée. Il avait du mal à reprendre son souffle.

Il tourna la tête et vomit l'équivalent d'un bouchon de lessive sans presque sauter une syllabe.

« En plus, l'heure du bilan va bientôt sonner, mec. » Il essuya la bile sur ses lèvres. « Tu sais quoi, des fois je vois l'avenir. Je veux pas dire que je vois tout, mais des fois je le vois dans mes rêves. Je rêve d'immeubles qui s'effondrent et de gens qui fuient les villes. On a déjà exterminé quatre-vingt-dix pour cent des gros poissons des océans. Eh ouais. Tu le savais ? On verra les forêts tropicales disparaître de notre vivant. On va épuiser les réserves de phosphore, adieu l'engrais. La calotte glaciaire de l'Antarctique occidental est morte. Adieu les villes côtières. Des flots de réfugiés comme on en a jamais imaginé. Prépare-toi parce que niveau chaos, meurtres et enculades, tu vas être servi. Et avec ce que les Autorités vont faire pour rester en place, je te parie que les méchants du XXe siècle vont ressembler à des personnages Disney.

– Oh putain, fit Dakota. Un *quarter.* » Il se baissa pour le ramasser.

Et le nuage violet recelait des choses pires encore. Des choses abominables et probablement enfouies si profond qu'il risquait de perdre pied si elles remontaient. Il y avait en lui une passion et une obscurité qu'il n'arrivait jamais à distinguer. Il savait seulement qu'elles étaient liées, entrelacées comme un serpent qui aurait une tête à chaque extrémité.

Ils coupèrent derrière un entrepôt par une ruelle jonchée de bouteilles de soda, canettes de bière écrasées, verre brisé et billets de loterie perdants. Des détritus racontant les empires précaires qui chancelaient dans la brise. Bill avait toujours été convaincu que Rick et lui s'en sortiraient. Quand son ami serait démobilisé. Et, de là, il repensa à toutes les saloperies dont il avait été témoin. Les mains arrachées à Sonora, clouées aux portes d'une église. Les enfants de Hanoï, privés de parents et de membres par les engins américains toujours tapis dans la campagne. Les zones humides du Golfe qui disparaissaient sous les flots. Et tout cela participait de la même dégueulasserie humaine qui l'emplissait d'une fatigue immémoriale et lui donnait envie de vomir son âme.

Il ne savait pas depuis combien de temps il était perdu dans sa tête. Il jeta un coup d'œil alentour, essaya de se rappeler où il était. Ses mains étaient poisseuses de whisky.

Une marche d'escalier. C'était le nom que donnait Harrington aux tout premiers signes de redescente d'un trip. Il sentait maintenant que son souffle était relié aux battements de son cœur dans la prison de ses côtes. Des ventricules et des muscles composant un esclavagiste à la fragilité extrême. Il suffisait qu'une pièce lâche pour qu'on y laisse toute sa conscience. Un système qui lui paraissait ni fait ni à faire.

« T'es vraiment chelou, Ashcraft. » Dakota fourrageait dans sa poche. « Sérieux, tu devrais te détendre et faire du yoga ou un truc dans le genre. »

Il expira un souvenir du désert du Nouveau-Mexique, aussi rouge et aussi chaud que la planète Mars, où il était allé bosser après son renvoi de la campagne en 2008. Là-bas, il était sorti avec une collègue. Leurs salaires de profs ne leur autorisaient pas beaucoup de sorties, donc au lieu d'aller au resto et au ciné ils baisaient dans la douche de leur résidence universitaire. Elle avait une chevelure noire magnifique. En rentrant d'un voyage à Durango, dans le Colorado, ils avaient croisé une voiture qui flambait dans la nuit après un spectaculaire accident dû à une conduite en état d'ivresse. Sa lumière se projetait sur les prairies jusqu'aux mesas lointaines – atroce et sublime. Tous les deux, ils avaient contemplé le brasier un long moment. Et aujourd'hui il ne se souvenait même plus du nom de la fille.

« Mec, t'es là ? » Dakota claquait des doigts devant son visage. Autour d'eux, des sacs-poubelle éventrés, des emballages de fast-food, un monticule de cintres en métal et cinq bouteilles de liqueur de malt vides et bien alignées. « Allez, viens, on va se poser au-dessus de la rivière. »

Ils traversèrent la rue en direction du pont, sillonné de rails que nul train n'empruntait plus. Dakota s'assit les jambes dans le vide. Bill l'imita. La Cattawa s'écoulait presque sans bruit.

« Je voulais te demander, dit Dakota. C'est quoi que t'as scotché derrière le dos ? »

Dans le cerveau de Bill, la meth se combinait aux derniers feux du LSD pour fabriquer des trucs louches. Elle se faufilait en lui comme les doigts crasseux d'un électricien qui recâble un circuit.

« C'est une longue histoire.

– Je l'ai vu pendant que tu faisais des roulades. » D'un geste exercé que tout le monde a déjà vu au moins une fois au cinéma, Dakota passa la main dans son dos, posa le flingue sur ses cuisses. Une peur inattendue qui tend la peau : comme quand, par une belle journée, un nuage vient soudain masquer le soleil. « Je crois que j'ai besoin que tu me racontes cette histoire. »

Bill avait beau voir l'avenir, il n'avait jamais vu sa propre mort. À l'idée qu'elle puisse être aussi stupide, il eut envie de pleurer.

« Parce que c'est de la drogue ? demanda-t-il, les mots idiots et pâteux dans sa bouche.

– Le problème, c'est que dans le comté on aime pas trop les nouveaux concurrents. »

Toute humidité s'évapora de la bouche de Bill. Il dit : « Anarcho-capitalisme.

– Je sais pas ce que ça veut dire. Par contre, ce que je sais, c'est que même si on peut pas contrôler la vente d'ammoniac, y a d'autres trucs qu'on peut contrôler. »

L'eau de la Cattawa avait l'air bonne. Le mieux serait peut-être de se laisser tomber du pont. Sentir la gravité attirer vers l'eau toutes ses molécules. Bill osa un regard en direction de l'arme. Elle avait un poids et des angles durs, une enclume miniaturisée. Il hallucina l'éclair cramoisi d'une balle tirée, la chaleur du marteau sur l'acier brûlant. Les vers s'étaient remis à grouiller sur le crâne de Dakota. Ses pores s'ouvraient en cavernes immenses d'où jaillissait un jus noir et toxique.

« Je suis désolé, mec, mais c'est comme ça que je gagne ma vie. » La voix de Dakota ne se départait pas de son ton calme et défoncé. Il souleva l'arme et pressa le canon contre le sommet du crâne de Bill. La balle se creuserait un chemin jusque dans sa gorge. « Faut que tu comprennes, avec tous les trucs qui se passent ici… forcément, les gens deviennent paranos et violents. Dis-moi juste si tu transportes du produit. »

L'arme ravivait un rêve en lui, un rêve de la dernière fois où Rick et lui s'étaient parlé. La nuit enflait. L'obscurité se dilatait et se contractait, un cœur battant.

« Franchement, dit Bill avec autant de précautions que s'il avait une gélule de cyanure dans la joue, je sais pas ce que c'est. C'est un service que je rends à un ami.

– Écoute bien ce que je vais te dire, Ashcraft. » Dakota éloigna l'arme de son crâne. Le doigt qu'il gardait sur la détente paraissait tout à fait calme et raisonnable. « Ça a changé, ici, depuis l'époque où on était gosses. Tout le monde attend un certain niveau de discipline. Tu crois que c'est la fête ? Ben je t'assure que non. Je déconnais pas à propos de Jericho Lake… y a vraiment des mecs qui veulent commencer à faire ça. Réponds-moi honnêtement : c'est juste pour cette fois ? »

Bill forma les mots avec sa langue. « Bien sûr, mec. Sérieusement. »

Dakota reposa enfin l'arme sur ses cuisses et soupira, l'air presque lassé par cette gigantesque comédie. « Je suis sûr que t'es le genre de mec à qui on passe tout. Et ce coup-ci, c'est à mon tour. »

Les sons revinrent : en dessous, le glougloutement de la rivière. Au loin, une brise qui agitait dans leur enveloppe les épis de maïs grillés par la sécheresse. Son soulagement était gastrique, intestinal, et il se dit que les anciennes croyances étaient vraies, qu'il avait avalé une graine d'où poussaient des vrilles dans l'humus juteux de son estomac.

« Quand j'étais en term… » Dakota rangea le flingue dans son dos et Bill éprouva l'angoisse du soulagement. Il n'osait pas bouger un cheveu, encore moins se lever pour essayer de ficher le camp. « J'étais pas loin d'aller buter des gens du bahut. »

Bill attendit un instant et, puisque Dakota n'embrayait pas, il demanda : « Comment ça ?

– Tu vois les mecs de Columbine, Klebold et Harris ? Je lisais des trucs sur eux. Je me renseignais sur eux. Je rêvais d'eux. Je me disais que ça serait cool de laisser une trace comme ils l'ont fait. Personne à New Ca laissera jamais de trace, j'aurais été le *seul.* Ça aurait été mon heure de gloire. Donc un jour je suis allé en cours avec un flingue. Celui de ma mère. J'avais l'intention de débouler à la cafèt' à midi et de commencer à buter tous ces fils de pute. Je savais pas si je réussirais à battre le record de Klebold et Harris, mais je me disais que je serais pas loin. »

Bill déglutit, ne sachant pas de quel midi parlait Dakota. Il songea que la cruauté engendrait des réactions en chaîne, qu'une simple action pouvait déclencher une série de conséquences, ronger les sols à la manière d'un acide, et si on envisageait la cruauté systémique du monde sous cet angle, ça donnait une substance corrosive qui descend du sommet d'un gratte-ciel jusqu'au sous-sol.

« Mais tu l'as pas fait », dit-il.

Dakota secoua la tête. Les vers faisaient des bruits humides. Il miroitait, passait tour à tour de l'homme qu'il était au gamin qu'il avait été. « Je me rappelle plus très bien pourquoi. »

Bill avait le vertige, la nausée, son cœur tambourinait comme un batteur bourré qui martèle la pédale de sa grosse caisse.

Dakota hocha lentement la tête, fixant la rivière sans ciller. « Peut-être que je me suis dégonflé, ou bien je me suis dit qu'il y aurait trop de survivants. J'aurais fini par buter des mecs qui servaient à rien. Pas ceux qu'il fallait. » Il balançait les jambes comme un enfant. « J'avoue que je suis content de pas l'avoir fait. J'aurais pu te descendre, et du coup on aurait pas eu cette soirée chelou. T'as un bon fond, Ashcraft. »

En entendant cette description mal informée de lui-même, Bill eut une bouffée douloureuse de mauvaise conscience et de remords. Parce que c'était ce qu'il avait toujours espéré, et même s'il savait que ce n'était pas vrai, il rêvait quand même d'entendre quelqu'un le dire.

Ils gardèrent le silence un long moment. La lumière leur jouait des tours.

Enfin, Dakota se leva. « Allez. Je bouge. J'ai une histoire du soir qui m'attend. »

Ne trouvant rien d'autre à répondre, Bill dit : « Merci de pas m'avoir tué. »

Dakota pencha la tête et les vers sur son crâne se tortillèrent. « T'essayes de fuir le mal, mais le mal te rattrapera toujours. »

C'est alors qu'il arriva une chose plutôt étrange.

Dakota commença à s'éloigner à reculons du pont vers la route, et ce faisant son corps se mit à enfler de la même manière que la nuit, puis à se transformer. Contrairement à la vision de la Chose, cela ne se produisait pas dans les yeux de Bill mais dans la réalité physique qu'ils partageaient tous les deux. La peau des bras et des flancs de Dakota se changea en membrane tannée. Ses vêtements se déchirèrent et tombèrent au sol. Son visage se tordit et bientôt ce ne fut plus un visage mais un ensemble grotesque de rides et d'os. Ses doigts s'étirèrent en autopodes noueux et, sur son avant-bras, le cubitus prit la forme du zeugopode coudé d'une chauve-souris. La créature, ange disgracieux, battit des ailes et décolla tandis que des poils gris poussaient de tous ses pores. Ses doigts se palmèrent et son museau devint plus étrange encore quand d'énormes vers sortirent en gigotant de ses orifices et s'écrasèrent au sol en paquets humides. L'ange s'éleva de plus en plus haut à mesure que les muscles de son dos gonflaient et lui donnaient de la puissance, et ses voiles prenaient le vent à grands chocs sourds. Son envergure atteignit la largeur d'une rue. Ses pieds se métamorphosèrent en serres et ses genoux s'inversèrent. Il grimpait dans le ciel nocturne, il chantait à tue-tête, et son chant ouvrit l'air. Un tourbillon de lumière bleue se répandit sur le trottoir, sur les rues, sur les immeubles du centre-ville, tournoiement de violence violette et sifflement perçant de l'oxygène aspiré dans une autre dimension. La créature vola à reculons dans la chaude spirale azur, ses yeux noirs pleins de fureur, et lorsqu'elle franchit l'orée de l'existence, la perforation dans l'univers émit un chuintement douloureux puis se referma comme une blessure qui se recoud toute seule.

Bouche bée, Bill vit les vers grésiller sur le sol et s'envoler en fumée.

Il cracha dans l'eau, sentant qu'une très plaisante marche d'escalier le ramenait dans le présent, laissant derrière lui une partie de sa paranoïa. L'eau gargouillait sur son lit de sédiment, murmure de voix qui s'écoulaient comme le temps et colportaient des rumeurs d'antan. Le vent, chaud et fécond, déposait son manteau apaisant. Par-dessus tout cela, un drôle de bêlement. Il lui fallut un moment pour comprendre que ce braiement électronique provenait de sa poche. Son minuteur affichait 00:00:00. Ne sachant pas comment le faire taire, il le lança dans la rivière, qui l'engloutit en un instant. L'heure était venue d'effectuer la livraison. Et puis de s'en aller tel un cowboy dans le soleil couchant.

Il remonta High Street en direction du nord, quitta le centre et longea des enfilades de maisons coloniales. La circulation était presque inexistante à cette heure. La nuit se taisait, entrait en introspection. Les coloniales cédèrent la place à des pavillons doubles au revêtement en aluminium abîmé. Peinture écaillée et porches effondrés. Les pelouses étaient moins soignées et davantage de débris y étaient échoués, engrangeant de l'inertie spirituelle. Tricycle, tuyau d'arrosage, piscine gonflable, encore un panneau ROMNEY/RYAN à moitié arraché et maintenu d'aplomb par un fil de fer, trampoline aux ressorts rouillés, chaise de jardin en plastique blanc, portique de balançoire avec toboggan minable en plastique, rue sinueuse pavée de briques, çà et là un nid-de-poule colmaté avec du béton, drapeaux des États-Unis et de l'Ohio se disputant l'attention. Une maison particulièrement chauvine arborait le drapeau de l'État, avec sa mire rouge et blanche, sur un fond étoilé. La Confédération était elle aussi convenablement représentée.

Une voiture qui attendait plus loin, moteur allumé, se mit soudain à avancer vers lui en haletant. Il se tendit tout entier lorsque les phares l'éclairèrent – c'était certainement la voiture des flics, qui le rattrapait enfin alors qu'il n'avait plus de jambes. Mais non, c'était seulement un monospace. Un Chrysler bordeaux pourri avec une fine bande rose qui lui faisait comme une ceinture. La vitre était baissée et un bras émacié pendait presque jusqu'à la poignée de la portière. En passant, le conducteur tourna la tête vers lui. Bill ne le connaissait que de réputation, mais Dakota avait cité son nom un peu plus tôt. Frankie Flood avait passé le plus gros de son adolescence en maison de redressement pour avoir poignardé son beau-père. Son visage était un copié-collé de cette époque, posé sur une épaule flétrie et un bras intégralement tatoué. Bill baissa les yeux avant que le regard de Flood ne croise le sien.

Il pressa le pas. Ses mains étaient encore collantes à cause du whisky.

Il coupa par une pelouse dont les fleurs sauvages sèches crissèrent sous ses tennis, déboucha dans Sandusky Street et regarda le numéro des maisons. Le 705 apparut devant ses yeux et, avec lui, suffisamment de tristesse et de remords pour alimenter une arche entière jusqu'au bout du déluge final. C'était une maison basse et étriquée au revêtement en vinyle blanc et au toit plus noir que la nuit. Bill n'hésita pas, tout en soupçonnant qu'il aurait mieux valu se méfier. L'adhésif frottait et grinçait sur sa peau. Derrière des stores vénitiens bas de gamme, une lampe basse qu'on avait laissée allumée pour lui. Et soudain il y eut son cœur qui accélérait. Ses aisselles et son dos qui se couvraient de sueur. Son estomac qui se nouait, comme un transit intestinal inversé. Il y eut son poing qui frappait à la porte légère couleur de pierre froide. Il y eut la porte qui s'entrouvrait et la lumière tamisée qui se déversait dans la nuit.

Et alors, bien évidemment, il y eut Kaylyn Lynn, dix ans plus tard, un magnifique souvenir fait chair, avec un ventre rond qui s'avançait vers lui comme un ballon de plage prêt à éclater.

Énumérer ici les causes et les effets pourrait se révéler ardu. Il aurait été plus satisfaisant que les transgressions de Bill apparaissent au grand jour. Que Lisa découvre sa liaison avec Kaylyn. Elle aurait dit ce qu'il y avait à dire. Mais elle n'avait jamais rien découvert, et au lieu d'une résolution il y avait eu une fracture.

Tout le monde avait cru, à tort, que son différend avec Rick était politique. Il ne relevait pas non plus d'une jalousie machiste, contrairement à ce que suspectait Lisa. Il y avait des éléments plus profonds, sous-jacents, à cause desquels Bill ne regrettait pas spécialement d'avoir couché avec Kaylyn – des éléments qui expliquaient, en fait, pourquoi il l'avait pratiquement planifié. Sa rancœur était née d'une drôle d'histoire, d'une saloperie comme il n'en arrive que dans l'Ohio et qui commence avec une fille qui s'était un jour moquée de lui.

Ils étaient en première et des rumeurs troublantes circulaient au sujet de Tina Ross. Dans les petites villes, les rumeurs possèdent une dégueulasserie immaculée. Ce sont des braises qui sautent souvent par-dessus les routes et mettent le feu à d'autres forêts. Bill et Rick passaient la soirée chez le persécuteur du malheureux Dakota : Ryan Ostrowski – Strow, comme on l'appelait. Au départ, Bill voulait aller chez Harrington, mais les hostilités avaient repris entre ce dernier et son père, si bien que Bill, cherchant quelque chose à faire, avait appelé Rick. L'affaire des T-shirts était loin derrière eux et leurs relations semblaient redevenues cordiales. Après un paquet de verres – un groupe d'une dizaine de sportifs s'envoyant du mauvais gin coupé à la limonade –, Ostrowski sortit un appareil photo numérique.

« Matez ça », dit-il, et tous s'agglutinèrent autour de lui, qui était en terminale, trapu et puissant, bloc de béton sur la ligne offensive. Bill avait vu les autres se marrer, se couvrir la bouche d'incrédulité, mais il fut pris de court quand l'appareil atterrit entre ses mains. À son immense surprise, c'était la fille qu'il avait tenté de draguer au collège en lui offrant un milkshake au Vicky's. Il ne se rappelait pas ce qu'il avait pensé sur le moment, il était trop bourré, pas plus qu'il ne se rappelait comment Rick avait réagi.

En revanche, il se souvenait que Strow avait dit : « Et on a aussi la vidéo de sa première fois. »

Quand Bill se réveilla, il était au sous-sol sur un canapé poisseux, Rick le secouait et les premiers rayons du soleil pénétraient par un soupirail. Sur le chemin du retour, sa gueule de bois palpitant entre ses yeux à chaque battement de son cœur, il avait fallu que Rick lui remémore ce qu'il avait vu.

« On devrait en parler à quelqu'un. » Les yeux de Rick allaient et venaient entre la route et Bill. Il n'avait jamais vu son ami aussi incertain.

« Pour dire quoi ? » Et sa tête cogna plus fort. « À qui ? Pourquoi ? »

Rick passa une main sur son crâne tondu. Quand il plissait le front, toute méchanceté pouvait disparaître en un instant de son beau visage, remplacée par un désarroi sincère, celui d'un petit garçon prêt à fondre en larmes.

« Parce qu'ils continuent à lui faire des trucs comme ça régulièrement.

– Si je me souviens bien, j'ai pas l'impression qu'elle était contre.

– C'est pas la question. »

Le ton moralisateur de Rick transperça sa migraine. « Et tu veux en parler à qui ? À MacMillan ? À Bonheim ? »

Il repensait avec chagrin au calvaire des T-shirts. MacMillan, Bonheim, et même l'entraîneur Napier, qu'il aimait comme un deuxième père, aucun d'eux n'aurait levé le petit doigt contre Beaufort, le *linebacker* promis à une équipe de première division. Ce que Rick ne pigeait pas, c'était que les responsables pouvaient être aussi coincés, trouillards et flippés que des ados.

« J'ai pas envie de les balancer, dit Rick. Mais tu trouves qu'elle mérite ça ? »

Il sentait le sang couler dans toutes les veines de son crâne. « Brink, trancha-t-il. Ces mecs, c'est tes potes. C'est toi qui as voulu qu'on aille chez Strow hier soir. Je vois pas en quoi ça nous concerne. »

Après ça, Rick lâcha l'affaire et déposa Bill chez lui. Il réussit à tenir cinq minutes de conversation chaleureuse avec son père, puis il battit en retraite vers sa chambre avec un verre d'eau et une flasque de mélange whisky-salive pour tenter de soigner le mal par le mal. Allongé dans le noir sous son poster de Malcolm X, il se dit que son refus d'en faire une affaire d'État n'était pas franchement glorieux. La vérité, c'est qu'il avait été ravi de voir ces photos. Il avait repensé à la fois où Tina s'était moquée de lui dans le couloir après que Beaufort l'avait mis au sol, et à présent il avait la preuve que cette salope de petite snob était au fond bien plus pitoyable que lui ne le serait jamais. Il repensa au milk-shake qu'il avait bu avec elle, aux grandes boucles brunes qui dégringolaient sur ses épaules et son blouson de sport. Elle dégageait une fragilité, pas seulement à cause de ses traits de porcelaine ou de son petit corps menu, mais de sa présence même, frêle, avec sa peau cendrée et ses grands yeux de chouette. Elle jouait bien son rôle de chaste ingénue. Les culs-bénits se planquaient toujours derrière cette façade, ils dégoulinaient de moraline alors qu'ils ne se faisaient pas mieux que le reste des pécheurs, et à l'occasion carrément pire. Certaines photos avaient provoqué en lui une sensation particulière, des araignées qui cavalaient dans son ventre, mais cela ne l'avait pas empêché de mater : pas pour des motifs sexuels mais pour le plaisir de découvrir l'hypocrisie exactement là où il l'attendait. Quant au soupçon de culpabilité qu'il pouvait nourrir, le grand frère de Stacey, Matt Moore, l'aida à s'en débarrasser. On ne pouvait pas le rater sur les photos, et comme Bill s'entendait bien avec lui, il lui posa tout simplement la question.

« Quel connard, ce Strow. » Matt leva les yeux au ciel. « Il peut pas s'empêcher de la ramener.

– Mais c'est… » Bill cherchait ses mots. Sur un cliché, le frère de Stacey ne portait rien d'autre qu'un maillot des Jaguars. « Elle est d'accord ? »

Matt haussa ses deux sourcils blond vénitien. Bill n'arrivait jamais à déterminer s'il trouvait à Stacey un côté bizarre à cause de sa ressemblance avec son grand frère, ou si c'était Matt qui avait un côté bizarre parce qu'il ressemblait à sa petite sœur. « Cette meuf, dit-il en appuyant chaque mot d'un mouvement de la tête, c'est la meuf la plus tarée du monde. Du monde, Ashcraft. »

L'automne cédait la place à l'hiver. La saison de football s'acheva et la saison de base-ball lui succéda. Beaufort signa avec les Buckeyes. Bill et Rick eurent une nouvelle conversation.

« Curt Moretti était bourré l'autre soir », dit Rick. Ils étaient devant chez les Brinklan, près de la pelouse surplombant la ville. « Il s'est mis à parler. »

Bill fixait le sol, sans la moindre envie de revenir sur le sujet. Il avait dîné chez son ami, le fameux saumon laqué de Jill Brinklan au sujet duquel il se renseignait systématiquement en amont pour pouvoir s'inviter. Depuis des années, Marty disait pour rire que, les soirs où il y avait du saumon, ils n'avaient plus deux mais trois enfants.

« Faut en parler à quelqu'un, fit Rick d'une voix qui manquait tout de même d'assurance.

– Pour dire quoi ? T'as quoi en tête ?

– C'est juste que j'arrête pas de penser à Kay, tu comprends ? Elle est sortie avec Beaufort au collège. C'est pas impossible que d'ici quelques années le vent tourne, qu'elle me quitte et qu'elle se remette avec lui. Et qu'il essaie de lui faire le même coup. Rien que d'y penser, j'ai envie de le buter. »

Il éprouvait toujours des pincements et des picotements de jalousie quand Rick se sentait obligé de réaffirmer, fort, que Kaylyn était « sa copine ». À croire qu'il avait gravi des montagnes, terrassé des dragons et soigneusement découpé assez de preuves d'achat sur ses boîtes de céréales pour la recevoir en récompense. *Ma copine* était une incantation de possession, et même si Bill aimait se dire que son rejet était d'ordre féministe, il savait que la vraie raison était plus terre-à-terre : il avait des vues sur Kaylyn, et ce depuis toujours.

« On n'est plus en primaire, suffit pas d'aller tout balancer aux adultes pour que les problèmes disparaissent. Putain, mec, le problème c'est justement les gens qui dirigent ce bahut. »

Un bruit d'assiettes s'entrechoquant dans l'évier leur parvint par la fenêtre de la cuisine et ils convinrent tacitement de s'éloigner, de dépasser la boîte aux lettres des Brinklan avec son drapeau américain gravé dans le métal. Ils portaient des blousons légers et contemplaient le brouillard dense qui tordait et voilait les lumières de la ville au loin.

« Je comprends pourquoi c'est pas Harrington que tu fais chier avec ces conneries », marmonna Bill, avant de lui répéter ce que lui avait dit Matt Moore. Manière de rappeler à Rick que ce qui s'était produit – ce qui se produisait – pouvait affecter un tas de gens.

« Beaufort et Ostrowski, dit Rick. Ils surnomment Tina leur "truie à foutre". »

Associés, ces mots étaient indigestes, écœurants. Bill ne les oublierait jamais, jusqu'à son dernier jour.

« Je veux avoir des gamins plus tard, donc ça signifie sûrement une fille ou deux dans le lot. Comment je peux me regarder en face en sachant ça à propos des mecs qui sont dans la même équipe que moi ? À qui je serre la main tous les jours ? »

Bill fut bien obligé de reconnaître qu'il y avait derrière cette idée une maturité troublante. C'est alors qu'il perçut le sens de l'honneur, l'immense dignité qui animait son ami. Son intransigeance sans cesse accrue, par un monde qu'il estimait de plus en plus dépourvu d'honneur. Pourtant, il lui faudrait des années pour réussir à se l'avouer. Sur le coup, il avait simplement été furieux que Rick tente de l'embarquer dans son délire de chevalier blanc.

« Brink, les adultes, je les ai entendus dire que Beaufort est le plus grand espoir de la ville. Le plus probable, c'est qu'ils vont faire comme s'ils avaient rien entendu. Dans le meilleur des cas, qui est aussi le pire, tout le bahut va être au courant et va voir les photos – merde, y a aussi une vidéo, non ? Du coup, pour Tina, ce sera l'humiliation, tout le monde lui reprochera d'avoir flingué la vie d'une star de l'équipe. C'est pas parce que tu trouves que Tina et les autres font des trucs dégueu que t'as le droit de t'en mêler. »

Il avait plu ce jour-là, l'air sentait encore la pierre humide. Rick prit une profonde inspiration, les narines grandes ouvertes. « T'as pas écouté ce que je disais. » Puis il mit les mains dans ses poches et rentra sans laisser le temps à Bill de répliquer.

Bill pointa du doigt le ventre de Kaylyn. « Il est de moi ? »

Le visage de la jeune femme, large, inquiet et aussi plein d'espoir que l'était son ventre, se fendit d'un rire. Une expression sublime. Elle réussissait encore à l'illuminer aussi rapidement qu'un échange de coups de feu.

« Entre, Bill. »

Il passa la porte en titubant et elle la referma derrière lui, après un dernier regard à la nuit.

« T'es en retard », dit-elle en poussant le verrou. Elle jeta un coup d'œil par une persienne et inspecta la rue avant de se retourner vers lui.

« Désolé. J'ai perdu mon téléphone. J'ai dû acheter un minuteur, et après j'ai eu quelques contretemps, il s'est passé des trucs bizarres, mais… » Il souleva sa chemise pour lui montrer la brique scotchée à son dos. « Je vais pas te raconter toute l'histoire, ça sert à rien. La version courte, c'est que ma caisse est tombée en panne et que j'ai dû finir à pied. Possible que j'aie fumé de la meth sur le chemin. »

Un bref regard noir, puis un rire conciliant du coin des lèvres. Certes, il avait tu une partie de la vérité, mais les narrateurs oublient toujours des éléments cruciaux quand ça les arrange. Et puis, durant la décennie écoulée, tout le monde avait appris à s'arranger avec la vérité.

« Il va falloir te libérer de tout ce Scotch », dit-elle. Entendre de nouveau cette voix, cette rivière de miel. Le chœur des anges. Mais, à voir Kaylyn dans la lumière chiche d'une mauvaise lampe… le temps ne lui avait pas fait de cadeaux. Ses yeux flottaient toujours au milieu d'une constellation de taches de rousseur, deux émeraudes jetées sur une plage de sable blanc, mais autour d'eux la peau avait été ridée par mille soucis. La nicotine avait éteint l'éclat de ses dents, désormais d'un jaune tirant sur le marron. Ses bras et ses jambes paraissaient plus maigres, ses coudes et ses genoux plus saillants, le tout peut-être accentué par ce renflement grotesque qui semblait factice. Une actrice équipée d'une prothèse pour un rôle. Elle avait toujours les cheveux longs, mais le blond roux qu'elle affectionnait au lycée avait été remplacé par une teinte platine de mauvais goût, pas si éloignée de la couleur des Post-it. Elle avait choisi pour l'accueillir un jogging et un T-shirt vert à col en V.

Malgré tout cela, une démangeaison le reprit qui l'avait laissé tranquille pendant des années. Ainsi va le désir, même quand on l'enterre vivant dans son cœur.

« Ça va faire mal, dit Bill, pragmatique, en parcourant la pièce du regard. Il va sûrement me falloir un verre pour m'anesthésier. Tu vois où je veux en venir ?

– J'ai du vin et de la vodka, c'est tout. » Elle avait un bouton sur le menton et dans les yeux un voile de sommeil brûlé par la nervosité d'un réveil en sursaut.

Bill poussa un long soupir exagéré. « Bon, ça devrait quand même pouvoir me véhiculer là où il faut. »

Nouveau sourire de Kaylyn. Un trou de ver creusé dans

l'âme. « T'as pas changé d'un iota, et je sais pas si je trouve ça rassurant ou terrifiant. »

Il apprit par Harrington que Rick avait demandé Kaylyn en mariage et qu'elle avait dit non. C'était après qu'il s'était fâché avec Rick, mais avant qu'il ne parte à la fac. Ça l'avait rendu furieux et en même temps fou de joie d'imaginer Rick à genoux, brandissant un diamant de sang minable qui avait pourtant dû engloutir toutes ses économies.

Rick partit faire ses classes deux semaines plus tard et Bill ne lui reparla plus jamais, donc il n'eut jamais sa version de l'histoire mais Kaylyn la lui confirma. Il essaya de la convaincre d'accepter qu'il vienne lui rendre visite à Toledo, où elle s'était inscrite.

« Pour quoi faire ? demanda-t-elle avec une hostilité qu'il ne s'expliqua pas.

– Pour te voir. » Il ravala le silence qui suivit. « Kay ?

– Tu te sens pas coupable ? Vis-à-vis de Rick ? Et de Lisa ?

– Pas vraiment, avoua-t-il.

– Tu continuais à te la taper. Tout le temps où on… Tu te la tapes encore ?

– Lisa ? » Il était perdu. « On n'est plus ensemble. Je te l'ai dit. Quoi ? T'es jalouse ?

– Je comprends pas pourquoi t'es pas avec elle. Vous avez votre petit club de lecture ; vous serez des stars à la fac. Pourquoi t'es pas avec elle ?

– Y a peut-être un truc que je capte pas, Kay, mais putain, je t'ai dit ce que je ressens pour toi.

– Vous êtes intelligents. Vous avez du fric. Vous devriez être ensemble. Mets-toi avec ta jolie pute de Chinoise et lâche-moi. »

Bill avait failli s'étrangler – de rage, de chagrin, d'incrédulité, il ne comprenait pas ce qui lui prenait. « Mais on s'en fout de

Lisa ! » cracha-t-il, bien que ce ne soit pas tout à fait la vérité. Il voulait juste que Kaylyn arrête d'être aussi cruelle. Il voulait retrouver la fille sûre d'elle dont il était tombé amoureux si longtemps avant. L'intrépide.

Après ça, elle cessa de répondre à ses messages et à ses appels. La toute dernière chose qu'elle lui dit avant de lui ouvrir la porte de sa location du 705 Sandusky Street en octobre 2013 lui arriva par texto en octobre 2003 : *Je sais que ça va pas te plaire mais je crois qu'on ferait mieux de plus se parler pendant un moment. Désolée.*

Et maintenant il se voyait, une décennie plus tard, paumé, qui traversait la vie en titubant, apprenait à dégainer des mensonges instantanés et laissait derrière lui une terre brûlée. Il n'avait jamais pensé que Lisa prendrait un aller simple pour l'autre bout du monde, ni que Rick recevrait une balle à Bagdad ou que Harrington mourrait défoncé dans son sommeil au milieu d'une chambre en flammes. Il n'avait jamais prévu qu'ils deviendraient vieux, malades, tristes ou morts. Il n'aurait jamais cru que l'un d'eux aurait peur un jour. Mais Kaylyn était la première personne qu'il avait vraiment perdue, et la seule à cause de qui il avait passé des nuits entières à scruter en vain l'obscurité.

Torse nu dans son salon pendant qu'elle découpait l'adhésif transparent avec des ciseaux, il étudiait la petite pièce miteuse. Un canapé deux places en face d'une petite télé. Empilée à son pied, une collection sans queue ni tête de DVD, des comédies romantiques très oubliables avec Jennifer Aniston ou Paul Rudd qu'on trouvait pour trois dollars dans les bacs à soldes des stations-service. Sur la table basse encombrée, des magazines people, une assiette de spaghettis rouge vif qui refroidissaient et son inhalateur juste à côté d'un cendrier contenant deux mégots récents dont l'odeur pesait encore dans l'air. Au fond, il entrevit un fragment de la chambre, le lit défait, un ordinateur sur un oreiller, et par terre une avalanche de vêtements. Son regard s'attarda sur une paire d'énormes bottes de travail crottées qui avaient été jetées dans un coin.

« *Ou-aïe !* » cria Bill quand l'adhésif se décolla de sa peau. Les poils noirs de sa poitrine lui firent penser à des insectes qui se carapataient.

« Je pige pas pourquoi tu l'as scotché sur toi.

– Ça me paraissait être une bonne idée. Comme dans *Midnight Express.* »

Il poussa un nouveau cri lorsqu'elle arracha une nouvelle section de la bande. Kaylyn tenait le paquet dans la main et paraissait visiblement soulagée. « Tu veux que je fasse comme pour un pansement ou que j'enlève petit bout par petit bout ? » Il avait oublié que son accent de l'Ohio était si prononcé. À se demander s'il n'avait pas empiré.

Bill repoussa sa main et décolla le reste de la bande en deux coups qui lui brûlèrent la peau, étirèrent ses bourrelets, arrachèrent une bonne partie des poils de son torse et lui laissèrent la peau rouge et douloureuse. Autour de lui, la pièce miroitait dans un brouillard d'hallucinations et de fatigue.

« Alors, c'est quoi ? » fit Bill en tapotant sa chair tendre, qui avait pris la couleur d'un massacre de civils.

Elle leva la brique grise comme s'il s'agissait du crâne de Yorick. « Je sais pas. »

Lorsqu'elle lui avait écrit sur Facebook un mois plus tôt pour lui demander s'il habitait vraiment à La Nouvelle-Orléans et s'il avait envie de se faire un peu d'argent facile, Bill avait senti s'animer toutes les régions oubliées de lui-même. Quelle que soit la finalité de cette perche qu'elle lui tendait, elle lui proposait de revenir dans sa vie après tout ce temps et il était incapable de résister. Mais elle était restée concentrée sur leur affaire. Elle lui avait donné le tarif pour l'acheminement d'un paquet de la Louisiane à l'Ohio. De toute façon, vu qu'il venait de perdre son boulot, ça lui paraissait être gagnant-gagnant. Elle lui avait dit d'acheter un téléphone dont il se débarrasserait ensuite, et ils s'étaient reparlé deux fois pour les détails du rendez-vous avec l'homme qui lui donnerait le paquet. Plus l'opération semblait louche, plus Bill se sentait impliqué. Il mangeait de l'aventure au petit-déjeuner. Et cette aventure-ci allait lui permettre de la revoir. Il ne se rappelait pas avoir déjà été aussi nerveux – et gardez bien à l'esprit qu'un jour, au Mexique, il avait trouvé un chien éventré sur les marches du mobile-home qu'il louait.

« Tu me donnes deux mille balles pour transporter ça, et tu sais pas ce que c'est ?

– Ben non. » Elle fixait la brique du regard. « C'est compliqué. »

Bill remit sa chemise, la reboutonna.

« Pourquoi moi ?

– T'étais dans le coin et je savais que je pouvais te faire confiance.

– Comment tu pouvais en être sûre ? »

Elle lui fit signe de la suivre dans la cuisine. « Je vais te le servir, ce verre. »

Devant lui, le cul de Kaylyn, rebondi par sa grossesse, froufroutait dans son jogging. Son T-shirt tombait juste au-dessus du papillon dont l'encre était maintenant passée. Il s'imagina le gratter couche après couche avec une lame de rasoir.

Pendant la décennie écoulée, il n'avait suivi les mouvements de Kaylyn que par réfractions et réverbérations sur d'autres sources. Ce qui l'énervait le plus, c'est qu'il savait qu'il aurait pu l'aider. Après qu'elle avait abandonné la fac au bout d'un semestre, elle était revenue dans le bled de clampins où, sur la banquette arrière de sa voiture, elle avait un jour promis de ne jamais remettre les pieds. Il ne voulait même pas penser au nombre de coups d'un soir qu'elle s'était tapés pour s'occuper.

Ça le tuait d'imaginer la tête du père de cet enfant, sa manière de penser, de rêver, de se conduire et d'aimer.

« C'est de la drogue ? demanda-t-il en désignant du menton le paquet posé sur le comptoir de la cuisine.

– On s'en fiche. » Elle versa de la vodka sur des glaçons dans un mug.

« Mais personne paierait aussi cher pour trimballer une petite brique de coke, d'héro ou d'Oxy, continua Bill. Ça vaut jamais deux mille dans la rue. »

Les yeux de Kaylyn étaient rivés au paquet. « Je m'en fous de savoir ce que c'est. L'important c'est qu'on est payés. »

Elle mentait. Il la rejoignit à la cuisine et elle lui tendit la tasse.

« À mon avis, c'est des faux billets de mille, dit-il. Ou des puces chinoises de contrefaçon. » Elle sourit sans desserrer les lèvres. Il leva son mug. « Ou bien l'âme de Marcellus Wallace. » La vodka avait une bonne odeur d'isopropanol et un goût de soulagement. Ici, dans les marges d'une économie en chute libre, des gens transbahutaient des paquets mystérieux d'un bout à l'autre d'un paysage roussi. Abattaient le sale boulot.

« C'est plus ton problème », dit-elle. Elle ouvrit un tiroir et chercha sous le range-couverts. Elle lui passa une enveloppe. « Tu peux recompter. »

Bill se demanda quelle était la probabilité que l'autre moitié soit encore dans son pick-up. « Pas la peine. » Il fourra l'enveloppe dans sa poche arrière. « T'as pas vraiment répondu à ma question. Pourquoi t'es pas descendue chercher le paquet toi-même ?

– J'ai pas de voiture. Et en plus, ça complique un peu les voyages. » Elle caressa son ventre d'un geste affectueux. Bill la scrutait du regard. Son histoire puait la merde. Il se demanda s'il en avait réellement quelque chose à faire. Il se demanda dans quelle mesure il était aveuglé en la revoyant après tout ce temps. Il but.

« Alors, Kay, c'est qui le père ? »

Il eut cette sensation qu'on appelle avoir le cœur au bord des lèvres, mais ce n'est pas une description exacte. Pour être plus précis, sa gorge se bloqua en prévision d'une horreur à venir.

« C'est une très longue histoire, Bill. Disons juste qu'il a pas encore décidé s'il allait rester, et je suis vraiment pas sûre d'avoir envie qu'il le fasse. »

Son visage prit les traits des amis disparus, Rick et Ben. Pendant une seconde elle ressembla à Lisa, et puis elle retrouva ses yeux et ses taches de rousseur. Il cligna des paupières et s'efforça de garder un ton neutre. « Qu'est-ce que ça veut dire ? »

Les yeux de Kaylyn fuyaient aux quatre coins de la cuisine minuscule : vers la casserole qui trempait dans l'évier, la pendule hibou au mur avec ses yeux qui bougeaient au rythme des secondes. Elle posa une main sur son ventre. « Je me fais un verre de vin de temps en temps. D'après le médecin c'est pas grave si c'est pas souvent. Ça te dit qu'on aille dehors et qu'on change de sujet ? »

Et puisque cela signifiait qu'ils allaient être ensemble le temps d'un verre, il accepta.

Sur l'escalier à l'arrière de la maison, sous la ligature gelée des étoiles, elle s'assit quelques marches au-dessus de lui, face au jardin, et il s'appuya aux barreaux fatigués de la rampe. Il lui raconta qu'il était allé sur la tombe de Rick un peu plus tôt dans la soirée. « Une entreprise globalement inutile », conclut-il avec un soupir et un haussement d'épaules.

Kaylyn mordit dans l'ongle de son pouce, en arracha un morceau qu'elle lança sur le ciment. « Ça fait longtemps que j'y suis pas allée. Des fois je croise ses parents, mais… »

Marty et Jill, deux parfaits spécimens de *Midwesterns* francs et directs. Il repensa à Marty, avec sa moustache de morse, qui le vannait chaque fois qu'il s'enquérait de la possibilité d'un saumon laqué. Le jardin donnait sur une allée en ciment qui menait à un petit garage décrépit. De chaque côté, des bandes d'herbe pâle. La clôture empêchait presque complètement de voir les maisons voisines, de sorte qu'ils n'avaient que le dôme du ciel au-dessus de leurs têtes. Il y avait des étoiles dans ce dôme, et elles étaient puissantes et sublimes.

« Il te manque ? » demanda Bill, qui n'avait pas envie d'entendre la réponse.

Elle garda longtemps le silence. « Je sais pas trop quoi te dire. C'est moche, mais quand j'ai appris, je crois que… j'ai été soulagée. Il n'allait jamais revenir, je n'allais jamais le recroiser. J'ai vu mon père tomber raide mort un jour pendant le dîner, mais devoir passer tout ce temps avec Marty et Jill à l'enterrement, et ensuite pendant la procession, ça a été un des pires moments de ma vie. Je pensais pas que des parents pouvaient pleurer autant.

– Tu crois que Rick était au courant pour nous ? »

Elle but une gorgée du vin qu'elle avait prélevé dans un cubi. Lécha délicatement la tache violette sur sa lèvre supérieure. « J'en sais rien. Je sais qu'il m'aurait pardonnée. »

Il fit tourner les glaçons au fond de son mug, puis il le prit doucement au creux de ses mains, comme on berce un poussin. Il se remémora ce qu'il avait ressenti lorsqu'elle avait cessé de répondre à ses coups de fil, ce mélange glacial de fureur et de chagrin. Jusqu'à la fin, Rick et lui avaient eu cela en commun.

« Il avait planifié toute notre vie jusqu'au moment précis où il deviendrait entraîneur. C'est là que toi et moi on s'est… rapprochés. Et toi, tu voulais voyager et vivre ta vie. Tu dois pas t'en rappeler mais une fois, on était tous au Vicky's après une fête du lycée et tu racontais que t'arrêterais pas avant d'avoir vu les aurores boréales et la banquise de l'Antarctique. C'est exactement comme ça que tu l'as dit : les aurores boréales et la banquise de l'Antarctique.

– J'ai rien vu de tout ça.

– Ouais, mais c'était important pour toi. Et pour une fille qui avait jamais pris l'avion, ça paraissait super romantique et courageux. » Elle se rongea encore un ongle. « T'avais un appétit que Rick n'a jamais eu. »

Il sentit de nouveau ce pincement à la gorge et le souffle froid du vent. Il savait que la séduction n'était qu'une arnaque comme les autres.

Il tira la photo de sa poche arrière. La déplia et la tendit à Kaylyn.

« Terminale. Bal de rentrée. »

Elle la prit comme si c'était une substance chimique et la tint de la même façon qu'on tient les vieilles photos argentiques, par les bords, de crainte d'en salir la surface avec ses empreintes digitales.

Elle l'examina quelques instants avant de la lui rendre, sa voix un baume. « On a des têtes de bébés. » Il replia la photo, saisissant au passage le regard sensuel de Lisa, le baiser de Kaylyn et son violet pornographique, la menace feinte de Rick, Harrington avec son chapeau et son rictus emprunté, et son visage à lui qui s'effritait et disparaissait.

Il attrapa ses cigarettes dans sa poche et en coinça une entre ses lèvres. Il l'alluma et inspira une bouffée de poison. Kaylyn n'y trouva rien à redire.

« J'étais au bar tout à l'heure, j'ai croisé plein de gens du lycée. Et devine quoi, je suis tombé sur Dan Eaton en chemin. Il marchait au bord de la route, on aurait dit qu'un fantôme lui était rentré par le cul et avait pris possession de ses yeux. Je serais pas surpris qu'il finisse sous un pont dans cinq ans. C'est ce qui arrive aux mecs comme lui. Des fois j'ai du mal à croire qu'on en ait perdu autant. Et ça annonce peut-être seulement qu'on va en perdre encore plus. »

Il tourna la tête vers elle. Elle avait des éclairs dans les yeux, aussi étincelants que les violents ciels de Vénus. Il avait envie de lui raconter ce que Rick avait fait au sujet de Todd Beaufort, mais à quoi bon ? Et pourquoi n'arrivait-il pas à cesser de penser à ce gros tas décati qu'il avait vu au bar un peu plus tôt ? Il se rendit compte qu'il avait une nouvelle hallucination, mais cette fois ce n'était pas juste une vision. C'était un pur voyage dans le temps. Nous voyageons tous dans le temps. Chaque fois que nous regardons le ciel, nous voyons un passé lointain, des étoiles aujourd'hui cramées ou à des millions de kilomètres de là où elles brillaient jadis, et plus les yeux que nous construisons sont puissants – par exemple le TMT à Mauna Kea, Hawaï, avec son télescope de trente mètres –, plus nous pouvons remonter loin dans le passé. Simplement, certaines personnes y sont plus sensibles que d'autres.

« Kay, chuchota-t-il tandis que le temps et l'espace se rembobinaient à toute allure autour de ses yeux. Dis-moi ce qu'il y a dans le paquet. »

Début 2002, un samedi soir quelques mois après la soirée chez Ostrowski, Rick appela Bill pour lui dire qu'il avait besoin d'un coup de main, mais sans plus d'explications. Il dit seulement qu'il allait passer le prendre.

Rick se rangea dans l'allée, sa vieille Explorer était couverte d'une pellicule de sel blanchâtre. C'était l'hiver et la nuit était tombée rapidement, dès dix-huit heures la ville baignait dans l'obscurité. Il demanda à Bill d'aller chercher ses papiers et un peu d'herbe.

« J'ai plus que des miettes.

– Prends quand même ce que t'as. »

Bill monta dans sa chambre et récupéra au fond d'une boîte à chaussures son dernier pochon, qui ne contenait qu'un peu de poudre dans un coin. Une fois en voiture, Rick lui demanda de rouler un joint.

« Où on va ? On doit pas retrouver Harrington tout à l'heure ?

– Après. »

Ils prirent la 229, dépassèrent un parc de mobile-homes, le garage Bluebaugh, une chaudronnerie, puis Rick bifurqua dans Dudgeon Ditch, une route de campagne qui alternait entre bitume et gravier. Sous la maigre lumière de la lune qui pénétrait entre les branches, le 4×4 filait sur les feuilles et les cailloux, écrasait des branches et évita de peu un couple de ratons laveurs lubriques qui déguerpirent entre les ormes.

Rick tourna dans une longue allée indiquée par une boîte aux lettres cabossée, qui serpentait dans les bois et aboutissait à une maison de plain-pied en préfabriqué délabré. Le revêtement de la façade était sali par la poussière, éclaboussé par le halo orange de la lumière du porche, et les fenêtres avaient des volets assez épais pour résister à un ouragan. Quand Bill remarqua le camion noir sur le côté, avec son châssis surélevé qui le faisait ressembler à un dinosaure, il comprit.

« Qu'est-ce qu'on fout ici ? demanda-t-il.

– On vient discuter, répondit Rick en coupant le moteur et en retirant la clé.

– Tu m'as kidnappé ou quoi ? Qu'est-ce que t'essaies de prouver, Brinklan ?

– Ferme ta gueule. » La colère dans la voix de Rick le fit obéir sans moufter. « Pour une fois dans ta vie, ferme ta gueule. » Ils restèrent un moment dans la voiture, au milieu des cliquetis du moteur. « On n'est pas venus ici pour se battre. T'as pas besoin de parler. Reste tranquille et fais-le fumer. »

Sans laisser à Bill le temps d'ouvrir la bouche, Rick bondit hors du 4×4. Maudissant le caractère fouineur de son ami, sa pureté chevaleresque débile, il lui emboîta le pas. Derrière la petite maison s'ouvrait un terrain clos d'environ un demi-hectare qui allait jusqu'à la lisière du bois, et Bill entendit une armée de chiens qui aboyaient, geignaient, jappaient, criaient comme des petites filles en colère, et lorsqu'ils passèrent devant eux les corniauds se ruèrent sur le grillage ou tirèrent sur leur corde et avertirent tout le monde que des visiteurs approchaient.

Todd Beaufort ouvrit la porte en grand avant qu'ils ne l'atteignent. Il portait un short noir qui lui arrivait sous les genoux et un débardeur sur lequel le jaguar de New Canaan serrait un ballon de football entre ses crocs. Il eut d'abord l'air surpris de voir Rick, et plus encore de voir Bill.

« Salut 56, ça va ? » fit Rick en lui tendant la main. Ils se claquèrent les paumes puis s'échangèrent une poignée de main compliquée. Bill restait en contrebas, sur les marches du perron, comme un enfant derrière les jambes de son père le jour de la rentrée en maternelle.

« Ouais. Qu'est-ce que vous venez faire ici, tous les deux ? » Il ne quittait pas Bill du regard.

« Ta mère est là ? On a de la weed. On cherche un endroit pour fumer. On était en train de rouler et je me suis rappelé que t'habitais ici. »

Une excuse un peu faible, mais Beaufort parut la trouver acceptable. Bill tenta un air renfrogné qui semblait factice, une façade plutôt qu'une attitude.

« Salut, Ashcraft. » Beaufort avança un poing que Bill tapa avec le sien. Leur première interaction depuis que Beaufort l'avait envoyé valser dans le couloir à l'automne.

« Salut », répondit-il en repensant à leur enfance. On finissait toujours par connaître le nom des meilleurs sportifs de chaque niveau, et il avait onze ans la première fois qu'il aperçut Beaufort, en train d'engueuler sa mère sur le parking un jour de match chez les moins de treize ans. Bill avait vu cette femme massive taillée comme un citron, les épaules tombantes, décocher à son fils une gifle assez puissante pour le faire tournoyer sur lui-même, ses talons pivotant dans les graviers.

« Ma mère est au boulot », dit Beaufort, chose que Rick savait certainement déjà. Il les fit entrer dans la maison, qui sentait le chien mouillé et aussi vaguement la maladie, comme un vomi d'enfant. La cuisine, le salon et la salle à manger ne faisaient qu'un, encombrés par des meubles trop grands pour cet espace. Un canapé bleu et deux fauteuils, presque collés contre la table à manger et ses chaises dépareillées, se tassaient autour d'un écran d'un mètre. Des piles de jeux vidéo, des exemplaires du *New Canaan News* (surtout le cahier sports), des catalogues et des factures recouvraient la table basse. *Bob l'éponge* gazouillait à la télé. Sur un mur, une pustule de prises électriques d'où partaient des rallonges dans toutes les directions, l'une d'elles accrochée derrière l'unique décoration, un tableau kitsch à vingt-cinq *cents* représentant le Christ, les mains en supplication, les yeux tournés vers son Père, car il venait de comprendre qu'il ne transmettrait jamais son nom.

« J'ai du feu », dit Beaufort, après quoi ils parlèrent football un moment. Clarrett, la nouvelle recrue des Buckeyes, allait être redoutable. Et accessoirement le futur coéquipier de Beaufort.

Bill s'assit sur le canapé et sentit que le tissu était raidi à certains endroits par d'anciens accidents jamais nettoyés. Il nota les petites balafres noires des trous de cigarettes. Rick prit le fauteuil d'en face, de manière à entourer leur proie ; il attendit que le joint ait tourné et que Beaufort ait tiré sa première taffe.

« Y a un truc que je voulais te demander », dit Rick. Beaufort avait posé une jambe sur la table basse, le talon dans une position de relaxation maximale. Le tissu de son short avait glissé, révélant une cuisse couverte de fins poils blonds. « J'ai entendu des rumeurs à propos de ce que vous faites avec Tina. Et franchement, je trouve pas ça très cool. »

Beaufort ne répondit rien. Il fronça les sourcils, puis s'avança pour attraper une tasse déjà pleine de mégots dans laquelle il fit tomber la cendre du joint.

« Je vois pas en quoi ça te concerne, finit-il par dire en se carrant dans son fauteuil.

– T'as raison. » Rick joignit les mains. Ses genoux montaient et descendaient comme pour compter les secondes. « Mais si vous lui faites du mal, ça change tout. Si vous prenez des photos, si vous filmez ou si vous lui faites des saloperies… » Il frotta le chaume de son menton, sa main dégageant une impression de puissance.

« Ça lui plaît ce qu'on lui fait, dit Beaufort, réellement étonné. Elle a rien contre.

– Je suis pas sûr de te croire. »

Ils se jaugeaient. Bill se demanda dans quoi il s'était fait embarquer. Laissant errer son regard défoncé car la scène le mettait mal à l'aise, il remarqua alors, parmi le bazar de la table basse, un méchant couteau posé sur – évidemment – un numéro de *Guns & Ammo*. Recourbé et dentelé, avec un manche noir agressif, ce couteau aurait pu armer un Klingon. Il aurait parié que Beaufort était allé le chercher quand il avait entendu les chiens aboyer.

Le *linebacker* laissa échapper un petit rire. « C'est pour ça que t'es venu ? Pour jouer à la police des mœurs avec ma meuf et moi ? T'es sûr que c'est pas plutôt avec *ta* meuf que t'as un problème ? »

Bill se demanderait toute sa vie ce que Beaufort avait voulu dire par là et ne serait d'ailleurs jamais certain d'avoir bien entendu, mais Rick répliqua trop rapidement.

« Nan, dit-il. Mon problème, c'est ce que tu fais à une personne sur qui t'as du pouvoir. Et c'est fini, mec. C'est mort. Tu vas arrêter ton petit jeu, crois-moi. Tu vas la laisser tranquille. »

Beaufort s'avança, amusé. Les plaques d'identité qui ne le

quittaient jamais pendouillaient à son cou comme deux drapeaux amidonnés et paresseux. Bill vit par où la laideur s'installerait dans son visage avec l'âge : son nez large, son front lourd et ses lèvres épaisses et molles. Pour l'heure sa bouche était ferme et virile, mais d'ici quelques années elle lui donnerait l'air idiot. Comparé à lui, Rick était un héros bestial.

« Tu ferais mieux de me demander qui m'a aidé à faire sauter sa culotte, saint Rick, dit Beaufort, la dépravation pointant dans les angles durs de sa mâchoire. Mais on s'en fout maintenant. La saison est finie. On n'est plus dans la même équipe. » Il désigna Bill d'un geste du pouce. « Barrez-vous de chez moi, ton pédé de pote et toi. Sinon Curt, Strow et moi on va se trouver une nouvelle truie à foutre, et ça sera Kaylyn. »

Dans le beige grotesque du tapis, Bill distingua des miettes de chips. Il savait qu'il devait relever les yeux, et lorsqu'il le fit il découvrit à la place du visage de Rick un masque tourmenté, dans lequel il reconnut peut-être de la peur, peut-être de l'affolement, mais surtout une détermination inébranlable.

« J'ai fait pas mal de camps d'été, tu sais, dit Rick après un long silence. Et j'ai vu des Noirs d'un peu partout, et ils ont un truc en eux que moi j'ai pas. On dirait qu'ils savent qu'ils ont pas le choix, qu'il faut qu'ils se tirent de là où ils habitent et que si ça marche pas ils sont niqués. Donc, le moment venu, ils flanchent pas. Tu peux être aussi balèze ou sportif que tu veux, quand t'as le ballon entre les mains, l'important c'est de pas te faire écraser, et t'as pas le droit à l'hésitation. Tu peux pas penser à ta famille, à tes potes ou à ta meuf parce que là tu vas flancher et le mec qui court vers toi, il va t'arracher la tête. Moi, j'ai l'impression que j'ai plein de raisons de flancher. Et du coup, des fois ça m'arrive. »

Son triceps tressaillit, envoyant une contraction dans tout son bras.

« Et maintenant toi aussi t'as une raison de flancher, Todd. Arrête ça. Fous la paix à Tina. Et tes potes, pareil. Vous vous approchez plus d'elle. Tu vas effacer toutes tes photos, toutes tes merdes. Et tu vas le faire avant la fin de la semaine. Sinon, j'ai une copie de la vidéo. De la première que t'as faite. Et si tu crois que tu réussiras à garder ta bourse une fois que je l'aurais donnée à mon père, à la direction du lycée, aux parents de Tina, à tout le monde, alors c'est que t'es encore plus con que t'en as l'air. Tu partiras jamais d'ici, t'auras jamais aucune chance de passer pro, tu feras jamais rien de ta vie de merde. Tu deviendras vieux et gros, t'auras pas de thunes et tu seras ici avec ta mère, fin du bal. On n'est pas en train de négocier, mec. Je suis en train de t'expliquer ce qui se passe. »

Bill vit le nuage du doute assombrir Todd Beaufort, et il en eut froid dans le dos. C'était la première fois qu'il était témoin de la lucidité froide qui naît lorsqu'on tient la peur d'un autre dans le creux de sa main. Rick se leva. Le regard de Bill effleura le couteau. Il visualisa Beaufort en train de l'acheter, imaginant une occasion qui lui permettrait de le plonger entre les côtes de quelqu'un. Il hésita à le prendre.

« Brink. » Beaufort n'avait pas bougé du canapé. Il restait assis, bras et jambes écartés. Détendu. « Je vais pas faire de vieux os à New Canaan, mec. Et si tu me baises, y a plus rien qui me retiendra de te tuer. »

Rick s'arrêta juste le temps de hausser les épaules. « Moi, tout ce que je te dis, c'est que si tu fais ce que je te demande, y aura pas de problème entre nous. » Puis il poussa la porte et Bill le suivit, en se retournant pour lancer un dernier regard à Beaufort. Et ce qu'il vit remit deux ou trois choses à leur place. Alors que le froid de son sang se mêlait à l'air glacial du dehors, il comprit l'incertitude dans laquelle vivait ce type. Lorsque Beaufort l'avait attaqué dans le couloir, c'est parce qu'il était absolument incapable d'exercer le moindre contrôle sur ses émotions, elles le menaient par le bout du nez mais il restait ardemment convaincu d'être maître de son destin.

Beaufort ferait vraisemblablement ce que Rick lui demandait. Après quoi il irait à Columbus, se ferait défoncer sur les terrains du championnat universitaire, et quand son corps déclarerait forfait il se reconvertirait en rouage d'une autre machine. Il traverserait la vie dans un brouillard dont il n'émergerait que par moments, un bref instant, comme lorsque le soleil transperce l'enclume immense d'un nuage d'orage.

À bord de la voiture pour aller retrouver le reste de la bande chez Harrington, dans l'obscurité qui ensevelissait la campagne, Bill dit à Rick : « La vidéo ? T'as pas de copie de la vidéo.

– Non, mais ça il le sait pas. Ils l'ont copiée tellement de fois, il doit se dire que c'est possible.

– Y a quoi dessus, en fait ? »

Rick secoua la tête. « Laisse tomber.

– Et tu crois que d'un coup Todd Beaufort va avoir une illumination et devenir un mec bien ? Avoir de l'empathie et du respect pour sa copine et pour les autres ? Putain, Brinklan, tu réfléchis comme un gamin qui mate un mauvais film d'action. T'es au courant que Steven Seagal sauve pas vraiment des meufs en faisant du karaté ? »

Rick se mordit les joues. « Je pouvais pas le laisser s'en tirer comme ça.

– Ouais, et maintenant il peut aller à la fac et faire la même chose à cinq, sept, dix femmes de plus. Tu viens probablement de condamner une pauvre conne à lui servir de jouet. Tina Ross, au moins, elle est tellement débile qu'elle doit pas voir la différence.

– Sans déconner, c'est quoi ton problème ?

– Regarde la route. C'est le cimetière des cerfs dans le coin.

– Tu sais… » Il parlait sans desserrer les dents. « Merde, Ashcraft. Tu crois que t'as plein de potes et d'admirateurs, mais c'est pas vrai. Tu te crois irrésistible. Mais les gens te trouvent *arrogant*, mon pote. Ils disent que tu te la racontes. Ils parlent dans ton dos et ils disent que t'es bidon, que t'es chiant, que t'es malheureux. Et ils ont de la peine pour toi, Bill. Je crois que c'est surtout pour ça que tu me déçois. Parce que je suis ton ami. Je te défends quand les gens racontent de la merde sur toi. Et honnêtement, toute ma vie je me poserai des questions. Parce que je t'ai demandé d'essayer de faire un truc à peu près bien pour une personne que tu connais depuis que t'es tout petit, et toi t'es venu à reculons et en gueulant tout du long. T'es un lâche, mec. »

À partir de là, leurs liens commencèrent à se distendre pour de bon. Après ce petit laïus sur le chemin du retour. Bill le rangea dans un coin de sa tête, mais il le ressortit plus tard. Par exemple en mars cette année-là, quand il conduisit Kaylyn chez sa grand-mère. Chaque fois qu'il avait besoin de raviver la haine débridée, irrationnelle, qu'il avait pour son ami, il convoquait ce moment et elle revenait. Il savait qu'il est possible de cultiver sa rancœur envers quelqu'un, de l'alimenter, de la soigner de telle façon que chaque mot prononcé lors de chaque échange – et même chaque regard – soit chargé d'inimitié.

Du reste, il gardait peu de souvenirs de leur dernier échange, qui remontait à l'été 2003. C'était fin juillet, peut-être un mois après qu'il s'était réveillé chez Rick en couche-culotte. Avec tout un groupe de mecs de leur promo, ils s'étaient mis une cuite chez Mike Yoon et, comme chaque fois, Rick et lui avaient fini par se prendre la tête au sujet de la guerre. Il était tellement déchiré qu'il ne se rappelait pas comment les choses s'étaient envenimées. Ils étaient dans le jardin, les bois étaient aussi sombres qu'un trou noir tombé sur la terre. Rick l'avait traité de lâche pour une raison quelconque, et ça avait fait brutalement remonter des souvenirs de l'année précédente, lorsqu'il avait utilisé ce même qualificatif en rentrant de chez Beaufort. Alors Bill avait crié – et, d'accord, c'était peut-être incohérent sur le moment, mais si on faisait abstraction de l'alcool ça devait donner quelque chose de blessant, du genre : *C'est toi qui la ramènes avec tes conneries d'honneur et de patrie et qui vas à la fac pour devenir prof de maths. Va entraîner ton équipe de lycée un jour, Brink. Guerrier de mon cul. Saddam et Al-Qaïda doivent flipper en te voyant. Tu parles d'un putain de lâche.*

Alors Rick lui était tombé dessus, et c'était probablement une bonne chose car Bill était sur le sentier de la guerre totale, parti pour tout déballer, pour raconter devant leurs amis comment Kaylyn s'était assise sur son visage dans le lit de sa grand-mère et comment ses cuisses maigrichonnes tremblaient quand elle jouissait. Heureusement pour Bill, leurs potes les avaient séparés avant qu'il puisse cracher le morceau. Par la suite, quand il avait appris par Harrington que Rick avait abandonné ses études pour s'engager dans les Marines, Bill s'était demandé dans quelle mesure c'était lié au lâchage de lest de cette soirée. Ça avait été la dernière fois qu'il avait adressé la parole à Rick Brinklan.

Quatre ans plus tard, vers la fin du dernier semestre de sa dernière année d'université, Bill reçut un coup de fil de son père. C'était un soir de semaine, il était dans un bar où il regardait les Cavs achever les Wizards dans le premier tour des play-offs. Il racontait la fois où, à quatorze ans, il avait affronté LeBron James en camp d'été parce qu'une jolie blonde venait de les rejoindre, une amie d'amie qui avait des perles dans les oreilles, un col relevé très BCBG et un nez à la courbe séduisante. Elle le dévorait des yeux, et c'était réciproque. Il sortit pour répondre à son père, et tandis qu'il exposait son avis sur le match en cours, ce dernier l'interrompit :

« J'ai quelque chose à te dire. Je viens d'avoir Marty au téléphone. » Naturellement, Bill devina la suite. « Rick a été tué au combat hier. Il va y avoir un défilé, et… si tu veux rentrer… » Son père se tut, sa voix s'étrangla alors qu'il expliquait à son fils unique que son meilleur ami d'enfance, un gamin avec qui il s'était goinfré de bonbons dans la cuisine, avait joué au basket dans l'allée et piqué de l'alcool dans le placard, que ce meilleur ami n'était plus là.

Bill mit fin à la conversation aussi vite que possible, mais pas pour aller pleurer. Parce que c'était comme ça. Rick était parti se battre dans une guerre inutile, une arnaque impérialiste bénéficiant à une petite élite, et il en avait payé le prix. Il avait eu exactement ce qu'il voulait : on le disait mort en héros. Bill retourna à l'intérieur du bar, regarda le triomphe des Cavs et sauta la jolie BCBG deux fois cette nuit-là et une fois de plus le lendemain matin.

Kaylyn faisait tourner son vin et contemplait le liquide qui pourchassait la gravité au fond du verre.

« Ça n'a aucune importance, Bill, dit-elle enfin. Tu m'as aidée quand j'en avais besoin. C'est tout ce qui compte. »

Il avait terminé sa cigarette et il l'écrasa sur la marche, mais il garda le filtre entre ses doigts et joua avec l'extrémité carbonisée. Un talisman Camel. « Ce que je dis, c'est… » Il laissa tomber le mégot et posa sa main sur celle de Kaylyn. « Si t'as besoin d'aide, moi je suis là. Si t'as besoin d'argent, si t'as besoin de cette brique pour joindre les deux bouts, je peux…

– Bill. » Sa voix tremblait, et tout à coup des larmes scintillèrent dans ses iris verts. « Je peux pas… je peux vraiment pas te le dire. Tout ce que je peux… J'ai merdé. C'est juste que… je connais des gens pas bien. Et j'ai fait des trucs super cons, et… maintenant j'essaie juste de sauver mon cul, de pas aller en prison, de rester clean et de donner une chance à Barrett, à ma mère et à ce bébé. Et je peux pas te dire ce qu'il y a derrière tout ça parce que je veux pas que t'y sois mêlé. Fais-moi confiance, s'il te plaît. »

Sa gorge se noua. Un nuage solitaire passa dans le ciel. Bill serra la main osseuse de Kaylyn.

« Moi aussi j'ai fait des trucs cons, dit-il. Même quand j'essayais de faire des trucs bien. Je crois qu'y a jamais rien qui s'arrange. Parce que si on veut que les gens agissent, qu'ils changent, faut leur coller un flingue sur la tempe. J'ai été déprimé, j'ai été malheureux, je me suis détesté. Mais pendant tous ces moments, tu sais à quoi je me raccrochais toujours, Kaylyn ? À toi. J'ai jamais arrêté de penser à toi. »

Elle retira sa main et couvrit ses yeux avec le bout de ses doigts. « Tu sais pas les trucs que j'ai faits. »

Et, tandis que Bill essayait de progresser dans les zones d'ombre – déterrait beaucoup mais déduisait peu –, Kaylyn raconta son histoire. Pas tant une explication que des aveux voilés, opaques.

Dans la longue liste de ses regrets, erreurs et cauchemars, la chose qui la hantait pendant ses insomnies n'était même pas la pire de toutes celles qu'elle avait faites. Elle les avait classées et les changeait de rang selon les jours et le type de honte dont elle voulait s'affliger. Elle tenta de mettre le doigt sur le moment où elle avait appris à être aussi cruelle. Durant une fête, au collège, elle s'était moquée de Hailey Kowalczyk parce qu'elle portait un maillot de basket : « Tu ressembles à un mec sauf que t'as encore moins de seins », avait-elle lancé, suscitant les rires gras de tous ceux qui l'avaient entendue. Un peu plus tard, tandis qu'elle attendait sa mère qui venait la chercher, elle avait vu Kowalczyk essuyer des larmes. Mais c'était inévitable quand on avait des amies plus jeunes. Maintenant que Hailey et Lisa étaient entrées au collège, elles la collaient, l'appelaient tous les soirs, essayaient de tirer profit de leur amitié avec une fille de la classe du dessus. La contrepartie était qu'elles ne doutaient jamais d'elle, ne remettaient jamais en question son omniscience.

C'est ainsi que, deux ans plus tard, durant une partie d'Action ou Vérité, elle fit en sorte que Kowalczyk taille une pipe à Curtis Moretti. Elle dit aux participants qu'elle les accompagnerait dans la salle de bain pour s'assurer que tout se passe bien et, sous les hululements et les encouragements, Curtis s'assit sur l'abattant des toilettes pendant que Kaylyn se perchait sur le bord de la baignoire et donnait des instructions à sa jeune amie : À genoux. Mets-toi sur le tapis de bain pour ne pas te faire mal, etc. Kaylyn la regarda faire, le menton dans la main, et elle se sentit à la fois puissante et excitée. Hailey garda les yeux ouverts, son visage avait quelque chose de stupide et de bovin.

« Ça te dit de te joindre à nous ? lui demanda Curtis tandis que Kowalczyk marmonnait sur sa bite.

– Dans tes rêves, Moretti. »

Mais elle posa tout de même une main sur le crâne de Hailey pour tester ses limites. Kowalczyk n'avait aucune idée de ce qu'elle faisait, et lorsque Curtis envoya la purée elle avala le tout et continua à sucer. Il jouit encore quelques minutes plus tard. Jamais Kaylyn n'avait pris un pied pareil. Elle ne savait pas trop pourquoi elle avait jeté son dévolu sur Kowalczyk, une fille mignonne, marrante et un peu garçon manqué, qui jouait meneuse dans l'équipe de basket. Tout le monde admirait le courage avec lequel elle avait tout pris en charge à la maison lorsqu'on avait diagnostiqué un cancer des os à sa mère. Lisa l'appelait « Triple Danger » et le surnom resta. On disait que Hailey était capable de tout faire. Par conséquent, Kaylyn eut envie de lui faire tout essayer, et au passage elle découvrit la Vie, dans toute sa splendeur manipulatrice, moite, pornographique.

« J'arrive pas à croire que tu l'aies fait », dit-elle à Hailey un peu plus tard ce soir-là.

Hailey évitait son regard. « Fallait bien que ça arrive un jour ou l'autre. »

Quand Lisa l'apprit, elle en fut horrifiée. Elle n'en voulut pas à Kaylyn, mais à Kowalczyk. Kaylyn se foutait éperdument que Lisa et Hailey se fassent la gueule. Elle était déjà avec Rick, l'étalon baraqué, le footballeur de sa classe. Il lui faisait ses devoirs de maths et était jaloux juste ce qu'il fallait.

Devenue adulte, elle se demanderait d'où lui venait cette tendance, si elle s'ennuyait de naissance et était juste curieuse de voir jusqu'où les autres pouvaient aller pour lui plaire. Lorsque son père s'écroula en plein dîner, elle sut avant que sa mère ne compose le 911 qu'il s'apprêtait à la quitter. Depuis qu'elle était petite, dès qu'il dépassait les dix bières, il lui disait qu'elle était tout pour lui, qu'il tenait uniquement grâce à elle. Dans l'esprit de Kaylyn, cela signifiait qu'il nourrissait pour sa mère et Barrett la même haine qu'elle. Lorsqu'il mourut en la laissant avec eux – avec une carcasse fripée et passive et un unique frère qui n'était ni un allié, ni un ami, ni un soutien, rien qu'un taré incontrôlable et mauvais –, elle enragea, mais il y avait aussi autre chose. De l'envie peut-être ?

À ce stade, elle avait déjà commis les troisième et quatrième pires choses de sa vie, ayant identifié le plaisir incommensurable qu'elle tirait de la manipulation des autres selon son propre désir. C'était une addiction qui ressemblait à une serpillière mouillée – on a beau la tordre, il en sortira toujours de l'eau, quoique en quantité décroissante.

Elle aurait dû se méfier davantage des autres addictions. Lorsque Ben Harrington commença à se fournir en médicaments divers, elle lui en piqua ou le persuada de lui en donner. Une fois par mois, il venait la trouver près de son casier et lui offrait un tube d'aspirine dans lequel cliquetaient trois ou quatre Percocet. Un jour, après les cours, alors que les couloirs étaient déserts, elle avait plongé deux doigts dans la poche du jean de Ben et l'avait attiré à elle, non pas parce qu'il lui offrait des cachets mais histoire de marquer un triplé.

« Allez, arrête, dit-il en reculant les hanches, les pommettes en feu. C'est pas marrant. »

C'était quoi déjà, les paroles de sa chanson ? « Jolie fille triste / Qui offre un regard contre des cachets / Jolie fille triste / Qui s'enfuit avec son cœur cabossé. » Elle lui en avait voulu à mort.

Il y avait plusieurs candidates au titre de cinquième et sixième pires choses qu'elle ait faites mais, récemment, avoir refusé d'épouser Rick grimpait dans le classement. Non qu'une fille de dix-huit ans doive se mettre dans la mouise pour un crétin romantique. En disant non, elle avait eu envie d'ajouter : « T'es malade ? T'as pas compris que t'étais un accessoire, comme un sac à main ou des jolies boucles d'oreilles ? » Un peu plus tard, elle avait pris une lampe-torche, retrouvé la bague qu'il avait balancée dans les bois près de chez lui, l'avait mise au clou et en avait tiré presque mille dollars.

Le problème, c'est que lorsqu'elle était partie étudier à Toledo, elle était déjà passée à l'Oxycontin, une défonce géniale mais chère et dévorante. Elle était obligée de se dégoter des types prêts à partager leur stock, un projet qui lui bouffait tout son temps et l'empêcha de valider une seule matière. Elle se mit à la colle avec Mitch, un mec qui paraissait sorti d'*American History X* et bénéficiait d'un accès direct à toutes sortes de drogues récréatives. Ensemble, ils allaient à des raves en périphérie, dans des sous-sols où des enceintes crachaient du metal, des fêtes destinées à finir en incendie. Mitch était un coup exceptionnel. Ils prenaient une trace de crystal et ils baisaient pendant des heures, après quoi ils prenaient une trace d'Oxy pour amortir la descente. Ce fut la période la plus charnelle et la plus délicieuse de sa vie, tout ce que l'évolution lui avait enseigné sur la nourriture, le sexe et les autres plaisirs devenant, en une inspiration, insignifiant et inerte.

Puis elle se retrouva fauchée et perdit dans la même semaine son appartement et son inscription à la fac. Elle s'installa chez Mitch mais comprit bien vite que c'était une erreur. Il la laissait avec ses amis pendant des jours d'affilée, et elle s'enfermait dans sa chambre parce qu'ils avaient tous le regard vide de violeurs simplement trop fatigués pour faire l'effort. Un jour, en pleine crise de parano à cause d'un type à l'air particulièrement vicieux, elle sortit les fesses par la fenêtre pour pisser dehors sans avoir à quitter la chambre.

Elle savait qu'elle devait arrêter la meth. Un soir, elle en déposa quelques cristaux sur un couteau à beurre avant de s'endormir. Le lendemain matin, le produit avait fait rouiller le métal et Kaylyn commença à avoir des visions épouvantables de ses poumons et de ses sinus. Elle avait entendu dire que certaines personnes contractaient des lésions, perdaient leurs dents. Tout compte fait, c'est probablement sa vanité qui la sauva.

Elle vola tout l'Oxy qu'elle osa prendre et rentra chez elle, où elle écrasa et sniffa les comprimés dans sa chambre d'enfant pour réussir à décrocher de la meth. Des jours durant, elle eut des tremblements de parkinsonienne.

Mais les cristaux pleuvaient aussi sur New Canaan, et elle avait bien besoin d'un petit coup de pouce de temps à autre pour tenir ses horaires de serveuse. Ça lui permettait de faire des semaines de soixante-dix heures et donc de ne pas être à la maison avec sa mère et son frère. Elle pouvait enchaîner les services et s'endormir grâce à toute une pharmacopée. Et tout cela mena à ce qui était sans conteste *la* pire chose qu'elle ait jamais faite, à l'été 2004, lorsqu'elle mit en branle une série d'événements qu'elle ne pourrait jamais arrêter ni réparer (et, comme Bill insistait, elle finit par dire : « Non. Arrête. Je veux pas en parler. Laisse tomber. » Ce qu'il fit).

Peu après ça, Hailey mit les points sur les i : « Je veux bien t'aider, à condition que tu promettes d'aller voir quelqu'un. »

Kowalczyk était maligne, et c'était accessoirement la dernière amie qu'il lui restait. Pendant tout le reste de l'été, elle la conduisit à des réunions des Narcotiques Anonymes, jusqu'au jour où elle dut partir étudier à Bowling Green. Le problème, c'est que les NA exigent que l'on avoue tous ses péchés, or, pour Kaylyn, c'était hors de question. Impossible. La solution qu'elle trouva consista à prendre rendez-vous chez un médecin complaisant auprès de qui elle se plaignit de douleurs au dos. Elle cessa d'aller aux NA, mais puisqu'elle ne touchait plus à la meth, elle y voyait une amélioration.

Elle se souvenait de certains jours au lycée où elle était incapable de sortir de chez elle, où la seule idée de mettre le nez dehors lui déclenchait des attaques de panique, sa poitrine se serrait et elle n'arrivait plus à respirer. Parfois elle mettait un disque sur la chaîne de la salle de bain et prenait des douches qui pouvaient durer une heure. Sa mère l'accusait de vider le ballon d'eau chaude pour se pomponner. Mais la vérité était que Kaylyn profitait de ce moment pour pleurer. Toutes les larmes de son corps jusqu'à en avoir mal au ventre. Et lorsqu'elle trouva l'apaisement avec une dose d'opioïde, elle se rendit compte qu'elle en avait toujours eu besoin.

Quelques années durant, elle s'approvisionna sans souci auprès de son médecin. Le Dr Redding sortait son bloc, gribouillait quelques mots, merci et au revoir. Évidemment, il y avait de l'attente – un temps interminable durant lequel les pires déchets du nord-est de l'Ohio la harcelaient, des bagarres éclataient sur le parking, de vieux types brisés lui offraient de la pizza contre un baiser –, mais au terme de ce feu d'artifice il y avait l'ordonnance qui lui permettrait de tenir un mois. S'il lui en fallait davantage, elle n'avait qu'à dire que les douleurs empiraient et le Dr Redding y remédiait. Elle aimait qu'il soit pragmatique en affaires. Aussi longtemps qu'elle eut de l'argent.

Le jour où elle cessa d'aller travailler et perdit son poste, il fut soudain beaucoup moins conciliant.

« S'il vous plaît, dit-elle, sans ça j'arriverai pas à retrouver du travail. Vous comprenez ? J'en ai besoin pour avoir un job et de l'argent, sinon je vais m'effondrer et j'irai jamais et je me ferai encore virer. » Elle entendait l'affolement dans sa voix mais ne pouvait rien y faire.

« On devrait pouvoir s'arranger », proposa-t-il. Toujours ce pragmatisme. Elle ne s'y serait pas attendue de sa part. Il avait les cheveux fins et dégarnis et les traits disgracieux d'un crapaud asexué. Ce n'était pas une solution très plaisante mais elle pouvait toujours se débrancher. Il lui suffisait de se pencher sur la table d'examen, et un quart d'heure plus tard elle avait son ordonnance. Naturellement, elle ne chercha jamais de travail. Pour quoi faire, puisqu'il était si simple de s'arranger.

Les événements glissaient sur elle dans une indifférence parfaite. Curtis Moretti mourut d'une overdose d'héroïne et sa seule pensée fut : *C'est pour ça que je me limite aux trucs sûrs.* Sa mère la flanqua à la porte parce qu'elle avait volé dans son portefeuille, et tout ce qu'elle dit fut : « Je trouverai une autre solution. » Et c'est ce qu'elle fit (mais elle continua néanmoins à revenir pour piquer tout ce qu'elle pouvait jusqu'au jour où sa mère changea les serrures). Rick fut tué, et elle assista à l'enterrement et au défilé, mais les deux fois elle était défoncée et son esprit aussi vide que celui d'un moine bouddhiste. Il y avait là une foule de gens qu'elle n'avait pas vus depuis une éternité, qui venaient lui parler – elle était la chérie de Rick –, et elle dut faire semblant d'être en état de choc. Marty et Jill insistèrent pour qu'elle soit près d'eux pendant le défilé, voyant toujours en elle l'amoureuse de leur fils. Comme si elle avait continué à lui parler après le lycée. Comme si elle se sentait concernée.

Ce qui lui fit quelque chose, ce fut la fermeture du cabinet du Dr Redding quand il perdit son autorisation d'exercer et écopa d'une mise en examen. Elle eut deux mois de panique totale pendant lesquels elle se rationna et racla les fonds de tiroir pour s'approvisionner auprès de quelques dealers du coin. Par la suite, elle apprendrait l'expression « chance du junky », qui décrivait à merveille ce qui lui arriva. Alors que le Dr Redding fermait boutique, Hailey revint dans sa vie pour lui faire une proposition.

« Je vais me marier, lui annonça-t-elle.

– Félicitations. » Cet échange avait lieu à La Paloma, le resto mexicain le plus médiocre de New Canaan. « Avec qui. » Non que la réponse l'intéresse. Elle n'avait surtout pas envie de renouer avec un copain d'enfance. Elle avait broyé un de ses derniers comprimés le matin même.

« Eric. Frye.

– Le Noir ? Il était pas un peu chelou ?

– On a repris contact. En fait il est super.

– Et avec Eaton, qu'est-ce qui s'est passé ?

– On s'est séparés. Ça fait un moment. » Elle paraissait écœurée que Kaylyn ait oublié ce fascinant détail de sa vie amoureuse. À croire qu'une rupture avec Danny Eaton était un événement majeur.

« D'accord. Super. Bravo, Kowalczyk. » Elle but une gorgée de Corona et songea à la fois où elle l'avait fait suffoquer sur la queue de Curtis Moretti. Un souvenir qui lui procura une grande satisfaction.

« Je suis enceinte, ajouta Hailey. Et les fins de mois sont un peu dures en ce moment. Eric et moi on a nos prêts étudiants à rembourser, et il est prof remplaçant et, enfin, tu vois, c'est comme s'il bossait gratuitement.

– Ouais, c'est pas une période facile. Aux infos ils disent que c'est la Grande Récession, au cas où ça t'aurait échappé.

– Ouais. Donc. » Elle jouait avec sa fourchette. « Je voulais te demander un truc. Je travaille dans une maison de retraite.

– Je sais. C'est là que ma grand-mère est morte, tu te rappelles ? »

On leur apporta leur commande. Hailey ne toucha pas à son assiette.

« Ce que je veux savoir, c'est… J'ai accès à pas mal de trucs. Plein de médocs. Je connais une ou deux infirmières qui le font déjà. »

La chance du junky.

Trois années durant, le stratagème marcha comme sur des roulettes. Hailey se faisait de l'argent et Kaylyn avait sa dose et un revenu modeste. Elle pouvait rester tranquille dans son brouillard, passer ses journées devant la télé et ses nuits à picoler dans les bars, longer la voie ferrée au-dessus de la Cattawa pour se donner l'impression de partir loin, sans regrets ni remords. Comme si les choses atroces dont elle était responsable étaient les souvenirs lointains d'une autre femme.

Et puis, en 2011, peu après l'overdose de Ben, Kowalczyk coupa court à l'opération. Une fille avait été chopée en train de voler des médicaments et allait faire de la prison. « On s'en sort bien, Eric et moi. Il a un poste, on n'a plus besoin de ça.

– Tu comprends pas, répondit Kaylyn. Les gens avec qui je bosse, ils me laisseront pas arrêter comme ça.

– J'ai pas le choix, Kay. J'ai une fille, je vais pas aller en taule pour avoir revendu des médocs parce que je voulais juste arrondir les fins de mois. Je suis désolée. » Kowalczyk avait beaucoup grossi. Son visage bouffi dégoûtait Kaylyn, on aurait dit qu'elle venait de se faire arracher les dents de sagesse.

Ce que Kaylyn avait omis de préciser, c'est qu'elle devait un peu de blé aux frères Flood. Elle conservait une partie de leur approvisionnement et encaissait les paiements en promettant de leur fournir le reste du matos ultérieurement. Et au lieu de les rembourser, elle continuait à leur acheter toujours plus, au prétexte fallacieux que sa source allait repartir. Par conséquent, elle avait des dettes. De petites dettes qui devinrent de grosses dettes. Elle essaya de les rembourser en allant leur acheter de la pseudoéphédrine en pharmacie, mais le nombre de points de vente accessibles à pied était limité. Et, un beau jour, ils la lâchèrent. C'est là qu'elle commença à aller en stop à Columbus, où l'héroïne coûtait le prix d'un pack de six. Elle la sniffa, la fuma, se promit de ne jamais se l'injecter, et quelques mois plus tard elle se piquait entre les orteils.

Amos Flood, qu'elle connaissait depuis l'école primaire, vint la trouver et, l'air confus, lui présenta les choses de cette façon : « On a besoin que tu nous rendes un service. Ça sera un peu plus tard dans l'année, peut-être cet été. Si tu le fais, on oublie ce que tu nous dois. Et tu… Bon, avant d'accepter, demande-toi si tu manquerais à quelqu'un. »

Elle devait aller récupérer un paquet à La Nouvelle-Orléans. Cerise sur le gâteau, lorsqu'elle se rendit en stop au planning familial de Mansfield pour un examen de routine, elle apprit qu'elle était enceinte.

En redescendant du fix qu'elle s'était accordé dans les toilettes d'un restaurant Arby's – avachie contre le carrelage crasseux, terreurs oubliées et cauchemars envolés –, elle se rendit compte qu'elle n'avait nulle part où aller. Le père de l'enfant à naître l'avait jetée dehors parce qu'elle le faisait retomber dans cette vie-là. Quant à sa mère, elle ne la laisserait pas entrer, même si elle se vidait de son sang sur la pelouse.

Elle alla donc sonner chez Hailey Frye. Quand celle-ci ouvrit la porte, Kaylyn aperçut la chaude lumière de la salle à manger, dans laquelle Eric (barbu et bien plus vieux que dans ses souvenirs, mais qui avait toujours ses joues de bébé et son gros nez couvert de taches de rousseur) et une petite fille aux cheveux noirs et à la peau blanche la regardaient avec curiosité. La gamine demanda qui c'était.

« C'est tante Kay, lui répondit Hailey. Je reviens. » Elle sortit, ferma la porte et se tourna vers Kaylyn, les bras croisés : *Je veux bien t'écouter, mais tu ne t'approches pas de ma famille.*

« Je suis dans la merde, Hailey. » Kaylyn fondit en larmes. La morve au nez, elle lui raconta son histoire. Elle déballa tout, sauf la proposition d'Amos Flood.

Hailey rentra chercher ses clés de voiture. Elle ressortit avec un morceau de poulet frit qu'elle força Kaylyn à manger une fois qu'elles furent installées à bord. Quand Kaylyn l'eut terminé, Hailey enveloppa les os dans une serviette en papier et la posa sur ses cuisses.

« T'as l'impression que t'es impuissante, mais y a une chose que tu peux faire, Kay. Tu peux décrocher. »

Kaylyn fut horrifiée. Elle n'avait jamais eu envie de se suicider, mais à présent elle y pensait. Il lui restait assez de came pour se faire une overdose. Elle pouvait marcher jusqu'à La Mousse ou à Jericho Lake et s'envoyer le tout dans le creux du coude.

« Je t'emmène, dit Hailey. Je connais une clinique à Columbus. Je vais t'aider à payer et tu pourras y rester aussi longtemps qu'il le faudra. T'as pas d'autre choix. Après, on pourra parler de ce que tu veux faire de ce bébé. Qui sait, peut-être que ta petite puce va te sauver. Peut-être qu'elle va te donner une bonne raison de tout rattraper. »

Kaylyn pleura encore plus fort. À l'instant où Hailey devina le sexe, elle vit, nettement, à quoi pourrait ressembler sa fille.

« Je vais jamais y arriver, dit-elle. C'est sûr à cent pour cent. »

Hailey la prit dans ses bras, posa son menton sur la tête de Kaylyn. Le corps de son amie était doux et chaud, le corps d'une mère. « Bien sûr que si, tu vas y arriver.

– Pourquoi tu fais tout ça ? demanda Kaylyn, qui avait envie de l'étrangler. J'ai jamais rien fait pour toi. J'ai toujours été un putain de monstre avec tout le monde.

– Oh, ça, j'en suis pas sûre, dit Hailey. T'avais le seul Popples de Rainrock Road et tu me laissais tout le temps jouer avec. »

Kaylyn ne trouva pas ça drôle.

« Je peux pas effacer ce que j'ai fait. C'est trop tard. Je me suis perdue. »

Hailey se recula, la regarda avec sévérité mais aussi avec une forme d'humour fou, un visage qui disait : *Regarde un peu où on se retrouve dans cette immense farce cosmique.* Elle prit les joues émaciées de Kaylyn dans ses mains tendres. « Il est jamais trop tard pour tout recommencer. On le sait bien, toi et moi.

– Pourquoi ? implora Kaylyn. Pourquoi tu continues à m'aider ?

– Putain, Kay. » Elle écarta de son front une poignée de cheveux blonds et gras. Ses joues rondes brillaient et rougissaient, se gonflaient d'embarras. « Parce que ça fait trop longtemps que je t'aime. On ferait n'importe quoi pour les gens qu'on aime. C'est grâce à toi que j'ai appris ça. »

Le lendemain matin, lorsque Kaylyn se réveilla dans la grande maison des Volunteers of America, elle était malade comme jamais. Elle vomissait tripes et boyaux. Ses muscles et ses os lui faisaient tellement mal qu'elle avait envie de déchirer sa peau avec ses ongles pour arracher son squelette. Tout son corps la démangeait. Son vagin était une plaie ouverte qu'elle aurait préféré brûler. Elle s'agitait dans ses draps. Elle avait l'impression de sentir le bébé qui la dévorait de l'intérieur et elle rêva qu'elle le tirait de son ventre. Elle voulut poignarder l'infirmière qui vint lui donner de l'eau, et par mépris elle vomit tout par terre au lieu d'aller aux toilettes.

Et pourtant.

Le jour d'après, au milieu d'une multitude de douleurs tellement abyssales qu'elle se voyait sombrer dans une folie sans retour, elle sortit du lit et alla à la fenêtre. Le soleil se levait. Alum Creek à l'est, au sud l'étendue verte du Franklin Park Conservatory. Elle avait une chanson dans la tête. Un extrait du deuxième album de Harrington. « Cette jolie fille triste, perdue depuis si longtemps que même le diable a oublié son nom. » Elle contempla les nuages qui passaient dans le ciel et les lances de lumière qui fendaient leur tulle. La chanson tourna un moment dans sa tête et puis elle dut courir aux toilettes pour vomir.

De retour dans la cuisine, Bill n'entendait que le tic-tac de l'horloge et son propre souffle.

« T'es pas obligée de rester seule avec ça, dit-il en passant un bras autour d'elle. Je peux t'aider. » Il l'attira à elle, incapable de déterminer si ce pouls qu'il sentait était le sien, celui de Kaylyn ou celui du bébé.

« Tu comprends pas, répéta-t-elle. J'ai fait des trucs horribles à des gens qui comptaient pour moi, qui étaient mes amis, que j'étais censée aimer. Des fois j'y repense et j'arrive pas à croire que j'étais cette personne. Que je suis cette personne »

Kaylyn miroitait devant ses yeux, et il y avait quelque chose qu'il n'arrivait pas à atteindre, quelque chose d'autre que cette beauté éplorée, l'audace sexuelle inattendue découverte dans la maison de sa grand-mère, la fille qu'il avait essayé d'oublier durant mille nuits d'ivresse dans des dizaines de pays. Il pourrait descendre aux enfers, se laisser enchaîner au sommet d'une montagne, manger les corps gluants d'insectes souterrains répugnants, et pourtant elle ne serait toujours pas à lui. Hadès enleva Perséphone et en fit sa reine, mais ce salaud était l'ennemi de toute vie, des dieux comme des hommes. Comment détricoter une histoire comme celle de Kaylyn ? Il sentait en elle des choses qu'il n'avait jamais perçues, des fourberies qu'aucun d'eux n'avait jamais comprises, et à sa manière de le regarder, à ses yeux qui étaient maintenant deux puits sombres dont les flammes léchaient le fond, il se demanda s'il devait avoir peur d'elle. Tel était son pouvoir. Il ne le saurait jamais avec certitude. Et même alors que les eaux monteraient à la fin de toute civilisation, il ne le saurait toujours pas.

« Tu devrais y aller, maintenant », dit-elle.

Elle le conduisit, paniquée, vers la sortie. À la porte, il l'attrapa par le bras. Il l'attira contre lui une nouvelle fois, il s'agrippa aux os de son dos et eut l'impression qu'on le brûlait vif.

Elle gardait la main sur la poignée. Il passa en revue leurs conversations d'autrefois, cherchant une explication, et n'aboutit à rien sinon à un souvenir d'elle en été, sortant du lac et drapant son corps et ses seins dans une serviette. Il ne pouvait se résoudre à croire que tout ce désir qu'il portait en lui n'était qu'une escroquerie entretenue depuis longtemps par une camée cruelle et stupide.

« Excuse-moi. » Il la libéra, prit une inspiration nécessaire.

Avec un rictus, elle essuya ses yeux humides. « C'est une manière de partir qui ne te ressemble pas.

– Un dernier baiser peut-être ? Ou une dernière pipe ? »

Elle sourit et essuya encore quelques larmes en ouvrant la porte, dehors la lumière du réverbère éclaboussait le béton du perron.

« J'aime mieux ça. » Elle l'embrassa quelque part entre la bouche et la joue.

Elle referma derrière lui, et Bill s'enfonça sans traîner dans la nuit. Le monde entier était un tour de passe-passe. Leurs vies : de bêtes composantes d'une vaste entourloupe, une duperie raffinée à laquelle ils s'accrochaient comme ils pouvaient. Il avait besoin du réconfort du magasin de spiritueux et partit donc dans cette direction.

Il n'avait parcouru que cinq pâtés de maisons quand il se

rendit compte qu'il était épuisé, au bout du rouleau, prêt à s'effondrer sur les briques pourries. En approchant du square, il entendit au loin un grondement sourd. Le grondement enfla et il l'identifia : les pales d'un hélicoptère qui découpaient mollement l'air pour maintenir leur chargement en suspension. L'appareil venait du sud avec ses lumières rouges. Bill s'arrêta au milieu de la rue pour le regarder. Il volait trop bas, frôlait presque le toit des édifices les plus hauts de la ville avec leurs trois étages, et il se balançait d'avant en arrière, piloté d'une main incertaine. Le nez plongeait, comme pour s'écraser en kamikaze sur ce quartier minable, et puis il reprenait de la hauteur. D'aussi près, le grondement était assourdissant. L'appareil passa au-dessus de lui en zigzags chaotiques, et Bill prit le temps d'observer son ventre noir, teinté de vermeil par des fanaux anticollision rappelant des yeux humides. Cap au nord, il fonçait vers sa destination, ivre et désespéré, comme en fuite. De même que l'ange, l'hélicoptère s'évanouit dans une cascade interdimensionnelle de cendres et de lumière bleue.

Il entendit des sirènes distantes, plusieurs véhicules. Cela ressemblait à un grand déploiement de pompiers, et alors il se souvint que les flics le cherchaient toujours. S'ils le trouvaient, ils soulèveraient sa chemise, verraient la marque du paquet sur sa peau et comprendraient ce qu'il avait fait – même si lui ne le savait pas vraiment. Il fit donc la seule chose qui lui vint à l'esprit, sur laquelle tous les enfants finissent par se rabattre. Il fonça au Dunkin' Donuts et appela en PCV le seul adulte en qui il avait confiance. Il dit : « Salut, c'est Bill. J'ai besoin d'un coup de main. »

Puis il s'assit sur le bord du trottoir et laissa l'obscurité se refermer autour de lui.

Lorsqu'il reprit connaissance, des mains robustes le soulevaient et le guidaient vers une voiture. « Si tu dois être malade, ce sera à l'arrière. »

Il s'écroula sur la banquette. La voiture sentait encore cette odeur de vieil homme, de fauteuil inclinable : skaï et clopes fumées en douce. Par la fente de ses paupières, il vit Marty Brinklan contourner le capot et prendre place sur le siège conducteur. Il n'avait pratiquement pas changé, avec sa tignasse blanche hirsute qui ne se dégarnissait pas et sa moustache, désormais moins morse que guidon de vélo. Bill était trop à l'ouest pour voir si Marty paraissait plus vieux, plus rond ou plus maussade, mais c'étaient trois éventualités raisonnables. Il avait toujours son nez de boxeur, aussi tordu et malformé qu'un nœud dans un tronc. Ce nez avait été cassé quatre fois, la dernière alors que Rick et Bill étaient encore gamins, quand une femme en colère lui avait balancé un pot de fleurs au visage suite à un appel pour tapage. Ses ronflements avaient obligé la mère de Rick à mettre des boules Quiès. Bill tenta de s'excuser auprès de Marty, mais il n'était pas vraiment certain des mots qu'il prononçait.

« J'ai compris. C'était soit moi, soit une nuit en cellule de dégrisement. » Le baryton de Marty râpait comme du papier de verre. Bill essaya d'ajouter quelque chose mais une paume invisible lui ferma les paupières. Il sentit l'effet centrifuge de chaque virage, le bourdonnement de la route. Des vibrations dans ses dents.

« T'as dit que tes parents étaient absents ? » lui demanda Marty.

Bill ne sut pas ce qu'il répondit.

« Je t'emmène à la maison. Tu pourras dormir là-bas. Mais je vais devoir repartir. On a eu un appel. Un sale truc sur Stillwater Road. » Il renifla, la gorge entravée par ses allergies. Bill savait ce qui allait suivre, il y avait assisté enfant. Marty entrouvrit la fenêtre et projeta en l'air un glaviot avec le bout de la langue. Derrière la vitre, Bill ne voyait qu'un défilé de veines violet sombre, et dans ce violet un masque aux orbites sans fond l'observait.

Il dut demander ce qui se passait. Il était certain que le sale truc en question était sa faute.

« Je peux pas te le dire, Bill. Je connais pas tous les détails. » Après quoi Marty, qui était pourtant une caricature de taiseux, dit une chose qui glaça Bill malgré le brouillard dans lequel il baignait. « Mais d'après ce que j'ai compris, ça pourrait être le prochain truc qui va m'empêcher de dormir. »

Lorsqu'il reprit à nouveau connaissance, il était chez les Brinklan, un bras en travers des solides épaules de Marty, qui le portait – évidemment – vers l'ancienne chambre de Rick.

« Elle est où, Jill ? crut-il demander.

– Elle habite plus ici », répondit Marty.

La chambre de Rick avait été vidée. Disparus les posters, les trophées, le drapeau et les pin-up arrachées aux hors-séries maillots de bain de *Sports Illustrated*. Les murs avaient été passés à l'enduit et peints en bleu. La nouvelle chambre d'amis regorgeait de coussins décoratifs inutiles. Il s'y écroula.

« J'y vais. Si tu as envie de vomir, il y a une poubelle près du lit. On te trouvera quelque chose à manger demain matin. »

Bill essaya d'ouvrir la bouche pour dire ce qu'il avait avoué à Dan Eaton plus tôt dans la nuit. Ce qu'il voulait dire depuis l'instant où il avait compris son cœur lâche et infortuné. Mais au lieu de ça, il regarda les lèvres de Marty remuer juste au-dessous de ses yeux blessés.

« Rick et toi, vous pensiez la même chose. Que si on ne réussit pas à sauver l'humanité entière, on a échoué. Je sais qu'il te pardonne, Bill. Même si tu n'arriveras jamais à le croire, il te pardonne. »

Il n'était toutefois pas sûr que Marty Brinklan ait dit cela. Dès que le silence revint, ça lui sembla être une hallucination de plus, et avec ces derniers mots la bouche de Marty ouvrit un portail par lequel il vit des batailles anciennes et des baïonnettes aiguisées. Marty sortit et Bill entendit la voiture faire demi-tour et s'éloigner dans l'allée. Puis il ferma les yeux et partit à la rencontre de ses visions.

Il rêva que toutes les histoires, y compris la sienne, s'achevaient dans la honte. Il visualisa la terre après que les profiteurs avaient fini d'en extraire le dernier éclat. La planète sombrait dans l'obscurité et les animaux se dévoraient eux-mêmes ou bien tombaient, blêmes et prostrés, dans une mer noire et acide. Les océans s'évaporaient et le silence finissait par régner sur ce roc, ce lieu d'humbles miracles. Il dérivait jusqu'à la fin des temps dans son coin d'espace, sa terre grise et cendreuse était celle d'un cratère et rien ne se souvenait de ce qui s'y était produit. C'était aussi inévitable que le prochain verre qu'il boirait. Il songea à tout ce qu'il avait perdu et tenta d'invoquer ses amis – leurs visages, leurs voix, leurs âmes saintes enfouies dans sa détresse. Il pouvait toujours souhaiter que les morts patientent en coulisses, encore maquillés, espérant le salut lorsqu'ils viendraient tirer leur révérence. Il pouvait toujours faire de ses souvenirs la corde au bout de laquelle il se balancerait au petit jour.

Ou bien.

Ou bien il pouvait s'extirper de cet abîme. Alors qu'il s'enfonçait dans le sommeil, il se jura qu'il ne retrouverait pas les sables mouvants du delta du Mississippi. Il avait encore mille dollars dans sa boîte à gants, mille autres dans sa poche arrière, et une nouvelle quête, une nouvelle vision qui l'attendait tapie. Même après tout cela, il y avait des raisons de se relever. De rassembler le courage de vivre et d'être en vie. De lutter contre l'entropie aveugle, la féroce logique d'accumulation qui les pousserait tous à l'exil, qui visait à les dépouiller de tout, de tous les endroits et de toutes les personnes qu'ils avaient jamais aimés. Il y avait des raisons de trouver de l'espoir dans la rébellion, dans le feu souterrain, d'endurer toujours et à jamais la vérité et de lutter jusqu'à l'extinction.

Il bascula dans ses rêves, pleurant les rivières et les champs de son pays natal. Il le vit brûler d'un feu bleu et il pria pour avoir la force de le défendre, de se battre pour lui, de lui rendre la vie.

Stacey Moore
ou
Une théorie de l'écologie, de la littérature et de l'amour à travers le Temps profond

Alors qu'elle revenait au pays pour remettre une lettre en souffrance et voir la femme qu'elle craignait et haïssait depuis ses dix-huit ans, Stacey Moore s'arrêta pour plonger la main dans le sol et ramasser une poignée de terre. À huit kilomètres de la ville, bien loin encore du panneau qui vous souhaitait la bienvenue – un panneau vieilli, usé, mais qui continuait néanmoins à vous avertir qu'ici se trouvait le cœur de l'Amérique –, elle dut se ranger sur le bas-côté, car sa vessie implorait d'être vidée.

Plus elle approchait de New Canaan, plus ses nerfs se tendaient et plus elle avait envie de pisser, et elle se rendit compte qu'elle n'allait pas tenir. L'âge n'y change rien, une vessie pleine nous ramène fatalement en enfance, surtout quand on a grandi avec des frères plus âgés dans une famille où tout le monde levait les yeux au ciel lorsque vous réclamiez une pause pipi durant les trajets en voiture. Stacey se retenait toujours juste assez longtemps pour éviter les regards sceptiques de son père dans le rétroviseur, mais ses frères, Patrick et Matt, devaient être des chameaux génétiquement modifiés vu leur capacité à stocker l'eau.

S'enfonçant au pas de charge dans les bois, tandis que la nuit tombait rapidement et que seule persistait une infime touche de gris-bleu, que le monde s'éteignait comme une lanterne chinoise, Stacey trouva un arbre et s'adossa au tronc – le secret pour pisser dans la nature, lui avait un jour expliqué sa mère. Tout ce processus ravivait des souvenirs de feux de camp, les marshmalllows de son père, l'odeur fertile des nuits d'été au Mohican State Park. Quand elle était petite fille, à six ou sept ans, Stacey s'accroupit un jour à côté de sa mère et observa. « Après, faut secouer les fesses », dit cette dernière avant de lui en faire la démonstration avec une petite danse façon « Twist and Shout ». En essayant de l'imiter, la petite Stacey était tombée à la renverse dans son pipi, et sa mère avait été prise d'un fou rire.

Depuis, Stacey était devenue experte, elle avait pissé en des lieux aussi divers que l'Amazonie brésilienne et les impasses croates, mais aucun pipi ne lui avait apporté une satisfaction comparable à ce flot de café et de Pepsi Light filtrés par ses reins, aussi délicieux et apaisant qu'un craquement de la nuque sous les doigts d'un ostéopathe qui libère une demi-douzaine de nœuds d'un coup. Dans ce coin hirsute du comté, avec pour seule compagnie le vrombissement infernal des criquets et les clignotements prudents des lucioles, elle se laissa aller à un gémissement de plaisir, puis à un petit rire devant l'ampleur quasi sexuelle de ce gémissement.

Ensuite elle secoua les fesses, conformément aux instructions maternelles, et remonta sa culotte. Sous les fleurs bleu foncé de l'imprimé, le blanc éclatant de sa robe lui rappela le moment où, bien des années auparavant, Lisa l'avait décrochée d'un portant dans une friperie de Columbus. « Je suis sûre que cette robe va te faire un cul à un million de dollars, Miracle. Et vu qu'elle est à quinze balles, tu fais une belle économie. » C'était une coïncidence qu'elle la porte ce soir.

La nuit rugissait des criquets de l'Ohio, de leurs espoirs, leurs plaisanteries, leurs différends et leurs jacasseries qui, tous ensemble, composaient une symphonie crépitante. Et maintenant qu'elle était revenue chez elle (ou, du moins, dans le seul endroit qu'elle n'avait jamais cessé de considérer comme chez elle), des souvenirs épars commençaient à ressurgir spontanément, à réclamer son attention. Des fantômes jaillis de leur boîte. Raison pour laquelle elle marqua une pause avant de remonter dans sa Jeep, garée n'importe comment sur le bord de la route. Elle se baissa et ramassa une poignée de terre. Mr Masoncup leur avait répété en cours de SVT de ne pas utiliser ce mot, comme si c'était une insulte. *Humus*, les avait-il suppliés, et Stacey avait répondu quelque chose du genre : *N'empêche que ça ressemble vachement à de la terre, m'sieur.* Elle tout craché. Le personnage qu'elle jouait au lycée : spirituelle, faussement candide, consciente que tout le monde lui pardonnerait ses taquineries parce que le patriarcat l'avait catégorisée jolie (elle disait ça pour rire, mais pas seulement). Taquiner les gens, avait-elle appris, les lie à vous tout en les déstabilisant. Une leçon de société qu'elle maîtrisa très tôt.

En seconde, Lisa Han et elle étaient dans le même cours de SVT. Elles avaient l'une comme l'autre rédigé des dissertations sur la terre. Lisa était deux rangs devant, en diagonale, du fait d'un plan de classe aléatoire (une loterie débile organisée par Mr Masoncup le premier jour), et Stacey la surprenait parfois à la mater. Elle devait alors détourner le regard car, souvent, elle aussi était en train de mater Lisa.

C'était l'année où tout avait changé. L'année où elle-même avait changé. Elle s'était toujours dit que c'était surtout dû à Lisa, mais peut-être n'avait-elle jamais accordé à ce cours tous les mérites qui lui revenaient. Elle serra le poing. Fraîche et humide, née de l'explosion des étoiles et coalisée dans la vie, la terre adopta la forme de sa paume. Quand vous étiez enfant, vous touchiez la terre sans y penser, mais depuis que vous êtes adulte, combien de fois en avez-vous ramassé pour la toucher de cette façon ? La toucher comme on touche un corps aimé, avec la même révérence. Elle tenait tout un système solaire de mycélium qui grignotait la matière végétale, la réintégrait au cycle, la renouvelait. « Qu'est-ce qui est le plus important ? avait demandé Mr Masoncup. Les humains ou l'humus ? » Et la réponse était qu'il n'y avait pas de comparaison possible – même si, en Ohio, la monoculture massacrait le sol, exterminait son mycélium avant d'y injecter des engrais azotés pour le maintenir en vie comme un zombie.

C'était peut-être à cause de la terre qu'elle avait commencé à perdre la foi.

C'est idiot de le formuler de cette façon. Elle ouvrit le poing à la manière d'une magicienne révélant une colombe. L'humus semblait être une extension du tatouage noir sur son avant-bras, donnant l'impression que l'encre dégoulinait de la peau.

Car, en se débarrassant des constructions hyper contraignantes de la pensée religieuse – ce que certaines personnes appellent « perdre la foi » –, Stacey avait gagné l'Univers.

Avant de partir d'Ann Arbor cet après-midi-là, elle avait bu un café avec Janet, et sa tutrice lui avait dit une chose d'une justesse troublante.

« Pour toi, l'écriture, c'est comme quand Bruce Wayne met son costume de Batman. » Elle écarquillait les yeux, une habitude lorsqu'elle s'animait. Les mains et les yeux de Janet étaient constamment en mouvement, elle chiffonnait un sachet de sucre, tapotait son gobelet avec la touillette en bois, regardait par-dessus ses lunettes de mémère les gens dans la rue, puis Stacey, puis de nouveau les passants. « Tu sais, quand Christian Bale ou Michael Keaton enfilent péniblement leur costume.

– Oublie pas George Clooney et Val Kilmer.

– Armure, *clac* ; gants, *clac* ; capuche, *clac*. » Pour chaque élément, elle faisait le geste correspondant. « Il faut que tu apprennes à écrire sans te mettre la pression. »

Janet était devenue professeure de littérature en grande partie pour faire plaisir à la fan de pop culture qui se planquait derrière ses recherches sur Faulkner. Depuis que Stacey la connaissait, il n'y avait pas eu une seule conversation qu'elle ne soit capable de faire dévier sur *The Walking Dead*.

« Faut que j'arrive à surmonter l'impression que tout le monde est génial, ça me paralyse quand je me rends compte que moi je ne le suis pas. »

Janet leva les yeux au ciel, un mouvement qui engageait l'intégralité de sa tête.

« Détends-toi, Stacey, ordonna-t-elle. T'es en première année, bon sang. Prends-toi une semaine quand tu iras voir tes parents. Écris quelque chose qui n'a rien à voir avec les cours. Écris juste pour toi. » À croire que Janet avait pêché ça directement dans sa tête, car elle avait justement passé un temps infini à écrire pour elle la nuit précédente. Le résultat était maintenant dans une enveloppe sur le siège passager de sa voiture. « Lâche un peu le modernisme transnational et l'écocritique. »

Elle avait choisi l'université du Michigan pour son troisième cycle car c'était de loin le meilleur établissement qui l'acceptait, et elle trouvait dingue de se dire que si elle en avait choisi un autre elle n'aurait jamais rencontré cette faulknérienne obsédée d'horreur et de SF, qui était devenue non seulement un mentor, mais une femme pour qui elle nourrissait une adulation sans bornes.

« Je t'ai vue arriver avec Maddy l'autre jour. »

Stacey répondit en piquant un fard écarlate.

« Hé, la rassura Janet. La littérature et le sexe, ce sont les deux méthodes de base pour délimiter les périodes de nos vies. On lit telle personne et on couche avec telle personne pendant une période donnée, et on s'aperçoit que les deux changent à des moments étonnamment similaires. »

Stacey n'avait aucune excuse pour avoir passé la nuit avec son ex, qui allait bientôt partir dans le vaste monde en quête d'un poste de chargée de TD. C'était Maddy qui l'avait plus ou moins attirée dans son lit. Au début de leur relation, Stacey avait été séduite par sa franchise très Midwest et son côté butch, sans même parler de ses jambes trapues d'haltérophile. Avec sa coiffure canon de punk androgyne, Maddy avait dragué Stacey en lui faisant une coupe courte, un peu à la Mia Farrow, dont elle était toujours amoureuse. En première année, lorsqu'elle avait commencé à lui exposer son embryon d'idée de mémoire – écologie et littérature mondiale –, Maddy s'était moquée de sa naïveté et lui avait demandé si elle avait déjà lu Goethe, qui était censément l'inventeur de ce champ d'étude. Elle cita : « Le monde dans son ensemble, malgré son immensité, n'est qu'une seule vaste patrie. » Par la suite, Stacey décida qu'elle ne sortirait plus avec les rares femmes qui étudiaient les mêmes matières qu'elle et se tourna vers des filles à moitié hétéro qui ne citaient jamais rien ni personne.

« Oublie Maddy, dit-elle à Janet. J'ai déjà assez de trucs qui me rendent folle. Ce voyage… Et puis y a cette idée qu'on est foutus. À force de penser à l'écologie en permanence, j'ai l'impression que ça nous pousse à nous barricader dans une maison, dans une ville, dans une région, dans un pays, sur une planète… On est foutus, putain. » Stacey rit nerveusement de son propre bavardage. « En fait, c'était peut-être mieux quand on parlait de ma vie sexuelle. »

Janet sourit, ses dents comme deux rangées de pierres tombales. Sa prof avait le don de lui ôter toute éloquence, de la laisser bredouillante, bégayant mentalement tel Gregor Mendel dans sa bibliothèque pendant un séisme, avec les volumes qui lui dégringolent sur la tête.

« Bref.

– Stacey, t'es encore plus tendue que la gaine d'une femme

de pasteur baptiste. » Ses sourcils dansaient. « C'est à cause de la mère de ton ex ? »

Elle avait raconté l'histoire à Janet, en faisant l'impasse sur les aspects les plus dérangeants. Ceux qu'elle n'avait jamais avoués à personne.

« Écoute-moi, Stacey. Le passé n'a de pouvoir sur nous que si on lui en donne.

– Facile à dire.

– Allez, c'est pas la mère qui te tracasse. C'est *elle*, banane ! »

La nuit précédente, incapable de fermer l'œil, elle avait visualisé des récits anciens propulsés au milieu des étoiles qui se formaient et se dissolvaient, elle s'était noyée dans le Temps profond, et elle était parvenue à remonter le fil d'Ariane de son attachement à l'écologie et à la littérature jusqu'à l'adolescence et la bibliothèque de Lisa Han. L'amour de Stacey pour la lecture avait commencé avec Lisa, qui attrapait des livres sur ses étagères et les lui mettait entre les mains comme un dealer, et la pile d'ouvrages en attente était devenue si haute que Stacey ne l'avait terminée que bien plus tard, pendant son voyage en Europe. Les textes favoris de Lisa constituaient une réserve stratégique qu'elle s'administrait à doses homéopathiques, n'en lisant jamais deux d'affilée. Ils étaient une récompense qu'elle s'accordait à elle-même, sa manière de renouer le contact avec une personne sans s'avouer que c'était ce qu'elle désirait. Presque tous les livres de Lisa avaient des pages cornées et des annotations dans les marges. Des traits d'esprit brillants, quelquefois obscènes, toujours charmants : un énorme smiley à côté d'une scène perverse dans *Lolita* ; un ironique « *Bravo, mec !* » pour une phrase misogyne du *Livre du rire et de l'oubli* de Kundera ; un « *Je mouille* » à côté d'un passage des *Hauts de Hurlevent*. C'est durant cette période d'hameçonnage que Lisa lui avait donné *Gaia*, le classique écolo de James Lovelock, en l'avertissant que, malgré sa densité, il risquait de la chambouler.

« C'est une lecture qui va te changer, lui avait dit Lisa. Tu ne regarderas plus jamais les fleurs, le lichen ou les bousiers de la même façon. »

Tandis qu'elle le feuilletait dans la chambre de Lisa, une photo était tombée du livre. On y voyait Bethany, la mère de Lisa, enceinte jusqu'au cou, qui tenait son ventre et regardait l'objectif. « T'es dans le ventre de ta mère ! s'était exclamée Stacey. Elle est trop jolie.

– Et puis dix-sept années et un enfant sont passés par là », avait raillé Lisa.

Stacey avait retourné la photo et déchiffré la date. « C'était la veille de ta naissance ! »

Lisa la lui avait prise des mains et l'avait examinée un moment, cherchant un indice quelconque qui la mènerait à un mystère non précisé. Puis elle avait haussé les épaules et rangé la photo dans le livre. Stacey la retrouverait presque cinq ans plus tard, en Croatie, lorsqu'elle se lancerait enfin dans la lecture de *Gaia*.

Elle n'avait jamais avoué à Janet, à Maddy, à personne, que ses préoccupations, les sujets sur lesquels elle voulait travailler, tout cela lui avait été soufflé par cette fille de son bled natal, Lisa Han.

« Tu veux un conseil ? » dit Janet en tapotant la table, stimulée par sa surdose quotidienne de caféine. « Envoie-lui un mail aujourd'hui. Tout de suite. À ton ex, je veux dire, pas à la mère. Plus le temps a passé depuis la dernière fois que vous vous êtes parlé, plus ton mail doit être neutre et léger. Un truc joyeux, "Hé, salut, qu'est-ce que tu deviens ?" Crois-moi, après ça elle n'aura plus aucun pouvoir sur toi.

– Je me vois mal faire un truc comme ça, répondit Stacey en souriant.

– On est tous des voyageurs, Stacey. La seule chose qui nous différencie, c'est la quantité de bagages qu'on choisit de se mettre sur le dos.

– Et comme d'habitude, tes aphorismes sont absolument inutiles. »

Janet poussa un soupir monumental et remua une main qui ressemblait à un oiseau pris dans une tornade.

« J'ai trois ex-maris qui diraient aussi que c'est de la merde. Je ne suis rien qu'un énorme bagage. »

Même s'il se trouvait encore à plusieurs kilomètres à l'ouest, elle perçut la présence du lycée. Sans avoir besoin de le voir, elle le sentit comme une démangeaison. Un bloc d'architecture réglementaire dégueulasse, une pièce de Lego avec la petite touche autoritariste des années soixante. Elle était fascinée par le pouvoir du lycée américain sur l'imaginaire collectif. Depuis longtemps elle avait remarqué que les gens considèrent, parfois inconsciemment, leurs années de lycée comme une période fondatrice. Il suffisait de les lancer sur le sujet et d'un coup ils avaient plein d'histoires terrifiantes et merveilleuses qui étaient le terreau d'autant de romans.

Elle prit Zanesville Road pour aller dans le centre et eut la surprise de découvrir ce qui ressemblait fort à un magasin Walmart rutilant, flambant neuf, étincelant tel un diamant sur un tas de charbon, dans un coin où il n'y avait jadis que des fermes. Du temps où elle y vivait, New Canaan avait déjà un Walmart, mais à côté de celui-ci il ressemblait à une épicerie familiale décrépite. Malgré l'heure relativement tardive, il y avait plusieurs centaines de voitures sur le parking, qui devait se mesurer en terrains de football, et des gens entraient et sortaient par les multiples portes automatiques en verre de l'hypermarché en poussant leurs chariots. Il fallait environ trois heures de route pour aller d'Ann Arbor à New Canaan, et une de plus pour arriver chez ses parents à Columbus, et elle avait arrêté de compter le nombre de ces centres de consommation panoptiques croisés sur le chemin. Dix ? Cent ?

Le CD qui tournait dans l'autoradio, *Extraordinary Machine*, un amour de fac, se mit à sauter. Sur le siège passager s'entassaient emballages de sucreries, bouteilles de soda vides, son sac à main et l'enveloppe d'un blanc immaculé. Elle farfouilla dans ce bric-à-brac, y pêcha *Slow River*, et Fiona Apple fut remplacée par la voix basse et rauque de son petit copain de lycée.

À la moitié de la chanson d'ouverture, elle se gara en épi sur la place principale. Le moteur se coupa avec un grattement métallique, puis la musique se tut en laissant un silence assourdi, et elle en eut le ventre retourné comme par la nausée d'une gueule de bois. Lorsqu'elle avait reçu le premier mail de Bethany, quelques mois plus tôt, elle l'avait lu avec rage, jubilation, pitié, et rage de nouveau. Tout était confus. Elle répondit à la mère de Lisa qu'elle n'avait rien à lui dire, mais Bethany continua à écrire. Elle voulait seulement la voir, disait-elle. Elle voulait seulement lui parler, prétendait-elle. Elle ne demandait qu'une demi-heure de son temps. Et c'est peut-être la curiosité qui poussa Stacey à accepter. Elle dit à Bethany qu'elle pourrait faire un crochet par New Canaan en allant voir ses parents.

Ses bottes – des bottes mortelles, noires, hautes, avec une fermeture éclair qui montait presque au genou, chinées pour dix dollars à l'Armée du Salut – claquaient sur le bitume comme les sabots d'un cheval. La place était étonnamment calme, quelques rares voitures hésitaient aux intersections, et au loin des feux tricolores déroulaient leur programme. Un petit sac noir suspendu en travers de sa poitrine par une fine lanière battait en cadence contre sa hanche. Un vieil homme était assis sur un banc, il enlaçait d'un bras un sac en plastique rose annonçant SOLDES et elle sentit qu'il la suivait du regard. Elle ne savait pas à quoi s'attendre en traversant le cœur de la ville. Elle avait laissé New Canaan envahir un espace psychique tellement colossal qu'elle en oubliait parfois que ce n'était qu'un lieu dans lequel la vie suivait son cours comme n'importe où ailleurs.

Dans le temps, le Vicky's était leur cantine préférée, leur point de ralliement après les soirées organisées par le lycée. Enseigne au néon bleu, curieux artefacts de l'Americana sur les murs et, au choix, deux rangées de box ou bien un comptoir aux tabourets couverts d'une matière rouge et scintillante. Toujours à la même place, le jeu dans lequel on injecte des *quarters* pour tenter d'attraper une peluche au moyen d'une griffe mécanique anémique. Un soir, après un match de l'équipe de basket, Ben Harrington s'était acharné pendant une demi-heure pour lui gagner un prix. Elle se souvenait qu'il avait claqué pas loin de huit dollars en visant un éléphant rose pendant que la bande massée autour du caisson en plexiglas poussait des cris chaque fois que le jouet échappait à la griffe. Lorsqu'un garçon fait une fixette sur une fille, aucun défi n'est trop trivial s'il lui permet de faire le paon.

Un homme avec une casquette de camionneur et une chemise écossaise était assis sur un tabouret, offrant à la lumière crue une bonne partie de son dos gras et blême et de la raie de ses fesses. Dans un box près de la porte, un couple âgé mangeait en silence, leurs couverts tintant contre un bol de soupe et une assiette de salade. Une serveuse pianotait sur la caisse enregistreuse. Une autre repartait dans la cuisine, les plis de sa jupe jaune sautillant sur un postérieur généreux. C'était un *diner* kitsch, provincial, typique, décoré avec les rebuts de la maison d'un grand-père quelconque qu'on avait vidée à sa mort. Ici des skis accrochés au mur, là une photo de Marilyn Monroe, ailleurs un panneau annonçant ORANGES 10 CENTS en capitales d'imprimerie et un masque à gaz datant de la Première Guerre mondiale. L'Americana en vain. Des détritus à disposition des critiques qui voudraient réfléchir à leur symbolisme. Il y avait un jeune homme au comptoir, qui ne mangeait pas et jouait avec une carte de crédit. Lorsqu'il vit Stacey, il riva son regard à elle comme font les hommes.

Elle décida de tuer le temps avec le jeu sur lequel Ben Harrington avait essuyé tant d'échecs pour elle. C'était toujours mieux que de poireauter en se laissant mater par ce connard mal élevé.

Les premières notes de piano entêtantes du morceau qui ouvrait *Slow River* tournaient en boucle dans sa tête. Entre ça et la griffe du Vicky's, elle ressentait presque matériellement la présence de Ben. La douceur de son sourire, son rire plein de compassion. À de nombreux égards, Ben, le seul mec avec qui elle ait jamais couché, avait aussi sans le savoir pavé la route qui menait à Lisa.

Avant qu'ils n'entament enfin leur puberté, elle était plus grande que la plupart des garçons de sa classe : à l'adolescence, les robustes gènes norvégiens transmis par son père avaient été un véritable calvaire. Sa gaucherie, la longueur de son fémur sous sa chair, ses coudes pointus étaient profondément ancrés dans sa tête. Il lui fallut deux années de lycée pour s'apercevoir qu'elle était devenue jolie. Toute sa vie elle avait trimballé sa dégaine de grande gigue. Bâtie comme un fagot de petit bois, fine de hanches, de seins et de fesses, sa silhouette s'était étoffée, et toute poitrine même simplement passable suffisait à bouleverser des mâles adolescents. C'est ça, l'adolescence : chacun vit dans sa bulle de doutes terrifiants, sans envisager que tous les autres soient dans le même cas.

C'est grâce au volley qu'elle fit la connaissance de Lisa et de Kaylyn Lynn, sa copine au nom bizarrement assonant qui était dans la classe du dessus. Lisa et Kaylyn sortaient avec les fleurons de la promo 2003, respectivement Bill Ashcraft (ténébreux, arrogant, des sourcils noirs aussi tranchants et dangereux que des couteaux à steak) et Rick Brinklan (star de l'équipe de football, gaulé comme la Jeep de Stacey sur laquelle on aurait étiré une solide peau de garçon de ferme). Leur meilleur ami, Ben Harrington, jouait, comme Bill, dans l'équipe de basket, et Stacey et lui commencèrent à traîner ensemble faute de mieux, puis à sortir ensemble. Elle était bien consciente que Ben était indéniablement canon, mince mais ciselé avec une longue chevelure d'or, une peau de Caucasien chanceux qui devient café au lait à la belle saison, et des dents si blanches qu'il fallait veiller à ne pas se laisser éblouir par leur reflet. Avant de sortir avec lui l'été précédant son entrée en seconde, Stacey était convaincue qu'elle resterait vierge jusqu'au mariage. Au collège, l'éducation sexuelle s'était bornée à deux visites de couples du lycée venus leur parler du don consistant à se préserver pour le mariage. L'année suivante, une femme leur avait raconté combien elle regrettait son avortement et l'aventure prénuptiale qui en avait été à l'origine. Ces principes – que Stacey ne remit jamais en cause – se révélèrent être une mauvaise préparation au jour où le Kurt Cobain de New Canaan High se montra soudain attiré par elle, et étonnamment doux, et où il la toucha comme personne ne l'avait jamais fait, autour de l'oreille et du cou, d'une manière qui la chatouilla et la fit frissonner et la réchauffa et mit tous ses poils au garde-à-vous.

Lisa et Kaylyn l'avaient plus ou moins poussée dans les bras de Ben, comme on jette de la viande à un lion, et une fois que leur combine eut fonctionné elles se mirent à la traiter comme si elles étaient les meilleures amies du monde depuis des années. Du jour au lendemain ou presque, Stacey coupa les ponts avec sa meilleure amie d'enfance, Tina Ross, car Lisa captait l'essentiel de son attention – probablement plus encore que le mec avec qui elle sortait. Lisa avait l'étrange manie de nouer des bouts de ficelle à son poignet gauche. Talent remarquable, elle y parvenait en ne se servant que des doigts de sa main droite, et ces ficelles agglutinées qui se tressaient les unes aux autres hypnotisaient Stacey. Ensuite, ses yeux glissaient le long du bras de Lisa. Ils arrivaient sur son corps athlétique – épaules musclées et bras forts, hanches étroites, fesses rondes et fermes, difficile de ne pas être obsédée. Ils montaient ensuite sur l'extrémité géométrique de son nez, les tasses de thé de ses yeux sombres, et les prunes de ses lèvres charnues. Ses yeux obliques lui donnaient un air constamment malicieux. C'était un visage qui savait se moquer des autres, les mener en bateau, les désarçonner sans qu'ils se rendent compte de ce qui leur arrivait. Elle était capable de soutenir encore un regard quand la majorité des gens était mal à l'aise depuis longtemps, se disant peut-être que plus elle tiendrait, plus elle aurait accès à votre esprit et à vos souvenirs. En plus de ça, c'était une provocatrice. Maligne et culottée, avec un langage cru et volcanique. Stacey n'avait jamais rencontré personne qui soit autant elle-même.

Une nuit où elles dormaient chez Kaylyn, Lisa leur décrivit sa future autobiographie.

« Évidemment, y en a une grande partie qui est pas encore écrite. J'aurai plein d'histoires d'amour et d'aventures, mais tout le premier chapitre parlera de ma découverte de la masturbation. De mes douze à mes quinze ans, quand je dormais presque pas et que je me caressais jusqu'à trois heures du mat'.

– Douze ans ? s'écria Stacey. À douze ans j'étais à peine au courant que j'avais un vagin.

– Je suis contente que ça se soit passé comme ça. » Lisa était couchée sur le côté, la tête dans la paume, le visage impassible, reine lasse tâchant de décider qui elle va faire exécuter pour se distraire. « Y a deux ans, ma mère a dit à Alex qu'il aurait des poils qui lui pousseront dans la main s'il se branlait. Si elle m'avait dit ça, j'aurais vérifié mes mains tous les jours. Ma chambre, ça aurait été le paradis pour un pédophile.

– Qu'est-ce que tu feras quand tes enfants liront tes séances de branlette ? » demanda Kaylyn.

Lisa leva les yeux au ciel. « C'est normal que tu comprennes pas, t'es conformiste et tu passeras ta vie ici. J'aurai pas de gosses. Je ferai le tour du monde, j'aurai des amants italiens et tout. Et si j'ai une gamine, je l'élèverai toute seule, je lui donnerai un prénom bizarre, je l'emmènerai avec moi en voyage et je lui retournerai le cerveau. »

Stacey lui demanda quel prénom elle lui donnerait, et Lisa la regarda comme si elle était débile. « Ma gamine ? Darkheart McStabababy, évidemment. Darkheart McStabababy Han. Diminutif : DH. » Stacey serra un oreiller contre elle et éclata de ce rire qui gratte l'intérieur du sternum.

Cette nuit-là, Lisa leur enseigna aussi les préservatifs. Lorsque Stacey dit que Ben n'en mettait pas, et qu'elle ne le forçait pas, Lisa lui donna une claque sur le front et lui tira sur les joues, faisant apparaître le dessous des paupières. « Staceeeeeeeey. Non, non, non, non.

– Mais il l'enlève », expliqua-t-elle. C'était la première fois qu'elle se sentait aussi naïve face aux deux autres.

« Non, non, non. C'est une erreur courante. Tu peux tomber enceinte même avec une giclée. Même si c'est du pré-sperme.

– Du quoi ?

– Le lubrifiant naturel du corps. » Lisa s'assit et serra le poing. « Tu vois, ça c'est la belle grosse bite de Ben qui te donne envie de baiser sans capote. Pendant que vous le faites, avant qu'il jouisse, y a du lubrifiant qui en sort, pour graisser le poteau. » Kaylyn était pliée de rire, mais un effroi paralysant s'empara de Stacey, persuadée qu'elle était déjà enceinte. La veille au soir, à La Mousse, ils avaient baisé, leur sixième fois au total, un compte qu'elle tenait avec une précision obsessionnelle. « Mais donc, parce que l'évolution n'est pas conne, elle s'est dit : "Et si je mettais aussi des petits Ben Harrington dans ce lubrifiant ? Ensuite, y a plus qu'à leur donner des gros bâtons, et c'est parti." Tu vois où je veux en venir ? »

Elle ne voyait pas. Elle croyait encore que l'évolution était un complot, mais la semaine suivante Lisa la ramena en voiture après un match de volley et lui lança une boîte de Manix. « À partir de maintenant tu sors couverte, Miracle. » Et, de ce jour, c'est ainsi que Lisa la surnomma, « Miracle ». Parce que Ben ne l'avait jamais mise enceinte.

Stacey, jeune fille bien sous tous rapports, ne se rappelait pas pourquoi elle avait laissé Ben la dépuceler. Elle trouva le moyen de justifier et cloisonner la chose, puis elle joua son rôle d'abstinente devant ses parents, son club de jeunes et sa paroisse, tout en allant régulièrement coucher en douce avec son petit ami. Pas besoin de vous faire un dessin. C'est ce qu'on appelle l'adolescence. S'il existait, Dieu n'aurait de toute façon aucun pouvoir sur les hormones, les désirs, les envies qui nous bombardent à cet âge. Que dire de sa première fois, sinon que ça lui fit un mal de chien, qu'elle fut mortifiée de tacher les draps de Ben et plus gênée encore de ne pas l'avoir anticipé. Ils s'étaient décidés rapidement, pendant que les parents et les sœurs de Ben étaient encore en train de manger des glaces après le match de basket, convaincus que Ben et Stacey étaient à la soirée du lycée. Pour Stacey, perdre sa virginité avait été un peu comme se coincer la main dans une portière : une expérience brutale, bouleversante, et plus douloureuse que tout ce qu'on pouvait imaginer, mais dont on ne gardait cependant pas de réel traumatisme à long terme (dans la plupart des cas). Pourtant ce qu'on raconte est vrai, à force ça devient mieux, et avant qu'on ait le temps de dire ouf on ne pense plus qu'à ça. Ensuite, la jeunesse devient une fastidieuse équation logistique de facteurs spatiaux et temporels visant à déterminer quand se produira la prochaine occasion. Elle eut la chance que Ben soit plus ou moins le petit ami parfait pour une lesbienne en herbe, dépourvue d'expérience sexuelle et qui ignorait ou niait ses propres désirs : détendu et attentionné, ce que les adolescents ne sont généralement pas. À l'instar de tant d'autres hommes, il entretenait des rapports compliqués avec son père et avec lui-même. C'était un musicien fantastique, spectaculaire à la guitare, un artiste complet avec une voix chaude que Stacey associait aujourd'hui à Amos Lee ou Josh Ritter. Son père, Doug Harrington, était un macho à l'ancienne qui mesurait la valeur de son fils à l'aune de ses performances sportives et de son aisance avec une tronçonneuse ou un fusil de chasse. Aux yeux de Doug, Stacey constituait une distraction qui empêchait Ben de briller sur le terrain, mais c'est l'inverse qui se produisit. Deux ans durant, Stacey ne fit pas grand-chose d'autre que passer du temps avec son fils.

Elle se souvenait mal de quoi ils avaient pu parler aussi longtemps, mais cela ne lui déplaisait pas, elle aimait se rappeler qu'il pinçait les cordes de sa guitare pendant qu'ils discutaient philosophie et littérature. Ben Harrington n'était peut-être pas son amour de jeunesse, mais il avait ce que la mère de Stacey appelait un « grand et bon cœur ». Même si Stacey savait que leur relation était liée à sa propre incapacité à se comprendre, et si leurs rapports sexuels avaient un côté claustrophobe – comme regarder une planète extraterrestre, belle et effrayante, depuis l'intérieur d'une boîte en verre –, elle n'en regrettait pas une seule seconde. Ils se séparèrent lorsqu'il partit à l'université, mais Stacey avait déjà l'esprit ailleurs. Bien qu'elle ne le revît qu'une seule fois après la remise des diplômes, elle suivit de près sa carrière musicale. Elle apparaissait même dans une de ses chansons. « Jolie fille triste / Qui va chercher une herbe plus verte / Jolie fille triste / Tu pourrais la suivre sur une autre planète. » Une allusion aux mots qu'il avait prononcés la première fois qu'ils avaient couché ensemble défoncés, ce qui est quand même ébouriffant quand on n'a pas l'habitude. « Je crois que je viens de me réveiller sur une autre planète », avait-il dit, et Stacey avait ri et joué avec ses beaux cheveux blonds humides de transpiration.

Elle ne se douta jamais de ce qui l'attendait.

En 2009, son père lui transféra un mail de Doug Harrington. *Avec tout le respect que je vous dois, pourriez-vous demander à votre fille d'arrêter d'envoyer de l'argent à Ben.* Elle répondit à son père qu'elle ne voyait pas de quoi il parlait. Elle n'avait pas eu de contact avec Ben depuis le jour où ils avaient déjeuné ensemble en 2005. Ce fut la dernière fois qu'elle entendit parler de lui, jusqu'à l'automne 2011.

Elle venait d'arriver en Équateur et s'accordait le temps de visiter le pays avant de prendre son poste de professeure à Quito. Dans une auberge de Cayambe, un patelin paumé du nord du pays, elle consulta ses mails sur un ordinateur au clavier poisseux. Sa mère lui avait écrit pour lui annoncer que Ben avait mis le feu à son appartement de Los Angeles. Au lieu de lire des nécros misérabilistes sur des sites musicaux de niche – qui gonfleraient la médiocre carrière de Ben –, Stacey chercha des photos des deux personnes qu'il avait tuées : Christina et Eduardo Zayas, deux jeunes mariés de vingt-neuf ans. Elle se mordit la langue devant une photo de Christina faisant de l'escalade et une autre d'Eduardo sur scène pointant du doigt un des comédiens dans l'adaptation au théâtre de *Seule dans la nuit*.

Elle s'aperçut qu'elle n'avait pas de *quarters.* En attendant que la serveuse revienne derrière la caisse, elle chercha dans son téléphone le dernier mail que Lisa lui avait envoyé. C'était en 2004, et elle y écrivait : *Je te demande pardon pour tout. Porte-toi bien.*

Lorsqu'elle avait lu ça des années plus tôt, son cœur s'était mis à battre, elle avait commencé à transpirer comme en pleine fièvre et elle avait eu envie de hurler et de balancer son ordinateur par la fenêtre de sa chambre. Même en suivant le conseil de Janet, elle ne pouvait pas répondre à ça. Elle cliqua sur « Nouveau message ». Elle n'entra pas l'adresse de Lisa. Elle voulait surtout fixer l'espace vierge.

Le jeune homme au comptoir ne la lâchait pas du regard. Petit, une barbe hirsute qui ressemblait à un accessoire de théâtre, des cheveux peignés en arrière de manière non ironique et dont le gras reflétait la lumière des néons. Il était habillé en skateur ou en bassiste de grunge, c'est-à-dire mal mais sans prétention. Tandis qu'elle tapotait le comptoir avec sa pièce d'un dollar et se rongeait les sangs devant l'écran blanc de son téléphone, il la matait sans vergogne et elle dut résister à l'envie de lui lâcher un : *Y a un problème, mec ?*

« Vous désirez quelque chose ? » La serveuse apparut, et Stacey rangea son portable dans son sac et poussa son dollar sur le comptoir.

« De la monnaie, c'est tout. »

Elle était assez âgée, des cheveux gris et un visage exténué et tombant, des faisceaux de tracas incrustés dans des rides profondes. Elle tapota sur le tiroir-caisse pour l'ouvrir. Tout en y puisant quatre pièces de vingt-cinq *cents*, elle désigna de la tête le bras de Stacey : « Sympa, le tatouage.

– Merci.

– Ça dit quoi ?

– C'est tiré d'un poème. »

Les lettres cursives partaient de l'intérieur de son poignet, à l'endroit où les Romains avaient planté les clous dans celui du Christ, et s'arrêtaient juste avant le creux du coude. « "Tous les songes de l'âme s'achèvent dans le corps d'un bel homme ou d'une belle femme", lut la serveuse. Sexy.

– Je trouve aussi. C'est de Yeats.

– Je crois que je connais pas ce poème-là. Vous avez déjà lu John Hardee ?

– Jamais.

– "Souffle profond et grand cri de corneille / Le souvenir a fondu sur mon sommeil / Rêvant au souvenir d'un espace qui m'enclôt / Le silence devient souffle devient pensée devient écho." » Elle lui fit un clin d'œil. « Ça devrait vous plaire.

– Ouah. » Et à cet instant la sensation d'une interconnexion s'empara d'elle, elle perçut le Temps profond et les merveilles innombrables qu'il promettait. « J'en suis certaine. »

La serveuse attrapa une cafetière et s'éloigna.

Lisa et elle étaient dans la même classe depuis le début du collège, mais Stacey pouvait jurer qu'elles n'avaient pas échangé plus de dix mots avant qu'elle n'intègre l'équipe de volley en arrivant au lycée. De même que Kaylyn et Hailey Kowalczyk, Lisa venait d'Elmwood, or Stacey et Tina, qui étaient en primaire à Grover Street, avaient de sérieuses réserves concernant les bandes vulgaires de Rainrock Road. (Et quand Stacey avait onze ans, il ne fallait surtout pas la lancer sur les « blaireaux » de l'école Rutherford Hayes ; si vous lui aviez dit que, plus tard, elle sortirait avec un branleur de Hayes, elle n'aurait pas été loin de vomir sur vos pompes.) Telle est la taxonomie sociale des lycées dans les petites villes. Il est tout à fait possible de fréquenter une personne pendant des années sans réellement la *connaître*. Déjà rapprochées par le volley-ball et les mecs, Lisa et Stacey choisirent toutes les deux de s'inscrire, pour le second semestre de leur première, au cours de SVT de Mr Masoncup, réputé pour sa facilité, où elles apprirent tout ce qu'il y avait à savoir sur la terre. C'est en révisant avant un contrôle que Stacey découvrit l'obsession de Lisa pour les boutons d'acné à éclater.

« T'en as un dans le dos, lui dit un jour son amie, tout excitée. Je l'ai repéré à l'entraînement pendant que tu te changeais.

– Espèce de dépravée.

– J'aimerais vraiment beaucoup que tu me laisses essayer de l'exploser. »

Stacey protesta, la conversation dégénéra en saine dispute, et elles en oublièrent complètement de mémoriser le mycélium et autres composants de l'humus.

« Il est énorme et tout blanc, pile sur ton omoplate. Il me le faut. Je le veux.

– C'est dégueu. Et c'est chelou. T'es trop chelou. »

Lisa fit tournoyer un doigt en l'air. « Écoute, Miracle, tu peux la jouer princesse en sucre si ça t'amuse, mais compte pas sur moi pour t'aider à réussir ce contrôle tant que tu m'auras pas laissée m'occuper de ce joli bouton.

– Princesse en sucre ? »

Mais le courant emporte même les pierres, et Stacey finit par céder. Elle ôta son chemisier, se pencha en avant pour tendre la peau de son dos, conformément aux instructions de Lisa dont le visage crispé par la concentration se reflétait dans le miroir de l'armoire.

« T'as l'air d'une folle à lier.

– Bouge pas. »

Les bosses de sa colonne vertébrale évoquaient une corde à nœuds, et Stacey était gênée par la taille et le nombre des grains de beauté qui parsemaient sa peau. Lisa s'attela à la tâche avec les deux pouces et quand Stacey sentit, entendit même, la petite explosion, elle laissa échapper un cri.

« Ah, ouais, apprécia Lisa en examinant le pus sur l'extrémité de son pouce.

– T'es vraiment super bizarre ! fit Stacey en riant.

– Oh putain. » Lisa contemplait son dos avec un émerveillement d'astrophysicienne. « Regarde, ça pisse le sang. »

Stacey avait toujours prêté attention au physique des femmes, mais cela ne paraissait pas aberrant. Elle avait été si longtemps complexée par sa carrure que ses regards s'apparentaient davantage à de la jalousie qu'à du désir. Quand vint l'été, après leurs ruptures respectives avec Ben et Bill, Stacey et Lisa passèrent le plus clair de leur temps ensemble. Elles discutèrent peut-être du réconfort qu'elles pouvaient s'apporter maintenant que leurs ex avaient quitté le lycée, mais Stacey ne s'en souvenait pas. Des matchs estivaux les amenèrent à sillonner l'État pour des rencontres amicales ou des tournois. Lisa était la meilleure arrière droit de l'équipe, capable de déposer une balle pile dans la paume de Stacey à l'apogée de son saut. C'est pendant cette période que Lisa commença à la tanner pour qu'elle lise davantage. Dan Eaton et elle étaient voisins et gros lecteurs depuis l'enfance. Elle avait aussi échangé des bouquins avec Ashcraft (même si Stacey restait convaincue qu'il ne lisait pas et aimait seulement contredire son image de sportif). Lisa détestait avoir dans son orbite des gens qui ne lisaient pas. Quant à Stacey, à cette époque elle ne savait même pas qu'elle aimait la littérature. Hormis la Bible, la Bibliothèque rose, des romans bien-pensants et les deux premiers Harry Potter, elle ne lisait jamais rien hors programme scolaire (une chose qui lui paraissait à présent aussi invraisemblable que le fait d'être sortie avec un mec). Mais, cet été-là, Lisa prit les choses en main. D'abord Stacey renâcla devant le poids et l'épaisseur de *Sourires de loup*, de Zadie Smith, et puis elle le termina en trois nuits et Lisa leva les yeux au ciel, façon de dire *Sans déconner*.

Ensuite, Lisa commença à venir dîner chez Stacey. Elle savait que c'était en partie à cause de Bethany ; Lisa ne cacha jamais qu'elles étaient en froid depuis qu'elle sortait avec Bill, et elle voulait foutre le camp. De leur côté, les parents de Stacey l'adoraient. Notamment parce qu'ils étaient soulagés que leur fille passe du temps avec une amie au lieu de faire le mur avec Ben, qui était plus âgé et qui – malgré toutes ses qualités – avait tout l'air d'un garçon sournois et mielleux qui cherchait à se taper leur chaste enfant.

En outre, Lisa n'avait pas son pareil pour régler son charmomètre sur le mode « parents ». Elle avait affublé le père de Stacey du surnom de « Loi de Moore » – non pas pour des raisons touchant à l'informatique (Mr Moore travaillait dans l'horticulture), mais parce que Lisa lui avait dit : « Faut absolument qu'on tourne une série sur vous, et ça s'appellera *La Loi de Moore*. Je suis désolée mais c'est obligé ! »

Le père de Stacey était un vestige empesé de l'ère Eisenhower, qui n'aimait rien tant que bosser et s'activer, deux termes interchangeables dans sa bouche. À l'époque où il entraînait l'équipe de basket dans laquelle Stacey jouait en compagnie de Hailey Kowalczyk et d'un groupe de collégiennes qui ne savaient pas dribbler, son compliment le plus enthousiaste et fréquent était : « C'est du bon boulot ! Super boulot ! » Logiquement, lorsque Lisa entonnait le générique de *La Loi de Moore*, la mère de Stacey éclatait de rire tandis que son père, dépourvu de tout sens de l'humour ou forme d'impertinence, faisait chaque fois la même blague : « Votre histoire de série, au fond, c'est juste Lisa Han qui vient piller mon garde-manger. »

Mrs Moore, à l'inverse, était une rigolote capable d'enchaîner les mauvais jeux de mots à une cadence effarante. Pendant la crise de la grippe aviaire en 2004 : « Mon poussin, tu es allée chez le coqteur ? C'est dinde, tout ce qu'on entend. Œufs me disais qu'on poulerait y aller en voiture parce que ça caille, et pilon pourrait rentrer becter ensuite. Qu'aile que t'en dis ? » Son père avait éclaté de rire, ce qui pouvait expliquer leur couple dans sa totalité.

La mère de Stacey s'amusait comme une folle avec Lisa. Un jour, elles avaient eu une prise de bec mémorable au sujet des traditionnelles blagues des terminales en fin d'année. Au printemps précédent, la promo 2003 avait organisé un concours dans la cafétéria, à celui qui réussirait à boire quatre litres de lait en une heure. En théorie c'était physiquement impossible, théorie que cette expérience avait confirmée. Tous les participants avaient échoué et vomi des jets bleuâtres dans les poubelles les plus proches.

« Ça faisait le même bruit qu'un avion qui se pose sur un porte-avions », raconta Lisa. Ce fut l'une des dernières fois où elle se prit à regretter ces amis : Bill, Rick, Kaylyn et Ben. « J'ai jamais entendu un bruit de vomi aussi dingue.

– Ça me déçoit de toi, Lisa. » La mère de Stacey avait la quarantaine, mais ses yeux paraissaient bien plus jeunes. D'un bleu clair et vif, ils étincelaient quand elle souriait. Enfant, Stacey était jalouse de son élégance, mais lorsque sa mère vieillit et prit du poids, elle voulut figer le temps pour préserver dans l'ambre sa joie et sa beauté. « Ce n'est même pas intelligent. Tu sais ce qu'on a fait quand j'étais à Massillon ? On a dégoté un châssis du même modèle que la voiture du directeur et les garçons l'ont assemblé sur le toit de l'école. Pas toute la voiture hein, seulement la carrosserie, et ils l'ont peinte dans la même couleur. Ensuite, mon petit ami de l'époque a ouvert la voiture du directeur avec un cintre, il a enlevé le frein à main et on l'a tractée pour la cacher chez quelqu'un. Toute la ville a cru qu'on l'avait démontée et remontée sur le toit, tout le monde se demandait comment on avait réussi un coup pareil. Et puis le lendemain on a rapporté sa voiture au directeur. Alors, hein ? Ça c'est une blague.

– Ouais, vous en avez vraiment fait des caisses, répondit Lisa. Heureusement que ça n'a pas capoté. »

La mère de Stacey en *hurla* de rire.

Le jeu s'appelait Clawmaggeddon. Stacey inséra sa pièce de vingt-cinq *cents*, mais elle n'appuya pas sur le bouton START. Elle sortit son téléphone et fixa le mail vide qu'elle avait ouvert. Elle essaya de taper : *Écoute, je vais bientôt voir ta mère à New Canaan. Je me demandais ce que tu…*

Et elle l'effaça tout de suite, les lettres disparaissant une à une puis par mots entiers.

Elle tenta : *Qu'est-ce que tu deviens ? Je suis à New Canaan parce que Bethany a réussi à me retrouver…*

Et elle l'effaça tout aussi rapidement.

Elle tenta : *Espèce de salope, j'espère que les neuf dernières années ont été cool...*

Et cela aussi elle l'effaça.

Elle rangea son téléphone et écrasa violemment le bouton START. La minuterie se mit en marche et elle poussa le joystick vers un coin. Il y avait des prix que personne n'arrivait jamais à attraper, de gros homards en peluche qui ridiculisaient les autres jouets. Ils étaient trop volumineux pour la pince. Les trois pauvres doigts se refermaient sur la fourrure bleue (comme si les homards s'étouffaient) et tentaient sans grand succès de bouger ces monstres. Le seul qu'elle avait jamais vu réussir à en soulever un de la mêlée était Rick Brinklan, qui avait un don naturel pour ce jeu. Il réussissait presque chaque fois à rapporter un prix pour Kaylyn.

Rick avait justement été le sujet d'une de ses premières disputes avec son frère Patrick, qui avait pourtant l'habitude de fuir les conflits. Il présentait des arguments très sensés de la manière la plus agréable possible. Ses argumentations étaient polies et gentilles. Elle avait décidé de ne pas rentrer pour l'enterrement de Rick ni pour la procession. Elle était restée à Springfield, cherchant déjà comment partir enseigner à l'étranger l'année suivante, quand elle aurait terminé ses études, mais la vérité était qu'elle ne se sentait plus aucun lien ni devoir concernant ce garçon. Et surtout, à cette période de sa vie, elle préférait éviter les gens qu'elle pourrait croiser à New Canaan. Elle eut du mal à l'expliquer à son frère lorsqu'elle rentra finalement pour Thanksgiving.

« On n'était pas si proches que ça.

– Tu le connaissais depuis le collège, la réprimanda Patrick sur son ton pondéré, dénué de jugement.

– Il est mort, Pat, point barre. On y passera tous un jour ou l'autre. »

La discussion avait eu lieu dans la cuisine, et elle se souvint qu'il confectionnait alors des sandwichs au beurre de cacahuètes et à la confiture pour elle et les filles. Ses nièces étaient au salon, surexcitées par un jouet rose équipé de haut-parleurs braillards. À l'instant où les mots quittèrent sa bouche, elle en eut honte. Quand elle avait commencé à sortir avec Ben, Rick l'avait accueillie dans le groupe comme il savait si bien le faire : en répétant sur le ton de la plaisanterie qu'elle était trop jolie, trop intelligente, trop gentille pour un « crétin fleur bleue comme Harrington ». Il ne perdait pas une occasion de le dire, et si cela ne faisait pas forcément rire Stacey, au moins ça l'aidait à s'intégrer avec ses amis plus âgés.

« Ce que je veux savoir, dit Patrick, c'est où est passée ma petite sœur. » Il dévissa le couvercle du pot de beurre de cacahuètes.

Avec une arrogance d'aspirante universitaire affleurant dans chacune de ses phrases (ainsi qu'un désir naissant de rendre les coups à son grand frère), Stacey fit ce que font la plupart des étudiants : elle recracha le dernier truc qu'elle avait lu en prétendant que ça venait d'elle.

« J'ai remarqué qu'il y a des points communs entre les années 2003 et 1258. En 2003 on a envahi l'Irak, ça a provoqué la destruction des musées et des archives du pays et ça a débouché sur le pillage d'objets et d'œuvres d'art inestimables. C'est un peu comme en 1258, quand le petit-fils de Gengis Khan est arrivé avec ses hordes mongoles, a mis la cité à sac et détruit les archives de cette même civilisation. Pour les Irakiens, 1258 et 2003 pourraient aussi bien être séparées par une seule génération. »

Piqué à Wai Chee Dimock, dans *Through Other Continents*.

Patrick fronça les sourcils, l'air franchement inquiet pour sa santé mentale. « Où est-ce que tu veux en venir, Stace ?

– On ne voit pas tous les choses de la même façon. » *À part dans le Christ*, se retint-elle d'ajouter. « C'est le concept de Temps profond. Le sac de Bagdad en 1258 est inscrit dans la mémoire historique de toute la population qui vit entre le Tigre et l'Euphrate. En 2003, ça recommence, et notre gouvernement – qui n'est pas au courant de ça et qui s'en fout – envoie un gamin de New Canaan patrouiller dans des rues qui existaient probablement déjà sous une forme ou une autre il y a des siècles. »

Patrick étalait le beurre de cacahuètes sur une tranche de pain et fixait d'un air sceptique les volutes que dessinait le couteau. « Stace, qu'est-ce que ça a à voir avec le fait que tu ne sois pas venue à la procession ? »

Une serveuse sortit de la cuisine du Vicky's en portant un plateau et le homard bleu échappa à la prise de Stacey, coincé entre un éléphant rose et une orque de couleur normale, retenu dans les sables mouvants de ses congénères. Elle décida d'abandonner le homard au profit d'une peluche plus malléable, à savoir un cochon violet gros comme une balle de softball. À vue de nez, les mensurations du cochon paraissaient bien plus adaptées aux doigts grêles de la pince. Elle enfonça le bouton rouge du joystick et la griffe descendit. Quand elle remonta en hissant le cochon dans les airs, Stacey laissa échapper un sifflement victorieux.

C'est alors que le Clawmaggeddon émit un pet métallique étouffé et que ses lumières s'éteignirent. La griffe s'ouvrit et le cochon retomba dans sa prison ouatée.

« Mais putain, cracha-t-elle sans s'entendre, avant de balancer un coup de poing dans le plexiglas.

– Ça fait souvent ça. »

C'était le garçon échevelé, barbu, pas lavé, qui tenait maintenant à la main un sac plastique contenant une boîte en polystyrène estampillée Vicky's.

« Elles peuvent te rendre ton dollar, dit-il en désignant de la tête les deux serveuses, occupées. Si c'est important pour toi, je veux dire.

– Je le voulais, ce cochon », lâcha Stacey en collant une nouvelle gifle au plexiglas. Elle demeurait dos au garçon pour bien lui signifier qu'elle n'était pas d'humeur à ce qu'on la drague.

« T'es pas la sœur de Patrick ? » Là, elle pivota enfin. Il avait des cicatrices d'acné sur le visage et le sourire jaune de celui qui se plaît à travailler dans un abattoir ou une prison. Des dents de travers et une croix tatouée sur le bras, au même endroit qu'elle. « J'étais dans la classe en dessous de toi, à l'école, expliqua-t-il. Et je vais à la Première Église chrétienne, donc je connais assez bien ton frère.

– Oh. Ravie de te rencontrer… ou de te revoir. »

Elle priait pour que le jeu se répare tout seul, histoire de pouvoir s'y remettre.

« Et tu vis ici ou…

– Non, répondit-elle vivement. Je suis juste de passage. »

Il hocha la tête. Elle fit un geste en direction de la caisse. « Je vais récupérer mon dollar.

– OK. Hé. » Il tendit la main et lui toucha le bras, et elle essaya de le retirer de manière trop brusque et trop voyante. « Faut que je te dise… Ton frère, c'est une des meilleures choses qui me soient arrivées dans la vie. Je sais qu'on doit te le dire souvent, mais j'étais vraiment au fond du trou quand je l'ai rencontré. Il m'a aidé à arrêter la dope et à retrouver le Christ. »

Évidemment. Elle avait peut-être contracté la mauvaise habitude de surintellectualiser ses souvenirs, d'essayer de les désamorcer au moyen des livres qu'elle lisait et des théories qu'elle considérait, mais elle se souvenait encore du début de sa vingtaine, lorsqu'elle quitta sa foi comme un serpent son ancienne peau. Tout lui paraissait mystérieux maintenant qu'elle avait acquis la certitude que son dogme était du flan. La Création, la mort ? C'étaient désormais des possibilités flottantes, à la pesanteur écrasante. Par où commencer à chercher ? Les réponses qu'elle trouvait manquaient terriblement de poésie. Socialisation, organisation, famille – autant de moyens de s'adapter pour survivre, et dont découlaient accidentellement l'ingéniosité, la créativité, l'invention des outils et enfin des représentations : codes, histoires, art, culture. L'expérience distillée en essence. Ce en quoi elle avait cru enfant – ce que tous croyaient, le musulman qui chemine vers La Mecque aussi bien que sa propre famille – n'était guère que le prolongement d'un fatras chamanique transmis, bricolé, retaillé, mais qui restait au fond la même ineptie. Elle eut envie de demander à ce jeune homme : *Parce que, sinon, comment expliquer l'inexplicable, hein, mec ?* Comment expliquer que nous arrivions tous dans cette fête où personne n'est convié et qui n'est manifestement organisée par personne, et que nous puissions en partir à tout instant et sans raison ? Sa dispute avec Patrick au sujet de Rick et du Temps profond avait eu lieu au cours de la même visite où elle était descendue dans le salon lire ostensiblement *Pour en finir avec Dieu*, de Richard Dawkins. Elle avait gardé le nez plongé dans son bouquin pendant qu'il préparait le dîner, et lorsqu'il lui avait demandé ce qu'elle lisait, le titre avait fondu sur sa langue comme une cuillerée soyeuse de crème glacée à la vanille. Patrick avait gloussé, mi-amusé, mi-distrait, tout en farfouillant dans le frigo. *Sacré titre*, avait-il dit. *C'est vraiment des clowns, tu ne trouves pas ? Les scientifiques. Ils découvrent les quarks ou les gènes et tout à coup ils se croient autorisés à tirer un trait sur tout ce que quatre-vingt-dix-neuf pour cent de l'humanité ressent dans son âme.*

À l'intention de l'admirateur de son frère, Stacey revêtit un sourire qui ressemblait à une robe deux tailles trop petite. « C'est génial. Ouais, il est super.

– Je suis désolé de t'embêter, c'est juste que… à l'église, il parle tout le temps de toi. C'est marrant de tomber sur toi, et franchement, c'est dingue comme tu lui ressembles.

– Ouais, on nous le dit souvent.

– Ton frère est vraiment un modèle pour moi. » Il mourait d'envie d'ajouter quelque chose, mais elle lui coupa l'herbe sous le pied.

Elle se dirigea vers la caisse, même si elle se fichait bien de son dollar. Elle patienta jusqu'à ce qu'il regagne sa voiture et démarre. Mais avant qu'elle ait le temps de se trouver une place dans un box, la clochette de la porte tinta. Elle se figea. Bethany parcourut la salle du regard, puis elle repéra Stacey et lui adressa un petit salut tiède. Toutes les années écoulées depuis qu'elle avait vu la mère de Lisa pour la dernière fois s'abattirent sur elle. La digue qui séparait Stacey adulte et Stacey enfant menaçait de céder, et elle sentit avec dégoût se former une boule de colère froide dont elle se croyait débarrassée depuis belle lurette. Une rage qui lui parut soudain familière, infiniment ravivable.

Quand Stacey était enfant, elle croyait très fort à l'Enfer.

Elle n'en dormait pas de la nuit, écrasée par l'immensité ahurissante d'une éternité de souffrance. Elle se cachait sous la couette et se demandait à quoi ressemblerait cette souffrance. Très jeune, elle avait eu une pneumonie et elle gardait un souvenir abstrait d'une douleur irradiant de sa poitrine jusqu'à ses ongles de pied, mais même cela semblait bien maigre comparé aux descriptions de l'Enfer. Le Paradis, en revanche, la préoccupait fort peu, et elle ne prêtait jamais attention à ses attributs, dépourvus d'intérêt. D'accord, Jésus s'y trouvait, mais surtout c'était l'endroit qui *n'était pas* l'Enfer. Le pasteur Jack (« Vous pouvez m'appeler Pasteur John. Johnny. Ce que vous voulez. Mais ne m'appelez pas trop tard pour dîner ! ») survolait la question, n'y voyant qu'un regrettable addendum qu'il était hélas bien obligé d'aborder. Il ne s'y attardait donc pas, n'étant pas du genre flammes et soufre, ainsi les rares moments où il en parlait n'en étaient que plus troublants.

Puisque Tina Ross et elle fréquentaient toutes deux l'école primaire de Grover Street et partaient ensemble en camp d'été avec leur paroisse, Tina resta longtemps sa meilleure amie. À cette époque, c'était en partie à cause d'elle que l'Enfer la tracassait autant. Tina était capable de le décrire avec un luxe de détails : la sensation de brûler vive, les lances et les lames qui transpercent le corps, les démons qui soulagent leurs frustrations sexuelles sur les damnés. Elle ignorait d'où Tina tirait tout cela, mais les nuits où elles dormaient chez l'une ou chez l'autre, Tina lui décrivait l'Enfer avec autant de précision que s'il s'agissait du parc aquatique de Wyandot Lake (un des rares endroits dont les fillettes connaissaient le plan par cœur).

« Mais nous on n'ira pas en Enfer », la rassura Tina un soir. Elles devaient avoir sept ou huit ans et étaient blotties dans des couvertures sur le lit de Tina.

« Mais si on y va quand même ? insista Stacey. On pourra jamais tout faire bien.

– Bien sûr que si. » À cet âge précoce, Tina devenait déjà magnifique et tout le monde dans Grover Street savait que les garçons l'aimaient bien. Stacey lui trouvait un air de chat siamois avec ses pommettes larges qui donnaient à son visage la forme d'un cœur. Elle avait une peau parfaite, dans laquelle quelque ancêtre avait instillé une touche de bronze. C'était peut-être de la jalousie, mais Stacey avait l'impression que Tina sortait toujours gagnante de leurs discussions, surtout lorsqu'elles concernaient la foi. « On a accepté Jésus, dit Tina. On croit en Lui et on travaille pour Lui. En Enfer, y a que les gens qui doivent y être. Ils se font arracher la peau et décoller les yeux avec des aiguilles brûlantes, et ça dure toute l'éternité. »

Des larmes se formèrent aux coins des yeux de Stacey. Elle voulut demander à Tina d'arrêter mais n'y parvint pas. Elle avait besoin de savoir. Ce soir-là, le père de Tina dut la ramener chez elle car elle refusait de dormir avec la lumière éteinte. Quelques jours plus tard, les parents de Stacey firent venir le pasteur Jack afin qu'il rectifie quelques détails concernant la nature de l'Enfer et lui promette qu'elle n'avait rien à craindre. Mais elle ne pouvait se sortir de la tête les descriptions de Tina.

Lorsqu'elles entrèrent au lycée, les deux filles se fixèrent pour objectif de prendre le contrôle de l'Association des athlètes chrétiens. Stacey n'en monta jamais les échelons mais Tina en devint la secrétaire au bout d'un an. Ce club, le plus important de l'école, se réunissait une fois par semaine à la cafétéria. On y accueillait des intervenants, on y partageait des histoires et on priait pour telle ou telle cause (parents malades, victoires sportives, la routine). Ses membres collaient sur leur casier de grandes croix et des citations de la Bible (Stacey se souvenait uniquement de celle de Lisa, une interprétation du verset 5:8 de la lettre de saint Paul aux Romains : *J'ai eu compassion de toi et je t'ai aimé*). Il n'était même pas nécessaire de pratiquer un sport pour s'inscrire. De temps à autre, un parent casse-pied s'offusquait qu'on organise des événements religieux dans l'enceinte du lycée, mais New Canaan n'était pas le bon endroit pour mener ce type de bataille. Ce n'est qu'en terminale, quand elle ne pensait plus qu'à Lisa, que Stacey eut vent de la politique de pureté sexuelle figurant sur le formulaire de candidature à la présidence du club : « Ni le sexe hétérosexuel en dehors des liens du mariage ni les actes homosexuels ne constituent un mode de vie acceptable aux yeux de Dieu. »

Tina, qui avait colorié en rose la croix sur son casier et qui se mit bientôt à fréquenter le co-capitaine de l'équipe de football, guidait les prières du groupe, aussi sincères que sonores. Elle voulait si fort que les autres connaissent l'amour de Jésus-Christ que, le soir, elle en avait mal à la tête. Au lycée, non seulement leur amitié se flétrit puis disparut, mais pour la première fois Stacey commença à douter.

Elle était incapable de déterminer avec précision quand cela avait débuté, mais elle se rappelait très bien ce que Ben avait dit lors d'une sortie à Columbus avec Rick et Kaylyn.

« On n'est pas catholiques », dit Rick pour expliquer que Kaylyn prenne la pilule. Stacey elle-même avait l'intention de s'y mettre, mais l'idée d'aborder la question avec ses parents lui glaçait le sang. « Le sexe avant le mariage, c'est le genre de péché qu'on se fait pardonner sans problème le moment venu. Je parie que Jésus passe la moitié de son temps à lever les yeux au ciel en disant : "OK, c'est bon, vous avez niqué avant le mariage. J'ai compris. Pardonné. Au suivant." » Rick ne plaisantait qu'à moitié.

« Ou alors c'est des énormes conneries et on peut baiser autant qu'on veut », répondit Ben, qui regardait défiler les champs de maïs parsemés de granges et de maisons. Rick, qui était au volant, avait les yeux braqués sur lui dans le rétroviseur.

« Tu devrais pas parler comme ça. J'ai pas envie qu'un éclair s'abatte sur la voiture et m'emporte en même temps que toi. »

Ben ricana. « Si c'est comme ça que ça marche, faudrait peut-être filer du Prozac à Dieu.

– Attends un peu. » Kaylyn se retourna et se pencha par-dessus le dossier de son siège. Elle ne mettait jamais sa ceinture. « Donc t'es comme Ashcraft ? Tu crois pas du tout en Dieu ? En gros, pour toi, Dieu existe pas ?

– Ashcraft et lui, ils croient à rien à part à leur trou du cul, intervint Rick.

– Bill a tort sur presque tout, dit Ben, mais pas sur ce sujet. Je dis pas qu'y a pas de dieu, mais si y en a un c'est pas celui qu'on nous apprend. Une espèce de mec qui nous espionne genre CIA et qui distribue des récompenses et des punitions en fonction de critères moraux pas clairs et parfois incohérents… Quand on y réfléchit, c'est un peu con. »

Rick le regardait, stupéfait. « Tu vas clairement te prendre un éclair, Harrington. T'entends ça, Stacey ? »

Elle avait les mains moites, comme toujours lorsqu'on doit choisir un camp. Elle sortait avec Ben depuis peu, elle était la plus jeune, la moins populaire, et les autres allaient la juger sur sa réponse. Elle avait envie de se dissoudre dans les peluches grises de la banquette.

« Je sais pas. Je pense que Ben a le droit de choisir ce qu'il veut croire.

– Ouais, mec, on parle juste de ton âme. T'inquiète. » Rick remonta sa casquette des Cleveland Indians et se gratta le haut du front. « En fait, ce que je me demande c'est, qu'est-ce que ça te coûte de croire ? On n'est jamais trop prudent, non ? Tu pries un peu, tu vas à l'église quand il faut, tu restes en bons termes avec Dieu… T'as rien à perdre, Harrington.

– C'est le pari de Pascal, Brinklan. Quelqu'un y a déjà pensé.

– Et donc ? Ça empêche pas que c'est vrai. »

Ben secoua la tête, ses cheveux glissèrent sur son front et il les écarta d'un coup de tête. « Ce que je te dis, c'est que le Pascal en question, il a déjà eu cette idée au XVIIe siècle. Si t'as rien de mieux que "on n'est jamais trop prudent", dans ce cas je préfère vénérer n'importe quel autre dieu. Parce qu'y a un paquet de gens qui ont choisi un autre dieu que le tien et qui pourraient être dans le vrai.

– Seigneur, s'il vous plaît, n'envoyez pas un éclair sur ma voiture à cause de mon ami pécheur, dit Rick en direction du toit. Attendez qu'il soit sorti pour le punir. »

Ils changèrent de sujet, mais cette histoire de Pascal continua à tarauder Stacey. Une fois chez elle, elle fit des recherches et découvrit avec surprise que Ben avait raison. Et cette même théorie, ce pari, le pasteur Jack la lui avait mise dans le crâne sous une autre forme, quand il lui avait fait la démonstration implacable qu'il vaut toujours mieux croire malgré les doutes et le scepticisme. Pendant très longtemps, elle y avait vu un raisonnement imparable. À présent, des années plus tard, la naïveté de sa jeunesse lui restait sur l'estomac.

Encore maintenant, à l'âge adulte, l'Enfer revenait de temps en temps, sans prévenir, violemment. Par exemple le jour où son grand frère l'avait fait asseoir dans sa cuisine pour essayer de la sauver. Patrick et sa femme, Becky, avaient un avis tranché sur son « mode de vie », qu'ils n'évoquaient jamais devant le reste de la famille. Ça avait commencé en 2005. Quand elle leur avait annoncé son homosexualité, ils avaient été aimants et d'une politesse à toute épreuve, mais ensuite ils s'étaient mis à lui transférer par mail ce que l'on peut envoyer de plus insultant à un proche gay : les liens de sites de guérison par électrochocs, et des publicités vantant les mérites des centres de « thérapie » pour tarlouzes qui tournaient dans les cercles évangélistes malgré les moqueries croissantes du grand public.

« Je n'essaie pas d'être blessant. Ni cruel. » Patrick lui avait demandé si elle accepterait de voir un de ces thérapeutes. « Je t'aime. Et je me fais du souci pour toi. »

Ce qu'elle avait envie de lui répliquer – *Si quelqu'un d'autre que toi m'envoyait un lien pour ce genre de « thérapie », je foutrais le feu à sa bagnole* – lui chatouillait le bout de la langue. Mais elle se retint. Becky était sortie de la pièce, prétextant du linge à plier au sous-sol. Les nièces de Stacey, Jamie et Elyse, étaient couchées. Elle avait joué avec elles après le dîner et leur mignonnerie était si éclatante que Stacey avait su qu'elle ne les perdrait jamais.

« T'as pas de souci à te faire, lui répondit-elle. C'est comme ça, c'est tout.

– Il n'y a pas de clause d'exception, Stacey, fit-il doucement. Tu ne peux pas te dire chrétienne et suivre uniquement les principes qui t'arrangent. On s'engage à suivre le Christ dans tous les domaines de notre vie. »

Son frère Matt était à la maison quand elle avait fait son coming-out, contrairement à Patrick, et parfois elle pensait que la différence venait de là. À d'autres moments, elle se demandait si le fait que Pat ait trois ans de plus que Matt ne créait pas comme un fossé générationnel sur ce sujet. Quand Patrick était devenu adulte, dans les années quatre-vingt-dix, il ne connaissait pas une seule personne homosexuelle (probablement parce qu'elles étaient encore toutes dans le placard). Du reste, Matt avait toujours été le trublion de la famille – il buvait et faisait le mur avec des filles dès l'âge de treize ans –, alors que Patrick et Becky, eux, avaient bel et bien attendu le soir de leur mariage.

« Je voudrais que tu lises ça », dit Patrick en poussant une brochure sur la table de la cuisine. On y voyait un homme et une femme qui faisaient une randonnée en se tenant par la taille et en se regardant dans les yeux avec les sourires idiots qu'ont les gens des brochures quand ils expriment leur engagement profond. « Jettes-y un coup d'œil. »

Ses deux frères avaient hérité du physique de Mr Moore, que Lisa qualifiait de « bon aryen » : grands et élancés, des beautés fades. Patrick n'avait pas changé de coiffure depuis ses dix ans : un casque de cheveux englués dans le gel et bien peignés sur les côtés. La paternité ne l'avait pas amolli. De même que Stacey, il était athlétique, et, à en croire Becky, il continuait à faire de l'exercice tous les jours. Il avait des bras virils aux veines saillantes et un teint d'une bonne santé invraisemblable. Sans qu'elle puisse se l'expliquer, tous ces facteurs faisaient vaciller l'assurance de Stacey. Quelque chose du style : *Regarde-le. Je me suis peut-être trompée de voie, finalement.* Et alors revenait sa vieille peur de la durée de l'éternité.

« Mais pour le moment, tout ce qu'il faut que tu saches, c'est que tu es ma sœur et que je t'aime. » Il lui décocha un sourire qui anéantit toute rancœur. Puis il l'enveloppa dans ses bras.

Ces « recommandations » étaient restées un secret entre eux. Elle n'en avait jamais rien dit à leurs parents.

« Stacey. Merci merci merci d'être venue. »

Avant qu'elle ait le temps de comprendre ce qui l'attendait, la mère de Lisa la serra contre elle, et il émanait d'elle l'odeur d'un intérieur fraîchement aspergé de produits ménagers. Stacey accepta l'étreinte avec gêne, en s'efforçant de ne pas la rendre mais sans pouvoir se montrer assez malpolie pour se dégager. Cette femme qui occupait ses rêves depuis pratiquement dix ans.

Elles s'assirent et Bethany lui demanda si elle voulait quelque chose.

« Juste un Pepsi Light. J'ai encore une heure de route jusqu'à Worthington.

– C'est là que tes parents vivent maintenant ?

– Oui.

– Et tes frères ? Je vois Patrick de temps en temps. »

C'était pile ce qu'elle voulait éviter : échanger des nouvelles comme de vieilles amies.

« Patrick vit encore ici avec Becky et les filles, il bosse chez Jeld-Wen et il vient d'avoir une promotion. Matt habite à Columbus. Il est prof de sport dans un lycée et il entraîne l'équipe de basket.

– C'est super. Et toi alors, tu as repris tes études dans le Michigan ? »

Bethany avait vieilli, et bien qu'il se soit écoulé presque une décennie depuis la dernière fois que Stacey l'avait vue, ce vieillissement dépassait les châtiments corporels standards. Ce n'était pas seulement qu'elle manquait d'une bonne crème anticernes. Elle avait pris des kilos qui tendaient son chemisier émeraude et la taille haute de son jean. Son maquillage se craquelait autour des rides qui creusaient son visage. Son double menton tremblotait quand elle parlait, et la peau autour de ses yeux était gonflée, comme bouffie par le passage des larmes. Ses cheveux, coiffés de la même manière qu'autrefois en un carré figé aux mèches rehaussées, étaient la seule partie d'elle qui semblait n'avoir pas changé, et qui par conséquent détonnait. On aurait dit une perruque.

« Ouais, je vais faire une thèse de lettres si tout se passe bien.

– Tu n'aurais pas pu t'inscrire dans l'Ohio, à l'université d'État, comme une bonne fille du pays ? » Elle sourit. Stacey ne répondit pas, elle n'était pas d'humeur à faire semblant de s'intéresser à ces banalités qu'inspire aux gens la rivalité entre des équipes de sport universitaire.

« Comment vont tes parents ? »

Elle ouvrait et fermait la glissière de sa botte gauche, le bruit satisfaisant des dents l'apaisait.

« Bien. Papa est heureux dans son nouveau boulot et maman a recommencé à travailler à mi-temps dans un cabinet d'experts-comptables. » La vérité, c'était que son père n'avait pas été heureux quand Buckeye Mulch avait fermé son antenne de New Canaan et qu'il avait dû négocier une mutation accompagnée d'une baisse de salaire de presque quinze mille dollars. Sa mère avait dû se remettre à bosser et son père ne prévoyait pas de partir à la retraite avant une bonne dizaine d'années, mais à quoi bon raconter tout ça.

La serveuse vint les voir et Stacey commanda son Pepsi Light. On ne servait que du Coca, donc elle s'adapta. Bethany demanda un thé au citron déthéiné.

« Qu'est-ce que tu faisais avant ?

– J'ai bossé un bon moment à l'étranger. J'ai commencé par donner des cours d'anglais en Croatie et puis j'ai pris un an pour voyager en Europe.

– Ouah.

– Après je suis allée faire la même chose en Équateur. Là, j'ai appris que j'étais admise à l'université du Michigan, et j'ai passé six mois à voyager en Amérique du Sud avant de rentrer. »

Bethany souriait et hochait la tête. Stacey prenait un malin plaisir à étaler tout ce qu'elle avait fait et vu pendant que l'autre se fanait dans une ville qu'elle n'avait jamais quittée.

« C'est génial. Ça devait être vraiment génial. Et tu t'es fait faire un tatouage. Qu'est-ce que c'est ?

– Ça vient d'un poème.

– Oh. »

La serveuse apporta le Coca Light, le thé et un verre d'eau. Bethany but une gorgée, posa délicatement la tasse dans la soucoupe, joignit les mains et dit : « J'imagine que tu as envie de savoir pourquoi je t'ai demandé de venir ici. »

Bras croisés, Stacey attendait.

« Pour commencer, je voulais te dire que... » Elle triturait la paille de son verre d'eau. « Je ne suis pas là pour remuer le passé. On n'a pas besoin de parler du passé. Mais je veux que tu saches que je suis désolée pour tout ce qui s'est passé avec toi et Lisa, autrefois.

– Vous êtes désolée pour tout ce qui s'est passé avec moi et Lisa ? » Son cœur se mit à battre plus vite, elle sentit son sang couler dans ses veines, épais et rapide. Elle entendit Patrick dire : *L'Enfer existe vraiment, Stacey.* Et tout de suite après, l'odeur fantôme de son eau de Cologne qui sentait le produit pour le sol. « Ou bien vous êtes désolée pour ce que *vous* avez fait ? »

Bethany garda les yeux fermés un long moment, comme en prière. Lorsqu'elle les rouvrit, elle dit : « Je suis désolée pour la manière dont je me suis comportée. Je te l'ai dit, je ne veux pas remuer le passé. Mais, c'est vrai, toutes les deux, vous ne méritiez pas... que je réagisse comme je l'ai fait. Enfin, c'est le passé tout ça... De l'eau a coulé sous les ponts. »

Stacey aurait aimé qu'elle dise encore une fois que c'était le *passé*, histoire de pouvoir donner libre cours à une rage expiatoire.

« OK. De l'eau a coulé sous les ponts. Excuses acceptées. Contente qu'on ait mis ça au clair. Donc maintenant on est juste deux copines qui papotent au Vicky's, c'est ça ? Super. »

Elle détestait le son de sa voix, aigre, émotive, méchante, mais presque dix ans après, des mots bien plus cruels essayaient de jaillir d'elle depuis un abîme obscur. Elle faisait de son mieux pour les empêcher de métastaser en un déluge de larmes et d'accusations.

Bethany se rongea un ongle. Stacey remarqua la cuticule déchiquetée et les plaies minuscules. Les autoroutes bleues et violettes qui parcouraient sa main.

« Et je suis désolée. Vraiment. J'ai eu tout le temps de réfléchir, Stacey. Tu n'imagines pas combien j'ai prié. Des années et des années. Je sais comment j'ai réagi – je sais que vous n'étiez pas ce que je pensais –, mais bref. Voilà ce que j'ai reçu le mois dernier. »

Comme si elle venait de s'en souvenir, elle sortit de son sac à main une carte postale aux coins usés d'avoir été trop manipulée. Stacey cessa de jouer avec la fermeture de sa botte. La carte représentait une sorte de gondole amarrée devant des temples dont les étages s'empilaient comme des pièces montées et dont les minces flèches se dressaient sur un crépuscule mauve. Au verso, elle reconnut immédiatement les gribouillis arrondis de Lisa. Son écriture reflétait la personne qu'elle était : farouche, imprévisible, désinvolte.

« C'est pour ça que je voulais te voir. Elle n'écrit pas souvent. Mais assez pour que je sache qu'elle n'a pas tiré un trait sur moi. Et, au moins, maintenant je sais où elle est. Je sais que je n'ai pas fait le maximum pour lui dire que je m'en veux. Pour essayer de la faire revenir. »

Je viens de passer deux semaines à Bangkok. Ville magnifique, pays magnifique, gens magnifiques. C'est bizarre, à cause de la pollution la couleur du ciel me rappelle la mai-

son – à moins que j'aie piqué ça dans une chanson de Harrington ☹. Je pense à toi. J'espère que tout va bien. T'as le droit de transformer ma chambre en jacuzzi.

L.

Stacey sentit une douleur derrière ses yeux et rendit vivement la carte à Bethany. « Je ne vois pas le rapport avec moi.

– Oui. Je… » Bethany se redressa lentement, papillotant des paupières pour retenir ses larmes. « Je sais qu'elle est partie pour un tas de raisons, et lorsqu'elle m'écrit – pas très souvent, mais quand même –, elle continue à me répéter qu'elle n'attend pas d'excuses. Sauf qu'elle ne dit jamais ce qu'elle attend.

– Peut-être qu'elle n'a pas envie de pardonner, dit Stacey. Peut-être qu'elle n'a pas envie de revenir et qu'elle ne reviendra jamais.

– J'y ai pensé. C'est vrai. Mais elle est déjà revenue, tu sais. Le dernier mail qu'elle m'a écrit, Alex m'a dit qu'il avait vérifié quelque chose, l'adresse IP je crois. Tu sais ce que c'est ? »

Dans son ventre, une bouffée de nausée, un grouillement d'insectes.

« Oui, bien sûr.

– Bon. Donc il m'a dit que ce mail – je crois que c'était pendant l'été 2011 –, elle l'a envoyé depuis un ordinateur dans l'Ohio. À la bibliothèque municipale de New Canaan. Elle est revenue et elle est repartie sans rien me dire. Je lui ai écrit je ne sais combien de fois pour lui demander pourquoi, mais elle ne m'a jamais répondu. Et, pour finir, j'ai reçu cette carte… Elle m'a enfin écrit… »

La douleur derrière les yeux de Stacey se fit plus aiguë. De toute façon à cette date, elle se trouvait à l'étranger, mais Lisa n'avait même pas pris la peine de lui demander si elle était là.

« Je ne peux pas m'empêcher de penser… de me dire qu'elle reviendra. C'est ce que Bob dit tout le temps. Mais ça fait neuf ans qu'elle est partie. Ça en fera dix l'été prochain. Et je ne sais pas quoi faire d'autre. J'ai tout essayé. Tous les soirs je prie dans mon lit jusqu'à ce que je tombe de fatigue. Tout ce que je veux, c'est qu'elle revienne. »

Sa voix se brisa, et Stacey vit combien cette façon de pleurer avait modelé son visage, labouré le contour de sa bouche et de ses yeux, son front. Stacey s'efforçait de s'accrocher à ce qu'elle conservait en elle depuis si longtemps. Elle avait envie de lui cracher dessus. De lui demander ce qu'elle ferait si Lisa ramenait à la maison une vraie gouine bien butch. Neuf années à haïr Bethany pour sa cruauté, pour avoir poussé à partir une personne qu'elle aimait, et il suffisait de deux pauvres larmes pour que tout ça s'envole.

Parce que je sais exactement ce qu'elle ressent. Et soudain son amertume se trouva une autre cible.

« Je crois que je ne comprends pas ce que vous attendez de moi, Bethany.

– Juste que… » Elle pinça la peau de l'articulation de son index, fort, comme pour l'arracher. « Je ne sais pas. Juste que tu lui écrives. Peut-être que toi, elle t'écoutera. Si tu lui dis que je m'en veux, et que… » Sa voix se brisa encore, un pré-sanglot déconcertant. La serveuse sortit de la cuisine, passa près d'elles en leur jetant un regard curieux et vaqua à ses occupations. « Dis-lui juste qu'elle me manque énormément. »

Elles restèrent encore un moment dans leur box, Bethany se tamponnant les yeux avec une serviette, Stacey fixant la table. Enfin, elle dit : « Je ne suis pas en contact avec elle. Je ne lui ai pas parlé depuis… je ne sais même plus. » C'était un mensonge. Elle connaissait la date exacte du dernier mail que Lisa lui avait écrit car elle venait de le lire : 2 septembre 2004, 4 h 54, Heure normale de l'Est.

« Je ne te demande pas de déplacer des montagnes, Stacey.

Mais je sais que tu comptes toujours pour elle. Si tu lui parles, elle t'écoutera peut-être. »

Elle posa une main sur celle de Stacey. Avec quelle rapidité le mépris peut se dissiper devant l'humanité et le pathétique d'une autre personne. On lit en elle une fraction de seconde et l'empathie s'engouffre. Une grande pluie qui vient laver le ciel noir.

« Je ne peux rien vous promettre. Mais si jamais je lui parle, je lui répéterai ce que vous m'avez dit. »

Elle n'était pas très douée pour entretenir ses amitiés. Sa famille était sa seule constante et elle faisait partie de ces femmes chanceuses/malheureuses qui ont leur mère pour meilleure amie depuis leur premier mot. Pour le reste, la personne avec qui elle sortait était généralement son amitié la plus intense jusqu'au moment où cette relation arrivait à son terme, et alors Stacey revenait à la case départ. C'était bien entendu une manière foireuse d'agencer ses attachements, mais elle était manifestement incapable d'en changer. Natalya, une artiste aux revenus et à la réputation indéterminés avec qui elle avait passé un mois en Lituanie, lui avait demandé depuis quand elle savait qu'elle était lesbienne. Les Lituaniennes sont des femmes superbes qui ont souvent des grains de beauté dans le cou, et Natalya en avait justement toute une ligne sur le côté gauche du cou et un autre près du sein, sur un corps de lait objectivement ahurissant. La plupart de ses œuvres avaient un lien avec les zombies : des toiles immenses couvertes de hordes de morts-vivants qui déchiquetaient la chair d'hommes terrifiés et de femmes voluptueuses. Les zombies de Natalya étaient ouvertement sexuels. Ils s'attaquaient en premier aux parties génitales. Les vêtements de leurs victimes paraissaient toujours trempés. Stacey et elle n'interprétaient pas de la même façon la popularité des zombies (Natalya y voyait une conséquence de l'étouffement de la sexualité par une culture dominante qui jouait sur la peur et cherchait à éradiquer les pratiques sexuelles dépassant du cadre normatif ; Stacey, naturellement, soutenait que les zombies étaient une métaphore des pandémies, de la pénurie des ressources et de l'effondrement écologique). Natalya prétendait qu'elle avait pris conscience de sa destinée d'être sexuel quand elle était encore une petite fille, et qu'elle dessinait ses amies et les observait dans leur sommeil. Stacey trouvait cela incompréhensible car sur ce sujet elle était à la masse.

Il y avait une goth, deux classes au-dessus d'elle, qui était marginalisée même parmi les marginaux du lycée. Elle portait des jeans baggys et des T-shirts Slipknot, elle se teignait les cheveux en noir et rouge, à quinze ans elle avait des piercings sur tout le visage et elle se badigeonnait de maquillage blanc pour se donner un teint de poupée. Du rouge couleur sang sur les lèvres, et sur les paupières autant d'eye-liner qu'un méchant de *comics*. Un léger surpoids, mais jolie malgré tous ses efforts pour ne pas l'être. Stacey ne se souvenait plus de son nom. Cela s'était passé dans les toilettes du premier étage, elles étaient seules, la fille sortait d'une cabine alors que Stacey se dirigeait vers une autre. Elle était vaguement consciente que cette fille avait remarqué que Stacey l'avait remarquée. Que parfois elle la matait pour des raisons qu'elle ne pouvait encore s'expliquer. La fille toisa Stacey et lâcha : « T'as envie que je te bouffe la chatte sur les chiottes, la Perche ? »

La Perche, déduisit Stacey, à cause de sa taille.

Évidemment, elle avait été horrifiée, et elle avait piqué un fard qui devait encore se voir lorsqu'elle était arrivée en cours, car Mr Clifton, leur prof de musique, lui avait demandé si tout allait bien. Ce soir-là, elle se masturba pour la première fois de sa vie, et, croyez-le ou non, elle était dans un tel déni qu'elle ne fit pas le rapprochement avant plusieurs années.

Ensuite il y avait eu Kaylyn. Avant que les choses ne commencent pour de bon avec Lisa, à l'époque où les trois filles sortaient avec les trois garçons et n'étaient que des amies, Kaylyn avait été le coup de foudre parfait, total, sanguin, qu'elle avait choisi de ne jamais s'avouer. Si, dans l'avenir, les expériences eugénistes devenaient choses courantes, et si elles étaient menées par une bande de mecs du Midwest en rut, alors Kaylyn en serait le pur produit. Longue et fine, sexy-vulgaire, toujours enroulée à quelque chose, serpentine dans ses mouvements. À midi, elle ouvrait son sandwich, mangeait la dinde, léchait la mayonnaise à lents coups de langue lascifs et jetait le pain. Au sous-sol de chez Lisa, elle se tortillait dans son immobilité, allongée par terre avec le menton dans la main, ses cheveux blonds ruisselant en cascade sur le tapis. Dans les soirées, les bras autour des épaules industrielles de Rick, elle ondulait des hanches tandis que lui ne bougeait pas d'un poil et en profitait comme au strip-club. Même en classe, à son pupitre, elle s'asseyait de telle sorte que son corps donnait l'impression de fondre sur la table. Stacey examinait son visage, tentait de comprendre comment elle s'y prenait pour que ses sourcils dessinent ces deux arches sceptiques, enviait ses yeux de cristal et sa pincée de taches de rousseur. Elle n'était jamais tout à fait à l'aise lorsqu'elle était seule avec Kaylyn. D'abord elle avait attribué cette gêne au fait que Kaylyn était plus âgée et que toute l'école la désirait, mais en réalité Stacey baignait elle-même dans ce bouillon de désirs. Elle voulait toucher diverses parties de Kaylyn pour voir si, en serrant assez fort, ses doigts disparaîtraient dans cette chair.

« Stace. » Kaylyn lui faisait signe d'attendre un instant. Elles quittaient les vestiaires et se dirigeaient vers le terrain où elles allaient affronter Mansfield Senior, l'ennemi juré des Jags. C'était le premier match de Stacey dans l'équipe première et elle avait tant d'énergie à dépenser qu'elle se sentait capable de casser un nez avec un smash dès qu'on lui ferait une bonne passe. Elle n'avait donc pas les idées très claires quand Kaylyn lui glissa un petit comprimé bleu dans la main et lui sourit en levant les sourcils.

« C'est quoi ? demanda Stacey.

– De l'Adderall, chérie – rien de méchant.

– Ça fait quoi ? »

Kaylyn rit. Ses cheveux étaient ramassés en deux tresses si serrées qu'on aurait pu s'en servir pour escalader un donjon. Stacey la dominait de plusieurs centimètres, mais les yeux verts de Kay étaient les plus pénétrants qu'elle connaissait. Il lui suffisait de les poser sur vous pour vous ouvrir en deux.

« Ça te donne des hallucinations, tu vois des araignées qui courent sur ta peau. » Et Stacey dut avoir l'air sidérée car Kaylyn partit d'un rire cristallin. « Allez, Moore, c'est un médoc pour les troubles de l'attention. Ça va t'aider à te concentrer. Je vais pas t'empoisonner. Même si j'avoue qu'une fois, j'ai filé une empanada aux laxatifs à Jess Bealey pendant la journée bouffe mexicaine. Mais elle l'avait cherché, cette pute. »

Stacey n'avait aucune envie d'avaler ce comprimé, mais les yeux de Kay étaient rivés à elle et elle sentit sa main monter vers sa bouche, comme mue par une volonté propre. De ce match elle regretta chaque instant ; tendue et nerveuse, elle envoya par trois fois la balle loin au-dessus des têtes de Mansfield, droit dans les gradins.

Pourtant, malgré son côté diabolique, Kaylyn pouvait aussi trahir une fragilité souterraine. Stacey l'entrevit dans les rares occasions où elle eut besoin de son inhalateur, qu'elle détestait sortir en public. Pendant le dernier match de la saison, Kaylyn eut une méchante crise d'asthme. Son inhalateur était introuvable et il fallut interrompre le match. Lisa et l'entraîneur lui massèrent le dos tandis que le reste de l'équipe fouillait de fond en comble le vestiaire des visiteurs. Lorsqu'on mit enfin la main sur l'inhalateur (qui était resté sur son siège dans le bus), Kaylyn prit goulûment l'embout entre ses lèvres et appuya sur la cartouche avec le pouce, mais sans perdre son air terrifié. Comme si, malgré le médicament, elle n'allait peut-être toujours pas réussir à respirer.

C'est seulement en 2003, après que Kaylyn eut quitté le lycée en même temps que Rick, Ben et Bill, que Stacey la considéra sous un jour différent. Elle demanda à Lisa si elle comptait aller voir Kaylyn à la fac.

« Je pense pas. »

Elles étaient assises en tailleur sur la moquette de sa chambre et passaient ses livres en revue. Lisa faisait des piles sans réussir à décider ce qu'elle allait placer ensuite entre les mains de Stacey. *Gaia* était toujours sur son étagère, ignoré.

« On a grandi dans le même quartier, on a fait du volley ensemble et ensuite on a eu des mecs qui se reniflaient le cul, mais à part ça je crois qu'on a rien en commun.

– En fait ça ressemble pas mal à la définition de l'amitié, Han. Le genre d'amitié qui dure, avec une fille qui te demandera d'être demoiselle d'honneur à son mariage. »

Lisa rejeta ses cheveux en arrière, exaspérée. « T'es au courant que t'es un peu chiante ?

– Je suis curieuse, c'est tout. On dirait que Kay, Hailey et toi, vous êtes passées de meilleures potes à ennemies sans qu'aucune de vous sache pourquoi.

– Meilleures potes, répéta Lisa avec un rictus. Avec Kowalczyk, c'est différent. C'était des conneries de meufs de troisième parce qu'elle était infernale avec Danny. » Lisa et sa bande de Rainrock Road. Sa loyauté envers Dan Eaton ne connaissait ni explication, ni limites, ni égal dans sa vie. Elle adorait ce mec, un voisin un peu niais qu'elle protégeait comme un chiot à trois pattes. « Avec Kaylyn, tu sais… Fais-moi confiance. C'est une hypocrite. Je t'explique : à un moment, Bill a amadoué mon demi-frère en lui achetant des paquets de cartes de basket – à cet âge-là, Alex ne pensait qu'à ça. En plus, Bill, c'était un dieu pour lui, il adorait le regarder jouer et tout. Pour son anniv, Bill lui a acheté une carte rare, qui valait cinquante dollars ou je sais pas quoi, un truc absurde. Shaquille O'Neal, sa première année en NBA. Et Alex a fait une énorme fixette dessus. Mon beau-père lui avait offert une boîte de matériel de pêche et il mettait ses cartes préférées dedans, mais celle de Shaq il la gardait dans sa poche, dans un étui en plastique. Il l'emmenait partout avec lui. Et puis un jour elle a disparu, et il a pété les plombs. Il chialait, il nous criait dessus, la totale. Et donc, même si c'est un petit merdeux, je l'ai aidé à la chercher, on a mis la maison sens dessus dessous mais on l'a jamais trouvée. Le temps passe, et un an plus tard je vais dormir chez Kaylyn – je pense que t'étais là –, on était dans le salon et j'ai eu envie de mettre un short. Donc je suis allée dans sa chambre et j'ai fouillé dans ses tiroirs. J'avoue, j'ai commencé à fouiner dès que j'ai ouvert le premier tiroir parce qu'elle avait plein de machins sous ses vêtements, des trucs bizarres. Et à un moment j'ai trouvé un petit emballage de sandwich avec des bouts de carton dedans, et je me suis rendu compte que c'était la carte de mon frère. Elle l'avait déchirée et elle avait gardé les morceaux. Je l'ai jamais dit à personne. Mais à partir de là, je lui ai plus jamais fait confiance.

– Elle a volé la carte de ton frère, et c'est pour ça que vous vous parlez plus ?

– Non. C'est pas du tout ce que je voulais dire. Ce qu'il y a, c'est qu'elle est… Tu la connais pas vraiment, Stace. Crois-moi. Elle a des problèmes. La carte d'Alex, c'est juste un bon exemple. »

Stacey était persuadée que cette histoire n'était qu'un prétexte. Lisa mentait mal, dissimulait mal la douleur qui bouillonnait en elle, mais elle n'essaya pas d'en savoir davantage. De toute façon Kaylyn était partie, et Lisa disait seulement que, au fond, ce n'était peut-être pas un mal.

En partant du Vicky's, Stacey raccompagna Bethany Kline jusqu'à la berline beige qu'elle avait déjà au temps du lycée, avec son garde-boue cabossé et un enjoliveur en moins. Bethany la serra une nouvelle fois dans ses bras, puis lui souffla à l'oreille : « Merci d'avoir accepté de me voir. Même si tu ne lui écris pas, merci d'être venue. Je sais que ça n'a pas dû être facile pour toi. »

Stacey commença à répondre, s'interrompit, et dit seulement : « Ouais. Je vais y réfléchir. »

Bethany prit sa main entre les siennes et lui fit un maigre sourire plein d'espoir. Puis elle monta dans sa voiture, recula sur la place et lui adressa un petit signe avant de s'éloigner vers l'ouest, vers sa maison de Rainrock Road. Soudain, Stacey prit conscience de la tension en elle, de son corps vrillé par quelque pression évolutionnaire. Elle tenta de se relaxer, de visualiser une eau sale s'écoulant dans un évier. Cette conversation n'avait pas du tout ressemblé à ce qu'elle anticipait, alors qu'elle avait été tout ce qu'elle aurait dû prévoir, et à présent trois mots résonnaient dans sa tête : *Lisa était rentrée.* Elle était revenue à New Canaan.

Il lui restait encore à porter sa lettre, ce n'était pas loin à pied mais elle hésitait, et lorsqu'elle se rendit compte que cette hésitation était probablement une preuve de mauvaise conscience, de compassion ou de remords envers ce qu'elle avait écrit, alors elle se détesta. Devoir décider si cette lettre satisfaisait un désir authentique ou si c'était juste de l'égoïsme. *Putain de ville de merde*, pensa-t-elle.

New Canaan, sclérosée à tous les niveaux. Lente à s'adapter au départ des usines vers l'Orient lointain, aux aspirations progressistes d'un pays en plein bouleversement démographique, et bien sûr à l'acceptation de tout comportement non hétérosexuel. Bethany avait seulement réagi à l'aune de son monde, du circuit fermé d'où elle venait. Pourtant, c'était une expérience étrange pour Stacey de la voir ainsi, vidée de sa combativité. Cette femme qui, en 2004, distribuait des tracts devant le supermarché Kroger's en faveur de l'« Issue One » destinée à acter l'anticonstitutionnalité des unions homosexuelles – ça avait dû être difficile pour elle de dépasser ses préjugés. Certainement autant que pour Stacey d'admettre toutes ces choses si dures à encaisser. Quand on a considéré aussi longtemps qu'une personne était le diable, on a besoin de s'y raccrocher. Il y a quelque chose de grisant à haïr quelqu'un, surtout quand on a une bonne raison de le faire. Et si l'élection de 2004 n'avait pas eu lieu pendant son premier semestre à la fac, n'aurait-elle pas été derrière Bethany, à rassembler des signatures en faveur de la « protection du mariage » ? Si Patrick ne s'était pas exprimé sur cette question à l'église ? À l'époque, Stacey ne remettait pas en cause ce baratin. Il lui paraissait tout à fait logique que les perversions soient le fait de certaines personnes qui s'étaient écartées de la voie du Christ. Trop de gens délaissaient la Bible au profit de l'hédonisme et des idoles trompeuses : célébrités, musiciens et autres monstres cachés sous le lit. N'oublions pas que la première fois que Stacey s'était rendue aux urnes, ça avait été pour faire réélire George W. Bush. Elle entendait encore des bribes de ce discours dans sa bouche d'adolescente. Heureusement qu'elle avait eu d'autres sujets de conversation, surtout après avoir commencé à sortir avec Ben, qui n'était pas croyant et qui était surtout la première personne qu'elle ait entendue l'affirmer. C'est une sensation étrange, d'éprouver de la honte et de la gêne à l'égard de la personne qu'on a été. Malgré les excuses de la jeunesse, de l'inexpérience, de l'influence – influence de sa paroisse, de ses parents, de ses grands frères, de ses amis, de presque tout son entourage –, elle demeurait profondément embarrassée quand elle repensait à ce qu'elle était alors, aux gens qu'elle avait pu blesser.

On n'a qu'une seule enfance, une seule occasion de se former, et Stacey garderait en elle ces leçons bien longtemps après avoir jeté leurs conclusions aux orties. Car en leur cœur ces leçons étaient liées, comme siamoises, au vertige qui s'installe lorsqu'une personne de foi comprend que, tout bien pesé, il est logique que rien ne nous attende sinon l'obscurité.

Elle sortit son téléphone. Sans se laisser le temps de trop y penser, elle écrivit : *Salut. Je suis revenue à New Ca et je pense à toi. Donne des nouvelles.*

Et elle appuya sur « Envoyer ».

En Croatie, Stacey rencontra une scientifique qui donnait une conférence à l'université de Zagreb. Elle avait enfin commencé à lire *Gaia* quand elle trouva sur le campus un flyer pour une conférence sur le réchauffement océanique avec une spécialiste de la physique thermique et des fluides venue de Berlin. Hilde avait une bonne quarantaine d'années, comme l'indiquaient les poches sous ses yeux, mais elle restait superbe, aussi grande que Stacey, avec des cheveux blonds ramassés en chignon et des sourcils en V. Elle se présenta dans l'auditorium chaussée de Nike rose fluo. Elle expliqua que les scientifiques amassaient des données sur les températures océaniques grâce au programme de flotteurs Argo et qu'il allait à présent falloir comparer ces données avec les mesures précédemment recueillies dans les profondeurs par les bathythermographes. Chaque fois qu'elle détachait les yeux de ses notes, son regard croisait celui de Stacey. Celle-ci n'eut qu'à patienter quelques minutes à la fin de l'allocution pour que Hilde l'accoste. Après quoi elles passèrent les quatre nuits suivantes dans la chambre d'hôtel de l'Allemande.

« Tu es une grande conquête pour moi », dit-elle dans son anglais où perçait un léger accent. De l'avis de Stacey, on ignore trop souvent le caractère sexuel de l'accent allemand. « Une étudiante américaine, les chattes les plus compliquées à manger, mais aussi les plus douces. C'est mon père qui me l'a dit un jour. »

Stacey éclata de rire. « Tu peux répéter ça ? »

Avec un grand sourire, Hilde expliqua : « Je viens d'une famille bohème. » Haussée sur un coude dans le lit, Stacey la fixait, captivée. « Qu'est-ce qu'il y a ? demanda Hilde.

– Rien. Tu me rappelles une personne que j'ai connue autrefois. »

Avant de se déchirer le ménisque, Hilde voulait être danseuse, mais elle avait dû abandonner et s'était consacrée à l'océanographie. Elle régala Stacey de dîners et de cocktails hors de prix, et elles visitèrent Zagreb ensemble. Hilde empestait constamment la clope, et encore à ce jour Stacey ne pouvait sentir une odeur de cigarette sans penser à elle. Au-delà de ses prouesses au lit, Hilde était en tout point impressionnante – elle avait voyagé, elle était intelligente et captivante. Aucun sujet ne semblait échapper à sa compréhension détaillée, aussi bien l'architecture de l'opéra de Zagreb que la crise de la dette grecque. Avec elle, Stacey passa trois des meilleurs jours de son voyage en Europe. Pour la première fois depuis Lisa Han, elle était époustouflée : par la gastronomie, par ses orgasmes, par la bise printanière, par le plaisir de se vernir les ongles de pied en bleu azur.

« Qu'est-ce que tu faisais à une conférence sur le réchauffement océanique ? lui demanda Hilde dans un café. Je t'ai vue au premier rang et j'aurais pu parier que tu étais américaine et étudiante. »

Stacey montra à Hilde le livre qu'elle lisait. Elle ne fit aucune allusion à la photo qu'elle avait trouvée entre ses pages : Bethany Kline, portant Lisa dans son ventre la veille de sa naissance. Elle avait tenu la photo un moment entre ses mains, avait eu envie de la déchirer et de jeter les morceaux à la poubelle, mais quelque chose l'en avait empêchée. Elle était donc allée à la bibliothèque, avait pris un livre au hasard et l'y avait glissée. Ainsi, la photo continuerait à exister, mais loin d'elle.

« Et tu ne veux pas du tout devenir scientifique ? demanda Hilde.

– Non. Je crois que si je reprends des études, ce sera en lettres.

– Pourquoi ?

– Je ne sais pas. Toi c'est la température de l'océan qui t'intéresse, moi c'est ça. Les histoires. Une fois, j'ai lu un livre qui expliquait que la littérature, c'est une immense conversation qui transgresse toutes les limites définissant notre pensée : les frontières, notre durée de vie, les continents, les millénaires. C'est pour ça que ce livre me plaît autant. » Elle tapota *Gaia*, posé entre leurs deux expressos. « Là-dedans, il y a l'idée que tout est hyper ancien et nous échappe... toi, moi, nous, tout ça. »

Hilde referma les lèvres autour de sa cigarette, ce qui accentua un instant les rides autour de sa bouche.

« Donc ce serait un droit dont on hérite à la naissance ? fit-elle. Des générations de labeur imaginatif, créatif, scientifique... ce grand voyage, à l'intérieur de nous comme à l'extérieur. Vers notre psyché, nos structures subatomiques, et aussi vers les cieux, tout ça ?

– Oui, dit Stacey. Tu sais, j'ai eu une enfance bizarre. Il m'a fallu du temps pour commencer à réfléchir à ces choses-là. En fait, je suis juste une dilettante qui essaie d'impressionner les autres. » Un rire nerveux.

Hilde tira une longue bouffée sur sa cigarette et relâcha la fumée par le coin de sa bouche. « Tu fais beaucoup ça, tu sais.

– Quoi ?

– Te dénigrer. Surtout quand tu dis que tu viens de, c'est quoi le mot ? chez les ploucs ? C'est une habitude que tu devrais perdre. Tu es ici. Tu t'intéresses à tout. Tu lis énormément. Ça n'a pas d'importance, d'où tu viens. Pas plus que là où tu vas. Ce qui compte, c'est le sexe et les pauses sandwichs. »

Stacey se sentit devenir aussi rose que la chaussure de l'Allemande qui remuait sous la table. Hilde tapota la couverture de *Gaia* avec les deux doigts solides et sexy qui tenaient la cigarette. « Là-dedans, Lovelock raconte que, pendant la Seconde Guerre mondiale, il vivait à Londres et il était chargé de mesurer la qualité de l'air dans les abris souterrains. Tu es déjà arrivée à ce passage ?

– Oui.

– Donc tu comprends la métaphore ? Quand il découvre que des vandales volent les boulons qui font tenir l'abri pour les revendre à des ferrailleurs ?

– Oui, bien sûr. Il avait peur que le tunnel s'effondre. Mais comme ce n'était pas encore arrivé, les voleurs continuaient. Parce qu'ils se disaient que ça tiendrait quand même.

– C'est ça. » Elle fuma sa cigarette jusqu'au filtre et agita le mégot fumant devant le nez de Stacey. « J'ai rien contre ton idée que la littérature peut transgresser notre espérance de vie, mais je me demande s'il y a encore une utilité à l'art, à la littérature, à la culture – appelle ça comme tu veux.

– Comment ça ?

– Suis ton cœur, jolie Américaine. » Hilde lui sourit. « Ne me laisse pas te persuader du contraire.

– Mais qu'est-ce que tu veux dire ?

– Ce que je veux dire, c'est que l'art ne sert plus à compiler la vie, et c'est peut-être pour ça qu'il ne fonctionne plus. La vie elle-même est devenue l'ultime ressource disponible, exploitable. On est prêts à tout. Raser des montagnes entières, anéantir des espèces, déplacer des fleuves, brûler des forêts, modifier le pH de l'eau, nous couvrir de produits chimiques toxiques. Il a fallu deux millions d'années à notre espèce pour se mettre debout et seulement cinq cents générations pour tout le reste. Notre culture repose sur notre droit à l'abondance, et sur pas grand-chose d'autre. Et nous avons mis notre droit de naissance en danger parce que nous sommes incapables de nous contrôler. De contrôler notre désir. »

Au gré des années suivantes, ses souvenirs de Hilde s'assortiraient d'extraits de scènes imaginées – l'éclairage tamisé d'un bar, la voûte d'un pont la nuit, une bande de dentelle jetée sur un vieux paravent métallique, du whisky tourbé qui tournoie dans un verre –, mais aussi de ce mot, *désir*, employé non dans une acception sexuelle mais comme commémoration d'un mal non encore advenu. Sans comprendre pourquoi, Stacey en fut vexée. C'était exactement comme quand, enfant, la fille plus âgée que vous aimez tant se tourne vers vous à la récré et vous traite d'idiote parce que vous croyez en un truc dont la fausseté paraît pourtant évidente. « Mais ça existe pas, la petite souris ! » Ce genre de choses. Pour leur dernier jour ensemble, elles se baladèrent dans les rues de Zagreb et Stacey ne trouva rien à lui dire. Hilde avait un avion pour Berlin de bonne heure le lendemain et elle réveilla Stacey uniquement pour lui dire de continuer à dormir. Lorsque Stacey finit par se lever (trop amourachée du lit moelleux de l'hôtel pour ne pas en essorer la moindre goutte de rêve), elle trouva un mot laissé contre une tasse à café.

Stacey,

Ne m'écoute pas, je suis une vieille femme aigrie.
Le réchauffement des océans n'arrêtera pas la littérature
ni la joie ! Voici du Yeats, jolie demoiselle. J'ai énormément
aimé notre petit week-end.

Et, au-dessous, un fragment de poème. Un artefact auquel elle comptait bien se raccrocher.

Tous les feux étaient verts à perte de vue. Elle ouvrit la portière de sa Jeep côté passager et prit l'enveloppe contenant sa lettre. Les arêtes lui piquèrent les doigts. Elle sentit en elle quelque chose qui se rebellait encore contre la difficulté de la mission qu'elle s'était fixée.

Elle glissa la lettre dans son sac à main, prête à se lancer, quand, telle une apparition surnaturelle, se matérialisa devant elle une version zombie de son cavalier à son premier bal de rentrée, Jonah Hansen, couvert de sang.

Ce n'était pas le Jonah qui lui avait passé le petit bouquet au poignet avant de faire un bruit de pet à destination de ses copains pendant que les parents prenaient les couples en photo. C'était Jonah adulte, le crâne quasi chauve comme après une chimio et un peu proéminent, vaguement extraterrestre, à cause d'une de ces barbiches ridicules en vogue dans l'Amérique des petites villes, des pattes fines qui courent le long de la mâchoire et se rejoignent au menton. C'était Jonah avec du sang qui dégoulinait de ses narines sur ses lèvres et son menton et dessinait une cravate écarlate sur son T-shirt. Ils se figèrent tous les deux et se dévisagèrent. Des larmes coulaient sur les joues de Jonah, se mêlaient aux vestiges de son nez. Il ne dit rien, et elle sentit qu'il lui revenait d'établir leur identité respective.

« Jonah ? C'est Stacey. Stacey Moore. »

Il renifla du sang et des larmes.

« Salut, grogna-t-il.

– Ça va ? »

Ses yeux se dérobèrent. Stacey se demanda s'il avait été agressé ou percuté par une voiture. « Ouais, fit-il.

– Ton nez.

– C'est rien. »

Elle parcourut la place du regard, en quête d'un endroit ouvert. Évidemment, il n'y avait que le *diner*.

« Hé, tu veux qu'on aille au Vicky's ? Y aura des serviettes et de la glace. »

Il la fixait avec suspicion.

« T'étais pas devenue gouine, toi ? »

Elle eut un rire sonore et surpris. « Ça change rien, je sais toujours arrêter un saignement de nez. »

Il gloussa, le sang gargouilla dans ses sinus.

« Allez », dit-elle, et il lui emboîta le pas.

En terminale, c'était Jonah Hansen qui organisait les fêtes les plus délirantes. Son père était souvent en déplacement (ce qui ne semblait pas très logique pour un magnat de l'immobilier local) et sa mère était un spectre pratiquement transparent (ce qui indique généralement une addiction aux médicaments). Jonah devait sa popularité à la grange familiale, laquelle n'était pas une grange dans le sens « chevaux et tas de paille », mais plutôt une immense salle de jeux équipée d'une télé, d'un système stéréo haut de gamme, de multiples banquettes, d'un billard et d'une table d'air hockey. Dans une commune agricole et industrielle telle que New Canaan, c'étaient les gamins comme Jonah, qu'on appelait les BCBG, qui se retrouvaient en haut de l'échelle sociale, et dans la tête d'adolescents qui n'avaient pas lu Marx, la tautologie suivante s'imposait : « Ils sont populaires parce qu'ils sont populaires. » Il faut un peu de recul pour comprendre la possibilité d'une corrélation directe entre les bandes de lycéens et le compte en banque de leurs parents.

Comme Stacey, Jonah était un enfant de Grover Street, et les deux familles fréquentaient la même église. Lors d'une fête chez Ron Kruger quand ils avaient onze ou douze ans, pendant une partie de jeu de la bouteille, Jonah avait porté le coup le plus violent, le plus atroce à la fierté adolescente de Stacey. Ils avaient déjà fait le premier tour de baisers sans la langue. Quelqu'un suggéra que l'on passe au « pelotage », et Stacey fut terrorisée mais pas suffisamment pour s'opposer à ce nouveau degré d'intimité. Au premier coup de Jonah la bouteille désigna Stacey, et il dit – jamais elle n'oublierait : « Y a rien à peloter, on dirait des boutons de moustique. »

Quelques filles s'étranglèrent, quelques garçons rirent, et Stacey, mortifiée, sourit puis autorisa Jonah à poser la main sur son tout premier soutien-gorge, puis ils s'embrassèrent malgré tout. Cet épisode l'obséda jusqu'à la fin de l'année.

Lorsqu'ils entrèrent au lycée et que Jonah lui proposa d'être sa cavalière, elle repensa avec colère à ce moment et voulut lui demander si elle avait maintenant assez de seins pour lui. Mais trouver un bon cavalier pour le premier bal de rentrée est déjà suffisamment terrifiant comme ça, et elle savait de source sûre qu'un certain Amos Flood au physique malheureux avait l'intention de lui mettre le grappin dessus. Amos était couvert d'acné, en surpoids, il transpirait affreusement et, *cf.* plus haut, il était pauvre. Ses cousins et lui vivaient dans une espèce de ferme et leurs parents étaient partis ou en taule, laissant les grands-parents avec une bande de gamins perturbés sur les bras. Stacey avait commis l'erreur d'être sympa avec lui pendant un cours d'économie au collège, et depuis ce jour elle sentait qu'il en pinçait pour elle. Pour une fille déjà pétrifiée à l'idée de s'émanciper, qui avait des grands frères populaires (l'un à l'université et l'autre dans l'équipe de football) et qui faisait tout pour ne pas être la petite sœur bizarre, Amos était inenvisageable. Au moins, Jonah lui fournissait un prétexte correct pour l'éconduire en douceur.

Ses parents – sa mère, surtout – n'aimaient pas les Hansen. Eux qui avaient rarement des mots durs, ils donnaient à Burt, le père de Jonah, le surnom de « vendeur de bagnoles d'occasion ». Quand Stacey leur rendit une courte visite à son retour d'Europe en 2010, les Hansen furent de toutes les conversations car le père Moore ne comprenait pas comment Burt

Hansen s'était débrouillé pour ne pas laisser sa chemise dans la crise des subprimes. Cela lui paraissait insensé car il ne restait plus un seul acheteur pour les projets immobiliers que Burt avait financés au cours des dix dernières années, or ils avaient appris par les Eaton qu'il venait de s'offrir un nouveau bateau. Les voies des Hansen étaient impénétrables.

« Y a des gens qui sont immunisés contre la poisse », avait conclu son père.

Lors de la fête organisée par Jonah pour leur rentrée en terminale, Stacey piqua une bouteille de vodka dans sa réserve. Lisa et elle étaient venues entre filles, avaient fait une brève apparition puis s'étaient éclipsées chez Lisa. Elles avaient dû attendre que Bethany aille se coucher pour ouvrir la vodka, et Stacey se souvenait de Bethany démaquillant tendrement sa fille. (« Tu es magnifique, j'adore la façon dont tu as mis ton eye-liner, il faudra que tu me montres comment tu fais. ») Même si Stacey mourait d'envie de grimper dans la chambre de Lisa où la vodka les attendait dans son sac avec ses affaires pour la nuit, et même si les jérémiades incessantes de Lisa lui avaient appris à voir Bethany comme un vieux troll odieux déterminé à leur pourrir la vie, Stacey se dit en observant la scène que, pour une fois, mère et fille paraissaient baigner dans la paix et l'amour.

Lorsque Bethany se retira enfin, elles insérèrent dans le petit combiné télé-magnétoscope de Lisa une cassette qu'elles avaient louée, *Casablanca*. C'était un sujet de discorde depuis que Stacey avait avoué qu'elle ne l'avait jamais vu.

« Tu te fous de ma gueule ?

– Il est jamais apparu sur mon radar, Han. Tu vas quand même pas te mettre à chialer, si ?

– Si, peut-être, répliqua-t-elle en hochant furieusement la tête. Si on le regarde, je vais peut-être me mettre à chialer.

– Oh non. Tu pleureras pas. T'es pas capable de pleurer.

– Je te jure, je sais pas pourquoi, mais ce film, il me retourne à tous les coups.

– Mais il est en noir et blanc !

– T'as un gâteau à la merde à la place du cœur. »

Stacey se tordit de rire et ressentit une bouffée d'émotion qu'elle n'était pas assez mûre pour identifier.

Quand le film débuta, elle lui montra la bouteille. Une étiquette rouge et le nom d'une péninsule russe. Lisa eut un petit sourire en coin. « Merci, Jonah. »

Sous l'œil de tous les musiciens bad boys sur les posters de Lisa – elle s'était donné un mal fou pour encadrer avec des guirlandes blanches le torse dénudé de Nelly –, elles regardèrent *Casablanca* tout en ajoutant régulièrement des traits de vodka à leurs mugs de Sprite. Stacey avait du mal à rentrer dans les vieux films ; la faute à la mise en scène, aux actions et aux dialogues guindés qui manquaient de naturel. Mais Bogart et Bergman. Seigneur. Et, sans surprise, alors que le film touchait à sa fin, au moment où les nazis approchent et où Rick pointe son arme sur Renault pour l'obliger à aider Ilsa à s'enfuir, elle s'aperçut que Lisa mordillait la manche de son sweat-shirt, les joues brillantes de larmes. Puis la main de Lisa bougea sous la couverture. Le cœur de Stacey cognait si fort contre ses côtes, elle était certaine que Lisa l'entendait. Les doigts de Lisa se nouèrent aux siens et ne les lâchèrent pas jusqu'au générique de fin, le pouce caressant de temps à autre le dos de la main de Stacey.

Quand le film se termina, Stacey était ivre et ne réfléchissait plus. Elle se pencha vers Lisa et lui déposa un baiser sur la joue. Elle lui laissa le temps de se reculer, mais Lisa n'en fit rien. Elle réessaya, cette fois sur la bouche. Et alors la langue de Lisa, épaisse, humide et délicieuse, se pressa contre la sienne. Pour une fois, Lisa n'émit aucun commentaire narquois.

Elles se roulaient bientôt des pelles dignes des adolescentes mal assurées qu'elles étaient, ne sachant que faire de leurs mains, ni comment passer à la suite. Stacey ne pensait à rien. Pas de honte, d'interrogations, de peur ou d'inquiétude, uniquement l'ouvrage passionné des lèvres de Lisa, bourgeons de soie que sa bouche et sa langue exploraient avec un plaisir que ne peut procurer une bouche d'homme. Chose curieuse, Stacey se souvenait moins viscéralement d'avoir roulé des pelles à Lisa que de lui avoir tenu la main à la fin du film. Rien – ni le sexe, ni les drogues, ni les réveils dans un train à l'aube avec vue sur les Carpates –, jamais rien n'avait été aussi excitant que de regarder la dernière partie de *Casablanca* en serrant la main de Lisa sous la couverture. Elle se rappelait la sueur entre leurs paumes, sentait encore le fantôme de cette moiteur qui allait troubler l'année à venir et toutes les suivantes.

La serveuse poète s'occupa de Jonah avec une grosse pile de serviettes en papier, un verre d'eau et une poche de glace. Il s'enfonça deux serviettes dans les narines et entreprit de se nettoyer le visage. Comme elle s'en voulait d'abuser de ces services gratuits, Stacey commanda un nouveau Coca Light qu'elle n'avait pas l'intention de boire. Elle avait dans son sac un miroir de poche dont Jonah se servit pour éliminer le plus gros du sang, mais en séchant l'hémorragie s'était accrochée à sa barbe et le follicule de chaque poil était cerné par une ombre rouge meurtre qui refusait de partir.

« Je peux te demander ce qui s'est passé ? »

Il souffla par le nez avec dédain. « Un connard m'a mis une beigne au bar.

– Hmm, une baston.

– Non, c'est une tafiole qui m'en a mis une quand je m'y attendais pas.

– Pourquoi ? »

Il leva les yeux au ciel, comme si la réponse était évidente.

« Tu sais pas qui j'ai vu là-bas ? dit-il. Dan Eaton et Bill Ashcraft. Y a une réunion d'anciens élèves ce soir ou quoi ? »

Elle cligna des yeux, ébahie par toutes ces coïncidences.

« Qu'est-ce qu'il fait ici, Ashcraft ? Et c'était quel bar ? » Le nom de Bill, et plus encore le fait que leurs chemins aient failli se croiser au cours de la nuit, ravivèrent de vieilles rancœurs, quand bien même Bill était déjà avec Lisa lorsque Stacey avait fini par comprendre son propre désir pour elle.

« Je sais pas trop. Ils se sont pointés au Lincoln. On a bu quelques coups, on a fait des hypothèses sur le Meurtre qui a jamais existé. Et toi, qu'est-ce que tu fous là ? T'es venue voir ton frère ? Tu te réinstalles à New Ca ?

– Je suis juste de passage. Ça fait longtemps que je suis pas revenue.

– Pff, ça a pas beaucoup changé. » Accompagnant son *Pff*, une rafale de postillons bondit par-dessus la table et lui cribla le visage. Jusque-là elle n'avait pas remarqué à quel point il était bourré. Ses yeux flottaient dans leurs orbites comme deux bateaux ivres. Son élocution n'était pas vaseuse, mais elle avait ce tranchant propre aux meilleurs poivrots énervés juste avant qu'ils ne sombrent dans un trou noir.

« Tu veux porter plainte ? Contre le mec qui t'a fait ça ?

– Je lui ferai pas ce plaisir, à ce connard. C'est un Brokamp, un assisté, je te parie qu'il serait heureux en taule. C'est le meilleur plan pour devenir riche quand on est un branleur.

– Tu devrais mettre de la glace sur ton œil gauche, dit-elle. C'est celui-là qui va gonfler. » Il inspecta son visage dans le miroir, un visage fin et élégant au temps de leur jeunesse, un nez fort et un menton déterminé avec une fossette parfaite au milieu. Ce que les gamins appellent pour rire un « cul de menton ». À présent c'était un visage sur la pente déclinante dont les joues devenaient flasques et boursouflées. Un peu avant trente ans, on se rend compte que notre entourage peut prendre deux chemins différents. Certains conservent sans peine leur jeunesse, tandis que chez les autres le temps commence à faire son œuvre comme l'eau s'infiltre par une brèche dans la coque.

Il referma sèchement le miroir et le rendit à Stacey. « Tu te rappelles, on venait ici tous les week-ends. » Il retira les serviettes de ses narines, deux dés à coudre imbibés de sang humide, et les remplaça. « Ça nous rajeunit pas. »

Elle se dit alors que Jonah, qui traînait à New Canaan depuis toutes ces années, qui faisait partie intégrante du tissu de la ville, avait peut-être eu vent du retour de Lisa. La serveuse revint avec le Coca Light. Stacey voulut demander à Jonah s'il savait ou avait entendu quelque chose au sujet de Lisa, mais il ne lui en laissa pas le temps.

« J'ai un hélicoptère. » Une déclaration suffisamment étrange pour lui clouer le bec. « Je me fais grave de blé. Je suis dans les affaires. Développement foncier. Et on a une maison au lac Érié. Sur l'île de South Bass. On pourrait y aller ce soir, toi et moi. C'est à moins d'une demi-heure de vol. »

Stacey se retint de lui rire au nez tant l'assurance infondée de sa jeunesse paraissait soudain ridicule.

« Ouah, c'est tentant.

– Je suis sûr que t'es pas *cent pour cent* gouine. » Sourire. « T'as des besoins, comme toutes les femmes.

– Tu m'étonnes. »

Un sourire amusé fendit la bouche de Jonah. Il fit glisser ses index le long de ses pattes, dessinant jusqu'à son menton la forme de sa barbe teinte en rouge. Stacey crut distinguer l'empreinte d'un crâne sur sa pommette, presque la marque de deux orbites noires tamponnées sur sa joue.

« Ton frère est au courant ? Je pense que Pat serait pas trop fan de tes activités.

– Il est au courant », répliqua-t-elle froidement.

Jonah but une gorgée d'eau à la paille. Ses yeux paraissaient encore plus injectés de sang, troublés par une brume rouge. Elle se délecta en pensant à la gueule de bois qu'il se paierait le lendemain – en plus d'un nez cassé et de deux coquards. « C'est bien. D'après mes parents, c'est lui qui prendra la place du pasteur Jack quand il cassera sa pipe. »

Après tout ce temps, malgré tout cet acier greffé à sa colonne vertébrale, elle s'étonnait que ses vieilles peurs soient encore si présentes. Le ventre noué, elle se revit au lycée, comme si elle était retombée en adolescence, comme si Bethany venait de la prendre sur le fait et sa famille d'apprendre la nouvelle une fois de plus.

Si elle considérait que Ben Harrington était la première personne à avoir semé le doute en elle, c'est à Lisa que revenait le mérite de l'étape suivante.

Dans toute nouvelle relation, on est grisé par les premiers jours comme par un nouveau jouet, mais avec Lisa cette merveilleuse sensation de nouveauté était encore amplifiée par le secret, la duperie nécessaire. Le soir d'Halloween, quelques semaines seulement après *Casablanca*, elles étaient dans la chambre de Stacey et préparaient leurs costumes. C'est seulement alors qu'elles comprirent l'avantage possible dont elles disposaient : leurs parents ne se poseraient pas de questions si elles disparaissaient des heures durant derrière une porte close.

Elles étaient en train de se changer, et Stacey, qui avait ôté son soutien-gorge, croisait involontairement les bras sur sa poitrine. Il fallut que Lisa le lui fasse remarquer pour qu'elle en prenne conscience.

« Tu le fais aussi dans les vestiaires. T'as peur de tes seins, Miracle. »

Elle rougit. Elle n'aimait pas être nue. Elle n'aimait pas qu'on regarde sa poitrine, même quand c'était Lisa.

« Je ne suis pas une exhibitionniste, dit-elle. Désolée de pas me balader les nichons à l'air.

– Comme ça ? » Lisa passa une main dans son dos et dégrafa son soutien-gorge. Elle était superbe et elle le savait. Stacey s'apprêtait à ajouter quelque chose mais Lisa l'attrapa par les cheveux, la fit pivoter et lui poussa le front contre le mur, contre son poster du groupe Creed. Elle l'embrassa dans le cou, dans le dos, et baissa sa culotte d'un coup sec. Stacey sentit sa langue qui faisait des allers-retours entre son clito et son cul. Lisa continua jusqu'à ce que Stacey doive se mordre le bras pour s'empêcher de crier.

Quelques minutes plus tard, elle était allongée sur le lit, jambes écartées, épuisée, tremblante.

« Alors, Moore, c'est qui l'exhibi maintenant ? Range-moi cette chatte.

– Espèce de tarée », souffla-t-elle.

Lisa avait un vieil uniforme de pom-pom girl qu'elle était en train de maculer de faux sang, et elle avait remplacé le bâton par une tige de bois affûtée. Elle avait baptisé sa tenue « Buffy et les vampires de l'Orient ». Stacey remit sa culotte et reprit l'assemblage de son costume. Elle avait une blouse d'hôpital et un débardeur sous lequel elle avait fourré un coussin. Elle étala à son tour un peu de faux sang sur la blouse et appliqua son maquillage de zombie.

« Vachement perturbant ton costume, dit Lisa. Genre, t'as avorté et ça t'a transformée en zombie ?

– Comme ça, quand j'aurai fini, je pourrai enlever le coussin et être un zombie normal. »

Stacey devait jouer une victime d'avortement dans la Maison de l'Enfer organisée par sa paroisse, après quoi elle rejoindrait Lisa et les autres à une soirée.

« Je sais pas. Y a un truc qui me dérange dans l'idée de montrer aux gosses tous les trucs qui les enverront brûler en Enfer.

– C'est juste une maison hantée. Pas de quoi en faire toute une histoire. »

Cette année-là, c'était Patrick et Becky, tout juste mariés, qui se chargeaient de l'organisation. Stacey n'avait pas spécialement envie de passer la première partie de la soirée les pieds dans des étriers, à gémir devant des spectateurs auprès d'un faux fœtus dans un bocal, mais Patrick l'avait suppliée d'assurer au moins quelques heures.

« T'y crois vraiment ? » Lisa s'était fait une couette d'un côté de la tête et attachait l'autre avec un élastique. « Tu crois que t'iras en Enfer si tu te fais avorter ou si tu regardes un film porno ?

– Non, pas forcément. » Elle rougit. « C'est compliqué. » Lisa leva les yeux au ciel et décréta que ses deux couettes n'étaient pas symétriques. Elle enleva les élastiques et recommença. « Tu crois pas à l'Enfer, toi ? »

Lisa la fixa dans le miroir. « Non. Pas une seconde.

– Mais t'as une citation de la Bible dans ta chambre, dit-elle bêtement, comme si cela prouvait quoi que ce soit.

– Oh, je serais capable de marcher sur les mains pour éviter la guerre avec ma mère. Mais, sérieux, Moore, c'est chelou ce truc. Les Maisons de l'Enfer, c'est zinzin. Méga zinzin. Super méga zinzin.

– Je savais pas que tu pensais ça.

– Ben, c'est parce qu'on n'en parle pas. » Elle s'examina dans le miroir, tourna la tête et admira ses couettes qui gigotaient comme des pompons. « Je vais te dire en quoi je crois. »

Elle prit Stacey par les épaules et plongea les yeux dans les siens.

« Il y a un créateur. Mais je parie que c'est un geek avec des boutons plein la gueule qui se branle en nous regardant dans cette chambre. »

Une partie de l'angoisse de Stacey reflua. Elle avait cru que Lisa lui en voulait de participer à la Maison de l'Enfer. « Ah ouais ?

– Ouais. Je suis en train de lire un livre qui dit qu'il est presque mathématiquement certain que nous, que tout ça » – elle souleva sa jupe pour montrer à Stacey le short qu'elle avait en dessous – « et que toute l'histoire humaine, c'est une simulation informatique.

– Ouais, j'ai vu ça dans un film avec Keanu Reeves.

– Cette chambre, New Canaan, l'Ohio, la terre, Creed... » Elle embrassa le poster. « Tout ça, c'est un programme informatique, et franchement, avoue que c'est encore plus bizarre que de croire qu'il y a un homme magique dans le ciel qui espionne ce que tu fais de ton cul. »

Le rire de Stacey explosa dans la pièce, un staccato profond.

« C'est assez simple, quand on y pense. Le bouquin que je lis explique tout : depuis l'invention des ordinateurs, la puissance de calcul augmente si rapidement qu'il est clair que l'humanité ne fait qu'effleurer la surface de ce qui est possible.

– La loi de Moore ! s'écria-t-elle.

– C'est ça. Et la puissance de calcul finira forcément par devenir tellement énorme qu'on pourra tout simuler, y compris la création d'un univers entier peuplé d'êtres conscients. Mais pourquoi se contenter d'une seule simulation ? Pourquoi pas des millions ? Et à l'intérieur de ces simulations, une grande partie des êtres simulés développeront tôt ou tard la capacité de créer eux-mêmes leurs propres simulations. Il y a très peu de chances qu'on soit les entités biologiques originelles qui créeront la première simulation. En fait, c'est presque impossible. Le plus probable, c'est qu'on existe dans une simulation parmi des millions qui sont simulées par d'autres simulateurs, qu'on est simplement le fruit d'autres simulations informatiques.

– T'es vraiment une grosse geek.

– Mais ça change rien à nos vies, promit Lisa. Ça n'empêche pas de bien se comporter avec les autres, d'essayer de niquer, et de sauver ces putains de baleines. »

Pourtant, ce soir-là, les pieds dans les faux étriers à jouer la victime oubliée, morte des complications d'un avortement sur la table d'opération, Stacey ne put s'ôter de la tête la curieuse théorie de Lisa, et elle se demanda en quoi cette théorie était moins plausible qu'une éternité de torture. Ce fut la dernière fois qu'elle se laissa convaincre de participer à la Maison de l'Enfer.

« Non mais sérieux, tu devrais revenir vivre ici, on se mettrait ensemble, dit Jonah en agitant la tête d'un air taquin. On pourrait passer aux choses sérieuses, comme on aurait dû faire après le bal. Je te rendrais heureuse.

– Tu m'en diras tant. »

Elle plongea sa paille dans le trou d'un glaçon et touilla. Un vieux à casquette de marin fut pris d'une quinte de toux grasse et répugnante. Il était affreusement maigre et avait un tatouage immonde sur le bras, un clown au sourire assassin. Sa peau était si brune et tannée que le dessin paraissait déshydraté, ratatiné.

« Les femmes ont besoin des hommes et les hommes ont besoin des femmes, continua Jonah. C'est vieux comme la Bible. En plus, avec moi, tu seras protégée.

– Protégée ? » Elle le titillait exprès, mais la scène avait un côté spectacle de monstres qui la fascinait. Venez voir la femme à barbe. Venez voir l'avaleur de sabres. Venez voir le proto-misogyne ivre mort.

« Ce pays est entre le marteau et l'enclume, comme on dit. On va s'effondrer dans une dizaine d'années, fais-moi confiance. On est en train de se noyer sous les dettes. Et quand il va falloir payer la facture, qui c'est qui va raquer à ton avis ? Pas les parasites. Pas les assistés. Les gens qui font tourner ce pays. C'est à eux que le gouvernement demandera de remplir les caisses. Et alors il se passera quoi ? »

La gaieté de Stacey s'envola devant ce millénarisme politique, et elle commença à regretter d'avoir lancé Jonah.

« Le truc, c'est qu'on a une drogue dans ce pays. Et cette drogue, c'est la dépendance aux aides sociales. Aujourd'hui, la moitié du pays est accro et y a de plus en plus de gens qui font la queue aux allocs. Donc, dès que la balance va se mettre à pencher… » Il leva un bras en diagonale, puis le renversa brusquement à la manière d'un tape-cul. « Tous ces gens, ils vont voter de plus en plus pour leur gueule. C'est toute l'histoire des années Obama. Un Noir qui a donné ce qu'ils voulaient à ses électeurs. Et c'est laquelle, la partie de la population qui augmente ? Pas les Blancs, tu peux me croire. C'est la partie qui est accro. Et même si on dégage Obama, ça changera rien. Si on le destitue ou je sais pas quoi. Ils se trouveront un autre Obama la fois d'après parce que maintenant ils sont plus nombreux que nous.

– Et les masses grouillantes obtiennent toujours ce qu'elles veulent, c'est ça ?

– Ce qu'elles croient vouloir, rectifia Jonah. Mais tous les hommes d'affaires qui font marcher ce pays, qui créent les emplois et la richesse, tu crois qu'ils vont rester là ? Ils vont se barrer à l'étranger avec leurs usines ou bien ils vont tout simplement faire faillite. Mettre la clé sous la porte. C'est déjà ce qui est en train de se passer. À ton avis, qui c'est qui fait marcher ce pays ? »

Elle montra du doigt la serveuse, qui attendait que l'homme à la casquette décide s'il allait prendre de la tarte ou non. « Elle ?

– Tu sais bien que c'est pas ce que je veux dire. Pourquoi tu crois ce que ce pays est de plus en plus basané, hein ? Pourquoi tu crois que tous les Mexicains, les Guatémaltèques, les Haïtiens… » Il commença à compter sur ses doigts, sur un ton de plus en plus sévère. « … les Indiens, les Cambodgiens, les Nigérians, les Kenyans, les Angolais, les Irakiens, les Afghans, les Vietnamiens, les Soudanais, les Chinois, etc., pourquoi tu crois qu'ils veulent tous venir ici ? »

Elle aurait été impressionnée si Jonah avait été capable d'énumérer autant de nationalités en étant sobre. Elle ne put s'empêcher de le troller à son tour, toute velléité de l'interroger au sujet de Lisa envolée dans l'échauffement de cette discussion politique en roue libre.

« Parce que le désert progresse et que les nappes phréatiques baissent et que c'est de plus en plus difficile de faire pousser de quoi se nourrir. Donc tout le monde se rue vers la forteresse Amérique pour se mettre à l'abri. Et c'est pas sans rapport avec les lotissements périurbains que vous vendez, ton père et toi.

– Tu parles ! » s'écria-t-il, et la serveuse leva le nez de son bloc-notes. Il ponctua ses mots en tapant sur la table. « Ils viennent chez nous parce qu'ils ont entendu parler de nos allocs. On les fout jamais à la porte. Suffit d'avoir un bébé ici, et c'est gagné. Bravo, maintenant vous êtes américains même si vous parlez pas notre langue, que vous connaissez pas notre histoire et que vous avez aucun intérêt en commun avec vos compatriotes. Mais vous pouvez quand même encaisser les chèques.

– Et donc, tu proposes quoi, Jonah ? Si les barbares sont à nos portes, comme tu dis ?

– Il va se passer des trucs bientôt. Dès ce soir, en fait. » Il jeta un regard alentour pour vérifier qu'on ne les écoutait pas. L'assemblée se limitait toujours aux deux serveuses qui s'emmerdaient et au vieux qui attendait sa part de tarte. « Je dis pas que j'ai quelque chose à voir avec ça, mais il est possible que j'aie graissé quelques pattes pour accélérer les choses.

– Je comprends rien à ce que tu racontes.

– Mais si. » Il leva au ciel ses yeux rouges et bouffis et marqua les étapes suivantes sur ses doigts à un rythme enjoué. « Les gars reçoivent le paquet ce soir. Comme ça, d'ici quelques semaines, ils pourront donner une bonne leçon aux parasites.

Et après, toi et moi, on va à South Bass. Ma famille a une maison là-bas.

– Tu me l'as déjà dit. » Elle voulut lui demander de clarifier le reste, mais il lui coupa la parole.

« Et y a les autres. Phil Shackley, il possède le premier fournisseur de propane du Midwest. Kathleen Harden – ses fils et elle, ils ont genre un million de franchises Subway dans tout l'État. Jerry Morzheimer, lui il a une grosse chaîne de matériel de terrassement. On est en train de fortifier l'île et de faire venir des ressources. Armes, munitions, vivres, équipement médical, alimentation en eau. Ça fait depuis 2008 qu'on en parle. Maintenant qu'on a l'endroit, quand tout va partir en couille, nous on ira à South Bass. Et on laissera les autres se bouffer entre eux quand ils arrêteront de toucher des allocs. Tous les talents et toutes les entreprises vont partir, et ils nous supplieront, ils nous supplieront de les aider, ils nous supplieront de... »

Il n'acheva pas sa phrase. La fatigue s'était abattue sur lui pendant son discours et sa tête se posa lentement sur la table. Il ramassa les mains en oreiller sous son crâne comme il le faisait au lycée pendant les cours. Ses paupières se fermèrent. Les deux serviettes dépassaient de ses narines comme deux drapeaux froissés. Stacey lui pardonna ses laïus car elle savait à quoi ils servaient, au fond : à concentrer sa rage, sa déception, sa souffrance, sur un autre objet. À réduire un monde trouble et complexe à quelques points de rancœur facilement identifiables. À brandir un feu rassurant pour repousser les démons.

Après le départ de Lisa en juin 2004, Stacey essaya d'identifier les signes. Son problème était qu'elle s'était si bien laissé envelopper dans cette énigme nommée Lisa Han – surtout les derniers mois, quand elles étaient réellement et farouchement « ensemble » – qu'elle n'avait pas vu ce qui se passait de son côté.

Voilà ce qui arrive lorsqu'on prend un risque, qu'on savoure le frisson du péché, qu'on se tortille sur la banquette arrière de la vieille Pontiac Sunfire maternelle, à moitié nues, Lisa suspendue par un bras, les yeux clos, concentrée, sa langue déposant un vernis de salive sur la chair de sa lèvre inférieure. Tous les endroits où leurs mecs les avaient emmenées pour les déshabiller. Jamais à La Mousse, tout le lycée y était. Lisa plaquait une main sur la bouche de Stacey, mais ses cris, même étouffés, transperçaient le bâillon. Tous les jours, du matin au soir – dans tous les moments qui entouraient leurs fugaces retrouvailles –, la panique était une pierre au creux de son ventre.

En 2003, juste avant les vacances de Noël, elles avaient séché la fête après un match de basket et étaient allées s'acheter des burgers au Wendy's avec le projet de conduire au hasard et de se goinfrer. Stacey voulut parler de leur situation, et la discussion ne se passa pas bien.

« Je me suis toujours considérée bisexuelle, dit Lisa, ses yeux braqués sur la route. Sans jamais penser que j'en ferais quoi que ce soit. Mais bon, si j'ai été pote avec Kaylyn aussi longtemps, c'était pas pour ses fulgurances sur la condition humaine.

– Elle et toi, vous avez…

– J'aurais bien voulu. Mais je me suis rabattue sur mon deuxième choix. »

Stacey, installée au volant, lui jeta une frite. « Arrête. »

Lisa ramassa la frite sur son sein, où la graisse l'avait collée, et l'engloutit.

« Écoute, je veux pas te vexer, mais on s'en fout, non ? dit-elle. On se marre bien. On va garder ça entre nous. Personne sera au courant et y a pas de quoi en faire un drame. Je vois pas où est le mal.

– Ouais, sauf dans l'Épître aux Romains et le Lévitique, trois fois rien, quoi. »

Lisa lui jeta un regard en biais pour évaluer son niveau de sérieux, lequel était très élevé. Cette année-là, la question du mariage homosexuel était dans toutes les bouches, et chaque fois qu'elle ressortait dans un débat télévisé ou aux infos, Stacey commençait à avoir chaud, elle pressentait la fournaise décrite par Tina durant leur enfance, et elle trouvait un prétexte pour quitter la pièce. Depuis toute petite, elle entendait deux fois par an les sermons du pasteur Jack sur le sujet et, maintenant que les médias en faisaient leurs choux gras, il en profitait. *L'homosexualité est une abomination. Ce n'est pas moi qui le dis. C'est la Bible. C'est le Seigneur. Cela ne veut pas dire que nous ne devons pas avoir de compassion pour ceux qui se sont écartés du droit chemin. Cela ne veut pas dire que nous ne péchons pas d'une multitude de façons. Mais ce sont les mots du Seigneur, et nous devons nous y conformer. Traitons toujours les pécheurs avec compassion, mais ne fermons jamais les yeux sur le péché.* Et Stacey, du coin de l'œil, voyait bien que sa mère acquiesçait, opinait avec une régularité métronomique. Maintenant encore, quand elle sentait l'odeur de son église, ce mélange de livres poussiéreux et d'encens citronné, elle rougissait de honte.

Elle essaya de le faire comprendre à Lisa, sans succès.

« Faut que tu te sortes ces conneries du crâne. Ça te rend tarée. Arrête un peu de culpabiliser pour des trucs auxquels je suis sûre que tu crois même pas. »

Stacey lui décocha un regard furieux. « J'y crois. »

Patrick venait d'être ordonné aumônier à mi-temps. Il l'avait remerciée pendant la petite fête organisée en son honneur au sous-sol de l'église : *Stacey, ma petite sœur. Tu es une des raisons pour lesquelles je suis aussi heureux. Ton dévouement et ton amour pour notre paroisse et pour le Christ sont pour moi une source d'inspiration. C'est une des grandes bénédictions de ma vie d'observer la femme exceptionnelle que tu es en train de devenir.*

Là, Lisa croisa son regard, et Stacey dit, dans l'espoir de la blesser : « Je ne suis pas comme toi. Je crois que je ne suis pas comme ça, c'est tout. »

Elle n'avait pas réussi à le dire. *Je ne suis pas comme ça.* Elle formulait son déni comme une vraie gouine refoulée, en restant aussi loin que possible du mot véritable.

Lisa leva les mains au ciel, un sourire aux lèvres. « Ben alors arrête de me lécher, Miracle. »

Stacey conduisait pied au plancher dans l'obscurité parfaite de Stillwater Road, mais elle eut quand même envie de la gifler. C'était la première fois qu'elle éprouvait cette pulsion envers qui que ce soit (mais ce ne serait pas la dernière ; Patrick et sa femme susciteraient régulièrement ce type d'envies). L'attitude de Lisa était cousue de désinvolture, mais elle sonnait faux et sentait l'autopersuasion. Lisa n'arrêtait pas de jouer avec son médaillon, un bijou en toc ridicule dans lequel elle mettait des photos de stars pour midinettes (le lauréat semi-ironique du moment était le chanteur du groupe B2K, qui avait délogé Aaron Carter). Elle le tripotait entre le pouce et l'index en essayant de rire de tout ça. De rire d'elles. Elle avait besoin de sentir qu'elle maîtrisait la situation, et donc elle se moquait des peurs de Stacey.

« Et tu dirais quoi si ta famille l'apprenait ? demanda celle-ci. Tu veux que j'en parle à ta mère ?

– Me menace pas, salope.

– Alors fais pas comme si ça te concernait pas. » Lisa laissa retomber le médaillon sur sa poitrine. Elle écarquilla même un peu les yeux et eut un subtil mouvement de recul général. « Me traite pas comme si j'étais une blague pour toi. »

Après ça, elles gardèrent le silence un moment. Et, finalement, Lisa glissa la main vers celle de Stacey, effleurant du bout des doigts la peau de son poignet délicat. « Y a qu'un seul verset qui compte pour moi, bébé, déclara-t-elle. Ce que Paul dit des autres Romains. J'ai eu compassion de toi et je t'ai aimée. »

Nouveau silence. Stillwater était la meilleure route de tout le comté – de longs segments sans lampadaires, sans maisons, sans pollution lumineuse. La lune se reflétait sur la mince couche de neige qui recouvrait les champs de maïs. Stacey finit par reprendre le chemin de la ville. Elle se demandait si cette conversation avait été une mauvaise idée, si elle avait tout gâché en montrant à Lisa combien elle avait peur. Et puis, alors qu'elles se rapprochaient de chez elle et passaient devant la bibliothèque municipale, Lisa montra le bâtiment du doigt et dit : « C'est là que j'ai sucé Ashcraft la première fois, sur le toit. »

Stacey rit, surprise. « Beurk.

– Franchement, j'aurais du mal à trouver un endroit où je l'ai pas sucé dans cette ville.

– Ferme-la, Han.

– Mais c'est vrai. Ma mère essayait tout le temps de nous retenir à la maison histoire de garder un œil sur nous, du coup l'année dernière on a regardé les Oscars avec Bob et elle, et ils sont tellement vieux tous les deux qu'ils dormaient déjà avant le Meilleur Acteur. Alors, avec Bill, on est allés dans la cuisine et je l'ai sucé sur le bar.

– Ah mais c'est dégueu ! Sérieux, Lisa ! »

Lisa avait entrouvert sa vitre et s'accrochait au bord du toit. Le vent nocturne repoussait des mèches noires sur ses yeux. « Quoi, t'as jamais taillé une pipe à Harrington ? Le pauvre.

– Bien sûr que si.

– Et donc ? T'as pas aimé ?

– J'ai pas *pas aimé*. Je sais pas. Ça m'a fait ni chaud ni froid. Ça me dérangeait pas de le faire tant que c'était un échange équitable.

– Ben moi j'adore ça. Ça m'excite. » Elle eut un frisson exagéré, battit des paupières. « Je dois avoir un clitoris au fond de la gorge. »

Stacey hurla de rire et se tourna vers elle. « Mon Dieu, mais de quelle planète tu viens ?

– Quoi ? C'est Linda Lovelace qui dit ça dans *Gorge profonde.*

– Hein ?

– La star du X. En vrai, c'est super triste. Dans ses Mémoires on apprend que son mari la battait, la faisait violer par plusieurs mecs et la forçait à se prostituer et à faire du porno. Vraiment horrible. »

Reportant son attention sur la route, Stacey dit : « T'es vraiment étrange comme meuf, meuf. » Elles se turent quelques instants. « Mais attends, vu que t'adores sucer, ça te manque ? C'est un besoin que je satisfais pas ? C'est ça que tu me dis ?

– Hmm. » Mignon petit sourire. « Ça va, j'ai aussi un clitoris sur mon clitoris. »

Quand Matt était en seconde, alors que Stacey était encore au collège, il y avait dans sa classe un garçon que tout le monde soupçonnait d'être gay. Stacey ne se souvenait plus de son nom, mais elle se souvenait d'avoir entendu dire que quelqu'un avait transformé son pare-brise en une toile d'araignée de verre brisé. Elle y pensait plus ou moins constamment cette année-là, mais la honte ne parvint jamais à l'emporter sur son goût pour Lisa. Ses orgasmes n'étaient jamais dans les petits bruits crispés qu'elle faisait lorsque Stacey la titillait avec sa langue – ils se produisaient toujours en silence, dans l'instant où la respiration de Lisa s'emballait et où ses doigts s'enfonçaient dans le crâne de Stacey, où la réalité semblait être un fil tendu à se rompre.

Elle laissa Jonah dormir sur la table. En passant devant la serveuse – celle à l'ample postérieur, pas la poétesse aux cheveux gris –, elle lui suggéra de passer un coup de fil au père de Jonah. « Je me demande s'il n'a pas un traumatisme crânien. »

Peut-être, se dit-elle alors, qu'elle n'était pas venue au Vicky's pour voir Bethany Kline et s'émerveiller de sa difficulté à entretenir sa haine. Le Vicky's, d'où elle n'avait pas encore réussi à s'échapper cette nuit, était peut-être une sorte de surréalité, un espace illusoire où se croisaient les faisceaux de sa vie, son Tel'aran'rhiod personnel, un nexus temporel imprégné de nostalgie.

Elle toucha l'enveloppe dans son sac à main, mais elle avait maintenant une nouvelle destination et allait donc remettre à plus tard cette dernière et pénible commission. Il n'y avait qu'une seule personne qui connaissait Lisa aussi bien qu'elle – qui la connaissait tout court, en fait –, et c'était Bill Ashcraft. L'idée que Lisa soit rentrée et l'ait appelé, lui mais pas elle, suffisait à lui plonger dans le cœur une vieille épine de jalousie. Or, c'était exactement ce dont elle avait besoin pour aller le voir. Enfin, disons plus précisément « l'affronter ». Elle chercha dans son répertoire, mais elle n'avait plus le numéro d'Ashcraft. Ils n'étaient plus en contact depuis des années, sinon par un like occasionnel sur Facebook. Le Lincoln Lounge n'était pas loin du Vicky's, alors elle laissa sa voiture et y alla à pied.

Traversant le centre en direction du sud, elle aperçut en chemin la vieille aciérie, fermée dans les années quatre-vingt quand Fountain Steel avait décidé de faire fabriquer ses tuyaux dans un endroit moins cher. Elle n'avait jamais compris pourquoi la ville n'avait pu se résoudre à démolir ce vieux furoncle industriel. À croire qu'on lui fichait la paix dans l'espoir que ses entrailles mécaniques redémarrent un jour de leur propre chef. L'usine et le collège abandonnés avaient été bâtis dans une proximité dangereuse, les urbanistes voulant probablement que les gosses aient tout le temps de contempler la plus belle opportunité professionnelle que cette ville avait à leur offrir. Des générations d'élèves avaient respiré l'air sorti de ces cheminées qui répandaient paresseusement leur CO_2 dans l'atmosphère.

Où une fille qui a perdu la foi va-t-elle pour chercher un sens à sa vie ? Qu'est-ce qui peut combler le vide laissé par la religion ?

Jusqu'à sa conversation avec Hilde, Stacey n'imaginait pas que ce gouffre en elle puisse être aussi profond et douloureux. Avant l'étrange convergence de Hilde et de *Gaia*, elle ne s'était jamais considérée comme faisant partie d'un système écologique, et elle en avait été abasourdie. Abasourdie que les gens traversent leur vie comme dans le coma, inconscients du substrat physique qui les entoure. Elle repensa aux soirées de camping en famille au Mohican State Park, lorsque Matt et Patrick se faisaient enguirlander parce qu'ils se bagarraient trop près du feu ou se lançaient des marshmallows, et à ses randonnées et ses nuits sous la tente, plus tard, en Croatie, en Lituanie et en Suisse ; en Équateur, au Pérou et au Brésil. Pour elle, le monde naturel existait de la même façon qu'il existe pour la majorité des populations du Nord : un parc à thème, un Disneyland de plus. Un des luxes de la modernité était de ne jamais avoir à se demander si l'asphalte d'un parking risquait d'écraser le sol, de déranger un écosystème fragile, d'expulser une colonie d'insectes, d'oiseaux ou de petits mammifères. Ou bien de ne jamais songer que ce parking lui-même n'était guère qu'une miniature d'un phénomène bien plus vaste et sinistre : une guerre contre la biosphère vivante. On parle d'anthropocène, mais il serait plus exact de l'appeler nécrocène : une ère géologique déclenchée par l'être humain, dans laquelle le profit découle de l'exploitation et de l'extinction, l'immense capital accumulé finançant des dévastations plus grandes encore en un cycle fatal.

À la fin des années deux mille, tandis qu'elle parcourait l'Europe, Stacey commença à réfléchir aux conséquences de ce qu'elle avait découvert depuis qu'elle s'était débarrassée de ses délires religieux. Ce que l'humanité infligeait à la biosphère – que ce soit son obsession pour l'impact d'un neutron sur l'uranium, les carburants fossiles, les bateaux-usines qui scarifiaient l'océan, l'élevage de toutes les créatures jusqu'à l'abeille –, cette fascination, ce pillage, cela ne pouvait pas durer. Cette prise de conscience flottait dans les marges de la littérature. Depuis *Le Grand Quoi* d'Eggers jusqu'à *Americanah* d'Adichie, en passant par *Hunger Games* de Collins, les auteurs contemporains l'avaient intégrée même s'ils ne traitaient pas de ça directement : la planète subissait une profonde catastrophe.

Stacey mourait d'envie d'écrire sur ce sujet. Sur l'humanité qui avait produit cet excès prodigieux d'éleveurs, de maîtres, d'assassins et d'artistes. Sur son narcissisme capable d'engendrer divinités, littérature, destructions et dogmes. Sur l'amour puissant, farouche et insondable qu'elle parvenait toutefois à susciter encore par moments. Et tout cela hissait Lisa à une place encore plus chère dans son esprit et sa mémoire, l'élevait au statut de prophétesse. Tous les jeunes de dix-sept ans ne lisent pas *Gaia*. Ou des ouvrages sur la théorie de la simulation, ou *Le Livre du rire et de l'oubli*. Stacey avait dû attendre le milieu de sa vingtaine pour rattraper Lisa sur le plan intellectuel, et alors elle n'avait pu qu'admirer jalousement son amie perdue depuis longtemps. Elle avait toujours su que Lisa était plus créative, ouverte et curieuse que les sept cents autres élèves de leur lycée, mais c'est seulement des années plus tard qu'elle fut saisie par les profondeurs cachées de sa vie intérieure. Au milieu de la poignée de notes que Lisa avait laissées dans les marges de *Gaia*, une remarque se détachait. Dans l'épilogue, Lovelock demande au lecteur de réfléchir à la conception humaine de la beauté, « ces sentiments complexes de plaisir, d'identification et de satisfaction, d'émerveillement, de désir, qui s'emparent de nous lorsque nous voyons, sentons ou entendons une chose qui accroît notre conscience de nous-mêmes tout en approfondissant notre perception de la véritable nature des choses ». À côté, Lisa avait écrit, sobrement, la même citation que sur son casier et au-dessus de son bureau dans sa chambre : *J'ai eu compassion de toi et je t'ai aimé.*

Tandis que Stacey prenait un raccourci par une ruelle et que l'aciérie sortait de son champ de vision, elle se dit pour la millième fois que ses préoccupations d'écrivaine, de penseuse et simplement de conscience n'étaient que le prolongement nébuleux de celles de Lisa Han.

De la vapeur sortait en sifflant d'une plaque d'égout, des lignes électriques pendaient comme des lianes, et l'enseigne en plastique défraîchie du Lincoln apparut. Une personne partageant les opinions politiques de Jonah avait flanqué un autocollant SENS INTERDIT avec la tête d'Obama sur le panneau stop au bout de la ruelle moite. En débouchant dans la rue, elle vit un homme penché au-dessus de la fenêtre passager d'une voiture à l'arrêt. Une silhouette bien trop familière.

Au cours de leur dernière année de lycée, Lisa et Stacey se rapprochèrent tellement que toutes leurs autres amitiés cessèrent d'exister. Lisa, surtout, en vint à détester ses copains d'Elmwood, même si le processus avait débuté deux ans plus tôt quand Hailey Kowalczyk était sortie avec Curtis Moretti, *quarterback* et ami de Matt Moore. Un grand mec réellement idiot, avec un nez crochu, des anneaux dans les oreilles et une coiffure abominable, rasé sur les côtés avec des cheveux blond foncé sur le sommet du crâne comme une énorme kippa.

Un jour où elles étaient assises à une table de pique-nique près du terrain de softball, Lisa tenta de lui expliquer leur différend. C'était le premier jour de cette année 2004 où régnait un temps trop chaud pour la saison. *Casablanca*, Halloween, la Maison de l'Enfer, Thanksgiving et les vacances de Noël étaient passés. La remise des diplômes miroitait à l'horizon. À contrecœur, Stacey avait opté pour l'université Wittenberg, à Springfield. Lisa, quant à elle, hésitait encore entre quatre établissements. Elles sentaient que leurs routes allaient bientôt diverger, et d'abord Stacey crut que c'était ce qui chagrinait Lisa, mais elle comprit rapidement qu'elle se trompait.

« Donc Hailey s'est fait dépuceler par Curtis Moretti ? Et ? » dit Stacey. Tout cela sans pour autant suggérer que Lisa redevienne amie avec celle qu'elle surnommait « Triple Danger ».

« Je suis copine avec Danny depuis qu'on est tout petits, protesta Lisa. Hailey savait qu'il l'adorait et elle s'est quand même tapé Moretti. Je lui ai dit : "Écoute-moi bien, salope, un jour Danny va prendre du muscle, il va enfin pouvoir se laisser pousser la barbe, il va avoir des lunettes moins moches et il va tout défoncer à Cornell ou je sais pas où parce que ce mec, il lit encore plus qu'une bibliothécaire, et toi tu seras obligée de t'occuper du chiard à tête de rat que t'auras eu beaucoup trop tôt avec Moretti." »

Pâle et maigrichon, avec des taches de rousseur et une touffe de cheveux roux irlandais, Dan Eaton était un garçon doux – si gentil que tout le monde lui marchait dessus, y compris ses amis. Le secret de polichinelle de leur promotion était que Danny Eaton était amoureux de Hailey – ou plutôt obsédé par elle – depuis le jour où il l'avait rencontrée. En première, il l'avait enfin eue à l'usure et on les voyait ensemble dans les couloirs, Dan béat d'admiration. Stacey fut déconcertée en apprenant qu'il avait choisi l'armée au détriment des études supérieures : il avait déployé tant d'efforts pour conquérir le cœur de Hailey, et il allait tout mettre en péril, dans le sens très abyssal du terme, en s'envolant vers des aventures militaires lointaines – un amour aussi durement gagné ne valait pas de tels risques.

« Et alors ? Maintenant elle sort avec Dan, dit Stacey. Elle t'a écoutée. »

Lisa mordilla la manche de son sweat-shirt en regardant l'herbe perlée de pluie. Un brouillard matinal s'était posé sur les champs et donnait l'impression que la ville traversait les nuages. Lisa cracha entre ses pieds et parut au moins y réfléchir.

« Nan, elle m'a pas écoutée. On ne se parle pratiquement plus. Mais y a pas que ça. Kaylyn et elle, elles sont dans une espèce de relation de codépendance de merde. T'es au courant que Kay est revenue ? Elle a lâché Toledo. Elles se voient.

– Je comprends pas, t'es jalouse ? » Elle espérait que le mot *jalouse* n'avait pas trahi la même jalousie qu'à ses propres oreilles. Chaque fois que Lisa parlait d'une personne pour qui elle avait de l'affection, Stacey avait envie de coller sa bouche à la sienne et de la siphonner.

« Pas exactement. Kay était tout le temps cramponnée à Bill quand on sortait ensemble, elle flirtait avec lui comme si je les voyais pas. Mais tu comprends pas, cette fille, elle est carrément plus tarée que…

– C'est bon, la carte de base-ball de ton frère ou je sais pas quoi. » Stacey était en colère, et elle avait peur. C'était peut-être irrationnel, mais elle se demandait si Lisa avait eu une histoire avec Hailey ou Kaylyn avant elle. Ne serait-ce qu'une fois comme leur soirée *Casablanca*, mais qui suffirait largement à la rendre maboule. Ashcraft, elle pouvait le digérer, mais une autre fille, hors de question.

« Non. C'est pas ça. » Elle se pencha en avant, s'assit comme un mec avec les coudes sur les cuisses, des mèches de jais lui tombant dans les yeux. Stacey dut se retenir de les coincer derrière son oreille, et le désir lui tordit l'estomac. « C'est juste que j'ai appris des sales trucs à son sujet. Et ça me rend un peu dingue parce que je sais pas quoi faire.

– Du genre ?

– Elle est complètement malade. J'arrive plus à la voir autrement.

– Du genre ? répéta Stacey.

– Y a une cassette. Kay et des mecs de l'équipe de football. C'est…

– Quoi ?

– Y a de la cocaïne dans l'histoire. »

Il faut comprendre que, à cette époque, c'était pour Stacey

une chose extraordinaire. Elle n'en avait jamais entendu parler à New Canaan. Il lui paraissait hallucinant que quelqu'un, surtout une ancienne amie proche, ait accès à de la cocaïne.

« Tu veux dire qu'ils se sont filmés en train d'en prendre ?

– Un truc dans le genre.

– Et tu veux faire quoi ?

– Aucune idée. » Lisa renifla et son regard se perdit dans le tulle du brouillard. Au bout d'un moment, elle reprit : « Et puis merde. Kowalczyk. Kaylyn. Tout le monde. Je les emmerde. Dans quatre ans je serai en train de boire du vin à Florence, et elles, je les aurai pratiquement oubliées comme toutes mes autres conneries d'ado. »

Presque quatre ans plus tard, quand Stacey, en dernière année de maîtrise, rentra pour Noël, elle alla à la salle de sport de sa mère et tomba sur Hailey Kowalczyk au vestiaire. Elles se cognèrent les orteils en se disant bonjour et s'emmêlèrent les pinceaux pendant le court moment qu'il fallut à Hailey pour troquer sa blouse d'infirmière contre une tenue de sport. Elles ne parlèrent pas de la procession en l'honneur de Rick, à laquelle Hailey avait assisté mais pas Stacey. Hailey lui apprit qu'elle s'était séparée de Danny et qu'elle était maintenant avec Eric Frye. Puis Stacey lui demanda si elle avait eu des nouvelles de Lisa. À part le basket au collège, c'est tout ce qu'elles avaient en commun.

« On s'écrit de temps en temps. Elle est au Vietnam, elle donne des cours d'anglais dans un hôpital.

– Et elle va bien ? » demanda Stacey de la voix la plus neutre possible. Une bouffée de cette vieille jalousie ridicule.

« Super bien. Elle me manque. On s'est un peu perdues de vue au lycée pour des bêtises, mais… » Elle n'acheva pas sa phrase. « Tu veux que je lui passe le bonjour de ta part ? »

Stacey était bien plus grande que Hailey. Elle avait envie de se camper au-dessus d'elle pour lui crier : *Et pourquoi toi ? Lisa trouvait que t'étais une sale hypocrite. Pourquoi toi et pas moi ?*

Ensuite, coincée sur un vélo, elle se demanda ce qui avait pu passer par la tête de Lisa, et si elle avait retrouvé la trace de son père au Vietnam, puis elle pensa aux transpositions historiques complexes au gré desquelles le père de Lisa avait quitté son pays pour atterrir dans l'Ohio avant que la fille qu'il avait abandonnée ne fasse le chemin en sens inverse. Au cours de ses voyages, malgré ses envies d'inconnu, jamais Stacey n'osa prendre un billet pour l'Asie du Sud-Est, où Lisa avait choisi de faire sa vie. Et si elle en avait eu quelques velléités, celles-ci se dissipèrent après cette conversation avec Hailey Kowalczyk qui lui laissa le cœur en miettes.

Une berline compacte bleue était arrêtée dans la pénombre entre deux lampadaires. Côté passager, penché pour parler au conducteur, il y avait un homme qui raviva des souvenirs dans lesquels, debout dans les gradins, Stacey tenait la main de Ben et entonnait des chants débordant de racisme de classe à destination d'équipes venues de villes bien plus sordides que New Canaan (« On est les meilleurs / Et on va gagner / Vous êtes des chômeurs / Et on va vous niquer. »). Surgissant des tréfonds de sa mémoire, le surnom qu'il lui donnait remonta à la surface : « la petite Moore ».

Du temps où son frère Matt et Todd Beaufort étaient amis et jouaient dans l'équipe de football, c'est ainsi que l'appelaient tous ces garçons intimidants et plus âgés.

Todd parlait à une forme blottie dans le noir derrière le volant. Visage invisible. Plongé dans les ombres. Il tourna la tête dans sa direction et elle faillit lui faire un signe de la main.

De tous les copains de Matt, Todd avait toujours été son préféré, probablement parce que, lorsqu'il venait chez eux, il se mettait en quatre pour être sympa avec elle. Elle aimait aussi la façon qu'il avait de regarder Tina. Et il finit par sortir avec la copine d'enfance de Stacey pendant presque tout le lycée, même si, à ce moment-là, Tina et elle ne s'adressaient quasiment plus la parole. On racontait souvent que le célèbre duo Todd-Tina avait eu une fin malheureuse. Mais ce n'était pas pour rien si Tina et Stacey s'étaient éloignées avec les années, et contrairement à certains qui voyaient en Todd le méchant de l'histoire, Stacey avait toujours considéré que Tina était au moins complice. À cet âge, c'est parfois une malédiction d'être une fille aussi belle et convoitée (de son point de vue, la chose valait aussi pour Kaylyn). Tina avait laissé Todd l'envelopper complètement et avait cessé toute activité qu'il n'approuvait pas. Stacey repensa à la fois où, à dix ans, elles s'étaient faufilées en haut de l'escalier menant au sous-sol pour espionner ce que disaient Matt, Todd, Curtis et leurs copains. Mais elles n'avaient rien entendu d'autre que la clim et, de temps à autre, un rire gras d'adolescent. Tandis que Stacey se faisait de nouvelles amies grâce au volley, Tina végétait, servile, dans ce nouvel amour et se désintéressait du reste. Lorsqu'ils finirent par se séparer, des rumeurs grotesques circulèrent sur le compte de Tina, des rumeurs risibles et sûrement inventées de toutes pièces par l'équipe de football, mais qui suscitèrent la méfiance de Stacey. Tina fit une tentative tiède et avortée de resserrer leurs liens, mais Stacey avait déjà une nouvelle bande de copines. Elle abandonna alors toute vie sociale et maigrit tellement qu'on évoqua un trouble alimentaire. Elles se perdirent de vue après la remise des diplômes.

Todd jeta un regard dans sa direction et Stacey baissa la main. Il avait l'air soûl. Il avait aussi l'air gras, fatigué et vieux. Encore plus que Jonah. Il se retourna vers la voiture sans l'avoir repérée.

Elle eut de la peine pour le Todd d'autrefois, puis de la peine pour le Todd d'aujourd'hui. Quand elle était en seconde, ils partageaient la même salle d'étude et il lui avait posé une question d'algèbre. Il révisait pour son SAT, auquel il devait absolument décrocher un bon score s'il voulait continuer le football au niveau universitaire. Il lui montra ce qui lui posait problème, un élémentaire $3x = 15$, déterminez la valeur de x. Comment avait-il pu arriver jusque-là sans être capable de résoudre une équation qu'il aurait dû apprendre à une époque où Tina et elle étaient encore en primaire et l'épiaient depuis l'escalier du sous-sol ? Ce semestre-là, Stacey consacra presque tout son temps d'étude à lui donner des cours particuliers. Et il réussit à obtenir le score dont il avait besoin, même si, vu la tournure que semblaient avoir pris les événements, ça ne l'avait pas mené là où il l'espérait.

Il ouvrit la portière et monta dans la voiture. Quand le conducteur enclencha la marche arrière, Stacey se recula dans l'obscurité de la ruelle, sans trop savoir pourquoi. Elle laissa passer la berline et aperçut le visage usé de Todd Beaufort sous une casquette rouge, plombé par une expression blessée, désespérée. Elle continua jusqu'au bar.

Le Lincoln Lounge était un de ces marigots tristes dans les dunes du Midwest rural et industriel. Lambris reflétant l'éclairage chiche et les enseignes lumineuses pour des bières light. Quelques tables éparpillées autour d'un billard poussiéreux et une télé diffusant un match de base-ball qui se jouait sur la côte Ouest. Au comptoir, de vieux types cabossés courbés sur leurs pintes pendant que dans la salle une poignée de mecs plus jeunes entrechoquaient des boules de billard sans trop y croire. Elle aurait juré qu'elle avait été au lycée avec la barmaid, mais pas moyen de se rappeler son prénom.

Elle lui demanda : « Est-ce que vous avez vu un grand mec, les cheveux noirs, un peu frimeur, ce soir ?

– Va falloir m'en dire plus. » La fille avait un nez pointu et était moins jolie que quand elle était ado. Ses gros seins menaçaient de s'enfuir de son débardeur noir, un décolleté gélatineux qui tremblait tandis qu'elle versait du whisky dans un verre et attrapait le robinet à soda.

« Il était peut-être avec Jonah Hansen ? risqua Stacey.

– Oh. Et aussi avec Beaufort et les autres ? » Elle désigna la porte du regard et secoua la tête. « Y a eu une bagarre, ça fait un moment qu'ils sont partis.

– Vous savez où ils allaient ? »

Haussement d'épaules, elle ne savait pas. « Vous étiez pas au lycée ici ? » demanda-t-elle.

Stacey hésita. « Non, j'essaie juste de retrouver l'un d'entre eux. »

À l'extérieur, elle frissonna et regarda d'un côté et de l'autre de la rue. Elle était persuadée que la berline bleue aurait entre-temps fait le tour du pâté de maisons et que le conducteur l'attendrait, sans personne sur le siège passager. Comme un corbillard, elle ne proposait que des allers simples, et le conducteur attendait un nouveau voyageur égaré.

Elle essaya de se rappeler si, durant cette année 2003-2004 – dans le lit de Lisa ou au sous-sol de la maison parentale, les jambes enroulées dans la couette à imprimé fusées et ramenées sous les fesses –, Lisa parlait de s'en aller. Elle avait bien abordé le sujet un jour, mais Stacey y avait vu ce qu'on voit toujours dans ces paroles quand elles sortent de la bouche d'une adolescente de dix-sept ans : de vagues fantasmes, des plans sur la comète.

« Si tu pouvais aller n'importe où, t'irais où ? » Ce genre de question débile de lycéenne.

Lisa promenait ses doigts sur le ventre de son amie, depuis le nombril jusqu'aux seins et ensuite en motifs circulaires.

« À Springfield, répondit Stacey.

– Non mais sérieusement. »

Depuis le début de la soirée, Lisa était distante. Elles avaient dîné avec les parents de Stacey puis s'étaient retirées au sous-sol pour « regarder un film », c'est-à-dire monter le son de la télé à fond pour pouvoir se faire mutuellement leur fête en étouffant leurs cris dans les coussins. Et même alors, Stacey sentait que Lisa était ailleurs.

Stacey ne répondant pas, non par cruauté mais parce qu'elle avait peur de la direction que prenait la conversation, Lisa retira la joue du creux de son épaule.

« Hé, réveille-toi. J'essaie de… » Elle se hissa sur un coude. Stacey avait du mal à trouver ses yeux dans l'obscurité.

« T'essaies de quoi ? demanda-t-elle. De savoir si je partirais avec toi ? On sait toutes les deux que c'est non. Je vois pas l'intérêt d'en parler. »

Elles chuchotaient, même si la chambre de ses parents était à l'autre bout de la maison.

« Quand on a commencé, je trouvais ça marrant, dit Lisa. Je me disais que ça ferait une bonne histoire à raconter à l'université.

– Ravie d'être une bonne histoire.

– Stacey, tais-toi. » Lisa poussa un soupir exaspéré, parfum dentifrice à la menthe. « Bordel de merde, j'essaie de te dire quelque chose. »

Elle garda le silence un instant, et Stacey attendit.

« Bon. OK. Quand je sortais avec Ashcraft, on se disait souvent je t'aime, tu vois ? Et c'était ridicule, parce que j'aimais clairement pas Bill Ashcraft. Enfin, j'étais attachée à lui. Mais j'étais pas amoureuse de lui. Et ce que je ressens avec toi, c'est… je sais pas… je m'y attendais pas. C'est différent, et pas seulement parce que t'as une jolie petite chatte. La différence, notamment, c'est que je t'aime. Je suis amoureuse de toi. Je sais pas trop ce que ça veut dire mais c'est comme ça. Putain, je suis nulle. »

On était en février, le mois le plus sombre dans le Midwest. Depuis une semaine, une épaisse couche de neige et de glace recouvrait toutes les surfaces. Elle captait la lumière des étoiles et la renvoyait en reflets toujours changeants. Elle saisissait la lueur errante d'un réverbère et la réfléchissait, bleue et argentée, au travers des stores. Six mois environ s'étaient écoulés depuis *Casablanca*. Deux mois depuis qu'elles étaient allées dans une friperie à Columbus où Lisa avait déniché une robe, blanche à fleurs bleues, qu'elle avait jugée être de la bonne taille pour Stacey, correspondre à son style, à son « swag ». Il restait quatre mois avant qu'elle ne s'en aille.

Elle poursuivit. « Avant, tout ce que je voulais, c'était partir de cette ville, loin de ma mère, de Bob et d'Alex, mais maintenant je réfléchis à ce que ça veut dire de partir. Depuis qu'on a commencé à se voir, je me suis rendu compte que… » Une pause. « Que j'arrive pas à arrêter de penser à toi. Je fais plus rien, je passe mon temps à me demander quand je vais te revoir. Et je sais que… » – elle désigna le torse nu de Stacey pour indiquer les activités qui dépassaient le cadre amical – « des fois t'as l'impression que c'est une blague pour moi. Mais c'est pas juste une histoire de cul. En tout cas, pour moi, c'est… » Elle n'arrêtait pas de perdre le fil et Stacey avait de plus en plus chaud aux joues. « T'es au courant que t'es une meuf canon, que t'es super bonne ? Si je devais choisir quelqu'un pour faire le tour du monde et élever Darkheart McStabababy avec moi, ce serait toi. »

Stacey rit, moins à cause des paroles de Lisa que de son incapacité à avoir une conversation sérieuse sans y injecter une touche d'absurdité. Et puis, juste après, la voix de Lisa se fêla.

« Mais en vrai. » Elle serra les lèvres, inspira. « C'est parce que tu me soulèves le cœur. Tu me rends follement heureuse d'être vivante. Donc je sais pas ce qui va se passer, et je sais que t'es toujours persuadée qu'on va brûler en Enfer, mais c'est pour ça que je veux que tu le saches. Je suis grave dingue de toi. »

Il y eut une période dans sa vie, après ses études à Wittenberg, quand elle commença à voyager, où Stacey essaya d'utiliser la raison et l'ironie pour neutraliser ce moment. Elles n'étaient que des enfants, se disait-elle, elles singeaient des émotions dont elles ignoraient tout. C'est pour ça que les ados tombent sous le charme des pop-stars et croient que ce serait cool de se battre avec des arcs et des flèches dans des dystopies futuristes. Elle ressortait les photos d'elle au lycée – son nez couvert de boutons et son carré blond, ses épaules toujours affaissées, peut-être par désir inconscient de se rapetisser, et elle pensait : *Regarde-moi ce bébé tout mal à l'aise. Comment tu veux qu'elle ressente de vraies émotions.* À présent, si une femme lui parlait en bafouillant comme l'avait fait Lisa, elle serait gênée pour elle. Toute cette guimauve inepte, on se serait cru dans une comédie à l'eau de rose. Pourtant, ce qu'elle avait éprouvé alors réapparaissait toujours, tel un fantôme ; elle devenait rouge pivoine et sa gorge se serrait. Parce que, en dernier recours, l'ironie, la distance et le recul n'y firent rien – parce que c'est le genre de truc qu'on n'entend qu'une fois dans une vie. Et que seule une personne de dix-sept ans aura le courage de dire.

Elle tira le visage de Lisa de l'obscurité et l'embrassa. Quand elles se détachèrent, leurs joues étaient couvertes de salive. Tous les songes de l'âme s'achevant dans le corps d'une belle femme.

En retournant vers sa voiture, elle croisa au coin de la rue un vieux Noir en short et sandales. Elle reconnut son ancien prof de musique. Si Jonah et Todd avaient été des surprises, c'est avec confusion qu'elle vit Mr Clifton pousser la porte du Lincoln. Elle comprenait pourquoi New Canaan n'était pas le lieu de réalisme magique qu'elle s'était imaginé, et c'était aussi la raison pour laquelle sa mère mettait systématiquement deux heures à faire les courses : dans une petite ville, on rencontre toujours une foule de gens.

Il ne parut pas la remarquer, bien qu'il n'y ait personne d'autre dans cette rue désolée. Elle l'appela par son titre honorifique, une habitude difficile à perdre avec d'anciens enseignants.

Il lâcha la porte et posa sur elle un regard vide et perplexe.

« Stacey Moore, dit-elle. Promo 2004. »

Il écarquilla les yeux, stupéfait, et enfin son grand sourire habituel apparut. « Stacey Moore, s'écria-t-il avant de se précipiter pour lui donner une accolade maladroite. Qu'est-ce que tu fiches ici ?

– Vous entrez ? » demanda-t-elle.

Il parut presque honteux de son envie de boire un coup. « Je n'avais pas envie de rester chez moi ce soir.

– Ça vous ennuie si je vous accompagne le temps d'un verre ? »

Lisa jouissait facilement et bruyamment. Hormis le soir de la vodka, il était rare qu'elles fricotent dans sa chambre, à moins d'avoir la certitude que Bethany, Bob et Alex étaient sortis car les trois chambres étaient en enfilade au bout du couloir. Il émanait de la maison une drôle d'odeur de renfermé qui n'avait aucun rapport avec le motif floral du papier peint mais y semblait pourtant liée. C'était une baraque sombre et basse, aux surfaces collantes, avec une hideuse moquette à poils longs dans toutes les chambres. Stacey ne l'avait jamais aimée et Lisa non plus.

Lorsque Bethany entendit les cris provenant de la chambre de Lisa, elle imagina certainement un garçon. Pas Stacey Moore, la tête entre les jambes de sa fille, Lisa empoignant ses mèches blondes à la racine. Elles n'entendirent même pas les grincements du plancher. Le verrou de la porte était un bouton que l'on pouvait débloquer en y insérant simplement un *penny* ou un trombone.

Quand Bethany attrapa le bras de Lisa, il y eut un bruit, comme l'écho d'un unique applaudissement dans un théâtre. Stacey se dépêcha de ramasser ses vêtements, aveuglée par la panique. Bethany traîna Lisa au salon avec une indifférence pour son intégrité physique qui semblait inconcevable chez une mère. Elle la jeta sur le canapé en hurlant, et pas seulement de rage mais aussi de panique, comme si elle appelait à l'aide, piégée dans une cellule où l'eau monte, et la frayeur de Stacey en fut décuplée. Elle les suivit, et Bethany lui aboya de s'asseoir dans un fauteuil. Lisa, toujours nue, se couvrit la poitrine avec un plaid. Écarlate, l'écume aux lèvres, Bethany aurait été parfaite dans le rôle d'une possédée de série B. La scène aurait pu être amusante, sauf que Stacey n'avait jamais eu aussi peur de sa vie. « C'est quoi ça ? » répétait Bethany en boucle, mais dans sa bouche ce n'était pas une question. Elle braillait au visage de Lisa, serrait et desserrait des poings que le sang rendait violets.

Stacey essayait de capter le regard de Lisa pour lui dire : *On se casse. On va chez moi*, mais Lisa, catatonique, fixait le sol. C'était la première fois qu'elle la voyait dans cet état. Pas de repartie, pas de rébellion, éteinte. Elle regardait par terre et acceptait les cris de sa mère.

Bethany prit Lisa par l'oreille et essaya de lui faire lever les yeux. « Regarde-moi ! » hurla-t-elle, et Stacey perçut dans sa voix la peur qui précède la véritable violence. Le souffle avant que la lame ne transperce le muscle.

Stacey laissa échapper trois petits mots terrorisés : « On est désolées. »

Bethany tourna la tête vers elle comme si elle venait de se rappeler son existence. Elle traversa le salon en trois enjambées et Stacey s'en voulut de se tasser dans son fauteuil.

« Ne m'adresse pas la parole. Ne m'adresse plus jamais la

parole. Qui es-tu ? Qu'est-ce que tu fais ici ? » Jamais auparavant un adulte n'avait levé la main sur elle. Déjà que ses parents ne donnaient pas la fessée à leurs fils, ils n'allaient pas la donner à leur fille. Il lui manquait une grille d'interprétation. C'est pourquoi elle ne comprit pas quand Bethany lui attrapa les cheveux et lui tira la tête en arrière. Elle demeura molle, sentit que sa gorge était exposée, et eut peur des dents de l'autre.

« Qui es-tu ? » répéta Bethany.

Puis elle pinça un téton de Stacey, le droit, entre le pouce et l'index, avec une telle méchanceté que Stacey poussa un cri.

« Ne t'approche plus d'elle. Va-t'en. Va-t'en. Va-t'en. » Elle hurlait et elle serrait le téton de Stacey, de plus en plus fort, jusqu'à ce que la douleur se propage dans toute sa poitrine. Et Stacey la laissa faire sans réagir. Elle y repenserait pendant des années. Elle était plus grande et plus forte que Bethany. Elle aurait pu la démolir, la balancer à l'autre bout de la pièce si elle avait voulu. Mais c'est plus tard, une fois adulte, qu'elle y penserait. Sur le moment, elle comprit seulement qu'elle avait fait quelque chose d'horrible et d'irrévocable. Le châtiment n'était que le début.

« Si tu t'approches encore de ma fille, cracha Bethany, je te promets que tu vas le regretter. »

Lisa se mit à pleurer en silence, mais Stacey ne faisait toujours rien. Par la suite, elle se dirait que ce n'était même pas Lisa. Cette fille ahurie, au regard perdu, n'était qu'une rétrogradation de son amie à une version antérieure, et sa position dans le canapé, fondue, dissoute dans les coussins, continuait de la hanter.

Les phalanges de Bethany labouraient son sein, comme si elle essayait de l'arracher. Elle se pencha à l'oreille de Stacey et, avec en bruit de fond les reniflements de sa fille qui ravalait ses larmes et les gargouillements du frigo dans la cuisine, elle murmura : « Si tu t'approches d'elle encore une fois, je te brûle, sale petite pute. »

Puis elle mit Stacey debout en la tirant par les cheveux et par le téton, et elle la jeta au sol.

Sur le chemin de chez elle – Bethany l'avait menacée de tout balancer à ses parents si Stacey soufflait un mot à qui que ce soit –, elle dut s'arrêter tellement elle tremblait. En pleine attaque de panique, elle n'arrivait plus à respirer. Ce que ça fait de prendre conscience de sa propre mort une seconde avant l'obscurité. Elle se gara au bord de la 229, juste à côté de la maison de retraite, ouvrit sa portière et vomit sur le bas-côté. Sa vision se mit à scintiller et elle essaya de se concentrer sur les criquets pour ne pas s'évanouir. Encore à ce jour, il lui arrivait de rêver qu'elle restait allongée sans bouger pendant qu'une femme l'aspergeait d'essence.

Bethany confisqua son téléphone à Lisa. Stacey ne pouvait même pas lui parler à l'école, car certains professeurs connaissaient Mrs Kline ou fréquentaient la même église qu'elle. La semaine suivante, Lisa et elle se retrouvèrent à la bibliothèque pendant le déjeuner, à l'écart des tables d'étude, au fond entre deux rayons. Elles s'assirent par terre, les bras autour des genoux, pareil qu'en primaire. Lisa jouait avec le bout de sa manche qui s'effilochait sur son poignet, passait les doigts sous les fils, les pinçait comme les cordes d'une guitare.

« Je suis désolée », dit-elle. Stacey ne répondit rien. Elle gardait un halo bleu nuit autour du téton. « Va falloir qu'on soit prudentes pendant un moment.

– Et ça dure combien de temps, un moment ? Parce qu'après l'été… »

Stacey serait à Springfield et Lisa en Virginie. L'humanité avait déjà connu pire niveau relations à distance, mais quand on a dix-huit ans ça ressemble à un continent.

Pour la première et unique fois, Stacey vit de la colère dans les yeux de Lisa. « Elle dit que j'ai besoin d'aide.

– Quel genre d'aide ?

– À ton avis. »

Stacey ne savait pas quoi ressentir. Elle voulait reprocher à Lisa son inaction, sa lâcheté, mais de quel droit ? Et puis elle était immensément soulagée que Bethany n'ait rien dit à ses parents. La panique avait reflué, mais pas l'image de sa mère répondant à un appel de Bethany et fondant en larmes.

« Tu sais, je suis même pas sûre que c'est ma vraie mère, dit Lisa. Elle m'a raconté que mon père était reparti au Vietnam, mais elle a pas une seule photo de lui. Si ça se trouve, j'ai été adoptée, et "Han" c'est juste elle qui l'a inventé. J'ai jamais vu les tests, putain. » Elle tripotait une cicatrice sur sa main, raclait la croûte rouge sale comme si c'était un jeu à gratter. « Je sais juste que ça fait des années que je la déteste. J'imagine que c'est pas ça qu'on doit ressentir pour sa vraie mère.

– C'est de la folie, souffla Stacey.

– Ouais, c'était peut-être de la folie. » Sur quoi Lisa se releva et s'en alla. Ce fut la dernière fois qu'elles se parlèrent en face.

Lisa partit juste avant la remise des diplômes – Stacey l'apprit par l'intermédiaire de Kaylyn. Quand elle écrivit à Lisa combien elle lui en voulait de ne pas lui avoir dit au revoir ni mise au courant de son projet insensé, Lisa lui répondit : *C'était trop compliqué. Je savais que ce serait difficile, c'est pour ça que je suis partie. Je suis désolée.* Et quand Stacey lui demanda par mail si elle devait économiser pour un billet d'avion, pour lui rendre visite là où elle serait à la fin de l'année universitaire, Lisa lui répondit : *Je pense que c'est pas une bonne idée.*

Dans un premier temps, Stacey eut honte de feindre la peine de cœur. Ce n'était certes pas simple, mais elle était soulagée que Lisa soit partie. Désormais, sa famille n'en saurait jamais rien. Libérée de la tentation, elle pouvait reprendre sa vie normale : aller à l'université, rencontrer un garçon, l'épouser, avoir des enfants, être heureuse. Elle était sincèrement convaincue que c'était mieux ainsi.

Mais, quelques mois plus tard, quand arriva la rentrée, la rage, la tristesse et la douleur commencèrent à remonter. À dix-huit ans, on n'est pas équipée pour comprendre comment l'amour peut inspirer autant de mauvaise conscience, de haine de soi. Une quasi-décennie écoulée et, de la même façon qu'une dent pourrie fait mal à chaque bouchée, elle ressentait encore cette angoisse qui l'avait submergée lorsqu'elle avait compris qu'elle ne reverrait probablement jamais Lisa. Elle ne demandait qu'un coup de fil, une occasion de lui crier dessus, de vider son sac. Mais Lisa ne lui laissa jamais cette chance. Et de là, elle conçut des idées plus noires. D'abord ce fut seulement le deuil d'une relation et les affres du secret, mais, pendant cette première année solitaire à Wittenberg, Stacey éprouva la solidité de la barre dans la penderie de sa chambre. Elle était haute et assez résistante pour supporter son poids. Si elle calculait bien la longueur de la corde, ses pieds ne toucheraient pas le sol. Il lui paraissait aujourd'hui inconcevable d'y avoir sérieusement pensé, mais sur le moment elle était acculée : profondément terrorisée par ce qu'elle ne pourrait jamais fuir ni effacer, que sa famille ne comprendrait jamais. Elle devait choisir entre ses proches et sa santé, et certains jours la penderie lui apparaissait comme l'option la plus facile. Surtout maintenant que l'unique personne qui la comprenait s'en était allée explorer des terres et des cieux lointains.

Mr Clifton paya sa tournée. Ils s'installèrent dans un box à l'écart du billard et elle lui raconta son histoire en version accélérée et ordre antichronologique. Oui, à Columbus. Croisé de vieux amis en chemin. Laisser la nuit s'éloigner de moi. Université du Michigan. Troisième cycle. La Catastrophe écologique transnationale dans le contexte du roman global. Une explication de ce que ça signifie. Et tout du long elle se demandait – vu qu'elle n'avait maintenant plus le temps de chercher

Bill – comment l'interroger au sujet de Lisa. Avant son départ en retraite, Mr Clifton était un des professeurs les plus aimés de l'école. Elle l'avait eu seulement un an mais il avait gagné son cœur à jamais.

« C'est dingue, tu sais. Je ne m'y ferai jamais, dit-il en agitant la main avec chaleur avant de la remettre dans l'anse de sa chope. Je vois des élèves que j'ai eus en cours il y a des années et des années, et je n'arrive pas à croire que vous soyez devenus des adultes. J'ai fait ce métier pendant trente ans, et chaque fois j'ai envie de pleurer de joie quand je vous revois. C'est vraiment une chance incroyable. Surtout quand il s'agit d'une jeune femme comme toi, qui avait tellement de potentiel.

– Alors vous ne m'en voudrez pas si je vous dis que je passais la majorité de vos cours à écrire des petits mots à Ben Harrington. »

Le rire du vieux professeur emplit le bar, elle imagina qu'il s'échappait dans la rue et envahissait toute la campagne endormie.

« Oh, Seigneur. Tu as toujours eu ce côté piquant. J'adorais t'avoir en cours, je t'aurais passé n'importe quoi. » Son rire se tarit lorsqu'il comprit ce qu'avait voulu dire Stacey. « J'avais oublié que Ben et toi étiez amoureux. Je suis désolé. On n'a pas manqué de drames ces dernières années.

– Oui, c'est assez hallucinant. » Histoire de changer de sujet, elle dit : « Je devrais quand même préciser qu'entre-temps j'ai arrêté d'écrire des petits mots aux garçons. J'ai fait mon coming-out.

– Comment ça ?

– Vous savez bien, un coming-out. » Sans trop savoir pourquoi, elle fit tourner ses index l'un autour de l'autre.

Mr Clifton s'illumina. « C'est pas vrai ? Bravo, Stacey. C'est très bien pour toi et pour les gens qui t'entourent. » Elle le remercia. « Est-ce que tu fréquentes quelqu'un en ce moment ? Et comment est-ce que tes parents l'ont pris ?

– J'attends de rencontrer la prochaine femme exceptionnelle. Et mon père, ben, c'est mon père – je pourrais débarquer avec une pute morte dans le coffre de ma voiture, il me féliciterait pour mon habileté avec un marteau. Et ma mère se bouge beaucoup, elle essaie de faire évoluer les mentalités. Elle en a fait un des grands projets de l'église où elle va maintenant. Je leur suis reconnaissante. »

Tout cela parut enchanter son ancien professeur. Elle se dit qu'il avait certes déjà quelques verres au compteur, mais qu'il était décidément la crème des hommes.

Elle occulta tout ce qui concernait son frère Patrick, et de toute façon Mr Clifton devait avoir sa petite idée. Une onde d'effroi se diffusa en elle et elle remercia la bière pour la gaieté qu'elle lui apportait.

« Tu sais, fit Mr Clifton en triturant son sous-bock. Un jour, mon père m'a dit que ce sont les autres qui doivent se défaire de leurs peurs et de leurs préjugés. Et c'était un homme dont la boutique avait été incendiée parce qu'il avait essayé de s'installer dans un quartier blanc de Cincinnati. Il disait que c'était eux qui avaient un problème, donc c'était à eux de le régler. Mais il m'a aussi dit qu'il faut donner aux gens une chance de changer. » Un silence, puis : « Dan Eaton était dans la même promo que toi, n'est-ce pas ?

– Oui. Il paraît qu'il est revenu, lui aussi.

– Regarde Paul, son père. Quand on a emménagé à côté de chez eux, mon épouse et moi, il nous regardait comme si le monde était devenu fou. La femme de l'agence immobilière, elle s'était bien gardée de me prévenir que notre voisin avait fait le Vietnam et qu'il était complètement siphonné. Mais j'ai fait des efforts. Bon, je n'avais pas trop le choix vu qu'on devait être la seule famille noire à soixante kilomètres à la ronde. Mais un jour j'ai appris que c'était son anniversaire et je lui ai apporté une bouteille de whisky. Et là, c'est lui qui a fait un effort. Et après ça on s'est bien entendus. Quand Rosa est morte, je n'avais personne… » Il s'interrompit, sourit à sa bière. « Mais bon, ce n'est pas tout à fait la même chose. »

Elle leva son verre. « Eh ben. Un prof de musique comme modèle, des questions de race et de sexualité, on est en train d'écrire un film bien condescendant. »

Il éclata de rire et trinqua avec elle.

Quand elle rentra pour les vacances d'été après sa première année d'université, elle croisa Ben Harrington et sa mère au Kroger's (l'épicentre local des conversations interminables). Ben et elle décidèrent de se retrouver pour déjeuner au Friendly's, la chaîne rivale du Vicky's dans le cœur des lycéens. Stacey avait uniquement l'intention d'échanger des nouvelles avec son ex pour voir comment il s'en sortait dans la vie.

« J'écris des chansons bizarres », expliqua-t-il en levant des yeux timides. Elle se souvint qu'elle aimait sa gêne dès qu'il parlait de sa musique et de ses ambitions. « L'idée, c'est de regrouper cinq chansons dont je sois vraiment fier et de sortir un EP, et j'aimerais bien un album complet d'ici deux ans. Mais mon problème, c'est que je suis trop perfectionniste. Si une chanson est pas impeccable, je peux passer des nuits à m'arracher les cheveux.

– T'as toujours été angoissé.

– Pas quand j'étais avec toi ! Et je dis pas ça pour te flatter. Tu me calmais, c'est tout.

– T'es en train de me draguer », l'avertit-elle.

Les yeux de Ben, un soleil d'été miroitant sur une rivière sale. « Je suis pas en train d'essayer de t'emmener à La Mousse, mais allez, Stace, laisse-moi te draguer un peu. »

Sa beauté était irréelle.

Son acné s'était résorbée, ses cheveux avaient poussé et ses boucles blondes lui tombaient sans arrêt sur le front. Alors, un déclic se produisit en elle qu'elle ne comprit pas, mais il avait ce truc, cette empathie paisible, et sans avoir le temps de se rendre compte de ce qu'elle faisait, elle dit : « J'ai un truc de malade à t'annoncer », puis elle déballa toute l'histoire avec Lisa. Il écouta, et lorsqu'elle arriva à la fin, diluant la conclusion et laissant de côté le soir où Bethany les avait surprises, il conserva un air trop égal, réprimant ostensiblement sa déception. Il pensait certainement que La Mousse était au moins une possibilité, et voilà que Stacey lui avouait tout sur la femme dont elle était tombée amoureuse.

« Putain de bordel de merde, fit-il, ses paupières battant sur ses yeux de surfer. Ashcraft est au courant ?

– Personne n'est au courant. Je crois pas que Lisa en ait parlé. »

Il avait toujours eu cette habitude de vider ses poches en s'asseyant. Son portefeuille, son téléphone, ses clés et un petit carnet étaient empilés sur la table. Le carnet était plié et tellement usé que la reliure ne tenait plus que par du Scotch. Il prit une inspiration et ouvrit la bouche.

« Je devrais peut-être pas te le dire, mais… » Alors que ses amis protégeaient leur être profond sous des couches trompeuses de masculinité sportive, Ben avait toujours été sans fard. Aussi prompt à rire qu'à pleurer. Sensible d'une manière qui aurait pu le rendre vulnérable s'il avait été n'importe qui d'autre dans leur école. Lorsqu'il l'avait quittée pour partir à l'université, c'est lui qui avait pleuré et Stacey avait dû se mordre la joue pour s'embuer un peu les yeux afin qu'il ne la croie pas sans cœur. « J'ai eu des nouvelles d'elle il y a un moment. Enfin, pas des nouvelles, mais elle m'a ajouté sur un truc, MySpace ou je sais pas quoi. D'après son profil, elle était au Vietnam…

– Ouais. C'est ce que j'ai entendu dire.

– Mais ça reste quand même super naze. Elle finira bien par revenir.

– Je pense pas. Et je m'en fous. » Elle roula une serviette pour s'occuper les mains. Puis elle lâcha : « Je l'ai dit à ma famille.

– Et ? demanda Ben puisqu'elle n'ajoutait rien. Si tu me dis que ta mère et ton père te soutiennent pas, je te crois pas.

– Non, mais… tu sais… Patrick.

– Ça viendra. »

Un rire. « Ouais, c'est juste que… »

Elle sortait de l'année la plus difficile de sa vie. Elle était partie à Wittenberg en état de choc, pleine de colère contre la personne à qui elle tenait le plus au monde. Elle n'avait pas réussi à comprendre qu'elle était 1) en dépression et 2) lesbienne. Ça paraît absurde, et pourtant. Elle était restée un an avec Lisa, mais ça ne l'avait pas empêchée d'essayer de sortir avec des hommes en arrivant à l'université. Elle s'accrochait à l'idée que Lisa avait été un épisode à part, une passade, une tentation dont elle était désormais débarrassée. Dans le même temps, elle avait « perdu la foi » sans s'en rendre compte, jusqu'au jour où elle s'était retrouvée dans les affres de la conversion antireligieuse, à détricoter le raisonnement infantile sur lequel se fondaient les contes de fées à l'origine du dogme de ses ancêtres. Tout cela provoquait en elle un sentiment de perte, le deuil d'une chose chère à son cœur, le besoin éperdu de trouver une prescription quelconque à quoi se raccrocher. Lorsqu'elle cessa d'aller à l'église, cela créa un trou dans les dimanches par lequel s'engouffra une marée d'angoisse. Et ainsi elle fut triste presque toute sa première année de fac et se gagna une réputation de reine de glace, ignorée par sa camarade de chambre et s'intéressant exclusivement aux vieilles photos des personnes qui lui manquaient. Au printemps, elle passa toute une journée de torture à gommer Lisa de sa vie. Elle la supprima de la messagerie instantanée d'AOL, effaça les photos qu'elle avait sur son ordinateur et déchira celles qu'elle avait sur papier. Des choses qui n'étaient théoriquement plus de son âge.

Elle froissa sa serviette et leva les yeux vers Ben en se demandant si elle pouvait lui confier ce qui suit. « Quand je l'ai dit à ma mère, on était dans le canapé et on pliait du linge. Elle parlait de je sais pas quoi, et moi j'étais à côté… » *Ne te mets pas à pleurer.* « Et je pensais que j'allais attendre de revenir à l'automne, pour voir si je ressentais toujours la même chose. Si j'avais toujours envie de… » Elle tenta de ravaler ses larmes, en vain. « Si j'avais toujours envie de me foutre en l'air, là je pourrais leur dire. » Ben ne broncha pas ; il caressait le chaume blond sur sa mâchoire et écoutait. « Et à un moment, j'avais un short de Matt entre les mains et je me suis dit : "Mais qu'est-ce que tu fous, Stacey ? Dis-lui et puis c'est tout. Si tu te fais ce genre de promesse, tu dois au moins essayer de lui en parler." Et donc je l'ai fait. J'ai juste dit : "Maman, je crois que je suis lesbienne." » Elle laissa échapper un rire et essuya ses larmes. « Et puis j'ai rectifié, j'ai dit : "Enfin, je sais que je suis lesbienne." »

Ben attendit. « Elle l'a mal pris.

– Non, elle… Je… Y a eu un moment où j'ai vu sur son visage… Elle essayait de prendre une décision. Et c'était pas gagné, j'en suis certaine. »

En le racontant à Ben, elle se replongeait dans l'instant. La tête qui tourne et le souffle si court que ses excuses sortaient en petits halètements, comme si elle venait de terminer un sprint.

« Pardon. Pardon, pardon », répéta-t-elle à sa mère.

Lorsque sa mère se mit à pleurer à chaudes larmes, Stacey crut qu'elle allait s'évanouir. Qu'est-ce qui lui avait pris de croire que c'était une bonne idée ? Elle avait eu tort. Elle venait de détruire le peu qui lui restait. Quand elle reviendrait, il y aurait maintenant ce poids entre elles. Sa mère ne la verrait plus jamais du même œil, ne serait plus jamais sa meilleure amie. Et Lisa était partie. Elle n'avait plus personne.

« Depuis quand ? » Avec des gestes hachés sa mère s'essuyait les yeux, plaies ouvertes qui se remplissaient sans cesse. « Depuis quand est-ce que tu penses ça ?

– Je sais pas. Longtemps. Des années, je crois. » Sans raison précise, lui revint le souvenir de la soirée camping où elle était tombée dans son pipi. Comme elles avaient ri. Elle regrettait cette époque. Ne trouvant rien d'autre à dire, elle continua à demander pardon.

Finalement, sa mère glissa un bras sous le sien et serra sa main avec une force fiévreuse.

« Non. Ce n'est pas la peine de me demander pardon. Mais je ne comprends pas pourquoi tu ne m'en as pas parlé avant. » Elle prit le menton de Stacey et lui redressa le visage pour qu'elles se regardent dans les yeux. Jamais Stacey n'avait vu sa mère aussi bouleversée, aussi peinée. Ses yeux d'un bleu éclatant, qui pour Stacey avaient toujours été un havre, se plantèrent dans les siens. « Je regrette que tu n'aies pas su que tu pouvais me le dire. » Elle posa la main sur le crâne de Stacey, puis sur sa joue. « Tu es mon amour, Stacey. Et je t'aimerai toujours, sans condition, quoi qu'il arrive. Est-ce que tu comprends ? Je serai morte avant d'arrêter de t'aimer. »

Il y a, dans le moment où on serre sa mère dans ses bras, quelque chose qui nous renvoie dans le passé. Une chose, l'odeur de la lessive sur son épaule ou du shampooing dans ses cheveux, qui rappela à Stacey qu'elle avait encore toute une vie devant elle. Mille choses à faire et à voir. Elle n'arrivait pas à croire qu'elle ait pu se laisser abuser tout ce temps par les divinités obscures de ses neurones. Quand Matt et leur père rentrèrent à la maison, elle leur parla et ils passèrent un moment tous ensemble sur le canapé, en larmes et vivants, hilares de l'amour qu'ils avaient les uns pour les autres.

« Eh ben on dirait que ça s'est bien passé », conclut Ben prudemment. Elle se rappela qu'elle avait dix-neuf ans. Elle avait encore beaucoup à découvrir.

« Ouais, mais… » Il ne comprenait pas. Elle planta son index dans la table pour se concentrer et se maîtriser. « Je suis pas comme ça à cause de Lisa. C'est ce que je suis et ce que j'ai toujours été, mais je tenais à elle. Et tu sais quoi, je serais capable de la *défoncer* si elle débarquait maintenant. Parce qu'elle s'est barrée. J'ai dû faire face toute seule. J'ai pas fui. Je ne me suis pas cachée. Ça me terrifiait, mais j'y suis quand même arrivée. Et maintenant tout le monde dit que Lisa a été vachement courageuse de foutre le camp à l'autre bout du monde ? Je l'emmerde, Lisa. *Moi, j'ai été courageuse.* Putain ouais, j'ai été courageuse. »

Elle replia son doigt et croisa les bras. Ben se carra dans la banquette et regarda par la fenêtre, un air maussade collé comme de la boue à son beau visage. « Je sais bien que… » Il hésita. Quand on pense à ce qui allait lui arriver et à ce qu'il était alors : beau, vivant, un ami. « Je suis conscient que ça va peut-être pas t'aider, mais t'as… Y a des choses bien dans ta vie. » Il pesait chaque mot.

« Qu'est-ce qui te fait dire ça ? demanda-t-elle, presque avec colère.

– Tu viens de le dire. Ta famille te soutient. Tu sais à quand ça remonte, la dernière fois que j'ai parlé à mon père ? L'été dernier. Et aujourd'hui je suis là, mais lui il est allé voir mon oncle en Floride. Tu sais pourquoi ? Parce qu'on est incapables de se retrouver ensemble dans la même pièce.

– Vous vous êtes toujours pris la tête, tous les deux.

– Non, tu comprends pas. » Il écarta les mains comme pour y accueillir une miche de pain. « Je le hais. Je le hais totalement, complètement. C'est un type amer, mesquin, qui va choper une cirrhose et qui sera mort dans dix ans, et tu sais quoi ? J'ai hâte, putain. J'adore ma mère, j'adore mes sœurs, mais lui je le hais. Il a empoisonné tout ce que j'ai fait jusqu'ici, et si je le laisse s'approcher de moi il va empoisonner tout ce que j'essaie de faire de ma vie. »

À cette époque elle se sentait constamment au bord des larmes, c'était donc perturbant pour elle de voir Ben lucide, déterminé et convaincu de ce qu'il disait.

« Quand t'as des gens qui sont proches de toi et qui tiennent à toi, des gens qui t'aiment et sur qui tu peux compter… tu peux pas demander mieux, Stace.

– Et toi t'as pas ça ?

– Mais si ! C'est ce que je te dis. J'ai appris à faire la différence. J'ai maman et j'ai mes sœurs, et j'ai aussi Bill et Rick – si je réussis à faire en sorte qu'ils se reparlent un jour. »

Elle rit malgré elle. « Tu comptes tes deux bourrins de copains de lycée dans le lot ? »

Il sourit, certainement conscient que ce sourire était une torche. « Mes bourrins de *frères* de lycée, tu veux dire. »

À quoi ils rirent tous deux si fort que les autres clients passèrent une tête par-dessus leur box pour voir ce qu'il pouvait bien y avoir de si drôle.

« En parlant de votre quartier, j'ai vu Bethany Kline ce soir. En fait, c'est plus ou moins pour ça que je suis là. Elle veut que je l'aide à faire revenir Lisa. »

Mr Clifton haussa les sourcils. « Ah.

– Est-ce que vous… Vous avez… vous avez eu de ses nouvelles ? »

Il but une longue gorgée et essuya la mousse sur ses lèvres, maintenant privées de la moustache qu'elles avaient arborée si longtemps. « L'inénarrable Lisa Han. » Ses yeux et sa bouche cherchaient les bons mots. « Je vais te dire deux choses : la première, c'est que je ne tolère pas que Lisa soit partie comme elle l'a fait. Si Kim ou J. D. m'avaient fait un coup pareil, je les aurais trouvés cruels. Je me serais demandé s'ils étaient capables de penser aux autres. »

Elle eut envie de crier à la fois *Oui !* et *Mais vous ne comprenez pas.*

« D'un autre côté, j'habite en face de chez Bethany depuis qu'ils sont arrivés dans le quartier, quand Lisa avait sept ou huit ans, et je sais que cette femme a des problèmes. S'il y a quelqu'un qui a besoin d'une thérapie, c'est elle. » Son verre était ébréché, il passait le pouce dans le creux. « J'ai écrit à Lisa, peut-être un an après son départ. »

Stacey se tendit des pieds à la tête. « C'est vrai ?

– Oui. Je voulais lui dire que je comprenais ses raisons, mais que ça n'excusait rien. Sa mère était au bord de la dépression nerveuse et elle avait le devoir de l'appeler, d'essayer de trouver une solution.

– Bethany ne m'en a pas parlé.

– Au moins j'ai réussi à faire en sorte que Lisa lui écrive, mais… » Il agita une main, signifiant que ce n'était pas allé plus loin.

« Où est-ce qu'elle était ?

– D'après ce qu'elle m'a dit, elle s'apprêtait à passer la frontière cambodgienne. »

Stacey refoula des larmes de rage mais ne put les cacher à Mr Clifton.

« J'en déduis que ça fait un moment que tu n'as pas de nouvelles ?

– Oui. » Elle secoua la tête, déglutit, secoua la tête, déglutit encore. « C'est aussi ma faute. Je… je lui en voulais à mort. J'ai pas beaucoup essayé.

– Si ça peut te réconforter, tu n'es pas la seule. Lisa a toujours été irréfléchie, impulsive, et je crois qu'elle n'a pas bien estimé le mal qu'elle allait faire à ceux qui tenaient à elle. Regarde Danny. Ils étaient comme les deux doigts de la main quand ils étaient petits. Et puis il est parti trois fois en mission avec l'armée. Trois fois. On était censés aller boire des bières avec Paul ce soir, mais Danny n'est pas rentré et Paul est resté chez lui pour l'attendre. Dan n'est plus le chouette gosse que j'ai toujours connu. Plus vraiment. Et pas seulement à cause de sa blessure. » Elle avait entendu dire que Dan avait perdu un œil, expulsé de son orbite pendant le gâchis sisyphéen qu'avait été l'Afghanistan. Il n'avait tout de même pas connu le sort de Rick Brinklan mais, dans sa fragilité visqueuse, un œil avait quelque chose d'intime qui implorait qu'on n'y touche pas. « Il est instable, poursuivit Mr Clifton. Distant. Il est à dix mille lieues du jeune qu'il a été, et je commence vraiment à me rendre compte que je l'ai toujours considéré comme un de mes enfants. Et maintenant j'ai l'impression de parler à son fantôme.

– Parler à Danny, ça a toujours été parler à son fantôme. »

Mr Clifton ne parut pas apprécier la taquinerie.

« Non, ce n'est pas pareil. Il avait besoin de quelqu'un, d'un ami, et ça aurait pu être Lisa. Tu comprends ? Si jamais tu lui parles, tu voudras bien lui répéter que je t'ai dit ça ? »

Alors, assise à cette table, elle eut envie de tout avouer. De tout déballer sur Lisa, sur Bethany, sur sa dernière mission de la nuit. Mais quelque chose l'en empêcha et elle se contenta de finir sa bière cul sec. Ce n'était pas le souvenir qu'elle voulait laisser mais une heure s'était écoulée en un clin d'œil, sa mère et son père devaient s'impatienter. Elle dit à son ancien professeur combien elle était contente de l'avoir croisé.

« Continue à être toi-même, Stacey. Le monde a besoin d'esprits comme le tien. » Ils se prirent dans les bras, se dirent au revoir. Mr Clifton se concentra sur le match de base-ball et elle sortit dans la chaleur de cette nuit fluide, émerveillée par le nombre de gens bien qu'elle avait connus dans cette ville. Des gens qu'elle n'avait pas su apprécier à leur juste valeur.

Elle quitta le centre de New Canaan pour le quartier résidentiel le plus proche. Au croisement de McArthur et de High Street elle dépassa son ancienne église, son sous-sol où elle jouait petite, et ses bancs qu'elle avait usés tous les dimanches de son adolescence. Dans son souvenir, la Première Église chrétienne était immense et dominait la ville, incarnait la permanence et la force. Maintenant que cinq années s'étaient écoulées depuis la dernière fois qu'elle y avait mis les pieds, elle la voyait avec des yeux neufs. Au-dessus des portes jumelles en bois, le vitrail représentant Jésus sur la croix évoquait une version amateur et bricolée des sublimes mosaïques qu'elle avait vues dans les cathédrales européennes. La brique grise était trop claire. Un pavillon style années soixante qui tentait de se doter d'une sensibilité gothique et échouait lamentablement.

Elle n'était plus qu'à un pâté de maisons. Quand Patrick et Becky s'étaient mis en quête d'une maison juste après la naissance de Jamie, ils avaient jeté leur dévolu sur une vieille bâtisse coloniale car elle se trouvait à deux pas de l'église. La lumière du porche était allumée, mais le reste de la maison était dans le noir. Elle sortit l'enveloppe de son sac à main et lut une dernière fois le nom de son frère – comme si elle risquait d'en avoir inscrit un autre par inadvertance. Elle se planta près de la boîte aux lettres, l'enveloppe dans la main. Elle observait.

Lorsqu'elle avait annoncé à Patrick qu'elle allait voir leurs parents à Columbus, il lui avait demandé, comme chaque fois, de venir passer une soirée chez lui, avec Becky et les filles.

Ça fait des années que tu n'es pas venue. On est toujours obligés d'aller chez maman et papa pour te voir. Il y avait une bonne raison à cela. Devant les parents, Patrick n'osait pas aborder le sujet qui lui brûlait la langue.

La dernière fois qu'elle était allée chez eux – pas quand ils avaient eu la discussion dans la cuisine juste après son coming-out, mais des années plus tard, alors qu'elle pensait qu'il avait abandonné depuis longtemps l'idée absurde de la remettre dans le droit chemin –, il l'avait alpaguée dès que Becky et les filles étaient montées se coucher. L'avait fait asseoir sur le canapé. Avait posé une main sur son épaule. Et s'était mis à pleurer.

« L'Enfer existe, dit-il. Je sais que ce n'est pas ce que tu as envie d'entendre. Mais je suis obligé de te le dire. » Il se tapota les coins des yeux pour éponger ses larmes. « Je ne pourrais pas me regarder en face si je n'essayais pas. Parce que tu joues avec le feu, Stacey. Tu mènes une vie contraire à tout ce que dit la Bible. Tu es en *danger*. Il faut bien que tu comprennes ça.

– Pourquoi t'arrêtes pas », supplia-t-elle. Elle voulait si fort se mettre en colère, mais elle n'y arrivait pas. Elle se rappelait trop bien la fois où Patrick l'avait hissée, enfant, sur ses épaules pendant le défilé du 4-Juillet, et où elle avait failli lui brûler les cheveux avec son cierge magique. La fois où il lui avait permis de rester avec lui et Becky quand ils étaient au lycée, à l'époque où elle était encore bouche bée d'admiration devant la petite amie de son frère. La fois où l'équipe de Stacey avait perdu en finale quand elle avait douze ans, elle était gênée de pleurer comme une madeleine et il l'avait serrée dans ses bras, enchaînant les blagues nulles qui l'avaient fait rire malgré elle. La fois où Patrick, Matt et elle avaient eu un Monopoly pour Noël et y avaient joué jusqu'à tomber de fatigue ; Patrick gagnait tout le temps mais il s'alliait à elle pour s'assurer que Matt finisse dernier. Patrick était son frère. Elle était incapable de cesser de l'aimer. « Papa et maman ont avalé la pilule. Ils l'ont digérée. Tu peux pas faire comme eux ?

– Papa et maman font ce qu'ils pensent être bien. » Il posa

la main sur la joue de Stacey. Des rides de mari et de chef de famille s'étaient creusées autour de ses yeux. Il commençait à ressembler à leur père. « Et moi aussi. Tu peux encore changer, Stacey. Tu peux te faire aider. Tu as encore le temps. Le Seigneur peut tout pardonner si tu Le laisses faire. »

Elle se tenait devant la maison de son frère, l'enveloppe à la main. Ce qu'elle avait écrit dans cette lettre, elle ne pouvait pas le lui dire au téléphone – et encore moins en face. C'est après avoir accepté de voir Bethany qu'elle avait eu l'idée de le coucher sur le papier. Elle allait dire à la mère de Lisa ce qui lui restait en travers de la gorge, et ensuite elle dirait à Patrick ce qu'elle avait sur le cœur. Elle allait affronter les deux personnes à cause desquelles elle avait si longtemps eu honte de ce qui n'aurait pas dû lui faire honte. D'une même pierre mortelle, elle allait faire deux coups. Et pourtant elle avait presque envie de manquer sa cible. De faire demi-tour. Pire encore, elle se demandait si Patrick entendrait tout simplement ce qu'elle lui disait. Elle avait scellé l'enveloppe avant de se relire, mais certaines phrases lui revenaient, qui se voulaient aussi cruelles envers Patrick qu'il l'avait été envers elle. C'était nécessaire pour qu'il comprenne. Sinon, il n'intégrerait jamais que son « amour » pour elle était une des raisons qui avaient failli la pousser, à dix-huit ans, seule et effrayée, vers une décision horriblement radicale. Elle se rappela la phrase dans laquelle elle expliquait que c'était en partie à cause de lui qu'elle avait eu envie de se pendre dans l'armoire de sa chambre. Aucun dieu ne pouvait l'exonérer de la responsabilité d'avoir fait une chose pareille à une personne qu'il prétendait aimer.

Elle ouvrit la boîte aux lettres, y déposa l'enveloppe, et la referma.

Tout en s'éloignant, elle sortit son téléphone de sa poche pour écrire à ses parents qu'elle aurait plusieurs heures de retard, mais alors elle vit une notification lui indiquant qu'elle avait un mail. Elle déverrouilla le téléphone. Un frisson la parcourut.

Salut Magique. Tout va bien. Embrasse le sol de New Ca pour moi. On se parle vite.

L.

Stacey avait du mal à déterminer ce qui titillait le plus son désir, sa rancœur et son amour pour Lisa : qu'il suffise, après toutes ces années, d'un mail risible, même pas la voix de Lisa mais simplement une phrase sur un écran indiquant qu'elle était vivante, ou bien de voir que Lisa, en dix ans, avait oublié le surnom dont elle l'avait affublée, celui que Stacey voulait tellement entendre encore.

« On porte des lentilles, des lunettes, lui avait dit Hilde à un moment de leurs trois jours ensemble à Zagreb. Des filtres à travers lesquels on voit nos amis, nos amantes, les villes d'où on vient. Et par bien des aspects, l'impossibilité d'enlever ces lunettes, c'est ce qui nous définit en tant qu'espèce. »

En 2011, Stacey partit enseigner l'anglais en Équateur tout en candidatant pour un doctorat de lettres. Avant de revenir aux États-Unis pour sa rentrée à l'université du Michigan, elle décréta qu'elle avait envie de voir la plus grande forêt tropicale du monde tant qu'elle existait encore. Elle prit d'abord un avion pour Rio de Janeiro, puis un autre pour Manaus, où le Rio Negro et le Rio Solimões divergent de l'Amazone. Le décalage horaire et une réaction désagréable au médicament contre la malaria firent de ce voyage une expérience nauséeuse et globalement pitoyable. Tout du long, elle eut l'impression d'avoir la gueule de bois et elle arriva épuisée, le cerveau essoré. Pendant qu'elle visitait la forêt, elle rencontra un jeune couple, Nadja et Carlos. Ils étaient contraints d'écourter leur visite et de rendre leur voiture de location à Manaus, et ils proposèrent à Stacey de l'emmener. Elle s'endormit à l'arrière de leur 4×4, la canopée faisant régner la pénombre sur l'unique route qui serpentait à la lisière de la jungle. Quand elle revint à elle, elle crut qu'ils l'avaient larguée sur une autre planète. La forêt tropicale avait disparu. Ils roulaient sur le flanc d'une montagne, au-dessus d'une vallée dans laquelle des arbres secs et chétifs poussaient sur une herbe roussie. Au fond de la vallée, le long d'une piste en terre aussi large que le tarmac d'un aéroport, des milliers et des milliers de têtes de bétail. Le soleil venait de tomber derrière l'horizon et une lumière brun-jaune transperçait l'épaisse brume de poussière que soulevaient les sabots des animaux. Ils étaient guidés par deux hélicoptères dont les pales hachaient le vent avec un staccato assourdi. Les bêtes avançaient à la manière d'un fleuve de chair et de cuir, haletaient en formation lâche, beuglaient de peur, d'ennui ou d'agacement. Carlos dormait et, stupidement, elle demanda à Nadja ce qu'ils avaient sous les yeux.

La jeune femme répondit d'abord en portugais avant de traduire : « Un troupeau. »

Mais celui-ci avait autant à voir avec un troupeau que le déluge biblique avec une crue ordinaire. Cette procession s'étirait au-delà du regard, marron et blanche, noire et tachetée, poussant de sa voix collective un son fantomatique jusqu'à un immense enclos fermé par un portail en aluminium et des barbelés. Les hélicoptères suivaient comme des libellules, leur pare-brise opaque souriant avec la suffisance des conquérants, certains que rien ne pourrait les surpasser. Des nuages d'un jaune pisseux flottaient dans le ciel, masquaient le jour éreinté, et l'horizon s'embrasait d'une lumière brune et malade. Jamais Stacey n'avait ressenti une telle nausée. Le parfum invisible qui nous relie à nos ancêtres, à toutes les choses qui vivent juste sous le lichen au commencement de la Création, ce parfum pénétra telle une colère dans sa gorge, ses narines et ses poumons. Regarder ce fleuve de bêtes, c'était regarder un homme qui tente de trancher sa propre langue avec ses dents pour la manger. Malgré les années, elle n'oublierait jamais cette image. Elle penserait à tous ces animaux et serait écrasée par la réalité de ce qui lui arrivait, qui arrivait aux personnes qu'elle aimait, à l'endroit d'où elle venait. Par moments cette sensation s'immiscerait dans son cœur avec la solitude de la mort, et Lisa lui manquerait. Car lorsque l'esprit est consumé par mille dévastations, par le néant, on n'a pas d'autre choix que de rêver de courage.

À présent, alors qu'elle roulait dans la nuit sombre de l'Ohio en se remémorant la plainte de ces vaches, elle se demanda ce qu'elle pourrait dire à Lisa. Elle songea à prendre un billet d'avion. À sonner à sa porte. Sans rien attendre, juste pour la remercier de ce qu'elle lui avait donné. Remercier la fille qui lui avait appris à jurer, à boire, à utiliser un préservatif, à lire des livres étranges et furieux, à explorer cette vie irréductible et colossale. Sans qui elle ne serait jamais partie de chez elle, ne serait jamais montée jusqu'au lac dans le cratère du Quilotoa, n'aurait jamais goûté la cuisine créole en Argentine avec un groupe de routards israéliens, n'aurait jamais passé des nuits entières dans les rues de Vilnius avec une artiste sublime qui peignait des zombies lubriques, n'aurait jamais exploré une capitale étrangère avec une femme capable de lui parler de l'opéra de la ville et de l'effet de l'acide carbonique sur les organismes calcifiants, n'aurait jamais eu l'idée de s'user les ongles contre le plafond de son imagination pour se faufiler au-delà.

En bifurquant dans Stillwater, un raccourci vers la Highway 36 qui la mènerait à l'Interstate, elle éteignit son téléphone. Elle allait attendre le lendemain matin pour répondre à Lisa, car l'anxiété qui s'était installée lui rappelait ce moment à la frontière balafrée de l'Amazonie, quand elle avait vu ce nuage toxique de poussière, de merde et de soleil qui engloutissait le monde.

Elle arriva en haut d'une côte, fut éblouie par l'éclat violent d'une paire de phares et ralentit. Le véhicule était à l'arrêt, rangé sur le bas-côté de telle sorte que ses feux de route tapèrent droit dans ses yeux et la tirèrent de sa rêverie. Au moment où elle posa le pied sur le frein, elle vit une silhouette auprès de la voiture, les bras au-dessus de la tête, qui lui faisait signe de s'arrêter. Ses phares creusaient un tunnel dans la nuit et révélaient le spectre livide d'un visage de femme. Son front luisait de transpiration et elle paraissait désemparée, terrifiée. Stacey hésita mais, presque de leur propre chef, ses mains tournèrent le volant et dirigèrent la Jeep vers la gauche, nez à nez avec la petite berline bleue. À présent elle discernait une marque sombre sur la mâchoire de la femme : de la terre, de la suie ou un bleu. Pour la dernière fois cette nuit-là, Stacey fut prise de l'impression troublante d'une rencontre prédestinée. Parce qu'elle reconnaissait la voiture. Elle reconnaissait la femme. Et elle reconnaissait la peur de pénétrer dans une scène, une situation, un moment que l'on sait au fond de soi être absolument mauvais.

Dan Eaton
ou
Le Meurtre qui a jamais existé

En revenant dans sa ville natale pour voir Hailey Kowalczyk, la fille avec qui il avait perdu sa virginité, son ambition probablement, et certainement un nombre incalculable de parties de basket dans l'allée, Dan Eaton se mit à penser à Elias Wiman. Wiman était un soldat de deuxième classe originaire du Kentucky, accro à la nicotine et à la caféine, vivant d'un régime à base de chique, cigarettes, Red Bull et Snickers, un type émacié et farouche avec une vraie dent contre les gens de l'Ohio, qu'il voyait comme des snobs efféminés venus polluer le paradis terrestre situé au sud de la rivière séparant leurs deux contrées. Malgré ça, Wiman et Eaton étaient devenus amis et avaient de longs débats sans intérêt sur les supériorités respectives de leurs États. Prenons par exemple la nuit où ils avaient veillé auprès de Greg Coyle, qui attendait que sa femme lui annonce par Google Talk s'ils allaient avoir un garçon ou une fille.

« Tu dis que vos villes sont mortelles, objecta Dan. Franchement, je dois dire que t'as raison. Russellville, c'était plus flippant que tout ce qu'on verra au front. » Ils avaient vécu une immersion dans le Kentucky lors de leur cantonnement à Fort Campbell, garnison de la 101ᵉ division aéroportée. Wiman venait de Russellville, à une heure de route vers l'est. Une seule visite avait suffi à Dan.

« C'est affectueux, dit Wiman. Arrête de faire ta sucrée, sale prétentieux de merde.

– Désolé, mais sur ce coup je suis avec Eaton. Dans le Kentucky, vous avez tous un peu d'ADN de mouton. » Coyle jouait avec son couteau tout en se balançant sur une chaise de bureau à deux doigts de se renverser. Il plantait la lame dans le contreplaqué, la tournait, la retirait. Plantait, tournait, retirait. « Tu sais pourquoi tu peux pas avoir un cours de conduite et un cours d'éducation sexuelle le même jour dans le Kentucky ? demanda-t-il. Parce que c'est trop fatigant pour le cheval. »

La scène se déroulait à Hawija, au moment où l'Irak sombrait dans ce que certains appelaient une guerre civile. Ils avaient accepté de veiller avec Coyle parce que, de toute manière, ils n'allaient pas fermer l'œil. Cet après-midi-là, ils avaient allumé un groupe d'insurgés, un combat spectaculaire et revigorant, et plusieurs heures plus tard l'adrénaline n'était toujours pas retombée. D'un œil, Dan lisait *Theodore Rex*, une biographie de Roosevelt, pour tenter d'apaiser le tonnerre qui grondait dans ses veines.

« J'ai hâte que t'aies une gamine super bonne. Ça sera bien fait pour ta gueule », dit Wiman à Coyle. Lui faire la misère en insinuant que l'enfant à naître serait une fille était devenu son passe-temps préféré. Coyle, un des meilleurs amis de Dan depuis qu'il avait reçu son affectation, avait une fossette au menton, une blondeur typiquement américaine et un bronzage californien, et c'était le mec le plus musclé et jovial qu'il connaisse. Du reste, Coyle avait naguère été un parfait malotru, jusqu'au jour où il avait épousé la femme avec qui il sortait depuis seulement trois mois, juste avant leur déploiement.

« Je me suis tapé tellement de chattes dans ma vie, ça serait une sale vengeance de la part de Dieu si on avait une fille, Melody et moi », expliqua-t-il.

Sans lever le nez de son livre, Dan répondit : « Je crois que c'est pas trop son genre.

– Bien sûr que si », dit Wiman. Son accent ruisselait. Il jouait à *Grand Theft Auto : Vice City*, c'est-à-dire qu'il butait des civils avant de descendre à la roquette les véhicules de police qui le poursuivaient. « Il exerce Sa justice, Sa vengeance et Son châtiment sur les beaux gosses.

– Putain, mais qu'est-ce qu'elle branle ? » grommela Coyle. Il posa le couteau, passa une main sur son crâne tondu. Puis reprit le couteau et poignarda le contreplaqué. Deux semaines avant de rencontrer Melody au Cat West, Coyle s'était vanté d'avoir couché avec une pom-pom girl des Tennessee Titans. Dan était enclin à le croire étant donné que, plusieurs mois après qu'il était tombé amoureux de Melody, la pom-pom girl en question continuait à lui envoyer des photos de sa vulve en plan serré.

« Allez. Vous. Coucher. » Le sergent Wunderlich sortait du coin cuisine. Il mastiquait une cuillerée de céréales, le T-shirt rentré dans son jogging.

« On peut pas, sergent, répondit Dan. On attend de savoir si Dieu va punir Greg pour ses mœurs dissolues.

– Ça t'arrive d'arrêter de lire, Eaton ? » Wunderlich lui prit des mains *Theodore Rex* pour jeter un œil à la couverture. « C'était pas un film avec Whoopi Golberg et un tyrannosaure, ça ?

– Sergent, fit Wiman, je voulais vous dire… sans vouloir vous vexer, mais si vous nous obligez à tourner une autre vidéo pour votre femme, je porte plainte pour harcèlement sexuel. »

Plus tôt dans la semaine, pendant un moment de relâche, Wunderlich avait convaincu une dizaine de gars de leur section de participer à la vidéo qu'il allait envoyer à sa femme. C'était une espèce de mode sur le front : des soldats qui dansent en faisant du playback. *L'horreur*, écrivit Dan à Hailey, *ça a été quand on a découvert que la chanson c'était « Hand in My Pocket » d'Alanis Morissette.* À un moment de la choré, ils devaient mettre une main dans la poche de leur uniforme et, avec l'autre, faire le signe de la paix – un V avec l'index et le majeur –, le tout en roulant des hanches.

« Vous êtes des gamins, vous comprenez rien à l'amour.

– Vous avez même pas un an de plus que moi, dit Coyle.

– Quand tu pars galérer au front tous les deux ans, ça met de la tension dans ton couple. Si tu veux éviter que ta femme se tape le facteur, faut la surprendre, faut être inventif.

– S'il vous plaît, sergent. Votre femme a rien à voir avec ça. C'est pour vous que vous avez choisi cette chanson, dit Wiman.

– "Hand in My Pocket" est un putain de tube, soldat. » Il lapa une gorgée de lait dans son bol, lécha les poils qui semblaient pousser directement sur sa lèvre, et secoua la tête d'un air conquérant. « Je n'ai honte de rien.

– Tu m'étonnes », toussa Greg.

Le sergent Wunderlich était un type intéressant. Fort comme un bûcheron, il avait l'air d'un vrai dur à cuire, montrait des photos de lui en civil avec une barbe qui ressemblait à un animal écrasé fixé à son menton, et avait sur chaque épaule un crâne tatoué (l'un avec un couteau qui sortait de l'orbite, l'autre avec une rose entre les dents). Et pourtant, sur le plan musical, il avait les goûts d'une adolescente lesbienne. Il écoutait des compilations du Lilith Fair, un festival à la programmation exclusivement féminine. Personne dans tout le bataillon n'avait la moindre idée de ce qu'était le Lilith Fair avant de rencontrer Wunderlich.

Wiman siffla entre ses chicots. « Encore une fois, sergent, sans vouloir être agressif, vous vous êtes jamais dit que l'amour c'est peut-être une grosse arnaque montée par Hollywood pour nous refourguer des films, des bagues en diamant, du shampooing et des pilules pour bander ?

– Impressionnante réflexion philosophique de la part d'un mec de dix-neuf ans qui fume et qui chique en même temps », répliqua le sergent.

Dan éclata de rire et Wunderlich lui rendit son livre. Voyant que la conversation n'était pas près de se tarir, il marqua sa page avec une photo : Hailey et lui en cinquième.

« La conclusion, soldat, c'est que personne n'a encore vraiment compris comment ça marche. » Et, pour une raison qui n'appartenait qu'à lui, Wunderlich mima un lasso au-dessus de sa tête et fit semblant d'attraper Elias Wiman. À quelques kilomètres de là, un mortier explosa. Personne ne bougea un cil.

Coyle ne reçut pas de message de sa femme cette nuit-là. Après la patrouille du lendemain, il apprit par un mail qu'il allait avoir une fille. Deux semaines plus tard, Wiman mourrait dans un accident de la route. Le conducteur de son véhicule verrait un chien mort en travers de la Route Omaha et déciderait de prendre un autre chemin. Ils avaient tous entendu parler des explosifs planqués par les insurgés dans les carcasses qui pourrissaient le long des routes irakiennes comme des chewing-gums écrasés, mais ce qui se passerait cette fois, c'est que leur Humvee se renverserait en passant un talus.

Aujourd'hui, il suffisait que Dan laisse vagabonder ses idées un petit instant, même en pleine conversation, et il les revoyait. Coyle. Wunderlich. Wiman. Rudy en train de dessiner au crayon le petit morceau de l'Hindou Kouch qui constituait leur horizon tout entier. Lorsqu'ils avaient extrait Elias Wiman du blindé, ses os broyés n'avaient plus rien de solide. Il s'était aplati sur le brancard comme un sac de sciure.

Dan essaya de laisser reposer Wiman pour se concentrer sur les courbes des Allegheny Mountains. Le relief du nord-est de l'Ohio s'apaisait enfin. Dans la vallée de Mahoning, au milieu de cet été aussi sec que l'amadou, il dépassa la ville natale de son père qui miroitait sous le soleil poudreux comme si elle allait s'évaporer. Une fois passée la bosse de Youngstown, il n'y eut plus que les hampes vertes des rangées de maïs et les feuilles de soja frémissantes, attendant d'être récoltées par une industrie qui ne transpirait pas. Les bornes kilométriques défilaient et les poteaux téléphoniques saignaient du goudron. Le ciel vira d'un orange profond à un bleu-violet d'hématome, et les nuages étaient sculptés par les rayons d'un soleil biblique, illuminant ici des vaches qui paissaient dans un champ, là une grange effondrée sur laquelle s'écaillait le logo du bicentenaire de l'Ohio.

Il évitait autant que possible de conduire sur de longues distances. Sa vision périphérique était mauvaise et, un an après son énucléation, Dan éprouvait une gêne quand il devait se concentrer pour évaluer les distances dans une circulation dense. Cependant, même lui s'accordait à dire que c'était une piètre excuse pour rentrer aussi peu souvent. Et il était bien obligé d'avouer que c'était beau. Nous entretenons avec le ciel de l'endroit où nous avons vu le jour une intimité qui dépasse le mouvement des nuages ou le clignotement des étoiles. Le ciel au-dessus de chez nous s'apparente au moment où le parachutiste tire sur la corde et est aspiré vers l'éther. Nous aurons beau courir le monde et assister à des couchers de soleil, des aurores et des tempêtes plus spectaculaires, lorsque nous apercevons ces champs, ces forêts, ces buttes et ces rivières ancrés dans notre mémoire, notre mâchoire se serre. La corde tirée nous arrache à la chute.

À la radio, les débats alternaient avec les chansons et les spots publicitaires. Pour éviter de penser à Wiman et aux autres, il se replongea dans ses souvenirs des cours d'histoire avec Mrs Bingham – cours lors desquels il avait fait la connaissance de Hailey. À douze ou treize ans, les garçons ont vis-à-vis du monde entier une attitude à la fois insolente et empreinte d'obséquiosité, mais tous la mettaient en veilleuse pour Mrs Bingham, la doyenne du collège. Elle avait un physique de bonhomme de neige coiffé par une chevelure d'un blanc immaculé, la grand-mère parfaite. Et elle n'hésitait pas une seconde à dégainer les anecdotes brutales de la conquête de l'Ohio pour capter leur attention.

Le premier jour, elle ne fit même pas l'appel. Elle se lança dans l'histoire d'un conseil de femmes shawnees, le Miseekwaaweekwakee, qui, lorsque des Blancs étaient capturés, en touchaient parfois un pour « le réserver ». Après quoi les Indiennes le déshabillaient, le ligotaient et le mettaient sur un bûcher.

« Elles le brûlaient vif et puis elles le mangeaient », termina Mrs Bingham. Elle avait une voix douce, aux inflexions presque chantantes. Plus tard, elle leur raconta que les femmes de sa génération avaient dû prendre des leçons d'élocution, en détachant bien les syllabes, *é-lo-cu-tion*.

Ce cours plongeait Dan dans un état de panique car, d'un côté, il y prenait plaisir, il aimait ces histoires limpides et en même temps sanglantes, mais, de l'autre, il voulait rester anonyme et ne pas se faire remarquer. Hailey était une présence étincelante sur sa droite, incrustée dans sa conscience comme une écharde délicieuse. À l'époque où ils étaient en primaire à Elmwood, il ne la connaissait pas car elle était dans une autre classe, avec sa copine Lisa Han. Désormais, assis à côté d'elle une heure par jour tous les jours, il en mâchonnait ses crayons à en faire du petit bois.

« Tu devrais faire gaffe », furent les tout premiers mots que lui adressa Hailey. « Tu vas choper le saturnisme. » Il passa une semaine à se demander si c'était du dégoût de sa part, de la taquinerie, ou bien s'il avait une ouverture. Après s'être examiné dans le miroir de la salle de bain, il décida – même s'il détestait se toucher les yeux – de commencer à porter des lentilles aussi souvent qu'il le supporterait.

Mrs Bingham leur assigna à chacun un personnage historique qu'ils conserveraient toute l'année et qui donnerait lieu à un exposé noté. Ce cours était le plus apprécié de tous, et c'est là qu'un petit timide, qui ne pouvait s'empêcher de lever la main, apprit à s'intégrer. Dan avait la réputation d'être une bête en histoire, quand bien même il se contentait de lire son manuel comme tout le monde. L'histoire le passionnait. Attirée par sa réputation, Hailey lui demanda de l'aider avec son exposé ; Dan eut l'impression d'avoir gagné au loto et de recevoir simultanément un coup de poing dans le ventre. La majorité des garçons bavaient devant Tina Ross, mais c'était pour Hailey que son cœur à lui s'embrasait. Dans le bus, elle s'asseyait généralement au fond avec Lisa et Kaylyn Lynn, et collées les unes contre les autres elles se racontaient les curieux secrets que s'échangent toujours les filles. Il ne vivait que pour les jours où il se retrouvait en face d'elle et pouvait faire provision de coups d'œil volés. Quand Hailey sollicita son aide, il commença à lire tous les livres où était mentionné le nom de Simon Girty, figure hors du commun et sans concession de la conquête de l'Ouest. Sa mère devait le conduire à la bibliothèque municipale un jour sur deux.

Les visites que lui rendait Hailey après l'école pour qu'il lui recrache ce qu'il avait ingurgité sur Simon Girty se poursuivirent après qu'elle eut présenté son exposé. Ils marquaient des paniers dans l'allée du garage ou regardaient les clips à la demande en espérant que leurs favoris parviennent en haut de la liste (Hailey avait une passion pour « Freak on a Leash » de Korn). Ils s'asseyaient chacun contre un accoudoir, aussi loin que le permettait le canapé du salon, et malgré la distance Dan sentait encore la chaleur qui émanait d'elle. Un jour, sa mère vint les prendre en photo (« J'ai une pellicule à finir… Dites cheese ! »), un cliché illustrant à merveille les altérations de la mémoire. Dans les souvenirs de Dan, Hailey était extrêmement chic, branchée, un top model androgyne arborant le plus souvent un maillot de la basketteuse Sheryl Swoopes. Mais, sur cette photo, Hailey n'était qu'une ado empruntée avec une queue-de-cheval et des joues rouges, un sourire gêné où manquait une dent, en jean et débardeur noir trop grand. Agrippé à l'accoudoir, l'air terrorisé par cette fille, un gamin maigre et pâle qui avait la même coiffure que son père, des taches de rousseur comme s'il s'était pris une bombe à la cannelle dans la figure, et un gros bouton sur le nez. Avant de partir faire la guerre, Dan glissa cette photo dans le livre qu'il lisait.

Un jour, Hailey trouva ses *Calvin & Hobbes* et il se mordit les doigts de les avoir laissés traîner. Il se sentait toujours petit garçon, accroché à toutes les choses de l'enfance qu'il aimait, alors que les autres, surtout Kruger, Jarecki et Hansen, n'arrêtaient pas de grandir, avaient des poils qui leur poussaient sur les joues et sous les bras, et des voix qui plongeaient sous terre. Lorsque Hailey attrapa un des volumes dans sa bibliothèque, il eut envie de le lui piquer des mains et de s'enfuir en courant.

« Ça me dit quelque chose, fit-elle. C'est bien ? »

Il haussa les épaules presque jusqu'au sommet de son crâne.

« Bof. Enfin je sais pas, je les ai eus pour Noël y a longtemps.

– Je peux t'en emprunter un ? »

Il accepta, et elle finit par tous les emprunter. Dans le bus, ils relisaient les pages qu'ils aimaient le plus, hilares devant l'imagination sans limites de Calvin et son talent pour se fourrer dans les ennuis. Dans celle que préférait Hailey, Calvin plante des clous dans la table du salon quand sa mère déboule en criant : « Calvin ! Qu'est-ce que tu fais ?!? », et Calvin, perplexe, regarde son œuvre et demande : « C'est une question piège ? »

Dan revoyait encore Hailey, les genoux contre le dossier du fauteuil de devant, qui se tenait le ventre, ses joues rebondies teintées de rose par son hilarité.

« Tu ressembles trop à Calvin, dit-elle.

– Tu trouves ? Je fais jamais de bêtises.

– C'est pas ça. Ce que je veux dire, c'est que t'es plus mûr que ton âge, un truc dans le genre. »

Remarque qui avait suscité chez lui une réaction pas du tout mûre pour son âge, à savoir : *Je pense que je me marierai avec Hailey quand je serai grand.*

Son personnage à lui pour le cours de Mrs Bingham était le général Anthony Wayne, alias « Mad », l'homme chargé par le président George Washington de venger la désastreuse tentative de prendre l'Ohio aux tribus indiennes qui avait coûté six cent vingt-trois hommes à l'armée américaine. Non seulement c'était le bilan le plus lourd jamais subi par les États-Unis contre des forces indiennes, mais il dépassait aussi celui de toutes les batailles de la guerre d'Indépendance, et pour Dan cela en disait long sur la manière dont les nations bâtissent leur propre mémoire. Wayne marcha vers l'Ohio avec une armée de trois mille cinq cents hommes.

« Little Turtle était le seul chef de guerre indien à l'avoir vu venir », leur dit Mrs Bingham le jour où elle leur narra la bataille de 1794 à Fallen Timbers. Elle leva ses lunettes, qui pendaient à son cou au bout d'un cordon perlé, et au lieu de les mettre elle les plaça devant son livre à la manière d'une loupe. « Little Turtle dit aux autres chefs : "La piste a été longue et sanglante ; elle n'a pas de fin. Les visages pâles viennent de là où le soleil se lève et ils sont nombreux. Ils sont comme les feuilles des arbres. Quand arrive l'hiver, ils gèlent et sont emportés par le vent. Mais quand le soleil reparaît, ils reviennent encore plus nombreux qu'avant." » Elle ferma le livre avec un claquement et laissa retomber ses lunettes.

Dan fit une grimace débile à Hailey, mais elle ne répondit pas. Elle n'était pas venue chez lui de la semaine et ne s'était pas non plus assise à côté de lui dans le bus. Quelques jours plus tard, il vit, gravé au stylo dans le plastique vert tendre du siège de devant, *DE + HK* à l'intérieur d'un cœur anguleux. L'œuvre d'un esprit entreprenant.

« Tout le monde voit bien qu'elle te plaît, lui dit Lisa pendant qu'ils rentraient chez eux à pied. Mais un conseil : arrête de la coller comme ça. »

Il savait que Lisa ne disait pas cela pour être méchante. Depuis tout petit, il mangeait les cookies de sa mère, buvait son Capri Sun et s'interrogeait sur sa belle amie. Lisa jouait à la fois le rôle de médiatrice et de marchepied vers les élèves plus populaires ; elle veillait sur lui. Cependant, Dan se récria : il ne « collait » pas Hailey. Ils étaient amis, point. Ils aimaient bien être ensemble. Mais il savait que ce n'était pas la vérité. Hailey n'avait pas ces sentiments-là pour lui, aussi devait-elle prendre ses distances.

Rentré chez lui ce soir-là, il se renseigna sur « Mad » Anthony Wayne. La bataille de Fallen Timbers se déroula dans le nord de l'Ohio, non loin de l'actuelle Toledo, au milieu d'une inquiétante forêt baptisée The Wilderness. Peu avant, une tempête avait abattu des centaines d'arbres. Les Indiens se replièrent jusqu'à Fort Miamis, mais les Anglais les repoussèrent (d'aucuns diraient « les trahirent ») et ils durent donc continuer à fuir. Ils n'avaient d'autre choix que de demander la paix. Wyandots, Delawares, Ottawas, Miamis, Potawatomis, Chippewas et toutes les autres puissantes tribus de la région cédèrent pratiquement l'ensemble de leurs terres en échange de vivres. À partir du traité de Greenville en 1795, et pour paraphraser Thomas Jefferson, la guerre deviendrait essentiellement une affaire de corruption. Pour les Blancs, la ligne de démarcation avec le territoire des Indiens ne serait jamais qu'un arrangement temporaire, valable jusqu'au jour où ils auraient besoin de nouvelles terres. Ainsi naquirent les frontières de l'Ohio, mais la bataille se poursuivrait tout au long du siècle suivant. Jusqu'aux splendeurs du Pacifique.

Après avoir quitté l'autoroute, il prit la SR 229, dépassa une ribambelle de routes de campagne et traversa des petites villes où se tassaient blocs d'immeubles bas, stations-service, casernes de pompiers, Jean's Ice Cream, Buddy's Tavern et Gary's

Grocery, lignes téléphoniques pendant entre deux poteaux, et pick-up de toutes les marques et de tous les modèles transportant leur cargaison. Par l'est, il longea l'étendue lustrée de Jericho Lake avec ses maisons taches d'encre sur l'autre rive. Le soleil descendait derrière les derniers nuages, vestiges d'un système dépressionnaire depuis longtemps dissipé qui glissaient maintenant paresseusement sur une mer de crème. Il connaissait le reste du trajet comme on connaît le couloir de la maison de son enfance, négociant en pleine nuit chaque coin, chaque porte, chaque angle de table.

Et puis il y avait tout ce qui avait changé. Les champs qui bordaient autrefois Zanesville Road avaient disparu sous le bitume et les parkings. Animaleries, salons de bronzage, Pizza Hut, AutoZone, Ruby Tuesday, Staples, Dairy Queen, Discount Tire, et pour finir une nouvelle grappe de maisons préfabriquées, clones d'un patient zéro à bardeaux de vinyle. C'était ici que se déportait le centre-ville de New Canaan, que se relocalisaient les commerces et les emplois, sur cette bande de prêt-à-consommer qui elle-même, année après année, connaissait une désaffection identique.

Il tourna dans Rainrock, dépassa l'ancien arrêt de bus, la maison des Kline plongée dans l'obscurité, et se rangea dans l'allée familiale au béton irrégulier, sous le panier de basket qui avait été témoin de tant d'affrontements entre Hailey et lui. Il quitta l'odeur de renfermé de la voiture, s'étira, sentit craquer ses membres. Le crépuscule était un velours pourpre au-dessus des bois. Sa maison n'avait pratiquement pas changé : une construction de plain-pied avec une façade en vinyle blanc, des volets couleur rouille et un sous-sol qui dépassait de la pente comme un bon postérieur nourri au maïs. Le panier avait mauvaise mine avec son panneau rongé et son filet imbibé de rouille. Les cicatrices laissées par Dan et ses sœurs se voyaient à la porte du garage éraflée et bosselée, à la lampe vieillotte de l'allée qui n'avait plus une seule vitre intacte et dont l'ampoule cassée était toujours vissée dans la douille.

Naturellement, le voisin, Mr Clifton, était dans son jardin, en train de traîner un tuyau d'arrosage autour de ses parterres de fleurs. Quand il vit Dan arriver, il se dépêcha de couper l'eau pour venir le saluer.

« Dan-Dan-Dan-Dan. » Il le serra fort dans ses bras. « Dan, tu es rentré.

– Je suis rentré. » Face à l'immense joie de Mr Clifton, il ne sut répondre que par un petit sourire pudique.

« Tes parents ne m'avaient pas dit que tu rentrais.

– Ça s'est décidé il y a seulement quelques jours.

– Tu as l'air en pleine forme ! » Claques vigoureuses sur les épaules. Dan remarqua que Mr Clifton s'attardait sur son œil droit. Il était trop poli pour faire remarquer qu'on n'y voyait que du feu.

Dan avait toujours connu les Clifton. Leur fille, Kimberly, avait été copine avec la plus jeune de ses deux sœurs, Heather, et avait parfois joué les baby-sitters pour Dan. Les cheveux de Mr Clifton s'étaient retirés en couronne autour de son crâne, seul un carré noir et crépu s'acharnant à en tenir le sommet. Et il avait rasé sa moustache. Dan ne l'avait jamais vu sans et trouvait que ça donnait à sa lèvre un côté chauve. Ses rides paraissaient plus profondes, mais le blanc de son sourire était toujours aussi pur dans son visage café au lait. Avoir Mr Clifton comme prof de musique revenait presque à avoir un de ses parents. Un jour, Dan avait récolté un C et Mr Clifton avait écrit : *Dan ! Je suis désolé ! Travaille !*

« Comment vont Kim et J. D. ? » demanda-t-il.

Mr Clifton lui résuma les divers succès de sa progéniture. « Je me souviens comme si c'était hier de l'époque où tes parents demandaient à Kim de vous garder parce qu'ils avaient peur qu'Heather te pousse du haut du toit. Mais, et toi alors ? Le travail ? La vie ? »

Dan s'efforça de tout raconter de la manière la plus concise possible. Un bon poste dans un cabinet d'ingénierie civile à Titusville. Guère plus qu'un boulot de secrétaire amélioré, mais tout de même assez intéressant. Son patron développait des projets de forage dans le nord de la Pennsylvanie, il perçait des trous partout où il le pouvait dans le bassin de Marcellus. Le plus souvent Dan restait au bureau, mais il arrivait qu'il le suive sur des chantiers. Il en apprenait beaucoup sur les foreuses et autres infrastructures gazières.

« J'aurais jamais parié que j'atterrirais là, et des fois j'ai envie de reprendre des études, vous savez, mais au moins ça, ça paie le loyer. J'aurais jamais parié que je connaîtrais autant de choses sur les analyses de faisabilité, les plans de site, les gazoducs, l'aplanissement, le drainage, la gestion des eaux de pluie…

– Et ça te plaît ? » Comme un salut militaire, Mr Clifton leva une main au-dessus de ses yeux pour les protéger du soleil bas.

« Oui. Et puis ça me laisse du temps pour lire. Vous savez, chez moi y a seulement un lit et des bouquins jusqu'au plafond. »

Avec un raclement et un claquement métallique, la moustiquaire de la maison s'ouvrit en grand, son mécanisme de fermeture automatique ne faisant pas le poids contre le bras qui la poussait.

« Fiston ! Ne t'approche pas de ce type ! Je t'ai déjà dit de ne pas parler aux inconnus ! »

Mr Clifton éclata de rire et Dan alla serrer son père dans ses bras.

Quand son père embrassait ses sœurs, il les prenait d'abord par les épaules, les regardait dans les yeux comme pour décider s'il aimait ce qu'elles devenaient, puis il les étreignait avec l'air de vouloir tuer le mari qui les lui avait enlevées. Quand c'était Dan, il commençait par lui broyer la main, puis il lui passait un bras dans le dos et lui donnait trois grandes claques qui résonnaient dans ses poumons.

« Cam ! cria son père. Notre sale gosse est rentré ! »

Tandis que son père serrait la main de Mr Clifton, car il était incapable de parler avec un autre homme sans lui avoir vigoureusement serré la main au préalable (même s'il s'agissait de son voisin et ami depuis près de trente ans), Dan entendit sa mère sortir au galop de la maison, poussant la porte presque aussi fort que son père.

« Viens là, espèce de bon à rien. » Après un câlin féroce et une rafale d'une vingtaine de baisers (« Mon petit homme ! Mon petit homme ! »), elle se recula. « Alors comme ça tu vas voir Clift en premier ? Avant la femme qui a dû expulser la pastèque qui te servait de tête ?

– Fiche-lui la paix, Cam. Tu vas lui filer un complexe des Dipes. »

Plus son père vieillissait, plus il devenait lui-même, d'une beauté improbable malgré les cratères laissés par l'acné dans son visage dur, mi-écossais mi-irlandais, qui se tannait de plus en plus. Il devait augmenter la dose d'écran total aux endroits où ses cheveux blancs, en se raréfiant, révélaient les taches de soleil. Il avait peut-être pris un peu de ventre, mais d'un autre côté on ne l'avait jamais connu avec une tablette de chocolat. Sa dent en or, remplaçant une incisive qu'il prétendait avoir perdue lors d'une bagarre dans un bar à Saïgon, scintillait moins brillamment au milieu d'une rangée de dents plus brunes.

Sa mère s'était teint les cheveux, une nuance plus claire, estivale, et chez elle l'âge restait encore un repli gracieux. À l'école, pendant des années, il avait enduré les blagues de ses copains au sujet de sa mère canon. Au-dessus de l'encolure de son haut bleu, une peau rosée et un unique grain de beauté. Ils étaient sûrement allés voir Heather à Cleveland – sa mère adorait griller au soleil sur le lac Érié. Elle lui posa une main sur la joue et l'admira, des larmes perlèrent dans ses yeux et Dan s'en voulut de ne pas rentrer plus souvent.

Les bras croisés, Mr Clifton leur souriait. « Tu penses rester combien de temps ?

– Seulement deux ou trois jours.

– Sauf si je le kidnappe, dit sa mère.

– Le truc qu'il faut comprendre avec Danny, dit son père en levant un doigt en l'air, et c'est ce que je répète tout le temps à Cam : l'intérêt de faire des mômes, c'est de pouvoir les foutre à la porte. On entend tout le temps des histoires de gosses qui reviennent vivre chez leurs parents. À mon époque, on appelait ça mendier. C'est les clochards qui font ça. »

Mr Clifton se tordait de rire. Ils avaient un côté gamin, tous les deux, son père faisant tout pour que son copain en recrache son lait par le nez. Un jour, sa mère avait dit à son père et à ses sœurs : « Votre père adore jouer les gros durs à cuire, mais c'est rien de plus que ça : c'est un jeu. »

Le père de Dan avait été canonnier dans un hélicoptère au Vietnam et, à son retour, il avait épousé une fille de quinze ans sa cadette (elle avait seize ans lorsqu'ils avaient commencé à sortir ensemble). Il avait toujours eu un côté un peu bipolaire, que sa mère attribuait à son incapacité à choisir un camp en politique. Il continuait à jurer que les États-Unis auraient pu battre le Viet Cong et gagner la guerre si les médias et les hippies ne s'en étaient pas mêlés. D'après sa mère, il avait voté Nixon en 72, s'était abstenu en 76, avait été à fond derrière Reagan en 80 et 84, puis avait préféré Dukakis à Bush en 88. Et ensuite, ça avait été deux fois Clinton et deux fois W. Bush. Il soutenait que Clinton était « le plus grand président que j'aie connu » et en avait voulu à Obama de barrer la route à Hillary, ce qui déboucha sur des votes outrés en faveur de McCain puis de « Petit gâteau » (l'énigmatique surnom qu'il donnait à Mitt Romney). Plus que tout, c'était un syndicaliste à l'ancienne. Il était désormais à la retraite, mais Dan l'avait vu toute son enfance faire le trajet jusqu'à l'usine Ohio Metal Working Products de Canton. Aujourd'hui encore, sa camionnette était tapissée d'autocollants de la fraternité internationale des chaudronniers.

Plus jeune, Dan voulait marcher dans les traces de son père, mais ses dispositions naturelles le rapprochaient davantage de sa mère : c'était un garçon appliqué, trop gentil pour son bien, dont tous les paroissiens de St-Vincent-de-Paul vantaient la douceur. On ne voyait pas comment il aurait pu un jour devenir son père, un homme qui régalait tout le monde, y compris ses filles, en racontant la fois où il s'était battu contre un type dans une ruelle avec une chaîne et un couvercle de poubelle (sa mère surnommait ces anecdotes « les mythes de Paul »). Dan mit longtemps à comprendre pourquoi sa mère disait que son père s'inventait une vie. Il était trop petit pour s'en rendre compte quand la femme de Mr Clifton, Rosa, avait été emportée par un cancer. Aux yeux d'un petit garçon, la bonne fée qui le bourre de pâtisseries et lui répète qu'il est beau chaque fois qu'elle le voit est un personnage immortel. Dan était très jeune et elle était partie très vite. Il se rappelait vaguement la dualité qui s'était installée dans leur petit coin de Rainrock Road : le chagrin absolu et la solidarité absolue. Rosa et sa mère avaient été jeunes mamans en même temps et il se souvenait du jour où, au dîner, elle avait essayé d'expliquer la mort de son amie. Devant Dan, Betty et Heather, son visage s'était froissé : la toute première fois qu'il l'avait vue pleurer.

« Tu comprends ce qui se passe ? lui demanda ensuite Heather.

– Ben oui », bredouilla-t-il, même si ce n'était peut-être pas le cas.

Il passa presque toute la veillée funèbre avec les jeunes cousins de Kimberly et J. D., à jouer aux gendarmes et aux voleurs dans le jardin sans s'apercevoir qu'ils avaient constitué les équipes par couleur de peau, jusqu'au moment où J. D. était venu mettre un terme à cette ségrégation. Quand il retourna à l'intérieur, Mr Clifton racontait une histoire à propos de sa femme et tout le monde riait dans son mouchoir. Dan demanda à sa mère si son père faisait semblant de ne pas être triste. Elle dit que non, qu'il était vraiment triste : « C'est juste qu'il a le cœur solide. » Et Dan se rendit alors compte que c'était son père qui s'occupait de tout ou presque – coordonner le traiteur et les pompes funèbres, guider depuis Cincinnati les membres de la famille qui avaient peu l'habitude des routes de campagne sinueuses. Il aida à tout installer et à tout démonter, et puis à ranger, et dès qu'il avait une minute de libre il était auprès de Mr Clifton, de Kim ou de J. D. Plus tard dans la semaine, par la fenêtre de sa chambre, Dan vit son père et Mr Clifton se passer ce qu'il prit pour une cigarette. Son père mit un bras sur l'épaule de Mr Clifton et Dan remarqua que le père de sa baby-sitter tremblait. Ils dînèrent souvent avec la famille Clifton cette année-là. Son père faisait des blagues et Mr Clifton réussissait encore à rire comme si la vie ne lui avait pas planté un couteau dans le dos.

La nuit grignotait la chaleur du jour. La sueur accumulée au creux de ses reins commença enfin à s'évaporer. Sa mère revint de la maison avec des bières, deux dans chaque main. Des Rolling Rock, évidemment.

Dans l'allée, près du panier, ils burent au goulot leurs bouteilles émeraude.

« Tu n'es jamais là quand ça chauffe, Dan. Les stups ont fait une descente dans le petit motel pourri près de la place, dit sa mère.

– Le Cactus, compléta Mr Clifton.

– Y avait du trafic d'héroïne là-dedans ! Incroyable. » Son père descendit une lampée de sa Rolling Rock. Avant, il ne buvait que de la Budweiser, puis il y avait eu les pubs avec les grenouilles. Il avait dit : « Je peux pas boire une bière de débiles », avait fini son stock le soir même et, à la connaissance de Dan, n'y avait plus jamais touché.

« Franchement, faudrait mettre un coup de balai dans ce taudis. Ça fait cinq fois que les stups y vont en deux ans, dit-il.

– La meth, dit sa mère d'un air entendu. C'est ça qui leur donne l'air suspect quand ils vont chercher leur café chez Dunkin' Donuts.

– Rien que l'état de leur peau et de leurs dents », ajouta Mr Clifton.

Ils continuèrent sur le même ton pendant que les premières lucioles sortaient de leurs nids alors que le soleil brillait encore. L'année qui s'était écoulée depuis son départ de l'armée avait appris à Dan à rester en retrait et à laisser parler les autres, mais avec ces trois-là c'était un plaisir. Lorsqu'on rentre de mission et que les gens bavassent de choses n'ayant pas l'urgence vitale des moments où l'on palpe le corps d'un ami pour vérifier qu'il n'y a pas de saignement dans un endroit caché, on décroche rapidement. On apprend à mettre en sourdine la fréquence des gens. Un de ses copains, Everton Cleary, avait eu les deux tympans perforés. Dan aurait parfois préféré que ce soit ça et non son œil qui lui vaille une Purple Heart.

« Tu dînes avec nous, Clift ? demanda sa mère, rayonnante. On fait un rôti à la cocotte.

– Désolé Camille, j'ai déjà mangé. »

Son père leva les yeux au ciel. « Eh ben viens quand même boire une bière, nom de Dieu.

– Ils m'invitent à dîner presque tous les soirs, dit Mr Clifton à Dan.

– C'est vrai, mais aujourd'hui Danny est là, insista sa mère. On a plein de choses à se raconter.

– Et on veut savoir s'il y a quelqu'un de spécial qui lui astique le manche », dit son père. Sa mère lui mit une claque sur le ventre. Il gloussa.

« C'est dégoûtant et je ne veux pas en entendre parler. » Un clin d'œil à Dan. « Sauf si elle est jolie et intelligente et si elle me donne envie d'avoir des petits-enfants à câliner. »

Dan ne put s'empêcher de rire. Il s'étonnait toujours de n'être pas devenu plus drôle en grandissant – c'était peut-être un gène qui sautait le dernier de la famille.

« Je vais juste grignoter un truc, dit-il. D'abord parce que je vais récupérer Hailey après le boulot pour qu'on aille dîner. Et ensuite – et j'arrête pas de vous le répéter – parce que je suis végétarien. »

Son père recula d'un pas. « Seigneur, qu'est-ce que j'ai fait pour mériter ça ?

– Donc pas de rôti ? demanda sa mère.

– Pas de saucisses non plus ? Y a du poivron et du piment dedans.

– Papa, je crois que t'as pas compris ce que ça veut dire, être végétarien.

– Je vais te donner de l'argent. Tu peux filer t'acheter quelque chose. » Sans lui laisser le temps de protester, sa mère courut à l'intérieur et revint avec un billet de vingt dollars. Il continua à objecter que ce n'était pas nécessaire, mais c'était peine perdue. L'épicerie, Ruth's Market, était à deux pas. Alors qu'il se mettait en route, sa mère le rappela.

« Attends attends attends ! Un dernier bisou. » Elle le serra encore plus fort et plus longtemps. « Mon petit homme. C'est bon de t'avoir à la maison. » Et par-dessus l'épaule maternelle Dan leva au ciel son œil et sa prothèse en direction des deux aînés. Son père lui renvoya une grimace. Mr Clifton souriait jusqu'aux oreilles. « C'est bien que tu voies Hailey », dit sa mère.

En s'engageant sur la rue, il jeta un dernier regard derrière lui et vit que Mr Clifton rentrait avec ses parents, les mains enfoncées dans les poches. Sa mère et son père continuaient à se taquiner. Mr Clifton marqua un temps pour admirer le bleu lumineux du soir, et le sourire sur son visage ressemblait à l'étoile du Nord solitaire.

Les dernières zébrures de lumière cendrée se dissipaient à l'ouest. Marchant le long de Rainrock Road, Dan passa une nouvelle fois devant la maison de Lisa Han. Dans le quartier, toutes les allées étaient pavées sauf celle des Kline. Leur delta de gravier se déversait sur la route. Cela n'avait pas changé depuis le temps où Lisa et lui étaient en primaire à Elmwood et faisaient des dérapages sur leurs vélos.

La maison se trouvait au bout de la rue, délaissée, plantée sur une pelouse marron attestant que le monde ne devient jamais ce que l'on pense et encore moins ce que l'on désire. Lisa et lui avaient échangé quelques mails, elle lui avait décrit avec enthousiasme ses projets de voyage, et puis elle avait cessé de répondre. Elle avait été sa meilleure amie pendant un moment, lectrice compulsive comme lui et compagnie plus facile que les mecs qui composaient le pénible tissu de l'adolescence masculine. Elle glissait dans sa boîte aux lettres les livres qu'elle pensait pouvoir lui plaire. Bien que destinée à évoluer dans des strates sociales supérieures et à sortir avec la star de l'équipe de basket, elle ne l'avait jamais laissé tomber. Elle s'était donné pour mission de l'intégrer au réseau des élèves populaires du lycée. Sa loyauté était toujours demeurée intacte, même quand Hailey et elle se brouillèrent. Et elle ne lui reprocha jamais d'avoir pardonné à Hailey pour Curtis Moretti.

Il tourna dans la SR 229, longeant les bois où Lisa et lui grimpaient aux arbres et revenaient avec du sumac grimpant. Ses tennis étaient trop fines, il sentait le moindre gravillon à travers la semelle. Il regrettait ses bottes militaires, en cuir pleine fleur brun, qui permettaient de marcher sur un fer à béton sans aucun souci. Et, par association, il repensa à la fois où il avait fait chambre commune avec Greg Coyle en Italie. Greg qui s'ennuyait et lançait une balle de tennis contre le mur chaque fois que Dan essayait de lire. Un jour où il refusait d'arrêter, Dan lui avait lu un passage sur le mystère du disque de Phaistos, expliqué par Jared Diamond dans *De l'inégalité parmi les sociétés*. Découvert en Crète dans un ancien palais minoen en 1908 et datant approximativement de 1700 av. J.-C., ce disque de terre cuite non peinte, et au demeurant fort peu remarquable, était le plus ancien exemple d'écriture imprimée qui nous soit parvenu. Les signes qui y étaient imprimés laissaient perplexe la communauté scientifique car ils ne s'apparentaient à aucune écriture connue. Il faudrait attendre deux mille cinq cents ans pour qu'émerge une innovation comparable dans le champ de l'imprimerie, et ce serait à l'autre bout du monde, en Chine. Quant à l'Occident, il n'inventerait cette technologie que six siècles plus tard, au Moyen Âge.

« Et en plus il a jamais été déchiffré », dit-il à Greg.

Coyle haussa une des chenilles blondes qu'il avait en guise de sourcils et répliqua : « Y a pas de mystère, mec. C'est les extraterrestres. Obligé. »

Quand ils se levèrent pour l'inspection, Dan se fit engueuler, comme tout le monde, parce qu'il avait rangé ses compresses au mauvais endroit ou parce qu'il essayait toujours de gruger en ne mettant pas les côtés de sa protection pare-balles (des plaques de 12 par 12, lourdes et gênantes). Greg Coyle, lui, malgré sa maladresse, ne se faisait jamais engueuler car il était toujours irréprochable. Coyle, qui n'avait que le mot « MacDougal » à la bouche. Les cordons de nettoyage pour fusil, les pinces, les cibles au stand de tir, les hommes en âge de servir, les rations de combat, les opérations, les bataillons : tout ça, pour lui, c'étaient des MacDougals. Un tic qui, au désespoir de tous, contamina la compagnie entière en seulement quelques semaines.

« On va recevoir les nouveaux MacDougals blindés le mois prochain. »

« Ces MacDougals en poudre – je te jure, meilleurs que les MacDougals de ma mère ! »

« Et y avait l'autre MacDougal qui se faisait secouer par le MacDougal. »

Ils étaient arrivés en Irak en 2006, à un moment où ça ne rigolait pas, mais cette blague les préservait des tirs de roquettes et des balles perforantes.

Quand vint la quille, après avoir rendu visite à Rudy sur son lit d'hôpital, la deuxième chose que fit Dan fut d'assister au mariage de Brent Della Terza à Austin. Une grande partie de ses amis d'Irak étaient présents, des gars qu'il n'avait pas vus depuis un bail parce qu'ils avaient quitté l'armée après leur deuxième mission. Badamier, le lieutenant Holt, Cleary, Wong, Doc Laymon, Drake dans son fauteuil roulant, James « L'Autre James » Streiss qui avait maintenant deux mains bioniques. Naturellement, une fois soûls ils avaient commencé à dire « MacDougal » à tout bout de champ, ce qui horripila les demoiselles d'honneur texanes, de bonnes chrétiennes n'ayant jamais vu des soldats lâcher du lest. Qu'ils étaient drôles, qu'ils étaient cons. Dans son ivresse, Dan se prit à regretter 2006, le bon temps des patrouilles avec les copains.

Il s'arrêta pour retirer une chaussure et en faire tomber un petit caillou.

Au loin, les derniers rayons du soleil illuminaient un cirrus par l'arrière. Le nuage ressemblait à un couteau à lame crantée. Alors qu'il remettait sa chaussure, Dan entendit une voiture dans son dos et s'écarta de la chaussée. Les phares balayèrent la pente, étirèrent son ombre. Puis le véhicule – un pick-up, en réalité – le doubla à toute allure et son souffle gifla sèchement Dan.

Avec un hurlement animal, le tas de boue freina brutalement, fit une embardée grinçante et s'immobilisa. Le blanc de la marche arrière remplaça le rouge des freins et le plateau du camion recula vers lui. Dan se rangea à bonne distance pour laisser approcher le pick-up, dont la vitre était déjà baissée. Il sentait en lui la tension, le surcroît de vigilance qui ne quitte jamais un fantassin. L'estomac noué, il remarqua un autocollant sur le pare-chocs : CETTE MACHINE FABRIQUE DES FASCISTES, à côté d'un poste de télé dans l'écran duquel s'entassaient les logos de Fox News, MSNBC et CNN. Il ne pouvait savoir qui se trouvait à bord, mais il avait cette sensation à laquelle seuls les Français ont donné un nom : le déjà-vu.

Le conducteur pila à sa hauteur et avança la tête au-dessus de la banquette.

« Eaton ? Sérieux ? »

À croire qu'il l'avait invoqué en pensant à Lisa : son ex, Bill Ashcraft, tout aussi crâneur et arrogant qu'au lycée.

« Tête de bite, va, reprit Bill. Tu disparais de la face du globe pendant dix ans et tu crois que tu peux faire comme si tu m'avais pas vu. Tu fous quoi ? »

Dan se força à rire. Il perçut la nervosité dans sa voix. « Je suis venu voir mes parents. »

Bill rabattit en arrière ses cheveux gras, d'une teinte et d'un lustre assortis au cuir noir, et son sourire joyeux parut s'épanouir partout dans son visage, du plissement de ses yeux à la ligne dure de sa mâchoire. Un visage que Dan jalousait, enfant : beau, qui le savait et s'en moquait. Il portait une chemise froissée à carreaux verts et violets, la moitié du col était relevée mais il ne semblait pas en être conscient. Même dans cette lumière tiède, on devinait qu'il avait connu quelques années difficiles. Comme si le Bill Ashcraft du lycée avait été oublié trop longtemps à la merci des éléments.

« Pareil. Monte, on va voir ce qui se passe en ville.

– Je peux pas. Je dois aller faire des courses pour le dîner… »

Un bruit à mi-chemin de l'explosion et du pet jaillit des lèvres d'Ashcraft. « On s'en braaaaaaanle, Eaton. Si le diable nous a mis tous les deux sur cette route au coucher du soleil, c'est pas pour que t'ailles remplir le garde-manger de mamie. Monte. On a des choses à se raconter avant que la civilisation enfile sa couronne d'épines. »

Trois missions dans l'armée, et il n'était pas débarrassé des stratifications du lycée. La pression d'être aimé par le joueur le plus perso de l'équipe de basket.

« Je peux pas, mec. »

Les yeux d'Ashcraft brillaient et pétillaient. « Tu rêves, Eaton. Tu déboules dans ma vie après dix ans et tu crois que je vais laisser tes jolies petites fesses se dandiner devant moi. Monte, connard. On va boire une bière. »

Il tendit le bras, tira la poignée et ouvrit grand la portière.

Dan n'était pas encore tout à fait à bord quand Ashcraft redémarra, si vivement que la vitesse referma la portière à sa place. Il se rendit compte qu'il avait oublié son téléphone dans sa voiture. Il agrippa la ceinture de sécurité.

« Où on va ? demanda-t-il en remarquant une odeur de whisky.

– Quoi ? Au cimetière. Où tu veux qu'on aille ? Putain, Eaton, j'y crois pas. Tu m'as manqué, petit gars. »

En troisième, Hailey avait convaincu Dan d'essayer d'entrer dans l'équipe de basket. Vu que son père mesurait un mètre quatre-vingt-treize, il avait passé son enfance à entendre tout son entourage répéter qu'il allait pousser d'un coup, mais il n'avait jamais franchi la barre du mètre soixante-cinq et n'avait donc jamais fréquenté d'autre panier que celui de son allée. Pourtant, même s'il était évident qu'il allait échouer aux épreuves de sélection, Bill Ashcraft se montra exceptionnellement sympa avec lui. Dan doutait que Bill connaisse seulement son prénom, mais du premier au dernier exercice il l'encouragea, l'aida, ne rata pas une occasion de faire remarquer ce qu'il réussissait, comme pour s'assurer que tous les entraîneurs l'entendent. Par bien des aspects, Bill était le stéréotype du sportif, prétentieux comme pas possible, qui buvait autant qu'un sol d'été au premier orage et fumait de l'herbe sans modération, mais il savait aussi donner tort aux clichés en étant cérébral, instruit et, comme Lisa n'avait eu de cesse de le promettre à Dan, curieusement gentil.

« Allez, raconte, dit Ashcraft. T'en es où ?

– À Titusville, en Pennsylvanie. Je suis ingénieur dans une boîte de forage gazier.

– Putain ! Espèce de traître à l'humanité. Quoi d'autre ?

– Pas grand-chose. J'ai raccroché y a un peu plus d'un an. »

Bill lui lança un regard en biais, agité, interrogateur. C'est alors que Dan remarqua combien il était rouge et tendu. Et combien son haleine empestait l'alcool.

« T'en as eu marre de nos guerres impérialistes à la con ? » Bill était la seule personne à savoir lui dire ces choses sans être agressif. C'était assez rafraîchissant, au fond. Quand on disait aux gens qu'on avait fait l'armée, ils vous serraient la main à vous la broyer et puis, entre deux élections, ils acceptaient volontiers les baisses d'impôts et se faisaient une joie d'oublier les guerres. Au moins, Bill restait fidèle à ses idées.

« Quand on est là-bas, répondit Dan, on pense pas trop à la politique. »

La vérité, c'était qu'il n'avait jamais été plus exposé aux sentiments antimilitaristes ailleurs qu'à l'armée. En Irak, pendant sa deuxième mission, lorsqu'une certaine Josie Burlingame s'était plainte de stress post-traumatique, l'adjudant Hoskins lui avait dit de nettoyer le sable qu'elle avait sur le clito, après quoi Josie s'était « accidentellement » tiré une balle dans le mollet et avait rejoint les rangs des Vétérans contre la guerre. En Afghanistan, Sep Marshall leur avait montré des documentaires conspirationnistes sur le complexe militaro-industriel. Il était intarissable sur Woodrow Wilson, qui avait coulé le *Lusitania* pour faire entrer les États-Unis dans la Première Guerre mondiale et George Bush père qui avait joué un rôle dans l'assassinat de Kennedy. L'ennui qu'on ressent au front donne le temps de se consacrer aux loisirs les plus étranges.

« Quand t'es là-bas, t'espères juste pas te faire arracher la bite ? tenta Bill.

– Ouais. Un truc dans le genre. »

Au lycée, une foule de gens en étaient venus à mépriser profondément Ashcraft. Après le 11-Septembre, il avait essayé de porter des T-shirts provocants et antimilitaristes et ça avait fait toute une histoire. Avec ses narines humides et dilatées, il avait constamment l'air d'un cerf en rut. Ça énervait aussi Dan, surtout quand il dut décider ce qu'il ferait après le lycée. Il crachait dans le dos de Bill tout en l'encourageant pendant les matchs, mais en cela il était pareil que les autres au bahut, sachant que les ados font tout ce qui s'impose pour atteindre l'équilibre parfait : être remarqués sans se faire remarquer. Même si Dan échoua à la sélection, Bill continua à lui parler, le saluant dans le couloir, lui demandant ce qu'il lisait. Bien que flatté, Dan l'évitait. Et puis, un matin en seconde, alors qu'il marchait du parking jusqu'à l'école, tenaillé par une panique tenace due à la proximité temporelle de la sonnerie, il remarqua que Bill était dans le même cas. Ils n'étaient plus qu'une dizaine sur le parking quand une berline beige s'arrêta près de lui. Une douzaine de billes de peinture explosèrent contre sa tête et son torse et la voiture redémarra. Bill fut projeté au sol par les impacts, couvert d'éclaboussures jaunes et rose fluo. Lorsqu'il se retourna, Dan vit les larmes qui zébraient ses joues, la peinture dans ses cheveux. Bill était venu en costume-cravate car c'était jour de match. Personne ne bougea le petit doigt pour l'aider, Dan pas plus que les autres. Bill sanglotait, cassé en deux par la douleur. Plus tard, lorsque Dan verrait des hommes se tordre par terre, touchés par de vraies balles, il repenserait à cet épisode car – du moins dans les premiers instants – les similitudes étaient frappantes. Bill avait fini par se relever et clopiner jusqu'à sa voiture. Ce soir-là, il n'avait pas marqué un seul point et les Jags s'étaient pris une branlée. Dan se souvenait qu'il avait envoyé une passe dans les gradins et que l'entraîneur Napier l'avait sorti du terrain.

Bill abaissa son pare-soleil et en dégagea ce qui ressemblait à un morceau de papier coincé dans l'encadrement du miroir. Il dit : « Mate ça », et le tendit à Dan sans un mot de plus. En le dépliant, il reconnut la masse du poing de Rick Brinklan, ses épaules capables de remplir une pièce entière dans son axe horizontal. C'était une photo prise lors d'un bal de rentrée ou de fin d'année. À en juger par la robe de Hailey, moulante et sans bretelles, en tissu blanc réfléchissant, c'était leur année de première. Elle était magnifique ce soir-là avec ses cheveux remontés en chignon d'où germaient de petites fleurs blanches. Elle attirait Dan dans le champ. On lui aurait donné douze ans, la figure ravagée par l'acné, sur le crâne un gazon raidi et foncé par le gel. Hailey, toujours mince grâce à son métabolisme adolescent et ses six entraînements de basket par semaine, avait la bouche et le visage ouverts en un début de sourire, l'air d'arriver à une fête surprise organisée pour elle et non au bal du lycée. Il prit note des autres personnages de la photo, majoritairement des copains de Bill, et la lui rendit. Il se contenta de dire : « C'est dingue », et Bill la rangea dans le pare-soleil.

« Je sais pas pourquoi je l'ai encore, dit-il. J'ai balancé toutes mes autres merdes du lycée un jour où ma mère m'a envoyé jeter un vieux fauteuil à la décharge. »

Bill plongea la main dans le vide-poche de sa portière et y prit la bouteille de whisky bien entamée que Dan avait flairée. Il en but une gorgée et la lui passa. La route défilait dans le pinceau des phares. Pour alléger l'ambiance, Dan lança : « Maintenant je comprends pourquoi tu conduis comme un pied.

– C'est pas cool de dire ça. Je suis un des meilleurs conducteurs bourrés de toute l'histoire de New Canaan. Je renverse pas les piétons, je respecte les feux rouges, et quand je percute un cerf… » Il frappa une paume avec l'autre de telle sorte qu'elle vola loin de lui dans un grand bruit, et, son volant livré à lui-même, le pick-up fit un écart. « Il en reste plus rien à part les bois et de la compote de cerf sur cent cinquante mètres. » Il rafla la bouteille. « Sans déconner, si on peut pas rouler sur une route de campagne pété au mauvais whisky, je vois pas l'intérêt d'avoir grandi dans l'Ohio. Tu veux qu'on fasse quoi le week-end, sinon ? »

Durant son plaidoyer en faveur de l'alcool au volant, il avait dû remarquer que la tête de Dan oscillait d'avant en arrière, une technique idiote qu'il avait apprise en rééducation pour élargir son champ de vision. Le toubib lui avait dit que les chats faisaient la même chose.

« Ça va ? lui demanda-t-il.

– Ouais, fit Dan en arrêtant de remuer la tête, un peu piteux. Et donc, toi, raconte ?

– Du cul. Des addictions. La révolution. Les trucs qui font que la vie mérite d'être vécue.

– Ah ouais ? Et c'était où tout ça ?

– Que dans des endroits de rêve. En ce moment c'est la Louisiane.

– Jamais mis les pieds.

– C'est la déprime. Du coup, quand y a un fantôme du passé qui débarque et qui me propose deux mille balles pour transporter un paquet de La Nouvelle-Orléans à l'Ohio en vingt-quatre heures sans bouffer trop d'acide ni me faire pécho par les flics… » – un regard entendu – « … ben je suis chaud. »

Dan se dit que c'était des conneries, mais avec Bill Ashcraft on ne pouvait jamais être sûr.

« T'es juste venu voir tes vieux ? demanda celui-ci.
– Pas vraiment. Je suis aussi venu voir Hailey.
– Kowalczyk ?
– Ouais.
– Vous êtes restés en contact.
– Pas vraiment.
– Les meufs, hein ? C'est pour ça que j'ai un rythme de somnambule. »

Dan ne releva pas. Bill siffla une gorgée et lui repassa la bouteille. Le ciel paraissait incliné comme dans un jeu de fête foraine, d'un bleu de veillée mortuaire, traversé par un unique nuage cargo. Ils roulaient vers l'ouest pâlissant sur des paysages d'ombre.

La mort était une pensée qui le visitait tous les jours, et en même temps qu'il gardait enfouie dans son cœur. *T'as eu peur comment ?* lui demanda Hailey au retour de sa première mission. Il ne put pas lui donner une réponse honnête. Il avait eu peur, surtout quand c'était le chaos, quand les balles fusaient tellement serrées que seule une mouche anorexique aurait pu s'y faufiler. Mais il rangeait ça de côté et faisait son boulot. Avant d'être envoyé au feu la première fois, il se demandait souvent s'il resterait pétrifié. Il n'avait jamais été du genre belliqueux. Il était exactement comme les vieilles dames le décrivaient : calme et gentil. Un bon petit catholique. Il se découvrit néanmoins un talent pour le combat. À la fin de la mission n° 1, il s'était gagné une réputation et Greg Coyle le surnommait Danny la Tête froide. Il ne paniquait pas et faisait ce qu'il avait à faire. Parfois il récitait un Notre Père. Ça l'aidait à se couler dans l'instant et à se concentrer, mais c'était à peu près tout. Le courage n'existait pas, pas en tant que tel, pourtant ses copains trouvaient qu'il était féroce, qu'il était courageux. Et Dan ne s'était jamais vu comme ça avant.

Durant la mission n° 2, il était à bord du troisième Humvee avec Macy Gray dans la tête parce que ce matin-là, avant qu'ils partent en patrouille, le sergent Wunderlich avait chanté son plus grand tube sous la douche. Un instant la chanson tournait en boucle dans le juke-box mental de Dan, et le suivant il voyait une boule de feu s'élever du Humvee de son sergent. La mine avait pété juste en dessous. Le geyser de poussière et de béton était retombé sur le reste du convoi. Presque tout le monde avait réussi à sortir du véhicule. James Drake avait perdu les deux jambes au-dessus du genou, Kyle Nickel un bras, James « L'Autre James » Streiss les deux mains, et tous étaient grièvement brûlés, mais ils s'en étaient tirés. Drake fut envoyé à l'hôpital militaire de San Antonio où on soignait les cas les plus graves. Nickel se suicida en 2010. Streiss repartit vivre à Nashville et paraissait déterminé à se lancer dans la country quand ils s'étaient parlé au mariage de Della Terza. Quant à Wunderlich, un des sergents les plus bizarres et les plus aimés de la compagnie – voire de tout le bataillon –, ils l'avaient tous vu cramer dans le Humvee. Il était déjà réduit en cendres quand Dan était arrivé – il ne restait que son gilet en Kevlar et son visage, léchés par les flammes et la fumée, telle une bûche dans les feux de camp qu'il faisait au pays.

C'était peut-être ce jour-là que Dan en avait eu sa claque. Hailey lui avait déjà dit ce qu'elle en pensait, et la mort de Wunderlich l'avait profondément secoué, comme tous les autres. Les semaines suivantes, à chaque sortie, il était tellement nerveux qu'il rêvait éveillé, et les maisons, les mosquées, les égouts puants à ciel ouvert, la poussière, les voiles, les Humvee, tout ça se mettait à trembler. Il posait les yeux sur un objet et commençait à se demander s'il était réel. La nuit, il essayait d'écouter sa respiration, mais il avait l'impression que toutes ses vies passées s'aggloméraient là, entre les scorpions et le soleil.

À l'enterrement de Wunderlich, ils avaient écouté l'éloge de l'aumônier militaire. Le casque et les plaques d'identité du sergent étaient pendus à un fusil planté par la baïonnette près de ses bottes. Avant le départ au front, on vous fait remplir un petit livret bleu dans lequel vous inscrivez la chanson que vous souhaitez pour votre enterrement. À la fin de l'oraison, la batterie et la guitare avaient résonné et tout le monde s'était regardé. Dan avait vu la surprise illuminer le visage de Coyle. Et quand Alanis Morissette avait entonné *I'm broke but I'm happy / I'm poor but I'm kind*, ils avaient explosé. Coyle hurlait de rire. Ils s'étaient levés pour danser, une main dans la poche, en faisant le signe de la paix.

Dan était persuadé qu'Ashcraft plaisantait au sujet du cimetière, jusqu'au moment où ils tournèrent dans Dryland Creek Road.

Le flanc de la colline s'arrondissait comme un sein, surmonté par le portail du cimetière. Ashcraft navigua au milieu des sépultures. Il gara le pick-up de sorte que les phares éclairent un groupe de tombes. Il coupa le moteur et attrapa la bouteille de Jim Beam. Dan le suivit sur l'herbe, zigzaguant entre les stèles alors que Bill marchait dessus. Il avait de vieux souvenirs de son père le chopant par le bras quand il était gamin, le soulevant pour le ramener sur le sentier. « Marche pas dessus, disait-il.

– Pourquoi ?

– Parce que tu marcherais pas dessus si c'était des gens de ta famille. »

Dan se rappelait avoir pensé que ces gens étaient morts et s'en foutaient, mais déjà tout petit il était assez malin pour ne pas contredire son père sur ces questions. Aujourd'hui encore, même s'il était convaincu que des boîtes remplies d'ossements inanimés n'avaient pas leur mot à dire sur le monde des mortels, il évitait de marcher sur les tombes.

Le faisceau des phares créait des ombres minuscules dans les lettres de la pierre tombale.

RICHARD JARED BRINKLAN
CPL US MARINES
4 NOVEMBRE 1984 – 26 AVRIL 2007
FILS AIMÉ,
DISPARU EN SERVANT LE PAYS QU'IL AIMAIT

Bill se planta devant la tombe, mais Dan resta sur le côté. Bill dévissa le bouchon de la bouteille et en fit couler par terre. Il rejeta la tête en arrière, prit une bonne gorgée, puis une autre. Il tendit le Jim Beam à Dan, qui but rapidement. Puis Bill le récupéra et versa le reste sur l'herbe. Il tenait la bouteille avec l'index dans le goulot et un air modérément agacé. Un peu le style de regard qu'on lance à un distributeur automatique qui ne nous a pas rendu notre monnaie.

« Je me demande si on peut calculer la quantité de thunes qu'il a fait gagner à Bechtel ou à KBR, dit-il. Genre, quelle boîte s'est fait le plus de blé grâce à ce connard ? »

Dan évita de rentrer dans son jeu. « Tu faisais quoi pendant les guerres, Ashcraft ?

– Je manifestais.

– Et ça a donné quoi ?

– Pas grand-chose, quand j'y pense. »

Après un long moment à regarder Bill, la mine sinistre et comme catatonique, Dan demanda : « Tu viens souvent ici ? »

Il fit non de la tête. « Première fois. Il a fallu que ma mère m'envoie un plan par mail.

– Ben aussi doit être enterré pas loin.

– Nan. Ils ont répandu ses cendres dans le lac. »

Ils restèrent encore un moment.

« Tu veux aller boire un coup ? » proposa Bill.

On a des soucis plus simples quand on est gamin.

Dan repensait au maigre sourire que lui avait adressé Hailey avant de lui annoncer qu'elle allait au bal de rentrée avec Curtis Moretti, le futur *quarterback*. Dan l'avait invitée la semaine précédente et elle l'avait découragé d'un *Je vais voir ce que font les filles*, c'est-à-dire Lisa et Kaylyn. Son ventre ne s'était pas simplement serré, il avait carrément fait trois tours sur lui-même. Dan était donc allé au bal avec Jamie Eakins, une fille dodue et gentille, et il avait bien remarqué le moment, tôt dans la soirée, où Hailey et Curtis s'étaient esquivés de la cafétéria décorée de banderoles et de ballons. Désormais Lisa venait au lycée et en repartait en voiture avec Bill, si bien qu'il ne la voyait plus aussi souvent. Un soir, il l'intercepta alors qu'elle passait déposer un livre dans sa boîte aux lettres.

« J'ai besoin de savoir », expliqua-t-il.

Lisa secoua la tête dans le vent frais de l'automne et shoota dans les feuilles brunes accumulées sur le trottoir.

« Danny. » Elle croisa les bras et regarda par terre. « Laisse tomber cette conne. Sérieux, laisse tomber. Elle sait pas ce qu'elle fait.

– Ça veut dire quoi ? » Il était réellement perplexe.

« Ça veut dire qu'elle a couché avec Curt après le bal. » Dan aima son air désemparé. Il fut surpris qu'elle ait le courage de le lui annoncer.

Il chercha quelque chose d'adulte à répondre. « Je vois. » Alors, Lisa l'étonna en le serrant dans ses bras. « C'est pas grave, fit-il en riant. Je m'en branle.

– Je lui mettrai un coup de poing dans la chatte pour toi. » Ils riaient tous les deux, et cette fois c'était moins forcé.

« Où on va ? demanda-t-il à Bill.

– Je pensais au Lincoln Lounge.

– Je peux pas rester longtemps. Je dois retrouver Hailey après son travail. »

Bill leva les mains au ciel et prit son temps pour les reposer sur le volant – quelques secondes durant lesquelles Dan eut envie de rentrer chez lui. « Tiens-moi un peu compagnie pendant que je tue le temps avant mon truc.

– Vu ta tête, ça te ferait pas de mal de dormir un peu.

– Dormir, c'est pour ceux qui sont pas au courant que les coraux blanchissent et qu'on assassine des gens avec des drones. Je peux pas dormir si j'ai pas des boules Quiès, un masque et environ cinq Valium.

– Garde les mains sur le volant. J'ai pas survécu à Anbar et à Kandahar pour finir victime de la malédiction de New Canaan dans un accident de bagnole.

– Ça existe pas, les malédictions. » Des lucioles se ruaient devant les phares. « Seulement la poisse et les forces de la capitulation politico-économique. C'est grâce à ça qu'ils motivent des chouettes mecs comme toi à donner leurs yeux pour la démocratie. » Il pointa un doigt vers le crâne de Dan. En général, les gens ne remarquaient pas qu'il avait une prothèse. Les médecins avaient réussi à fixer l'implant de telle façon que les vaisseaux sanguins poussent dedans, de même que les tissus et les muscles environnants. Ensuite ils avaient attaché l'implant poreux à la prothèse, petit éclat amande assorti à la teinte noisette de l'œil de Dan. Il bougeait comme un vrai dans son orbite et personne ne s'en rendait compte sauf si Dan en parlait. Cela dit, Ashcraft avait pu l'apprendre autrement.

« Mais bien sûr, fit Dan avec un rire narquois.

– Tiens. Question. Pourquoi tout le monde l'appelle Whitey, déjà ? »

Dan comprit que l'interrogation de Bill ne portait pas réellement sur ce surnom.

Aussi loin que remontaient ses souvenirs, Eric Frye était un des seuls Noirs dans leur bahut. Il n'avait pas particulièrement été la cible d'un racisme ambiant, mais à un moment on avait remarqué qu'il n'avait pas essayé d'intégrer l'équipe de basket, qu'il n'y connaissait rien en rap et qu'il était discret et intelligent (son père était orthodontiste, sa mère institutrice à l'école de Grover Street). Quelqu'un avait commencé à l'appeler « Whitey » dans son dos et c'était resté. L'armée vous enseigne qu'il est impossible d'expliquer un surnom. Tenez, en Irak, ils appelaient un gars « Sig » juste parce qu'une fois il s'était foiré en faisant le signe irakien pour « stop ». Le vrai prénom de Sig était Anthony, mais très vite plus personne ne l'avait appelé comme ça.

« Ah putain, fit Ashcraft en évitant de justesse une carriole amish, sauvée par le triangle réfléchissant qu'elle avait à l'arrière. J'en ai aucune idée. Je l'ai toujours appelé Whitey.

– Il a jamais dit que ça l'emmerdait. » Mais Dan connaissait la vérité. Eric et lui n'avaient jamais été les meilleurs amis du monde, mais lorsqu'il avait appris que Hailey allait l'épouser, sa première pensée avait été : *Comment tu peux me faire ça à moi ? Je devais être la seule personne de tout le lycée à pas utiliser ce surnom débile.*

Bill leur fit traverser la vieille ville et ses maisons coloniales, et ils arrivèrent dans le centre de New Canaan. Où qu'on soit, il faut du carburant pour faire marcher le moteur. Comme à peu près dans tout le nord-est de l'Ohio, il y avait eu une vraie industrie dans cette ville, autrefois. À Akron le caoutchouc était roi, et à Youngstown c'était l'acier. Après la guerre, c'était le miel de la région, il ruisselait des usines droit dans la gueule de l'économie nationale. Et puis le reste du monde avait commencé à fabriquer de l'acier non syndiqué. New Canaan était un de ces endroits mineurs qui avaient subi le contrecoup de la désindustrialisation. Peut-être pas autant que Youngstown, la ville natale du père de Dan, mais dans le Midwest personne n'y avait tout à fait échappé. Les usines fermaient, on allait chercher du boulot dans les centres commerciaux et les grandes surfaces. Le nombre de conduites en état d'ivresse, de grossesses précoces, de tapages nocturnes, de suicides et d'agressions avait bondi. New Canaan s'en sortait un peu mieux que les autres bleds. Au milieu des années quatre-vingt, deux entreprises avaient ouvert des sites de production dans une zone industrielle au sud de la ville. Un fabricant de moustiquaires et une usine de pièces auto. Les promoteurs pensaient pouvoir vendre New Canaan comme un paisible refuge auprès de toutes les localités qui s'apprêtaient à rouiller. Mais tout près du centre-ville on voyait encore les cheminées de l'usine Fountain Steel. Dan l'avait toujours connue condamnée, et ses parents parlaient de sa fermeture comme on parle d'un décès dans la famille. Avec peut-être encore plus d'amertume car cette fermeture s'était accompagnée d'une trahison. Leur manière de parler de l'usine Fountain – qui n'avait été responsable que de quelque sept cents emplois – rappelait à Dan la première fois qu'il avait vu une blessure mortelle au combat. Tout le monde a ses premières fois : ce que ça fait de voir un truc pareil. Comment, lorsqu'elles sèchent, les masses ignobles de croûte et de poussière s'accrochent à la chair déchiquetée.

Ashcraft se gara en épi sous le halo kitsch de l'enseigne du Lincoln. La pulsation de la musique cognait dans tout le centre-ville, proche de l'arrêt cardiaque. Au-delà de ce rade avec son absurde déco dédiée à Lincoln, Dan apercevait Hudson Street et, plus loin, la casse auto. Ensuite, c'était la décharge, la station de traitement des eaux usées et la centrale électrique. Tous les trucs que les villes essaient de planquer dans un coin pour préserver l'éclat si américain de leur rue principale.

« Un pichet, dit-il.

– Cinq, répondit Bill en descendant du pick-up.

– Deux.

– OK. Sept et on n'en parle plus. »

Pendant la mission n° 3, en Afghanistan, le première classe Rudy Jamirez se moquait souvent de Dan parce que « le nord-est de l'Ohio, c'est vraiment le trou du cul du monde ». Rudy, fils d'immigrés nicaraguayens, venait d'un patelin de l'ouest de la Pennsylvanie qui n'était pas très différent de New Canaan. Bien qu'il soit le subordonné de Dan, il était aussi devenu un de ses plus proches amis, une sorte de petit frère. Peut-être parce qu'ils étaient deux nerds. Rudy aimait les romans graphiques et pouvait disserter des heures sur ce qu'il estimait être les classiques : *Watchmen*, *Y : Le Dernier Homme*, *Sandman*, *Miracleman*, *From Hell.* Mais c'est *Calvin & Hobbes* qui les rapprocha réellement.

« Bill Watterson, dit Dan. L'Ohio, c'est un terreau de talent, d'intelligence et de courage.

– Vous avez Watterson et Harvey Pekar, riposta Rudy. Point barre. » À peine plus d'un mètre cinquante de haut, fort et trapu, il avait une tête en forme de seau agrémentée de petites oreilles saillantes et coiffée d'une brosse réglementaire. Ainsi qu'un chevalier tatoué sur l'épaule avec, en dessous, les mots *Sí Se Puede.* Il était coriace, irascible, marrant. À Dan il rappelait certains gosses avec qui il avait grandi. Même quand il finirait l'école des Rangers et serait promu sergent de première classe, quand il commencerait réellement à sentir le poids de ses responsabilités envers les gars, Rudy resterait, un peu comme Greg Coyle, l'ami vers qui Dan se tournait pour ne pas péter les plombs.

Il remit quelques pendules à l'heure : « Euh, LeBron James ? Les Black Keys, Chrissie Hynde, Steven Spielberg ? John Brown a passé sa jeunesse dans l'Ohio.

– La vache, toi, faut pas te lancer sur ton État. T'es une putain de page Wikipédia.

– Johnny Appleseed, ça te dit quelque chose ? Né dans l'Ohio. »

Ils étaient à la base Lagman et prenaient du bon temps avec quelques autres avant de repartir dans l'Hindou Kouch, où ils ne se doucheraient pas avant Dieu sait quand. Ils regardaient *La Chute du faucon noir* au vidéoprojecteur. Tous ceux qui ont servi en Irak ou en Afghanistan l'ont vu au moins dix fois, mais là ils n'avaient rien de mieux à faire et discutaient en même temps, profitant de la clim tant qu'ils en avaient. Rudy changea de sujet.

« Tu sais ce que c'est le problème des films de guerre ? On voit jamais les côtés cool de l'armée. C'est toujours du drame, des mecs qui gueulent les yeux fermés, alors que, sérieux, on se marre trop. »

À l'écran, un canonnier prenait une balle dans le cou. Du faux sang gicla sur la caméra. Le commandant Tom Sizemore demanda : « Il est vivant ?! » pendant que le sergent-chef Josh Hartnett, dévasté, tenait le mort sur ses genoux.

« Tu vois ? commenta Rudy. Super marrant. »

Ils allaient patrouiller, crapahuter sur des montagnes, trotter sur des schistes qui leur casseraient les chevilles, chercher dans tous les coins des talibans ou des fermiers payés un dollar pour tirer sur des Américains, et à la seconde où ils rentreraient, Rudy choperait quelqu'un par le col et crierait : « Il est vivant ? »

Il n'avait toutefois pas tort. Il n'existe probablement pas de profession plus marrante que celle de militaire. On peut passer cinq heures à argumenter sur des sujets absurdes. Pendant la mission n° 2, en Irak, Della Terza et Josh Packard avaient débattu pendant deux jours pour savoir qui ils baiseraient, épouseraient et tueraient entre Harry, Ron et Hermione.

DT : « Je tue Ron, c'est clair. Il peut finir dans une des salles de torture souterraines des chiites, je m'en tape. Après j'épouse Harry et je baise Hermione. »

Objection de Packard : « T'es débile. Épouser, ça veut dire que tu peux baiser tout le temps. T'épouses Hermione, tu butes Harry et tu baises Ron. »

Intervention de Coyle : « Crois-moi, épouser ça veut pas du tout dire que tu baises tout le temps. »

Packard : « Putain, Della Terza, t'es vraiment un gogol. Le cul le plus agréable, c'est celui de Ron. C'est le message caché de tous les bouquins. »

Ils s'étaient même pas mal échauffés. Le lieutenant Holt avait dû se jeter dans la bataille et les séparer pour qu'ils se calment. Des années plus tard, au mariage de Della Terza, Dan remit le sujet sur le tapis, mais c'était de la triche parce que Pack était en taule pour avoir tiré des coups de feu pendant la foire d'État de l'Iowa et ne pouvait donc pas défendre son point de vue.

« Il peut penser ce qu'il veut ce con de Packard, je maintiens que j'ai raison », grommela Della Terza, avant de lancer un glaçon sur une des demoiselles d'honneur de sa nouvelle épouse.

C'était peut-être un effet de la tension, du spectre de la mort ou de la blessure, et la proximité avec des mecs pour qui rien n'était tabou, en tout cas Dan n'avait jamais autant ri qu'en mission. Et c'est ce qu'il ne pourrait jamais expliquer à Hailey : on n'est jamais aussi proche d'autres humains qu'à la guerre. Même de ses parents, de sa femme ou de ses gosses. Le sens du devoir avec lequel on part – devoir envers Dieu et la patrie – s'évapore dans la réalité trouble de Bagdad ou de Kandahar, et alors il ne reste plus que la responsabilité envers les copains, les frères. C'est ce que Rick Brinklan décrirait quand ils se croiseraient en Irak. Il suffisait de quelques mois pour avoir l'impression qu'on connaît ces mecs depuis des millions de kilomètres sur une route pénible et obscure.

À peine Ashcraft et lui eurent-ils pénétré dans la douce fraîcheur de l'air conditionné, avant même que leurs yeux n'aient le temps de s'accommoder à la pénombre rouge et à l'éclat de la télé, qu'un salut tonitruant retentit par-dessus le brouhaha du soir.

« Putain de bordel de Dieu, regardez-moi ces deux pédales ! »

Jonah Hansen n'avait plus un poil sur le caillou. À la place, une casquette PacSun, visière presque à la verticale, et des follicules qui ressemblaient à des points noirs. Pour compenser, il arborait maintenant un collier de barbe qui soulignait la forme de sa mâchoire. Il picolait avec Todd Beaufort, lui aussi casquette sur la tête et déjà bien esquinté. Visage gavé de soleil et odeur d'abattoir, l'air épuisé, gras sous son couvre-chef des Buckeyes.

Beaufort les salua d'un hochement de tête. En le voyant, le visage de Bill passa par une flopée de calculs souterrains avant de reprendre son expression ordinaire de distance amusée, celle d'un type qui vole au-dessus de la tempête et se rit d'un monde de farces.

« T. B. 56, fit Bill. Comment ça va, mon vieux ? » Ils échangèrent une poignée de main teintée d'embarras. Deux sportifs qui se jaugent, des années après leur date de péremption.

« Tu te souviens de Dan Eaton ? demanda Jonah. On était dans la même classe.

– Salut mec, ça va ? » Beaufort lui serra la main, et Dan était certain qu'ils n'avaient encore jamais eu d'interaction aussi poussée.

« De tous les rades du Midwest, c'est dans le mien que vous choisissez de vous pointer », dit Jonah. Dan lui tendit la main, mais l'autre l'enveloppa dans ses bras.

« Allez, ça va, pas besoin d'une parade de bienvenue, fit Dan en riant.

– Nan mais c'est juste que t'as l'air en forme. Et en un seul morceau. Qu'est-ce que tu veux demander de plus ? »

Ils approchèrent des tabourets et Jonah versa le fond de leur pichet de bière dans deux gobelets en plastique opaque. Il en commanda un autre à la barmaid, Jessica Bealey, promo 2002. Une pom-pom girl qui, d'après la rumeur, avait fait un score hallucinant à son test de fin d'année en cochant des cases au pif. Elle ne parut pas reconnaître Dan et Bill. Quand elle s'éloigna, Jonah suivit ses fesses d'un regard sceptique et dit : « Ce machin est devenu aussi lourd qu'une boîte de soupe Campbell. » Il avait une langue pointue, une langue de serpent qui sortait souvent goûter ses lèvres.

« Je viens de me payer un hélico, on fête ça, déclara-t-il.

– Un hélico ? » Bill leva un sourcil à la façon d'un lanceur de couteaux.

« Je vais le prendre pour aller dans notre baraque à South Bass. »

– C'est quoi cette histoire ? demanda Bill, consterné.

– L'immobilier. Ça marche à mort en ce moment.

– L'immobilier, railla Bill. C'est la crise, putain. Y a pas d'immobilier.

– Suffit de connaître les règles du jeu, mon gars. Tout le monde a du blé sur la table, donc faut jouer les bonnes cartes et savoir quand l'autre te pipeaute. »

Jonah avait toujours parlé comme ça. Au début des années quatre-vingt, c'était son père qui avait eu l'idée d'attirer ici des retraités des grandes villes, et Burt Hansen avait fait un carton. Il s'était vanté d'avoir contribué à faire venir les usines de pièces auto et de moustiquaires qui avaient enclenché la brève renaissance de New Canaan. Au sujet des Hansen, la mère de Dan disait : « On sent que le diable y est pour quelque chose. »

Burt Hansen gardait des vidéos de porno fétichiste dans un placard non verrouillé de la grange, élevée au rang de salle de jeux. À douze ans, ils s'étaient tous massés autour de la télé et Dan, rougissant, avait eu sa première rencontre avec la pornographie, en l'occurrence des femmes « tout juste majeures » soumises à des traitements abusifs et violents. Par ailleurs, il se souvenait nettement de Burt lisant par-dessus son épaule pendant que Jonah et lui bossaient sur un exposé consacré à l'Underground Railroad, le réseau clandestin qui avait aidé des esclaves à fuir au milieu du XIXe siècle. « N'oubliez jamais que vous êtes blancs », leur avait-il dit, ce qui avait longtemps mis Dan très mal à l'aise.

« Que dalle, répondit Beaufort lorsque Bill lui demanda ce qu'il devenait. Je bosse pour Cattawa Construction. » Une gorgée de bière lasse.

Jessica revint avec des shots. « Pour les retrouvailles des Jags, bande de vieux branleurs. » Elle décochait de grands sourires à Todd, qui ne leva même pas les yeux.

Ils s'envoyèrent la tequila cul sec et firent claquer les verres sur le plateau.

« À l'espoir et au changement ! » Le visage de Jonah était agité par des tics et il tambourinait sur la table comme sur une batterie. « J'imagine que c'est un peu ton état d'esprit maintenant, Ashcraft. »

Bill, dans son élément, affichait un petit rictus. « Ah, on part sur Obama ?

– Si je me trompe pas, tu voulais nationaliser le système de santé, ouvrir les portes à tous les immigrés et faire oublier les racines judéo-chrétiennes de l'Amérique ?

– On est tous les deux en colère, mais je pense que c'est pour des raisons différentes. Moi, tu vois, je suis *contre* la privatisation de l'État et les idées mortifères du genre fondamentalisme capitaliste. Et ça, B-O, il va rien y changer. Toi, t'es juste en colère parce qu'un Noir est devenu un peu moins pauvre. »

Jonah secoua la tête d'un air triste. « Aujourd'hui les gens veulent qu'on leur mâche le travail, du berceau jusqu'au cercueil. T'es allé à Columbus récemment ? Si tu mets ton gosse dans une école là-bas, t'auras une moitié de musulmans, clair et net.

– C'est quoi le rapport ? se marra Ashcraft.

– Tu vois, Ashcraft, c'est ça votre problème à vous les gauchistes. » Il pointa un doigt ivre devant le visage de Bill. « Vous êtes vraiment des hypocrites. Vous êtes dans votre camp du bien et tout ce que vous voulez, c'est contrôler ce qu'on dit et ce qu'on a le droit de penser. À la fac y a une fille qui m'a pourri parce que j'avais dit "une voilée" au lieu de "une *femme* voilée". J'ai cru qu'elle allait me faire une crise cardiaque pour un petit mot de rien du tout. Mais c'est ça les gauchistes : la police de la pensée. Vous voulez protéger une religion comme l'islam qui traite les femmes et les homos comme de la merde et qui respecte pas non plus la liberté d'expression – vous arrivez même pas à être cohérents. Mais quand des chrétiens disent qu'ils veulent pas que des mecs avec des bites puissent aller dans les chiottes des femmes, là tout le monde s'en prend aux vieux ploucs réacs. On dit qu'ils sont intolérants ! On les chasse avec des fourches ! Les gauchistes, ils s'en tapent que l'économie parte en couille, que les emplois foutent le camp, que toutes les boîtes ferment ou que personne ait les moyens d'aller vivre dans leurs jolies villes sur la côte. Ils en ont rien à carrer. Le plus important pour eux c'est les droits des clandestins, pas l'héroïne qu'ils font venir et qui tue tous les gens qu'on connaît. Ou, non, en fait tu sais ce que c'est le plus important pour eux ? Qu'on arrête de parler de "clandestins". C'est des "sans-papiers". Ils vont manifester à cause d'un mot. Mais on les entend pas quand Curtis ou Ben ou je sais pas qui fait une overdose, si ? »

Jonah écumait ; la joue de Dan dégoulinait de postillons à la bière. Bill paraissait moins amusé, surtout quand l'autre fit allusion à la mort de son ami.

« On se raccroche tous à ce qu'on peut dans la tourmente, Jonah. Tant que ça t'aide à te sentir mieux.

– Je vais te dire ce qui m'aiderait à me sentir mieux. » Il regarda alentour en faisant mine de prendre des gants avant de lâcher sa saloperie. « Rien qu'une toute petite bombinette dans une des mosquées de Columbus. Pas quand y aurait du monde dedans ou quoi, mais pendant la nuit. Juste assez pour que ces satanistes y réfléchissent à deux fois avant de construire un autre temple.

– Ah, un spécialiste de l'islam au Lincoln Lounge. »

Jonah ricana. Il avait toujours adoré asticoter la terreur gauchiste du lycée et leva son verre. « Tu veux une clope ? »

Ashcraft trinqua. « Grave. »

Dan déclina et Todd dit qu'il venait de s'en griller une. Même à l'armée, Dan n'était jamais devenu fumeur. Sa mère l'avait supplié trop de fois de ne pas contracter la dépendance dont son père avait mis quarante ans à se débarrasser. Sur le chemin de la sortie, Jonah se dirigea vers une jolie fille rondelette au comptoir et pinça une de ses poignées d'amour. Elle se redressa d'un coup et pivota vers lui. Il dit quelque chose, sourit et continua son chemin. Un chauve en T-shirt Oakley, qui venait de passer commande à Jess, en saisit les derniers mots. Ça devait être son mec (même si on lui en donnait vingt ans de plus). Dan eut l'impression d'identifier en lui le sujet de rumeurs qui tournaient en ville. Le type attendit son pichet en fixant le dos de Jonah avec un dégoût éméché.

« Je me rappelle pas que les gens avaient des engueulades politiques quand on était gamins, dit Beaufort. Ça a commencé en 2000. Avant ça, je me rappelle juste que le président aimait bien sa stagiaire. »

Dan tira sur les petits poils roux qui poussaient sur le nœud blanc de son genou.

« Et donc, qu'est-ce qui t'amène à New Ca ? reprit Beaufort.

– Rien de spécial. Je vais voir Hailey ce soir. »

Beaufort posa sur lui un long regard pensif. Ses dents étaient des petites bosses carrées et noires de nicotine. « Sans déconner. T'es toujours amoureux de cette michetonneuse ? »

Il en savait donc davantage que ne l'aurait cru Dan. Curtis Moretti avait été un des meilleurs amis de Beaufort. Souvenir lointain d'avoir observé leur groupe faisant un barbecue dans la neige avant un match de basket, Todd qui avait soulevé Hailey et l'avait fait tournoyer, elle qui hurlait de rire, et quand il l'avait posée elle lui avait écrasé une poignée de neige sur la figure. L'année qu'elle avait passée avec ce crétin de Moretti avait été la pire de l'adolescence de Dan. Ça paraissait stupide à présent, mais il se souvenait d'avoir pensé que Curtis était naturellement cool. Il avait une calotte de cheveux raides, une pomme d'Adam lourde et un nez aquilin. Un anneau en or à chaque oreille. Dan se disait qu'il n'aurait jamais ce mélange de style et de dureté. Tous les jours, il espérait qu'un événement terrible frappe Moretti tandis que Moretti, lui, le regardait comme s'il n'existait pas. L'image qu'il avait de Dan devait se borner à celle d'un petit mec qui s'éloignait vite fait du casier de Hailey quand il arrivait. Ça lui donnait l'impression d'avoir toujours douze ans, et il souhaitait souvent la mort de Curtis Moretti.

« C'est de l'histoire ancienne, assura-t-il.

– Putain, je me souviens de vous à l'époque. Curt supportait pas qu'elle parle de toi. N'empêche, faut avouer que tu la matais comme une glace à la vanille au milieu du désert. » Il repêcha quelque chose dans sa bière et le balança par terre avec une pichenette. « Son cul ressemble toujours à un attentat à la bombe. »

Dan était ahuri que Todd ou Curtis aient prêté attention à lui. À l'idée que sa passion pour Hailey ait été une évidence autant qu'une menace, il se sentit à la fois piteux et puissant.

« Alors, t'as vu des trucs là-bas ? demanda Beaufort.

– Comment ça ?

– Des trucs. Du sang, des morts. Est-ce que t'as buté quelqu'un. Ce genre de trucs.

– J'ai pas super envie d'en parler. »

Beaufort se resservit tout en y réfléchissant. Rien d'étonnant à ce qu'il se range dans cette catégorie : c'était le cas de la plupart des hommes qui n'avaient jamais fait l'armée. Il avait toujours porté des plaques d'identification vierges, insondables affirmations de sa férocité, Dan en voyait encore la chaîne. Déjà avant les guerres, il singeait l'attitude qui deviendrait celle d'une bonne partie de la population : il se drapait dans le théâtre de la guerre, prétendait à l'honneur et au sacrifice sans jamais vraiment s'essayer à l'un ou à l'autre. Des patriotes à autocollants et slogans qui ignoraient ce que c'était de mettre les mains dans le cambouis. Qui ignoraient que la guerre, c'est rance, humide et poisseux.

« J'ai failli m'engager. J'étais prêt à signer pour la Garde nationale. Mais j'ai foiré l'épreuve physique.

– C'est dur. »

Un jour, Greg Coyle avait qualifié les unités de la Garde nationale de « fermiers sous stéroïdes qui cherchent à comprendre ce qu'ils ressentent ». Dan aurait préféré n'importe quel autre sujet de conversation. Il aurait même préféré que Jonah et Bill reviennent et se remettent à parler politique.

« T'as l'air de t'en être bien sorti, Eaton. »

Aucun intérêt de faire allusion à sa prothèse. Après son opération, il avait rencontré d'autres gars qui avaient opté pour le bandeau à la place – et même un qui avait préféré une cible à un morceau d'acrylique rappelant la couleur de l'iris restant. La prothèse de Dan était trop parfaite, jusqu'à la nuance orangée qui encerclait la pupille. À tel point que, parfois, il l'oubliait quand il se regardait dans le miroir. Le seul indice était une petite motte de tissu cicatriciel près de l'os zygomatique, une parenthèse de chair. Il lui arrivait même de l'oublier un jour ou deux. Et elle se rappelait à lui quand il rêvait de son œil droit perdu depuis longtemps, détaché de son crâne, masse gélatineuse dans la poussière.

Au retour de sa mission n° 2, après l'attaque au véhicule piégé qui l'avait convaincu de se réengager, il avait commandé sur Amazon un livre sur Marcus Spiegel, un colonel de l'Union pendant la guerre de Sécession. Spiegel avait ressurgi dans la mémoire de Dan, lointain vestige des cours d'histoire de Mrs Bingham. Peut-être cherchait-il à se rappeler pourquoi il faisait cela, et Spiegel lui fournissait un modèle.

Juif allemand immigré dans l'Ohio après l'échec de la révolution allemande de 1848, Spiegel avait épousé la fille d'un fermier et, lorsque la guerre entre les États avait éclaté, il avait considéré de son devoir de se battre pour le pays qui lui avait donné une seconde chance. Manière de réaliser la promesse enchanteresse du patriotisme selon laquelle une foule disparate peut accomplir de grandes choses lorsqu'elle s'allie derrière un objectif commun. Au début de la guerre, Spiegel, imprégné des attitudes raciales dominantes de son temps, était démocrate et opposé à l'affranchissement des esclaves. Il se hissa rapidement au rang de colonel et reçut le commandement de son propre régiment – le 120e d'infanterie volontaire de l'Ohio. Tandis que ses hommes et lui se frayaient un chemin vers le cœur du Sud profond, au gré de combats en Virginie, dans le Mississippi et en Louisiane, sa perception de la cause unioniste s'infléchit.

« Depuis que je suis ici, j'ai appris et vu les horreurs de l'esclavage », écrivit-il depuis les bayous de Louisiane à sa femme Caroline, la fille du fermier de l'Ohio avec laquelle il avait fondé son foyer en Amérique. « Vous savez le temps qu'il me faut pour dire quoi que ce soit qui puisse passer pour anti-démocratique, mais… plus jamais je ne me prononcerai ni ne voterai en faveur de l'Esclavage. »

Le moment de cette prise de conscience dut être humiliant, accablant et beau. Ce moment où le cœur change.

Dan repensa à ce qu'il ressentait avant de partir faire ses classes. L'impatience. La démangeaison. Il avait regardé *Il faut sauver le soldat Ryan* en boucle. Lu d'épais volumes sur la guerre de Sécession et la Seconde Guerre mondiale. Punaisé des réflexions patriotiques sur le tableau de liège de sa chambre, où elles se trouvaient encore : *Ceux qui comptent récolter les bienfaits de la liberté doivent, en hommes, endurer la fatigue de la défendre.* Ça, c'était Thomas Paine. Et Lincoln : *J'aime voir des hommes fiers de l'endroit où ils vivent. J'aime voir des hommes vivre de telle sorte que cet endroit sera fier d'eux.* Car il se demandait ce qu'il deviendrait. Un maigrichon discret dont les bulletins de notes n'avaient rien d'impressionnant malgré tous les bouquins qu'il ingurgitait, un garçon qui ne se démarquait jamais, le papier peint de la jeune vie des autres, un visage dans un trombinoscope ? Dan se rêvait volontiers en Spiegel. Altruiste, déterminé, attaché à une cause plus élevée.

Il se replongea donc dans son histoire et ne l'avait pas encore terminée quand débuta sa mission n° 3, en Afghanistan. Pendant la toute première patrouille, un enfant vint le voir et lui demanda s'il avait une petite amie. Le gamin avait un petit chapeau blanc et une de ces longues chemises blanches qui ressemblent à des pyjamas. Ils étaient là pour aider la population, Dan en était convaincu. Le petit montra son M4 et dit : « *Bang, bang*, cow-boy. » Le soleil ruisselait sur les collines brunes, les maisons en argile, leurs nouveaux Humvee blindés.

Deux ans après le début de la guerre, le colonel Marcus

Spiegel écrivit à son épouse Caroline : « J'ai beaucoup vu et appris. J'ai vu des hommes mourir de maladie ou massacrés par des armes de mort ; j'ai vu des armées hostiles se faire face, des charges d'infanterie, des cavaliers traquer des hommes comme des bêtes. » Pourtant, disait-il, jamais il n'arrêterait, ne faiblirait, n'abandonnerait la « glorieuse cause ». Ils ne se battaient pas seulement pour sauver l'Union, écrivait-il, mais pour étendre le règne de la liberté.

Spiegel ne retrouva jamais Caroline. Son régiment tomba dans une embuscade en Louisiane durant la campagne de la Red River, après le siège victorieux de Vicksburg. Presque tous ses hommes furent faits prisonniers et Spiegel fut mortellement blessé par un tir d'obus. Un des 35 475 hommes originaires de l'Ohio qui donnèrent leur vie pour l'Union.

« Je vais avoir un fils, annonça Todd Beaufort à Dan. La mère et moi on n'est pas ensemble. C'est pas moi qui ai décidé. » Il remonta sa casquette pour se gratter la tête. Des restes de cheveux gris faisaient comme des cendres sur son crâne. « Je lui ai dit que je serais là pour le petit quoi qu'il arrive, mais elle me croit pas. En même temps, je peux pas lui en vouloir. »

Rien ne ferait varier l'opinion que Dan avait de lui. Il savait le beauf que Todd avait été au lycée, et malgré cela les paroles de Greg Coyle lui laissaient un goût amer.

Quand je la prends dans mes bras, avait dit Coyle, *je sens tout, tu comprends. Je te jure, je sens tout le poids de l'éternité sur moi, putain.*

Lorsque Bill et Jonah revinrent, le premier pliait un bout de papier et le rangeait dans la poche de sa chemise. « Il livre, disait Jonah. Il te retrouve là où t'es et il a toujours du super matos. »

Sur le chemin des toilettes, Jonah dit encore quelque chose à la jeune femme ronde avec son anneau dans le nez. Son triple menton se détendit comme les plis d'un accordéon quand elle tourna la tête. Pourtant il y eut quelque chose de saisissant et de sexuel dans sa façon d'envoyer Jonah se faire foutre. Il décampa et le mec au T-shirt Oakley lui lança un regard meurtrier.

C'était typique de cette ville – et peut-être de toutes les petites villes –, qu'une telle quantité de rumeurs et de pathos puisse se concentrer dans des poches éparses pendant n'importe quelle nuit donnée. Regardant tour à tour Beaufort et le T-shirt Oakley, Dan reconstitua le puzzle. Son père, un des plus grands colporteurs de ragots de New Canaan, lui avait un jour raconté l'histoire.

Le T-shirt Oakley était un Brokamp, une de ces familles qu'on avait toujours connues à New Canaan et dont l'arbre généalogique s'étendait sur tout le pays. En termes dynastiques, les Brokamp étaient l'exact opposé des Hansen. Comme les Flood ou certaines ramifications de la famille de Kaylyn, ils étaient, à en croire son père, « de la mauvaise herbe qui pousse dans la crasse ». Ce Brokamp-ci appartenait à la branche la plus méchante de la lignée, un affluent chargé d'histoires de violences conjugales, de prison, de suicides. Il vivait dans un motel à l'ouest de la ville et faisait des allers-retours en taule depuis qu'il avait dix-huit ans. D'après la rumeur, Todd Beaufort était son fils.

« Quand on est partis de Youngstown, je le connaissais pour l'avoir vu traîner dans les bars. Une teigne, confia son père à Dan alors qu'ils se rendaient à Columbus pour un match de football. La mère de Todd tapinait un peu à cette époque. Elle faisait pas le trottoir, mais tout le monde savait que si on avait cinquante dollars sur soi et qu'on lui payait des verres toute la soirée, eh bien... » Dan avait piqué un violent fard car Hailey était présente (ils venaient de commencer à sortir ensemble), mais la jeune fille était captivée. « Brokamp était un habitué, et c'est vraisemblablement le père de Todd. Enfin, quand on les regarde tous les deux côte à côte, y a pas franchement besoin de test ADN. Et il vient à tous les matchs de Todd. »

Son père ne se trompait pas. Dan avait toujours vu Brokamp près de la buvette, les bras croisés, les jambes écartées. Jamais dans les gradins. Il était bâti comme un gnou, le crâne aussi lisse et brillant qu'une boule d'attelage chromée, et un nez qui ressemblait à un morceau de charbon rose biscornu. Il partageait avec Beaufort le même teint rougeaud et la même beauté néanderthalienne. Un front lourd, mais qui fait sérieux quand on est jeune. Aux Brokamp plus âgés, il donnait seulement l'air cruel, un côté gardien de camp de concentration.

Pourtant, Beaufort paraissait ne se rendre compte de rien. Ils étaient assis à même pas cinq mètres et semblaient parfaitement indifférents l'un à l'autre. À quelle fréquence ces deux-là faisaient-ils mine de ne pas se reconnaître dans l'un des cinq ou six abreuvoirs de New Canaan ?

Une fois Bill et Jonah revenus autour de la table, la conversation reprit, tapageuse et joviale. Couvrant trois promotions de New Canaan High, ils revécurent, racontèrent. Des anecdotes de matchs gagnés, de canulars et de profs cachant leur homosexualité – les dernières bribes de ce qui les avait rapprochés. Dan était parti trois fois en mission. Bill avait voyagé. Beaufort avait cramé sa carrière de joueur universitaire. Jonah avait acheté un hélicoptère. Leur histoire se consumait et eux tâchaient de retrouver la vie grâce aux fables de leur jeunesse flamboyante.

Dan écoutait mais ses pensées s'envolèrent vers Coyle et la nuit qu'ils avaient passée avec leur unité sur un toit pendant le célèbre déploiement de 2007. Ce coin de la périphérie de Bagdad était calme, un peloton entier ayant nettoyé et sécurisé plusieurs kilomètres carrés. Coyle et lui étaient tournés vers l'ouest et le soleil se couchait. Ils partageaient du bœuf séché, parlaient de chez eux, de la guerre, faisaient de l'humour noir. Ils parlèrent de la fille de Greg, qui avait cinq mois. Lui ne l'avait jamais vue que sur un écran d'ordinateur, assise sur les genoux de sa femme, petite chose qui clignait des yeux en Californie. Ancien dragueur invétéré, Coyle baissait désormais la tête quand il marchait, l'esprit constamment ailleurs. La partie introspective de sa personnalité, la partie douce et complexe, avait pris le dessus. Et cette nuit-là avait été celle que Dan avait préférée de toute la guerre, aussi étrange que cela puisse paraître. Ils s'échangèrent des astuces pour réussir à dormir. Greg levait de la fonte, jouait aux jeux vidéo, mélangeait somnifères et boissons énergétiques Boom Boom pour une défonce tendue et orangée, regardait des films et des séries piratés. Il rit parce que « toi, Danny, tout ce que tu fais c'est bouquiner derrière les murs anti-explosion ». C'était de fait la seule chose qui calmait Dan. Difficile de dormir quand on revient d'un affrontement, quand les cris, les jurons, les chocs et la transpiration ont lancé votre adrénaline à Mach 5. Ils discutèrent de ce qui se passe quand un mec prend une balle, du fait que son corps n'est pas projeté en arrière comme parfois dans les films : il se chiffonne plutôt, semble presque se dégonfler. Et ensuite il y a les convulsions ou au contraire l'immobilité parfaite – la vie qui s'en va. L'être vivant devient viande que les chiens rongeront et chieront ensuite aux quatre coins de la ville. Aussi rapide que ça. Ils parlèrent de ce que ça fait de tuer. Décidèrent que la question n'était pas de penser ou non à la femme, aux enfants, à la famille des hommes à qui leurs balles ôtaient la vie, « Mais y a que deux possibilités : c'est lui ou moi », dit Coyle. Et l'exultation lorsqu'on gagne un duel et qu'on s'éloigne en continuant de vivre – une joie narcotique que même les gobeurs de pilules de la vallée de l'Ohio ne pouvaient pas comprendre.

« La violence ne résout rien », plaisanta Coyle avec un geste en direction des rues et un sourire, du sable piégé dans sa courte barbe blonde. « Bon, à part tout ce MacDougal. »

Le ciel rose vira au violet puis au bleu, s'associa à la poussière pour créer un lac céleste effrayant sur lequel se découpaient les minarets et les modestes gratte-ciel. Des Apache vrombissaient et des drones gémissaient dans l'espace aérien le plus dense de la planète, et pourtant tout semblait encore feutré. À quel point on peut être époustouflé quand on se retrouve avec un ami devant un coucher de soleil déchaîné.

« Comment t'as fait pour pas y penser ? » demanda Todd Beaufort, et Dan revint dans le présent en clignant des yeux. « Quand c'est arrivé, tout le monde a dit que c'était le retour de la malédiction.

– Bah », fit Bill Ashcraft. Ils parlaient de la mort de Curtis Moretti, overdose d'héroïne en 2006. « Ça existe pas, les malédictions. On crève tous tôt ou tard, c'est tout. » Il fit couler de la bière dans le vortex de sa bouche ouverte et s'en gargarisa. « Mais comme les gens arrivent pas à se le rentrer dans le crâne, ils essaient de l'expliquer comme ils peuvent, ils additionnent des chiffres pour obtenir des lettres.

– Laisse tomber la malédiction. L'important c'est cette histoire de meurtre mystère, dit Jonah, plus soûl d'un cran, en essuyant la sueur sur son front. C'est ça qui devrait tous nous intéresser.

– Quelle histoire de meurtre ? demanda Dan.

– Oh la vaaaaache, fit Jonah. Ça fait un bail que t'es parti, Eaton. Le Meurtre qui a jamais existé, ça te dit rien ?

– J'avoue mon ignorance.

– Moi ça me dit quelque chose, acquiesça Bill. Vu tous les potes morts que j'ai.

– Ça fait un paquet de cadavres à examiner », dit Jonah.

Ils étaient tous bien plus ivres que Dan, qui appréciait peu le ton désinvolte de la conversation.

« C'est quoi ? insista-t-il.

– La plus grande légende urbaine de New Canaan, expliqua Jonah. Y a une personne qui s'est fait assassiner, une autre qui l'a assassinée, et bizarrement ça a été planqué sous le tapis. »

Bill leva les yeux au ciel. « Et à ce qu'il paraît Tony Wozniak s'est lancé dans le satanisme et il s'est coupé la bite. C'est pas pour autant que c'est vrai.

– Elle vient d'où cette rumeur ? demanda Dan. Le meurtre, pas la bite de Wozniak. »

– À ton avis ? répliqua Jonah. De nulle part. C'est pour ça que c'est une rumeur. »

Il marquait un point. Les rumeurs sont moins chères que les larmes. Et elles ne visent jamais la véracité. Quand tous les membres d'une communauté ont perdu une personne chère, ils cherchent une explication.

« OK, soupira Ashcraft, y a plein de gens qui se font buter, mais quand ça se produit dans une zone de guerre, ça tombe pas dans la même catégorie.

– C'est des conneries », dit Beaufort, le regard perdu dans sa bière.

De la main, Jonah fit oui et non. « La malédiction, ouais, c'est des conneries. Mais le meurtre ? Je parierais pas dessus.

– C'était pas Curt. Il était assis sur son perron, comme ça, tout le monde l'a vu », dit Beaufort, et en l'entendant Dan se demanda s'il était présent, peut-être en train de se piquer à côté de son pote. Il l'imagina sortant de sa torpeur et découvrant Moretti, le menton couvert de vomi, le cœur à l'arrêt. Il fut bien obligé d'admettre que cette image lui procurait une vilaine satisfaction.

« Les overdoses, l'Irak et je sais pas quoi encore, dit Jonah. Vous êtes passés à Fallen Farms récemment ? Je parie que les frères Flood ont au moins un ou deux corps enterrés là-bas. » Il se marra tout seul.

« C'est sinistre comme conversation, dit Bill.

– Sinistre comme un lézard, approuva Jonah, qui essayait de retirer un truc coincé dans sa molaire. C'est pour ça que je suis grave sûr que c'est vrai. Ce genre de merdes, ça sort pas de nulle part. Y a forcément quelqu'un qui a un peu trop picolé, un peu trop parlé, et ça a déclenché le téléphone arabe. Crois-moi, mec, y a des tarés qui se baladent parmi nous.

– Ça existe pas, les tarés. » Tout le monde se tourna en même temps vers Dan. Jonah faisait grimper sa tension, pareil que lorsqu'il rêvait de fumée et de shrapnel. Régulièrement, Dan se disait que les civils n'avaient pas la plus petite idée de ce qu'étaient la malchance et la grâce.

« Euh, ben si, fit Jonah comme un gamin expliquant que les fantômes existent vraiment.

– Tu te rappelles les cours d'histoire de Mrs Bingham ?

– Ouais, je crois.

– Elle nous a parlé du massacre de Gnadenhutten, ça te parle ? » Regards de merlan frit. « Pendant la guerre d'Indépendance, les soldats américains ont enfermé des Indiens Delawares dans deux salles d'exécution, comme des vaches ou des cochons, et dans le lot y avait une trentaine d'enfants. Et pendant que les Indiens continuaient à se dire adieu en chantant, en priant et en s'embrassant, les soldats les butaient un par un à coups de maillet. Pour se venger, deux mois plus tard, les Indiens ont capturé un commandant américain, William Crawford. D'abord ils l'ont scalpé. Après ils lui ont coupé les oreilles. Et puis le nez. Il était encore vivant, il les *suppliait* de le tuer, et là ils l'ont déshabillé. Les femmes du village sont venues le brûler l'une après l'autre avec des tisons, sa chair dégoulinait. Y avait un Blanc avec les Indiens, Simon Girty. Il avait grandi dans les régions sauvages, il parlait la langue des Indiens et il se battait avec eux contre les Américains. Mais il était blanc, et Crawford l'a imploré de le tuer. Tout ce qu'il a répondu, ça a été : “J'ai pas d'arme.” »

Bill déchirait une serviette en petits flocons qu'il faisait neiger par terre. Beaufort tournait le dos à l'homme qui était peut-être son père. Pour finir, Jonah dit : « Danny, c'est horrible ! Où tu veux en venir ?

– Là où je veux en venir... » Son regard ne tenait pas en place. « C'est qu'on manque d'imagination au niveau de la violence. On accuse des "tarés" sans trop savoir ce que ça veut dire. Ça nous rassure. C'est sécurisant. Mais des trucs comme My Lai, Auschwitz ou Gnadenhutten, ça n'a rien d'aberrant. Ça arrive à cause de ce qu'on est tous. On est fragiles. On n'a pas confiance en nous, on est avides, on veut une augmentation, on a peur de notre supérieur... C'est à cause de ce genre de trucs ordinaires et débiles que les gens se font du mal les uns aux autres. »

Ils se turent tous les quatre, les yeux baissés, sauf Bill qui couvait Dan du regard avec ce qu'il faut bien décrire comme une sorte d'affection jalouse. Jonah se releva d'un bond.

« C'est pas que tu me plombes le moral, Danny, mais j'ai une ouverture avec la gonzesse là-bas. » D'un mouvement joyeux de la tête, il désigna la jeune femme que Brokamp avait abandonnée, soit pour fumer soit pour aller aux toilettes, et il se dépêcha de s'installer près d'elle au comptoir.

Beaufort avait croisé ses bras épais, le regard indéchiffrable sous la visière de sa casquette.

« C'est bien vu, dit-il enfin. C'est carrément bien vu, putain. Quand t'es dans la merde, tu fais des trucs qui ont aucun sens. Tu sais... » Il enfonça un peu sa casquette sur sa tête, comme pour se recroqueviller en dessous. « À une époque, pour tenir, il me fallait deux cents milligrammes d'Oxy et deux ou trois antidépresseurs. J'arrivais pas à affronter le monde, j'étais complètement accro. »

Son aveu resta suspendu en l'air et Dan ressentit une profonde pitié pour ce mec qu'il avait toujours considéré d'un œil caustique, intransigeant. Il rebondit : « J'avais un lieutenant, un type qui s'appelait Holt. Il avait besoin d'antidouleurs pour un tas de trucs, et quand il a quitté l'armée, aux dernières nouvelles il est tombé direct dans la came. »

Beaufort serra son gobelet en plastique si fort qu'il craqua, puis il continua à vider son sac. « La première fois qu'on m'en a prescrit, c'est quand je me suis démis l'épaule à la fac, en deuxième année. Et j'ai plus ou moins continué à en prendre jusqu'à y a pas si longtemps. Décrocher de cette saloperie, c'est ce que j'ai eu de plus difficile à faire dans ma vie. T'es plus toi-même. T'es capable de faire des trucs dégueu, hallucinants. Et y a eu des moments… » Il hocha la tête, prosaïque. « Y a eu pas mal de moments où j'ai eu envie d'avaler le flacon entier et qu'on n'en parle plus. »

Il tendit le bras vers le pichet pour se resservir. Dan sentait qu'il s'apprêtait à en dire plus.

Il y eut un claquement sec et charnu et un cri strident en provenance du bar. Ils se tournèrent tous en même temps et virent Jonah qui reculait, il se tenait le nez et du sang coulait entre ses doigts. Brokamp, revenu des toilettes, secouait une main en ouvrant et refermant le poing. Jonah vacilla et s'écroula par terre.

Dans le bar, personne ne bougea.

« T'as du culot, salopard. » Brokamp le chopa par la chemise et le remit debout en marmonnant : « Je sais qui t'es. Je sais qui t'es, sale petite pute. »

Bill se leva en renversant son tabouret. Il alla se camper juste hors de portée de l'autre. « Arrête, mec. Fous-lui la paix.

– Toi aussi t'en veux une ? » Il referma les phalanges, arma son poing vengeur, et le nez de Jonah explosa. Trempé de brun écarlate, Brokamp ressemblait à une brique, et l'énorme bague en métal qu'il portait à l'annulaire gardait probablement dans ses sillons des souvenirs d'autres sangs. Dan ne remua pas le petit doigt pour aider, au contraire il s'agrippa à la table comme pour s'ancrer. Car, à la vue du sang, son instinct le poussait à attraper ce mec par la nuque et à lui fracasser la tête sur le comptoir. Il voyait déjà le crâne s'ouvrir. Il avait si souvent assisté à ce genre de choses. La fille observait la scène depuis son tabouret, indifférente, ivre, en faisant tourner une boucle d'oreille entre ses doigts. Personne ne semblait disposé à calmer les esprits, peut-être parce que, de même que Dan, on sentait la vibration électrique d'une tragédie imminente. Il pensa à Rudy, dont le père avait été tué dans une bagarre entre pochetrons. Un type sort un couteau à cause d'un différend idiot qui ne le concerne même pas et c'est réglé, fini le père de Rudy. *Ça arrive tout le temps*, avait dit Rudy. *Ouvre n'importe quel journal, Eaton. Lis le journal tous les dimanches. Les gens se bourrent la gueule ; ils se croient invincibles.* Beaufort s'était levé à son tour mais il ne paraissait pas décidé à intervenir, et Dan se demanda si c'était de la lâcheté qu'il voyait sur son visage, comme chez les insurgés – des hommes prêts à user de violence sur les autres à la seule condition que les chances soient systématiquement de leur côté. Ou alors il regardait l'homme qui était peut-être son père avec un complet désintérêt – voire une légère joie soûle devant le spectacle qu'il lui offrait. Jess Bealey fouillait dans son sac à main, elle devait chercher son téléphone. À son air affolé mais pas surpris, Dan comprit que le type qui beuglait sur Jonah était un client à problèmes, que ce n'était pas la première fois et que, oui, il serait capable de tuer Jonah si personne ne l'en empêchait. Les chômeurs et les sous-employés venaient ici boire leurs allocs et ensuite ils cherchaient un prétexte pour gueuler sur quelqu'un, pour éclater une joue en deux. Brokamp avait en lui un désir de vengeance non assouvi auquel il laissait libre cours dès qu'il en avait l'occasion. Ça lui donnait l'impression qu'il pouvait rendre les coups. Et quand il abattit son poing une troisième fois, le nez de Jonah fit un bruit de céréales broyées sous une semelle. Il se liquéfia.

Jonah avait laissé son paquet de cigarettes sur la table – des Virginia Slims – et Dan en prit une, la porta à ses lèvres et l'alluma avec un Zippo Harley-Davidson. Tandis que Brokamp levait son bras une fois de plus, Dan se mit debout et vint se placer à portée des coups.

Il dit : « Mec », et Brokamp leva les yeux, une expression de curiosité ravie sur le visage. Qui pouvait être assez con pour interrompre ce délicieux moment ?

« Ça suffit, dit Dan. Il a compris le message. »

Brokamp lâcha la poignée de tissu qu'il serrait dans la main. Jonah dégoulina au sol, essayant de recueillir le sang qui s'écoulait des ruines de son nez.

« Toi aussi je peux te prendre ta fierté si tu veux. » Le whisky sifflait dans la voix de Brokamp. Sa respiration soulevait son torse en barrique. La transpiration striait son visage et son crâne d'un rose de crayon de couleur.

Une fumée molle s'élevait de la Virginia Slim au blanc immaculé. Dan ne l'avalait pas, il avait peur de se mettre à tousser. Le juke-box passait « I Want It That Way » des Backstreet Boys.

Dan hocha la tête, il cherchait ses mots. Ça pouvait marcher autant que ça pouvait foirer.

« Si ça t'amuse, chef. Mais je préfère te prévenir, j'ai une tolérance à la douleur assez élevée. »

Sur quoi il flanqua le bout allumé de la cigarette dans son œil.

Quelqu'un s'étrangla, un bruit qui sembla sortir des murs.

Il écrasa quelques instants la cigarette dans sa prothèse, de la cendre plein les cils, les paupières écarquillées pour ne pas les brûler, puis il jeta le mégot par terre.

La fille haussa ses sourcils adroitement épilés. Brokamp se décomposa, comme s'il avait dessoûlé d'un coup et n'aimait pas ce qu'il voyait. Il avait l'air crevé. Prêt à se coucher. Todd

Beaufort aboya un bref éclat de rire. Dan cilla pour se débarrasser de la fumée et des débris.

« *I never wanna hear you say / I want it that-a way.* »

Vaseux, Brokamp déclara : « Plan de merde. » Il se tourna vers son amie et indiqua la porte d'un mouvement de la tête. Jonah poussa un gémissement, son sang formait une flaque sur le plancher.

La femme remonta son haut et siffla la fin de sa bière. Elle descendit du tabouret en un délicat petit saut et contourna Jonah. Chancelant sur ses talons, la graisse se déversant de sous ce débardeur qui laissait voir son ventre, elle prit la main de son mec et le guida vers la sortie. Dan entendit qu'elle lui demandait : « Je croyais qu'on n'avait plus le droit de fumer dans les bars ? »

Au lieu de répondre, Brokamp plongea son index dans sa bouche, oubliant apparemment le sang sur sa main. Il humidifia son doigt et retira son anneau pour le nettoyer dans sa chemise.

Quand ils furent partis, Jess Bealey courut vers Jonah avec un torchon. Beaufort essaya de le hisser sur ses pieds, mais Jonah échappa à sa prise et retomba assis. Bill regardait Dan, époustouflé.

« Ben putain, Eaton ! »

Jonah, qui baignait dans son sang, les yeux humides, arracha le torchon des mains de Jessica. Son nez était dans le même état que Marjah après l'opération Mushtarak.

« C'est un truc tout con », dit Dan. Il la tenait d'un certain Benny Steidl, qui avait lui aussi subi une plaie pénétrante à l'œil. Il avait reçu sa prothèse avant Dan et survolait sa rééducation visuelle lorsqu'ils s'étaient rencontrés. Il emmena Dan dans un bar près de la base aérienne de Ramstein et lui dit qu'il allait lui montrer une technique infaillible pour choper des filles. Il écrasa une cigarette dans son œil devant une table d'Allemandes entre deux âges qui devinrent comme folles. *Ça marche presque trop bien*, lui dit Steidl. Aux dernières nouvelles, il avait une liaison avec une femme mariée.

« Quelle soirée, dit Bill, tout guilleret. On va bien se marrer aux réunions d'anciens élèves. » Son rire flotta dans l'eau de ses deux vraies pupilles.

Jonah se refit une contenance en se lançant dans une diatribe alcoolisée et rageuse. T-shirt couvert de sang écarlate qui tournait à la rouille, crâne dépouillé de sa casquette à laquelle il ne pensait plus, il s'enfila rapidement trois shots de whisky puis leva le camp en parlant de son hélicoptère et en pestant contre les impôts.

« Ça lui arrive des fois, dit Beaufort.

– On devrait pas le suivre ? demanda Dan.

– T'as vraiment envie de l'écouter ? » répondit Beaufort, déconcerté.

Dan dit à Bill que c'était l'heure d'y aller. Bill sortit quelque chose de sa poche, un petit minuteur électronique. Il y jeta un coup d'œil rapide et confirma : « Ouais, on bouge. » Ils échangèrent des au revoir. Dan remarqua le peu d'entrain que mettait Bill à serrer la main de Beaufort, comme si chacun rechignait à toucher la maladie de l'autre.

« Je peux te demander un truc ? fit Dan une fois qu'ils eurent repris la route. T'as un problème avec Beaufort ?

– Est-ce que j'ai un problème avec Beaufort. » Bill y réfléchit quelques instants. « Nan, pas vraiment. Pas plus que n'importe qui. Je crois qu'il a eu ce qu'il méritait. Ou peut-être pas. Une fois, Rick s'est embrouillé avec lui et il m'a impliqué dans l'histoire. En fait, quand je vois Beaufort, ça me rappelle comment cette ville t'engloutit. Elle te défonce à sa propre mythologie. Et surtout, j'ai de la peine pour lui. Pendant qu'on fumait dehors, Jonah m'a raconté qu'il avait eu plus d'une dizaine de traumatismes crâniens avant de laisser tomber les études. Des fois il oublie des trucs simples. Il a des crises d'angoisse. T'as entendu quand il parlait de son problème de médocs. Tout ça pour du sport et pour deux ans dans une petite fac pourrie ? Quelle merde. »

Sur le siège passager, Dan regardait sa ville natale qui s'estompait dans la vallée en contrebas. Une constellation tombée sur terre.

« Et comment ça se fait que vous soyez encore potes, Jonah et toi ?

– Bah, il est clairement dingue et complotiste, mais bon… » Sa main s'envola vers les cieux derrière la fenêtre dans le vent rugissant. « C'est ma tribu. Et une tribu, faut la défendre. Quand on est petits, on est tous potes. On sait pas encore ce qui nous rend différents.

– D'accord, mais niveau politique c'est un peu ton ennemi juré.

– Pendant les matchs, il portait un maillot avec mon nom et mon numéro. Il se mettait tout devant et il criait mon nom pendant les lancers francs. Il connaissait mes idées. Tu m'étonnes, j'en faisais pas un secret. Mais quand je le vois, on s'arrange pour mettre ça de côté. »

Dan garda le silence un moment, il hésitait à pousser Bill dans ses retranchements. La bière l'aida à se décider.

« Et avec Rick, vous avez déjà mis des trucs de côté ? »

Bill expira un grand coup et resta un long moment sans rien dire. Quand ils longèrent le Walmart, il y jeta un coup d'œil en passant. Le magasin était éclairé comme une base militaire et probablement visible depuis l'espace. « J'aimerais bien foutre le feu à un de ces trucs, juste une fois. Histoire de voir toutes ces saloperies cramer ou fondre en prenant des formes trop cool. Genre, à ton avis, comment ça fond une télé ? Je suis sûr que ça fait plein de belles couleurs, tu crois pas ? »

Dan ne répondit pas. Il attendit. Bill quitta Zanesville Road et accéléra sur la 229. Dan savait qu'il n'aurait pas dû le laisser prendre le volant, l'adrénaline de Bill se combinait à son ivresse et peut-être à une autre substance. Il effleurait le volant du bout des doigts, le laissait filer d'un côté et de l'autre, dangereusement décontracté. Le témoin du réservoir était allumé depuis tout à l'heure, mais Dan n'avait pas l'intention de faire la moindre remarque. Avec un peu de chance, ils allaient tomber en panne d'essence et il appellerait quelqu'un pour se faire ramener.

« Tu sais ce que c'est ton problème, Eaton ? dit Bill. Au-delà du fait que t'as gâché les meilleures années de ta vie à te battre pour remplir les poches des élites pendant que ces salauds baisaient à sec le reste de la population.

– Dis-moi, je t'écoute. » L'ivresse empêcha Bill d'entendre le venin dans la voix de Dan.

« Ton problème c'est ton bon caractère, mon pote. Hailey… t'as tellement fait de la merde avec elle. Pas étonnant qu'elle ait épousé Whitey Frye, sans déconner. »

Dan se mettait rarement en colère, mais là Ashcraft le provoquait, sûrement à cause de l'allusion qu'il venait de faire à Rick. Par la fenêtre, il vit des pins défiler à toute vitesse et un terrain jonché de moteurs désossés.

« OK, Bill, et toi alors, c'est quoi ton problème ? Puisque t'es un observateur tellement perspicace de la condition humaine, c'est quoi ton problème à toi ?

– Mon problème ? Je sais pas trop. La drogue, principalement. Et aussi que tous mes abrutis de potes sont morts ou refusent de me parler. » Un hoquet. « Mais là où je suis débile – et c'est ça mon vrai problème –, c'est que même si je sais qu'il n'y a plus rien à faire, que je peux seulement rester devant le tank en attendant qu'il me fauche, je crois encore aux vieux mythes. Ça me tire des larmes quand je pense aux rassemblements de Seneca, aux manifs à Selma ou aux émeutes de Stonewall. J'arrive pas à me débarrasser de l'idée que, si on réussit à mobiliser assez de monde, alors on aura un pouvoir qui sera impossible à réprimer, à écraser ou à contester. Et y a des chances que je continue à courir après ces chimères jusqu'à ce que mon foie se mette à fondre et que mon cœur pète.

– Ouais, ou alors t'as le nez tellement plongé dans tes conneries que tu vois uniquement l'arbre qui cache la forêt. Ton problème, c'est peut-être qu'il n'y a aucune différence entre Jonah et toi. »

Ashcraft lui décocha un regard noir. « Ça, c'est un sophisme. Et arrête de balancer des clichés, Eaton, t'es plus malin que ça. Ou bien tu vas me dire que tu t'as jamais eu de doutes pendant tes deux missions.

– Trois.

– Si tu veux. »

Bill sortit de la 229 et s'engouffra dans l'allée de la maison de retraite Eastern Star. L'enseigne était éclairée par des projecteurs halogènes et surmontée d'un drapeau américain. Le pick-up zigzagua jusqu'au parking. Des lampes au sol éclairaient les murs en brique comme pour repousser l'obscurité des bois alentour et tenter d'instiller chez l'observateur une impression de chaleur. Bill s'arrêta dans l'ombre d'une rangée de pins qui les abritait de la route. Vitres baissées, chorale de criquets. Ils étaient dans le noir, mais Dan voyait les contorsions du visage de Bill.

« Je suis persuadé qu'il nous reste plus que la voie des lames, la voie des armes, la voie des bombes. » Un ricanement. Il n'était pas seulement bourré, il avait pris quelque chose mais Dan ne savait pas quoi. « Une fois que t'as vu la vérité, c'est dur de résister à l'envie de te brûler les yeux. C'est ce que j'essayais d'expliquer à Rick avant qu'il parte – enfin, plutôt, je me foutais de la gueule de ce connard parce qu'il s'obstinait à croire qu'il se battait pour son pays ou pour la liberté ou pour la démocratie ou je sais pas quoi d'autre. Il partait faire la guerre pour permettre à une superpuissance à bout de souffle de poser ses couilles sur la table et éventuellement d'injecter quelques millions de barils par jour sur le marché énergétique mondial – c'est ça que je lui disais. Et putain, j'avais *grave raison.* »

Il ferma les yeux et posa la tête contre ses bras croisés sur le volant, dont le plastique crissa. Dan faillit lui raconter l'histoire juste pour le faire chier.

Pendant sa mission n° 2, alors que la paix revenait sur leur secteur, ils avaient été envoyés escorter des camions d'approvisionnement jusqu'à Camp Baharia. En principe ce n'était pas à eux de le faire, mais le capitaine les avait portés volontaires. Ils avaient râlé mais personne n'avait la force de se mutiner. Aller à Baharia signifiait rouler plus d'une heure à découvert, direction Falloujah – qui n'avait pas la réputation d'être le coin le plus agréable à l'ouest de Bagdad. Naturellement, de toutes leurs missions, c'était celle-là qui s'était déroulée sans accrocs. Pas plus difficile que de regarder un film sur un ordinateur.

À Baharia, adossé à un mur anti-explosion, il s'accordait une rare cigarette quand il vit un colosse couvert de tatouages qui faisait du développé-couché sans assistant. Lorsque la barre retomba et que les poids s'entrechoquèrent, Dan reconnut Rick Brinklan.

« Tu me fous la honte, mec », dit-il en s'approchant. Rick tourna la tête vers lui aussi vivement que s'il avait entendu claquer des coups de feu. « J'ai pris des bras depuis que je me suis engagé, mais toi…

– Eaton ! » Il serra Dan contre son corps trempé de sueur puis s'essuya les yeux avec son T-shirt des Marines. Il faisait plus de quarante degrés. « Je voudrais pas te filer la gaule, mec. Y a Hailey qui t'attend. »

Il avait entendu dire – probablement par son père – que Rick était dans le 2e bataillon, 1er régiment de Marines, mais jamais il n'avait imaginé qu'il le croiserait. Certes il y avait une bonne dizaine de fils de New Canaan dans les rangs, mais ça restait improbable. Rick et lui passèrent l'après-midi à fumer et à se promener le long des murs anti-explosion, écoutant les tirs d'armes légères au loin. Le bataillon de Rick avait subi des pertes ahurissantes pendant cette campagne, la dernière remontant à la veille.

« Le première classe Slopes. Un surfeur de Floride – sympa, mais complètement à la masse. Je l'ai aidé à faire sa déclaration d'impôts et il m'a demandé s'il pouvait déduire sa chaîne hi-fi parce que ça l'aidait à se motiver avant les combats. Il a halluciné quand je lui ai dit que c'était même pas la peine d'y penser. » Difficile de faire plus sinistre que son sourire. Ses yeux étaient petits et durs, mais son visage paraissait bouffi à cause de la masse qu'il avait gagnée. Ses trapèzes dessinaient un pont suspendu avec son cou comme pilier. Le tatouage dont Dan se souvenait, la griffure, avait désormais des cousins sur tout le dos, le torse et les bras. Il ressemblait à une vieille malle couverte d'autocollants posés au hasard. Seule la zone au-dessus de l'encolure était dépourvue d'encre, conformément au règlement militaire. C'était devenu un vrai dur au cuir tanné. Jadis, sur les supplications de Lisa, Dan avait écrit un de ses devoirs d'histoire. Apparemment Rick était déjà à la dérive avec un C dans cette matière, or toute note en dessous d'un A lui barrerait l'accès aux équipes universitaires. « Son truc, c'est les équations », avait résumé Lisa. Dan avait accepté parce que c'était elle et aussi parce qu'il aimait bien les dissert. Rick l'avait remercié avec un pack de six qu'il n'avait jamais bu.

« Antichar ? fit Dan. On s'en tape tous les jours.

– Ouais, un putain d'antichar, répondit Rick en tirant une taffe. Quand je suis arrivé y avait la portière qui pendouillait.

J'ai sorti Slopes et j'ai essayé de faire quelque chose pour lui. Il saignait du nez, de la bouche et des oreilles. » Avec la main qui tenait la cigarette, Rick toucha tout son visage pour montrer l'étendue des dégâts. « Je lui ai retiré son casque et y a un bout de son cerveau qui a fait *splotch* sur son uniforme. Il avait été touché sur le côté du crâne, on aurait dit que son cerveau essayait de se casser. Il avait les yeux qui lui sortaient des orbites. » Il fit tomber sa cendre. « C'était grotesque. Je l'ai assis pour éviter que le sang coule dans sa gorge et j'ai écarté sa langue avec les doigts. Je lui ai bandé la tête jusqu'aux épaules, mais ça aurait été pareil s'il avait été mort quand je l'ai trouvé.

– Vous étiez proches ?

– Il a survécu jusqu'à ce matin. Après on est sortis vaporiser des muzz pour le venger, donc… »

Dan n'avait pas particulièrement envie de revivre toutes les pertes au combat et tous les traumatismes, mais il comprenait que Rick ait besoin de digérer ce qui venait de se produire. Il repensa au visage du sergent Wunderlich dans les flammes.

Les nouvelles de New Canaan ne semblèrent pas intéresser Rick, mais il fallait bien changer de sujet. Fatalement, Dan finit par devoir expliquer où il en était avec Hailey.

« Alors c'est fini ?

– Je lui ai dit que j'allais peut-être rempiler. Elle l'a mal pris. »

Dan s'attendait à une réaction plus vive – proche de celle de sa mère, de son père et de ses sœurs –, mais Rick se contenta d'opiner.

« Ouais, je crois que je vais faire carrière. Je déteste ce trou de merde, mais c'est toujours mieux que New Ca. Y a pas de boulot et tout le monde est camé. J'arrive pas à croire que j'aie eu envie d'aller à la fac et de fonder une famille là-bas. Donc je comprends. Avec ta famille, vous avez peut-être le même sang dans les veines, mais vous en avez pas fait couler ensemble. »

Exactement. Et, de fait, il n'avait eu aucun mal à la quitter.

Il aborda le sujet Kaylyn. Vu comme Rick fit mine de s'en moquer, il déduisit qu'elle lui avait bel et bien brisé le cœur. Rick n'avait jamais été très doué pour cacher ses sentiments. Aussi transparent que le verre et probablement aussi fragile.

« C'est mieux comme ça », dit-il. Un transpalette couvert de poussière avait été laissé près du périmètre et ils firent une pause dans son ombre. Rick appuya une de ses bottes contre la machine. Dan se rappela qu'il était à côté de Kaylyn pendant le match où il avait fait une course héroïque. C'est elle qui avait hurlé le plus fort. *Vas-y chéri ! Vasyvasyvasy !* d'une voix aussi stridente qu'une alarme incendie.

Rick fit tomber la cendre de sa cigarette. « J'en reviens pas de l'avoir demandée en mariage. En fait c'était une énorme pute. » Il secoua la tête et regarda sa main, inspecta un ongle noir qui n'allait probablement pas tarder à se décoller. « Une énorme pute complètement tarée qui bouffait des bites par paquets de douze. »

C'était la première fois que Dan entendait les mots « énorme pute complètement tarée » employés avec un remords aussi profond et évident. Si Kaylyn avait déboulé à cet instant, il aurait parié sa paye que Rick se serait jeté dans ses bras en chialant.

« Je regrette juste d'avoir balancé la bague dans les bois. J'aurais pas craché sur la thune en ce moment. » Un sourire bravache.

Lorsque Dan était rentré pour ses dix-huit jours de permission, Hailey et lui étaient allés à Nashville juste pour s'engueuler puis se séparer. Elle ne lui avait pas caché que ses déploiements la minaient. Elle n'aimait pas la guerre, n'aimait pas qu'il y participe, et elle haïssait viscéralement le président. Lorsqu'ils se parlaient par Skype ou Google Talk, c'était sans joie. Elle détestait ce qu'il faisait et d'après elle il le faisait trop.

Leur dernière conversation avait eu lieu dans l'appartement

de Hailey à Bowling Green, où elle faisait ses études. Elle avait serré ses bras autour d'elle et lui avait annoncé que s'il rempilait, elle le quittait.

« Je veux pouvoir commencer ma vie. » Elle haussa les épaules, l'air détaché, ses mèches auburn tombant autour de ses bonnes joues roses. « J'ai pas envie de jouer à la femme de militaire, ou pire, à la veuve de militaire. Avant ta première mission je t'ai dit que je t'attendrais, ensuite y en a eu une deuxième, et maintenant tu me dis qu'il va peut-être y en avoir trois ou quatre ? Non. C'est pas ce qui était convenu. T'as pas le droit de me demander ça. » Il se rappelait l'éclairage maladif de la cuisine, le bourdonnement du feu dans les ampoules. Hailey semblait avoir répété son discours. « Te fous pas de ma gueule : entre l'Irak et moi, c'est l'Irak que tu choisis, Danny. »

Il avait seulement répondu : « C'est bizarre comme transition, la perm. J'arrive pas à couper, surtout pour dix-huit jours. » Les années suivantes, quand il imaginerait des disputes au sujet de leurs enfants, Dan réfléchirait à ce qu'il aurait pu faire différemment. Mais elle avait raison. Entre elle et l'armée, il choisissait l'armée, joyeusement et en connaissance de cause.

« Bon, fit-elle en se donnant une claque sur les cuisses. Eh ben ça fait un problème de moins à régler. »

Dans l'avion qui le ramenait à Bagdad, il se rendit compte qu'il n'éprouvait aucune peine. Il était soulagé. Et quand il retrouva le désert et son M4, quand on lui tira dessus pendant sa deuxième patrouille, un projectile qui se planta dans son gilet pare-balles et lui fit croire qu'il n'était pas touché à un seul endroit mais à tout le torse, et quand la mince couche d'air séparant son corps de la protection remonta et lui souffla la gorge et le visage, il se sentit chez lui, plus que les dix-huit jours précédents entre le regard de sa mère, l'humour de son père et les bras de Hailey. Ce qu'on appelle « chez soi » est une sensation volatile, pas un lieu, et pendant une grande partie de sa vie, chez lui, ce fut cette balle dans la poitrine.

Rick alpagua un de ses copains et lui demanda de les prendre en photo avant qu'ils ne se séparent. Il avait une vieille banderole des Jaguars qu'ils brandirent à quatre mains, le fauve explosant la ligne des cinquante yards.

« Potes de guerre ! » cria-t-il au moment où son ami appuya sur le déclencheur de l'appareil numérique.

Tandis que Dan se préparait au retour stressant vers Bagdad, Rick lui offrit un CD gravé. « Tu peux le garder, je l'ai sur mon iPod. »

Le titre : *Slow River.*

« Merde, fit-il. C'est l'album de Harrington.

– Eh ouais. Je sais pas quel genre de musique t'écoutes, mais il est bon ce con. » Il rit. « On a bu des coups quand je suis revenu de ma première mission, et y a des trucs que j'ai dits qui ont fini texto dans les paroles. Je lui ai toujours cassé les couilles en le traitant de tarlouze, mais c'est assez génial. On reconnaît plein de trucs de New Ca. »

À son tour, Dan téléchargea *Slow River* dans son iPod. Le soir, il lisait ou écrivait et il écoutait les douze chansons en boucle. Elles avaient quelque chose qui le détendait, et le morceau-titre ainsi que « Cattawa » lui étaient devenus aussi essentiels que toutes les autres pièces de son équipement.

Deux mois plus tard, Rick fut abattu par un sniper pendant une patrouille à pied. Un tir propre, en pleine tempe. Dan ne pouvait pas rentrer pour l'enterrement, bien sûr. Et ça lui allait très bien puisque Hailey y serait sans aucun doute. Sa mère lui envoya des photos de la procession et des coupures de presse du *New Canaan News*. Un article écrit par Joni Ashcraft, qui citait deux entraîneurs de l'équipe de football, plusieurs profs et Marty, le père de Rick. Dan avait du mal à imaginer à quoi pourrait ressembler une procession en son honneur.

« Vous m'appeliez Crapaud », chantait Harrington dans « Cattawa ». « Vous m'aviez prévenu pour les chaînes / Si je savais lire le temps je dirais / Que la pluie est plus belle quand l'orage se déchaîne. »

« Et tout le monde leur faisait de la lèche, la gauche comme les autres. Ça se bouffait les crottes de nez en parlant des *troupes*. Comme si on chiait des héros à la pelle dans le désert… Toujours les mêmes discours de machos à la con qui réussissent chaque fois à convaincre des gamins idiots d'aller se faire buter. »

Bill continuait son laïus sans que Dan l'interrompe. Il avait entendu pire.

« Rick valait pas mieux que les autres, continua-t-il. Et quand il s'est pris une balle dans le caisson, tu sais ce que j'ai fait ? J'ai pas pleuré. Je verserai jamais une larme pour lui. C'est pas des héros qu'on fabrique ; c'est des morts, des handicapés et éventuellement des monstres. On transforme des gosses de dix-huit, dix-neuf ans en violeurs et en assassins. Et quand vous revenez vous espérez qu'on va vous dérouler le tapis rouge, vous êtes pas plus futés qu'en partant. Sauf que plus personne en a rien à carrer de vous. » Il cracha ces derniers mots puis s'étrangla avec la salive qui lui restait dans la bouche. « Donc, non, je suis pas allé à son enterrement, à la procession ou à rien du tout, et je vais sûrement pas chialer pour lui. » Il renifla et s'essuya les yeux avec la manche de sa chemise. « Là, ça compte pas. C'est parce que je suis bourré et défoncé. »

Dan avait envie de partir, mais Bill n'en avait pas terminé.

« On s'est engueulés avant qu'il parte. Ou plutôt, je lui ai dit ce que je pensais. Je lui ai dit qu'il était manipulé et on a failli se foutre sur la gueule. Mais à la base c'était même pas le sujet.

– C'était quoi le sujet ? » demanda Dan, principalement parce que Bill attendait qu'il pose la question.

Bill fixait la poussière scintillante des étoiles dans le ciel. « Je me tapais sa meuf.

– Kaylyn ? »

Il acquiesça. Une larme de morve lui pendait du nez.

« Mais tu sortais pas avec Lisa ? »

Un rire bref, amer. « Ben, si, c'est ça le principe quand on trompe quelqu'un. Quitte à prendre les gens qu'on aime pour des cons, autant faire les choses en grand.

– Rick était au courant ?

– Je sais pas. Probablement que oui. »

Dan n'arrivait pas à assimiler.

« Mais le truc… » Bill menaçait la nuit du doigt. « C'est que je le savais. Avant même qu'il parte je savais que ça allait arriver. C'était pas une prémonition ni rien, mais… je le savais, putain. Et quand j'ai appris… » Une longue inspiration. Sa voix flancha. « Quand mon père m'a appelé pour me le dire, tout ce que j'ai réussi à penser c'est que je le détestais. » Il sanglota les derniers mots. « J'étais hyper content de l'avoir blessé. Parce que *merde*, putain. Ce connard d'égoïste de merde avec ses conneries de merde de liberté et de pays et de Dieu. Je l'emmerde, putain. »

Il se prit le visage entre les mains et se plia en deux. Il se ratatina comme un escargot en faisant des bruits doux qui fleurissaient autour de lui et rivalisaient avec les criquets.

« Chier », aboya-t-il en frappant le volant si fort que le tableau de bord en trembla. Ses sanglots le faisaient paraître encore plus jeune que le jour où Dan l'avait rencontré au lycée. Quand on pleure pour de bon, on ressemble toujours à l'enfant qu'on n'a jamais cessé d'être au fond de nous. « Je veux retrouver ces années. Je veux sortir de cet univers parallèle de merde où on vit tous. »

Dan se revit en train de marcher sur une piste en terre, dans un crépuscule encore étouffant, pointant la visée de son M4 sur des enfants qui riaient. Ashcraft voulait y voir du complot parce que ça lui fournissait une explication et des coupables. L'histoire est faite de cycles et nous en sommes le produit, même si nous ne les comprenons pas sur le moment. Cycles de la politique, de l'exploitation, de l'immigration, de l'organisation, de l'accumulation, de la distribution, de la peine, du désespoir, de l'espoir. La grande erreur, se disait Dan, c'est de croire qu'on vit un moment inédit. Mais toute sa vie il avait gardé cette sensation dans sa poitrine : le déjà-vu. Comme s'il connaissait déjà ce moment mille ans avant sa naissance et le connaîtrait encore mille ans après sa mort.

Il ouvrit sa portière. « À plus, Ashcraft. J'avoue que c'était pas inintéressant. »

Essuyant les larmes qui roulaient sur ses joues, Bill le salua avec deux doigts. « C'était cool, Eaton. Et fais gaffe aux esprits cette nuit. Ils vont essayer de te voler ta lumière. »

Le moteur redémarra en bégayant. Dan avait un pressentiment furieux dont il aurait aimé se débarrasser. Ça ressemblait à essayer d'exprimer le mot *amour* avant l'invention du langage.

Il n'y avait personne à la réception. Dan prit un couloir aseptisé dans lequel des ampoules blanches projetaient un éclat uniforme sur la moquette gris galet et les murs d'un vert pistache léthargique et réglementaire. Avec l'alcool, tout se parait d'un aspect irréel de catacombes lumineuses et faussement gaies. Il trouva quelques infirmières autour d'un bureau, tenue mauve et chignon sur la tête. Le générique de *Seinfeld* s'échappait d'une chambre un peu plus loin.

« Je suis venu voir Hailey Kowalczyk, dit-il. Pardon, Hailey Frye. »

Un des chignons le dévisagea et partit la chercher.

On se souvient toujours du visage des gens mais jamais de leur présence, de leur manière d'occuper l'espace. De leur manière de bouger, de penser ou de tisser une conversation. Vêtue d'une blouse verte qui froufroutait, un porte-bloc au bout d'un bras, Hailey semblait avoir pris au niveau des hanches et des seins. Ses cheveux étaient plus foncés, de la teinte des feuilles jaunies par l'automne, et retenus dans un chignon strict. Elle lui sourit et ses joues avaient conservé leur rondeur qui évoquait deux mandarines rosées. Plus elle approchait, plus ses traits l'attiraient comme un vortex vers le passé. Son nez fin s'évasait aux narines, qui s'élargissaient avec chaque expression, chaque sourire ou chaque moue. Dilatation, rétractation. Pas de gouttière en haut de ses oreilles où le cartilage formait un disque. Deux flammes bleues dans les yeux. Un sourire de plus en plus large.

« Danny. » Elle pressa le pas et jeta le porte-bloc, qui faillit rater le bord du bureau et s'immobilisa dans un crissement.

« Salut copine. » Et il se dit instantanément que c'était une manière naze de la saluer.

Elle l'entoura de ses bras et il essaya de se laisser aller contre elle, mais il y avait trop de vastes histoires qui se déployaient en même temps. Les trois infirmières regardaient.

Il attendit qu'elle le libère. Là, elle essuya ses larmes avec deux coups d'index symétriques. « Pardon, dit-elle, s'adressant moins à lui qu'aux infirmières. Ça fait longtemps que je l'ai pas vu. » Elle rit toute seule. « T'as l'air en forme !

– C'est toi qui as l'air en forme.

– Sale menteur, je sais que j'ai grossi. J'y travaille.

– Arrête, t'es magnifique. Tu... » Il oublia ce qu'il voulait dire. « J'avais peur d'être en retard. J'ai oublié mon téléphone dans ma voiture, et puis je suis tombé sur... » Il s'interrompit car cette nuit était une histoire longue et étrange dont le récit pourrait durer un moment. « On m'a déposé ici. »

Elle le rassura d'un geste. « T'es à l'heure. Je viens de finir. Tu veux toujours aller dîner ?

– Bien sûr.

– Mais tu veux pas la voir avant ?

– Si, c'était l'idée. »

Hailey se tourna vers les infirmières, qui n'en perdaient pas une miette derrière leur façade d'indifférence. Il se demanda ce qu'elles savaient de lui. Hailey leur dit qu'elle l'emmenait voir une patiente.

« La réveille pas, prévint une des infirmières.

– C'est elle qui me l'a demandé », répondit Hailey. Quelque chose de glacial entre elles.

Il la suivit dans des couloirs où l'on entendait un mélange de téléviseurs, de ronflements, de reniflements et de marmonnements rêveurs. Ni l'un ni l'autre ne parlait, et Dan sentait les kilomètres, les années et les autres unités de mesure qui s'étaient écoulés.

« C'est bizarre ? demanda-t-elle.

– Non. Bien sûr que non.

– Si, c'est bizarre. De quoi ils parlent, les gens ? D'un coup je me rends compte que je sais pas du tout de quoi parlent les gens.

– De ciné ?

– Danny, ça doit faire quatre ans que j'ai pas regardé un film.

– De l'actualité ?

– Pourquoi pas de *Dora l'Exploratrice* ? Tu suis Dora ?

– Malheureusement non. »

Elle ne pouvait s'empêcher de le regarder. Dan savait qu'elle fixait son œil. Il resta sur sa droite, comme toujours quand il marchait à côté de quelqu'un, pour la voir, et il sentit qu'elle se penchait pour apercevoir l'œil. « T'as l'air vraiment en forme. Ça te va bien les cheveux plus longs…

– C'est juste que je pense jamais à les faire couper, faut me crier dessus pour que j'aille chez le coiffeur. »

Elle passa le bras dans le creux du sien.

Il la suivit dans la chambre. Obscure hormis la lampe de chevet dont l'ampoule réglable était braquée vers le sol, la pièce était une jungle de fougères, de plantes grasses et de fleurs. Il y avait aussi une pile de livres qui rampait comme un lierre sur la commode et lui rappelait l'appartement où il vivait à Titusville. La femme dans le lit paraissait dormir, mais elle ouvrit les yeux à l'instant où Hailey posa une main sur son bras.

« Mrs Bingham, dit-elle. Regardez qui je vous amène. »

Sans prévenir, le souvenir confus d'un rêve de la nuit passée lui revint, un scénario dans lequel son capitaine le suppliait de se raser, mais en vertu de la logique du songe, la tondeuse électrique ne s'allumait pas. Ensuite, dans son rêve, il levait les yeux et il était seul, revenu dans l'hiver glacial de l'Hindou Kouch. Une terre inchangée depuis l'époque où les armées d'Alexandre le Grand l'avaient foulée. Une neige légère tombait du ciel gris, petites étoiles qui fondaient sur sa langue. Sa vue portait à plus de cent kilomètres dans chaque direction, depuis la toile de jute des plaines jusqu'au pics et aux arêtes, aux os perçant la peau de la terre.

Comparé à ce qui l'attendait en Afghanistan, mission n° 3, l'Irak avait été une sortie au parc d'attractions. L'Afghanistan était une taupinière laide et cruelle encerclée par des montagnes brutales. Au cours d'une opération de grande envergure à Marjah, il trouva le squelette d'un bébé dans un champ. Les ossements étaient enveloppés dans un châle, pas enterrés mais très anciens. Ils avaient probablement passé l'hiver dehors et ressemblaient à des coquillages. Dan ne comprenait pas pourquoi on n'avait pas inhumé l'enfant. Peut-être qu'on n'avait pas pu. Il se disputait souvent avec un évangéliste venu de Géorgie, le technicien Brody Van Maanen, qui voulait le débaucher de la Team Catho. Ils parlaient beaucoup de Dieu, de la moralité de la guerre. Dan lui demandait quel sort il réserverait au fermier qui les avait avertis d'un engin explosif artisanal que les talibans l'avaient forcé à enterrer en menaçant de tuer toute sa famille. « Tu fais quoi dans ce genre de cas ? Elle te dit quoi, ta boussole morale ? »

Brody le regardait, atterré. « Ben, il est pas chrétien ton fermier, t'es con ou quoi. »

Cette nuit-là, pour essayer de tromper son ennui, il regarda Rudy dessiner à la lumière d'une petite lampe de bureau. C'était la pleine lune et jamais il n'avait vu l'astre aussi gros qu'en Afghanistan. Si gros qu'on distinguait les ruines à la surface.

Rudy dessinait des personnages de *comics*, des histoires en une image sans titre ni paroles. Des paysages en noir et blanc de Titusville, du Nicaragua, d'Afghanistan. Après sa visite dans l'Ohio, il réaliserait un dessin impressionnant du Vicky's, et son croquis du chemin de fer passant au-dessus d'Oil Creek à Titusville reproduirait ce coin mineur du monde dans tous ses détails, jusqu'au limon de la rivière.

« Si seulement t'avais des histoires à raconter », dit Dan.

Rudy gommait furieusement, soulevait des résidus de graphite et de caoutchouc. Dan s'emmerdait. Sa mère lui avait envoyé une nouvelle moisson de livres, mais il n'en pouvait plus de lire. Il se mit donc à lancer des petits cailloux dans un pot entre leurs lits.

« Pourtant c'est l'idée. Toute l'histoire tient en une image.

– L'autre jour, je me suis rendu compte que j'ai arrêté de prier. Ça fait peut-être un an que j'ai pas prié. »

Rudy épousseta des rognures de gomme avec le dos de la main. « Vous le faites depuis trop longtemps, sergent. La prière, c'est pas un truc actif. C'est pas comme le ménage. Ma mère, elle me disait toujours que c'est, comment dire, c'est dans l'air. Les gens spirituels, ils arrêtent jamais de le faire. » Il leva les yeux vers Dan. « C'est quoi le problème ? Vous avez besoin de demander pardon à Dieu pour quelque chose ? Vous vous branlez trop ? »

Il eut envie de lui raconter Hailey. Il eut envie de lui raconter Greg Coyle et l'Irak. Sa panique n'était pas pressante mais elle était là. Comme lorsqu'un téléphone sonne et sonne encore sans que personne vienne décrocher.

Finalement, il dit : « Tu trouves pas qu'il est casse-couilles, Brody ? »

Rudy peaufinait les ombrages d'une montagne. « En tout cas, moi c'est clair, je me branle trop. »

Quand il quitta l'armée pour de bon, Hailey essaya de renouer les liens. Elle le bombarda de mails et de messages sur Facebook. Elle lui demanda si elle pouvait faire quelque chose pour sa blessure. Voyant qu'il ne répondait pas, elle finit par laisser tomber. Puis elle lui annonça qu'elle avait une nouvelle patiente à la maison de retraite. Un AVC et une accumulation d'autres problèmes avaient convaincu les quatre enfants de Mrs Bingham que le moment était venu. Sans savoir pourquoi il répondait à ce mail et pas aux précédents, Dan envoya un message amical. Mrs Bingham n'avait plus toute sa tête, lui écrivit Hailey, mais elle avait demandé plusieurs fois de ses nouvelles. Presque cinq décennies d'enseignement et elle se souvenait encore de Dan Eaton, qui restait son élève préféré. Hailey lui proposa de venir lui rendre visite. Ça lui ferait tellement plaisir. À son prochain passage en ville, dit Dan. Puis un autre message arriva, dans lequel Hailey répétait que Mrs Bingham aimerait beaucoup le voir. *Et moi aussi*, ajoutait-elle. Il ne répondit pas. Mais ensuite, Hailey écrivit que Mrs Bingham n'en avait plus pour longtemps et là elle toucha le noyau de mauvaise conscience, de chagrin et de nostalgie qui commande à notre cerveau d'affronter ce que nous préférons éviter. C'est pourquoi il y alla tout de même, alors que les muscles de son être se refusaient presque tous à cette marche au milieu des tombes et des fantômes.

« Oh, Mr Eaton, bonjour, l'accueillit Mrs Bingham, ses yeux chassieux passant en une seconde du sommeil à la joie. Tu es venu.

– Il est venu, dit Hailey.

– Je suis heureux de vous voir, Mrs Bingham.

– Mad Anthony Wayne, dit-elle. Un des meilleurs exposés que j'aie jamais entendus sur lui. »

Disparue l'élocution scolaire, remplacée par un marmonnement lent et méticuleux. Ses cheveux étaient blanc d'os et si fins qu'on distinguait les grains de beauté sur son crâne. Elle était émaciée ; son visage une prune malade, le sang comme congelé sous la peau, et le côté droit affaissé donnant l'impression que l'œil, les lèvres et la joue sombraient dans des sables mouvants. Elle prit la main de Dan entre les siennes, aux doigts recourbés comme les nœuds d'une branche tordue.

« Il faut aussi que je te dise… » Elle lui tapota la main et prit une longue inspiration laborieuse. « J'ai été surprise que tu t'en sortes aussi bien avec tes recherches supplémentaires sur Simon Girty. »

Il rit et se sentit rougir.

« Elle n'arrête pas de me taquiner avec ça, dit Hailey. Je lui ai assuré que c'est moi qui avais tout écrit – et qu'est-ce que j'y peux si tu t'es intéressé d'un coup à Simon Girty ?

– Tu es adorable de venir me voir, dit Mrs Bingham, qui lui tenait toujours la main. Comme je l'ai dit à Hailey, je perds la tête – autrefois, j'aurais pu vous citer toutes les grandes dates des cinq derniers siècles de la civilisation occidentale. Je connaissais tous les présidents et les vice-présidents. Et le plus souvent, je connaissais même le nom de tous mes enfants… » Elle leur arracha un nouveau rire. « Mais je n'ai oublié aucun élève que j'ai aimé, et je n'ai pas non plus oublié ceux qui étaient d'épouvantables petits cons.

– Mrs Bingham, fit Hailey en feignant de la gronder.

– On n'a pas le droit de le dire quand on est en activité, mais les collégiens peuvent être immondes, de vraies saletés, et je me souviens d'eux. Mais je me souviens aussi de mes préférés, et vous en faisiez partie, tous les deux. Daniel tout en haut de la liste, sans aucun doute.

– Ne jouez pas à ce petit jeu, l'avertit Hailey. Il n'y a qu'un seul de nous ici qui vous nourrit. »

Mrs Bingham respira avec effort. « Hailey m'a dit que tu travailles à Titusville.

– C'est ça.

– La ville d'Edwin Drake et de la ruée vers l'or noir. Je parie que ça te passionne.

– Oui, je pense que j'ai lu tout ce qui a été écrit sur le sujet.

– Et en ce moment, que lis-tu ? On vient de m'apporter un livre formidable... » Elle désigna *1491*, de Charles C. Mann, sur sa table de chevet. « Il parle des Amériques avant l'arrivée des Européens en s'appuyant sur une quantité de recherches récentes. » Elle lâcha la main de Dan et leva les siennes, transportée. « Ah, c'est passionnant. Hailey me fait la lecture parce que mes yeux fatiguent. Et toi, redis-moi ce que tu lis ?

– En ce moment, je relis des trucs sur l'Ohio. Andrew Cayton, et un historien, Rob Harper.

– Oh ! » Elle posa une main sur son cœur. « Ma vie n'aura pas été inutile. Finissons-en, ma chère. » Elle ferma les yeux. « Étouffez-moi sous l'oreiller.

– Arrêtez », fit Hailey. Puis, à Dan : « Elle dit tout le temps ça. Surtout les soirs où il y a du pain de viande. »

Mrs Bingham rouvrit les yeux, apparemment une corvée. Sa respiration était de plus en plus difficile.

« Je suis contente que tu sois revenu, Dan. Tu as de quoi

être fier. Très fier. Tu sais que mon mari devait partir dans le Pacifique au moment où Truman a largué les deux bombes atomiques. Comme je dis toujours, on peut regretter les destructions, on peut regretter les pertes, mais n'empêche que je l'ai remercié toute ma vie. Grâce à lui, mon homme n'est pas allé se battre, il est rentré et nous avons pu nous rencontrer. »

Elle attrapa un mouchoir sur sa table de chevet et le tint du bout des doigts, délicatement, comme elle tâterait une grosseur sous sa peau.

« Je suis si fière de vous tous qui êtes allés vous battre. Mais je dois te dire que ça ne me surprend pas. Quand tu étais dans ma classe, je sentais déjà que tu avais un côté héroïque. Tu étais un bon garçon qui allait devenir un homme bien. »

Combien il haïssait ce fossé entre l'image que les gens avaient de lui et sa vision de ce qu'il avait fait. Toute sa terreur y reprenait vie en une constellation aveuglante : Wiman, la lèvre gonflée par sa chique, qui jetait un vieil homme à terre et lui cassait le bras ; Daniel Imana qui empoignait un soldat de l'armée afghane et le poussait dans un bâtiment, lui disait de se magner parce que ces hommes leur servaient de boucliers, et alors un piège emportait la poitrine du type ; à bord d'un blindé, ils écrasaient une cahute afghane en reculant avant de se rendre compte qu'il y avait toute une famille à l'intérieur. La fois où leur Humvee avait été touché sur la Highway 1 entre Kaboul et Kandahar, quand il avait rampé hors de la carcasse, M4 armé. Il était meilleur que la moyenne pour ranger ces trucs dans un coin de sa tête – sauf quand les gens commençaient à avoir les yeux qui brillaient en parlant de la guerre où, selon le mot d'Homère, les hommes se couvrent de gloire.

Il posa une main sur celle de Mrs Bingham pour la distraire de ses idées héroïques. « Je suis content d'avoir eu cette chance. Et vous savez que vous étiez ma prof préférée, à des kilomètres devant les autres. »

Les paupières de la vieille dame tombèrent puis remontèrent. « Oh. Bien. Quand on est au cœur de la tempête, on espère seulement qu'on ne va pas se planter avec tous les enfants. »

Vers la fin de l'année scolaire, quand Hailey avait cessé de venir chez lui et que la proximité de l'été commençait à démanger les garçons, ils en étaient à l'essor industriel de l'Ohio – un sujet bien moins palpitant que la conquête de l'Ouest et ses massacres –, et Mrs Bingham leur avait raconté l'histoire de sa famille, débutant en 1877 lorsqu'un immigré allemand nommé Heinrich Mundt était arrivé dans l'État où il deviendrait bientôt le féroce délégué syndical des Knights of Labor à la laminerie Cleveland Rolling Mill. Elle leur avait montré un vieux numéro du *Plain Dealer* de Cleveland dans lequel sa grand-mère Ada était citée : « Si la police essaie de briser la grève, ce sont les femmes qui chargeront en premier. Ensuite ce sera le tour des hommes et ils tueront tous les policiers qui viendront. »

« Ça vous donne une idée du tempérament de ma grand-mère », avait souligné Mrs Bingham.

Elle leur fit voir la Grande Guerre, la Prohibition, les conflits sociaux qui avaient agité le Midwest industriel, et la fois où son père, ivre à la veille de Pearl Harbor, avait titubé sur les rails et s'était fait renverser par un train. L'épisode où sa mère, veuve, avait déménagé à Toledo avec toute la famille et avait trouvé un poste à l'usine Willys-Overland Motors, laquelle fabriquait un véhicule baptisé Jeep qui aida les Alliés à gagner deux guerres en même temps. À quarante-cinq ans, avec quatre enfants, elle soudait six jours par semaine les pièces d'un véhicule qui entrerait dans Berlin quatre ans plus tard.

« Quant à moi, ma vie et mon époque sont loin d'être aussi intéressantes, avait-elle conclu. Mais quand je dis que ma mère était mon héroïne, je n'exagère pas. Elle aurait pu baisser les bras dans des moments où n'importe qui se serait découragé, mais elle serrait les dents et elle bossait. Voilà, c'est l'histoire de ma famille, de mes racines dans l'Ohio, mais il faut que je vous dise encore une chose. Si je vous ai raconté tout ça, c'est pour vous expliquer que le monde que vous voyez aujourd'hui et que vous verrez au cours de votre longue vie, eh bien, ce monde va vous stupéfier. Les changements auxquels vous allez assister, les possibilités que vous aurez de donner forme à ces changements… ce seront des chances et des joies formidables que vous n'imaginez même pas. »

Il avait treize ans et il avait repensé à ces paroles des semaines durant. Elles lui faisaient le même effet que lorsqu'on est dehors avec des copains, qu'il se met à pleuvoir et qu'on est trop loin de la maison pour rentrer en courant. Alors on se laisse tremper et on se demande avec émerveillement pourquoi on ne le fait pas à chaque fois.

Ils laissèrent Mrs Bingham replonger dans le sommeil.

Avant de retirer sa blouse, Hailey passa la tête dans quelques chambres, apporta de l'eau glacée à un résident, rehaussa la cheville foulée d'un autre. Elle se mouvait avec cette grâce et cette assurance que Dan se remémorait maintenant qu'il la voyait. Lorsqu'elle avait douze ans, les médecins avaient diagnostiqué un ostéosarcome chez sa mère, une tumeur cancéreuse à la jambe. Pendant deux ans, alors que ses parents étaient jusqu'au cou dans les examens, les traitements, les opérations et la chimio, Hailey avait pris le relais à la maison. Elle se chargeait du dîner et de la vaisselle presque tous les soirs, préparait le déjeuner pour ses deux petits frères, coordonnait les trajets scolaires et les sorties, payait les factures avec le chéquier de son père. La famille était solide. Son père disait souvent à Dan que s'il devait choisir quelqu'un avec qui s'échouer sur une île déserte, « ce serait ma fille. Elle est née avec des chaussures à bout renforcé et elle sait mettre un pied devant l'autre ». Elle réussissait à tout combiner : sport, cours, fêtes, et elle aidait à sauver sa mère en gardant son calme sur le front domestique. « Triple Danger Kowalczyk, qui porte le monde sur son dos », comme le résumait Lisa.

« Attends, qui t'a déposé ici ? » demanda-t-elle quand ils montèrent dans sa voiture. Elle avait enfilé un jean tendu à craquer sur ses fesses, peut-être une taille trop petit, et un haut bleu ciel dont les fines bretelles soulignaient le bronzage de ses épaules et les marques blanc crème laissées par son maillot après une journée de soleil. Elle ne s'était pas mise sur son trente-et-un mais ça lui allait bien, et Dan, avec son short beige élimé et son maillot de base-ball gris à manches longues (délibérément choisis ce matin-là pour bien montrer qu'il s'en foutait), éprouva une gêne ancienne qui lui rappela les trajets matinaux en bus. Les angoisses que lui causaient ses taches de rousseur, son acné et les bouclettes qu'il n'arrivait pas à fixer sur son crâne. Il avait tout de même mis une lentille de contact au lieu de ses lunettes, comme elle l'avait encouragé à le faire au collège.

« Bill Ashcraft, figure-toi. » Et sur le chemin du centre-ville, il lui raconta sa rencontre avec Bill, la visite sur la tombe de Rick, l'épisode avec Hansen et Beaufort au Lincoln, et comment tout s'était goupillé. Elle rit, elle fit la grimace, et elle rit encore.

« Quelle soirée. Je sais pas si tu vas réussir à y caser encore d'autres aventures.

– Je pourrais essayer de gagner une peluche à la griffe mécanique du Vicky's.

– Ça n'impressionne plus les filles quand les garçons nous gagnent des peluches. » Un minuscule tic à la bouche. Germe d'amusement et de nostalgie. « On est en 2013 – on a le droit de vote maintenant. »

C'est alors qu'il se sentit submergé. La revoir après tout ce temps. Une explosion dans la poitrine. Après tous ses efforts pour oublier que son cœur avait toujours été une arme et qu'elle en était le chargeur.

Après leur séparation, quand Dan revint à Bagdad, Greg Coyle décida que c'était la mission de trop. Certes, il ne crachait pas sur la paye. Sa mère avait des problèmes de santé et devrait attendre cinq ans pour être éligible à Medicare. Elle n'était plus capable de travailler, vivait avec la femme de Coyle, et ils croulaient sous les factures de soins. Dan, lui, songeait plutôt à rempiler malgré l'obscurité qui le talonnait en permanence, le surveillait, attendait de le rattraper.

Un jour qu'ils revenaient de patrouille, tandis qu'ils se débarrassaient de leur attirail, Coyle lui annonça qu'il arrêtait, un copain lui avait promis un boulot au pays, dans la vente d'équipement pour camions de pompiers. « Il m'a dit qu'il me prendra à la minute où je toucherai le sol américain. »

Bouchons d'oreilles enlevés. Gants et bottes retirés. Celles de Dan avaient besoin d'être changées.

« De l'équipement pour camions de pompiers ? C'est avec ça que tu comptes payer les factures de ta mère ?

– Bah, de toute façon je suis sûr qu'on est déjà en banqueroute médicale. »

Coudières, genouillères, protège-gorge et magasins de rechange enlevés. Il avait envie de balancer son matériel dans la tête blonde de Coyle, une pièce après l'autre.

« En fait c'est à cause de Hanna, dit Coyle. Je peux pas repartir. Je la vois pas grandir. »

Coyle, naguère autoproclamé « plus grand défonceur de chattes de toute l'armée américaine », était devenu le père le plus stressé de toute l'institution. Les parois de sa couchette étaient placardées de photos de sa fille. Il s'était mis à fabriquer des jouets avec du fil de fer et des canettes de soda, des petites figurines qu'il lui montrait par Skype.

« Je comprends », dit Dan.

Coque retirée. Certains mecs n'en mettaient pas, et puis il y avait eu la blessure de Badamier et tout le monde avait entendu dire qu'il pisserait avec une sonde jusqu'à sa mort.

« C'est la seule chose à faire. » Greg se débarrassa de sa compresse et de son couteau, un dans chaque main, et les observa. L'un pour blesser, l'autre pour soigner. « C'est la seule chose à faire, répéta-t-il. Quand je la prends dans mes bras, je sens tout, tu comprends. Je te jure, je sens tout le poids de l'éternité sur moi, putain. »

Cette conversation avait lieu neuf mois environ après le début de la mission. Ils allaient bientôt rentrer chez eux.

Le Vicky's était fidèle à lui-même. Dedans comme dehors, rien n'avait changé depuis la dernière part de tarte qu'ils y avaient mangée. À cette heure, les rares clients avaient les traits tirés, hagards. Le matériau en plastique rouge pailletté d'un tabouret avait craqué et un nuage de mousse en sortait. Le Clawmaggeddon était HORS SERVICE. Ils s'installèrent dans un box au fond, et ils eurent à peine besoin de regarder les menus que la serveuse leur apporta.

« Tu veux voir une photo d'elle ? » lui demanda Hailey.

Il répondit bien sûr et elle lui tendit son iPhone.

« Quel âge ?

– Elle a eu quatre ans le mois dernier. »

La fillette avait le nez large et des yeux en amande. Un visage poupon aplati qui rappelait celui de son père bien que la peau soit nettement plus claire, héritage des pâles ancêtres polonais de Hailey. Des cheveux noirs frisés qui dépassaient d'un costume de tigre enveloppant sa tête, un regard espiègle braqué sur l'appareil et une bouche entrouverte comme pour poser une question. Peut-être que tous les petits enfants se ressemblaient, mais elle lui rappelait Hanna Coyle.

« Ça te plaît d'être mère ? »

Elle inclina la tête sur le côté, quelques mèches châtains

s'échappèrent de son chignon et elle entreprit de les remettre en place. « Oui. Vraiment. C'est arrivé un peu plus vite que prévu, mais dès que je l'ai eue dans les bras… D'un coup, j'ai pris du recul par rapport à tout ce qui me paraissait important. C'est une sensation, comment dire… » Elle finit de se recoiffer, fit claquer l'élastique et gonfla la poitrine. « Un jour, Emma aura le monde à ses pieds.

– Emma, répéta Dan en lui rendant le téléphone. Elle est magnifique. »

Du pouce, Hailey faisait défiler les photos. Comme pour se rafraîchir la mémoire.

« Je sais. Elle est hallucinante. Je suis convaincue que c'est l'être humain le plus beau et le plus intelligent du monde – et c'est pas juste moi qui le dis. C'est scientifiquement prouvé. »

Il faisait tourner son verre d'eau en lentes spirales, cherchait en lui comment formuler la question suivante. « Ma mère m'a dit que tu t'étais mariée. Et ensuite elle m'a dit que tu avais eu une fille. Mais je connais pas l'histoire – avec Whitey, je veux dire. »

Il n'avait pas fait exprès d'employer le surnom. Il n'avait pas voulu se montrer cruel, c'était sorti tout seul. Elle leva les yeux au ciel, agacée mais pas blessée. « Mais qu'est-ce que vous avez tous ? Tu sais que même ses amis l'appellent comme ça ? C'est parce qu'il écoutait pas DMX au lycée ?

– C'est de là que ça vient ?

– Aucune idée. Mais Jonah ou Kruger ou je sais pas qui a commencé à l'appeler "Whitey" il y a douze ans, et aujourd'hui même ses collègues s'y mettent. Vous brûlerez en Enfer, tous autant que vous êtes. » Un silence, puis elle prit la poivrière et la garda au creux de sa main comme un porte-bonheur. « Personne dira jamais que New Canaan est une oasis de progressisme et d'insouciance, mais par moments je sens que les gens nous regardent, Emma et moi. Et puis mes parents…

– J'ai du mal à croire que ça leur pose un problème. Ça leur ressemblerait pas.

– Non, c'est pas… Ça leur pose pas de problème. C'est juste que lorsqu'on a commencé à se fréquenter, ils ont fait énormément d'efforts. Ils se sont mis en quatre pour lui faire comprendre qu'ils se fichaient qu'il soit noir, mais des fois ils sont… à côté de la plaque. Genre dès qu'il y a Michelle Obama en couverture d'un magazine, ils l'achètent et ils le laissent sur la table du salon. »

Petit rire de Dan.

« Mais bref… Je sais pas. On était amis, Eric et moi. J'avais jamais ressenti autre chose pour lui. Mais je suis revenue ici pour bosser, et lui aussi il est revenu et il faisait des remplacements au lycée, et on a commencé à se voir, et puis je suis tombée enceinte. Mais avant ça, tu vois, je m'étais jamais dit que j'avais envie de fonder une famille avec lui. » Un temps. « Ni que j'étais amoureuse de lui.

– Comment ça a commencé ? » demanda-t-il du tac au tac. Histoire de rebondir sur ce qu'elle venait de dire. Elle le regarda avec l'air de se demander s'il avait réellement envie de savoir.

« Quand Rick Brinklan est mort, y a eu une procession en son honneur. » Dan fixait la condensation sur son verre d'eau. « Tout le monde est revenu pour l'occasion. Nos deux familles se sont retrouvées côte à côte pendant le passage du cercueil. Mon père est ami avec Marty Brinklan, et je l'avais pas vu aussi bouleversé depuis le cancer de maman. Après, je suis allée boire un verre avec Eric et on a eu une chouette conversation. C'est vraiment… » Elle hésita. Il sentait son regard sur lui comme on sent un feu quand on approche trop la tête. « Eric est vraiment un mec bien. C'est marrant, au lycée je trouvais qu'il avait les yeux trop rapprochés, mais finalement c'est le genre de truc qui fait qu'on tombe amoureuse.

– T'as l'air heureuse, dit Dan. Ça fait plaisir. »

Il y avait peut-être de la tristesse dans son sourire quand elle répondit : « Je le suis. »

La conversation s'enlisait. Il le redoutait depuis la seconde où il l'avait vue. Il redoutait que sa mâchoire se crispe, bloquée par le poids de ses sentiments pour elle. Mais Hailey avait un don pour changer de sujet.

« Tu sais ce que j'attends avec impatience ? Qu'Emma soit assez grande pour que je puisse lui faire découvrir *Calvin & Hobbes*. C'est pour ça, le costume de tigre. Je lui dirai qu'elle était déguisée en Hobbes.

– Tu lis encore *Calvin & Hobbes* ?

– Tu rigoles ? J'ai toute la collection sur une étagère dans les toilettes. »

Il éclata de rire.

« Le seul truc c'est… OK. » Elle s'avança pour lui avouer la partie gênante. « *Calvin & Hobbes*, ça change quand on grandit, surtout quand on a un enfant. Je pense que c'est parce que… » Une pause, elle cherchait ses mots. « Ça décrit de façon juste et précise tous les aspects de l'enfance. Y a tout l'espoir, l'amitié et l'émerveillement de l'enfance, mais aussi la tristesse et la solitude. Tu vois ce que je veux dire. »

Il voyait parfaitement.

« Donc, des fois, pendant que je suis en train de lire… » Un rire joyeux. « Je me mets à pleurer. C'est très bête, mais quand j'arrive à la page où Calvin râle contre les immeubles qui se construisent dans le bois où il joue, ou à celle avec le métamorphoseur, c'est pas vraiment une question de sujet, c'est juste que je suis *émue*. Tu comprends ? Je suis assise sur la cuvette, j'ai *Calvin & Hobbes* entre les mains, et d'un coup je suis en larmes… »

Ils riaient tous les deux, et soudain elle avança une main et saisit celle de Dan.

« Non ! Non ! T'as pas le droit de raconter ça ! Promets-moi que t'emporteras mon secret dans la tombe !

– Et l'histoire du raton laveur ? »

Elle tira sur ses joues jusqu'à faire apparaître le rose humide de ses orbites. « Oh mon Dieu, le raton laveur ! Quand Calvin parle de la mort et qu'il dit à Hobbes : "Mais toi, t'as pas intérêt à me quitter." Ça c'est du *Calvin & Hobbes* qui m'arrache le cœur et qui me laisse en pleurs dans un coin. »

Voilà comment elle le faisait rire quand ils avaient treize ans. Et voilà pourquoi il redoutait le moment où ils descendraient du bus à Rainrock Road et partiraient chacun de leur côté : il savait que ces trajets seraient en nombre limité dans une vie unique et précieuse.

Leur serveuse avait sur son tablier des taches qui ressemblaient à du sang et sur le bras un bleu pas facile à se faire, que Dan remarqua lorsqu'elle apporta leurs assiettes. Hailey exprima son mécontentement de s'être laissée aller à prendre un burger alors qu'il grignotait une salade. Il faut dire que la carte du Vicky's ne proposait que peu d'options végétariennes. Elle coupa son burger en deux et lui demanda ce qu'il faisait de ses journées. « Raconte-moi ta vie pendant que tu manges ta petite salade de chochotte. »

Il lui parla de Chesapeake Energy ; des visites sur les forages ; de la différence entre puits horizontaux et non horizontaux ; de son patron, ancien joueur star des Panthers de Pittsburgh, ingénieur jovial et débordant de vie qui l'appelait « D. E. » ; de son appartement à Titusville, un deux-pièces dans un immeuble bas avec vue sur Oil Creek (et sur un entrepôt de matériaux de construction, moins pittoresque).

« Je passerai peut-être te voir un jour.

– Y a pas grand-chose à faire à Titusville. Le cinéma le plus proche est à une demi-heure de voiture. »

Elle eut un sourire comme un tic, difficile à interpréter, et engloutit une impressionnante bouchée de viande.

« Tu as quelqu'un dans ta vie ? demanda-t-elle, la bouche pleine.

– Non, pas en ce moment.

– Personne ces derniers temps ? »

Retour de la vieille frustration, apparue le jour où Lisa lui avait parlé de Curtis Moretti et qui se changeait en aigreur à l'aune de la nouvelle vie de Hailey avec son mari et sa fille.

Mais il passa à autre chose en un claquement de doigts. Comme il l'avait toujours fait.

« J'ai pas trop la tête à ça. Je file des coups de main pour Rudy, ça me prend beaucoup de temps.

– Ta mère m'en a parlé. » Elle picora quelques frites. « Quel genre de coups de main ? »

Il ne lui raconta pas toute l'histoire. Seulement les répercussions et les blessures de Rudy. Sa mère, Yunely, était femme de chambre au Titusville Quality Inn. Elle parlait mal anglais et avait souvent besoin qu'il l'aide à communiquer avec les médecins et la sécurité sociale. Quand Dan était rentré au pays, il était allé voir Rudy au service des polytraumatismes de l'hôpital de Richmond, en Virginie. Les médecins avaient dit à Yunely qu'il n'avait aucune chance de s'en sortir. Il était grièvement brûlé et avait pris une balle juste au-dessus de l'oreille droite. La balle avait traversé le lobe frontal et était ressortie de l'autre côté. C'était déjà un miracle que les secouristes aient réussi à le maintenir en vie. Mais Yunely avait refusé qu'on le débranche. Dan avait fait de l'espagnol au lycée et n'avait donc pas eu besoin de traducteur pour comprendre *Dios encontrará la manera*. Dieu trouvera une solution.

La chair de la poitrine et du bras gauche avait été presque intégralement brûlée. Pour éviter une infection qui aurait pu être fatale, les secouristes avaient dû refermer les plaies, retirer la chair carbonisée avec de l'eau tiède et commencer immédiatement les greffes. Les brûlures sur le côté droit du visage exigeaient une procédure bien plus complexe. Les médecins découpèrent une bande de peau sur son épaule qu'ils posèrent et laissèrent repousser sur la partie détruite de son visage. Cette étrange prothèse rose ressemblait à une langue géante qui lui léchait la joue. Il faudrait encore quatorze opérations pour que la peau prenne. Les greffes se contractaient, formaient des cicatrices épaisses et tiraient sur le tissu autour des narines et de l'œil droit. Comme du plastique tendu.

Mais ce n'étaient pas les brûlures qui suscitaient le pessimisme des médecins. La balle avait infligé plusieurs traumatismes au cerveau, dont l'explication technique parla aussi peu à Dan qu'à Yunely. Hémorragie intracérébrale et œdème. Tout ce qu'ils comprirent, c'est que les médecins avaient retiré un gros morceau de crâne pour permettre au cerveau de gonfler. L'esprit de Rudy et le monde n'étaient plus séparés que par une couche de peau.

Aux yeux de Dan, Yunely se comportait simplement comme une mère. Il savait qu'il aurait fallu cinquante policiers pour maîtriser sa mère à lui si les médecins avaient essayé de le débrancher. Yunely et le père de Rudy avaient quitté le Nicaragua pour rejoindre des cousins à Pittsburgh et échapper aux massacres des Contras. Elle avait la ténacité des immigrés, une tranquille capacité à accepter et assimiler chaque nouvel obstacle qui se présentait. Dan considérait que son rôle était de la persuader de laisser partir son fils, du moins c'est ainsi qu'il s'expliquait sa présence à Richmond. Jusqu'au jour où il vit Rudy. Son bon œil, celui qui avait échappé aux flammes et n'était pas enseveli sous les greffes de peau, s'écarquilla en se posant sur lui. Rudy ne pouvait pas bouger, mais il émit un son venu du fond de la gorge, un grognement signifiant qu'il le reconnaissait, Dan en était certain. Il prit la main de Rudy et la tint dans la sienne. Sous le visage massacré il vit ce qu'avait vu Yunely : il vit que, à l'intérieur, Rudy était très vivant.

Après la cranioplastie, lorsque les médecins fixèrent une prothèse sur le crâne de Rudy, Yunely les convainquit de le transférer à Pittsburgh pour sa rééducation. Dan suivit, s'installa dans un motel minuscule de la banlieue sud, abandonnant toute idée de reprendre des études. La rééducation ne fut pas un franc succès, la balle avait détruit la partie du cerveau qui envoie les signaux au reste du corps. Rudy ne pouvait même pas bouger un doigt. Des gargouillements sortaient de sa gorge mais on avait du mal à déterminer leur sens, si tant est qu'ils en aient eu un. Puisqu'il ne pouvait pas se tenir droit, il fallait le sangler à son fauteuil roulant, la tête maintenue en place par le type de dispositif employé avec les tétraplégiques. Et pourtant, au bout de trois mois, les thérapeutes réalisèrent une avancée qu'elles qualifièrent de majeure. À son arrivée, Rudy n'était pas capable de déglutir. Il fallait lui ouvrir la gorge avec des électrodes. Pour stimuler la mémoire musculaire, expliquèrent-elles. Après plusieurs mois de travail inlassable, il buvait à la paille et déglutissait en se servant de ses joues et de sa langue. Dan allait chercher Yunely à Titusville tous les jeudis, son jour de congé. C'était l'arrangement qu'ils avaient trouvé afin qu'elle puisse passer son temps libre au chevet de Rudy tout en conservant son emploi. Ce jeudi après-midi-là, lorsque les thérapeutes lui tendirent le gobelet en plastique et que Rudy prit la paille coudée entre ses lèvres, l'aspiration lui creusant les joues, Yunely laissa échapper un cri. On aurait cru que Rudy n'avait pas bu une gorgée d'eau mais marqué un *touchdown* au Super Bowl. Elle étreignit son fils et embrassa les ruines de son visage, et sa voix jaillissait en cascade puissante et indomptable. Puis elle fit le tour de la chambre pour serrer les thérapeutes dans ses bras, pleurant dans leurs manches, et les femmes parurent n'éprouver aucune gêne pour elle, authentiquement heureuses d'être la cause de cette effusion. Pour finir, Yunely embrassa Dan, le sommet de son crâne lui arrivant péniblement à la poitrine. *Dios envió a su amigo. Su hermano.* Dieu t'a envoyé pour être son ami. Son frère.

Rudy rentra chez lui et Dan trouva un boulot à Titusville. C'était le début de la ruée vers le gaz. Les compagnies creusaient les schistes de Marcellus et d'Utica comme un voleur défonce un pare-brise avec une batte de base-ball, fissuraient la roche pour libérer le pactole. Il loua un appartement près de chez Yunely et Rudy, et ils mirent en place un roulement. Rudy avait besoin de soins vingt-quatre heures sur vingt-quatre, une liste interminable de tâches incluant notamment de l'habiller, lui changer sa couche, contrôler la sonde d'alimentation, repérer et traiter les escarres. Dan venait après le travail et restait jusqu'au retour de Yunely à minuit. Durant la journée, il y avait une infirmière payée par l'assurance maladie. D'abord Carly, maussade et gentiment bourrue, puis Annette, une vieille Jamaïcaine exubérante qui appelait Dan et Rudy « Boy-man » l'un comme l'autre. À eux trois, ils s'en sortaient. Mais ils avaient encore parfois de vraies frayeurs. Quand Yunely devait travailler de nuit, Dan dormait généralement chez eux et entendait les gémissements réguliers et désespérés que poussait Rudy dans son sommeil. Ils avaient le pouvoir de planter un rêve dans la tête de Dan juste avant de le réveiller. Il demanda à Yunely si Rudy faisait souvent des cauchemars. Une ou deux fois par semaine, crut-il comprendre, mais c'était peut-être l'inverse, les seules nuits où il ne rêvait pas.

Rudy avait considérablement progressé depuis l'époque où les médecins le voyaient comme un cadavre en coma artificiel, même si c'était encore relatif. Il pouvait bouger la tête, parfois lever une main, plonger son œil dans celui de Dan, mais c'était tout. Ces améliorations semblaient en promettre bien d'autres et pourtant, après ces premiers mois de rééducation, il butait contre un mur. Yunely demeurait convaincue qu'il redeviendrait lui-même tôt ou tard, mais on voyait mal comment.

Pendant ce temps, Dan apprenait à converser avec un ami dépourvu de voix. Ils regardaient beaucoup de films – Rudy n'exprimant jamais l'envie de les choisir, c'était surtout la file d'attente Netflix de Dan, beaucoup de documentaires historiques avec *La Machine à démonter le temps* au milieu. Ils regardèrent en entier celui de Ken Burns sur la guerre de Sécession, deux fois. Il achetait aussi des romans graphiques, les présentait à Rudy et lui en faisait la lecture.

Quelques semaines auparavant, Dan lui avait lu *The Dark Knight Returns* de Frank Miller. En arrivant à une case où Harvey Dent, alias Double-Face, revenait sur les blessures à l'origine de son surnom, il sentit que Rudy s'agitait et il leva les yeux. Avec mille efforts, Rudy tendit le bras – celui sur lequel les brûlures avaient épargné le chevalier et le *Sí Se Puede* – et sa main vint planer au-dessus du dessin, l'index déformé tentant de désigner quelque chose. Leurs regards se croisèrent. Le coin gauche de sa bouche, qui concentrait toutes ses capacités expressives, se redressa. Un mouvement dans lequel Dan savait reconnaître son sourire.

« Hnn », dit-il.

Dan éclata de rire et Rudy conserva son sourire jusqu'à la fin de *The Dark Knight Returns*.

« Tu vois Kaylyn de temps en temps ? » demanda-t-il.

En attendant l'addition, Dan grignotait les derniers petits bouts de frites dans l'assiette de Hailey.

Elle s'essuya les mains dans une serviette froissée. « Pas vraiment.

– Elle vit ici, pourtant.

– Ouais. Elle n'est jamais vraiment partie. Mais on se voit pas trop. Avant qu'elle tombe enceinte, elle faisait encore la fermeture des bars. » Un sourire affligé.

« Enceinte ?

– Ouais. Donc bon. » Elle se tut, l'air curieusement préoccupée.

« Bill m'a dit un truc tout à l'heure. » Ce n'était peut-être pas très élégant de propager des ragots, mais ça ne paraissait pas pire que de voir le visage de Hailey se décomposer pendant qu'il lui racontait l'histoire de Rudy. Il lui répéta ce que Bill lui avait confié au sujet de Kay et lui. Hailey ne sembla pas surprise.

« Tu savais ? »

Elle envoya une pichenette dans sa serviette et la regarda tournoyer et s'aplatir dans son assiette. « Ouais, j'étais au courant. Kaylyn disait qu'elle se le tapait par pitié. Ça faisait un moment que Bill lui courait après et elle se disait que… En fait, je sais pas pourquoi elle faisait ce genre de trucs, mais j'ai plusieurs théories.

– Du style ?

– C'était un jeu pour elle. Ça lui donnait des armes contre Lisa, au cas où. »

Il encaissa le coup. Le souvenir le plus vif qu'il gardait de Kaylyn était le jour où elle avait perdu son inhalateur, elle avait treize ou quatorze ans, lui un de moins, et il l'avait vue dans un couloir, le souffle court, en pleine crise d'asthme, avec un prof qui lui caressait le dos et lui disait de respirer alors que la panique la submergeait. « C'est tordu. »

Un rire dénué de joie. « Et c'est loin d'être ce qu'elle a fait de pire. Maintenant elle traîne avec des gens super malsains. Elle a pas retrouvé de boulot depuis qu'elle a arrêté de servir des bières, donc elle se fait de l'argent comme elle peut…

– Et Lisa, des nouvelles ? »

Nouveau rire triste. « Non.

– Elle va bien finir par revenir un jour. » Il se languissait de son amie, sa camarade de lecture partie depuis si longtemps. Où qu'elle soit, il pensait tendrement à elle.

« Peut-être », dit Hailey. Il sentait que la soirée touchait à sa fin. Hailey allait bientôt retrouver son autre vie. La serveuse leur apporta l'addition et il s'en empara avant qu'elle ne puisse proposer de l'inviter. Ils attendirent la monnaie encore un moment, et si on les avait regardés depuis l'extérieur on aurait cru à une nature morte.

Il ne put jamais l'expliquer à Hailey, à sa mère, à Heather ou à Betty. Pas même à son père. Pourquoi il voulait y retourner. Pourquoi, même après avoir été soigné et démobilisé, il n'avait pas réussi à quitter Rudy.

Ça remontait à l'Irak, mission n° 2, le 22 septembre 2007, trente-cinq jours avant la quille. Ils patrouillaient à pied avec un véhicule d'appui, juste au sud d'une mosquée où ils essuyaient généralement des tirs d'armes légères. Lorsque les canons crachèrent le feu et que les balles traçantes fusèrent, ils étaient préparés (« MacDougals sur le toit et dans la ruelle », avait prévenu Coyle). Cleary ouvrit le feu avec le calibre .50 embarqué, Della Terza avec son fusil d'assaut, et franchement ce n'était pas l'enfer. Ils avaient connu bien pire. Et puis Dan remarqua une petite voiture blanche qui venait vers eux, le genre de tacot qu'on voyait dans toutes les rues de Bagdad. Il se souvenait uniquement de la barbe du conducteur et de son sourire satisfait de martyr en devenir. Della Terza passa en tir continu et l'engin improvisé explosa bien avant d'avoir atteint le convoi. Mais il y a tout un tas de fragments dans ces machins-là : roulements à billes, clous, excréments, éclats de céramique. Il fut brièvement sonné par le blast avant de reprendre conscience de ce qui l'entourait : odeur de vieille merde chaude et décombres qui pleuvaient en tintant sur son casque. Lorsqu'il vit un homme à terre, il ne se dit pas que c'était Coyle. Il croyait que Coyle était sur sa droite, de l'autre côté du blast, alors qu'il s'était avancé vers le Humvee. L'explosion avait crevé les deux pneus avant et pulvérisé le pare-brise. Dan se mit à courir dans l'huile de moteur qui avait coulé au sol.

Il atteignit Coyle le premier, avant même le doc, Sasha Laymon. Laymon était un des meilleurs SC3 avec qui Dan avait jamais travaillé. Ses mains étaient rapides comme l'éclair et il avait le flair pour les lésions invisibles, mais lorsque Dan vit Coyle, il sut que les talents de Laymon ne serviraient à rien.

Son ami avait été déchiré en deux, la jambe gauche arrachée et une plaie si profonde à l'abdomen qu'on voyait le sang chaud bouillonner en sortant de poches primales et souterraines avant de se répandre dans une lumière qu'il n'aurait jamais dû connaître. Son bras gauche était en bouillie. Son visage et son cuir chevelu étaient partiellement brûlés. On ne savait pas par où commencer.

Pourtant Coyle était conscient, il tremblait de la tête aux pieds, ses genouillères raclant l'asphalte. Il essayait de se redresser pour évaluer les dégâts. Dan le fit se rallonger. Cleary arriva en dérapant dans la poussière et en retirant son casque.

« Tiens bon, mon gars. Bouge pas. Laisse faire le doc. Ça va aller », disait Dan.

Laymon écarta Dan pour commencer à travailler – commencer par où ? par sa jambe ? par ses intestins qui foutaient le camp ? Coyle essayait toujours de voir. Il s'était vomi dessus. Des bouts d'omelette de la ration du matin s'étaient pris dans sa courte barbe. Dan plaquait ses épaules au sol, mais malgré ses tremblements Coyle était étonnamment fort. Il parvint à tendre le cou.

« Oh merde », dit-il comme s'il constatait l'état d'un feu arrière après un accrochage.

Dan le fit taire. « Bouge pas, mon pote. Ça va aller, je t'assure. Tu vas rentrer chez toi. »

Plusieurs chars Bradley et véhicules antimines d'une autre patrouille étaient venus les entourer, et tout l'escadron s'activait autour de Laymon. Le lieutenant Holt demanda une évacuation aérienne. Tous mentaient à Coyle car ils savaient que c'était ce qu'il voulait entendre.

« Ça va aller, mon gars, dit Cleary.

– Je sais que ça fait mal, mais tu seras bientôt chez toi, dit Wong.

– Tu vas revoir ta famille. Ça va être ton heure de gloire, dit Della Terza.

– Fait chier, dit Coyle en regardant le ciel, des larmes et du sang dans les yeux. Fait chier. »

Une à une, leurs paumes arrivèrent. Dan serra la main qui restait à Coyle, les doigts agités et bien vivants, et il posa son autre main sur son gilet, sur son cœur. La main de Della Terza alla sur son ventre. Celle de Wong sur l'autre côté de sa poitrine. Cleary plaça une paume sur son front comme une mère vérifiant sa température. D'autres mains, appartenant au reste de l'unité, le trouvèrent, l'encouragèrent.

« On t'aime, Coyle.

– On est là, Greg.

– Tiens le coup, mon gars. Tiens le coup.

– Fait chier », siffla Coyle. Du sang coulait de son oreille.

Ils le tenaient. Essayaient de garder son âme à terre. Il cligna des larmes ; tout son corps grelottait follement, ses yeux étaient remplis de panique.

« Tu vas la retrouver, dit Dan. Tu rentres à la maison, mon pote. »

Leurs mains tournaient autour de lui comme les rayons d'une roue. Ils continuèrent à le tenir longtemps après sa mort.

Ce soir-là, Dan écrivit des lettres à la famille de Coyle, une pour sa femme et sa mère et une autre pour Hanna. La mort d'un gars peu avant la quille est source d'une superstition qui les rendait malades, mais les disparus avaient toujours une femme, un mari, des frères, des sœurs, des parents. Bientôt tout le monde allait être démobilisé. Retrouver le chemin de la maison. Dan pensa aux heures suivant la mort d'un soldat, quand la famille ne le sait pas encore. La famille continue comme si de rien n'était ; l'atroce nouvelle existe, mais elle n'est pas encore forcée de vivre avec.

Leur dernier mois fut interminable. Quelques jours plus tard, Della Terza reçut un mail de la femme de Coyle disant qu'elle aimerait parler à certains membres de leur unité. Ils se rassemblèrent autour d'un ordinateur, Danny, DT, Cleary, Wong, Laymon, Drake, et la communication instable fit apparaître sur l'écran l'image de Melody Coyle, qui se figeait et se pixellisait par moments. Ce n'était pas la première fois que Dan la voyait. Lorsque Coyle appelait, il levait parfois son ordinateur afin qu'ils puissent se saluer. Melody était maigre comme un clou, à croire qu'elle ne mangeait plus. Les joues creusées, les coudes noueux. Hanna, leur fille, sautait sur ses genoux en bavant sur son jouet Thomas le petit train. Quand il les vit toutes les deux, Dan eut envie de tirer des grenades dans le continent du ciel jusqu'à ce qu'il se brise et s'écrase sur la terre.

« Hanna, dis bonjour ! » Melody fit coucou avec le bras potelé de sa fille, et le bébé, qui ne comprenait rien, poussa des gargouillements hilares. « Dis bonjour aux amis de papa ! » Elle leur sourit. « Je voulais vous avoir tous en même temps pour vous dire… enfin… » Elle laissa traîner le dernier mot dans son accent du Kentucky, puis elle hésita. Ce n'était plus la belle fille que Coyle avait rencontrée au Cat West, qui dansait comme une sauvageonne sur de la musique obscène et avec qui il avait couché ce soir-là sur la banquette arrière de sa voiture. Cette fille-là avait connu la maternité et la perte de son mari. Elle était vidée.

« Vous tenez le coup ? intervint Della Terza. Est-ce qu'on peut faire quelque chose pour vous ?

– Ça va. Les parents de Greg ont été super. C'est dur d'être en Californie, aussi loin de chez moi, mais… mais ce que je voulais vous dire, c'est qu'il faut que vous sachiez tout le bien que Greg disait de vous. Il vous aimait profondément. Il aimait travailler avec vous, vivre avec vous, vous avoir comme amis. Quand il était à la maison, il n'arrêtait pas de répéter que vous étiez les meilleures personnes qu'il avait jamais rencontrées. Ça me paraissait important de vous le dire. »

Melody réussit à aller jusqu'au bout en gardant les yeux secs, alors que de leur côté ce fut un coup dans le plexus. Un souffle jaillit de la poitrine de Dan, à mi-chemin du sanglot et du soupir, et il sentit que c'était pareil chez les autres.

« Je suis désolée. Je ne voulais pas que ça se passe comme ça. » Avec l'index, Melody écrasa une unique larme sous son œil. « Je n'arrive plus à pleurer. Ça m'épuise de pleurer. Mais il fallait qu'on vous appelle, Hanna et moi, pour que vous sachiez à quel point Greg vous aimait. » Dan se tenait derrière DT et Cleary, il regardait par-dessus leurs épaules. « Danny ? » Quand Melody prononça son nom, toutes les têtes se tournèrent vers lui.

« Ouais ? » Il s'essuya les yeux. Il était incapable de la regarder.

« Greg a laissé quelque chose pour toi.

– Ah ouais ?

– Sa planche de surf.

– J'habite dans l'Ohio, fit-il en riant. On n'a pas d'océan, les vagues les plus proches sont à mille cinq cents bornes.

– Il a aussi laissé un mot. » Elle ramassa une feuille de papier sur le bureau devant elle, et Hanna essaya de taper dedans. Elle lut : « Danny, s'il m'arrive quelque chose, je te laisse ce que j'ai de plus cher. Sors le nez de tes bouquins et va prendre le soleil. Et ton disque de Phaystoss ou je sais pas quoi, c'est les extraterrestres. Ça a été prouvé. Je te l'avais dit. » Dan éclata de rire.

Les autres aussi. Ils existaient dans un espace étouffant, entre la souffrance et le rire. « J'espère que toi tu comprends ce que ça veut dire. »

Il riait si fort, tout en pleurant, que Melody dut réclamer son attention.

« Dan. Greg disait souvent qu'il n'avait jamais rencontré personne d'aussi intelligent et droit que toi. Il te considérait vraiment comme un des meilleurs amis qu'il ait eus de toute sa vie. »

Ce soir-là, Dan avait su qu'il allait rempiler. Il n'avait pas été là pour Coyle, mais il ne laisserait pas ça se reproduire, pas avec ceux qu'il aimait. Tout lui était revenu : le sang de son ami sur son uniforme, ses mains, son visage, l'aumônier qui le baignait de réconfort catholique, et il avait su qu'il rempilerait toujours. Jusqu'à ce qu'on le renvoie de force ou qu'on l'enferme dans un cercueil, il rempilerait.

La banquette arrière de la Toyota Camry de Hailey était couverte de miettes de Cheetos. Elle mit le contact mais n'enclencha pas la marche avant. Elle fixait le volant comme si elle lisait un poème gravé dans le plastique.

« De toute façon, j'ai dit à Eric que je rentrerais tard.

– On fait un basket ? suggéra Dan.

– Tu veux que je te mette la honte pour la millième fois ? Tu préfères pas qu'on roule un moment ? »

Il se mordit le pouce et faillit dire non. « D'accord. »

Arrivée sur la place, elle prit Main Street et franchit la Cattawa. Autour de la rivière, les rues étaient désertes à l'exception d'un marcheur solitaire qui s'éloignait du pont. L'homme avait les mains enfoncées dans les poches de son sweat à capuche, un jean baggy et une explosion de dreadlocks hirsutes. Le genre de rencontre qu'on aime mieux faire en voiture plutôt qu'à pied aux heures abandonnées de la nuit.

Mais lorsque la lumière des phares éclaboussa l'homme, Dan reconnut son visage et le regretta immédiatement. C'était un mec qui était au lycée avec lui, deux classes au-dessus, et dont il avait oublié le nom. Dan se rappelait surtout qu'il venait au bahut avec des fringues de l'Armée du Salut sur lesquelles quelqu'un – probablement sa mère – avait essayé de coudre des logos Abercrombie & Fitch. Dan s'en souvenait bien car un jour, pendant le déjeuner, Kaylyn avait mis Hailey au défi de lui faire un compliment sur ses « fringues cool ». Hailey y était allée et ensuite les deux filles n'avaient plus jamais changé de disque. Elles avaient passé l'année à se moquer de ce skateur solitaire qui n'emmerdait personne. Ça rappelait à Dan la période où elle sortait avec Curtis, quand rien ne semblait plus important pour elle que la préservation de son statut social. Désormais le skateur était un homme, qu'ils dépassèrent et qui disparut dans la nuit.

Un jour, Dan avait lu une interprétation amateur des inscriptions du disque de Phaistos prétendant qu'il ne s'agissait pas d'un théorème de géométrie, d'une prière ou d'un chant de guerre, mais d'un poème d'amour. D'après cet internaute lambda, la dernière ligne disait : *Et ils viendront avec nous dans notre maison ces enfants et ces chiens. Et je ferai tout, je n'aurai nulle peur, j'affronterai tous les obstacles pour toi et avec toi.*

Les phares éclairant leur trajectoire, Hailey lui lança un coup d'œil. « On devrait aller à La Mousse. En souvenir du bon vieux temps. »

La suggestion alla se loger dans le creux de son ventre. « Ça me va. »

Radio à fond, ils roulaient sous les satellites qui leur transmettaient des mélodies, fourguaient des polices d'assurance et propulsaient les signaux cellulaires qui faisaient tourner le monde.

Le ciel s'était dégagé et la route longeait la rivière. Les arbres surplombaient la Cattawa, penchés au-dessus de l'eau comme des petits vieux au dos voûté. Pendant les inondations, la rivière pouvait monter à mi-hauteur des troncs et s'écoulait visqueuse et brune jusqu'au lac Érié. Jadis, La Mousse était une étendue d'herbe au sommet d'une grande pente de terre. Bien des générations plus tôt, une poignée d'adolescents avaient découvert un ancien chemin de chasse carrossable au bout duquel ils pouvaient se garer sur l'herbe. Puis ils s'étaient passé le mot et l'herbe s'était rapidement changée en terre ou en boue. Lorsqu'un couple, ivre, avait fini dans la rivière avec sa voiture, le comté avait fait poser un garde-fou et baptisé l'endroit Panorama sur la Cattawa. Mais les jeunes continuèrent à l'appeler La Mousse, vraisemblablement parce que la rivière y écumait dans le creux d'un méandre (ou à cause de la quantité de bières qu'on y éclusait). En théorie, c'était le style d'endroit que vantent les chansons country, mais d'après ce que Dan avait entendu dire, il était devenu depuis quelques années un dépotoir de cachets, pipes et seringues. Hailey se gara près de la rambarde, éteignit les phares et coupa le contact. Le croissant de lune se reflétait sur l'eau et drapait la cime des arbres d'un lustre incandescent, comme si on avait broyé les milliers de lucioles errantes pour en badigeonner les feuilles. La silhouette des bois, humide et brusque sur l'étang du ciel. Des étoiles et la lune qui y nageaient dans l'infini. Il se dit que, s'il pouvait pousser sa vue assez loin, il apercevrait la fin de tout, le point où l'univers revient goutte à goutte dans l'œil de Dieu.

Ils écoutaient le chant rauque de la rivière en contrebas. Les cliquetis du moteur qui refroidissait.

Enfin, Hailey dit : « Je suis contente que tu sois là.

– Moi aussi. » Il se demanda si c'était la vérité.

« Il a fallu que je t'appâte avec Mrs Bingham. »

Ses yeux scintillaient comme un océan au point du jour. Temps et souvenirs affluaient, aveuglants et violents.

« Pourquoi tu rentres jamais ? »

Il ne sut pas quoi répondre. Il bredouilla que, même s'il revenait pour une soirée – ou encore moins –, il croiserait trop de gens qu'il avait connus autrefois.

« C'est super dur. De pas ruminer le passé », essaya-t-il d'expliquer, et il se sentait paralysé, il se sentait con. « Je fais ce que je peux pour avancer, pour rester heureux. Et c'est dur quand je suis ici. »

L'angoisse plissa le front de Hailey, une expression qu'il avait vue quand le cancer de sa mère avait été diagnostiqué. Ou quand il lui avait annoncé qu'il allait peut-être rempiler.

« T'es parti, dit-elle doucement. Et t'as emporté mon cœur avec toi, salaud. »

Il fixait ses mains jointes sur ses genoux nus, osseux.

« J'arrête jamais longtemps de penser à toi, continua-t-elle. Et j'en ai marre. »

La lueur des étoiles apaisa son profil. Il se demanda à quel âge on devenait certain que ce qu'on éprouvait n'était pas une passade, qu'on n'avait pas juste rêvé d'une idylle ; avec cette autre conscience liée à la nôtre, on comprend le monde différemment. Depuis qu'il avait rencontré Hailey, il avait passé chaque instant à faire son deuil d'elle.

« Tu sais, dit-il, j'ai l'impression qu'on est un peu comme les gens qui font des reconstitutions historiques, on maîtrise rien mais on se persuade qu'on est libres de nos actes. C'est comme ça que je nous vois. Presque tout nous échappait.

– Danny. » Le nom s'échappa de ses lèvres. « Peut-être que tu devrais voir quelqu'un. Ce que ta mère m'a dit… Je suis pas sûre que tu ailles bien. »

Il y avait une croix en bois, toute simple, suspendue au rétroviseur par un bout de ficelle qui s'effilochait. Il en frotta le grain doux entre ses doigts.

« J'ai pas de problèmes post-traumatiques, si c'est ta question. Je fais juste des cauchemars, des fois. » Comme elle paraissait solide, cette croix. Comme il aurait aimé pouvoir ressentir ce qu'elle symbolisait. « Mais j'ai arrêté de regarder le bord de la route pour voir s'il n'y a pas une bombe. Je suis capable d'admirer un feu d'artifice. En fait... » Il tenta un sourire. « En fait, j'ai surtout le cœur brisé. Mais ça arrive aux meilleurs d'entre nous.

– Danny. » Elle se tourna, prit son visage entre ses mains. Elle caressa la cicatrice à côté de sa paupière et plongea le regard dans la prothèse comme s'il pouvait la voir. La gorge de Dan se serra et il sentit les larmes poindre aux coins de ses yeux. Alors une chose enfouie et horrible essaya de remonter. Il la sentit cogner, hurler, et il lâcha la croix qui se balança et tournoya au bout de sa ficelle. Il avait besoin de sortir. Comme piégé dans un Humvee retourné et griffé par les flammes, il fallait qu'il sorte de là.

Il ouvrit la portière d'un grand coup et tomba pratiquement de son siège, se rattrapa en s'écorchant les mains sur le gravier. Hailey hurla son nom.

Il marcha jusqu'à la rambarde au bord du belvédère. Il entendit la portière conducteur s'ouvrir. Il fixait l'eau, se demandait comment serait la chute.

« Danny ! cria Hailey. Arrête ! »

Il hésitait, fixait les roches noires au pied de l'à-pic. La Cattawa murmurait sa rumeur de rivière. Hailey l'attrapa par le poignet et le tira vers elle. « Arrête ça. Je suis désolée. » Elle l'enveloppa, le serra si fort qu'il sentit son cœur tambouriner dans sa poitrine.

Puis ses doigts froids lui effleurèrent la joue. Rompant un sortilège complexe, elle le repoussa sur le capot. Elle plongea la langue dans sa bouche, grimpa sur lui, batailla avec la boucle de sa ceinture et enfin son short lui tomba sur les chevilles en cliquetant dans le noir, et la nuit était loin d'être aussi chaude. Il y avait le contraste entre la peau et le noyau. Elle agrippa ses épaules, ses cheveux, les muscles de son torse avec ses mains et toute sa mémoire. Il mordit le sel de ses tétons. Elle était douce, fluide, triste, et il pensa à la seconde où le temps s'était replié sur lui-même quand la bombe avait explosé sous lui ou quand la balle avait rencontré son gilet. À ces instants qui paraissent éternels. Comme s'il les avait déjà vécus pendant des milliards d'années, à une époque où les premières vagues se brisaient, où les premiers éclairs craquaient, où la trajectoire de la vie était inscrite dans les ténèbres. Mais, bien sûr, on n'a jamais qu'un court moment, et ensuite il n'y a qu'une mélopée, un chant froid destiné aux morts.

Quand il jouit, tout lui revint : la dureté du capot de la Toyota sous son dos, la sueur collante de Hailey, les insectes qui lui rentraient dans les oreilles et les narines, prenant ces orifices chauds et humides pour leur terrier.

Elle resta allongée quelques instants sur le capot à se toucher. Elle recueillit son sperme sur deux doigts puis le goûta comme elle faisait quand ils étaient jeunes.

Ils se rhabillèrent sans un mot. Assis sur le capot, ils scrutèrent encore la nuit. Hailey avait les jambes croisées. Elle s'était fait une tache de terre sur le genou en se débarrassant de son jean. Elle tenait la paume de Dan entre les deux siennes, avec le pouce elle caressait distraitement le dos de sa main.

« Je suis désolé, dit-il.

– Pourquoi ? Pas moi.

– Ta famille.

– Ma famille reste ma famille. Ça change rien. » Elle passa un doigt dans le creux de sa paume. « Si tu savais comme tu m'as manqué… Tu t'en doutes, rassure-moi ? Je vois pas comment tu pourrais ne pas t'en douter.

– Faut bien faire avec. » Il réfléchit à une manière de le formuler. « Avec toutes les erreurs. Je suis convaincu que si tu savais. Si tu savais ce que j'ai vu et ce que j'ai fait… » Elle ferma les yeux. Une larme roula jusqu'au coin de son nez et s'arrêta là. « Tu serais pas là maintenant. Et on n'aurait pas fait ce qu'on vient de faire.

– Arrête. S'il te plaît. Arrête. » Elle serra la main de Dan, son alliance et sa bague de fiançailles frottant contre ses phalanges. « Tu crois qu'on porte pas tous quelque chose en nous qui nous rabaisse par rapport à ce qu'on était avant ? Tu crois qu'on ferait pas n'importe quoi pour revenir en arrière ?

– Non. » Il dégagea sa main, ramena ses genoux contre lui et pensa à toutes les personnes qu'il avait tuées, celles qui l'avaient mérité et les autres.

Il pensa à la pression soudaine dans ses tympans quand la bombe s'était déclenchée sous les roues. À la douleur cuisante dans son crâne juste avant que le monde ne bascule dans la semi-obscurité. Trois missions. Il avait donné sa jeunesse à la poussière. Un œil, de la peau, du sang et des cheveux, ainsi que sa capacité à marcher plus d'une poignée de kilomètres sans que ses genoux et son dos lui donnent l'impression d'avoir soixante-dix ans. Pendant sa mission n° 3, la veille de l'incident sur la Highway 1, alors qu'il lisait un livre sur l'Ohio durant la guerre de Sécession, il était tombé sur cette phrase à propos d'un général de l'Union : *À la vue de ces hommes morts tués par d'autres hommes, quelque chose l'avait quitté, une habitude de toujours qui n'était jamais revenue : la certitude que la vie était sacrée et impossible à détruire.*

« Tu te sers de la guerre pour me faire du chantage, exactement pareil que la première fois où t'es rentré, dit Hailey. Tu me fais du chantage comme si j'étais une gamine. Comme si je savais pas ce que c'est d'avoir gâché quelque chose. T'es pas le seul.

– S'il te plaît. » Ses joues et son front s'enflammèrent ; une sueur de colère fleurit sur sa peau. Sans savoir pourquoi, il voulait l'engueuler à cause de Curtis Moretti, le camé mort qui le traitait comme un pré-ado qui pisse encore au lit. Comment est-ce que ça pouvait rester aussi vif et douloureux ? Ils n'étaient que des gosses à l'époque où ces choses avaient de l'importance.

« Je t'emmerde, Danny. Et je vais te dire un truc. » Elle se détourna vers la Cattawa. Une mèche s'était échappée et tombait sur son front haut. « Je t'ai dit que je voyais plus Kaylyn, mais c'est pas vrai. Je la vois tout le temps. »

Il attendit. Elle mordit dans un ongle et entreprit de le détacher sur toute la longueur. Elle avait toujours eu des ongles de garçon, rongés et déchiquetés. Quand elle sortait du terrain pendant les rares minutes que pouvait s'autoriser l'entraîneur, elle déchirait les cuticules de tous ses doigts en regardant sa remplaçante frapper la balle.

« Elle fait n'importe quoi depuis un moment. C'est encore pire qu'avant. Je l'ai inscrite dans une clinique de désintox à Columbus, mais impossible de dire si ça tiendra. Et c'est pas le seul truc que j'ai fait pour elle.

– OK. Donc elle a pas gardé le bébé ? » fit-il, croyant que le grand secret de Hailey était qu'elle l'avait emmenée se faire avorter. Hailey, de son côté, le dévisageait avec consternation.

« Tout le monde garde les bébés ici. À ton avis, d'où ils viennent, la moitié de nos potes ? » Elle finit d'arracher son ongle et en chercha un autre. Il continuait à sentir le corps de Hailey sur lui, la graisse qui s'était accumulée à cause du stress, de la grossesse, de l'âge. Elle n'en était pas moins séduisante, simplement plus humaine, plus elle-même. « Kay arrête pas de se foutre dans la merde, dans une merde pas possible pour des histoires débiles. Du coup elle s'arrange avec Amos Flood et Kirk Strothers et tous les autres tarés avec qui elle traîne.

– Du genre ?

– Tu sais, Fallen Farms. Les mecs qu'on appelait les Frères Flood au lycée.

– D'accord, je vois. Et c'est quoi le rapport ? »

– J'y viens, s'agaça-t-elle. Ils passaient par elle pour acheter leurs armes et tous les trucs qui plaisaient pas à leurs conseillers de probation. Je lui ai dit qu'elle allait finir en taule, mais ils lui donnaient de l'argent. Elle y réfléchissait jamais plus de cinq minutes. » Avec l'avant-bras elle essuya ses joues chaudes et brillantes de sexe et de chagrin. « Mais on a toujours été amies et j'ai toujours fait des trucs pour elle ou à cause d'elle. Elle a une emprise sur moi, et je sais que t'as pas envie d'entendre ce que je vais dire, mais c'est en partie à cause de ça que j'ai fini par sortir avec Curtis et par faire tout ce que j'ai fait avec lui...

– T'as raison, j'ai pas envie d'entendre ça.

– Pourtant c'est important. » Elle déglutit. « J'étais pas prête. J'étais pas prête à... à faire ce que j'ai fait au moment où je l'ai fait. Et Kaylyn y est pour quelque chose. Pendant une soirée, elle m'a fait boire et elle m'a emmenée dans la salle de bain avec lui... Je m'en souviens presque pas. »

Il eut envie de lui plaquer une main sur la bouche ou d'aller déterrer les os de Curtis Moretti et de les réduire en poudre à coups de marteau.

« Et je lui reproche rien, poursuivit Hailey. Ça m'est jamais venu à l'idée. Je faisais tout ce qu'elle voulait. Tu crois que toi, t'as pas eu une adolescence facile ? Franchement, les filles ça peut être... super malsain. Genre, à l'instant où elles comprennent qu'elles excitent les garçons, c'est un pouvoir qui les rend tarées. Kay disait souvent qu'elle était ma grande sœur, et je la croyais alors qu'elle se servait de moi. Elle me manipulait.

Elle cherchait le chaos et j'arrivais pas à me séparer d'elle. J'y arrive toujours pas, d'ailleurs.

– Pourquoi ? » Une larme amère pénétra dans son œil, il la chassa d'un clignement de paupières. « Pourquoi tu me dis ça maintenant ? Et tu veux reprocher à Kaylyn de… »

Il se tut. En même temps que la colère, que la frustration, montait une adrénaline noire.

« C'était pas tout. Elle… Je me sentais responsable d'elle.

– C'est absurde.

– Avant que ses parents perdent leur maison et partent de Rainrock, y a eu… Elle a été agressée. Quand elle avait huit ans, j'en avais sept et son cousin l'a agressée. Son cousin qui avait seize ans.

– Agressée comment ?

– À ton avis. »

Il se mordit la joue, déchira la chair avec les petites pinces de ses incisives. Au travers des arbres, sur les collines au loin, des maisons scintillaient, presque aussi petites et distantes que les étoiles. Il entendit le baryton éploré d'une vache. Il imagina qu'il marchait dans les bois jusqu'à cette ferme reculée, et qu'ensuite il continuait à marcher. Par les champs et les clôtures barbelées, par les routes de campagne, les vieux ponts et les rivières. Il continuait à marcher jusqu'à ne plus se souvenir ni se soucier de rien.

« J'ai pas compris ce qui s'est passé exactement, mais j'ai été la première à venir la voir après. Mes parents m'ont dit qu'il lui était arrivé quelque chose de très grave et que ça lui remonterait le moral. Et je me rappelle super bien… » Elle s'interrompit, de nouveau les larmes aux yeux. « Je me rappelle qu'elle m'a demandé la robe de ma Barbie. Celle qui avait des sequins et qu'elle aimait beaucoup. Elle me l'a demandée pendant qu'on jouait et je la lui ai donnée. Et elle l'a gardée. Et on aurait pas du tout dit qu'il venait de lui arriver quelque chose. Je me souviens, je m'étais dit qu'elle avait l'air d'aller bien. Et j'ai pensé qu'elle avait peut-être inventé toute cette histoire pour me voler la robe de ma Barbie. Mais après, en grandissant, j'ai mieux compris, et… c'est à cause de ça que je l'ai aimée. Et que j'ai eu peur d'elle. » Un rire léger. « Sauf qu'un jour, elle est allée vraiment trop loin. Et elle a blessé quelqu'un. »

Elle s'essuya le nez, autour duquel les larmes s'étaient accumulées. Dan attendit, mais elle paraissait incapable d'en dire plus. Sans raison, il eut soudain envie de fouiller du regard les bois alentour. Ses yeux s'étaient accommodés à l'obscurité, et cependant les ombres semblaient plus étendues.

« Y avait des rumeurs à propos d'une cassette vidéo avec Tina. Tina Ross. Tu te rappelles ? »

Il fit non de la tête. Il avait bien sûr entendu des rumeurs à propos de Tina, comme pratiquement toute l'école. Mais rien à propos d'une cassette vidéo.

« Pas grave. L'important, c'est que Todd Beaufort voulait éviter que des gens mettent la main sur cette cassette. Et Kaylyn, elle est revenue en ville après avoir abandonné ses études, et elle a décidé… je sais pas ce qu'elle a décidé. Sûrement que la vie manquait de piment. Donc elle a dit à Todd qu'elle connaissait quelqu'un qui possédait une copie de cette cassette. Elle lui a dit que la personne allait s'en servir contre lui.

– Je comprends pas. Qu'est-ce qu'elle en avait à foutre de Todd ?

– Todd et elle… » Elle rit encore, aigu et clair. « Ça fait longtemps, très longtemps qu'ils couchent ensemble. C'est elle qui l'a dépucelé au collège. »

Dan repensa à la rumeur qui les avait agités ce soir-là, au bar. Il revit le visage grisonnant, élimé, de Todd Beaufort, son enveloppe adipeuse.

« Ils continuaient pendant qu'elle était avec Rick ?

– Je sais pas. Peut-être. Tout ce que je sais, c'est que Todd a fait un truc auquel elle ne s'attendait pas. En tout cas c'est ce qu'elle prétend. Je sais pas trop ce qu'elle voulait ou ce qu'elle avait derrière la tête. Un soir elle est venue me voir et elle m'a dit… » Un silence. Hailey ravala ses larmes, et lorsqu'elle reprit la parole sa voix était aussi froide qu'une pierre en hiver. « Elle m'a raconté qu'elle avait découvert l'identité de la personne qui possédait une copie de la cassette, et qu'elle en avait parlé à Todd, et qu'à cause de ça Todd avait tué quelqu'un à coups de couteau. Et je la crois. Elle était présente, et elle m'a dit qu'elle avait essayé de l'en empêcher mais qu'elle n'y était pas arrivée. Et qu'ensuite elle l'avait aidé. Elle l'avait aidé à pas se faire prendre. »

Ce moment était une tumeur chirurgicalement détachée du temps. Si, un jour où il aidait Rudy à aller aux toilettes, ce dernier avait bondi sur ses pieds et s'était mis à faire des claquettes, Dan n'aurait pas été plus ahuri. Si Wiman, Wunderlich ou Coyle avaient débarqué à sa porte en uniforme de parade, les orbites creuses, et lui avaient dit : *Ha ha, Eaton, on t'a bien eu*, il n'aurait pas eu plus froid dans le dos.

« Hailey. » Il inspira une grande goulée de cet air imprégné de la fertilité du sol. « C'est une plaisanterie ? »

Elle renifla. Elle secoua la tête rapidement, confirmation frémissante que, non, ce n'était pas une plaisanterie.

« Je l'ai jamais dit à personne. Je sais que j'aurais dû, mais j'ai pas pu. J'ai jamais rien dit. Au moment où elle m'en a parlé…

– C'était qui ? » murmura-t-il. La rivière, dans son mouvement, avait la couleur et la texture de la lave durcie.

« Aucune importance, dit-elle. Juste… quelqu'un qui avait réussi à mettre la main sur une copie. Kaylyn m'a juré qu'elle était pas au courant de ce qu'il allait faire. »

Il avait l'impression d'être pris dans le blizzard. Et quand il trouva enfin ses mots, le vent les plaqua contre son visage.

« Il faut que tu en parles à quelqu'un. Il faut que tu en parles à… je sais pas, au père de Rick.

– Non. » Son souffle tremblait. « Et pas seulement parce que je pourrais être jugée complice après les faits ou quelque chose dans le genre. Mais c'est fini maintenant, Danny. Personne n'est au courant. Et si ça sortait… C'est mieux pour tout le monde si… si ça reste enterré.

– Tu peux te persuader de ça si ça t'arrange. Mais moi je peux pas.

– Oh si, tu peux.

– Qu'est-ce que t'en sais ? »

Elle lui sourit comme à l'époque où il avait appris qu'elle avait couché avec Curtis Moretti. Comme s'il était un enfant idiot qui n'apprendrait jamais de ses erreurs. Elle lui posa une main sur la joue.

« Tu m'aimes toujours. »

Le vent forcit. Les rumeurs, en vérité, sont délibérément vagues, changeantes, miroitantes. Elles cherchent peut-être davantage à effacer qu'à révéler. À obscurcir un grand péché de telle sorte que plus personne ne sait ce qu'il faut croire.

« Tu vois ? Espèce de beau et charmant garçon, espèce de fou, tu vois ? T'es pas le seul à avoir dû vivre avec la honte, la douleur, la déception et la certitude – la putain de certitude absolue – qu'un jour tu vas te réveiller en Enfer. »

Elle baissa la tête contre la poitrine de Dan qui, moins consciemment que par instinct, passa un bras autour de ses épaules. Comment se pouvait-il qu'Eric et Emma n'aient jamais perçu cela chez elle ? Et lui ? Pourtant, comprit-il, porter un secret pareil, c'était avoir un corps étranger dans les veines. On apprenait à le sentir dans son pouls. Comparée à ce qu'il avait fait, la violence minime qu'elle avait commise paraissait au mieux insignifiante. Elle savait qu'il se tairait parce qu'il savait ce que c'était d'avoir un fragment de damnation incrusté en soi. Elle savait qu'il pourrait marcher jusqu'à ce que la terre se consume pour une ultime bribe fugace de son sourire. L'histoire était déjà écrite. Or, qu'est-ce que l'histoire, sinon un verdict de la mémoire ? Et qu'est-ce que la mémoire, sinon une reproduction infidèle faite de sexe, de mort, de justice, de crime, de prière, de cupidité, d'espoir, de pitié et d'amour ? De même que l'âme, la mémoire est un matériau en fusion.

Mieux valait ne pas remuer la boue ; mieux valait continuer à prétendre que tout cela n'avait jamais existé. Au cœur de cette nuit, un bras autour d'elle, respirant l'odeur de son shampooing à la noix de coco, il repartit dans ses souvenirs et pensa à l'ange qui regardait les ruines. Un jour, Rudy lui avait dit que c'était marrant de tuer des gens. Ce n'était pas l'acte de tuer qui était marrant, avait-il précisé. Non, tuer était un acte d'une barbarie infinie. « Ce qui est marrant, c'est que des gens se font buter pour des conneries, avait-il expliqué en s'esclaffant. Et qu'on appelle ça la civilisation. »

Après son réveil dans un hôpital de Bagrâm avec l'œil droit en moins, le premier livre qu'il avait réussi à lire était un essai. Quelqu'un avait fait suivre ses effets personnels, dont sa liseuse. Il ne dormait pas, ne mangeait pas et ne voulait parler à personne car, chaque fois, le médecin se sentait obligé de répéter, comme une incantation, que rien de ce qui s'était passé n'était la faute de Dan. Dan, lui, avait envie de lui répondre : *Imaginez*. Imaginez si ça avait été votre décision de prendre la Highway 1, la route Kaboul-Kandahar, le gouffre par où filait tout le budget de la FIAS, alors que vous saviez que les soldats américains y tombaient comme des mouches. Imaginez que vous foncez dans une campagne brune, vous dépassez le village de Najuy et vous ne vous souvenez même pas du moment où l'engin s'est déclenché. Un instant vous guettez l'ennemi, vous vérifiez dans le rétroviseur que le deuxième Humvee est bien derrière vous, et le suivant vous ne voyez plus rien, vous saignez des oreilles et le monde s'est envolé. Le véhicule soulevé par l'explosion tournoie dans des directions incompréhensibles et vous avez l'impression d'être dans un hélicoptère Black Hawk qui tombe du ciel. Quand vous reprenez connaissance, vous êtes coincé dans une boîte qui brûle – il n'y a que la chaleur et la sensation que le temps ralentit, que dans votre hébétude chaque seconde s'étire en minute. Le véhicule est tombé sur le flanc. Les cris viennent de derrière vous et vous comprenez qu'il est en feu. Vous apercevez un morceau de ciel couleur de lait froid. Vous essayez de vous extirper de votre harnais mais vous n'y arrivez pas. Les autres vous en empêchent, il fait de plus en plus chaud et vous sentez que les flammes engloutissent tout ce qui vous entoure et la fumée est un rideau pesant. Votre œil est braqué sur ce fragment de ciel et tout l'affolement que vous avez ressenti depuis le début de cette mission, même depuis le début de votre vie, s'empare de vous. Il y a un corps qui vous gêne. Vous sentez votre M4 sous votre main et puis, accidentellement peut-être, ou non, vous pressez la détente et un sang chaud éclabousse votre visage, mais à présent il y a un chemin. Plus personne ne vous gêne. Alors vous écartez les lambeaux d'un homme, vous en piétinez un autre, qui hurle et qui n'arrive pas à quitter son harnais, vous rampez par la trappe du canonnier et vous retrouvez le soleil et l'air le plus doux que vous ayez jamais respiré. Vous ne brûlez pas mais vous grésillez, vous sentez l'odeur du tissu et du sang brûlés. Vous commencez à prendre conscience de la douleur dans votre crâne. Un de vos yeux n'est plus qu'un brouillard gris-rouge, mais avec l'autre vous voyez des fragments de chair et d'os accrochés à vous, et seconde après seconde vous comprenez que ce sont des morceaux de ce qui était peu avant Daniel Imana. Les hommes du véhicule de queue se dispersent, cherchent une autre bombe enfouie dans le sol, mais vous vous concentrez – au milieu de la fumée, du feu, du chaos et des pleurs – sur les enfants d'un village proche qui se sont rassemblés et qui regardent la scène en frottant leurs sandales dans la poussière. Ils se moquent de vous et de vos amis qui crament vifs dans leur boîte. Votre unité, vos gars, bientôt ils seront tous morts et vous entendez des cris perçants et aussi, du moins il vous semble, des coups de feu qui claquent, et ça fait marrer ces petits salopards d'orphelins de Najuy. Dans votre hâte de fuir, vous vous accrochez malgré tout à votre M4. Et vous croyez repérer l'opérateur dans un bosquet, à une quarantaine de mètres de la route, qui tient à la main un objet rectangulaire, peut-être un téléphone, et vous êtes certain qu'il sourit dans la poussière blême. Le sourire de cet homme, des années plus tôt, dans la voiture qui a tué Coyle. Vous pointez votre arme vers la menace, vers le rire, et vous lui réglez son compte avec une vingtaine de cartouches, vous projetez dans le ciel des petits bouts d'os et de cuir chevelu. Vous veillez bien à avoir le groupe d'enfants dans votre ligne de tir et ils tombent facilement, sereinement, et maintenant il y a tous ces petits corps, peut-être cinq, peut-être plus, et beaucoup de sang tout propre. Très rouge, très humide. Puis vous vous rendez compte que vous êtes peut-être allé un peu vite. Le véhicule brûle, mais il n'est pas non plus englouti par les flammes. Sep Marshall a réussi à se dégager du corps de Brody et à se frayer un chemin malgré une sale blessure à l'abdomen. Jody Picarn, du véhicule de queue, approche en criant. Il essaie de poser un morceau de gaze sur votre visage, sur votre œil, mais vous le repoussez. Steve Otterman brandit un extincteur. Et il y a Rudy, qui brûle un peu, qui a pris une balle dans la tête bien sûr, mais Otterman réussit à le sortir, et les autres réussissent à entrer, à découper son harnais avec un couteau de combat, à le prendre par les épaules et à le tirer dehors pendant que vous, l'idiot ahuri, vous les regardez. Malgré sa blessure, Sep Marshall l'écarte de la carcasse. Tout le monde regarde les gamins et le mort avec son téléphone – un mort qui n'est finalement qu'un adolescent. Vous demandez une évacuation. Et puis tout à coup vous êtes fatigué et vous vous allongez pour attendre. Vous êtes à la fois impressionné et écœuré par la manière dont l'ennemi a orchestré tout ça. Cette fois il ne vous a pas ratés. Vous vous dites que votre vie est finie, mais l'enquête vous blanchira facilement. Le garçon au téléphone vous est apparu comme une menace dont vous avez débarrassé votre section. Quant à la balle qui a touché Rudy à la tête – calibre 5,56 mm, matériel américain –, il se trouve qu'elle provenait d'un magasin de rechange imprudemment laissé à l'arrière et qui cuisait dans l'incendie. Et, allongé là dans la poussière, pris de vertige à cause des vapeurs d'essence, tandis que le vent lourd de fumée noire et de cendres envahit l'incandescence du coucher de soleil, vous comprenez que vous avez perdu quelque chose, une habitude de toujours. La certitude que la vie était sacrée et impossible à détruire. Vous vous rapprochez de ce qu'il reste de votre ami, vous vous asseyez, le sang coule de votre visage et vous attendez les secours.

À l'hôpital, quelques jours plus tard, Dan Eaton, la tête serrée dans un bandage, songeait à bouffer le canon d'une arme et se demandait combien de temps il devrait attendre pour qu'on l'autorise à en approcher une. Alors il essaya de lire avec l'œil que les médecins lui avaient laissé et, sans raison précise, au lieu d'un roman il ouvrit cet essai qu'il avait téléchargé des mois plus tôt sur sa liseuse. L'auteur l'avait écrit en France en 1940, pendant que le gouvernement de Vichy livrait des juifs à la Gestapo. Dès l'écriture terminée, il avait fui le gouvernement collaborationniste et s'était suicidé en Espagne un mois plus tard. Avec sa nouvelle vision monoculaire, Dan peina, un mot après l'autre, jusqu'à la conclusion troublante qu'il nous est impossible de regarder les trésors de notre société sans éprouver un sentiment d'horreur. Car, devant l'Histoire, nous ne nous identifions qu'au vainqueur, par une empathie qui profite au dirigeant du moment. Ce dirigeant est l'aboutissement d'une longue lignée d'hommes ayant enjambé le corps sans vie de leur prédécesseur, lui-même héritier d'une longue lignée de violence et de pouvoir. Ainsi, les ressources et la culture engrangées après les guerres sont transmises en suite directe, et il devient difficile d'envisager tout témoignage de civilisation comme autre chose qu'un témoignage de barbarie. L'inéluctabilité du progrès étant un vain fantasme. Le progrès, avertissait Walter Benjamin, est éphémère et repose sur le « faible pouvoir messianique » de chaque génération. Sur le fait que chacune se considère comme la conclusion de l'Histoire : la destinée de tous nos prédécesseurs était de vivre et de mourir afin que nous puissions triompher. Dan sourit à travers son pansement et ses larmes en se souvenant d'une page de *Calvin & Hobbes* qui exprimait cette même idée. Mais le philosophe la visualisait différemment : il possédait un tableau de l'artiste Paul Klee intitulé *Angelus Novus* et représentant un ange qui paraît reculer à toute vitesse, les ailes déployées, les yeux écarquillés, la bouche ouverte, et Dan n'avait jamais pu oublier sa description, l'ayant hélas mémorisée sans le vouloir : « C'est à cela que doit ressembler l'ange de l'Histoire, écrivait Benjamin. Son visage est tourné vers le passé. Là où nous apparaît une chaîne d'événements, il ne voit, lui, qu'une seule et unique catastrophe, qui sans cesse amoncelle ruines sur ruines et les précipite à ses pieds. Il voudrait bien s'attarder, réveiller les morts et rassembler ce qui a été démembré. Mais du paradis souffle une tempête qui s'est prise dans ses ailes, si violemment que l'ange ne peut plus les refermer. Cette tempête le pousse irrésistiblement vers l'avenir auquel il tourne le dos, tandis que le monceau de ruines devant lui s'élève jusqu'au ciel. Cette tempête est ce que nous appelons le progrès. »

Hailey Kowalczyk les ramena par le chemin des écoliers. Pour rentrer de La Mousse jusqu'à Rainrock Road, on peut passer soit par Stillwater, soit par la 229. C'était une nuit à rouler vitres ouvertes, et ils étaient encore à un kilomètre et demi quand ils aperçurent des lueurs rouges et bleues, reflets d'un vaisseau extraterrestre sur le ciel nocturne. Ils s'en approchèrent sans un mot, les lumières clignotant avec une urgence croissante. Au sommet d'une côte, Hailey ralentit. La route était barrée par une ambulance et trois véhicules de patrouille, de robustes 4×4 annonçant *New Canaan Police Department* en italique sur leurs flancs. Un flic tirait un ruban jaune entre une clôture d'un côté de la route et un poteau de l'autre.

« Un accident ? » fit Hailey.

Ce n'était pas un accident. Ils se garèrent à cinq mètres, leurs phares illuminant la scène. Il y avait deux voitures devant un portail : une vieille Jeep cabossée et une petite berline bleue dont la portière conducteur et le coffre étaient ouverts. Peints à la bombe sur le portail, les mots LE SEIGNEUR A LE SIDA. Derrière, un long champ auquel succédaient des kilomètres de bois, et Dan voyait du rouge et du bleu qui palpitaient aussi dans les profondeurs de ces bois, ainsi que les faisceaux de dizaines de lampes-torches qui rampaient sur la peau noire du champ.

Un policier s'approcha d'eux. Hailey, qui n'avait pas mis sa ceinture, la tira vivement en travers de sa poitrine et l'enclencha. Chauve et lourd, l'agent se pencha à la fenêtre. Sa plaque d'identification indiquait Ostrowski, un nom qui réveilla chez Dan de vieux souvenirs.

« Vous allez devoir faire demi-tour, dit-il.

– Qu'est-ce qui s'est passé ? » demanda Hailey, se moquant visiblement d'être vue aussi tard avec un homme qui n'était pas son mari par une personne sachant certainement qui elle était.

« Je peux rien vous dire. Faites demi-tour. »

Inquiétantes, les lumières clignotaient dans les collines obscures, sursautaient et se percutaient dans un silence seulement troublé par le bruissement des feuilles des platanes.

« C'est Marty Brinklan ? » demanda Hailey. Le père de Rick avait enfilé ce qui lui tombait sous la main, pantalon de survêtement et polo rose. Il avait toujours sa moustache, mais, tout comme ses cheveux, elle était désormais du même blanc que les cumulus.

« Faites demi-tour, madame », répéta l'agent Ostrowski. Il y avait d'énormes gouttes de sueur sur sa lèvre supérieure, et d'autres qui traçaient des chemins sur son crâne rose. Son odeur parvenait jusqu'à Dan. Ostrowski dégageait une puanteur qui outrepassait la simple odeur corporelle. Dan aurait appelé ça de la peur. « Prenez l'autre route. Passez par la 229. »

Sans l'écouter, Hailey appela Marty Brinklan. Il parlait à deux autres agents, et en entendant son nom il s'abrita les yeux et regarda dans leur direction.

« Hé ! Je vous ai dit de faire demi-tour, insista Ostrowski. Dernier avertissement. » Mais Marty était déjà là. Il posa une main sur l'épaule de son collègue et lui fit signe de reculer. À contrecœur, l'agent s'exécuta.

« Qu'est-ce qui se passe ? » demanda de nouveau Hailey.

Marty jeta un coup d'œil à l'intérieur de la voiture, d'abord sur elle, puis sur Dan. Il avait conservé l'expression froide et assoupie que lui connaissait Dan. Un visage de pierre qui ne se départait jamais d'une réserve parcheminée.

« Salut, Danny, dit-il.

– Bonjour, monsieur. »

Dan crut apercevoir ce regard dans les yeux de Brinklan. Celui qu'il avait remarqué chez la mère de Rudy et chez la femme de Coyle, Melody, lorsqu'il l'avait brièvement croisée au mémorial en Californie. C'était peut-être son imagination, mais il ne put s'empêcher d'y déceler une angoisse égoïste, coupable. *Pourquoi c'était pas toi à sa place ? Pourquoi lui et pas toi, espèce de sale inconnu ?*

« Je ne sais pas où vous allez, mais il va falloir prendre un autre chemin.

– Vous pouvez pas nous dire ce qui se passe, au moins ? » fit Hailey.

Marty Brinklan se retourna vers la scène – les véhicules et une flaque sombre sur le sol –, lissa sa moustache, décida.

« Je ne peux pas vous laisser passer par là. » Il scruta le champ un long moment, comme s'il cherchait comment formuler une idée horrible. « On espère juste qu'on va retrouver l'individu en vie. »

Hailey voulut dire quelque chose, mais Dan finit par s'impatienter. « Hailey. On fait demi-tour et on passe par la 229. Allez.

– Faites donc ça », dit Marty. Un dernier regard au garçon revenu de la guerre. « Content de t'avoir vu, Dan.

– Moi aussi, monsieur. »

Il s'éloigna et Dan repensa à sa visite, plus tôt dans la soirée, sur la tombe de son fils. Pendant que Hailey faisait demi-tour, il vit, dans le champ, deux lampes qui se croisaient comme des épées avant de partir dans des directions opposées. Des particules de poussière et de vent remplissaient leurs faisceaux qui fouillaient sans relâche cette étrange nuit d'insomnie.

Dans l'allée des parents de Dan, sous le panier de basket où ils avaient si souvent joué, shooté dans les feuilles d'automne et dansé autour de leur idylle naissante, Hailey l'embrassa. Il caressa la peau au coin de ses yeux et se demanda si elle réussirait réellement à vivre dans son exil personnel. À vivre comme lui le faisait. Mais, au fond, c'était peut-être dans l'ordre des choses. Peut-être les péchés de Hailey s'emboîteraient-ils parfaitement aux siens. Au loin, il entendit la rumeur d'un orage. À moitié dissimulés par des nuages gros comme des montagnes, des éclairs dorés fendirent l'horizon. De lourdes gouttes de pluie vinrent frapper le pare-brise, une à une, leurs congénères certainement pas loin derrière.

Sans le faire exprès, il sourit. « Calvin qui plante des clous dans la table basse, dit-il. J'adorais te voir rire en lisant cette page.

– C'est une question piège ? »

Il dit au revoir à Hailey et ce fut la dernière fois qu'il la vit. Lorsqu'elle redémarra, il sentit ce qui était enfoui loin derrière son œil, comme un téléviseur allumé jour et nuit. Il vit par les yeux des autres : comme dans la peau de sa mère, il se vit devenir un homme. Dans celle de Hailey, il vit cet amour ancien et sans espoir. À travers Rudy, il vit tomber la neige sur la vallée de Korengal et, plus tard, la peau qui crépitait sur l'os. Devenu Greg Coyle, il regarda le ciel du désert avec des yeux pleins de terre, de sang, de larmes et de bile, et il vit sa fille dans l'obscurité qui s'installait. Il plongea le regard dans le vent tout-déchirant du paradis, poussé vers l'avant alors qu'il était condamné à ne voir que dans l'autre direction, chialant toutes ses larmes pour les ruines qui se volatilisaient.

Les noms et les visages défilaient comme une vapeur. Des cendres et des corps que Dan Eaton chérirait jusqu'à son dernier souffle.

Tina Ross
ou
La Fraîcheur à l'orée du bois

Après avoir claqué des doigts près de l'oreille de Cole et avancé une paume sous son nez pour vérifier qu'il respirait encore et qu'elle n'avait pas eu la main trop lourde avec le GHB, Tina le laissa en chien de fusil sur le canapé et se mit en chemin vers la ville de son enfance. Elle passa presque tout le trajet à penser à l'amour.

La route qui reliait Van Wert à New Canaan était une bande d'asphalte immaculée, large et lisse et toujours déserte. Elle la connaissait bien. Tellement bien que les repères qui se succédaient – un panneau publicitaire rappelant en lettres noires et blanches, hautes et strictes, que JÉSUS EST VIVANT, l'enseigne d'un McDonald's dont la moitié de l'arche avait grillé et n'avait jamais été réparée – jouaient le rôle de bornes kilométriques. Elle avait souvent emprunté cette route, passé une grande partie de sa vie d'adulte à faire des allers-retours entre les deux villes. Quelques années plus tôt, Van Wert avait acquis une poignée d'éoliennes, et en partant elle les vit clignoter à l'unisson, leurs lames fendant la nuit en silence. Gary, son patron, vivait près d'une des fermes où ces turbines avaient été installées, et il assurait que le ronflement de leurs pales, constant mais presque fantôme, lui causait migraines et saignements de nez, ce qui ne l'empêchait toutefois pas de les aimer. Elles paraissaient sorties d'un film plein d'extraterrestres et de vaisseaux spatiaux avec leur point rouge qui clignotait à plusieurs dizaines de mètres de haut, incandescent dans la nuit.

L'autoradio de la Chevrolet Cobalt de Cole ne marchant plus depuis une éternité, Tina roulait en silence mais cela ne la gênait pas. En temps normal elle détestait être seule, mais cette fois c'était nécessaire. Elle avait besoin de réfléchir très attentivement à ce qu'elle allait faire. À ce qu'elle allait dire.

Autrefois, Tina avait une théorie au sujet de l'amour, à savoir que, dans une vie, on n'a qu'un seul amour véritable, authentique. On peut éprouver de l'amour pour plusieurs personnes. On peut laisser quantité d'hommes jouir de son corps. On peut même finir par s'attacher davantage à une autre personne qu'à cet unique amour, comme c'était le cas avec Cole. Mais, au bout du compte, on n'a jamais qu'un seul Grand Amour. Et, chez la plupart des gens, il se présente de bonne heure.

L'été avant son entrée en troisième, ses copines et elle apprirent que l'équipe de football avait dressé la liste des vingt filles les plus sexy parmi les futures élèves de New Canaan High. D'après son amie Stacey Moore, Tina tenait la première place (et Stacey la onzième). À cette nouvelle, son cœur s'était gonflé de cette chaleur adolescente qui le fait battre plus vite. Ces garçons étaient si grands et si beaux. Contrairement à ceux de sa classe, c'étaient des hommes avec de vrais muscles, des joues râpeuses et une aura d'expérience et de confiance. New Canaan étant une petite ville, tout le monde savait plus ou moins qui était derrière la liste.

Cet été-là, Stacey et elle prirent leurs vélos, pédalèrent jusqu'au terrain de football et observèrent derrière le grillage l'entraînement quotidien de l'équipe. Elle savait qui il était – tout le monde le savait –, mais c'était la première fois qu'elle le comprenait réellement. Le Numéro 56. Elle se demanda s'il se souvenait des quelques fois où ils s'étaient croisés chez Stacey.

Le plus souvent, les filles se cachaient dans sa chambre, trop gênées par leur jeune âge pour approcher Matt Moore ou n'importe lequel de ces garçons plus âgés. À présent, à l'orée du lycée, elle l'observait. Le pantalon de leur tenue donnait aux plus massifs un air comique, la graisse de leurs fesses tombant en petites poches sur leurs cuisses épaisses. Mais 56 avait des jambes, des cuisses et un cul de statue grecque. Elle admirait sa manière d'évoluer sur la pelouse. Elle ne connaissait rien au football américain mais il paraissait être le chef, interpellait tout le monde, pointait du doigt, faisait des signes, rejetait la tête en arrière et poussait un cri de guerrier antique pour mener ses hommes à la bataille. Elle ne le quitta pas des yeux jusqu'au moment où l'entraîneur, Bonheim, leur ordonna de foutre le camp avec son accent des Appalaches épais comme l'huile de moteur. « Mes gars n'arrivent pas à se concentrer quand y a un troupeau de poules qui gloussent. »

Elle ne pensa pratiquement qu'à ça tout l'été. À l'église, au dîner, avec ses copines, le Numéro 56 occupait ses pensées, obsession distraite que l'on roule sur sa langue comme une sucette. Et sa place en tête de la liste ? Il avait forcément voté pour elle. Les autres avaient dû suivre son exemple, comme sur le terrain.

Il y avait deux heures et demie de route jusqu'à New Canaan, et les phares de la Cobalt la guidaient dans l'obscurité de cette nuit d'été. Elle surveillait qu'un cerf ne traverse pas. Elle en avait heurté un l'année passée et le garde-boue de la voiture en gardait un souvenir froissé. Elle avait écrasé la pédale de frein quand elle avait aperçu le reflet de ses yeux sur le bas-côté, mais au lieu de filer vers les bois, l'animal terrifié avait bondi sur la route et elle l'avait accroché. Elle rentrait chez elle après une longue journée de travail – après s'être pris un savon par Gary parce qu'elle avait renversé une rangée de pots de cornichons qui s'étaient brisés dans un chaos de verre et de saumure puante – et elle triturait un bouton dans ses cheveux, fouillant les racines avec le tranchant de l'ongle, quand le cerf avait déboulé. Elle était descendue de voiture pour évaluer les dégâts, avait constaté la trace de sang sur le phare et la carrosserie enfoncée, et entrevu le cerf qui clopinait vers les bois avec sa croupe emboutie et brisée d'une manière grotesque. Elle s'était assise sur le sol froid et avait pleuré un moment.

Mais, ce soir, elle ne pouvait absolument pas se permettre de tamponner un animal.

En jetant un coup d'œil dans le rétroviseur pour surveiller la voiture qui la dépassait, elle y rencontra la femme qu'elle était aujourd'hui, presque une décennie après le lycée. Désormais, elle ne trônerait plus en tête de beaucoup de listes. Elle essayait de faire du sport pendant ses jours de repos, mais l'abonnement hebdomadaire coûtait dix dollars et, après quelques minutes d'elliptique, elle se décourageait, partait et culpabilisait ensuite toute la semaine. Le fait que Cole entrepose des friandises un peu partout dans l'appartement n'aidait pas – il avait souvent des fringales de Doritos et de roulés à la confiture, mais c'était elle qui grossissait. Lui conservait sa silhouette de cigogne et ne prenait pas un gramme, quoi qu'il mange. Ils n'avaient pas de balance, mais la dernière fois qu'elle s'était pesée à la salle de sport, elle avait découvert un décourageant soixante-dix kilos. Jamais elle n'avait pesé aussi lourd.

Le mois précédent, pour son anniversaire, Cole lui avait offert un vélo. L'engin, rouge et jaune, avait des lignes racées et des changements de vitesse intimidants.

« Comme ça, l'été, tu pourras le prendre pour aller bosser. » Cole était très fort pour comprendre ce qui l'angoissait ou la rendait triste et pour l'encourager. Elle n'avait pas encore sorti le vélo, mais elle se promit de s'y mettre en rentrant.

Cole était le prototype de l'amour qui pousse comme une

fleur fragile. À force de soins et d'attentions, le plus maladif des bulbes pouvait devenir source de bonheur. Ils s'étaient rencontrés peu après qu'elle avait été embauchée au Walmart. Quand la boutique de fournitures médicales de Dave Kruger avait fait faillite, son père avait perdu son travail et ses parents étaient partis vivre à Van Wert. Elle les avait suivis. Elle venait de terminer le lycée, c'était un moment où, entre ses troubles alimentaires et les piqûres qu'elle s'infligeait, un changement d'air ne pouvait lui faire que du bien. Bishop, le cousin de son père, l'avait aidé à décrocher un poste de vendeur chez F & S Floor Covering. Mr Ross vantait désormais les avantages respectifs de la moquette, du carrelage, de la pierre, du stratifié, du parquet et tutti quanti. Sa mère avait trouvé un temps partiel comme femme de ménage au YWCA, et Tina, qui n'avait jamais trop réfléchi à son avenir professionnel, était allée déposer sa candidature au Walmart.

Elle était vendeuse là-bas depuis un mois et n'aurait jamais remarqué Cole si ce dernier n'était pas venu systématiquement à sa caisse. Il arrivait dans son uniforme de technicien de la station-service avec un paquet de Little Debbies, un Snickers et un magazine de pêche, et il lui demandait comment se passait sa journée.

« Ça va. » Elle s'efforçait de se cantonner aux monosyllabes.

« Chez nous c'est la folie. On dirait que c'est pareil chez vous.

– C'est toujours comme ça. »

Ce qu'elle apprit rapidement, c'est qu'il n'y a pas de place pour les feignants chez Walmart. Quand elle était en caisse, elle n'avait jamais moins de cinq personnes en attente et, dès que la file diminuait enfin, Gary l'envoyait faire de la mise en rayons. Mais c'est en se plaignant de ce rythme éreintant qu'elle se fit des amis. Ils étaient tous dans la même galère. Sa meilleure copine au boulot s'appelait Beauty et avait généralement les mêmes horaires qu'elle. Elles s'échangeaient des polars crapuleux et, les jours particulièrement stressants, partageaient une cigarette près de l'aire de chargement.

« Il t'aime bien, tu sais », lui dit Beauty. Beauty était noire et méritait bien son nom. Elle avait une peau somptueuse et d'élégants traits de star de cinéma, auxquels s'ajoutaient une silhouette qui faisait des jalouses et des fesses rondes que tous les garçons mataient sans même essayer de s'en cacher. Un jour, Tina vit Gary donner un coup de coude à un jeune vendeur, accompagné d'un hochement de tête en direction du postérieur de Beauty. Elle ne réagissait jamais et ne laissait jamais deviner qu'elle en était consciente. Elle avait un mec en Afghanistan – son amour de lycée, un beau et solide garçon de ferme – qu'elle épouserait à son retour.

« Qui ça ? demanda Tina.

– Cole.

– C'est qui, Cole ?

– Cole, de la station-service. »

Il fallut que Beauty le lui décrive en détail pour qu'elle le situe enfin. Le garçon qui venait tout le temps à sa caisse. Maigre comme un coucou, les épaules tombantes, pas de menton, une pomme d'Adam aussi grosse qu'une dinde et des dents qui se chevauchaient.

« Pas mon genre. » Celui qui lui plaisait, c'était Travis, du rayon électronique. Il avait une bague au doigt mais aussi des épaules carrées d'ancien athlète.

« Il est gentil, dit Beauty. Une fille comme toi, tu devrais apprendre à donner de l'importance à la gentillesse.

– Et toi, tu donnerais de l'importance à la gentillesse si ça venait de lui ? »

Un peu plus tard, elle alla avec Travis dans un coin sombre du parking d'un centre commercial, après quoi il ne posa plus jamais les yeux sur elle et alors elle commença à voir Cole d'un autre œil. À la manière dont le silence se faisait quand elle arrivait, elle devina que Travis en avait au moins parlé à quelques collègues, et Cole cessa de venir à sa caisse. Un jour où elle le croisa dans la salle de pause, elle s'attendit à ce qu'il l'évite, au lieu de quoi il humecta le petit rictus gêné que dessinaient ses lèvres et dit : « J'aime vraiment bien ta nouvelle façon de te maquiller. Les lignes qui dépassent, ça te donne un air un peu chinois. »

C'était tellement maladroit, tellement empoté et tellement sincère qu'elle crut d'abord qu'il se moquait d'elle. Puis le sourire de Cole se flétrit et il se força à le raviver, et elle comprit qu'il était au courant pour Travis. Que cette remarque était une façon brouillonne de lui dire que ça ne lui posait pas de problème et qu'il ne lui reprochait rien ; simplement, il ne pouvait plus venir à sa caisse au cas où elle ferait une fixette sur un homme marié. Du moins, c'est ainsi que Tina l'interpréta.

Le lendemain, elle fit un saut à la station-service.

« Est-ce que tu veux venir à la messe avec mes parents et moi, dimanche ? » lui demanda-t-elle. Après avoir laborieusement expliqué qu'il travaillait le dimanche mais uniquement l'après-midi, le cou soudain marbré de rouge, il dit oui.

Ils se retrouvèrent donc à l'église (le père et la mère de Tina lui serrèrent la main d'un air intrigué ; lui, en costume-cravate, davantage habillé pour un mariage que pour un sermon dominical, détailla à l'intention de Mr Ross ce qu'il faisait à la station-service : « Un peu tout, monsieur, ça va des changements de pneus à la vidange ou aux batteries, mais des fois je réapprovisionne les rayons ou je tiens la caisse. Souvent les gens veulent payer toutes leurs courses à la même caisse quand ils viennent faire une vidange. »). Le sermon traita des questions de responsabilité individuelle et collective, Jésus nous ayant ordonné d'être doux et compatissants avec notre prochain. Veiller les uns sur les autres était la responsabilité de la paroisse, c'était à cela qu'elle servait.

Tout du long, le père de Tina hocha la tête, comme beaucoup d'autres fidèles. C'était un thème qu'il aimait bien rabâcher au dîner : « Le rôle d'un gouvernement, c'est de protéger sa population, pas d'essayer d'équilibrer les richesses pour que tout le monde ait la même chose. » Tina s'en souvenait nettement car ces temps-ci, au travail, on ne parlait que des gens qu'il allait falloir virer si cette histoire de sécurité sociale était adoptée.

À la messe, Cole s'assit à côté d'elle, les mains sur les cuisses, et regarda devant lui. Il irradiait la nervosité. Ensuite, Tina et ses parents allèrent bruncher chez Bob Evans. La mère de Tina invita Cole, mais il fallait qu'il aille travailler. « Merci de m'avoir invité, dit-il. J'ai passé un très bon moment. » Il serra Tina dans ses bras, mouillant sa peau nue avec ses mains trempées de sueur.

Elle dépassa la sortie pour Lima et s'inquiéta de l'heure. L'horloge de la voiture ne fonctionnait plus depuis des années et Tina n'avait pas pris son téléphone car elle savait que les nouveaux appareils envoyaient constamment leur localisation. Elle se calma. Tant qu'elle arrivait à New Canaan avant la fermeture des bars, elle aurait une chance de le trouver.

À l'époque, elle n'avait pas su s'y prendre. Dès qu'elle l'apercevait dans les couloirs, elle avait des frissons, des papillons dans le ventre, bref elle devenait dingue. Quant à lui, il était manifestement conscient de sa présence mais il attendait le dernier moment pour poser les yeux sur elle, qui baissait la tête et ne pensait plus à rien d'autre jusqu'au soir. Ses cours de biologie, d'anglais et d'éducation sexuelle auraient aussi bien pu être en espagnol, elle ne les aurait pas moins bien retenus. Jamais elle n'aurait fait le premier pas. Ça ne marche pas comme ça au lycée. 56 trônait au sommet d'une hiérarchie universellement admise. Il allait être recruté dans une université évoluant en première division. Il avait une manière de parler – une voix de baryton pleine d'une autorité acquise – qui obligeait à dresser l'oreille. Il portait ses livres avec une nonchalance particulière, par le dessus et non pas avec la main repliée en dessous comme tout le monde.

Pendant la première fête de sa vie à New Canaan High, elle attendit au bord de la piste de danse avec les autres filles de troisième, trop peureuses, à l'exception de rares intrépides, pour s'aventurer dans la forêt d'élèves qui peuplaient la pénombre de la cafétéria, où les lumières plongeaient et vacillaient comme dans un aquarium. Les parents de Stacey venaient tout juste de l'autoriser à acheter du maquillage et Tina l'avait aidée dans les toilettes.

« C'est le meilleur mascara de supermarché », dit-elle en appliquant sur les cils de Stacey un Maybelline Great Lash Waterproof noir de jais, espérant que son amie garçon manqué n'allait pas lui coller aux basques toute la soirée (car, si Dieu était avec elle, il n'était pas impossible qu'on l'invite à danser). Tina poursuivit avec de l'eye-liner Almay. « Ça bougera pas, même si tu commences à transpirer. »

Les Jaguars avaient gagné 29 à 7, et le Numéro 56 semblait avoir fait un bon match (en tout cas il avait défoncé à trois reprises le *quarterback* d'en face avant de se relever d'un bond et de hurler son triomphe si fort que sa voix avait porté tout en haut du gradin où les élèves de troisième avaient déniché des places). Une heure après le début de la fête, les joueurs déboulèrent dans la cafétéria, douchés et habillés. À chaque slow, un garçon différent l'invita à danser, presque tous plus âgés, et elle accepta sans cesser de surveiller la porte. Elle dansait avec Conner Jarecki, un garçon de sa classe, quand 56 arriva en pantalon de treillis et débardeur. Ses épaules, sa poitrine et ses bras nus ressemblaient à une armure glissée sous sa peau. Dès qu'un slow commençait, elle tournait la tête vers lui et attendait qu'il ait fait son choix avant de laisser sa chance à un autre prétendant. Il dansa avec quelques filles qu'elle reconnut, les plus populaires du lycée, y compris Jess Bealey, ronde et pétillante, dont la chair débordait comme toujours de son haut. Plus les heures passaient, plus Tina était éperdue. Jamais il ne l'inviterait. Il ne la connaissait pas. Et puis son désespoir se changea en peur, la peur en vexation, et la vexation en déception lorsqu'un des chaperons annonça la dernière chanson. Alors, comme invoqué par ses pensées, il fendit la foule jusqu'à elle.

Dan Eaton s'approchait d'elle pour solliciter la dernière danse (elle identifiait Dan, un garçon qui bloquait si fort sur Hailey Kowalczyk que presque toute leur classe ricanait dans son dos), quand un bras aussi épais qu'une branche d'arbre se posa sur la poitrine du maigrichon. « Elle est pour moi, mon gars. »

Un instant plus tard, 56 avait les mains sur ses hanches et elle entourait son cou, qu'elle atteignait difficilement tant il était plus grand qu'elle. La chanson était « Kiss from a Rose » de Seal.

« T'es Tina. La copine de la petite Moore.

– C'est ça. »

Elle sentit le poids de ses cils sur ses paupières. Pour la première fois de sa vie, elle s'associa au mot *sexy*. Ses yeux arrivaient à la hauteur de la poitrine de 56, sur laquelle deux plaques d'identification de l'armée se balançaient au bout d'une chaîne. Il ne les quittait jamais. Elle remarqua que les plaques étaient vierges des deux côtés.

« Il devrait pas y avoir ton nom, là ? »

Il prit un air amusé. « Pourquoi ? Mon destin est pas encore écrit. »

Ses mains descendaient bas, les auriculaires reposant juste sur le renflement des fesses de Tina. Il la tenait serrée et elle le sentait contre son abdomen, qui pressait juste sous son nombril. Il ne bandait pas, mais il était indéniablement *là*.

À la fin de la danse, quand les lumières se rallumèrent, ils se séparèrent.

« On va faire un feu dans le jardin de Strow avec une partie des mecs. Tu veux venir ? »

Ça oui, elle le voulait. Mais sa mère les attendait à l'extérieur, Stacey et elle, et il n'y avait pas le moindre début d'une chance qu'elle donne son accord.

« Je peux pas. Tu veux prendre mon numéro ? » On était en 2000, avant que tout le monde ait un portable. Son estomac se noua – quelqu'un avait peut-être un stylo dans les parages.

Il la congédia d'un geste de la main. « On se verra au bahut. On se débrouillera. »

Tout le week-end, elle fut malade d'inquiétude à l'idée qu'il ne pense pas ce qu'il avait dit. Elle eut de nombreuses conversations téléphoniques avec Stacey, jusqu'à la soirée pyjama du samedi soir. Elles firent le bilan de la soirée. Comme on pouvait s'en douter, Dan Eaton avait tourné inlassablement autour de Hailey Kowalczyk qui aurait préféré danser avec le *quarterback*, Curtis Moretti. Stacey prétendit avoir attiré l'attention de Jonah Hansen, de Ron Kruger et d'un mec mignon de seconde, Ben Harrington. Tina lui assura que les seins qui lui avaient poussé pendant l'été étaient plus que corrects et que Ben n'y avait sûrement pas été insensible. Stacey avait aussi remarqué que Lisa Han, snobée par Tina à cause du torrent de grossièretés qui jaillissait de sa bouche, avait dansé plusieurs fois avec Bill Ashcraft, que Tina aimait bien autrefois. Et au milieu de ce tourbillon de parades adolescentes, Tina essayait tant bien que mal de ramener la conversation sur sa danse avec 56, qui lui paraissait être l'épisode le plus intéressant. Elle raconta à Stacey comment il avait pressé son sexe contre elle. Son amie répondit : « C'est le secret le moins bien gardé de l'école. D'après mon frère, ils se regardent la bite dans les vestiaires et ils passent leur temps à comparer. »

Tina éclata de rire. « Ils sont tarés, les garçons.

– On devrait recommencer à leur jeter de la boue. » Puis Stacey lui lança un regard en biais. « Mais fais gaffe, quand même. Je le connais un peu grâce à Matt. Y a qu'une seule chose qui l'intéresse chez toi. »

Elle détesta violemment Stacey pour avoir fait cette remarque, d'une haine réservée aux amies proches. Peu après, elle lui tourna le dos et fit semblant de dormir.

Le lundi, 56 vint la trouver à la pause et l'invita à manger une glace au Friendly's en fin de journée. L'angoisse de Tina se reporta alors sur la tenue qu'elle allait porter, sa manière de se maquiller, le nombre de boutons qui apparaîtraient d'ici là. Elle mentit à ses parents concernant la personne qu'elle allait retrouver et avec qui elle rentrerait, et sa mère la déposa au rendez-vous (« Stacey et les autres doivent pas encore être arrivées. C'est pas grave, je vais déjà prendre une table »). Puis elle tourna au coin de la rue, alla se planquer sous la marquise d'un cabinet médical (William Ashcraft, dentiste) et attendit de voir arriver l'énorme pick-up de 56.

Ils s'assirent face à face, duellistes armés de leurs coupes de sundae.

« Tu veux ma cerise ? proposa-t-il. J'aime pas ça.

– Quoi ? Mais tout le monde aime les cerises ! s'exclama-t-elle en la prenant de ses doigts maculés de rouge. C'est le meilleur. C'est pour ça qu'on dit “la cerise sur le gâteau”. »

Un grand sourire aux lèvres, il la dévorait du regard. « J'aime bien les cerises, mais pas celles-là.

– Tu préfères quand elles ont encore leur noyau ? »

Il rit, mais elle ne comprit pas pourquoi. « C'est ça. Quand elles ont encore leur noyau. »

Il préleva une généreuse cuillerée de glace et la lécha à grands coups de langue.

« Ma pote pensait pas que tu m'inviterais.

– Quoi ? » Il avala une énorme bouchée de vanille et de caramel. « Pourquoi ?

– Elle dit que tu peux avoir toutes les filles que tu veux. » Elle censura la remarque de Stacey. « Donc pourquoi une fille de troisième ?

– J'ai l'impression qu'elle est jalouse, ta pote. »

Évidemment, Stacey était jalouse. Ça paraissait limpide, maintenant qu'elle se retrouvait assise face à lui avec son blouson noir et son numéro sur la poitrine. Ses cheveux sculptés en petits pics au-dessus d'un front lourd et sévère. Son sourire qui courbait la moitié d'une lèvre charnue et adorable. Comment ne pas être jalouse ?

« Tu vas trouver ça débile, dit-il. Promets-moi que tu vas pas me prendre pour un blaireau. »

Comme si ça avait une chance d'arriver.

« L'année dernière, j'ai passé une soirée chez Matt Moore et le lendemain matin je suis allé à la messe avec sa famille. À ton église.

– C'est vrai ? Je t'ai jamais vu là-bas. » Bien sûr que si, elle l'avait vu. Et maintenant qu'elles étaient plus grandes, elle maudissait Mrs Moore et sa nouvelle règle interdisant tout ce qui ressemblait à une soirée pyjama mixte.

« On était au fond, mais j'ai pas arrêté de te regarder et, ouah. » Il se frotta les yeux avec le talon de la main. « Je me disais : "C'est la plus belle fille que j'aie jamais vue dans cette ville." »

Il rougissait, et les joues de Tina se mirent elles aussi à chauffer. Elle se concentra sur sa glace qui fondait et fit de son mieux pour ne pas sourire comme une démente.

« La seule chose que je savais, c'est qu'il faudrait que je sois célibataire quand t'arriverais au lycée. »

Il rit de lui-même, son visage rosit encore d'un ton, et elle releva enfin la tête pour admirer l'horizon crénelé de ses dents du haut.

Sa jauge d'essence baissait. Elle avait encore de quoi atteindre New Canaan et pourrait faire le plein sur le chemin du retour, mais… la suite comportait déjà tant d'incertitudes. Déjà, rien ne garantissait qu'elle rentrerait. Mieux valait régler ça tout de suite, avoir un réservoir plein et être prête à toute éventualité entre elle et 56. Elle quitta la route, entra dans une station Pilot, chercha sa carte bancaire (consciente qu'il lui restait 73 dollars pour finir le mois) et se ravisa. Elle avait 14 dollars dans son portefeuille, ça suffirait pour une quinzaine de litres. Fourrageant dans le vide-poche, elle récolta 2,84 dollars de plus. Elle inséra jusqu'au dernier *cent* dans la pompe et finit à petits coups saccadés pour tomber pile sur 16,84. Elle enfonça une des casquettes de Cole sur son crâne, entra dans la boutique, posa l'argent sur le comptoir, dit : « Y a le compte » et ressortit aussi vite. Elle avait peut-être eu une mauvaise idée en s'arrêtant. Elle le regrettait maintenant, mais l'amour allait l'aider à avancer. L'amour chassait les doutes, les regrets, les peurs. Il fallait qu'elle le fasse. Il fallait qu'elle voie. Peu importaient les conséquences pour ses parents ou pour son pauvre et formidable Cole.

Ça n'avait pas été facile d'apprendre à l'aimer. Pendant les semaines qui avaient suivi la messe en famille, ils s'étaient retrouvés pour déjeuner dans la salle de pause. Leurs conversations étaient hachées, les sujets difficiles à trouver. Il lui était pénible de regarder Cole avec son crâne allongé d'extraterrestre et le maigre duvet au-dessus de sa lèvre, qui était fendu par une ligne verticale, souvenir d'un bec-de-lièvre opéré quand il était petit.

« T'aimes les carottes ? demanda-t-il en lui proposant un sachet de bébés carottes visqueux.

– Bof. Ça a pas de goût. »

Il acquiesça et mit un soin exagéré à refermer son Ziploc, le plier et le ranger dans le sac Walmart en plastique contenant son déjeuner.

Il ne suscitait rien chez elle, et souvent son esprit vagabondait vers les autres hommes qu'elle avait connus. (L'un d'eux en particulier projetait un spectre inamovible sur son désir, alors qu'il remontait presque à dix ans.) Il l'invita plusieurs fois à sortir, mais elle trouva toujours une excuse.

« Il est bizarre, expliqua-t-elle à Beauty. Et on dirait que Dieu était bourré quand il a mis les dents dans sa bouche. »

Beauty s'étrangla de rire, mais elle reprit rapidement son sérieux.

« C'est pas sympa, Titi. Il est gentil. C'est juste qu'il a pas eu beaucoup de copines, et la seule avec qui il est resté – Sarah Wiloxi ? –, elle était vachement moins jolie que toi. Tu l'intimides, c'est tout. »

Planquées dans le rayon linge de maison, elles prenaient leur temps pour réapprovisionner les étagères. Le magasin était désert et Gary avait pris sa journée, personne n'avait peur de lever le pied.

« Mais il me plaît pas, tu comprends ? J'ai pas non plus besoin qu'il soit Luke Bryan, mais… il me fait penser à un grand oiseau, beurk. Et puis y a sa cicatrice dégueu. » Elle secoua la tête. « Je sais pas. Je me disais que j'allais faire une tournée des bars ce week-end, histoire de voir si je trouve quelque chose à me mettre sous la dent. »

Et, de fait, elle se trouva un costaud à casquette Budweiser camouflage qui n'était certes pas Luke Bryan mais qui, si on oubliait son bide à bière, avait des bras forts et un dos solide auquel elle pouvait s'accrocher, voire carrément s'agripper. Elle coucha quelques mois avec Darren et sa casquette camouflage (dont il ne se séparait jamais car, s'aperçut Tina, elle masquait une calvitie étrangement bien dessinée sur le sommet de son crâne). Peut-être que les choses auraient été bien différentes avec Cole si son père n'avait pas glissé sur une plaque de verglas après une tempête de neige au début de l'année 2010.

Il était sorti tard du travail, et la personne qui avait salé le parking avait dû oublier un endroit car son père avait dérapé et s'était fracturé le col du fémur. Puisqu'il était à mi-temps, il n'avait ni assurance, ni indemnités en cas d'accident, et l'opération engloutit pratiquement toutes les économies parentales. Il fallut faire chauffer les cartes de crédit, et la vie de la famille commença à être monopolisée par les remboursements d'intérêts et les dettes hospitalières. Puis il fallut s'occuper de lui quand il rentra à la maison. La mère de Tina fut contrainte de réduire ses heures au YWCA pour rester avec lui. Et quand elle ne pouvait pas être là, Tina prenait le relais.

Son père, qui avait toujours été farouchement indépendant, détestait cette situation et était donc un patient difficile. Toutes les quatre heures environ il fallait le conduire aux toilettes (mais Tina le soupçonnait de se retenir parfois, par pur entêtement). Il fallait aussi lui préparer à manger, l'aider à s'asseoir sur le tabouret de douche et s'assurer qu'il prenne ses médicaments. Elle l'aidait à faire sa rééducation en tendant sa jambe dans différentes directions, des petits mouvements qui le faisaient tout de même serrer les mâchoires, transpirer et proférer des jurons exotiques. Jamais sa fille ne l'avait trouvé si vieux que lorsqu'il se traînait avec son déambulateur, les joues flasques, ses derniers cheveux disparaissant au profit de taches épaisses et sombres. Un jour où sa mère et elle avaient été obligées d'aller travailler toutes les deux, il fit sous lui, et lorsque Tina le trouva il était furieux, non pas contre elle mais contre les médecins, convaincu qu'ils avaient salopé l'opération et que c'était à cause d'eux qu'il ne marchait toujours pas.

« Une bande d'incompétents, ils ont massacré ma jambe », ruminait-il, puis il mit une claque dans le gobelet en plastique posé sur sa table de nuit, qui se répandit sur le sol. Tina fondit en larmes et s'agenouilla pour nettoyer le désastre, et c'est seulement alors que s'apaisa sa fureur inhabituelle.

Soudainement, son père ne travaillant plus et sa mère ayant diminué ses heures de moitié, les parents de Tina étaient dans la dèche. Ça se voyait particulièrement le jeudi, quand l'église offrait le dîner à tous ceux qui se présentaient, qu'ils la fréquentent ou non. Tina y était allée quelques fois avec ses parents pendant les années suivant leur installation à Van Wert (« C'est bien de pouvoir retirer un repas de la liste de courses », se plaisait à répondre sa mère lorsque son père insistait sur le fait qu'ils n'avaient pas *besoin* d'y aller), mais ces derniers temps les dîners de l'église connaissaient un succès grandissant. Au point que la file d'attente débordait parfois sur le trottoir. Tina et sa mère y allaient toutes les semaines et rapportaient un plateau-repas pour son père jusqu'au jour où il avait pu y aller avec son déambulateur. Mais un repas chaud par semaine, ce n'était pas suffisant, et Tina commença à prendre autant d'heures supplémentaires que possible (malgré la certitude que Gary en bidouillait le nombre à la baisse sur l'ordinateur). Ils gagnaient trop d'argent pour demander des aides sociales, et de toute manière son père n'aurait jamais accepté une aumône du gouvernement. Van Wert disposait d'une banque alimentaire qui lui permettait d'aider ses parents à tenir entre deux fiches de paye, mais ce n'était pas avec des céréales et des nouilles déshydratées qu'ils allaient sortir la tête de l'eau.

Un jour, pendant sa pause, Tina sortit pour fumer sans Beauty (ce qui lui arrivait rarement) et pleurer (ce qui lui arrivait régulièrement). Cole avait dû la repérer et l'avait suivie. Il la découvrit tremblante, la partie amovible de ses gants retirée pour fumer plus facilement.

« Ça va ? » lui demanda-t-il à trois mètres de distance, comme s'il avait peur de s'approcher davantage.

Elle s'essuya le visage et ravala sa morve.

« Ça va. Je suis juste un peu stressée. À cause de mon père et tout. J'ai hâte d'avoir mon augmentation. » Elle rit sans savoir pourquoi. À partir d'avril, elle toucherait en principe 1,07 dollar de plus par heure. « Ça va faire une grosse différence.

– Écoute, si vous avez besoin d'aide, n'hésitez pas, proposa-t-il. On n'a pas les mêmes horaires. Je pourrais, je sais pas… venir m'occuper de ton père pendant que ta mère et toi vous travaillez. Comme ça vous pourriez peut-être faire plus d'heures ?

– C'est vrai ?

– Bien sûr, ça me pose pas de problème. J'aime bien ton père. » Comme s'ils s'étaient vus plus d'une fois.

Elle en pleura plus fort encore.

« Enfin, c'est pas obligé.

– Non. » Encore un sanglot, puis elle ravala tout et sécha ses larmes avec la manche de son blouson. « Non mais c'est vraiment super gentil, Cole. Tout le monde est super gentil. »

Et voilà comment Cole mit un pied dans leur petite maison de Jennings Road. Il regardait le sport à la télé avec le père de Tina, l'aidait à aller aux toilettes, lui apportait ses journaux et ses magazines, remplissait son verre d'eau. Un des pires aspects de la convalescence était que son père avait de toute évidence besoin de cette compagnie. Il détestait être dépendant des autres, mais Cole lui fournissait une excuse. C'était seulement un mec avec qui il regardait le sport. Et, en plus, Cole apportait plein de victuailles. Ragoûts, nouilles, burritos maison, salades, poulet frit, macaronis au fromage. Là où, auparavant, Tina ne trouvait dans le frigo que du beurre, de la confiture et un quignon de pain, désormais elle découvrait systématiquement les restes de Cole.

« Cole, c'est vous qui cuisinez tout ça ? demanda sa mère. Pas mal pour un garçon, surtout un célibataire. » Jamais sa mère n'avait regardé 56 de cette façon, avec une affection et un étonnement sincères.

« Quand ma mère est morte, mon père et moi on s'est retrouvés seuls, alors on a appris à cuisiner ensemble », expliqua-t-il.

Tina savait que tout cela devait lui coûter cher, mais il leur permettait d'espacer les expéditions à la banque alimentaire.

Quand elle coucha avec lui, ce ne fut pas uniquement une manière de le remercier. Elle avait commencé à se dire que Beauty n'avait peut-être pas tout à fait tort. À force d'être aussi altruiste, aussi infailliblement gentil, de faire de sa famille sa priorité dans la vie, Cole en devenait séduisant. Un jeudi où ses parents partaient au dîner de l'église, elle leur demanda si, de son côté, elle pouvait aller au cinéma avec lui. En réalité ils allèrent chez elle, il découvrit la laideur de son ventre et elle lui donna une explication bancale à propos d'un grillage qu'elle aurait escaladé enfant. Cole se révéla être un bien meilleur amant qu'elle ne l'avait craint, et après l'avoir embrassé ce soir-là elle cessa de remarquer sa cicatrice à la lèvre.

Après avoir fait le plein, elle remit le cap sur New Canaan. Plus elle approchait, plus elle répétait son discours dans sa tête. Elle voulait que ce soit parfait, elle réfléchissait à ce qu'elle allait lui dire depuis des semaines, voire des mois (des années, en réalité). Pourtant, rien ne sonnait tout à fait juste. Mais comment décrire l'amour ? C'est une idée insaisissable. Un savon qui glisse et qu'on doit attraper au vol avec une seule main mouillée.

Au début de leur relation, ils avaient passé un temps monstre à régler les questions logistiques. La mère de 56 ne posait pas de problème et le laissait faire plus ou moins ce qu'il voulait, où et quand il le voulait, mais ses parents à elle étaient plus stricts. Sa mère, surtout, n'aimait pas qu'elle sorte avec un garçon plus âgé, et sur ces choses Jerry Ross se rangeait toujours à l'avis de sa femme. Tina avait interdiction de monter dans son pick-up ; elle ne pouvait le voir qu'en cours, aux fêtes du lycée et dans des lieux publics (vraisemblablement le Vicky's ou le Friendly's). Elle ne connaissait que deux humeurs à sa mère : enjouée ou sévère. Et, en présence de 56, Mrs Ross ne montrait que la seconde. Tina commença à mentir beaucoup, et le plus souvent c'était Stacey qui la couvrait.

La première fois qu'il l'emmena sur un tronçon de route désaffecté, il la déshabilla presque entièrement dans la cabine de son pick-up. Elle l'arrêta juste avant qu'il ne se déshabille lui aussi. Ça le mit d'une humeur tellement massacrante que ce soir-là, après qu'il l'eut déposée chez elle, Tina ne put fermer l'œil, paniquée à l'idée d'avoir peut-être tout fait foirer. Le lendemain, au lycée, lorsqu'il lui passa un bras autour de l'épaule comme si de rien n'était, elle crut qu'elle allait pleurer de soulagement.

À problème compliqué, solution simple : elle raconta à ses parents que l'Association des athlètes chrétiens, dont elle faisait partie, organisait tous les soirs des séances de lecture biblique. De cette façon, elle pouvait décoller avec 56 dès qu'il avait fini de s'entraîner. Elle savait qu'elle n'était pas la première adolescente à inventer un bobard de ce genre, mais elle fut surprise que ses parents n'y voient que du feu.

En sortant avec 56, elle grimpait dans l'échelle sociale. Elle le rejoignait près de son casier et savourait les regards noirs des filles de terminale. Il l'accompagnait à tous les cours. Passait à la salle d'étude de Tina et restait traîner jusqu'à ce que Mrs Northup lui dise de décamper. Elle s'imaginait qu'ils étaient deux célébrités. Si le journal de New Canaan High (*The Jaguar*, un magazine en noir et blanc sur papier glacé distribué dans la cafétéria une fois par mois) avait comporté une rubrique potins, ils auraient eu leur photo dans tous les numéros. (Et, de fait, ils l'eurent une fois : le *Jaguar* publiait dans chaque édition un collage de clichés sélectionnés par les photographes du lycée. On y trouvait généralement du sport, des réunions, mais aussi des scènes du quotidien ; le numéro de novembre comprenait une grande photo, presque une demi-page, d'elle et de 56 qui marchaient dans un couloir en se tenant la main. Prise de dos, elle les montrait de profil, Tina riant et lui arborant son demi-sourire à tomber. Elle en acheta sept exemplaires. Elle en rangea quatre, intacts, dans une boîte au fond de son placard et découpa la photo dans les trois autres. Une alla au-dessus de sa commode, une autre dans son casier, et la dernière dans son agenda.

Juste avant le sixième match de la saison, Kaylyn Lynn vint la trouver et lui dit : « Tu sors avec une star, tu peux pas rester avec les troisièmes. Viens. »

Kaylyn cachait ses petits seins sous une brassière orange et avait écrit *Go Jags !* sur les muscles nerveux de son ventre. Elle s'était fait de mignonnes petites couettes et avait deux traits de peinture, un noir et un orange, sous chacun de ses yeux vert d'herbe. Kaylyn faisait presque une tête de plus qu'elle et, peut-être parce qu'elle avait un an de plus et semblait déjà intimider les filles de terminale, ou bien parce qu'elle était super copine avec 56, Tina fut à la fois flattée et déconcertée. Elles s'assirent au premier rang et Kaylyn désigna Rick, le n° 25, qui leur tournait le dos.

« Regarde-moi ça, dit-elle. Les culs dans les pantalons de foot, ça me fait un truc. Même quand c'est des gros. »

Tina acquiesça, mais elle ne se sentait toujours pas à l'aise. 56 avait eu une histoire avec Kaylyn. Avant qu'elle ne commence à sortir avec lui, elle l'avait vu près de son casier après les cours, quand les couloirs étaient désertés. Il se tenait trop près d'elle et Tina, qui n'avait pu s'empêcher de tendre l'oreille, l'avait entendu dire : « Tu deviens blonde un peu sale en été », à quoi Kaylyn avait répondu : « Pas assez sale à mon goût. »

Ce qui l'ennuyait n'était pas tant cette remarque discutable que le moment où 56 avait pris une mèche de Kaylyn entre le pouce et l'index et l'avait palpée comme s'il éprouvait l'uniformité d'un sol.

« Mon problème, dit-elle à Kaylyn en chassant cette image de son esprit, c'est que je connais rien au football. Genre je comprends à peine ce que fait Todd. »

Kaylyn rit. Elle avait de jolies dents, à l'exception d'une canine de vampire qui chevauchait sa voisine.

« Je t'explique. Todd, il est *linebacker* central, en gros c'est le chef de la défense. Il fait un peu tout, donc il est partout et il peut lancer un blitz et courir après le *quarterback* s'il pense que c'est ce qu'il faut faire. Ton mec, c'est un putain de bon *linebacker*. Il a déjà le record de l'école du nombre de *sacks*, c'est pour ça que des recruteurs s'intéressent à lui et c'est en partie grâce à lui que l'équipe a cinq victoires et zéro défaite. »

Tina opina, même si l'explication lui était largement passée au-dessus de la tête. Pourtant, le football était devenu son identité. En tant que copine de 56, elle pouvait prétendre aux deux premiers rangs, où se plaçaient les élèves de première et terminale. Là elle se sentait mûre, adulte, elle avait le sentiment de percevoir le monde sous un jour incommensurablement différent.

Elle aimait bien l'habitude d'appeler les mecs par leur numéro et prit rapidement le pli. Elle se fit faire un T-shirt avec le nom et le numéro de 56 dans le dos et fusilla du regard Jess Bealey, la pom-pom girl qui fabriquait des banderoles en son honneur et lui préparait des cookies et des brownies avant les matchs. (C'était seulement une copine, disait 56, mais le nombre de « copines » qu'il semblait avoir tracassait Tina.) C'était son intronisation dans un club fermé, un nouveau monde. Les meilleurs amis de 56, Ryan Ostrowski, Curtis Moretti, Matt Moore et quelques autres, constituaient une sorte d'élite athlétique. Qu'ils boivent, recouvrent des maisons de papier toilette ou balancent des œufs sur les voitures, on leur passait tout. Lors des rassemblements d'avant-match, ils s'annonçaient les uns les autres au micro, avec pour chacun un morceau de rap et un pas de danse, le maillot rentré n'importe comment dans le baggy. Elle avait le sentiment de faire partie intégrante du spectacle qui se déroulait dans la lumière du feu de camp.

Lorsqu'elle comprit mieux le rôle de 56 au sein de l'équipe, elle le trouva encore plus séduisant. Elle l'observait depuis la ligne de touche. À la saison froide, de la vapeur s'élevait de sa tête chaude et ruisselante de sueur. Pendant les matchs, il lançait des regards à un des entraîneurs sur le bord du terrain (celui qu'on appelait coordinateur défensif), recevait un signal ou le refusait d'un geste, marmoréen sous son casque et pourtant expressif dans ses mouvements de la tête et des mains. Ensuite, quand les hostilités étaient lancées, la manière qu'il avait d'essayer d'attraper les mains de l'adversaire, de le feinter ou de lui faire lâcher le ballon ressemblait presque à du jujitsu. Elle commença à prendre conscience qu'il était plus rapide et plus fort que la majorité de ses opposants. Il laissait souvent sur place le joueur adverse et alors c'était comme regarder un loup poursuivre un lapin dans un champ. Durant le sixième match de la saison, contre Marysville (alors vingt-quatrième au classement de l'État !), il réalisa une action extraordinaire. Le centre remonta la balle et, au lieu d'aller tamponner son vis-à-vis, 56 le feinta, ce qui eut pour effet de faire trébucher l'autre en avant. 56 le passa d'un bond et écarta un autre défenseur, après quoi il n'y eut plus que de la pelouse entre lui et le *quarterback* de Marysville. Le *quarterback* essaya de se replier pour lancer, mais 56 était trop rapide. Il le percuta dans un grand froissement de protections en plastique, le souleva du sol et les propulsa tous deux dans l'espace. Le stade entier entendit le choc, et des deux côtés des gradins s'éleva un cri de surprise et de douleur. Le ballon s'échappa et Matt, le frère de Stacey (n° 44), le ramassa et courut marquer un *touchdown*. 56 bondit en criant, bandant les muscles et frappant l'air de ses poings pendant que ses coéquipiers lui distribuaient des claques sur les fesses et sur le casque. Le *quarterback* sortit du terrain avec un traumatisme crânien et New Canaan l'emporta 28 à 14. Dans les gradins, Tina elle aussi sauta, cria et applaudit à s'en faire mal aux mains tout en se disant qu'elle était en train de tomber amoureuse.

Quand vous arrivez à New Canaan par l'ouest, il n'y a pas de panneau pour vous accueillir, contrairement à l'entrée nord. La campagne cède la place à des grappes de maisons jusqu'à ce que vous atteigniez le premier feu de la SR 229. Vous continuez, vous dépassez un imposant silo à grain, l'aciérie vidée et abandonnée depuis maintenant trois décennies, l'ancien collège condamné depuis 1996 et enseveli sous les barbelés pour empêcher les gamins curieux d'aller courir dans les ruines. Le Little Caesars et Donatos Pizza côte à côte, l'onglerie Le Nails, le coiffeur House of Hair, A-Plus Insurance, le cabinet de l'avocate Wendy Bakerfield.

Elle avait emmené Cole ici une fois, peu avant d'accepter de s'installer temporairement dans son deux-pièces. Du point de vue de ses parents, ce n'était pas un arrangement idéal, mais le loyer de la maison de Jennings Road était devenu un fardeau trop lourd à porter. Ils avaient économisé une fortune en déménageant dans une maison plus petite, et de toute façon Cole faisait maintenant partie de la famille. « Votre génération ne fait pas les choses comme la nôtre », avait conclu sa mère. C'est ainsi que Tina posa ses valises chez Cole, dans un petit lotissement à dix kilomètres à l'est de Van Wert.

Elle lui avait montré le parc de la ville, la place de la mairie, les terrains de base-ball, le lycée. Elle n'arrivait pas à lui faire ressentir combien ces endroits lui paraissaient vivants quand elle était plus jeune, l'énergie qu'ils dégageaient. Désormais elle ne voyait plus New Canaan que par les yeux de Cole : un bled pourri qui ne s'améliorait pas. La nostalgie protégeait le reste.

« Ça, c'est le terrain de football. » Elle pointa du doigt le cercle grillagé et les gradins sous les projecteurs blanc javel. Enfant, elle pensait que ce stade aurait pu accueillir le Super Bowl. La mascotte des Jaguars arrivait en cassant un mur et en grognant, bondissait sur sa proie en tendant ses bras musclés et ses griffes affûtées, exactement comme 56 quand il n'avait fait qu'une bouchée du *quarterback* de Marysville.

Comment lui expliquer la tristesse de cette ville, ses tragédies. Au moment où elle en était partie, elle avait gravée dans le cœur l'idée d'une malédiction, celle dont toute la ville parlait. Elle était séparée de 56 depuis plus d'un an. Il jouait à Mount Union, où il échouerait à trop d'examens et se mettrait dans de sales draps. À l'apogée de ses troubles alimentaires, elle pesait à peine quarante kilos. Elle s'examinait sans cesse dans le miroir ; elle avait toujours su qu'elle était jolie avec ses pommettes franches, son nez fin et délicat, ses longs cils et sa peau lisse et mate encadrée par des cheveux de jais. Et, d'un autre côté, son corps lui avait toujours paru grotesque ; elle pinçait la graisse de son ventre, de ses bras et de ses cuisses ; elle sautait des repas ou dînait d'un paquet de chips. Elle allait trop loin avec les piqûres.

Et puis l'impression de malédiction commença à se vérifier. Le jour où Curtis Moretti mourut d'une overdose, elle se prit à l'envier. Quel soulagement ce serait de ne plus avoir tout le temps peur et tout le temps mal. Un peu plus tard, Ben Harrington connut le même sort. Rick Brinklan fut tué en Irak et on organisa une célébration pour le rapatriement de la dépouille. Les parents de Tina et de Rick se connaissaient pour avoir fréquenté le lycée de New Canaan, mais elle n'assista pas à la procession. Comment expliquer à Cole la tristesse qui les poursuivait tous, une tristesse née on ne savait comment pendant leurs années de lycée et qui pouvait les frapper n'importe quand. Elle avait dans la tête une image du Christ qui nageait dans le chaos de la vie et essayait de protéger toutes les personnes méritant miséricorde, mais des tentacules visqueux Le prenaient sans cesse de vitesse et emportaient tous ceux à qui Il voulait donner refuge.

La tragédie de la ville n'était cependant pas la seule raison pour laquelle les retours étaient si difficiles. Après avoir montré le lycée à Cole, elle l'emmena au belvédère sous lequel coulait la Cattawa, un endroit surnommé La Mousse où ses congénères venaient boire et où elle avait quelquefois fait l'amour avec 56. Elle avait eu un pincement de culpabilité, mais il fallait qu'elle fasse ressurgir tous ses souvenirs, y compris les plus cuisants, ceux qui lui faisaient honte. Le regard noyé dans le murmure de la rivière, alors que le soleil couchant teintait les nuages de rose et déposait sa douce couleur sur les arbres déplumés qui se tendaient vers le ciel, elle se mit à pleurer.

« Qu'est-ce qu'il y a ? » demanda Cole.

Elle s'essuya les yeux. « Rien. C'est juste que c'est trop joli ici. Des fois cet endroit me manque énormément. »

Elle avait pensé qu'elle préférerait se retrouver seule avec cette chose que personne d'autre qu'elle ne pouvait comprendre, mais il lui prit la main et alors elle se sentit en phase avec le frémissement de l'eau et la lumière du soleil.

Elle le chercha en vain à The Office puis au Honey Buckets, et l'angoisse monta. Elle se rappela alors qu'il ne fréquentait que trois bars et avait des habitudes si profondément ancrées que, si d'aventure il n'était pas sorti boire ce soir-là, elle y verrait un signe de Dieu. Presque tous les jours, en sortant de Cattawa

Construction, il faisait la fermeture d'un bar. Elle finit par repérer son pick-up en face du Lincoln Lounge. Au lycée, à l'époque où ce camion était neuf et rutilant, il ressemblait à un véhicule de transport pour troupes futuristes. Noir obsidienne avec des poignées chromées et un couvre-benne qui le protégeait des feuilles, de la pluie et de la neige. Des suspensions rehaussées qui lui donnaient un air baraqué, comme s'il s'envoyait les mêmes boissons protéinées que son conducteur. Une grosse dizaine d'années plus tard, le couvre-benne avait disparu et le pick-up était revêtu d'une pellicule de poussière qui le faisait paraître grisâtre, maladif.

Elle se rangea plus loin, sous un lampadaire providentiellement grillé. Les ombres lui procuraient un sentiment de sécurité. Elle se creusait furieusement la tête pour décider ce qu'elle allait dire. Elle désactiva le plafonnier pour éviter qu'il ne s'allume lorsqu'elle ouvrirait sa portière.

Quand ses parents acceptèrent enfin qu'elle monte en voiture avec lui, il commença à l'emmener au bahut, au ciné, au resto ou chez Ryan Ostrowski. Il se passait mille choses entre eux quand ils étaient ensemble. Des souvenirs merveilleux, et d'autres moins. Pendant la journée qui se grava dans tous les esprits, ils roulèrent beaucoup. Les cours avaient été interrompus pour qu'on allume les télés cubiques suspendues dans un coin de chaque salle de classe, et toute l'école avait regardé les tours brûler et s'écrouler, le nuage de fumée gris cancer se propager dans les rues, transformer en cendres les visages qui fuyaient, ensevelir le monde visible. Comme tout cela lui avait paru lointain. New York était la toile de fond colorée des séries télé. Le terrorisme, une chose à laquelle elle n'avait jamais pensé. Ce soir-là, elle alla avec ses parents à un office spécial où le pasteur Jack prononça cette phrase merveilleuse et si lumineuse : « Dans ce moment de profonde fraternité avec nos compatriotes, et au risque que vous trouviez cela curieux, permettez-moi de paraphraser Paul. Mais pas l'apôtre, le musicien : Dieu a Ses propres projets, et parfois cette information n'est pas accessible aux mortels. »

Ensuite, sa mère la déposa chez Stacey et 56 la récupéra un peu plus bas dans la rue. Ils passèrent la soirée à sillonner le carré du centre-ville comme cela leur arrivait parfois.

« Moi je dis, pour commencer, on bombarde ces pédés, tonna 56. Les Chinois, les Irakiens, je m'en branle. On transforme leur pays en cratère. »

Il conduisait avachi sur la droite, le coude posé sur l'accoudoir central, la main en L avec l'index sur la tempe, le pouce pensif sur le menton. Sa main gauche tenait le volant, aussi nonchalante que lorsqu'elle portait ses livres dans le couloir.

Elle ne trouva à répondre que : « C'est dingue. » Aucun d'eux n'était préparé aux répercussions qu'aurait l'événement sur leur entourage. Bill Ashcraft dit à quelqu'un que si les Américains étaient forcés de vivre dans les mêmes conditions que ces gens, ils auraient sûrement envie eux aussi d'expédier des avions dans des immeubles. Bill cherchait tout le temps à provoquer, mais cette fois il alla trop loin, cette fois son besoin d'attention se révéla être une manière facile de blesser les autres. Au fond, ils étaient encore des enfants, des enfants sous le choc et en deuil. Elle était contente que 56 ait fait valdinguer Ashcraft dans le couloir. Comme il avait eu l'air effrayé, incapable de se relever sans le secours d'un prof.

« On pourrait aussi leur balancer des bombes nucléaires, réfléchissait 56. Puisqu'on en a, autant s'en servir, non ? On en largue une sur La Mecque et après les Arabes sauront à quoi s'en tenir. Ça leur apprendra à chercher la merde à la plus grande armée du monde. »

Tina restant muette, il se tourna vers elle. Il tripota la chaîne où pendaient ses plaques d'identité, prenant chaque petite bille entre le pouce et l'index.

« Ça te dit d'aller chez Strow ce soir ? Y aura tout le monde là-bas. »

Elle déglutit, regardait droit devant elle. « Pas ce soir. »

Il continuait à la fixer, jetant par intermittence des coups d'œil à la route. « Moi j'ai envie d'y aller.

– D'accord. » Elle chercha une formulation plus subtile, ne trouva rien. « Mais pas moi. »

Soudainement inondé de drapeaux américains qui flottaient paresseusement dans la brise, le centre était illuminé. Les conducteurs tournaient dans le cœur de la ville en écrasant leur klaxon par solidarité.

« OK, mais alors on y va bientôt. Ce week-end ? »

Comme Tina ne répondait rien, il reprit le fil de son raisonnement.

« Ils sont pas chrétiens, donc pour eux la vie est pas aussi sacrée que pour nous. Elle a pas autant d'importance, c'est pour ça qu'ils peuvent faire tous ces trucs de suicide. Ils se rendent même pas compte que c'est un péché, pour te dire comment ils sont arriérés. À la limite on pourrait peut-être en convertir quelques-uns, mais ça m'étonnerait. »

Elle ne l'avoua jamais à personne, mais à mesure que les journaux télévisés se remplissaient d'images des coupables, elle commença à envisager la possibilité que les gens se trompent. Il était possible que ce soit une histoire d'islam ou de haine de l'Amérique, mais peut-être pas. Ça pouvait aussi être un besoin de s'en prendre au monde pour l'obliger à écouter et à voir qu'on existe.

Ils finirent par aller chez Ostrowski ce week-end-là.

Les jours suivants, tandis qu'aux infos on parlait d'anthrax et d'alertes classées par couleur, des recruteurs de l'armée installèrent des tables dans la cafétéria et 56 prit leurs brochures. Certains membres de l'équipe de football allèrent même jusqu'à entamer sur-le-champ la procédure d'engagement.

« C'est compliqué parce que je suis bon, lui expliqua-t-il. Je suis un super joueur, et c'est mon rêve depuis que je suis gosse. Ça m'obligerait à tout abandonner. »

Elle comprenait, et elle compatissait avec toute l'affliction qu'on éprouve pour une personne qu'on aime autant. La première fois qu'il échoua à son SAT, elle le vit désarmé, triste et en colère, redevenu petit garçon. Elle en conçut une tendresse infinie. Dans le pire des cas, s'il ne réussissait pas à décrocher les notes nécessaires pour entrer dans une équipe universitaire, alors l'armée pourrait lui permettre de laisser une trace dans l'Histoire. Bien sûr elle n'avait pas envie qu'il parte à la guerre, mais elle savait qu'il serait héroïque. Son courage était pratiquement écrit sur son front. Il avait de la grandeur en lui.

Ils passèrent Halloween à jouer avec ses chiens. De même que sa mère – une femme ourse à la bedaine impressionnante qui portait courtes ses boucles blondes –, il avait un amour fervent pour les chiens. Ils en adoptaient en rafale, en gardaient certains et essayaient de trouver un foyer aux autres. Le refuge de New Canaan pratiquait l'euthanasie et ça le faisait enrager.

« Ils piquent tous les animaux qui sont pas adoptés dans les soixante-douze heures. Et s'ils sont malades, même un petit rhume, c'est encore plus rapide. »

Presque chaque mois ils recueillaient un nouveau chien, puis ils passaient des coups de fil et mettaient des annonces dans le journal pour tenter de le placer. Ils ne pouvaient pas tous les garder, sans compter que parfois les chiens se battaient entre eux. Tina adorait le voir avec les animaux. Ce soir-là ils s'assirent dans l'étendue béante du jardin, qui éclipsait le mobile-home exigu : de l'herbe, une forêt, et les collines de l'Ohio qui se dressaient vers le crépuscule et les étoiles. Ils nourrirent les chiens, leur lancèrent des balles de tennis, des bâtons et des jouets, regardèrent les chiots courir avec une excitation sans pareille chez les humains. À croire qu'ils savaient qu'ils avaient été secourus.

Elle s'aperçut que Symphony avait des teignes dans les poils et il prit des ciseaux pour l'en débarrasser.

« Elle retient jamais la leçon. » Il coupa une touffe et trouva un nouveau nœud. « Dès qu'on la laisse sortir, elle va courir là-bas. »

Tina regardait par-dessus l'épaule de 56, tenait doucement le corniaud maigrichon, caressait le cou de la pauvre bête. Symphony était la dernière arrivée, un croisement craintif de berger australien et de bouvier, d'après 56. Elle avait été maltraitée. Elle tremblait dès qu'un humain s'approchait et avait le menton zébré de cicatrices horribles.

« Peut-être qu'elle essaie de s'enfuir, suggéra Tina.

– Elle voit bien qu'il y a une clôture. » De la main, il désigna les poteaux en bois et le grillage qui délimitaient l'hectare et demi de terrain. Il finit de retirer les teignes et donna une gourmandise à Symphony. La chienne la prit avec déférence, puis la laissa tomber et la renifla d'un air circonspect avant de la croquer.

« C'est bien, ma fille, lui chuchota-t-il en lui grattouillant la tête et le cou. T'es très belle. »

Il faisait froid dehors. L'automne tentait de se frayer un chemin dans l'été qui s'attardait. Les nuages qui s'amoncelaient autour du soleil couchant changeaient le ciel en glaçage rose. Ils parlèrent de ce que serait leur vie d'ici quelques années, quand 56 passerait pro. De ce qu'ils pourraient s'acheter. De la maison qu'il ferait construire pour sa mère. Des chiens qui gambaderaient dans leur propriété immense. Avec l'argent de la NFL, il ouvrirait dans sa ville natale un refuge qui ne pratiquerait pas l'euthanasie. Et ensuite, il en ouvrirait un peu partout pour sauver tous ces gentils toutous.

Elle attendit longtemps dans la Cobalt de Cole. Elle n'avait rien apporté pour s'occuper, ni magazines ni mots croisés. C'était bien comme ça. Elle resta dans le noir, seule avec ses souvenirs. Elle imagina l'ensemble de sa vie comme un monde de libellules piégées dans un bocal.

Lorsque la porte s'ouvrit et que 56 sortit en titubant, elle faillit ne pas le reconnaître. Il y avait plusieurs années qu'elle ne l'avait pas vu de près. Il avait grossi, surtout le ventre et le visage. Sa mâchoire s'était arrondie et alourdie. Sa barbe de trois jours couvrait maintenant son double menton. Elle savait qu'il allait toujours à la salle de sport bas de gamme près de Bluebaugh Auto Body, où il faisait des squats et levait de la fonte, mais une couche de graisse s'était déposée sur tout ce muscle. Ce soir-là, il portait une casquette des Buckeyes dont le rouge sali avait viré au cramoisi rouillé. Il marcha tranquillement vers son pick-up, cherchant les clés au fond de sa poche.

Elle mit le contact. Le moteur vrombit, crachota et s'éteignit. Un frisson de peur lui glaça la peau. La batterie était vieille et le moteur mou, mais il démarrait toujours. *Pas maintenant.* Elle jeta un coup d'œil à 56. Il vacillait légèrement. Elle craignait qu'il ne la remarque avant d'arriver à son pick-up, mais alors qu'il décortiquait son épais trousseau il aperçut soudain le pneu. Le juron qu'il poussa résonna dans le silence. Elle essaya encore le contact. Le moteur chuinta, peina, ne se lança pas. *Attends dix secondes. Pas de panique.* Mais la panique se refermait déjà sur elle. Elle commença à prier et essaya une troisième fois.

56 se baissa pour examiner sa roue, et à l'instant où il sortait son téléphone, peut-être pour demander à un copain de venir le chercher, le moteur démarra enfin. Elle enclencha la marche avant et écrasa l'accélérateur.

Son cœur tambourinait dans sa poitrine. Les souvenirs défilaient.

Elle pensait – elle n'était pas sûre, mais elle pensait – que ça avait un rapport avec une certaine journée dans les tréfonds obscurs de l'hiver de son année de seconde (lui était alors en terminale), quand Mr Clifton, le prof de musique, l'avait gardée après le cours. Elle vit que 56 l'attendait dans le couloir au milieu des élèves qui se pressaient pour ne pas arriver en retard au cours suivant. Il la regardait quand Mr Clifton avait fermé la porte.

« Je voulais te parler, Tina. J'espère que tu as une minute.

– Bien sûr. Mais il faut que j'aille en chimie.

– Je te ferai un mot d'excuse. »

Il lui fit signe de s'asseoir au premier rang, prit place à côté d'elle, croisa les mains. Mr Clifton était probablement le prof le plus aimé de l'école. Il était drôle et chaleureux et s'intéressait à tous les élèves, connaissait le prénom, les sports et les activités de chacun d'eux. Sa voix évoquait à Tina un adjectif appris en primaire et qu'elle n'avait jamais oublié : *melliflu*. Profonde et chaude, elle s'envolait parfois dans un rire haut perché, un régal pour les oreilles. Mais, cette fois, le ton de cette aimable voix la troubla. Elle n'avait aucune idée de ce que lui voulait Mr Clifton.

« Si je ne me trompe pas, tu sors avec Todd Beaufort, de l'équipe de football ?

– Oui, ça fait un an, acquiesça-t-elle.

– Et tout se passe bien ?

– Oui, super. Ça va être dur quand il va partir à l'université, mais ça sera seulement pour deux ans et je pense que j'irai le voir un week-end sur deux. »

Il hocha la tête, il la regardait avec attention.

« J'ai entendu dire… », commença-t-il, mais il n'alla pas plus loin. Il se mordilla la lèvre inférieure. « Un élève m'a raconté des choses assez curieuses. En lien avec Todd et toi. Sans rentrer dans les détails, il faut que je te dise que ma position m'oblige plus ou moins à informer la direction de… de ce qu'on m'a raconté, si c'est la vérité. »

Elle fronça les sourcils. « Qu'est-ce qu'on vous a raconté ? »

Mr Clifton paraissait extrêmement mal à l'aise. Des gouttes de sueur étaient apparues en haut de son front, là où ses cheveux se clairsemaient. Il lissa sa moustache.

« Est-ce que Todd te traite comme il faut ? demanda-t-il.

– Bien sûr. »

Le professeur opina. Il ouvrit la bouche mais fut interrompu par le bruit de la porte qu'on ouvrait. 56 s'avança dans l'embrasure, main sur la poignée. Il évalua la scène comme il l'aurait fait d'une ligne offensive : en un coup d'œil expert.

« Tout va bien, Tina ?

– Nous sommes en train de parler, dit Mr Clifton. Laisse-nous, s'il te plaît.

– De quoi vous parlez ?

– C'est bon, dit Tina sans qu'aucun des deux paraisse l'entendre.

– C'est une affaire privée », insista Mr Clifton. Pour la première fois, elle perçut de la colère dans sa voix. « Ferme la porte, Todd. »

56 conservait son indifférence tranquille.

« Y a pas si longtemps, dit-il, vous auriez pas osé me parler comme ça. »

Le professeur bondit de sa chaise. « Comment ? » Il avança de deux pas et vint pratiquement se coller à lui. « Qu'est-ce que tu viens de dire ? »

Malgré la différence de taille, 56 détourna le regard. « Rien.

– Si, si, Todd, je t'en prie. Répète-moi ça. »

Il secoua mollement la tête. « Je me rappelle même pas ce que j'ai dit. »

Ils restèrent un moment comme ça, nez à menton. Tina l'imagina en tenue, dans le froid de la ligne de touche, et visualisa presque la vapeur qui s'élevait de son crâne. Enfin, Mr Clifton dit : « Si tu veux jouer vendredi, hors de ma vue, tout de suite. » Il lui claqua la porte au nez.

Quand il se rassit, elle lui adressa un sourire navré. « Je suis désolée. Il est protecteur, c'est tout. Il tient à moi, donc il s'inquiète. »

Mr Clifton hocha la tête, mais il n'avait pas l'air de l'écouter. Il fixait la surface du bureau. Puis il leva les yeux vers elle.

« Tina, j'ai une seule chose à te dire, et ensuite je te libère. Ce qu'on m'a raconté est pour le moins troublant, mais ma source n'est peut-être pas très fiable. Ce que je voudrais que tu comprennes, c'est que si tu sors avec quelqu'un – et surtout avec Todd –, tu dois vraiment veiller à ce qu'il te respecte. D'accord ?

– Bien sûr. Je comprends. Et il me respecte. » Elle sourit pour montrer qu'elle était sincère. « Il est protecteur, c'est tout. »

Mr Clifton la cuisina encore un moment, s'évertua à lui faire dire du mal de 56, puis il finit par la laisser partir. Quelques semaines plus tard, l'affreuse année 2001 ayant tiré sa révérence, 56 lui annonça : « C'est fini. » Un jour tout allait bien – elle dînait chez lui, ils jouaient dans le jardin avec un des chiens, Winnow, et il la ramenait chez elle –, et puis le week-end était passé sans qu'il l'appelle. Quand elle réussit enfin à le joindre, il n'eut que ces deux méchants mots à lui dire. Après son silence abasourdi, ses larmes et ses protestations, il comprit ce qu'elle craignait en secret. Il le formula tout haut : « Sérieux, comment je pourrais t'épouser après tous les trucs dégueu que je t'ai vue faire ? »

Une dizaine d'années plus tard, elle en avait encore la gorge serrée. Quelle cruauté. Au retour des vacances, il la regardait à peine dans les couloirs.

Amputée d'une année de sa vie, comme tranchée à la guillotine.

Il commença à fréquenter cette salope de Jess Bealey, qui donnait à Tina envie de hurler dès qu'elle posait les yeux sur elle. Tina passa des semaines enfermée dans sa chambre, abrutie par la douleur, la panique constamment tapie dans sa poitrine, sans réussir à comprendre comment il avait pu la plaquer aussi rapidement et avec une telle désinvolture. Est-ce que Mr Clifton avait parlé à MacMillan, le proviseur, ou à Bonheim, l'entraîneur ? Est-ce qu'il avait menacé 56 ? Est-ce que 56 avait vu Mr Clifton fourrer son nez dans sa vie amoureuse et décidé qu'elle ne valait pas toutes ces emmerdes ? Elle se posait ces questions en boucle et sans relâche, obsédée par le besoin de leur trouver une réponse mais effrayée à l'idée de quitter sa chambre, de parler à quiconque au lycée, d'accepter le réconfort de sa mère lui assurant que ça passerait, d'aller demander une explication à l'amour de sa vie alors que dans ses rêves ils étaient encore ensemble dans son pick-up au-dessus de la Cattawa, et la rivière était un parchemin d'or sous le soleil d'automne.

Elle se rangea à côté de lui, vitre baissée, et essaya de l'appeler mais rien ne sortit, sa voix resta bloquée au fond de sa gorge. Les dernières bribes de la terreur que lui avait causée le démarreur défectueux de la Cobalt résonnaient dans ses nerfs, et les mots se réduisirent à une toux étranglée. Mais 56 pivota de lui-même en entendant la voiture s'arrêter derrière lui. Le téléphone toujours en main, le pouce prêt à appeler. Il s'était accroupi pour inspecter le pneu et il se tourna vers elle en gardant un genou au sol, sa botte frottant les graviers. Il portait une chemisette à carreaux, trois ou quatre boutons ouverts sur un débardeur, et dans la pénombre elle remarqua une auréole jaune et grasse à l'encolure.

« Salut, dit-elle de sa voix la plus claire et gaie. Je me doutais que c'était toi, 56. Qu'est-ce qui t'arrive ? »

Elle avait du mal à déchiffrer son visage, neutre et aux yeux un peu vaseux. En tout cas, elle n'y vit pas la joie ou la surprise qu'elle espérait.

« Tiens, salut. » Un rire nasal. « Ça alors. J'ai un pneu à plat. Je parie que c'est un petit malin qui me l'a dégonflé.

– Ça craint. » Elle regarda d'un côté et de l'autre, la rue était toujours déserte. « T'as besoin que je te dépose quelque part ? Je me disais que je boirais bien un dernier coup.

– T'as de l'alcool ?

– Évidemment. »

Il rit doucement, secoua la tête. Puis elle le surprit à reluquer sa poitrine. Juste un petit coup d'œil, une évaluation. L'avantage d'avoir grossi, c'est que ses seins en avaient profité. Elle portait un T-shirt noir moulant et un soutien-gorge qui les propulsait dans les yeux de 56.

« Ben allez, pourquoi pas. » Il rempocha son téléphone et ouvrit la portière côté passager. Il se laissa tomber sur le siège, qui protesta sous sa corpulence. Il s'agrippa à la poignée au-dessus de la porte et fit l'impasse sur la ceinture. Elle s'engagea sur la chaussée, étonnée que cela ait été aussi facile, réfléchissant à ce qu'elle allait dire, à la direction que pourraient prendre les événements. Dans le rétroviseur, elle aperçut une grande femme dans une belle robe d'été qui sortait d'une ruelle. La femme portait de hautes bottes noires et avait un chouette sac à main à l'épaule. Sa démarche lui rappelait quelqu'un, sa manière de se tenir. Elle fut troublée de voir que la femme les regardait s'éloigner.

La raison pour laquelle elle avait dégonflé sa roue était qu'elle n'imaginait pas d'autre moyen de se retrouver seule avec lui. Il ne serait pas monté avec elle si elle s'était contentée de venir le voir en demandant à lui parler. 56 ne marchait pas comme ça. Ce n'était pas faute d'avoir essayé au lycée. *Grandis un peu*, cracha-t-il près de son casier. *Ma bite, c'est pas la dernière que tu te prendras.* Des paroles qui l'affolèrent et la rendirent malade.

Et puis les pleurs ne suffirent plus. C'est là que les troubles alimentaires commencèrent. Quand elle se regardait dans le miroir, elle voyait une traînée bouffie, une enfant laide qu'un homme destiné à la NFL ne pourrait jamais trouver attirante, et encore moins aimer. « Chez les femmes un peu petites, le poids tombe toujours sur les hanches », expliqua sa mère, elle-même une femme ronde et courte sur pattes, jolie sur les vieilles photos mais désormais enveloppée dans la graisse de son âge. Tina devinait déjà la silhouette de sa mère dans la sienne. Elle commença à voir du mieux quand elle cessa pratiquement de manger.

Mais c'est seulement quand 56 termina le lycée, quand elle ne put plus ignorer qu'il allait partir et ne jamais lui revenir, qu'elle commença pour de bon les piqûres. Enfin, « piqûres », c'était le nom qu'elle leur donnait, mais son instrument n'était pas une aiguille. C'était un cutter chipé dans la boîte à outils de son père, qui finit par s'en apercevoir quelques mois plus tard et fouilla la maison de fond en comble.

« Va en acheter un autre et qu'on n'en parle plus, suggéra sa mère.

– Pourquoi ? Il est très bien, celui-là. Il n'a pas pu s'envoler. Il est quelque part. Sauf si tu l'as planqué quelque part.

– Mais bien sûr, j'ai caché ton cutter pour te faire tourner en bourrique. »

Le manche était orange vif. La lame devait mesurer deux centimètres et demi de large et pouvait sortir d'une dizaine de centimètres. Il suffisait de pousser le bouton noir avec le pouce, puis de tirer dessus pour la bloquer à la longueur voulue. C'était la seule arme dont ces hommes avaient eu besoin pour détourner les avions et les envoyer dans les tours, ce qui dotait le cutter d'une certaine aura qu'il n'aurait sinon jamais eue. C'était un outil qui avait changé le cours de l'Histoire. Une petite lame comme celle-là avait abattu deux superbes tours à la symétrie hollywoodienne, fait pleuvoir cendres, feu et poussière sur la capitale du monde. Elle aimait le sentir dans sa main, tout cela l'émerveillait. Pour finir, son père en acheta un autre et cessa d'y penser.

Elle commença par l'arrière de la cuisse. Elle se déshabillait, désinfectait la lame avec un coton imbibé d'alcool et se plaçait dos au miroir de sa chambre. En regardant par-dessus son épaule, elle appuyait doucement au début, puis plus fort, et elle faisait glisser la lame sur sa peau jusqu'à ce que le sang se mette à perler. Elle aimait bien le faire à cet endroit car le lendemain, en cours, elle devait s'asseoir sur les filaments brûlants et secrets.

Au bout d'un moment, il n'y eut plus de place sur l'arrière de ses cuisses et elle passa à l'intérieur, montant jusqu'au V près de son entrejambe. Ça fit l'affaire quelque temps. Puis il lui en fallut plus et elle s'attaqua au torse. Pressant la lame contre sa cage thoracique, elle explora le contour de l'os. Son corps devint une carte, un croquis serpentin fait de cicatrices à divers stades de guérison. D'anciennes piqûres s'estompaient en minces lignes blanches et rosées tandis qu'une chair plus jeune, rouge et vive, continuait à saigner parfois au travers des pansements qu'elle posait. Quand ils étaient sales, elle les mettait dans un sac plastique au fond de son placard et les jetait au lycée.

Ses parents lui firent promettre d'arrêter le jour où une des piqûres alla trop loin.

« Je voulais boire un verre au Lincoln avant que ça ferme, et là je tombe sur toi, dit-elle. Le monde est petit, quand même. » 56 n'avait pas desserré les dents depuis qu'il était monté dans la voiture. Il fallait qu'elle trouve un moyen de lancer la conversation. « Je suis passée chercher des trucs dans le garde-meubles de mes parents et je me suis dit que j'allais voir s'il y avait du monde dehors. Et toi ?

– Je buvais juste un coup après le boulot. » Il avait l'air fatigué, rincé. Elle se demanda à combien de verres il en était. « T'habites toujours du côté de l'Indiana ?

– Ouais. À Van Wert.

– OK. »

Elle attendit qu'il embraye, mais il se contenta d'acquiescer. Il était distant et ça la contrariait. Son talon gauche martelait le tapis de sol. « J'avais un peu envie de me la coller ce soir. » Il tourna la tête vers elle et elle lui décocha un grand sourire éclatant. « Ou plutôt que *tu* me la colles. »

Un rictus timide finit par éclairer le visage de 56, comme au lycée : une demi-lèvre qui se retroussait – simplement, il n'y avait plus aucune trace de confiance, de défi. Il avait toujours son collier en acier mais il rangeait désormais les plaques sous son marcel.

« Ah ouais ? »

Elle haussa les épaules. « Enfin, sauf si ça t'embête. »

En arrivant à un feu rouge, elle freina et plongea la main dans le petit vide-poche de sa portière. Elle y pêcha deux mignonnettes. Jack et Jim. « On commence par un petit whisky ? Ça te dit ? »

Il se tapa les cuisses et tendit le bras. « C'est pas du tout comme ça que j'avais imaginé cette soirée. »

Elle dévissa le bouchon du Jack Daniel's, la marque préférée de 56, et lui tendit la bouteille. « Santé. »

Les goulots tintèrent et ils jetèrent la tête en arrière. Le liquide passait mal dans le col étroit. Des bulles d'air prirent sa place en gargouillant. Tina n'était pas une grande buveuse de whisky et la brûlure la fit tousser. 56, lui, siffla la mignonnette en trois coups de glotte et la balança par terre.

« Où on va ? » demanda-t-il. Le feu passa au vert, elle démarra.

« Je sais pas. Je me disais qu'on pourrait rouler vers Stillwater. On y allait des fois, tu te rappelles ? »

Il frotta le chaume de sa joue et regarda dehors. « Bien sûr. On s'est quand même bien marrés, pendant un moment. »

Elle se força à sourire pour lui assurer que oui, elle s'était bien marrée.

« T'étais avec qui au Lincoln ? demanda-t-elle, changeant de sujet.

– Un pote du boulot. Avant, on était au Honey Buckets avec lui et Strow, mais Strow a dû bouger parce qu'il était de garde. Il est adjoint maintenant, tu sais.

– Et il boit avant le travail.

– Deux ou trois verres, ça va. Après, j'ai croisé Hansen au Lincoln et deux mecs qui étaient plus ou moins dans ta promo au bahut. Ils faisaient un genre de réunion d'anciens. Évidemment, ça a dégénéré. » Il renifla. « Ça dégénère toujours. »

Maintenant qu'il était assis près d'elle, qu'elle entendait le grondement tranquille de sa voix, qu'elle respirait son musc acidulé de sueur et de terre, elle percevait un aspect de lui sur lequel elle n'avait jamais réussi à mettre le doigt pendant tout le temps où elle l'observait de loin. Il avait l'air épuisé et faisait beaucoup plus que ses vingt-neuf ans. Elle savait que les choses ne s'étaient pas passées comme il l'espérait. Il s'était fourré dans des ennuis quelconques et avait perdu sa bourse avant même le premier cours à l'université d'Oklahoma. Alors qu'il venait de signer avec Mount Union, son intégration dans l'équipe avait été reportée d'un an, après quoi il avait enchaîné deux saisons sans éclat où il était beaucoup resté sur le banc pour cause de blessure, et il avait fini en se déchirant le ménisque en troisième année. Chaque fois qu'elle avait vent d'un nouveau revers, elle le revoyait après son échec au SAT ou quand elle l'interrogeait sur son père : cette mine renfrognée, vexée, hideuse. Sa certitude d'aller en NFL (qui la contamina) n'avait d'égale que sa terreur de ne jamais quitter New Canaan.

Il racontait en rigolant comment Jonah Hansen avait déclenché une bagarre. « Même pas une bagarre en fait. Il s'est fait éclater le nez et il s'est barré. Mais il l'avait pas volé, il méritait même plus. Il joue les patrons à cause de son nom de famille, mais je vais te dire… Tu veux que je te confie un secret ?

– Évidemment.

– Les Hansen – Burt, Jonah, etc. –, ils ont presque tout perdu à cause de la crise. S'ils continuent à faire du fric, c'est uniquement parce qu'ils fabriquent de la meth et qu'ils écoulent des pilules dans une de leurs baraques.

– Sérieux ? » Le Jonah qu'elle avait connu au lycée était sûr de lui mais insipide. BCBG et plein de morgue. L'idée que son coincé de père fabrique de la meth paraissait absurde, mais, d'un autre côté, les dernières années n'avaient pas été faciles. On se débrouillait comme on pouvait.

Il la regardait d'un air entendu. « À ce qu'il paraît, ils ont deux ou trois baraques et ils arrosent tout l'État. Et après t'as Jonah qui fait genre je suis un génie pété de thunes. Quoi ? Tu crois que tu vaux mieux que les Mexicains qui fourguent de la *black tar* ? Connard, va.

– C'est ouf.

– Ouais. »

Elle prit à gauche dans Stillwater Road. Les maisons s'espaçaient de plus en plus. Les lumières de New Canaan s'éloignaient. La campagne obscure s'étalait devant eux, terres fertiles et forêt verdoyante plongées dans la nuit.

« Tu vois encore beaucoup de gens du lycée ?

– Pas trop. Ceux qui sont restés, quoi. Strow et Jonah. Jess et… Kaylyn. Ce bled, je te jure, c'est vraiment un trou. La mère de Jess bosse chez un dentiste et elle m'a raconté que les gens viennent se faire arracher des dents juste pour choper de l'Oxycontin. Et si ça marche pas, ils achètent de l'héro. La merde que les Noirs vendent et qui te rend accro à vie. J'ai traîné à Fallen Farms un moment, mais j'ai été obligé d'arrêter.

– C'est quoi Fallen Farms ?

– Tu vois qui c'est Amos, Frankie, leur cousin Kirk ? C'est chez leur grand-mère, et vu qu'elle est aveugle et sourde comme un pot, des fois ils organisent des fêtes et on fait du tir. C'est en train de devenir une grosse bande de tarés. Ils s'arment et ils font des réserves en prévision de la Troisième Guerre mondiale. Et une fois, on tirait sur des bouteilles et Amos a mis tout un chargeur à côté, pas une dedans, alors il a balancé son flingue et Kirk il a… » D'un geste rapide il dégaina deux doigts et, avec l'autre main, fit semblant de tirer la culasse. « Il a collé son Glock sur le front d'Amos et il a commencé à l'engueuler parce qu'il avait jeté un flingue par terre.

– La vache.

– J'y suis pas retourné depuis. Maintenant ça me fait même chier quand je les vois au bar. »

Il examina les ongles de ses pouces, sous l'un d'eux une énorme cloque de sang faisait comme une surface de marbre violet. Tina l'interrompit : « Est-ce que je peux te demander… » Tout ce temps au volant à réfléchir à ce qu'elle allait dire, et elle se retrouvait avec la bouche aussi sèche que l'herbe du bas-côté. Il la regardait avec espoir, avec tendresse. Elle se revit, assise en tribune, vêtue du T-shirt à son nom et à son numéro. Orné de paillettes et d'étoiles collées au fer à repasser. « Ça t'arrive de penser à moi ? »

Un rire porcin, un bruit qui lui fit mal.

« On s'est bien marrés. Mais c'était le lycée. T'avais quoi ? Quinze ans quand on a commencé ? C'était pas vraiment de l'amour. C'était le lycée.

– J'avais quatorze ans, murmura-t-elle.

– Comment… » La tendresse qu'elle avait cru discerner s'était envolée. Les paupières de 56 s'étaient baissées. Elles clignotaient, à moitié fermées. « Je suis désolé, mais le lycée c'était le lycée, Tina. Rien de plus.

– Pour moi c'était plus que ça.

– Putain. » Il secoua la tête. « Je suis désolé si c'est ce que t'as cru. »

Elle avait une boule dans la gorge. « Pendant un an j'ai fait tout ce que t'as voulu. Tout ce que t'as demandé.

– Qu'est-ce que tu veux que je te dise ? » Ses yeux brillaient, rouges et gonflés. « Y a plein de trucs qui se sont pas passés comme prévu, je sais pas si t'as remarqué. » Il mangeait ses mots. *Chaipassi.*

« Je t'aimais. Vraiment. Et je t'aime toujours.

– Tu comprenais rien. T'étais paumée. » Elle n'était pas certaine de ce qu'elle entendait dans sa voix, mais ça ressemblait presque à du dégoût – comme la fois où il lui avait craché qu'il n'avait pas l'intention de rencontrer son père. « T'as eu de la chance de t'éloigner de moi. Tout ce que j'ai fait dans ma vie, tout ce que j'ai touché. C'était juste de pire en pire. »

Il mordit dans son ongle violet, qui paraissait ne plus tenir que par la cloque.

« Je vais bientôt avoir un gosse, tu sais. Un fils. »

À ces mots elle se tendit, tous ses muscles tressaillirent en même temps.

« Je sais pas comment je vais faire. J'ai… des migraines. Super violentes. Je vois plus rien et j'arrive plus à penser. À l'époque où Tressel était recruteur pour les Bucks, il m'a dit que j'étais le défenseur le plus dur qu'il avait jamais vu, et je pense que je le paye aujourd'hui. J'étais un tueur, j'amenais la violence sur le terrain. Et si c'était à refaire, je le referais pareil. J'aimais ça. Mais maintenant, régulièrement, j'ai des périodes où j'ai l'impression que je deviens taré. Que ma vie a juste été un mauvais rêve. »

La route les portait. 56 s'avachit encore un peu plus dans son siège, sa voix s'effilochait.

« J'ai fait… des sales trucs, je le sais. À cet âge-là tu sais pas ce que tu fais. Tu fais des trucs et c'est tout. Et personne t'a jamais parlé des conséquences, donc tu t'en branles. Tu le fais, point. »

Ses paupières tombèrent, se rouvrirent, papillotèrent, et son discours ne fut plus que bribes et débris. Il finit par marmonner quelque chose à propos de « tous les maîtres-chanteurs qui veulent ma peau » – des inepties qui dérivaient vers le sommeil. Puis ses yeux se fermèrent et son menton s'effondra sur sa poitrine.

Alors Tina laissa venir les larmes. Elle baissa sa vitre pour éviter que ses sanglots ne résonnent dans l'habitacle.

À la lisière de la ville, il y avait un bois qui allait jusqu'au bout du comté, jusqu'à une ville baptisée Morova (qui se limitait à une enfilade de maisons, une station-service et quelques églises). Ce bois était l'image que se faisait Tina de l'Ohio profond. Le type d'endroit où l'on pouvait croiser des chasseurs pendant la saison, des gamins qui jouaient à la guerre en été, et éventuellement des adolescents qui s'y faufilaient pour explorer leur corps. Mais c'était rare. Dans ces profondeurs du pays, on trouvait surtout des arbres aux essences enchevêtrées, une odeur de glaise, et des herbes des plaines mouchetées par les fleurs violet d'encre des grandes lobélies. Elle s'en souvenait parce que 56 l'y emmenait quand il y avait trop de monde à La Mousse. Il fallait prendre un chemin de terre qui partait de Stillwater à une quinzaine de kilomètres de la ville. Il y avait un portail avec un panneau DÉFENSE D'ENTRER. Au lieu de poser un cadenas, le propriétaire du chemin avait simplement fermé le loquet avec un boulon. 56 lui avait montré le truc. Tina laissa tourner le moteur, descendit de voiture et ouvrit le portail. Elle remarqua qu'on y avait tagué LE SEIGNEUR EST VIVANT.

Il ronflait doucement sur le siège passager, murmure de l'air qui entrait dans ses narines et ressortait. Tina passa les doigts sous son T-shirt et trouva la cicatrice qu'elle avait au ventre, la palpa comme chaque fois qu'elle avait envie de hurler. L'affleurement de peau était un rappel, un vestige de la piqûre qui était allée trop loin.

C'était pendant son année de terminale, elle était dans sa chambre et se découpait le ventre. Tranchait dans la graisse formant cette bouée autour de sa taille qui refusait de disparaître malgré tous ses efforts pour affamer la créature. Elle était sur son lit, cachée sous les couvertures avec une lampe-torche, comme elle aimait : elle tenait la lampe de la main gauche et coupait avec la droite. Elle avait bien creusé son abdomen au-dessus et à gauche de son nombril. Elle détestait regarder sa chair, ce bourrelet. Elle détestait la voir s'entasser autour de son torse. Détestait pouvoir la pincer. Elle enfonça la lame du cutter un peu plus profond. La graisse engloutit l'acier. Puis elle sentit quelque chose éclater quand elle perça le muscle. La douleur était ahurissante. Elle faillit crier, siffla entre ses dents dans la chaleur de sa tente. Mâchoires serrées, elle poussa encore. Puis elle commença à scier. Mais la lame n'arrêtait pas de se bloquer et elle était obligée de recommencer. Du sang apparut, qui inonda son ventre et sa main. Les draps jaune pâle burent l'hémorragie qui dégoulinait sur son torse. La tache devint de plus en plus large. Elle continua à couper. Plus elle coupait, plus son ventre lui paraissait irrémédiablement saccagé. La cicatrice serait hideuse, alors qu'est-ce qui la retenait de continuer ? D'enlever toute cette partie d'elle-même ? La douleur était de toute façon une chose qu'elle connaissait. Le saignement aussi. Elle réussit à se découper la moitié du ventre avant que la souffrance ne se mette à hurler et elle avec. Sa mère accourut. Elle se réveilla à l'hôpital.

Ils dirent que c'était une tentative de suicide, mais ce n'était pas la vérité. Elle n'avait pas essayé de se suicider. Elle resta néanmoins une semaine à l'hôpital, où une femme vint lui parler tous les jours pendant une heure.

Cette femme, le Dr Marsha, avait un carré très laid et des cheveux d'un roux de vieille dame qui tirait sur le violet. Elle avait le visage ridé et sur les lèvres un rouge pétant qui débordait parfois sur ses dents. Elle s'asseyait près du lit et la mitraillait de questions. À propos de sa mère, de son père, du lycée, des garçons. Quand elle aborda finalement 56, elle ne lâcha pas le morceau et força Tina à tout lui raconter. Dans les moindres détails.

Tina finit par demander : « Il va pas avoir d'ennuis, hein ? »

Le Dr Marsha la regarda sans bouger. Elle avait cette habitude agaçante de ne pas répondre aux questions. Elle continua à la regarder jusqu'à ce que Tina poursuive.

« Ce que je vous dis, ça va pas lui créer d'ennuis ? » répéta-t-elle. Elle n'avait pas dévoilé le vrai nom de 56, mais la psychiatre n'aurait aucun mal à le découvrir. L'hôpital de New Canaan avait beau être le plus haut bâtiment du comté, c'était au fond une communauté aussi petite que le reste de la ville. Il suffirait probablement au Dr Marsha de demander à n'importe quelle infirmière ayant un enfant au lycée avec qui Tina était sortie quand elle était en troisième et en seconde.

« Ça restera entre toi et moi, répondit prudemment le Dr Marsha. Mais il faut que tu comprennes bien une chose, Tina. Et je veux que tu m'écoutes attentivement, d'accord ? Tu as dix-huit ans, tu es une adulte, mais écoute ce que j'ai à te dire. » Elle joignit le bout de ses doigts, les appuya les uns contre les autres. « Ce que tu me décris... Ce garçon et ses amis t'ont violée. Même si, plus tard, tu as commencé à croire que certains actes étaient consentis, ce que tu me dis c'est que tu as été droguée et violée. »

La haine qu'elle avait pour cette femme.

« Vous ne savez pas. C'est pas... Ça s'est pas passé comme ça.

– Tina. Ma chérie. Écoute-moi. Ce qui t'est arrivé – en tout cas vu comment tu me le racontes –, ce n'est pas acceptable. Je suis sûre que tu le sais au fond de toi. »

Elle avait acquiescé, mais seulement pour que le Dr Masha la laisse tranquille. Elle avait promis d'en parler à ses parents mais ne le fit jamais. Quand elle rentra chez elle, sa mère redevint celle qu'elle était des années plus tôt, surprotectrice, inquiète, terrifiée par la fragilité de l'unique enfant que le Seigneur lui avait donnée. Son père refusa de la laisser prendre la voiture seule et l'emmena partout dans un silence plombant. Elle vit le Dr Marsha deux fois plus souvent, jusqu'au jour où ses parents découvrirent que leur assurance maladie ne remboursait pas ses consultations.

Lorsqu'elle pensait à Dieu, elle ne pensait pas au Sauveur ressuscité mais à l'homme. Par l'intermédiaire du Père Noël, ses parents lui avaient offert un livre quand elle était petite, l'histoire du sacrifice du Christ. De belles illustrations du jardin de Gethsémani avec des vignes vert et violet qui se tortillaient sur un ciel de charbon et des gouttes de sang qui roulaient sur le front de Jésus aux endroits où les épines s'y enfonçaient. Mais l'image qu'elle étudia le plus représentait Jésus juste avant la Crucifixion, alors qu'il venait de déposer la croix et se tenait au sommet du Golgotha, sur fond de soldats romains et de ciel bleu piscine. L'illustrateur avait dépeint la scène avec un soin maniaque, mais le plus étonnant était l'expression du jeune homme. Ce n'était pas de la détermination, de la colère, de l'amour ou n'importe quelle autre émotion imaginable au terme de la fable poignante et immortelle de sa dernière marche. C'était de la peur. Et pour Tina, ce fut la prise de conscience troublante que le Fils de Dieu pouvait avoir peur. Se sentir seul.

Tout le temps où elle sortit avec 56, ses copines d'église

et de lycée furent reléguées au second plan, quand elles ne devinrent pas carrément des étrangères. En terminale, elle tenta de se rabibocher avec Stacey. Un jour après l'office, elles passèrent l'après-midi ensemble, se baladèrent en ville et revinrent sur les raisons de leur brouille.

« À la fin t'étais sa groupie. » Stacey tendit une main et coinça une mèche de Tina derrière son oreille. Comme ses doigts étaient agréables quand ils glissaient derrière son lobe. « T'étais plus la même et j'aimais pas du tout la fille que t'étais devenue. »

Du haut de ses dix-huit ans, elle eut du mal à encaisser la critique sans se braquer. Son ancienne amie, chez qui elle avait vécu pratiquement tous les week-ends, qui avait la capacité aussi révoltante qu'extraordinaire de péter à volonté et qui l'exploitait de manière hilarante, son amie dont elle, l'enfant unique, enviait la fratrie – Tina n'était simplement plus capable de l'aimer. Stacey s'était énormément rapprochée de Lisa Han, sa bête noire du lycée. Vulgaire, je-sais-tout et cruelle, Lisa paradait dans les couloirs avec une arrogance et une prétention qui n'appartenaient qu'à elle. Tina avait peut-être laissé tomber son amie pour 56, mais en contrepartie Stacey avait choisi une remplaçante si odieuse que leur amitié ne s'en relèverait jamais.

« Elles sont vraies, les rumeurs ? demanda soudain Stacey. À propos de toi, de lui et des mecs de l'équipe ? »

La même panique qu'avec le Dr Marsha. La même peur. Elle baissa les yeux, s'en voulut de ne pas réussir à soutenir le regard de Stacey, et par ricochet en voulut à Stacey.

« Bien sûr que non. C'est des rumeurs débiles qu'il a lancées pour me faire du mal. Histoire que personne ait envie de sortir avec moi. »

Sur la liste de ses regrets, mentir à Stacey figurait en bonne place. Comment ne pas se dire que, si elle s'était montrée un tout petit peu courageuse à cet instant, la suite aurait pu être différente.

Six ans plus tard, quand elle rencontra Beauty, ce fut une bouffée d'air frais. Sa première véritable amie depuis l'entrée au lycée. Le lendemain de son arrivée chez Walmart, Beauty avait remarqué pendant le déjeuner qu'elle lisait un livre sur Lizzie Borden, accusée d'avoir tué son père et sa belle-mère à la fin du XIXe siècle, et elle lui avait dit : « Faudra absolument que tu me le prêtes.

– Demande à la bibliothèque. C'est de là qu'il vient.

– Alors faudra que tu me dises quand tu le rendras. J'adore ces bouquins. Ils me font trop flipper. »

Beauty avait un sens de l'humour décapant, dont l'absurdité laissait parfois Tina sans voix. Elle surnommait les habitués du Walmart les « fous du village ». Elle entendait par là les gens qui venaient dans le seul but de prendre un chariot, discuter, jacasser et cancaner avec la première personne qu'ils croisaient, et qui s'en allaient en n'ayant acheté qu'un pack de soda. (Dans leurs moments d'ennui, Beauty imitait un personnage qu'elle appelait « Monsieur Raissin », qui plantait ses yeux dans ceux de Tina et lui demandait en zézayant où se trouvait le raisin. « Euh, esscussez-moi, mademoisselle. Où est-ce que je peux trouver du raissin ? » Tina se tordait de rire et en avait parfois les larmes aux yeux.)

Et c'était peut-être Beauty, quelques années plus tôt, qui avait fait germer l'idée. Tina se plaignait de ses insomnies. Elle faisait des semaines de soixante heures, voire soixante-dix, son père venait de se casser le col du fémur, et elle se mettait dans un tel état d'angoisse au moment de s'endormir, redoutant la fatigue du lendemain si elle n'y arrivait pas, qu'elle fixait le plafond pendant des heures, prise dans une boucle autoréalisatrice.

« Je peux te trouver un truc pour ça, lui dit Beauty. Mon cousin Dayton, il fabrique du G.

– Du quoi ?

– Du G. Du GHB. Un truc que les gens prennent dans les raves et tout. Si tu prends juste la dose qu'il faut, c'est un somnifère génial, mais si t'en prends trop c'est genre la drogue du viol, donc faut faire super gaffe. »

Tina tourna et retourna ces mots dans sa tête un long moment avant de donner le feu vert à Beauty. Elle expérimenta d'abord seule, et le produit l'aida effectivement à dormir. Ensuite, elle l'essaya sur Cole. C'était une poudre blanche qui se présentait dans un petit sachet en plastique. Alors qu'elle cherchait un endroit où le cacher, où sa mère ne ferait jamais le ménage, elle fouilla dans son placard et trouva une boîte à laquelle elle n'avait pas touché depuis qu'ils étaient venus s'installer à Van Wert. Elle contenait plein de conneries, mais aussi les quatre exemplaires du *Jaguar* qu'elle avait mis de côté en troisième. En dessous, il y avait le livre d'images sur Jésus. Usé et corné, il s'ouvrit automatiquement à la page qu'elle avait étudiée si longtemps enfant, celle qui avait commencé à lui enseigner le courage qu'il fallait pour vaincre la peur. L'amour qu'il fallait. Elle glissa le sachet entre les pages et rangea le livre dans la boîte.

Au bout de trois kilomètres sur le chemin de terre, il y avait une bifurcation vers les bois. Ce n'était pas là que l'emmenait 56, mais elle avait remarqué cette route les fois où ils s'étaient garés dans le champ. Un an plus tôt environ, à l'occasion d'une de ses visites de plus en plus fréquentes, elle était allée voir où cela menait. Et à présent elle s'y engageait. Après sept kilomètres au pas sur un tapis de feuilles et de branches et une croûte de terre séchée par l'été, elle déboucha enfin dans une petite clairière qui se découpait dans la forêt. Les arbres s'arrêtaient net et elle roula sur l'herbe haute jusqu'à l'autre côté. Elle stoppa la voiture et coupa les phares. Puis le moteur. Dehors, les criquets conversaient et les lucioles faisaient vibrer la nuit. Elle prit un moment pour respirer l'air, regarder les étoiles si brillantes dans la campagne, carte indéchiffrable vers un endroit meilleur.

La nuit où tout avait commencé, il y avait les mêmes étoiles, le même ciel clair, limpide et sans nuages. Elle avait peut-être tort d'y penser, mais au moins ça l'aidait à se rappeler pourquoi elle était là maintenant. Parce qu'elle se devait à elle-même de replonger dans les recoins de sa mémoire où elle s'aventurait rarement.

Elle l'avait mûrie avec tant de soin, sa première fois. Selon sa jeune théorie, l'Amour, c'était donner à la personne qu'on aime une chose qu'on n'a jamais donnée à personne d'autre, l'unique chose qu'on peut lui donner. Durant l'hiver de son année de troisième, après la fin de la saison de football, elle avait échafaudé un alibi autour de l'Association des athlètes chrétiens. 56 avait eu l'idée parfaite : son copain et coéquipier Ryan Ostrowski (n° 63) organisait une fête en l'honneur de cette saison à dix victoires et deux défaites, un des meilleurs résultats de New Canaan depuis une décennie. Il avait la maison pour lui car son père avait foutu le camp depuis longtemps et sa mère, conductrice de poids lourd, pouvait rester absente plusieurs semaines. L'équipe avait demandé au frère de Jake Levy (n° 16) d'acheter un fût de bière et la plupart des mecs de première et terminale seraient là. 56 lui dit que Strow avait promis de leur laisser la chambre d'amis au sous-sol.

Ce vendredi-là, au lycée, elle passa la journée à écrire. Les années avaient pratiquement effacé le contenu de cette lettre, mais elle se souvenait qu'elle y déclarait combien il comptait pour elle, combien elle l'aimait et combien elle s'estimait chanceuse qu'ils vivent sur le même continent, dans le même pays et la même petite ville, qu'ils fréquentent la même école et qu'ils soient nés à la même époque merveilleuse. Dieu avait forcément prévu qu'ils se rencontrent et tombent amoureux. Trois brouillons plus tard, elle imprima enfin la version définitive sur une feuille de cahier, la plia bien serré en triangle épais et la ferma avec du Scotch. Elle écrivit « 56 » en travers des lignes bleues.

La fête dépassa de loin ce à quoi elle s'était attendue. Toutes les personnes des classes supérieures qu'elle connaissait étaient présentes, ainsi qu'une pincée d'élèves de sa promo. Des gobelets rouges jonchaient la moindre surface de la maison des Ostrowski, humble pavillon au bout d'une allée en terre, suffisamment à l'écart du voisinage pour garantir qu'on leur fiche la paix. La musique sortait en grésillant d'un caisson de basse relié à un autoradio par un fouillis de câbles qui promettait des migraines. Strow salua 56 d'un un *high five* et lui passa un bras dans le dos. Il accueillit Tina avec une caresse de l'index sur la joue et un gobelet de bière tiède. Elle en but une gorgée pour ne pas avoir l'air coincée, mais avec la ferme intention de le vider dans les toilettes un peu plus tard. Elle avait toujours trouvé Ostrowski plutôt repoussant. Il était fort, limite gros, avec le crâne rasé et un petit bouc débordé par la graisse qui pendait sous son menton. Son acné était triomphante. Non seulement les boutons avaient conquis son visage, mais on en apercevait entre ses cheveux, sur son cou et même sur la paume de ses mains. Tina se fraya un chemin jusqu'à un coin tamisé du salon et resta plantée là avec sa bière en faisant mine de participer à une conversation avec des élèves de première qu'elle connaissait à peine. Elle enrageait que Jess Bealey soit là, de même que Matt Moore et Tony Wozniak. Elle identifia Kirk Strothers, l'idiot à queue-de-rat que 56 avait gardé parmi ses amis bien que Strothers ait été viré du lycée. Assis sur le canapé, l'air hébété, il bavait devant les seins de Mackenzie Boylan. Tina connaissait une grande partie de ces visages, mais pas leurs propriétaires. Elle lissait sans arrêt ses vêtements, ôtait fils et cheveux de son pantalon noir, aplatissait un pli sur son haut, tirait sur sa veste en jean pour qu'elle tombe bien sur ses seins. Elle éprouvait un besoin pressant de sortir son poudrier pour vérifier son maquillage, mais elle y résista. Elle regarda 56 passer d'une pièce à l'autre et pensa au bloc compact de la lettre dans sa poche arrière.

Puis elle termina sa bière et alla se resservir au fût. Elle repéra Kaylyn à l'autre bout de la pièce. Un visage amical, une personne à qui parler, mais des rumeurs idiotes – fondées ou non – l'empêchèrent de l'aborder. Elle n'avait pas envie de détester Kaylyn à cause de mensonges colportés par des jaloux, mais ces rumeurs la faisaient tout de même hésiter.

Vers minuit, un combat de bras de fer débuta sur la table de la salle à manger. Jake Levy défia Curtis Moretti (n° 8), le *quarterback*, et tout le monde vint encourager et huer. Les bras se bloquèrent, les poignets s'enroulèrent, la sueur apparut sur les visages. Curtis avait une drôle de tête, décida-t-elle, un air de rongeur pleurnichard, surtout quand l'effort lui retroussait la lèvre comme maintenant. Il s'était rasé le crâne, à l'exception d'une petite capsule sur le sommet. Il portait un débardeur et elle vit se tendre tous les muscles de son corps. Son dorsal saillait sur le côté comme une tumeur brillante.

La nuit progressait. La bière lui donnait chaud et lui faisait tourner la tête. À un moment, elle ne savait pas trop quand, elle était revenue s'en servir une troisième. Kaylyn vint la voir près du fût.

« Penche ton verre, sinon t'auras que de la mousse », dit-elle. Tina s'exécuta et le liquide doré s'écoula contre le bord en formant seulement un petit chapeau blanc. Kaylyn y plongea un index et remua. « Astuce de soirée.

– Rick est là ? » cria Tina pour couvrir la musique.

Les sourcils de Kaylyn firent deux petits bonds. « Non. Et franchement, je me marre bien.

– Tu te marres pas avec lui ?

– Si, si. Mais pas dans ce genre de trucs. » De la main, elle balaya l'assemblée. « Il est jaloux pour un rien, surtout avec les mecs plus âgés. C'est idiot. Y a rien de pire que d'avoir un mec. »

Sa remarque la fit glousser et elle but une gorgée. Tina l'imita.

« Toi, par contre, t'as l'air de te faire chier.

– Oh, non, ça va. » Tina regarda autour d'elle. Brent Brandon (n° 27) avait posé un genou à terre pour prendre dans sa bouche le tuyau d'un *beer bong*. Une mèche folle s'échappait de ses cheveux parfaitement plaqués. « C'est juste que c'est la folie ici. On est obligées de crier pour s'entendre.

– Bienvenue dans la vie de femme de joueur.

– Rick est titulaire, il devrait pas être là normalement ? »

Kaylyn était tellement belle. Même lorsqu'elle plissait le visage, comme maintenant, avec l'air d'avoir flairé un œuf pourri, elle rayonnait. Ses taches de rousseur rehaussaient de manière charmante ses yeux phosphorescents qui rappelaient à Tina les touches de vert dans les vitraux de l'église.

« Il s'entend pas super bien avec les autres. Ton mec le met mal à l'aise. C'est un intello qui s'assume pas, tu sais.

– Todd ? » demanda-t-elle, paumée. Bien qu'elle ait deux ans de moins que 56, elle devait souvent l'aider à faire ses devoirs.

Kaylyn éclata de rire. « Mais non. Rick. Rick est super bon en maths. Il peut faire des trucs de fou en calcul mental. C'est une tronche, mais personne le sait. J'imagine que c'est pour ça qu'il traîne avec des gosses de riches comme Ben et Ashcraft. »

Tina décida que les rumeurs au sujet de Kaylyn et de 56 ne pouvaient pas être fondées. Qui les lui avait racontées la première fois ? Sûrement Stacey, qui de toute évidence était jalouse. Si 56 la trompait, ça signifiait que Kaylyn trompait Rick, et ça c'était ridicule. Pourtant, l'image de 56 avec Kaylyn dans le couloir ne la quittait pas, au point qu'elle entendait presque le bruit de ses doigts dans ses cheveux.

Elle fut tirée de cet irritant puits de jalousie quand quelqu'un cria : « Strow, arrête ! Fais pas ça ! »

Elles se tournèrent toutes les deux pour voir Ostrowski vider une bouteille de soixante-dix centilitres de liqueur de malt dans le *beer bong* tenu par Brent Brandon, puis s'agenouiller. Dans l'assemblée, les avis différaient quant à savoir si c'était une bonne idée ou pas.

« Écartez-vous, les tarlouzes », ordonna-t-il.

Quand il eut descendu la moitié du liquide, Tina crut qu'il réussirait à aller au bout. Et il y parvint, mais, la mousse à peine disparue, il se plia en deux, les mains sur les genoux, et se mit à vomir comme un tuyau d'arrosage qu'on aurait bouché avec le pouce.

Les spectateurs crièrent et se reculèrent pour éviter le jet, ce qui n'était pas chose facile vu la pression avec laquelle le liquide jaillissait. Ce spectacle donna la gerbe à Tina. Tout le monde courait vers le jardin quand Kaylyn la prit par le bras.

« Viens, ça va puer la merde ici. »

Elles s'exfiltrèrent des festivités et atterrirent dans ce qui devait être la chambre de Mrs Ostrowski. Le lit était fait, une couette à fleurs posée sur des draps propres et une demi-douzaine d'oreillers. Tina s'y assit pendant que Kaylyn jetait un œil à la bibliothèque, qui ne contenait que des livres audio.

« T'as de la chance, dit-elle. Todd, c'est un super mec. Y a moyen qu'il devienne la plus grande célébrité à être jamais sortie d'ici.

– J'espère. » Sa jalousie s'embrasa. Kaylyn avait-elle fait quelque chose avec lui ? Elle n'avait jamais demandé à 56 s'il était puceau. Elle l'espérait, mais elle se rendait compte que le plus probable était qu'il ne le soit pas, voire qu'elle ait devant les yeux la fille à qui il avait donné sa virginité.

« Tu connais ma pote Hailey ?
– Kowalczyk ?
– Ouais, elle est un peu féministe, tu vois. Mais tu sais, en vrai, on s'en fout de ce que pensent les autres. Si tu peux, tu te taperas toujours un membre de l'équipe de foot.
– Si tu le dis...
– J'ai entendu des meufs au bahut – tu vois le genre, des goths et des crasseuses –, elles crachaient sur les sportifs de merde, les bourges de merde, et moi j'étais là, mais bande de connes, vous savez même pas ce que ça veut dire, ces catégories. Vous répétez ce que vous avez entendu dans des films pourris. Ça vous rassure parce que vous êtes incapables de parler à quelqu'un ou d'avoir des amis. Ça me rend tarée. »

C'était étrange d'entendre un langage si violent dans la belle bouche de Kaylyn. Elle posa une main sur sa poitrine.

« Genre moi je suis une bourge ? Putain, je crois pas. Mon père est handicapé depuis que j'ai cinq ans. Il fait le tour de la ville en proposant aux gens de tondre leur pelouse ou de repeindre leur maison parce que s'il trouve un vrai boulot, il perd ses allocs. Ça me rend tarée, je te jure », répéta-t-elle.

Tina en déduisit que c'était ça, l'ivresse : parce que, dans le fond, ce qu'elle disait était parfaitement sensé. Du bout des doigts – vernis rose vif sur les ongles –, Kaylyn caressa la collection de livres audio de Mrs Ostrowski, ses compagnons durant les longs trajets au volant de son camion : Tom Clancy, Joel Osteen et Danielle Steel. Tina but une gorgée de bière.

« Je crois que c'est la première fois que je bois autant, dit-elle.
– Haha, tu ferais mieux de t'y habituer, ma petite salope. Tu veux un truc pour éviter la gueule de bois ? »

Avec plaisir. Malgré son pétillement d'excitation à l'idée de cette fête, elle craignait que sa mère comprenne qu'elle avait bu quand elle rentrerait de sa « soirée avec l'asso ».

Kaylyn chercha dans la poche de son jean et en sortit une

petite pilule ronde. « C'est des vitamines, genre B12 et tout. Ça va carrément t'aider pour demain. »

Tina la fit passer avec une gorgée de bière.

Kaylyn faillit dire quelque chose, mais elle se ravisa. Tina avait l'impression qu'elle la scrutait. Quelque chose passa dans son regard, un air de jugement ou de mépris peut-être, mais qui disparut tout de suite. « T'es vraiment belle, dit Kaylyn.

– Merci. Toi aussi. »

Kaylyn s'allongea à côté d'elle, s'étira sur les fleurs. Elle ramena une main sous sa tête.

« T'aimes bien les traditions ? demanda-t-elle.

– Ça dépend. Du genre aller à l'église, tu veux dire ?

– Oh, mon Dieu, t'es trop mignonne. Non, pas ce genre-là. Les rituels.

– J'y ai jamais vraiment réfléchi.

– Moi, j'adore les traditions. Tout ce qui permet aux gens de célébrer ou de commémorer ce qui les lie. »

Tina but encore un peu de bière.

« Par exemple, j'ai entendu parler d'un bahut à New York, le style lycée privé pour gosses de riches. Et pas juste des gosses de riches, *les* gosses de riches. Dont les parents ont tellement de fric qu'ils savent plus quoi en faire. Et dans ce lycée, les mecs, ils se répartissent les élèves de troisième, ils s'en attribuent un chacun. Et pendant un mois ils leur font la misère. Ils les frappent, ils leur font bouffer des trucs dégueu, ils les obligent à se torcher avec des pommes de pin. »

Tina fit la grimace. « C'est horrible.

– Ouais, mais après, quand ils arrivent en terminale, ils font pareil aux plus jeunes. C'est une manière de créer un lien. Un truc qu'ils n'oublieront jamais et qui les suivra toute leur vie.

– Merci mais je vais me contenter de l'église. »

Kaylyn partit d'un grand rire, et Tina vit sa luette qui vibrait au fond de sa gorge et la dent qui essayait de passer devant sa voisine. « T'es trop marrante. »

Tina avait envie de jeter la fin de sa bière ; elle était écœurée.

« Allez, fit Kaylyn en sautant du lit. On va en bas.

– Pourquoi ?

– Parce que c'est là que ça se passe. »

Kaylyn la conduisit au sous-sol. C'était un espace lambrissé et mal éclairé au plafond bas et à la moquette couleur bain sale. Les meubles paraissaient de seconde main, récupérés à l'Armée du Salut et dans des vide-greniers. Elles y étaient seules. Un gros pack de Busch Light, à moitié vide, était posé sur la table basse à côté d'une bouteille de vodka. Tina s'installa sur le canapé. Au-dessus, la musique continuait à cogner.

« Je reviens tout de suite », dit Kaylyn.

Tina resta seule avec sa nausée. Ou peut-être son envie de chier. Kaylyn ne revenait pas. Et puis 56 et ses copains descendirent l'escalier en chahutant. C'était une drôle de bande. 56 en tête, suivi par Ostrowski avec un bout de vomi accroché au col de sa chemise, puis Brent Brandon agrippé à la rampe parce qu'il avait du mal à tenir debout tellement il était déchiré, puis Jake Levy, Curtis Moretti et Matt, le grand frère de Stacey. Elle se sentit extrêmement mal à l'aise quand le regard de Matt se posa sur elle car elle le connaissait depuis toute petite, avait petit-déjeuné dans sa cuisine et l'avait espionné ainsi que ses copains avec Stacey dans l'espoir d'accéder à leurs secrets de grands. Matt, Brent et Curtis se disputaient à propos de quelque chose, mais elle n'avait d'yeux que pour 56 et elle lui sourit. Un sourire qu'il lui rendit immédiatement. Elle avait le vertige – plus précisément, elle *se regardait* avoir le vertige.

« Où t'étais, bébé ? » demanda-t-il.

De la tête, elle désigna Kaylyn qui descendait à son tour, écartant une mèche de cheveux de son visage. Ses ongles roses serraient un objet, une boîte.

56 s'écroula sur le canapé à côté d'elle, toujours beau malgré son regard un peu vaseux. « On a été obligés de sortir. L'odeur était… » Il fit semblant d'avoir un haut-le-cœur.

Brent Brandon se laissa tomber sur la moquette, jambes croisées. « Vous avez dit que je passerais en deuxième. C'est *moi* qui l'ai acheté, donc vous avez dit que je passerais en deuxième. »

Ostrowski lui colla un coup de poing dans l'épaule et lui dit de la fermer. Kaylyn continuait à descendre, et lorsqu'elle arriva au bas des marches, Tina vit que ses pieds faisaient des ondulations dans la moquette et l'air alentour, comme si elle plongeait les orteils dans l'eau. Ce n'était pas une boîte qu'elle tenait – c'était un caméscope. 56 lui demanda si elle voulait boire quelque chose, mais sa voix semblait venir d'une autre pièce. Les rides partaient en cercles concentriques des pieds minces de Kaylyn. Elles faisaient scintiller l'air de nuances violettes et bleu nuit.

Ce fut son dernier souvenir de la soirée.

Quand elle se réveilla, elle était nue sur le canapé et elle avait mal d'une manière qu'elle ne connaissait pas et n'oublierait jamais. Sa tête la lançait, mais ses parties intimes hurlaient. Elle avait l'impression qu'un objet dentelé et rouillé avait été enfoncé profondément dans son corps. Il y avait un drap sous elle et les taches étaient des nuages couleur de rouille. Elle n'arrivait pas à respirer par la bouche et elle se rendit compte, après un moment de confusion, que ses lèvres et son visage étaient collés ensemble. Tirant douloureusement sur sa peau, elle arracha un morceau d'adhésif gris et brillant. Elle le laissa tomber par terre, abasourdie. Elle découvrit autour d'elle un fatras de bouteilles de bière et de vêtements. Lentement, elle repêcha sa culotte dans le désordre. La douleur remontait jusqu'à son estomac, aiguë, cuisante. Elle enfila avec précaution sa culotte mauve, sa préférée, puis le reste de ses habits. Elle fit le tour de la maison et trouva 56 endormi dans la chambre d'amis.

Ostrowski ronflait par terre, la tête posée sur un des coussins du canapé. Il ne portait que son caleçon et sa chemise toujours tachée. Jake, Curtis, Matt et Kaylyn étaient introuvables. Elle réveilla 56, qui cligna des yeux et sembla ne pas la reconnaître. Sans un mot, il s'habilla et elle le suivit au rez-de-chaussée, où ils passèrent à côté de l'immense flaque de vomi puant qui recouvrait le lino de la cuisine. C'est seulement en la voyant que Tina se mit à pleurer en silence.

Sur la route, elle essaya de ravaler ses larmes. Elle n'avait aucun doute concernant ce qui s'était passé. La douleur était si intense, c'était évident. Mais tout paraissait bizarre, elle ne comprenait pas.

« Y a eu que toi ? » demanda-t-elle. C'était une question stupide, et le regard de 56 le lui confirma.

« Tu voulais tous ceux qui étaient là, chérie. T'en voulais toujours plus. » Des plaques rouges marbrées apparurent sur son cou – la même bouffée de chaleur que lors de leur premier rendez-vous au Friendly's.

Elle voulut expliquer qu'elle ne se souvenait de rien, mais elle devina que ça aussi c'était stupide.

« Je crois que je vais devoir aller chez le médecin, dit-elle. Je saigne. »

Il tourna la tête vers elle, puis revint à la route. « Je suis désolé si ça a un peu dérapé. C'est un truc qu'on fait, des fois. On est des frères, on partage, tu comprends ? Pas la peine d'en faire des caisses, c'est pas grand-chose. Et t'arrêtais pas de dire que t'aimais ça… »

Elle voulait qu'il arrête avec ses justifications bredouillantes. Elle sentait encore la trace visqueuse de l'adhésif sur son visage.

Quand il la déposa chez elle, elle alla dans la salle de bain, coinça une serviette entre ses jambes et s'agenouilla devant les toilettes pour vomir. Puis elle déchira la lettre qu'elle avait écrite et la mit dans la poubelle. Toute la journée et la soirée, elle resta enfermée dans sa chambre au prétexte de devoirs à faire et se tourmenta en essayant de décider si elle devait ou non aller à l'hôpital. Mais le saignement cessa, contrairement à la douleur. Pendant une semaine, elle hésita à raconter à sa mère ce qui s'était passé. Celle-ci saurait peut-être quoi faire. Mais plus elle y réfléchissait, moins cela lui paraissait judicieux. Qu'est-ce qui s'était passé, au fond ? Les mecs diraient que c'était elle qui l'avait voulu et elle n'aurait aucun moyen de prouver qu'elle avait essayé de les en empêcher. Ensuite, tout le monde au lycée, à l'église et en ville penserait qu'elle était une menteuse, une traînée, ou les deux. Certaines personnes la croiraient peut-être, mais ce seraient des exceptions. La plupart se dirait qu'elle essayait de se rendre intéressante. Plus elle songeait à parler, plus elle envisageait des conséquences atroces. Et quand la douleur s'évanouit, l'idée de parler fit de même.

Au lycée, elle croisait parfois des mecs qui étaient présents cette nuit-là et elle évitait leur regard, même si elle devinait qu'ils parlaient dans son dos. 56 faisait comme si de rien n'était. Il arrivait derrière elle et lui mettait la main aux fesses. Il posait un bras sur ses épaules dans le couloir. Il parlait de courriers de recrutement. Cette semaine-là, Kaylyn vint la voir à son casier.

« Alors, cette soirée ? »

Tina était incapable de décrypter son sourire. Était-ce de la moquerie ? Elle eut envie de partir en courant. Au lieu de ça, elle répondit : « Super. Je me suis bien marrée. »

Kaylyn en parut enchantée. Elle approcha ses lèvres de l'oreille de Tina. « T'inquiète pas, chérie, j'ai tout filmé. Compte sur moi, ton initiation restera entre de bonnes mains. » Elle lui fit un clin d'œil et s'éloigna.

Une semaine plus tard, 56 l'emmena dans un coin reculé des bois, à l'écart de Stillwater Road. Lorsqu'il vint se coller à elle et que son souffle tomba sur son cou et son visage, elle se mit à pleurer. Il se recula et lui demanda ce qu'elle avait, moins inquiet qu'agacé.

« Je veux pas avoir un autre trou noir. Et pas me rappeler ce qui s'est passé. Je voulais pas que ma première fois soit comme ça. »

Elle faillit lui répéter ce que Kaylyn lui avait dit, mais alors il devint effrayant. S'il avait paru gêné le matin chez Ostrowski, cette fois la fureur s'empara de lui si rapidement qu'elle n'eut même pas le temps de protester. « T'en avais envie », cracha-t-il avant de commencer à la déshabiller. Ses mains étaient des grues brutales qui enlevaient un vêtement après l'autre. Sans espoir, elle essaya de le ralentir, mais il écarta ses poignets, les bloqua et plaqua son visage contre la vitre jusqu'à ce qu'elle cesse de se débattre. Des années plus tard, après avoir connu d'autres hommes, elle comprendrait combien 56 était *énorme*. Si vite après le week-end précédent – et consciente pour la première fois –, elle eut l'impression qu'il l'ouvrait en deux. À chaque cri qu'elle poussait, il devenait encore plus vicieux, et quand elle agita un bras dans son dos et tenta de lui dire d'arrêter, il saisit une poignée de cheveux et lui éclata la tête dans la portière. La suite fut une glissade dans un rêve, un rêve plus réel que ce qui lui arrivait dans la réalité.

Quand il eut terminé, il se laissa tomber sur le siège conducteur et pointa un doigt vers lui-même, épais, rose et non circoncis. Elle n'avait encore jamais vu un homme sous un angle aussi ouvertement sexuel. Il était couvert de son sang.

« Putain », marmonna-t-il en essayant de s'essuyer avec l'élastique de son caleçon.

Elle avait envie de vomir et elle eut toutes les peines du monde à se retenir.

Il la regarda tout en finissant de remettre sa ceinture, l'air à présent aussi mal qu'elle. « Je suis désolé. » Sa voix s'éteignit et il dut se détourner. « C'est juste que tu me rends dingue. » Il démarra. « Ça va devenir de plus en plus facile. »

Elle voulait être furieuse contre lui – du moins elle considérait que ça aurait été une réaction légitime. Mais il lui caressa la nuque tout le long du retour en ville. Une main sur le volant, l'autre qui lui massait l'épaule, lui chatouillait la base du cou et montait lui grattouiller le crâne. Les nuages avaient une teinte bleue sublime dans le ciel du début de soirée. Le soleil colorait leurs bordures. Ce n'était pas de la cruauté de sa part, décida-t-elle. Il avait simplement le sang chaud, il était rempli de puissance et de désir. Il ne se rendait pas compte qu'il pouvait être très dur. Ce serait à elle de lui faire comprendre qu'il devait être plus doux.

56 avait beau être l'amour de sa vie, cet épisode la terrorisa. Plus jamais elle ne voulait se sentir aussi impuissante. Elle découvrit qu'il se montrait parfaitement raisonnable quand elle acceptait d'aller chez Ostrowski et de se laisser faire. Il aimait regarder ses copains la prendre, et l'obéissance de Tina l'apaisait, l'apprivoisait. Le plus clair du temps, ils étaient un couple de lycéens ordinaire : ils allaient à La Mousse ou dans les bois, ou bien ils attendaient que la mère de 56 s'absente. Mais une ou deux fois par mois, ils allaient chez Ostrowski, dans son sous-sol obscur, et les garçons la faisaient tourner. Elle oublia le sarcasme de Kaylyn, qui frôlait la menace – elle fit ce qu'elle fit parce que c'était ce qu'*il* voulait. Ils lui donnaient des ordres et elle s'exécutait. Ils la poussèrent à faire des choses dont elle ne se serait pas imaginée capable. Ils mettaient des films et rejouaient des scènes avec elle. Ils la secouaient comme un pantin. Elle ne faisait même pas mine de comprendre comment il pouvait aimer la voir comme ça. La face de rat de Moretti au-dessus d'elle, ses mains qui lui pinçaient les seins. La graisse d'Ostrowski qui l'écrasait. Levy qui grognait en se mordant la lèvre. Matt Moore qui lui tirait les cheveux comme s'il ne la connaissait pas depuis

qu'elle avait six ans, quand ils jouaient à se faire deviner des personnages de la Bible au catéchisme. Comment 56 pouvait-il aimer ça ? Et ensuite, au lycée, ils lui murmuraient des choses répugnantes et cruelles. Un jour, Moretti lui montra la banane qu'il avait apportée pour le déjeuner et, alors que Hailey était à moins de deux mètres, dit : « Tu crois que je pourrais te la mettre en entier ? »

La seule fois où elle réussit à trouver le courage de dire à 56 qu'elle voulait arrêter, qu'elle ne voulait plus leur servir de jouet, il entra dans une colère terrifiante – la même que dans son pick-up. « Tu crois que c'est pour eux ? Sois pas conne, Tina. C'est pour moi. Quand je serai en NFL, tu crois que j'aurai pas cinquante meufs plus bonnes que toi qui se battront pour faire tout ce qui m'excite ? Moi c'est avec toi que je veux le faire, mais t'imagine pas que c'est forcément ce qui arrivera. » Des paroles aboyées avec une telle rage qu'elle fut obligée d'approuver pour le calmer. « Ces mecs, c'est comme mes frères, continua-t-il. On partage tout. » Mais cette rengaine n'était pas tout à fait vraie. Plusieurs fois, d'autres membres de l'équipe se pointèrent et 56 lui ordonna de les sucer. Un élève de troisième nommé Chase Gobbert avait été invité parce qu'il avait récupéré une balle cruciale. Elle entendit Ostrowski lui annoncer la nouvelle : « On a une récompense pour toi, petit gars. » Gobbert attrapa Tina par la tête si violemment qu'elle faillit s'étouffer. Quand elle réussit à reprendre son souffle, ils riaient tous et elle rit avec eux. Elle avait appris à concevoir tout cela comme la normalité. Il lui faudrait des années pour comprendre que ce n'était pas le cas. Elle était amoureuse. Et l'amour peut nous pousser à faire des choses inattendues, des choses si éloignées de ce que nous sommes ou de ce que nous pensons être qu'on ne reconnaît même pas la personne qui les fait. L'amour est le cadeau que Dieu nous fait pour nous rendre à la fois insupportablement forts et intolérablement faibles. L'amour est le fantôme de nous-même, un reflet qu'on aperçoit dans une foule – une autre vie, d'autres idéaux, une autre carte du monde –, mais qui n'en reste pas moins nous.

Elle ouvrit le coffre. Dans un sac, un rouleau de chatterton. Elle fit le tour de la voiture en écoutant les criquets et ouvrit la portière côté passager. La tête de 56 était tombée, son menton contre sa poitrine. Avec précaution, elle prit son corps entre ses mains et le poussa jusqu'à ce que sa tête repose sur le tableau de bord. Un filet de bave cristalline s'échappa de ses lèvres et coula par terre. Il ne fallait pas qu'elle traîne. Elle lui avait donné une dose bien plus faible qu'à Cole parce qu'elle voulait qu'il reprenne connaissance. Elle lui retira sa casquette, qu'elle laissa tomber entre les sièges. Elle prit son poignet droit, fit deux tours d'adhésif, prolongea sur son ventre puis passa au second poignet. Puis au dos. La bande crissait affreusement chaque fois qu'elle en tirait une nouvelle longueur. 56 émit un petit bruit de gorge et le cœur de Tina accéléra. S'il se réveillait maintenant… L'adhésif paraissait si fragile, si inefficace comparé à sa taille. Elle tourna et tourna autour de son torse et de sa poitrine, monta le long des bras jusqu'aux épaules.

Il remua et l'adhésif se plissa. Elle déchira la bande, en tira un nouveau morceau et s'attaqua aux chevilles. Elle couvrit les bottes, puis les mollets jusqu'aux genoux. Satisfaite, elle fit un pas en arrière. Il ressemblait à une momie grise.

Une fois 56 ligoté et immobilisé, elle détacha un morceau long comme la main, lui pencha la tête en arrière, posa doucement l'adhésif sur ses lèvres et le fixa avec quelques tapes énergiques.

Une année plus tôt environ, Cole l'avait emmenée sur un des chemins d'accès aux champs de maïs dans lesquels la première vague d'éoliennes avait été implantée. À cette époque elles paraissaient encore venir d'un autre monde, avec leur murmure dans la nuit et leurs lointains fanaux synchronisés. Ils s'étaient assis sur le capot de sa voiture et les avaient regardés clignoter.

« C'est dingue ces trucs. Vraiment fou », avait-elle dit. Elle sentait qu'il était nerveux, qu'il essayait de se dépêtrer d'une anxiété qui lui clouait la bouche.

Elle se doutait peut-être de ce qu'il s'apprêtait à faire. Tout ce dont elle se souvenait, c'est qu'elle avait fini par lui demander : « À quoi tu penses ? »

Alors il s'était lancé. Un discours qu'il avait dû répéter des semaines, des mois. « Je sais que tu n'aurais probablement pas de mal à trouver mieux que moi, Tina. Je sais qu'il y a plein de mecs qui te courent après, mais des fois j'ai l'impression que tu les laisses se servir de toi. Prendre ce qu'ils veulent sans vraiment te respecter ni rien, tu comprends.

– Peut-être que c'est ce que je veux », le coupa-t-elle. Plus sèchement qu'elle ne l'aurait souhaité. On peut admettre une chose, l'identifier chez un homme tel que Travis du rayon électronique, et malgré tout ne rien y faire.

« Oui, c'est vrai. Tout ce que je dis, c'est que moi je ne suis pas comme ça. Je ne serai jamais le mec le plus impressionnant avec qui tu pourrais être. Mais je suis très bon dans mon travail et je te trouve fantastique. J'ai envie de prendre soin de toi, et… je sais pas… je pense que toi aussi tu peux prendre soin de moi. Des fois, je… j'ai l'impression que c'est le dernier jour de cours avant Noël mais qu'on a un contrôle de maths juste avant de pouvoir partir en vacances. Tu vois le genre, t'es surexcité et dégoûté de devoir faire ça. Ben, ça, chez moi, c'est tout le temps. Sauf quand je suis avec toi. »

L'instant suivant, il lui présentait une bague, un mince anneau couronné par un diamant. « Elle était à ma mère avant qu'elle meure. » Il ne la regardait pas, fixait l'anneau pincé entre ses doigts. Les turbines prenaient le vent froid et leurs lames le hachaient, sur fond de ciel étoilé.

Il leva les yeux vers elle.

Avant de s'apercevoir qu'elle allait dire oui, elle pensa à 56 et à un projet – un rêve, en réalité – qui avait habité tant de moments perdus. Elle pensa aux choses nécessaires pour clore ce chapitre de sa vie qui menacerait toujours l'existence que lui promettait Cole, ce chapitre qui continuait à la peiner, à la blesser et à la terrifier, qui la poussait sans cesse vers les Travis de ce monde, qui la laissait hantée par une vie qu'elle n'avait jamais pu avoir et qui, elle le savait au plus profond d'elle-même, n'avait jamais rien été de plus qu'un fantasme dans lequel elle s'était noyée.

56 gémit dans son sommeil et ses paupières frémirent. Il était obligé de respirer par le nez et ce changement le perturbait. Le plus dur commençait. Elle alla chercher le traîneau à gibier (39,97 dollars chez Walmart) qu'elle avait dans le coffre et le posa par terre près de la portière. Elle souleva les jambes de 56, qui à elles seules pesaient déjà lourd. Elle rassembla ses forces et le saisit par le torse, mais il était d'une densité impossible. Un bloc de granit qu'elle essayait de porter à mains nues. Le prenant à bras-le-corps, elle réussit à le faire plus ou moins basculer sur le traîneau. Il atterrit sur l'épaule, mais c'est quand sa tête cogna contre le plastique qu'il se réveilla un instant. Ses paupières s'ouvrirent et il fit crisser la bande en explorant ses liens. Elle détourna les yeux, prit les deux jambes entre ses bras, fit levier avec sa hanche et chargea le reste de 56 sur le traîneau. Elle enroula la corde autour de sa poitrine et commença à le tracter dans le champ. À quelques mètres de la voiture, elle dut faire une pause. Elle regarda autour d'elle. Hormis les criquets, le pré était désert. Elle retourna au coffre, en sortit un sac Walmart en plastique et un autre accessoire : des ampoules de sels ammoniacaux à inhaler.

Elle coinça le sac dans la poche arrière de son jean et rejoignit 56. Couché sur le traîneau, les paupières battantes, il se débattait contre l'adhésif et le GHB. Elle sortit une ampoule de son emballage, s'agenouilla et l'approcha de son nez. Il écarta la tête en grommelant mais ne reprit pas connaissance.

Avec trois ampoules de plus, ses narines se dilatèrent et il réussit à surmonter la drogue. Sa tête partit en arrière, il ouvrit les yeux d'un coup et tout son corps se tendit.

« Chhht », dit-elle en posant une main sur son visage. Elle caressa sa barbe de trois jours. « Du calme, mon chéri. Du calme. »

Il hurla dans son bâillon, des aboiements étouffés qui lui rappelèrent la puissance de sa voix lorsqu'il réclamait une réorganisation de dernière minute dans la défense. « Calme-toi une minute, mon chéri. J'ai besoin… j'ai juste besoin de te parler un moment. »

Il cria encore, ses sourcils bondissant de rage. Il ruait. Elle le fit taire de nouveau et lui caressa la poitrine.

« Écoute-moi juste une seconde. » Enfin il arrêta, mais sans cesser de la fusiller du regard. Il soufflait furieusement par les narines. « Écoute-moi. »

Elle continuait à lui caresser la poitrine et le ventre qu'il avait pris depuis le lycée.

« Il faut que tu saches… » Elle s'interrompit, chercha comment reprendre à zéro. Tout ce temps dans la voiture. Toute cette préparation et elle n'arrivait toujours pas à exprimer ce qu'elle ressentait. « C'était le seul moyen de te voir. D'avoir ton attention. Je savais que si je t'avais téléphoné ou si j'étais venue sonner chez toi, tu m'aurais prise pour une folle, tu te serais dit que j'étais encore amoureuse de toi et… Bon, OK, je suis encore amoureuse de toi. Mais je savais qu'il fallait que je fasse quelque chose d'extrême pour que tu m'écoutes. D'accord ? N'aie pas peur. » Elle insinua ses doigts sous la ceinture de son jean, un endroit épargné par l'adhésif. Elle sentit les poils de son pubis. Le sentit remuer. La colère agitait son visage de tics étranges. Ce n'était pas du tout ce qu'elle avait prévu de dire. Même après ces années, et bien qu'elle ait cru prendre de la hauteur, elle restait obsédée par un fantôme. « C'est juste que tu ne m'as jamais laissée te parler quand tu m'as quittée. Tu ne m'as jamais vraiment expliqué, et je n'ai jamais cru les raisons que tu me donnais. Mais c'est pas pour ça que je suis là. Si je suis là, c'est parce que je veux que tu saches… » Elle défit la boucle de sa ceinture, ouvrit le bouton de son jean, baissa sa braguette. « Je t'ai aimé, Todd. Si tu savais comme je t'ai aimé. » Malgré la position dans laquelle il se trouvait, il l'aida à retirer son pantalon en soulevant les hanches. Dans son regard, la fureur pure fut remplacée par le désir pur. Elle avait si souvent vu ça. Dans la cabine de son pick-up. Dans le sous-sol de chez Ostrowski pendant que ses meilleurs amis la prenaient deux par deux. Il bandait instantanément. L'expérience aidant, elle avait compris après le lycée à quel point il était énorme, aberrant. Elle cracha dans sa main et se mit à l'ouvrage. Comme il lui avait appris. « Si tu m'avais expliqué, j'aurais peut-être essayé d'arranger les choses. Et tout aurait pu être différent, tu vois. Si j'avais été là pour m'occuper de toi, t'aurais peut-être pas fait tout ce que t'as fait à la fac et à Mount Union. T'aurais pas touché à l'alcool, aux médocs et à je sais pas quoi d'autre. Tu aurais joué comme tu aurais dû jouer et tu serais monté en NFL. » Des larmes montèrent aux yeux de Tina, mais elle s'y attendait. « Et on aurait pu tout avoir. Nos enfants auraient eu une belle vie. Déjà, j'aurais pu avoir des enfants. T'es au courant que je peux pas ? Je peux plus tomber enceinte. Mon utérus est abîmé. Mais je pense qu'il ne l'aurait pas été si t'étais resté avec moi. Tu comprends ? Tout aurait été différent. » 56 ferma les yeux et laissa aller sa tête contre le sol. Elle accéléra ses mouvements. Elle baissa la tête et posa les lèvres sur lui, une ou deux secondes, histoire qu'il reste humide. « Mais je vais bientôt me marier. Il s'appelle Cole. »

56 ne parut pas l'entendre. Elle le remit dans sa bouche, le savoura. Il jouit quelques instants plus tard, une quantité impossible de fluide salé qui explosa sur sa langue et coula sur sa main, jaillit dans l'air quand elle retira sa tête. Le dos de 56 s'arqua vers les étoiles et il émit un bruit de contentement sous son bâillon. Essayant d'avaler et de cracher en même temps tout en s'étranglant, Tina se souvint de la première fois qu'elle l'avait fait, pendant que les autres regardaient et que du hip-hop cognait en fond sonore. Lentement, 56 se détendit. Elle s'essuya la main sur son jean et s'assit à califourchon sur lui. La poitrine de 56 était si large que ses genoux touchaient à peine le sol de chaque côté. Elle lui libéra la bouche.

« Toi, souffla-t-il, t'es la connasse la plus tarée que j'aie jamais rencontrée. » Il leva les yeux au ciel. « Putain de merde… »

Les larmes commençaient à obscurcir le regard de Tina. Douze ans qu'elle attendait cet instant. « T'aurais pas dû me faire ça. T'aurais pas dû m'abandonner comme ça. »

Elle lui remit l'adhésif sur la bouche et sortit le sac Walmart de sa poche. Quand elle le lui enfila sur la tête, il écarquilla les yeux. Elle serra fort et fit un nœud sous son menton pour empêcher l'air d'entrer. De l'autre main, elle lui attrapa le nez et elle pinça.

Il se débattit et mobilisa d'un coup toute sa force sous elle, toute sa puissance, viscérale. Il rua et se tortilla, cria à travers le bâillon, un son qui se durcissait dans sa gorge. Il balançait la tête d'avant en arrière et elle perdit la prise sur son nez, essaya de la retrouver mais il repoussa sa main, esquiva de la tête. Elle serra plus fort le sac et vit ses narines aspirer le plastique puis le relâcher. Aspirer, relâcher. Il se souleva et elle faillit tomber. Il essaya de dégager ses bras et ses jambes, et l'adhésif crissa et craqua. Elle lui serra la tête entre les deux mains pour tenter de maintenir le sac en place, et alors qu'elle pensait qu'il allait abandonner, il donna un coup sec sur la gauche et l'envoya voler dans l'herbe. Le sac s'ouvrit autour de son cou et il put prendre de grandes goulées d'air. Elle s'était tordu le poignet gauche en tombant et sentait maintenant la foulure dans son bras et dans ses doigts. Elle n'en croyait pas ses yeux : il avait réussi à se dépêtrer d'une bonne partie de la bande. Il l'avait étirée et pouvait maintenant bouger ses avant-bras, l'adhésif s'étant torsadé en cordes poisseuses. Plus incroyable encore, il avait sorti un pied de sa botte, un pied qui était maintenant emmêlé dans le bas de son jean mais presque libre. Son pantalon et son caleçon étaient baissés sur ses cuisses, mais il allait bientôt pouvoir les remonter et se lever. Toute cette force et quelque chose d'autre – une sorte de rage enfouie en lui, la rage avec laquelle il avait fait taper le cerveau du *quarterback* de Marysville contre l'intérieur de son crâne, avec laquelle il lui avait plaqué la tête contre la vitre de son pick-up à quelques kilomètres à peine d'ici –, et elle comprit qu'il serait libre en quelques instants.

Laissant derrière elle ses grognements et les crissements plaintifs de l'adhésif, elle courut à la voiture. Dans le coffre, elle écarta les sacs en plastique bleus, fouilla, ne trouva rien d'utile. Son affolement monta d'un cran quand elle l'entendit crier à l'aide.

Il était parvenu à pousser la bande avec sa langue. Elle pensa à la pelle dans les bois, mais c'était loin et elle serait obligée de le laisser longtemps sans surveillance.

Et puis elle se souvint du démonte-pneu.

Elle le sortit du compartiment sous le plancher du coffre. Une croix parfaite en métal robuste. Elle trotta jusqu'à 56, qui avait roulé sur le dos et presque dégagé sa jambe droite. Il gigotait pour finir de l'enlever du pantalon.

« *Je vais te tuer*, criait-il. *Je vais te péter le cou sale pute...* »

Et tandis qu'il continuait sur ce ton, elle lui abattit le démonte-pneu sur le crâne. Mais le coup fut trop léger, 56 poussa un grondement de douleur et se remit à hurler plus fort. Elle s'agenouilla et frappa encore. Il gémit, un bruit strident de cochon qu'on mène à l'abattoir. Ses ruades ralentirent. Alors elle frappa encore, le sac se déchira et une bruine de sang éclaboussa l'intérieur. Elle l'avait touché sur le côté du crâne, à l'oreille et à la tempe. Elle asséna trois coups de plus, soufflant chaque fois. Et puis elle entendit un craquement et sentit l'os mollir avec un bruit d'assiette qui se brise sur le carrelage de la cuisine. 56 ne bougeait plus. Immobile, le pantalon maintenant aux chevilles, le sperme sur son ventre luisant sous la lune.

Elle s'assit dans l'herbe, haletante, et tenta de déterminer si cela modifiait son plan.

Puis elle inspecta le démonte-pneu. Grâce au sac que 56 avait encore sur la tête, l'outil n'avait apparemment pas été taché. Elle alla le ranger dans le coffre de la voiture. Qu'est-ce qui était le plus urgent ? Le sang. Il fallait le déplacer avant qu'il ne saigne trop.

Elle passa la corde en diagonale sur sa poitrine comme elle avait vu son père le faire lorsqu'il traînait du gibier. Elle avait repéré un endroit où, grâce à une pente naturelle, la gravité faciliterait une tâche qui serait sinon épuisante. Malgré cela, la corde lui mordit la clavicule quand elle commença à tirer en direction des bois. En arrivant à la lisière de la clairière, elle aperçut la branche qu'elle avait appuyée contre un arbre pour marquer son chemin. À partir de là, elle n'était plus qu'à cinq minutes des profondeurs des bois, mais elle se perdit plusieurs fois. Elle suivit le bruissement de la Cattawa. Toute cette organisation, et il ne lui était même pas venu à l'esprit de prendre une lampe-torche.

Une bâche grise étendue près d'un monticule de terre et lestée par six grosses pierres. Deux bidons d'essence, un billet de vingt dollars et un mot (*Pour l'essence et la bouffe. Merci*) coincés entre eux. Son idée, quand elle était venue creuser le trou plus tôt dans la semaine, pendant son jour de repos, était que si quelqu'un passait par là, il se dirait que sa petite installation avait un rapport avec une histoire de camping. La personne prendrait le billet et elle saurait que son site avait été compromis. Mais l'argent était toujours là, donc il n'avait pas été découvert, et le trou qu'elle avait mis une heure à creuser, jusqu'à ce que son dos et ses bras la lancent et qu'elle doive avaler un des vieux Vicodin de son père pour calmer la douleur, ce trou était encore son secret. Elle laissa tomber 56 près de la bâche, souleva les pierres et la retira. La cavité, d'un bon mètre de profondeur, était plus sombre que les bois alentour. De l'eau s'était accumulée au fond, mais guère plus qu'une petite flaque. C'était un été sec. Elle traîna 56 jusqu'au bord et, au moment où elle s'apprêtait à le pousser dedans, elle l'entendit respirer. Un chuintement saccadé qui sifflait contre le sac. Elle lui ôta sa capuche de plastique. Un œil tout noir et le nez en morceaux ; le chuintement venait d'une brèche entre plusieurs dents cassées.

Elle se baissa pour appuyer son épaule contre lui et le poussa dans le trou. Il atterrit avec un choc humide et un soupir. Nouveau lent gémissement. Puis il commença à l'appeler par son prénom.

« Tina. » Sa voix semblait étonnamment cohérente, malgré le GHB et l'œuvre du démonte-pneu. « Tina, arrête ça. Va chercher des secours. »

Elle entendait l'air siffler entre ses dents manquantes.

Elle n'avait pas envie de descendre dans le trou avec le démonte-pneu. Jusque-là, le plan se déroulait correctement. Aucun intérêt de s'en écarter maintenant.

« S'il te plaît, va chercher des secours… Tina. »

Pendant qu'il continuait à dire son nom, elle empocha le

billet de vingt et lança le mot sur 56. Elle déboucha le premier jerrican.

Lorsque l'essence froide atterrit sur lui et remplit l'air de son odeur puissante, aussi reconnaissable que celle du café ou du barbecue mais plus dangereuse, il se mit à pleurer. Elle n'avait pas compté qu'il serait encore vivant à cette étape. En principe il aurait dû mourir rapidement, une fois coiffé du sac. « Je suis désolée, lui dit-elle. Ça ne va pas te faire mal très longtemps. »

Il pleurait, demandait pardon, suppliait, et finalement elle sut qu'il mentait. Il implorait, « *Je vais être papa papa papa...* » en boucle. Il y avait presque un an qu'elle l'espionnait pendant ses jours de congé. Il semblait ne jamais traîner ailleurs que dans les bars et son mobile-home. Ne voir personne à part Ostrowski et le corniaud à poil gris qui vivait avec lui.

Elle versa la moitié du bidon, et c'est là qu'il réussit enfin à libérer une de ses jambes. Nu en dessous de la taille, il essayait de ramener ses jambes sous lui. De se lever. Quelle ténacité. Elle trouva la pochette d'allumettes dans la poche de son jean, en arracha une et dit une prière. Alors qu'elle s'était demandé mille fois si elle flancherait le moment venu, elle ne sentit pas l'ombre d'une hésitation dans son cœur. Elle avait déjà pris ses dispositions avec Dieu, mais elle passerait le restant de ses jours à trouver la paix. Il criait au secours et était parvenu à s'asseoir quand elle mit le feu à la pochette d'allumettes et la jeta sur lui. Le brandon atterrit sur ses cuisses et les flammes l'enveloppèrent comme une armure, l'entourèrent, le changèrent en chevalier bleu orangé. 56 retomba sur le dos en hurlant. La nuit s'illumina et le brasier projeta sa lumière jaune jusqu'à la cime des arbres. À ses cris, elle comprit qu'elle n'avait encore jamais entendu personne crier. Pas de cette façon. Pas même la fois où sa mère avait accouru quand elle s'était entaillé le ventre trop profondément. Pas avec folie et supplication, avec l'espoir fou de se réveiller d'un cauchemar. Ses cris furent de plus en plus forts pendant un moment, puis ils s'étouffèrent lorsque son larynx ou son œsophage fondit. La dernière image qu'elle eut de lui fut sa peau qui se cloquait, des furoncles énormes sur ses bras et ses cuisses, la graisse qui bouillonnait comme du bacon dans la poêle, le tissu de sa chemise et l'adhésif qui fondaient rapidement. Il arrachait sa peau par bandes grésillantes. Le sac en plastique cuisit son visage. Du pied, elle envoya le traîneau le rejoindre. Puis elle lui tourna le dos, marcha jusqu'à la lisière du bois où l'air était propre et frais. Même si elle ne le voyait plus, la lueur continuait à s'échapper du trou. La rivière murmurait et les flammes créaient des ombres espiègles qui dansaient entre les arbres. Comme si la terre s'était ouverte sur un morceau de l'Enfer.

Elle revint et vida le bidon d'essence sur lui. Il ne protesta pas. C'était étrange de voir cet être qu'elle avait connu à présent transformé en bûche de chair. Les flammes bondirent, le traîneau brûla violet en se désagrégeant sur lui ; la chaleur était mordante et la sueur perlait sur le front et sous les bras de Tina. Elle ne sentait pas l'odeur de 56 qui rôtissait, seulement celle de l'essence. Elle se replia une nouvelle fois dans la fraîcheur. Elle attendit que les flammes soient un peu calmées, puis elle entreprit de vider le second jerrican dans la fosse, reculant dès que le brasier devenait trop chaud. Comme elle l'avait espéré, il ne restait pas grand-chose de 56 à la fin du deuxième bidon. L'amour de sa vie était réduit à quelques éclats d'os carbonisés et fumants. Elle passa ensuite plusieurs minutes à lapider le crâne avec les lourdes pierres qui lui avaient servi à lester la bâche. Accroupie devant le trou, respirant l'odeur âcre qui tendait maintenant vers le barbecue, elle fit avec le dernier élément identifiable du squelette des morceaux fumants semblables à des fragments de poterie ancienne. Elle vit la chaîne, sale et noircie, mais ce n'étaient plus des plaques d'identification qu'il avait autour du cou. C'était un médaillon, du genre que porterait une vieille dame. Elle le souleva avec un bâton et le fourra dans sa poche. Puis elle couvrit les restes avec la bâche, retira la pelle du monticule de terre et commença à reboucher le trou.

« Pourquoi tu lis tout le temps ces trucs horribles ? » lui avait un jour demandé Cole. Elle déjeunait dans la salle de pause, captivée par un livre sur JonBenét Ramsey, la mini-miss découverte morte à six ans dans le sous-sol de ses parents. Elle avait passé la matinée à réapprovisionner les rayons alimentation, à trimballer des cartons de jus d'orange, pots pour bébés et plats surgelés avec le transpalette, et elle avait envie qu'on lui fiche la paix deux minutes. Ses réponses furent lapidaires.

« Parce que c'est intéressant.

– Moi je trouve que ça a plutôt l'air bizarre.

– T'aimes bien les films d'horreur ? Ben c'est pareil mais en vrai. »

Peut-être son plan faisait-il déjà son chemin dans sa tête quand Cole avait commencé à lui courir après, sans qu'elle ait encore une idée précise de ce qu'elle allait faire. Cela dit, l'exemple de la pauvre JonBenét Ramsey lui fut bien utile lorsque son esprit se mit à vagabonder et qu'elle se demanda comment s'y prendre. Diversion. Disparition. Temps.

Enfoui sous un mètre de terre, recouvert de branches et d'un jeune arbre qu'une tempête avait abattu prématurément et qu'elle avait traîné sur l'humus retourné, 56 ne serait presque certainement jamais découvert. En tout cas pas avant un long moment. S'il était exhumé dans quelques années, les experts – comme dans la série – ne pourraient s'appuyer que sur des os brisés. Les dossiers dentaires ne seraient d'aucune utilité avec le crâne et la mâchoire en miettes. Le portefeuille, les vêtements et autres signes distinctifs seraient tous en cendres. La police pourrait éventuellement l'identifier grâce à son ADN, mais ensuite elle devrait essayer de retracer ce qui lui était arrivé. Qui l'avait vu en dernier. Qui pouvait avoir des raisons de lui faire du mal. Tant de questions qui avaient bien peu de chances de mener jusqu'à elle. La voiture de 56 serait garée en face du Lincoln Lounge, un pneu à plat. La fourrière l'enlèverait d'ici quelques jours. Il ne se présenterait pas à son travail et ne répondrait pas au téléphone, et au bout de trois ou quatre jours son employeur (ou sinon Ryan Ostrowski) appellerait sa mère. Sa disparition serait signalée. Mais un type comme 56 avait potentiellement un paquet de raisons de vouloir fuir la ville. Tout le monde fuyait, ces temps-ci. Au Walmart, des intérimaires s'évaporaient pour des retards de pension alimentaire, des entorses à leur liberté conditionnelle, des convocations au tribunal qu'ils désiraient éviter, ou tout simplement de vieilles dettes qu'ils ne pourraient jamais rembourser. Faute de corps, voilà quelles seraient les premières hypothèses. Ensuite, la police soupçonnerait d'abord et surtout des hommes. Tant que Cole dormait à poings fermés chez eux, personne n'aurait de raison de soupçonner qu'elle ait été ailleurs que dans son lit cette nuit-là (et elle n'avait aucune raison de penser que Cole ne dormait pas : elle avait passé quatre mois à chercher le dosage qui l'assommerait pour la nuit et l'avait versé dans son verre de soda au dîner). Elle arriverait au travail un peu fatiguée le lendemain, mais serait d'attaque après un Red Bull.

Et même si quelqu'un avait vu 56 monter dans la Cobalt bleue, pas de problème. Cole et elle avaient déjà évoqué l'idée d'acheter prochainement une voiture d'occasion. Elle avait suggéré qu'ils passent à l'acte cette semaine-là. Elle avait certainement été filmée par les caméras de surveillance de la station-service de la Route 30, mais le temps que le corps soit retrouvé (à condition qu'il le soit), ces images et la Cobalt seraient de l'histoire ancienne.

Elle se doucherait avant le réveil de Cole. Au cours des semaines à venir, elle se débarrasserait du démonte-pneu, de la casquette Buckeyes, des jerricans, des mignonnettes, de l'adhésif et de la pelle. Elle leur trouverait de nouveaux foyers, les balancerait dans des bennes à ordures ou les abandonnerait là où personne n'irait jamais regarder. Qu'est-ce qui restait après ça ? Sauf immense coup de chance qui permettrait aux enquêteurs de déterminer qu'elle avait été en contact avec 56 ce soir-là, arriverait-elle seulement dans le top 20 des suspects ? Le top 50 ?

Probablement pas. Et si la police de New Canaan écartait malgré tout l'hypothèse de la disparition volontaire au profit du crime barbare, elle y verrait certainement un lien avec le commerce de méthamphétamines, médicaments sur ordonnance et héroïne dans le comté. Il avait dit lui-même qu'il traînait encore avec des personnages tels que les frères Flood. Elle n'était pas inquiète. Elle aurait beaucoup de secrets sur la conscience, mais elle savait mieux que personne vivre avec des secrets. Elle allait rentrer, profiter de sa vie avec Cole, aller au travail avec son nouveau vélo, adopter deux enfants, un garçon et une fille, et elle n'entendrait plus jamais parler de 56. Elle dormirait heureuse dans son lit, et lui dans le sien. Parce qu'elle avait décidé, finalement, que l'Amour supposait parfois de prendre des mesures radicales pour le protéger. Le Seigneur accueillerait 56 et lui offrirait tout le bonheur qui lui avait été refusé, qui l'avait rendu si cruel de son vivant.

Et malgré tout, quand elle le revit dans son jardin, en train d'ôter les teignes des poils de Symphony, des larmes roulèrent sur ses joues.

Elle bifurqua dans le chemin de terre qui rejoignait Stillwater. Plus elle approchait de la Route 30, la route qui la ramènerait chez elle, plus elle se sentait légère. Elle l'avait fait. Pas parfaitement mais, comme disait sa mère : *Rien n'est jamais parfait dans la vie. C'est pour ça que c'est la vie et pas le Paradis.*

Elle roulait au pas sur le chemin, entre les prés, phares éteints, se dirigeant à la lumière de la lune. Elle distingua un mouvement devant elle, une bestiole, une petite boule d'obscurité qui cavalait en travers de la route pour aller survivre ailleurs. Risquant constamment la mort à cause d'un bec, d'une serre ou d'une mâchoire, elle vivait entourée d'ennemis. La terreur d'être déchiquetée et dévorée était pour elle sourde et omniprésente. Une possibilité de tous les instants dans sa courte existence. La fin de sa vie était probable et ne laisserait d'elle qu'une carcasse bientôt dépouillée par de plus petits prédateurs.

Tina atteignit le portail, qu'elle avait refermé derrière elle au cas où quelqu'un serait passé à cette heure tardive et se serait demandé pourquoi il était ouvert. Elle savait d'expérience que, à force d'emprunter une route de campagne, on finit par la connaître intimement : les courbes de la chaussée, les décorations des maisons à Noël, les arbres dont les branches empiètent sur le chemin, les clôtures, les panneaux, tout ce qui marque la distance avant destination. Il suffirait qu'un conducteur se souvienne que ce portail, d'habitude fermé, était ouvert ce soir-là.

Elle alluma ses phares, laissa tourner le moteur, descendit et poussa le battant.

La disparition, voilà le secret. Elle avait fini par comprendre que des gens disparaissaient en permanence. La gueule du monde s'ouvrait et les avalait tout rond. Ils s'évaporaient et, à moins qu'ils soient riches, célèbres ou particulièrement beaux, ça ne faisait jamais grand bruit. Les meurtres étaient source d'amertume, les accidents de chagrin et les suicides de colère. Mais les disparitions, elles, ne laissaient que des mystères. Or, le mystère concentrait en lui les trois émotions précédentes, et son impossibilité même le rendait encore plus terrifiant. Aujourd'hui, avec Facebook et les iPhones, plus personne n'était censé disparaître, ce n'en était donc que plus troublant.

En tout cas, ça le serait pour les personnes qui s'intéresseraient à un ancien champion de football qui était sorti boire un verre, avait trouvé un pneu dégonflé et n'était jamais rentré chez lui.

Elle remonta en voiture, passa le portail et se gara sur le bas-côté le temps de le refermer. Cette fois, par automatisme, elle coupa le moteur. Elle prit le boulon suspendu à sa chaîne et le glissa dans le moraillon. Elle leva les yeux vers le ciel, attirée par la lumière d'un éclair très loin de là. Puis elle se rassit derrière le volant et tourna machinalement la clé. Quand le démarreur émit son petit sifflement étouffé, elle se demanda pourquoi elle n'avait pas laissé le contact.

Son estomac se liquéfia. Tout son corps se couvrit de sueur, comme devant le brasier. Elle essaya une deuxième fois. Puis une troisième fois. Le moteur avait démarré sans problème dans la clairière. Elle avait pensé à tout, sauf à une défaillance mécanique. Elle essaya une cinquième fois. Une dixième. Le sifflement n'était plus qu'un cliquetis aigrelet.

Hors de question de paniquer. Si elle paniquait, elle risquait de faire quelque chose d'idiot. Elle était si près du but. Sans bien savoir pourquoi, elle sortit de la voiture. Elle souleva le capot, mais même après tout ce temps passé avec Cole, sa connaissance des voitures se limitait à la conduite.

« Bon. OK. S'il vous plaît. »

La voiture démarrerait certainement avec des câbles. Mais elle avait laissé son téléphone à charger sur la table de nuit à Van Wert. Elle pourrait marcher jusqu'à la maison la plus proche, raconter qu'elle rentrait d'une soirée et que le moteur avait lâché. Mais alors il y aurait une piste à suivre. Des témoins. Des preuves qu'elle était à New Canaan cette nuit-là. Elle devrait payer la dépanneuse avec une carte de crédit et Cole le verrait sur son relevé.

Alors elle ne fit rien, elle fixa les ombres du moteur,

indécise, pendant que la panique montait. Elle tira sur une poignée de cheveux à l'arrière de son crâne et l'arracha.

Elle se mit à hurler intérieurement et perdit la mesure du temps.

Quand le bruit d'une voiture et la lueur d'une paire de phares lui parvinrent au loin, elle faillit éclater en sanglots. Parce que c'était ce dont elle avait le plus besoin et le plus peur à la fois. La voiture arrivait de l'est, c'est-à-dire de la ville, et s'enfonçait dans la campagne. Les larmes jaillirent sans qu'elle puisse les refouler, mais elle s'avança vers la route, attendit que les phares la trouvent et agita les deux bras au-dessus de sa tête.

La voiture, une vieille Jeep anguleuse, ralentit, hésita puis se rangea sur le côté, le nez collé à celui de la Cobalt. Une silhouette en sortit, une jeune femme dont la lumière estompait les traits.

« Bonsoir », dit la femme.

Tina ne répondit pas. Elle ne voulait pas que son premier mot soit un sanglot. Elle avait commencé à trembler.

« Hé, fit la femme en venant vers elle. Oh putain. Tina ? »

Forcément, il fallait que ce soit quelqu'un qui la connaisse.

« Tina ? Hé… Qu'est-ce qu'il y a ? Ça va ? »

C'était la femme en robe d'été qu'elle avait aperçue près du Lincoln. Son visage était familier, mais elle n'arrivait pas à retrouver son nom. Cette femme avait été sa meilleure amie d'enfance. Et son incrédulité, sa terreur étaient si grandes que ce simple nom inoubliable lui échappait. Elle avait envie de pisser. Elle avait envie de crier.

Elle pensa à Cole pour se recentrer et réussit enfin à s'arracher quelques mots.

« Salut, dit-elle. Salut. Ouah. Ça alors. »

Un début idiot, et elle pleura pratiquement chaque mot. Elle s'essuya les yeux.

« Tina, est-ce que ça va ? » La femme s'approcha et posa une main sur son bras. Tina était incapable de soutenir son regard.

« Oui, non, ça va. Je suis désolée. » Elle secoua frénétiquement une main en l'air pour se débarrasser de celle de la femme. « C'est juste que… ma voiture vient de me lâcher, et mon téléphone est… » *Oublié, tu l'as oublié.* « J'ai oublié mon téléphone. Et je. On est tellement loin de tout, j'avais peur de devoir passer la nuit ici. »

La femme ne la quittait pas du regard. Ce mignon visage malicieux, étrangement semblable à celui de ses deux frères. Ses cheveux étaient plus courts, coiffés en épis curieux, laids et hirsutes. Des souvenirs de tiroir à sucreries et de rouleaux de réglisse piqués en cachette. Elle avait son nom sur le bout de la langue, ne lui manquait que la sonorité des lettres.

« Ça va aller. On va arranger ça.

– Ouais… non, je suis désolée. Je suis vraiment désolée. J'étais juste… Avant que tu arrives, j'étais en train de paniquer. J'y connais vraiment rien en mécanique.

– Je comprends. » Elle hocha la tête. « Je peux essayer ? »

Elle s'installa dans le siège conducteur, tourna la clé. Sans résultat.

« Rien de grave. J'ai des câbles dans ma voiture, ça devrait le faire. »

Elle alla jusqu'à son coffre, le gravier du bas-côté crissant sous ses pieds.

« Tu sais démarrer une voiture avec des câbles ? demanda Tina.

– Tu déconnes ? Tu te rappelles pas de mon père ? Il m'aurait pas laissée passer mon permis sans que j'apprenne ça et comment changer une roue. T'as jamais regardé *New York, police judiciaire* ? Y a des tarés partout, alors vaut mieux savoir démarrer une bagnole. »

Elle revint avec les câbles.

« J'ai croisé tout le monde ce soir ! Je croyais que vous aviez déménagé, tes parents et toi.

– Oui. » Tina peinait à trouver une explication. « J'avais juste quelques trucs à faire à New Ca. »

C'était tout sauf convaincant, et elle fut incapable de déterminer si la femme la croyait. Cette dernière tira la manette du capot, fit le tour, trouva la poignée, l'ouvrit.

« Qu'est-ce que tu deviens ? demanda-t-elle.

– Pas grand-chose. Rien de fou. Je vis à Van Wert, à la frontière avec l'Indiana. Je bosse chez Walmart. »

Tina se demanda si la femme se souviendrait de l'endroit exact où elle l'avait aidée. Si elle se souviendrait de ce portail et du chemin qui menait aux bois. Soudain, elle eut la certitude que la femme avait vu la lumière du feu en arrivant, mais c'était insensé. Cela remontait à plus d'une heure, et depuis Stillwater il n'avait guère dû être qu'une braise au fond d'un abîme. Le problème, c'est que la femme regardait maintenant la voiture. L'examinait.

« Elle t'a lâchée comme ça, pendant que tu roulais ?

– Ouais, enfin, je me suis arrêtée. Pour, euh. Regarder les étoiles. Ça fait partie des endroits où j'aimais bien venir réfléchir autrefois. »

La femme referma les mâchoires des pinces sur sa batterie, puis sur celle de Tina. Elle prit un autre câble, noir, et le raccorda à un morceau de métal sur le côté du moteur de la Cobalt.

Alors seulement Tina se rappela qu'elle empestait la fumée. Elle avait remarqué que la femme semblait intriguée par l'odeur, qui lui remonta puissamment dans les narines. *J'ai fait un feu dans le bois. Je me suis baladée et j'ai fait un feu.* Ridicule.

La femme retourna à sa voiture et démarra.

« On va laisser tourner deux minutes. »

Tina essaya d'imaginer quelles forces les avaient amenées ici toutes les deux, les avait attirées l'une vers l'autre sur ce segment isolé de Stillwater Road. Les voies du Seigneur, toujours impénétrables. Mais qui les rassemblaient ici, sous le poudroiement du cosmos.

La femme donna un coup d'accélérateur et le moteur gronda comme un chien méfiant.

Tina avait la peau moite. Les épaules et le dos rompus d'avoir tant tiré et creusé. Des élancements dans son poignet foulé. Elle sentait que la femme l'observait derrière le pare-brise.

C'était absurde, Tina n'arrivait pas à se rappeler son nom alors qu'elle se souvenait des bals, du Vicky's, des soirées chez l'une et chez l'autre, de son visage près des casiers orange et dans les gradins du stade.

« T'aurais pas embarqué Todd Beaufort tout à l'heure ? Devant le Lincoln ? demanda la femme en sortant de sa voiture.

– Todd ? » Sa voix un couinement, le petit écho nasillard du meurtre dans les os de ses oreilles. « Non. Non, ça fait longtemps que je l'ai pas vu. Une éternité. »

La femme se contenta d'acquiescer.

« OK, on va essayer. »

Elle se rassit dans le siège de la Cobalt. Le démarreur se lança du premier coup avec un petit crachotement.

« Ha ha ! Victoire ! Je t'ai sauvé la vie, Ross. »

Incontrôlable, un sanglot s'échappa de sa gorge. La femme leva la tête vers elle.

« Fais pas attention, dit Tina. Je suis débile, c'est tout. Merci. Je suis désolée. »

La femme s'extraya de la voiture et, avant que Tina ne puisse l'en empêcher, elle la serra dans ses bras. Elle était solide et chaude.

« Ça va aller, ma grande. Tu vas repartir. T'en fais pas. »

Quand la femme la libéra, Tina s'essuya les yeux et la remercia encore, mais son malaise se lisait sur son visage. Elle sentait le feu de cheminée. Si elle ne vomissait pas, elle allait tomber dans les pommes. La femme ne la quittait pas des yeux.

« Je vais bien, marmonna-t-elle. Mais faut vraiment que j'y aille. »

La femme ne dit rien et alla retirer les câbles. Tina en profita pour filer à l'arrière de sa voiture. Elle trouva le coupe-vent de Cole en boule dans la pagaille au fond du coffre. Elle le plia sur le démonte-pneu et retourna à l'avant.

La femme était en train de dire : « Écoute, je sais pas ce qui se passe, mais si tu veux je peux te ramener à... » quand Tina lâcha le coupe-vent et lui envoya de toutes ses forces le démonte-pneu dans le visage.

Le nom de son ancienne amie lui revint à l'instant où le coup claqua contre son crâne. Un sang visqueux gicla de son cuir chevelu et elle tomba sur les fesses. En même temps que le nom, lui revint un souvenir : la manière qu'avait cette amie de retrousser ses paupières pour la faire rire, comme si son visage entier s'était retourné. La femme était encore assise sur l'asphalte, elle serrait ses câbles dans sa main et dévisageait Tina, plus perplexe qu'autre chose : *Mais... pourquoi ?* Alors Tina leva les deux bras, les muscles du torse en feu. Elle visualisa la tête de l'autre qui se fendait en deux. Elle allait frapper jusqu'à ce qu'un os invisible se brise et que ses yeux décollent de son visage. Jusqu'à ce que le démonte-pneu, le sol et ces cheveux blonds à la coiffure si recherchée soient trempés et noirs de sang. Elle allait frapper jusqu'à être certaine que cette femme ne dirait jamais rien. Jusqu'à voir Cole de l'autre côté de ce cauchemar. Elle allait frapper en pleurant, en priant, les yeux maintenus ouverts par tous les morts du passé qui la forceraient à voir l'infinité d'aspects que pourrait avoir son crâne à elle.

Mais Tina s'arrêta avant d'asséner son coup. Alors la femme se releva. Elle prit même un moment pour épousseter la terre qu'elle avait sur les fesses. Le sang coulait sur tout le côté de son visage ; Tina n'avait guère fait que lui érafler le cuir chevelu. Elle n'avait plus rien dans les bras et Stacey mesurait une tête de plus qu'elle – c'était une sportive, elle était robuste. Elle arracha sans peine le démonte-pneu des mains de Tina. Elle la poussa contre la voiture et lui bloqua les bras.

« C'est quoi ton problème, putain ? Pourquoi t'as fait ça ? »

Panique, pleurs et terreur se déchaînèrent tous ensemble dans sa poitrine et grimpèrent en champignon atomique jusqu'à sa gorge. Elle vagit comme une enfant.

« Je suis désolée, murmura-t-elle. Je suis super désolée. Vraiment, je suis super désolée.

– Pourquoi t'as fait ça, Tina ? » Stacey relâcha sa prise. « Qu'est-ce qui t'arrive ? »

Tina battit des mains comme elle faisait, enfant, lorsqu'elle s'affolait. La réalité de ce qu'elle avait fait lui parvint sous la forme d'une consternation rampante. La vue de cette autre personne sortie de son passé, d'une autre vie plus insouciante, la détacha de ce qu'elle avait vu dans les bois. Elle était la femme de Loth qui regarde par-dessus son épaule. Elle revit les cloques qui gonflaient sur la peau de 56. Elle laissa échapper un nouveau sanglot.

« Todd était avec toi, pas vrai ? »

Tina se mit à pleurer à grosses larmes.

« Je sais pas, hoqueta-t-elle. Je sais pas ce que j'ai fait ce que j'ai fait pourquoi j'ai fait ça.

– Tina, du calme. Du calme. » Stacey prit son menton dans sa main. Le sang continuait à goutter de ses cheveux. « Qu'est-ce que tu racontes ? Qu'est-ce qui s'est passé ? » Un silence. « Est-ce que Todd était avec toi ?

– Ce que j'ai fait », répéta Tina. Et puis elle cria : « *Pourquoi j'ai fait ce que j'ai fait.* » Ses genoux se dérobèrent et elle s'effondra. Le bitume était abrasif et frais.

« Qu'est-ce que t'as fait ? Qu'est-ce qui s'est passé ?

– Je sais pas », sanglota Tina. Elle avait une bulle de morve dans le nez et elle gémit : « *Je sais pas je savais pas je savais pas.* »

Haletant dans l'obscurité, par-dessus le ronron régulier des deux moteurs, Tina se mit à hurler. Elle hurla jusqu'à ce que ses hurlements redeviennent des pleurs, et les pleurs des gémissements. Elle était à peine consciente que Stacey cherchait son téléphone dans sa voiture.

Alors elle se dissocia d'elle-même. La première voiture de police arriva. On lui passa les menottes et on la fit asseoir à l'arrière pendant que Stacey expliquait ce qui s'était passé et ce que Tina lui avait dit. Elle pensa à Cole dans leur lit, dormant du sommeil du juste, ignorant encore ce qu'avait fait sa fiancée. Elle avait la migraine tant elle avait pleuré. Comme elle ne pouvait pas s'essuyer le nez ni les yeux, l'humidité restait collée sur son visage. Une femme monta dans la voiture. Elle était âgée et ses cheveux gris étaient coiffés en chignon strict. Elle lui demanda avec qui elle était ce soir-là, ce qui s'était passé. Tina n'aurait pas pu jurer qu'elle entendit les mots suivants sortir de sa bouche, mais plus tard on lui certifia qu'elle les avait prononcés : « Je l'ai laissé dans les bois. »

Une ambulance emmena Stacey et d'autres policiers arrivèrent. Ryan Ostrowski faisait partie de cette deuxième vague. Il regarda d'abord Tina avec curiosité, puis avec une peur immense. Il refusa de s'approcher d'elle. Elle entendit les autres officiers lui demander d'aller lui parler, mais rien à faire. Elle l'entendit expliquer que c'était déplacé, qu'il la connaissait (« Bon sang, Strow, on est à New Canaan, tout le monde se connaît ! »). Tous ces gyrophares, c'était trop. Ils la rendaient dingue, elle ferma les yeux.

Lorsqu'elle les rouvrit, le visage de Marty Brinklan était au-dessus d'elle. Il lui ôta les menottes et s'assit près d'elle, à l'arrière d'une autre ambulance, pendant qu'un secouriste lui braquait une lampe-torche dans les yeux. Quand il eut fini de l'examiner, Mr Brinklan lui demanda comment elle se sentait.

« J'ai mal à la tête. » Il avait gardé son épaisse moustache blanche et son regard doux et silencieux. Son visage était vieilli et usé. Des touffes de poils gris sortaient des larges narines de son nez cabossé.

« Tina, il faut que tu me dises ce qui s'est passé. »

Pas de réponse.

« C'est moi, Marty. Je connais tes parents depuis que je suis gamin. Tu connaissais mon fils. »

Elle restait muette, ne savait pas quoi dire. Au loin, le tonnerre grondait. Elle avait envie de sombrer dans un sommeil de tombe, dépourvu de rêves.

« Tina, tu sais qu'on m'a appelé ici parce que tu as dit que tu avais fait du mal à quelqu'un. On a trouvé un peu de sang dans ta voiture. Comment est-ce qu'il est arrivé là ? »

Elle fixait les feuilles d'un platane que secouait un vent furieux.

« Avec qui est-ce que tu étais ? D'après Stacey, tu es sortie d'un bar avec un homme. »

Pas de réponse. Rien qu'à penser au nom de 56, une peur infatigable résonnait dans les veines de ses bras.

« Où est-ce qu'il est ? Tu as dit que tu l'avais laissé dans les bois ? Est-ce qu'il est blessé ? »

Pas de réponse.

« Qu'est-ce que tu faisais là-bas avec lui ? »

Aux yeux de Tina, l'arrivée de Stacey à ce moment précis finissait de lever les doutes quant à la présence de Dieu en toutes choses. Le Seigneur avait vu Tina sur la route et Il l'avait mise à l'épreuve, elle en était certaine. Et elle avait échoué.

« Tina, l'orage approche. S'il y a quelqu'un dans les bois, et s'il est blessé, il faut qu'on le trouve. Tout de suite. Maintenant. »

Elle jeta un coup d'œil par-dessus l'épaule de Marty et

enregistra le panorama. Cette portion de Stillwater grimpait jusqu'à la crête d'une colline avant de replonger dans les bois. Les lumières de New Canaan scintillaient, la ville nichée au fond d'une large vallée. Le ciel tombait sur l'horizon à la manière d'un planétarium. Ils n'étaient pas seulement sous les étoiles, presque sous un dôme. Venus de l'ouest, les nuages de tempête avançaient avec constance. Les éclairs illuminaient leur masse de l'intérieur. Comme elles étaient troublantes, ces vies – avec leurs triomphes et leurs peines –, toutes confinées sur ce fragment de création divine. Qui ricochaient les unes contre les autres jusqu'à ce que quelqu'un en naisse ou en meure.

« Je l'ai laissé dans les bois, dit-elle. On s'aimait. »

Le vent forcit, une rafale sidérante balaya les champs et éparpilla ses cheveux sur son visage avec un hurlement de couteaux qu'on affûte. Avec lui, leur parvint l'odeur du feu, la puanteur âcre de la carbonisation qui chatouille le nez. L'orage s'abattit sur eux. Un éclair fendit la nuit et le déluge mugit, accompagné par les tirs de barrage du tonnerre. Des gouttes de pluie comme des éclats de verre strièrent le ciel. Emportèrent Tina. Aucune importance. Jamais plus elle ne dormirait une nuit complète sans éprouver la brûlure solaire du feu. Un rêve récurrent, mois après mois, année après année, sans cesse le même feu déchaîné qui gagnerait les champs, les villes et les forêts, incendierait la nuit, engloutirait le monde pendant qu'elle chercherait un peu de fraîcheur à l'orée du bois. L'orage fondit sur les collines, la transperça, sauvage et superbe, et s'installa dans son cœur, là où elle était chez elle.

CONCLUSION

Lisa Han
ou
Le Néant au bout de la nuit

Par un jour d'automne où le vent poussait les feuilles sur le parking de la mosquée Masjid Al-Amin d'Upper Arlington, banlieue cossue de Columbus proche de l'université d'État de l'Ohio, deux hommes étaient assis dans un pick-up Dodge Ram année 2003. Ils avaient avec eux un fusil d'assaut semi-automatique AR-15, un pistolet semi-automatique TEC-9, ainsi qu'un pistolet léger CZ-82 et environ deux cents cartouches toutes armes confondues. Un peu plus tôt ce vendredi matin-là, leur compatriote, arrivé dans un autre véhicule qu'il avait garé dans un centre commercial des environs, s'était infiltré dans la mosquée avant l'arrivée des fidèles. Il transportait, dans un sac à dos, un engin explosif fabriqué autour d'un pain de Semtex-10 qu'il avait placé dans les toilettes des femmes. Les caméras de sécurité avaient enregistré son image, mais cela n'empêcha pas le dispositif de se déclencher à dix heures moins deux, juste avant le début de la prière du matin.

L'explosion avait pour but de faire sortir les fidèles par la porte principale où, tandis qu'ils se disperseraient, ils seraient pris en tenaille par des tirs croisés. Dans l'esprit des auteurs, cela servirait d'avertissement au groupe religieux qu'ils considéraient comme étant le premier responsable des problèmes de leur pays. À l'instar de nombreux jeunes hommes convaincus de leur cause mais n'ayant qu'une conception vague de la manière dont le meurtre d'innocents profiterait à leur tribu, ils n'avaient pas de plan d'ensemble et se bornaient à vouloir faire autant de morts que possible. Dans leurs fantasmes, ils se voyaient déclencher l'ultime croisade, la guerre pour le cœur de leur nation, au cours de laquelle toutes les peaux blanches s'allieraient enfin pour bouter hors du pays les lignées et croyances qui les envahissaient.

Mais, quand les premiers fuyards se déversèrent dans la rue, l'homme assis à la place du conducteur découvrit qu'il était incapable de sortir du camion. Il vit un vieil homme, une plaie à la tête formant un énorme test de Rorschach sur sa chemise crème, porter dans ses bras une petite fille dont le visage avait été presque entièrement arraché. Derrière lui suivaient la fumée et le reste des fidèles, parmi lesquels le père de la petite fille qui déchirait sa chemise pour fabriquer un garrot, ses mains tremblantes luttant contre le tissu Brooks Brothers. Le conducteur, Amos Flood, ne toucha même pas au fusil d'assaut qu'il avait sur les genoux. Il se mit à bafouiller, et des larmes coulaient sur son visage rose et dodu. La petite fille ressemblait beaucoup trop à une petite fille. Au bout d'un moment, son frère dit : « On se casse », et Amos mit le contact et les ramena dans leur ferme de New Canaan, Ohio, à une bonne heure de route vers le nord.

L'explosion fit un mort et trois blessés graves. Parmi les blessés on comptait le vieil homme, Ali Usman, qui perdit une partie de la main gauche et fut brûlé au deuxième degré. Il avait couru dans les flammes pour en sortir la petite fille. L'enfant, qui au moment de la détonation était aux toilettes pour manger une barre chocolatée piquée dans le sac de sa mère, mourut sur le parking. Elle s'appelait Maisha Rizvi. Elle avait dix ans et elle était première de sa classe à l'école primaire de Barrington Road, dans la commune d'Upper Arlington. Son père dirigeait le service communication de l'équipe de base-ball des Clippers de Columbus, qui évoluait en ligue mineure. Il avait des places pour tous les matchs de la saison et Maisha était une supportrice inconditionnelle des Clippers, connaissant le nom de tous les joueurs ainsi que les moindres détails de leurs statistiques, jusqu'à leur moyenne de présence sur les buts. Elle contractait de violents coups de foudre pour les meilleurs d'entre eux, et lorsque ses amoureux montaient en ligue majeure, elle suivait leur carrière avec un espoir fervent. Elle connut un des moments forts de sa courte vie quand son père s'arrangea pour lui faire visiter le club-house avant un match, où elle put rencontrer tous les joueurs et recueillir leurs autographes sur une balle. Dante Orillio, un premier-but solide originaire du Bronx, qui nourrissait une rancune pas vraiment injustifiée contre les Indians de Cleveland pour l'avoir renvoyé en ligue mineure, remarqua le voile que Maisha portait depuis peu (comme pour précipiter la puberté, et avec elle l'âge adulte et donc l'indépendance). En signant la balle, il lui dit : « As-salam alaykoum, ma sœur. »

Maisha, le souffle coupé, eut beaucoup de mal à répondre « Wa alaykoum salam », et après le match elle demanda une avance sur son argent de poche, supplia et implora son père, afin d'acheter un poster d'Orillio, qu'elle embrassait sur la bouche tous les soirs avant de dormir. Ce n'était pas du goût de sa mère et elles eurent une dispute sanglante concernant l'indécence de cette affiche. Tout cela avait lieu sept semaines avant qu'elle aperçoive la barre chocolatée dans le sac maternel et – premier signe de rébellion préadolescente – décide qu'elle avait davantage envie de la manger aux toilettes que d'endurer la première partie de la prière.

Les hommes qui avaient orchestré l'attentat furent rapidement retrouvés. Les caméras de sécurité avaient enregistré le camion et sa plaque d'immatriculation, ainsi qu'une image de l'homme qui avait posé la bombe. Les forces de l'ordre n'eurent besoin que d'une quinzaine d'heures pour aboutir à une arrestation, le FBI s'associant à la police locale pour faire une descente dans une ferme minable du nord-est de l'Ohio et embarquer Amos Andrew Flood, Francis David Flood et Kirk Radville Strothers. À leur retour, les trois hommes avaient eu une explication houleuse au sujet de ce qui avait foiré, Kirk ayant déposé son paquet alors que ses cousins s'étaient « dégonflés ». Ils s'étaient ensuite mis à boire et fumer de l'herbe jusqu'au moment où les autorités étaient arrivées. Ils étaient dans un tel état que les policiers durent les placer en cellule de dégrisement avant de pouvoir les mettre en garde à vue. Les trois hommes négocièrent pour éviter la peine de mort. Kirk fut condamné à la prison à perpétuité, Francis et Amos à vingt ans chacun. Ces deux dernières sentences, et plus encore le discours médiatique entourant l'attentat, suscitèrent une certaine indignation. La presse rechigna à employer le terme de *terrorisme*, ce qu'une grande partie du public trouva indéfendable. Sans compter que l'attentat disparut rapidement des journaux nationaux, enfoui sous le défilement rapide des actualités. Même le canard local, le *Columbus Dispatch*, découvrit que les reportages sur le sujet avaient un effet négatif. Les ventes du quotidien et le trafic sur son site chutaient chaque fois qu'il l'évoquait en une, et la rédaction apprit à reléguer toute nouvelle information dans les pages intérieures.

Après les arrestations, Marty Brinklan, qui dirigeait l'enquête au sein de la police de New Canaan, prit sa retraite, trois ans plus tard que prévu. Marty était connu pour sa force de travail, pour continuer à travailler longtemps après que les lumières avaient été éteintes et que tout le monde était rentré se coller devant la télé, mais vient forcément un moment où on n'arrive plus à se confronter chaque jour à la cruauté imbécile dont les hommes se rendent régulièrement coupables envers leurs semblables. Lors de ses réunions avec le FBI, il s'agaçait de voir que les Fédéraux ne cherchaient pas à creuser l'affaire. Comment les trois hommes avaient-ils financé leur opération ? Ils cultivaient un peu de cannabis, écoulaient un peu de méthamphétamine et récupéraient des pièces détachées sur de vieilles bagnoles, mais ça n'allait pas chercher bien loin. Il connaissait ces types depuis l'époque où son fils les côtoyait à l'école et savait qu'ils n'avaient pas la lumière à tous les étages. Ce n'étaient certainement pas des génies du crime. Il était convaincu qu'un inconnu leur avait donné un bon paquet de fric, mais il ne put jamais le prouver. Certes, les frères balancèrent leur contact en Louisiane, un vétéran de la Navy qui leur avait vendu l'explosif, mais l'homme nia avoir jamais rencontré Strothers ou un des deux Flood. Il prétendit avoir passé un marché avec une femme et réalisé l'échange avec une tierce partie : un homme blanc dans la vingtaine. Les enquêteurs estimèrent qu'une conspiration d'une telle ampleur était irréaliste et que le vendeur tentait de négocier une réduction de peine en impliquant des complices imaginaires. Marty, lui, soupçonnait l'existence d'autres acteurs. Des individus qui s'étaient évanouis dans la nature.

Il partit s'installer en Floride pour couler ses derniers jours plus près du fils qu'il lui restait. Il ne se sentait plus chez lui dans sa ville natale, où il avait vécu les soixante-sept premières années de sa vie. Il y revenait une fois par an, le jour de l'anniversaire de Rick, pour aller sur sa tombe et lui parler dans le silence du cimetière de Dryland Creek. Casque sur les oreilles, il écoutait les chansons écrites par l'ami de son fils. Il parlait de la famille, de la mère de Rick qui lui manquait mais pas assez pour qu'il lui téléphone, et il sentait que ses prières provenaient de quelque part – du Paradis ou peut-être des recoins les plus profonds de sa mémoire, il ne savait pas trop –, et peu à peu la chaleur et la lumière de la journée cédaient la place à un coucher de soleil qui lui brûlait les yeux.

Cet acte de barbarie stupide, aussi parfaitement vain que la balle qui avait emporté le plus jeune fils de Marty, fut l'élément déclencheur d'une seconde série, distincte, de mystères. Selon les mots de Ben Harrington dans une de ses premières chansons un peu simpliste, l'amour peut être planifié et la violence aberrante, mais l'un et l'autre se propagent de la même manière. Le massacre globalement raté de Masjid Al-Amin, qui capta l'attention du pays pendant une poignée de jours avant que de nouvelles atrocités, des chamailleries politiques, des délires technologico-financiers et des potins de célébrités ne le recouvrent, mit en branle une chaîne d'événements au terme de laquelle, quatre ans plus tard, une femme arriverait à Chicago pour y chercher des réponses auprès d'un ami perdu de vue depuis longtemps.

Tout comme lors de l'étrange nuit de la confluence, en cette soirée du printemps 2017 des masses d'air instables produisirent un impressionnant orage. Les premières gouttes de pluie qui s'écrasèrent sur le trottoir, trop grosses pour venir des nuages, rappelèrent la rosée qui tombe d'une feuille. Mais ensuite vint le vent, qui s'abattit sur le lac Michigan comme le souffle de Dieu, éparpillant dans les rues des feuilles de journaux abandonnés, collectant et propulsant les déchets dans toute la ville, poussant les piétons vers l'abri le plus proche avant d'être frappés par l'orage proprement dit : une tempête comme la ville en voyait de plus en plus fréquemment ces dernières années, un courroux météorologique s'apparentant davantage à un typhon. On n'avait d'autre choix que de se mettre à couvert ou de l'affronter comme un taureau de rodéo, une bête qui se cabre et bondit. La pluie tombait de biais et semblait même jaillir des chaussées détrempées. Elle gonfla la rivière ; elle transforma la surface du lac en écume bouillonnante. Les aéroports fermèrent, les animaux se planquèrent, les caniveaux débordèrent et les rues furent noyées sous plusieurs centimètres d'eau sale. Le gris-bleu du crépuscule fut remplacé par une teinte de nuit profonde. Les croyants purent presque imaginer qu'il s'agissait de cette Fin des Temps si souvent invoquée, la saison étant aux déluges bibliques plutôt qu'aux incendies. Nombre d'entre eux le souhaitaient en secret.

La pluie continua, et puisque nous étions un dimanche après les heures ouvrables, les rares malheureux pris sous les trombes d'eau avaient peu d'endroits où se cacher. Quand l'orage éclata, la femme couvrit futilement sa tête avec son sac avant de se munir d'un parapluie dans une épicerie au coin de la rue. Et elle finit tout de même par courir, ses talons plats claquant par-dessus le rugissement de la pluie. Le bar niché au croisement de Hubbard et de Franklin était un des seuls endroits encore ouverts. Elle reconnut le lieu du rendez-vous pour l'avoir repéré sur Internet, ses vitres et sa lumière chaleureuse, sa vieille réclame pour des cigares Phillies à cinq *cents*. Elle réussit à y entrer avant que la tempête ne laisse exploser toute sa fureur.

L'homme, lui, n'eut pas cette chance. En costume, venant à pied de son hôtel, il fut cueilli par l'orage, et son parapluie retourné et bousillé en quelques minutes. Il s'en débarrassa, finit le trajet en courant et arriva mouillé jusqu'au slip. Le bar découpait un quartier de lumière sur l'obscurité du trottoir et c'est cette lumière qui le guida, les éclaboussures de ses pas trempant ses chaussettes. Il laissa échapper un franc soupir de soulagement quand sa main poussa la poignée en cuivre. À l'intérieur, trois têtes se tournèrent : un couple au comptoir, qui jouait avec des pailles, et un barman en tenue sombre et tablier blanc. Et puis il y avait Stacey Moore, qui l'attendait dans une alcôve, quatorze années écoulées depuis la dernière fois que Bill Ashcraft et elle s'étaient vus. Elle se dit que curieusement il n'avait guère changé, et ce n'était pas un compliment. Il s'était laissé pousser une épaisse barbe noire marbrée d'un gris précoce. Avec son costume et sa cravate mal taillés, il paraissait vieilli à la hâte sur ordinateur. Bill, lui, trouvait que Stacey n'avait plus rien à voir avec la fille qu'il avait connue, celle que Ben Harrington avait un jour décrite comme étant « la plus bandante du cours de caté ». Elle avait désormais une coupe masculine et hirsute, des tatouages sur les bras, sur les doigts, et aussi un qui dépassait de sa clavicule, des fils noirs et rouges qui semblaient se dévider sur sa poitrine. Elle avait pris du poids, et ses yeux (en tulle bleu et aussi légers que des cirrus) étaient maintenant cerclés par un haïku de rides. Il remarqua une petite cicatrice sur le côté de son crâne, au-dessus de l'oreille, un mince trait rose sur lequel les cheveux ne poussaient plus.

Malgré les motivations laides et floues de leurs retrouvailles, Bill ne put réprimer un sourire en la voyant, et elle ne put s'empêcher de le lui rendre.

« Donc tu vis pas ici ? lui demanda-t-elle.

– Non, je suis juste de passage. »

Il essuya la pluie qui lui dégoulinait dans les yeux et balaya la salle du regard. Le couple attendait la fin de l'orage en buvant des cocktails : un Noir aux yeux fatigués en veste de sport et une jolie Hispanique en robe rouge rétro. Le comptoir avait la forme d'un triangle aigu et le couple en occupait le plus petit coin. Le barman prit un torchon propre sur une pile à coté des cerises au marasquin et l'apporta à Bill, qui le remercia et commença à se sécher les cheveux.

« Pourquoi Chicago ? demanda-t-elle.

– Je devais venir ici pour un truc de boulot. Ça m'a paru pratique vu que t'étais à Saint-Louis.

– Quel genre de boulot ?

– Politique.

– Pour un candidat ? Une cause ?

– Quelque chose d'un petit peu différent. »

Il n'en dit pas plus et ça inquiéta Stacey. Pour le retrouver, elle n'avait pas pu compter sur les moyens habituels, des recherches croisées entre Facebook et Google. Bill était un fantôme sur Internet. Cinq mois plus tôt, elle avait appelé sa mère pour tenter de remonter sa piste. Peu enthousiaste, voire carrément absente, Joni Ashcraft se contenta de dire qu'elle ne savait pas où était son fils. Et elle n'avait pas spécialement l'air de s'en soucier. D'autres voies se révélant tout aussi infructueuses, Stacey s'apprêtait à laisser tomber. Et puis, le mois précédent, elle avait reçu un mail qui ressemblait à un spam. Bizarrement, le courrier exigeait qu'elle se crée une adresse anonyme et cryptée. Ainsi débuta sa correspondance avec Bill. Ils finirent par convenir d'une date et d'un lieu, un certain bar dans une certaine ville. Maddy et Stacey venaient tout juste de s'installer à Saint-Louis, où Maddy avait reçu une proposition de poste après avoir pris son mal en patience dans le Michigan le temps que Stacey finisse sa thèse. Cette dernière lui avait menti à propos de l'endroit où elle se rendait et de la personne qu'elle allait voir cette semaine-là.

« Je te présente Fitz. Il a deux ans. » Elle lui montra son téléphone. Une photo de son fils, coupe au bol, yeux en amande et grand sourire d'alligator. Bill fit défiler quelques clichés et lui rendit l'appareil.

« Fitz ?

– Fitzwilliam. Comme Mr Darcy, dans *Orgueil et Préjugés* ?

– Outch. Ça va pas être facile à porter d'ici sept-huit ans.

– C'est à moitié pour ça qu'on a choisi ce prénom. Du coup, s'il décide qu'il est *gender fluid*, il pourra changer pour Darcy.

– Pourquoi vous avez fait ça ? Avoir un gosse. Le monde est condamné. »

Elle lui lança un regard mauvais et serra son téléphone contre elle, comme pour protéger son fils.

« Mon frère Patrick appelle ça "Dieu", pour moi c'est une

“énergie”, mais dans les deux cas ça consiste à orienter son cœur vers un objet qui permet de faire le bien, Bill. »

Il acquiesça, peu désireux d’entendre parler de Patrick, des années de coups de fil tendus et d’évitements durant les fêtes de fin d’année, des tentatives déchirantes de Mrs Moore de les réconcilier, du cancer de leur père et de la confrontation houleuse avec Patrick à l’hôpital après l’opération. Patrick qui n’était toujours pas en bons termes avec Maddy et ne le serait probablement jamais, même s’il avait promis d’enterrer la hache de guerre. Stacey qui l’aimait malgré tout.

Le barman leur apporta leur commande, une bière légère pour lui et une vodka-eau pétillante pour elle.

« Tu lui as dit quoi ? À ta femme. »

Elle croisa les jambes et tripota le tatouage qu’elle avait à l’annulaire comme si c’était une véritable alliance. En latin : *Manibus*. Se prendre la main. « Je lui ai dit que j’allais voir un vieil ami.

– Quasiment la vérité, donc.

– Dans l’Ohio. »

Il opina prudemment. « Merci d’avoir accepté ça.

– Du coup je peux te demander pourquoi on se retrouve comme des espions ? »

Il avait toujours son regard calme et froid et ses sourcils noirs dangereux. Mais son expression était moins taquine à présent. La barbe lui donnait un air de tueur. Enfin, il dit : « Ça m’a surpris d’être aussi content d’avoir de tes nouvelles. J’ai l’impression que ça fait mille ans que j’ai pas parlé à quelqu’un de New Canaan. » Pas un instant il ne la quittait des yeux. « Mais bon. On va peut-être commencer par la raison de ta présence ici. »

Elle jeta un regard en direction du couple et du beau barman aux cheveux gris. Il sourit à une chose que venait de lui dire le couple, attrapa une pile de verres sales et disparut à l’arrière. C’était un bel endroit : murs en chêne verni et photos de la ville à divers stades de son histoire. On y découvrait les enclos à bestiaux au tournant du siècle, State Street grouillant de chevaux durant les années fastes d'après la guerre de Sécession, les premières Ford T pétaradant dans des rues éclairées par des lampadaires à gaz, des bars clandestins pleins d'hommes et de femmes qui flirtaient pendant le règne d'Al Capone. Entre les clichés, des lampes tamisées pas plus péremptoires que des bougies, et devant le comptoir des tabourets fixés au sol et une belle barre métallique pour reposer ses pieds fourbus et mouillés. Elle reconnut le morceau qui passait en sourdine : « Kind of Blue » de Miles Davis.

Elle fouilla dans son sac à main et en sortit un carnet à spirale usé dont le coin supérieur droit était imbibé de café. Elle l'ouvrit à un endroit marqué par un trombone. Les bordures rebiquaient tant les pages avaient été feuilletées. Elle posa le carnet sur le bois de la table et joignit les mains.

« Si je suis venue jusqu'ici, c'est parce que tu es une des dernières personnes à pouvoir peut-être m'aider. » Une inspiration. « Y a quelque temps – des années en fait –, j'ai décidé de retrouver Lisa. »

Et Stacey lui raconta toute son histoire avec Lisa Han. D'après elle, elles avaient été amoureuses. Bill passa en revue les souvenirs qu'il gardait de sa petite amie du lycée pour déterminer s'il avait senti ça en elle, sans succès. Cela dit, il n'avait pas non plus prédit qu'elle partirait de chez elle comme elle l'avait fait. À un si jeune âge, on ne connaît pas les gens.

« Bill, quand est-ce que tu as été en contact avec elle pour la dernière fois ?

– C'était au Cambodge. En 2010, par là. Je lui ai écrit pour qu'on se rejoigne quelque part. Rien de sexuel, hein, ajouta-t-il vivement. J'avais juste envie de la revoir. Mais on n'y est pas arrivés.

– T'as parlé avec elle quand t'étais là-bas ?

– Ouais.

– T'en es sûr ?

– Ben, oui.

– Je veux dire, t'as entendu sa voix ?

– Non. On s'envoyait des messages sur Facebook. »

Stacey le fixait d'un regard fébrile et entendu. « Moi, j'ai commencé à essayer de la retrouver à l'été 2013. On s'est échangé des mails pendant quelques mois et puis d'un coup elle a arrêté de répondre. Elle a aussi arrêté de poster sur les réseaux sociaux, et elle ne s'est plus jamais manifestée. Donc, j'ai laissé passer presque un an et je suis allée chez sa mère parce que c'était elle qui m'avait demandé de l'aider à la chercher. Et là elle m'a montré les cartes postales que Lisa lui avait envoyées au fil des années. Et en les regardant, je sais pas, je me suis dit qu'il y avait un truc qui n'allait pas. »

Elle détacha une des cartes, fixée à une page par un trombone, et la posa devant Bill. Il en profita pour jeter un coup d'œil en douce au carnet de Stacey : du papier jaune miel noirci de dates et de lieux (« New Canaan », « Hanoï », « Alliance, Ohio ») en gros blocs touffus.

« Ça m'a pris une éternité – et je vais pas te mentir, c'est un peu devenu une obsession. J'allais me marier, je bossais comme une dingue sur ma thèse, on commençait les démarches pour que Maddy porte Fitz, et à côté j'avais une deuxième vie. Je mentais à tout le monde parce que j'étais persuadée qu'il y avait un truc qui clochait dans tout ça.

– Dans tout quoi ? »

Le barman revint avec une caisse de verres propres, qu'il empila près de l'évier, et les regarda un instant. Ça n'échappa pas à Bill. Depuis qu'il avait compris ce que contenait le paquet qu'il avait transporté vers le nord quatre ans plus tôt, il remarquait les gens qui le remarquaient. La pluie enragée couvrait efficacement leur conversation.

« Bethany m'a dit que Lisa avait laissé un mot en partant. Elle ne l'a plus, mais elle se souvient que Lisa avait écrit que j'allais la conduire à l'aéroport, que je l'avais aidée à faire sa valise et à préparer son départ.

– Et c'est vrai ?

– Non. »

Bill s'avança, détailla la carte postale et l'écriture ronde.

« T'as suivi la condamnation des mecs de New Canaan ? Ceux qui ont tué la petite fille ? »

Il continuait à examiner la carte, et Stacey ne déchiffrait qu'une part infime de ce que cette question provoquait dans sa tête. C'est pour cela qu'il avait pris le risque de la rencontrer : pour découvrir ce qu'elle savait. Après tout, elle aussi était en ville la nuit de son retour.

« De loin.

– Le jour où ils l'ont tuée… ça m'a frappée, parce que les mails de Lisa, ses comptes, tout s'est arrêté presque pile au même moment. »

Depuis des années, il déplaçait les pièces de son puzzle émotionnel en cherchant une manière de les assembler qui lui permette de ne plus sentir la piqûre de la mauvaise conscience et la pourriture qui s'en dégageait. Il ne se pardonnerait jamais son rôle dans ce qui était arrivé, mais au fond c'était hors sujet.

« Entre ça et l'histoire de Tina, sale année pour New Canaan », dit-il sans se mouiller.

Elle guettait des signes, des indices dans ses yeux.

« Tu sais ce qui s'est passé d'autre quand ils ont été arrêtés ? »

Bill attendit.

« Kaylyn. Elle a disparu. Et personne à New Canaan – même pas sa mère, personne – ne sait ce qu'elle est devenue. Et regarde ça… »

Elle posa un morceau de papier à côté de la carte postale, une dédicace photocopiée : *T'es vraiment une bombe, Stace.*

Trop heureuse d'être ta pote et de te faire des passes décisives ! On garde le contact. K.

« C'est ce que Kaylyn a écrit dans mon cahier à la fin du lycée. »

Les deux écritures étaient très similaires, mais pas tout à fait identiques. Cela étant, il était probable que la moitié des adolescentes d'Amérique du Nord aient le même style plein de boucles et de bulles.

« Tu m'as perdu en route, Moore. » Il n'arrivait plus à relier les points, mais il devinait qu'il ne s'agissait pas de ce qu'il craignait. C'était bien plus bizarre que ça.

Elle se carra contre le dossier de sa chaise, leva un de ses bras tatoués et se frotta une joue comme pour s'arracher la peau du visage. Dehors, le vent qui enflait encore évoqua à Bill le hurlement d'un loup. Un éclair bleu fendit le ciel, ses affluents semblables aux angles aléatoires des rivières qui alimentent le Mississippi. Il était magnifique, éblouissant, et soudain il n'était plus là. Suivit le rugissement du tonnerre.

« J'ai commencé à essayer de retrouver les gens – tous ceux qui pouvaient savoir où était Lisa. Je revenais presque tous les mois à New Canaan. Pour voir mon père quand il est tombé malade, mais aussi…

– Je vais peut-être prendre un whisky, l'interrompit Bill. Je sais pas pourquoi j'ai commandé cette pisse d'âne. »

Stacey se tendit, mais l'agacement se dissipa vite. « Si tu veux. »

Quand Bill revint avec un verre de liquide ambré à l'odeur de pin, Stacey serra les bords de son carnet qui se plia en U.

« À qui est-ce que t'as parlé ? demanda-t-il.

– À plein de gens. On s'en fout. L'important, Bill, c'est que tout converge vers une personne. »

En entendant le nom de Todd Beaufort, Bill ne put retenir un gloussement sinistre. Il n'échapperait donc jamais à ce mec.

À un moment, il allait quand même falloir décrocher ces fantômes des arbres où ils étaient pendus. On ne pouvait pas les laisser se balancer indéfiniment. Tout en écoutant cette histoire, il se noyait dans le fracas de l'orage et le flot des voitures qui fendaient la crue.

« Écoute-moi. Je sais, ça a l'air dingue. Je parle comme une dingue. Mais… écoute-moi. » Elle ouvrit son carnet à une autre page. Elle lui raconta l'agression sexuelle commise par Todd Beaufort, raison pour laquelle il n'avait jamais joué un seul match avec les Buckeyes. La jeune femme n'avait pas porté plainte, mais Beaufort avait dû être transféré à Mount Union. Son casier judiciaire faisait état de vol et de fraudes à l'ordonnance.

« Et donc ? » Bill trempa ses lèvres dans son verre, savoura la chaleur au fond de sa gorge et la brûlure dans son ventre. « Beaufort était un sac à merde ? Si c'est pour me dire ça que t'es venue, crois-moi, j'étais déjà au courant quand on était gamins.

– T'étais à New Canaan cette nuit-là. Quand j'ai trouvé Tina. »

Le couple, qui murmurait depuis tout ce temps, partit d'un rire aussi éclatant que la robe de la femme. Bill faisait tourner son whisky au fond de son verre.

« Mais quel rapport avec Lisa ? »

Elle sortit une photo de son carnet et la lui tendit. On y voyait un bijou, noirci, carbonisé, le fermoir tordu. « Tina l'avait sur elle quand elle a été arrêtée. »

Il examina la photo et la lui rendit.

« Ce médaillon, il appartient à Lisa. Je te le jure. Je m'en souviens. Elle y mettait des photos de stars. Pour déconner. Jonathan Taylor Thomas, Nick Lachey, toutes les idoles pourries des ados. Tu te rappelles ? »

Il fit non de la tête.

« Et pourquoi est-ce que Tina l'avait sur elle ? Sûrement

parce que Todd le portait. Quand elle lui a fait ce qu'elle lui a fait.

– Donc tu penses que c'est vraiment elle ? »

On n'avait pas retrouvé grand-chose de Todd Beaufort, et ça avait engendré de nouvelles histoires de fantômes. Tina était actuellement incarcérée et traitée pour troubles mentaux au pénitencier pour femmes de Marysville. Les gosses du coin écumaient les bois en espérant découvrir par hasard sur la tombe de l'ancienne gloire du football évaporée par une chaude soirée d'été et qui, à en croire la légende, avait été découpée en morceaux et enterrée là par son ex, une tarée. Un orage ayant éclaté au petit matin, égal en taille et en férocité à celui qui frappait Chicago en ce moment même, la police avait dû interrompre les recherches. Ensuite, la Cattawa avait inondé les champs voisins. Dans la boue, on avait retrouvé des fragments de plastique fondu, un bidon d'essence et de l'ADN correspondant à celui de Todd Beaufort ; dans la voiture de Tina, des traces de sang et des cheveux, mais pas de corps. Tina Ross n'avoua jamais où elle l'avait enterré et tous les chiens et équipements de pointe se révélèrent inutiles. La crue avait tout emporté.

« Elle lui a fait *quelque chose*, dit Stacey. J'ai aucune idée des détails, mais quand je l'ai trouvée, putain… » Durant la nuit du maelström, elle avait vu Todd grimper dans cette même voiture, et quand elle était tombée sur Tina, seule, empestant la fumée, une détresse affolée dans la voix, le visage et le regard, elle avait su qu'une chose horrible s'était produite. À tel point qu'elle s'attendait presque au coup de démonte-pneu. Comme avertie par un rêve oublié. « Non, elle n'était pas en train d'inventer des conneries.

– Et donc, où tu veux en venir ?

– Merde, Bill… » Elle tapa la carte postale contre ses doigts. « À ton avis, ça aurait été difficile de falsifier ça ? Pour quelqu'un qui connaîtrait Lisa ? Ça aurait été difficile d'acheter des cartes postales vietnamiennes ou thaïlandaises sur Internet, de les écrire, de les expédier dans le pays et de payer quelqu'un pour les renvoyer ? La même nuit, la nuit avec Tina, j'ai reçu un message de Lisa. À ton avis, ça aurait été difficile de pirater sa boîte mail ? Elle a toujours eu le même mot de passe, je le sais : Romains58. Et quand c'est devenu la mode des réseaux sociaux, genre vers 2006, ça aurait été difficile de lui créer des comptes ? J'ai trouvé quelqu'un qui pouvait remonter l'adresse IP des mails qu'elle m'a envoyés. Ils venaient tous de l'Ohio. La plupart de New Canaan, mais quelques-uns de… »

Bill éclata de rire. Il ne savait plus s'il devait se méfier de ce que disait Stacey ou si elle était simplement folle à lier.

« Te moque pas de moi », le coupa-t-elle.

Il se ressaisit, déguisant un dernier gloussement en toux.

« Lisa n'est jamais partie. Elle ne s'est pas lancée dans un petit voyage romantique dont elle ne serait jamais revenue. Todd l'a tuée. J'en suis certaine. Et je pense que Kaylyn l'a aidée. Je ne sais pas pour quelle raison ni comment ça s'est fait, mais elle a été maligne. Elle a redonné une existence à Lisa avant que quelqu'un ait le temps de se rendre compte de quelque chose. »

Elle était si près du but, et pourtant si loin. Il lui manquait une poignée d'éléments, ainsi qu'à Bill, et en premier lieu la cassette, un vieux modèle pour caméscope, que Lisa avait trouvée planquée dans le tiroir où Kaylyn rangeait ses larcins et ses vengeances mesquines. Stacey ignorait à quel point, après avoir visionné la cassette, Lisa s'était torturé l'esprit à se demander quoi faire, à qui se confier, et combien elle avait eu l'estomac retourné de devoir garder un secret pareil. Combien ça l'avait rongée, au point de ne penser à rien d'autre jour et nuit. Stacey ignorait que Lisa ne pouvait pas aller voir la personne à qui elle voulait réellement en parler car le frère de cette fille était un des diables de la vidéo. Qu'elle était allée trouver Kaylyn, pour qui elle éprouvait encore de l'amour, et lui avait demandé de dénoncer les garçons. Que Kaylyn, ensuite, l'avait attirée à Jericho Lake sous prétexte de tout lui expliquer. Que Todd était seulement censé lui faire peur pour qu'elle leur rende la cassette.

Bill regarda le barman en train de discuter avec le couple de la météo qui se déchaînait derrière les vitres. « Un poing dans la gueule de la ville », dit le barman en leur servant une nouvelle tournée. Ils trinquèrent à l'orage qui les avait rapprochés le temps de cette brève soirée.

« Bill. » Stacey le fixa jusqu'à ce qu'il tourne la tête vers elle. « Est-ce que tu as une idée de l'endroit où se trouve Kaylyn ? »

Il posa son whisky et poussa un long soupir circonspect. Ce n'était pas la première théorie du complot qu'il entendait. Difficile de frayer dans les cercles d'extrême gauche sans entendre des histoires sur les charges de thermite qui avaient abattu le World Trade Center, ou le groupe Bilderberg qui façonnait l'économie mondiale à son avantage. Il avait enduré tant de déceptions et de défaites. Perdu tant de gens qui lui étaient chers. Il n'avait pas d'amis, pas de réseau, pas de famille auprès de qui rentrer chercher la sécurité. Il n'avait que ses compagnons de secret et la paranoïa constante qui les unissait. Il avait combattu la dépression, la toxicomanie, et tellement d'idées noires qu'il en avait oublié les plus bizarres. (Un jour qu'il roulait dans les montagnes Cumberland, il avait remarqué un garde-fou qui, convenablement percuté, lui aurait garanti de s'écraser en kamikaze dans un excavateur en train de désosser la montagne.) Il n'avait plus la patience d'écouter des fantasmes – pas plus les siens que ceux des autres. Et pourtant, quand Stacey en arriva à Kaylyn, il fut renvoyé à sa nuit avec elle. Cette nuit-là. Son histoire lui revint et il se rappela tous les trous, les culs-de-sac et les omissions qui, malgré le brouillard dans lequel il baignait, lui avaient déjà semblé louches et insondables.

Tandis que dehors la lumière baissait et que la nuit s'installait, les gratte-ciel de la ville lui apparurent comme une infrastructure érigée à partir des squelettes de monstres colossaux dont on aurait enflammé la moelle.

« Je ne sais pas comment elle a fait, reprit Stacey, mais elle a réussi à disparaître. Je sais qu'elle trempait dans les affaires de Kirk, Frank et Amos. Elle s'est enfuie, et à ce moment-là elle a été obligée d'arrêter de jouer. Elle ne pouvait pas prendre le risque de continuer la fiction de Lisa.

– Et tu penses que je sais où elle est ?

– Tu sais où elle est ?

– Non. »

Une des personnes à qui Stacey parla, et qui ne lui fournit aucune piste, aucun indice, pas la moindre information valable, fut Hailey Kowalczyk. Elle lui avait mis le grappin dessus à la maison de retraite quand elle était revenue pour voir Bethany Kline (en disant à Maddy qu'elle allait rendre visite à Patrick et à sa famille, histoire de la décourager de l'accompagner). Stacey réussit à ce que son ancienne copine de classe l'invite à boire une bière chez elle, elle échangea des nouvelles avec Hailey et Eric, fut conviée à dîner et déclina. C'est seulement lorsqu'elle demanda à Hailey de la raccompagner à sa voiture qu'elle put l'interroger au sujet de Kaylyn. Hailey, pour sa part, estimait avoir joué son rôle à la perfection. Elle leva les yeux au ciel, croisa les bras et débita à Stacey l'histoire qu'elle servait à tout le monde : elle n'était plus en contact avec Kay depuis qu'elle l'avait ramenée de sa cure de désintoxication en 2013. Comme Stacey insistait, Hailey expliqua qu'elle ne voulait plus rien avoir à faire avec son ancienne amie d'enfance. Soit elle était clean, soit elle ne l'était pas. Elle avait prélevé mille cent dollars dans ses économies pour les donner à Kaylyn et le justifiait à sa manière habituelle : elle était la protectrice de son amie, sa gardienne. Car elle était la seule personne à réellement connaître Kay, à connaître jusqu'au dernier démon qui l'habitait. Elle s'était sentie obligée de l'aider parce que, petite fille, on lui avait volé quelque chose, ou bien elle avait été blessée de telle sorte qu'elle pouvait le dissimuler mais jamais le contrôler. Et il revenait à Hailey, de loin en loin, de la sauver. Ce qu'elle faisait. Inconditionnellement.

Hailey ne lâcha aucune autre information, et à aucun moment le nom de Lisa ne fut prononcé.

Stacey fut incapable de décider si elle la croyait ou non. Elle songea à lui exposer sa théorie au sujet de Lisa, mais elle la trouvait encore extravagante, paranoïaque, et face à cette version de Hailey, épouse et mère empâtée avec des poches sous les yeux, elle avait perdu toute velléité d'exprimer sa peur la plus profonde. Avant qu'elle ne parte, elles s'étaient embrassées et Stacey avait été stupéfaite qu'ils aient tous autant vieilli. Chez elle, à Saint-Louis, Maddy et elle s'engueulaient plus souvent qu'elles ne baisaient, se disputaient plus souvent qu'elles ne se disaient je t'aime, s'extasiaient devant leur fils, s'angoissaient pour des coins de table trop pointus, des prises électriques et des fièvres, et tout cela lui rappelait qu'elles étaient adultes. En serrant Hailey dans ses bras, elle cessa pourtant de se sentir adulte et eut le sentiment d'être perpétuellement renvoyée dans le temps. Une adolescente gauche, jalouse, excitée, triste et joyeuse, pour toujours et à jamais.

Eric, qui écoutait leur conversation depuis la fenêtre de la cuisine, savait que sa femme mentait. Parce que, en octobre 2013, Hailey était sortie au milieu de la nuit en disant seulement que Kaylyn avait fait une connerie et qu'elle devait l'aider. Eric, qui détestait cette junkie dont sa femme n'arrivait pas à se débarrasser, exigea une explication. Hailey se borna à lui répondre que c'était la toute dernière fois qu'elle aidait Kay. Ils avaient eu une engueulade sanglante. Depuis le jour de leur mariage, Eric se méfiait de Hailey. Elle était dissimulatrice, secrète. Quand ils s'étaient retrouvés dans le rouge (un bon paquet de fois), elle avait toujours eu une liasse de billets sous la main pour les en sortir. Il ne comprenait pas pourquoi Hailey avait menti à Stacey Moore, mais il s'en moquait. Et, après cette nuit de l'automne 2013, Kaylyn ne donna effectivement plus signe de vie. Eric Frye faisait semblant de ranger la vaisselle quand sa femme le rejoignit à l'intérieur, et ils ne reparlèrent plus jamais de Stacey ni de sa déconcertante visite inquisitrice.

Stacey avait essayé d'aller voir Tina au pénitencier, mais celle-ci avait décliné sa proposition dans une lettre polie. Dans cette lettre, elle s'excusait d'avoir essayé de l'assommer. Elle voyait désormais un psy et animait un groupe de prière. Elle assurait ne rien savoir concernant Kaylyn et ajoutait qu'il valait mieux qu'elle reste concentrée sur elle-même. Or, ce n'était pas en remuant le passé qu'elle y arriverait. Elle avait plaidé coupable à un certain nombre de chefs d'accusation (enlèvement, homicide volontaire), mais elle obtiendrait une libération conditionnelle d'ici cinq ans. Cole et ses parents lui rendaient visite presque tous les week-ends et, étrangement, elle se demandait si la prison ne lui faisait pas du bien. Là, au moins, elle pouvait se concentrer. Elle pouvait respirer. Son psy lui avait dit qu'il ne lui restait plus qu'à affronter ce qui l'avait terrifiée. Elle croyait parfois sentir de nouveau Dieu en elle et, contre toute attente, s'adonnait à un espoir infini.

Une des lettres d'excuse de Tina arriva dans la boîte d'Allison Beaufort, qui s'efforça de la lire avec haine mais, le temps qu'elle arrive à la fin, cette haine avait fondu. Elle avait tant aimé Tina, n'avait jamais compris pourquoi Todd l'avait quittée. Si Allison savait une chose sur son fils, c'est qu'il avait de la colère en lui. C'était le cas depuis qu'il était petit garçon, et on pouvait le comprendre. Très tôt, la vie lui avait fait des crasses. Allison s'était débrouillée de son mieux. Elle conservait une rangée de photos sur le manteau de la cheminée : Todd en terminale, vêtu d'un polo bleu et appuyé contre un arbre. Joueur pro, un genou à terre, frottant son casque dans l'herbe du terrain. À neuf ou dix ans, en maillot de football, le sourire ébréché par la chute d'une dent de lait. Elle s'occupait des chiens secourus, les nourrissait, leur donnait un foyer, et parfois elle s'asseyait avec un des plus vieux et plus gentils corniauds, il posait la tête sur ses genoux et elle priait pour son fils tandis que, ensemble, ils regardaient la nuit.

Bill fixait le vernis brillant de la table, les yeux rivés sur un nœud du bois, un trou noir dont les profondeurs auraient pu contenir une carte du monde. Un silence gênant s'installa. Stacey sentit une vague de sueur chaude se former dans le creux de son dos. Elle avait actionné un piège invisible. Elle n'arrivait pas à décrypter la sérénité de Bill, ce visage où s'annonçaient les premiers signes de rides plus profondes, et ça la faisait enrager.

« J'ai pas eu de nouvelles de Kay depuis le lycée.

– Mais y a eu quelque chose entre vous.

– Façon de parler. » Il fit tourner son verre, laissant des spirales humides sur la table, et se souvint qu'il avait réellement cru être amoureux de cette fille. La fureur de l'orage, dehors, lui rappela leur première nuit, chez la grand-mère de Kaylyn à Dover. « Comment tu l'as su ?

– Laisse tomber. »

En réalité, elle l'avait appris par Dan Eaton, à qui elle avait rendu visite à la prison du comté de Crawford, en Pennsylvanie, où il tirait un an pour coups et blessures après avoir agressé un homme sur le parking d'une épicerie. Stacey lui posa des questions sur Kaylyn, mais il ne savait rien. Elle lui posa des questions sur Lisa, et il lui répondit sincèrement qu'il ne lui avait pas parlé depuis plus de dix ans. Stacey prétendit qu'elle était venue pour s'enquérir de sa forme, et Dan ne lâcha pas l'information qui aurait pu se révéler cruciale : ce que Hailey lui avait raconté la dernière fois qu'il l'avait vue. Il avait refusé qu'elle vienne à Crawford. Puisqu'il avait plaidé coupable, le juge avait fait preuve de clémence. Une clémence que Dan n'estimait pas mériter. Ce qu'il avait fait à la guerre ? Ça n'avait pas échappé à Dieu. Et ça ne pouvait pas rester impuni. *Dépression*, *stress post-traumatique*, *culpabilité* : il décréta que c'étaient des expressions toutes faites, du jargon servant à décrire une ancienne blessure inscrite dans les os, logée dans les tendons, tapie dans l'anamnèse cellulaire. Malgré tout ça, Danny avait encore de l'amour en lui, ce qui constitue une forme de bravoure. Pendant toute son année à l'ombre, il avait correspondu avec Melody Coyle. Elle avait posé une semaine de congé et laissé Hanna chez ses beaux-parents pour venir lui rendre visite. Elle avait tout de suite identifié la bonté et le courage que Greg lui avait vantés. Dan lui décrivit l'incident, la confrontation sur le parking avec un péquenaud du Sud qui emmerdait un jeune Mexicain, l'insultait parce qu'il avait éraflé son pick-up Toyota. Le gars portait une chemise en flanelle et des bottes de travail, mais il avait une coiffure de riche ; il avait chopé le gamin terrifié par le col de son T-shirt et l'avait jeté sur le capot de son épave. Dan avait remarqué que le monde comptait de plus en plus de brutes de ce genre, et que ces types prenaient de plus en plus leurs aises. Alors il avait empoigné l'avant-bras de l'homme et asséné un coup violent avec le talon de la main. Le bruit du craquement avait été un délice à ses oreilles. Il s'était aperçu qu'il en mourait d'envie depuis bien longtemps. Et donc il avait enchaîné : il avait cassé la clavicule du type, puis cinq côtes, et pour finir il lui avait fendu le crâne, tout ça devant sa femme et ses deux gosses. Il expliqua tout cela à Melody de sa douce voix d'étudiant. Melody Coyle posa une main chaude sur la sienne, les yeux aussi clairs qu'un lever de soleil. C'est intéressant, songea-t-elle, je suis peut-être en train de tomber amoureuse de l'homme qui tenait mon mari dans ses bras lorsqu'il est mort.

« Je peux te demander quelque chose ? fit Bill. Si tout ça c'est vrai – vraiment vrai –, et si Todd est aussi monstrueux que tu le dis, c'est quoi le problème ? Il est quelque part au fond d'un bois près de New Ca. Il a eu ce qu'il méritait. »

Il en savait plus, Stacey en était convaincue.

Un coup de tonnerre résonna dans le bar, fit trembler les verres, secoua la ville entière. Au loin, l'alarme d'une voiture se déclencha. Le couple et le barman échangèrent un regard, les yeux écarquillés, puis éclatèrent de rire.

« Tu sais ce que je crois ? dit Bill. Je crois que l'explication la plus simple est généralement la bonne. Todd Beaufort pourrit dans les bois. Kaylyn a fait une overdose dans les chiottes d'un McDo sans pièce d'identité sur elle, ou bien elle a essayé d'avorter avec un cintre, et Lisa – ben, Lisa est partie sans jamais se retourner. Pas plus compliqué que ça.

– J'ai quand même besoin d'être sûre », dit-elle, trop à cran, les mâchoires trop serrées pour se rendre compte que Bill venait d'admettre qu'il était au courant de la grossesse de Kaylyn. Elle, elle l'avait appris lors d'une conversation de quarante secondes à travers une moustiquaire avec Mrs Lynn (« Je sais pas et je m'en fous », avait-elle répondu quand Stacey lui avait demandé où était sa fille), mais lorsque Bill avoua qu'il savait que Kaylyn avait été enceinte, elle passa complètement à côté.

Kaylyn, quant à elle, ne pensait presque jamais à Stacey, ne se doutait pas que, davantage que les autorités, elle avait à ses trousses son ancienne copine de l'équipe de volley devenue chargée de TD en lettres. Quand elle terminait son service au *diner*, elle regagnait son appartement sordide dans un lotissement d'une banlieue d'Anchorage, en Alaska. Elle payait à Blanca la misère qu'elle lui devait pour avoir gardé son fils, embrassait Scotty dans son lit, puis s'écroulait sur le canapé et respirait la moisissure incrustée dans les coins du plafond qu'elle ne parvenait jamais tout à fait à nettoyer. Ensuite elle buvait de la vodka devant la télé jusqu'à sombrer dans le sommeil. Sans ça, elle n'arrivait pas à dormir. Grâce à l'argent de Hailey, elle avait acheté un billet d'avion pour la plus lointaine destination accessible sans passeport, et à l'instant où elle se posa dans ce pays de montagnes qui se ruaient les unes sur les autres, où un ciel de placoplâtre s'écrasait dans une mer d'ardoise, dans ce lieu où il était encore possible de disparaître, elle sut qu'elle avait trouvé ce qui ressemblait fort à une seconde chance. Toutes ces choses qu'elle avait faites pour se forger une nouvelle identité… Elle était débrouillarde, une survivante, et son fils serait pareil. Elle ignorait les avances des hommes dans les bars et économisait sur la lessive en jetant tous leurs vêtements dans la baignoire avec du savon. Son petit bonhomme et elle retroussaient leurs pantalons et dansaient, et il prenait ça pour un jeu. Les hivers étaient lugubres, glaciaux, sombres et étrangement revigorants. Mais, concernant ses rêves et ses fantômes, rien à faire. Ils étaient aussi résistants et increvables que la mousse au plafond. Elle gardait dans le tiroir de sa table de nuit la photo que Bill Ashcraft avait oubliée chez elle cette nuit-là, celle du bal de rentrée où ils figuraient tous, découpée en quatre par les plis. Elle la sortait chaque fois qu'elle se réveillait après un cauchemar indissoluble. Hurlant à Todd d'arrêter, elle voulait lui sauter sur le dos et le faire lâcher, mais elle était enracinée sur place. *Arrête s'il te plaît, arrête.* C'était tout ce qu'elle parvenait à dire.

Le bar aurait aussi bien pu être un tombeau, le cimetière de leurs souvenirs rassemblés. Il y avait entre eux des histoires qu'ils ne pourraient jamais raconter, et c'étaient ces moments appartenant à leur passé qui planaient dans le calme de cette niche en acajou et cuivre au cœur du monde, qui craquaient dans les jointures des tabourets du bar ou dans la matière bordeaux des banquettes, dans cet endroit où les adultes entendraient le tassement du bois tandis que les enfants y percevraient des esprits. Comme la nuit tombait, les photos de la ville d'antan disparurent dans les ombres. Les verres suspendus au-dessus du comptoir gardaient la lumière de la rue, et le mélange de savon pour le bois et de désinfectant s'immisçait dans leurs narines. Jusqu'à leur dernier jour sur cette terre, cette odeur précise les renverrait systématiquement là. Même si c'était l'odeur d'une foule de lieux similaires de par le monde, elle les ferait chaque fois considérer et redouter tous ces ragots et ces diverses théories malveillantes.

« Je t'ai dit que j'ai trouvé ta thèse en ligne ? lâcha Bill sans crier gare, et elle releva d'un coup les yeux vers lui.

– Pourquoi ?

– Je t'avoue que je faisais pas le fier. Et maintenant, quand je regarde ce qui se passe, c'est dur de ne pas le voir. Le monde qui part en vrille et la vague d'horreurs et d'absurdités qui déferle très lentement dessus. C'est pour ça que, si on veut faire quelque chose… si on veut l'empêcher. Enfin tu vois. Ceux qui veulent empêcher ça. » Il se tut, resta un très long moment la bouche ouverte, hésitant. « Maintenant on doit passer dans la clandestinité. On va devoir prendre des mesures radicales. Impensables. Les gens commencent juste à comprendre à quel point c'est flippant, mais on n'a plus d'autre choix. »

Stacey lâcha un petit rire fatigué, éreinté. « Bill. J'ai fait une thèse d'écocritique. Une thèse de lettres. De quoi tu me parles ? Si je suis venue, c'est pour te demander de l'aide. Pour retrouver Kay. Et ensuite Lisa. »

Il se ressaisit, s'ébroua et s'essuya les lèvres. « Faut que tu me fasses confiance. J'ai besoin que tu oublies qu'on s'est vus ce soir. Et que tu comprennes – et je te jure que c'est vrai – que je suis au courant de rien pour Kaylyn, pour Lisa, pour tout ça.

– Et tu vas pas m'aider.
– Je suis pas en position de le faire.
– Qu'est-ce que tu me caches, sale branleur ?
– Pas ce que tu crois. »

Elle inspira fort, ouvrit la bouche pour lui hurler dessus, puis renonça.

Il prit son portefeuille dans sa poche arrière et en tira une serviette en papier pliée en quatre. Malgré les années, Stacey reconnut l'écriture.

Le diable n'existe pas, sinon mon âme serait déjà en Enfer
Il ne reste plus rien chérie, à part toi & moi & cette dernière nuit solitaire

« Je l'ai trouvée la dernière fois que je suis rentré. C'est pas les meilleures paroles de Harrington, il les a écrites un jour où on avait pris des champis. J'ai aussi une des médailles de Rick. C'est son père qui me l'a donnée. J'avais l'intention d'aller à Washington et de la planter dans la gueule du directeur du Pentagone, mais… »

Il récupéra la serviette, la plia tendrement et la rangea dans son portefeuille. Peut-être n'arrivait-il pas à encaisser la possibilité qu'une personne pour qui il avait eu un jour des sentiments ait été la cible d'une saloperie supplémentaire. Mais le monde avait changé et il avait été contraint de s'adapter. À une époque de sa vie où persistait encore son amour pour Lisa, il aurait été capable de suivre Stacey et sa théorie bizarre jusqu'au bout du monde. Mais cette époque était révolue. Il avait perdu leur photo du bal de rentrée la nuit où il était revenu à New Canaan. Il s'était réveillé dans l'ancienne chambre de Rick, sans rien dans les poches à part son argent. Le visage de Lisa, comme tous les autres, avait disparu.

« J'ai un ami qui est allé en Irak et un sniper lui a mis une balle dans la tête, dit-il en sachant déjà que cette explication ne suffirait pas. J'en ai un autre qui est mort défoncé dans un incendie. Et une personne que j'ai aimée a peut-être été assassinée, mais… je fais des rêves… en fait, c'est autre chose que des rêves. Quand je me réveille, j'arrive pas à en sortir, il me faut plusieurs minutes pour comprendre qu'ils ne sont pas réels. Dans ces rêves, je vois le monde à venir. Le futur auquel on est condamnés. Quand je me réveille, je suis en nage et je tremble, et je ne me rendors jamais parce que j'ai l'impression que j'étais à un autre endroit du temps et de l'espace. »

Le lendemain matin, après avoir quitté sa chambre d'hôtel, il troquerait un sac à dos lesté d'une liasse de billets dans de la cellophane contre une clé USB contenant les secrets d'institutions théoriquement invincibles. Après quoi il s'évaporerait sur l'autoroute et dans les plaines. De son côté, Stacey retrouverait son nouvel appartement à Saint-Louis, dans le Central West End, et glisserait son carnet dans un recoin obscur du tiroir à bordel de son bureau, où Maddy risquait peu de fourrer son nez. Il n'y resterait toutefois pas longtemps.

« On perd tous des gens, Stacey, dit-il prudemment. Et c'est jamais juste, c'est jamais normal, et il y a toujours quelque chose qui cloche dans l'histoire. Quelque chose d'inexpliqué. »

Bill cessa de parler si brusquement que sa mâchoire claqua en se fermant. Ensemble, ils se souvinrent de Lisa, de son langage fleuri et de son rire gigantesque, et ils regardèrent tout autour d'eux parce qu'ils la sentirent. Comme si elle les épiait depuis une banquette voisine.

Par une nuit d'été sans nuages au bout d'un ponton métallique grinçant sur Jericho Lake, Lisa Han essaya de noyer son regard dans la frange scintillante de la Voie lactée, la poussière de diamant qui reliait un coin de l'horizon à un autre. Elle y riva ses yeux pour les détourner de ce que Todd Beaufort lui faisait avec le couteau. Elle ne voulait pas lui faire le plaisir de crier, de montrer sa peur. Kaylyn, qui suppliait Beaufort à bonne distance, avait plus ou moins assuré que, de toute façon, ici, personne ne pouvait les entendre. Lisa serra les dents de douleur, de défi, et s'efforça de se répéter que tout cela n'avait aucune importance – aucune, au regard de ces mondes lointains.

La sueur de Todd lui coulait dans l'œil, et elle se rappela avoir flirté avec Bill Ashcraft pendant un cours de maths en troisième. Son sourire de gentil garçon qui fleurissait dès qu'elle le taquinait. La joie immense qu'elle avait ressentie la première fois qu'il l'avait invitée à aller au ciné. Ce souvenir se mêla à ceux de son enfance, lorsque sa mère les avait fait déménager à New Canaan, que Lisa passait ses journées à la bibliothèque municipale à dévorer les livres illustrés pendant que sa mère cherchait du boulot. C'est là qu'elle avait rencontré Kaylyn et Hailey, deux filles d'une beauté et d'une gentillesse incroyables dont elle avait intégré la classe à l'automne. À leurs yeux, Lisa était une déesse insensée et sauvage comme tombée du ciel, qui savait précisément comment on faisait les bébés et pouvait le décrire avec des détails dégueu et tordants. Quelques mois plus tard, elle deviendrait amie avec Danny, qui vivait de l'autre côté de la rue, un rouquin adorable et un peu coincé qui fit une tête comme si on venait de le choisir pour aller sur la Lune quand elle lui prêta *L'Enfant qui chassait la nuit*. « T'es un peu mon petit frère », lui expliqua-t-elle un jour. « Mais je suis plus vieux que toi ! » protesta-t-il. « T'es mon petit frère trop mignon que je vais enfermer dans un placard avec un sac de croquettes pour chien et que je laisserai pas sortir tant que t'auras pas tout mangé. » Puis elle humecta son index et le lui fourra dans l'oreille jusqu'à ce qu'il se mette à couiner.

Todd plongea le couteau en elle jusqu'à ce que ça cesse de lui faire mal, jusqu'à ce que son corps tout entier soit engourdi, froid et indifférent, et alors, au lieu de crier, elle lui rit au visage. Elle pensait à Stacey avec ses manières de rat d'église, ses airs de bonne chrétienne très comme il faut, ses joues roses et sa jupe plissée, Stacey qui devenait la dernière des salopes dès qu'on entrait dans sa culotte. Lisa riait parce qu'elle s'était tellement amusée à se moquer de Stacey à propos de cette dichotomie, se retournant pendant un cours d'anglais pour lui chuchoter : « Arrête de penser à mes seins, sale catin. » C'était beaucoup trop facile de la faire marrer. Voilà pourquoi, tandis qu'elle était poignardée à mort, Lisa n'avait pas pu se retenir de rire parce qu'elle était tellement amoureuse que ça en devenait drôle. C'était bizarre. Qui aurait pu le prédire ? Son gloussement rebelle fit voler des postillons et des gouttelettes de sang dans la bouche paniquée de Todd Beaufort.

Enfin, elle se souvint de s'être réveillée, à huit ans, pour trouver sa mère en chien de fusil dans la baignoire. Il n'y avait pas d'eau. Tout habillée, Bethany serrait ses genoux contre elle en pleurant. Alors Lisa alla dans la cuisine et trouva la recette des pancakes à la myrtille. Une demi-heure et quelques prototypes ratés plus tard, elle les servit sur un plateau dans la salle de bain. Bethany s'essuya les yeux et examina ce petit-déjeuner comme s'il s'agissait d'une monnaie étrangère. « Comment tu as fait ? demanda-t-elle.

– Maman, je suis capable de lire des instructions. » Elle déroula du papier toilette et posa le couteau, la fourchette et cette serviette improvisée sur le plateau. « En plus, en général, les recettes c'est de la lecture niveau primaire. Et moi, je suis déjà niveau collège. Est-ce que ça va mieux ? »

Bethany eut un hoquet, ravala ses larmes et hocha furieusement la tête. « Oui ma chérie, je me sens mieux. Beaucoup mieux. Tu es une petite fille en béton.

– Bah oui, je sais. » Et Lisa s'assit sur l'abattant des toilettes pour engloutir une fourchetée dégoulinant de sirop d'érable et de myrtilles. « Je suis une samouraï, maman. »

Toutes ces choses qui lui restaient encore à faire. Comme elle avait hâte de s'y mettre. Tous ces gens à toucher, tous ces cœurs à briser. Elle aurait voulu des tatouages étranges et des piercings sur le haut des oreilles, la langue et les tétons ; porter un maquillage tapageur et collectionner les vieux vêtements gitans ; voyager à la façon d'un pétale porté par le vent, fendre l'assemblée boueuse de bacchanales psychédéliques ; écrire un roman dérangé dans lequel les règles d'une femme prennent vie tous les mois et la suivent comme un fantôme, la chambrent sur sa vie amoureuse et formulent une critique marxiste de ses produits de beauté. Elle aurait voulu apprendre à jouer de la guitare aussi bien que Ben Harrington et adapter en musique ses poèmes obscènes, acheter un appareil photo et arpenter le globe, capter les scènes tordues qu'elle trouvait belles et donner une touche de menace, de danger et de violence aux plus splendides paysages. Elle aurait voulu voler des livres inattendus dans les bibliothèques d'Omaha, dans les auberges de Florence et chez ses coups d'un soir, glisser dans son sac les ouvrages favoris de ses amants et amantes et s'envoler sans laisser de numéro. Elle aurait voulu franchir d'un bond des gouffres immenses et convaincre les autres de la suivre, se retrouver avec ses compagnons à court de vivres, d'allumettes, de cartes, d'eau et d'opinions, contraints de fabriquer du feu avec des verres de lunettes et des arguments puisés dans des philosophies à moitié oubliées. Elle aurait voulu mener des révolutions avec une compassion barbare, affronter des phénomènes immuables et sonner la charge sur la terre des ombres entre l'inconnu et l'inconnaissable.

Sur le ponton, avant que Todd Beaufort, en sueur et en larmes, n'achève cet acte qui le poursuivrait jusqu'à sa mort, avant qu'il ne la jette dans les profondeurs de ce lac artificiel, qu'elle ne coule jusqu'à une ville engloutie et ne dérive vers les ruines d'une pharmacie dans une rue oubliée, elle comprit, avec clarté, que la conscience, notre don le plus extraordinaire, est aussi notre tragédie, notre cliché, notre grand fléau : le refus absolu de l'amour de jamais capituler.

Et ensuite elle n'était plus là.

Qu'on s'y retrouve brutalement ou au terme d'un long naufrage dans la sénilité, il y a cet instant éternel que rabâchent tous les prophètes : celui où nous apparaît dans son intégralité notre spectre, notre vie étourdissante. Néanmoins, comme le découvrit Lisa, cette éternité ne pèse rien comparée à la longueur et à la profondeur de la Nuit qui lui succède. Une Nuit durant laquelle on croise des étoiles déchues et des quasars lointains, des forêts de pins sidérantes et des neiges hivernales, des montagnes de granit et des nuages impénétrables, des coulées de lave encore tièdes, des océans noirs et les fleuves qui les nourrissent, des chenilles qui chantent et des chauves-souris qui piaillent, la plainte solitaire d'une baleine, des prairies infinies essorées par le vent, des ciels pourpres et des pluies d'argent, tout le terreau de notre étrange royaume. Mais cette Nuit, elle aussi, a une fin, après quoi il n'y a plus que le néant, l'abysse. Une obscurité que l'on connaissait avant même d'en avoir peur. Une obscurité si noire, huileuse et parfaite qu'elle ne fait que s'approfondir lorsque vos pupilles se dilatent pour laisser entrer de la lumière, et vous ne sentez rien, rien que la pression de l'air froid sur vos yeux. Le néant, c'est visionner la totalité du temps dans un sens et dans l'autre, la voix piégée pour toujours dans toute cette poussière, cet effondrement, cette peine sans fond. Mais ce que vous ne saurez jamais, ce que vous n'auriez jamais pu croire ni espérer croire pendant le long voyage époustouflant qui vous ramène chez vous, c'est que cet abysse est malgré tout sacré. Vous comprenez que tout, même le vide, est éphémère, que le rien est instable et tend, galope presque, vers une création nouvelle sur des terres étrangères.

Stacey et Bill sortirent du bar et s'enfoncèrent dans la nuit. La pluie avait cessé. Une pellicule d'eau froide recouvrait les trottoirs, les voitures, les bouches d'égout, et une chaleur souterraine déversait de la vapeur dans l'atmosphère, spectres blancs s'élevant vers l'éther. Avant qu'ils ne partent chacun de leur côté, Bill prit Stacey par le bras et l'attira contre lui.

« T'imagines pas à quel point ils me manquent tous, dit-il. À quel point je m'en veux pour tout.

– Je sais », souffla-t-elle.

Elle garderait en elle ce qu'il dit ensuite.

« Continue à chercher, Moore. » Il se dégagea et planta ses yeux dans les siens. « Bats-toi comme une lionne. C'est la seule chose à laquelle j'ai jamais cru. Toujours, toujours, toujours mettre toutes ses forces dans la bataille. »

Et puis ils étaient partis, créatures infinitésimales arpentant la surface du temps, essayant en vain d'exprimer des rêves éternels, errant depuis leur naissance à travers des cieux solitaires.

REMERCIEMENTS

Je ne suis certainement pas le premier auteur à croire qu'il ne connaît rien à rien, à comprendre que son vrai talent dans la vie a été d'attirer dans son orbite tout un éventail de mentors infatigables et de voyageurs aussi intrépides que lui, qui, à la manière d'une force antigravitationnelle, ont empêché les parois de son trou de ver de céder maintes et maintes fois. Mais il me faut concentrer cet indigeste paragraphe sur les personnes propres à ce livre, qui m'ont offert conseils, réconfort et compassion pendant les quatre années de sa gestation. (Rassurez-vous, j'ai aussi une liste de rancunes, rivalités, amères récriminations et projets de vengeance mesquine dans un document Word séparé.) Tout d'abord, il y a la vaste panoplie de personnalités cataclysmiques, génies venteux et alcooliques impénitents qu'est l'Iowa. Plusieurs auteurs très intelligents ont lu et réagi à d'anciens fragments de ce livre, parmi lesquels Fatima Mirza, Tim Taranto, Anna Bruno, Willa Richards, Noel Carver, Jennie Lin, Anna Parker, Jed Cohen, Harry Stecopoulos et Katelyn Williams. Trois de mes meilleurs amis, Jamel Brinkley, Charlotte Crowe et Patrick Connelly, ont lu les premières versions et m'ont donné des indications importantes pour la suite. Ethan Canin est un des professeurs et écrivains les plus généreux, tenaces et brillants que vous trouverez à la surface de cette terre. Il a lu ce roman à un état embryonnaire et ses encouragements m'ont permis de me dépêtrer des choix difficiles et des subtiles anarchies à venir. Sam Chang, Nimo Johnson, Charles D'Ambrosio et Karen Russell ont à jamais mon respect aveugle. Je pourrais rouler toute une nuit pour vous sortir de prison. Deb, Connie et Jan, vous recueillez une scandaleuse quantité de remerciements dans les dernières pages des romans actuels, et en voici un de plus. Drew Emerson, Jon Erwin et Kevin Hanson m'ont fait profiter de leur connaissance approfondie de la vie militaire et de la nature intransmissible du terrain dans les guerres du XXIe siècle, mais aussi de leur amitié inattendue et solide, pour laquelle je les remercie plus encore. Delaney Nolan n'a jamais lu un seul mot de ce livre, mais sans le savoir elle m'a aidé à réfléchir à l'essence de la perte, lorsqu'on désire une part de nous qui n'est plus là, une nuit où nous nous étions introduits dans une cabane dans un arbre de Maple Street pour fumer un joint à l'abri d'un orage effréné. Susan Golomb a mis des coups de coude, cassé des nez et démis des épaules pour vendre ce livre – j'ai envers elle une dette éternelle. Il paraît que les éditeurs n'éditent plus, mais dans ce cas je demande qu'on m'explique ce qu'a fait Cary Goldstein. Ce livre a franchi un bond quantique lorsqu'il y a mis les mains. Et, alors que je pensais que ce bazar avait atteint une perfection asymptotique, Dominick Montalto, supervisé par Jonathan Evans, l'a écumé avec un stupéfiant souci du détail (je ne me pardonnerai jamais d'avoir fait une erreur sur le match décisif des Cavs en 2007). Steven Bauer continue à guider ses troupeaux et demeure le mentor le plus important que j'ai rencontré dans les errances de ma jeunesse. Quant à mon drôle de noyau, Laurie, Bob, Lucinda et Hannah, merci pour votre ADN, votre soutien et votre tolérance envers mes indécrottables bêtises. Cela étant dit, ma plus grande gratitude va à Karen Parkman, être humain époustouflant, esprit courageux, sorcière pleine d'âme, qui a lu mon avenir, m'a aidé à franchir la ligne d'arrivée, a ri et pleuré en lisant les histoires bizarres de mon sauvage pays natal. Enfin, je dois remercier les amis et les confrères qui n'étaient jamais loin de mes pensées pendant que je travaillais : Nick Savoia, Sarah Pressler,

Dustin Whitford, Ben Laymon, Tim Barnes, Brent Jones, Carl Culbertson, Josh McCoy, Nate Smith et Chris O'Hara. Au fil des années, et de bien des manières, vous m'avez tous suivi, hanté, et grâce à vous je me suis demandé en quoi les choses auraient pu être différentes.

« Terres d'Amérique »

Collection dirigée par Francis Geffard
(Extrait du catalogue)

CHRIS ADRIAN

Un ange meilleur, nouvelles

SHERMAN ALEXIE

Indian Blues, roman
Indian Killer, roman
Phoenix, Arizona, nouvelles
La Vie aux trousses, nouvelles
Dix Petits Indiens, nouvelles
Red Blues, poèmes
Flight, roman
Danses de guerre, nouvelles

TOM BARBASH

Les Lumières de Central Park, nouvelles

DAVID BERGEN

Une année dans la vie de Johnny Fehr, roman
Juste avant l'aube, roman
Un passé envahi d'ombres, roman
Loin du monde, roman
La Mécanique du bonheur, roman

JON BILLMAN

Quand nous étions loups, nouvelles

TOM BISSELL

Dieu vit à Saint-Pétersbourg, nouvelles

AMANDA BOYDEN

En attendant Babylone, roman

JOSEPH BOYDEN

Le Chemin des âmes, roman
Là-haut vers le nord, nouvelles
Les Saisons de la solitude, roman
Dans le grand cercle du monde, roman

TAYLOR BROWN

Les Dieux de Howl Mountain, roman

KEVIN CANTY

Une vraie lune de miel, nouvelles
Toutes les choses de la vie, roman
De l'autre côté des montagnes, roman

DAN CHAON

Parmi les disparus, nouvelles
Le Livre de Jonas, roman
Cette vie ou une autre, roman
Surtout rester éveillé, nouvelles
Une douce lueur de malveillance, roman

MICHAEL CHRISTIE

Le Jardin du mendiant, roman

CHRISTOPHER COAKE

Un sentiment d'abandon, nouvelles

TOM COOPER

Les Maraudeurs, roman

CHARLES D'AMBROSIO

Le Musée des poissons morts, nouvelles
Orphelins, récits

CRAIG DAVIDSON

Un goût de rouille et d'os, nouvelles
Juste être un homme, roman
Cataract City, roman
Les Bonnes Âmes de Sarah Court, roman

ANTHONY DOERR

Le Nom des coquillages, nouvelles
À propos de Grace, roman
Le Mur de mémoire, nouvelles

DAVID JAMES DUNCAN

La Vie selon Gus Orviston, roman

DEBRA MAGPIE EARLING

Louise, roman

LOUISE ERDRICH

L'Épouse Antilope, roman
Dernier rapport sur les miracles à Little No Horse, roman
La Chorale des maîtres bouchers, roman
Ce qui a dévoré nos cœurs, roman
Love Medicine, roman
La Malédiction des colombes, roman
Le Jeu des ombres, roman
La Décapotable rouge, nouvelles
Dans le silence du vent, roman
Femme nue jouant Chopin, nouvelles
Le Pique-Nique des orphelins, roman
LaRose, roman

BEN FOUNTAIN

Brèves rencontres avec Che Guevara, nouvelles
Fin de mi-temps pour le soldat Billy Lynn, roman

TOM FRANKLIN

Le retour de Silas Jones, roman
Braconniers, nouvelles

TOM FRANKLIN & BETH ANN FENNELLY

Dans la colère du fleuve, roman

HOLLY GODDARD JONES

Une fille bien, nouvelles
Kentucky Song, roman

KEVIN HARDCASTLE

Dans la cage, roman

ALAN HEATHCOCK

Volt, nouvelles

RICHARD HUGO

La Mort et la Belle Vie, roman

Si tu meurs à Milltown, récits

MARLON JAMES

Brève histoire de sept meurtres, roman

ADAM JOHNSON

La chance vous sourit, nouvelles

BRET ANTHONY JHNSTON

Souviens-toi de moi comme ça, roman

TOM JONES

Le Pugiliste au repos, nouvelles

Coup de froid, nouvelles

Sonny Liston était mon ami, nouvelles

THOMAS KING

Medicine River, roman

L'Herbe verte, l'eau vive, roman

SANA KRASIKOV

L'An prochain à Tbilissi, nouvelles

Les Patriotes, roman

RICHARD LANGE

Dead Boys, nouvelles

Ce monde cruel, roman

Angel Baby, roman

La Dernière Chance de Rowan Petty, roman

MATT LENNOX

Rédemption, roman

BRIAN LEUNG

Les Hommes perdus, roman
Seuls le ciel et la terre, roman

MAXIM LOSKUTOFF

Viens voir dans l'Ouest, nouvelles

ROBIN MACARTHUR

Le Cœur sauvage, nouvelles
Les Femmes de Heart Spring Mountain, roman

DAVID MEANS

De petits incendies, nouvelles

DINAW MENGESTU

Les Belles Choses que porte le ciel, roman
Ce qu'on peut lire dans l'air, roman
Tous nos noms, roman

STEFAN MERRILL BLOCK

Le Noir entre les étoiles, roman

PHILIPP MEYER

Le Fils, roman

BRUCE MURKOFF

Portés par un fleuve violent, roman

JOHN MURRAY

Quelques notes sur les papillons tropicaux, nouvelles

MATTHEW NEILL NULL

Le Miel du lion, roman
Allegheny River, nouvelles

TOMMY ORANGE

Ici n'est plus ici, roman

KEVIN PATTERSON

Dans la lumière du Nord, roman

BENJAMIN PERCY

Sous la bannière étoilée, nouvelles
Le Canyon, roman

DAVID JAMES POISSANT

Le Paradis des animaux, nouvelles

DONALD RAY POLLOCK

Le Diable, tout le temps, roman
Une mort qui en vaut la peine, roman

ERIC PUCHNER

La Musique des autres, nouvelles
Famille modèle, roman
Dernière journée sur terre, nouvelles

JON RAYMOND

Wendy & Lucy, nouvelles
La Vie idéale, roman

ELWOOD REID

Ce que savent les saumons, nouvelle
Midnight Sun, roman
La Seconde Vie de D.B. Cooper, roman

EDEN ROBINSON

Les Esprits de l'océan, roman

KAREN RUSSEL

Swamplandia, roman
Foyer Sainte-Lucie pour jeunes filles élevées par les loups, nouvelles
Des vampires dans la citronneraie, nouvelles

JON SEALY

Un seul parmi les vivants, roman

NATHAN SELLYN

Les Caractéristiques de l'espèce, nouvelles

HUGH SHEEHY

Les Invisibles, nouvelles

WELLS TOWER

Tout piller, tout brûler, nouvelles

DAVID TREUER

Little, roman
Comme un frère, roman
Le Manuscrit du Dr Apelle, roman
Indian Roads, récit
Et la vie nous emportera, roman

BRADY UDALL

Lâchons les chiens, nouvelles
Le Destin miraculeux d'Edgar Mint, roman
Le Polygame solitaire, roman

GUY VANDERHAEGHE

La Dernière Traversée, roman
Comme des loups, roman
Comme des feux dans la plaine, roman

CLAIRE VAYE WATKINS

Les Sables de l'Amargosa, roman

SHAWN VESTAL

Goodbye, Loretta, roman

VENDELA VIDA

Se souvenir des jours heureux, roman
Les Habits du plongeur abandonnés sur le rivage, roman

JOHN VIGNA

Loin de la violence des hommes, nouvelles

WILLY VLAUTIN

Motel Life, roman
Plein nord, roman
Ballade pour Leroy, roman
La Route sauvage, roman

JAMES WELCH

L'Hiver dans le sang, roman
La Mort de Jim Loney, roman
Comme des ombres sur la terre, roman
L'Avocat indien, roman
À la grâce de Marseille, roman
Il y a des légendes silencieuses, poèmes

COLSON WHITEHEAD

Underground Railroad, roman
Nickel Boys, roman

CALLAN WINK

Courir au clair de lune avec un chien volé, nouvelles

SCOTT WOLVEN

La Vie en flammes, nouvelles

Composition : IGS-CP
Impression : CPI Bussière en mai 2020
Éditions Albin Michel
22, rue Huyghens, 75014 Paris
www.albin-michel.fr

ISBN : 978-2-226-44204-8
ISSN : 1272-1085
N° d'édition : 23475/01 – N° d'impression : 2050174
Dépôt légal : août 2020
Imprimé en France